KB084992

아낌없이 프러포즈 1

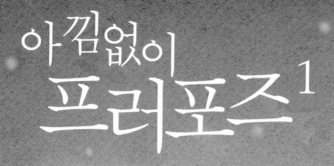

아낌없이
프러포즈 ¹

이여운 장편소설

Terrace Book

vol. 1

CONTENTS

vol. 2

퀸 호텔에는 '맞선 킬러'가 있다

퀸 호텔 1층 카페에는 '킬러'가 있었다. 일명 '맞선 킬러'. 맞선은 결혼 상대를 만나기 위해 하는 건데, 그 남자는 꼭 필사적으로 결혼을 피하려는 듯 예쁜 여자도 거절하고, 명품으로 휘감은 여자도 거절하고, 똑똑한 여자도 거절하고, 청순한 여자도 거절하고…… 그렇게 세상의 다양한 여자들을 거절만 해왔다.

"오늘 맞선녀가 제일 예쁜 데다 집안도 좋아 보이는데, 어쩌면 오늘은 성공하지 않을까?"

"절대 그럴 리 없어. 내기할래?"

카페 여직원들은 이 구역에서 제일 유명인인 맞선 킬러의 맞선을 호기심 어린 시선으로 염탐하면서 입가에 흐뭇한 미소를 흘렸다. 함부로 여자들을 차는 나쁜 남자일지는 몰라도, 외모는 보고 있는 것만으로도 안구 정화가 되는 남자였다.

여자들의 시선을 사로잡는 매력적인 얼굴, 진귀한 보석을 박아 넣은 듯한 짙은 눈빛, 시선을 뚫고 올라가는 큰 키에 강건한 남자의 몸은 슈트를 굉장히 멋지게 소화해서 앉아 있는 모습 자체가 화보였다.

"태준 씨는 저한테 궁금한 거 없으세요?"

맞선녀가 눈을 반짝이며 그에게 물었다. 이럴 때 맞선 킬러의 대답은 언제나 똑같았다.

"없습니다."

역시나 변함없는 대답으로 보아 맞선 킬러는 우아한 솔로 인생을 여전히 고수 중인가 보다. 그런데 오늘 맞선녀는 예쁘고 집안도 좋아 보이는 데다 끈기까지 있었다.

"그럼 이상형이 어떻게 되세요?"

철옹성 같은 맞선 킬러를 무너뜨리기 위한 필살 질문이었다. 심지어 '너의 이상형이 무엇이든 내가 맞추고 말겠어.'라는 오기가 느껴졌다. 근처에 있던 직원들도 귀를 쫑긋 세우고 맞선 킬러의 대답을 기다렸다.

맞선 킬러는 피곤한 표정을 지었다. 역시 이상형 같은 미래 지향적인 질문은 내일이 없는 맞선만 보는 그에게는 용납이 안 되는 질문이었나 보다.

"쇠도 소화할 수 있는 튼튼한 위장을 가진 여자라면 괜찮을 거 같습니다."

대답 안 할 줄 알았던 맞선 킬러의 입에서 나온 말에 호텔 직원들이 더 깜짝 놀랐다.

"호호호, 이제 보니 농담도 하시네요. 재미있어라."

맞선녀는 그의 말을 농담으로 받아들인 것 같았다. 그래야 이 맞선을 계속 이어갈 수 있을 테니까.

맞선 킬러가 손목시계를 보았다. 이제 맞선을 끝낼 시간이라는 뜻이었다. 그렇다면 이번 맞선도 이것으로 아웃? 과연 맞선 킬러의 마음을 열어젖힐 수 있는 여자가 나타날 수 있을까?

호텔 직원들이 돈을 걸고 내기를 한다면 전부 다 불가능에 배팅을 할 것이다. 맞선 킬러는 여자를 차려고 맞선을 보는 게 확실해 보였으니까.

맞선을 끝내고 호텔 입구로 나온 태준은 휴대폰을 꺼내 근처에서 기다리고 있는 운전기사에게 전화를 걸었다.

"끝났으니까 와."

[벌써요?]

맞선을 왜 빨리 끝냈는지 설명할 이유는 없었기에 태준은 바로 전화를 끊어버렸다. 그가 맞선 볼 때 호텔 근처에는 얼씬도 하지 않는 것이 그가 내건 조건이었다. 그래서 매번 번거롭게 차가 오길 기다려야 했지만 그래도 아버지의 부하들이 그의 근처를 지키고 있는 것보다는 불편한 게 백만 배는 더 나았다.

맞선녀들의 이상형을 묻는 질문에는 상상력을 쥐어짜야만 대답할수 있었다. 하지만 싫어하는 인간은 즉시 대답할 수 있다. 바로 조폭. 호텔 정문 앞에 멈추어 선 검은 차에서 뛰어내려 그가 탈 뒷좌석의 문을 열어주는 남자 같은 부류가 딱 그랬다.

"회장님 계신 병원으로 바로 모시겠습니다."

그들이 '회장님'이라 부르는 그의 아버지도 조폭이었다. 태준은 맞선과 조폭 없는 세상에서 살고 싶다고 생각하며 차 뒷좌석에서 깊게 눈을 감았다. 한국에 돌아온 지 고작 한 달밖에 안 되었는데 다시 간절하게 떠나고 싶었다. 이번에 떠난다면 그 어떤 말로도 그를 이 나라로 다시 불러들일 수는 없을 거다.

태준이 병원에 거의 도착했을 때쯤 비가 쏟아지기 시작했다. 차가 병원 앞에 멈추고 운전기사가 우산을 챙기러 서둘러 트렁크 쪽으로 향했다. 태준은 기다리지 않고 문을 열고 나와 비를 맞으며 정문을 향해 걸어갔다. 운전기사가 당황해서 우산을 들고 달려왔지만 이미 태준은 정문에 도착해 있었다. 비에 젖은 남자는 쓸데없이 더 섹시해져서 병원 안 사람들의 시선을 잡아끌었다.

태준은 아버지가 계신 병실에 도착할 때까지 세상에 혼자 있는 듯 앞만 보고 걸었다. 병실 앞을 지키고 있던 경호원들이 그를 보고 절도 있게 허리를 숙였다. 문에서 제일 가까이 서 있던 경호원이 병실 문을 열었다.

호텔 룸처럼 잘 꾸며진 VIP 병실 침대에 그의 아버지가 누워 있었다. 볼 때마다 적응되지 않는 모습이었다. 그가 아는 아버지는 암세포도 다 잡아 죽일 만큼 흉포하고 잔인한 사람이었다.

그가 선뜻 다가가지 못하고 병실 입구에서 쳐다보기만 하자 아버지가 메마른 시선으로 보며 말했다.

"꼴을 보니 또 허탕만 쳤군."

모든 게 약해진 아버지에게 남은 강한 거라곤 독한 말을 쏟아내는 저 입뿐이었다. 군대를 제대하자마자 한국을 떠나 10년이나 유랑 생활하며 살던 그가 한국에 돌아온 건 아버지가 죽었다는 소식을 들었기 때문이었다. 그는 시한부 아버지의 병수발을 들러 한국에 들어온 게 아니라 단지 죽은 아버지의 장례식에 상주 노릇을 하려던 것뿐이었다.

그런데 죽은 아버지가 아니라 아직 멀쩡히 살아 있는 아버지를 보게 되었을 때 그가 순수하게 기뻐할 수 없었던 건 모두 아버지 탓이었다. 그를 속였고, 심지어 마지막으로 아들 노릇을 하려고 돌아온 그를 가차 없이 맞선 시장으로 밀어 넣었기 때문이었다.

아버지가 그리 지독한 만큼 그도 효자는 아니었다. 죽어가는 아버지의 마지막 소원이라도 들어드리기 위해 맞선을 보는 건 아니었다. 아니, 아버지가 아직 살아 계신 줄 알았다면 한국에 돌아오지도 않았을 것이다.

그가 맞선을 보는 조건으로 아버지에게 받을 게 있었다. 바로 어머니의 유산이나 마찬가지였던 퀸 호텔의 지분을 돌려받기로 했다. 그가 하나뿐인 아들이니 당연히 아버지가 돌아가시면 그가 물려받아야 하는데, 퀸 호텔 지분으로 그를 협박할 수만 있다면 죽기 직전에 다른 사람에게 넘겨버릴 수도 있는 사람이 그의 아버지였다.

아버지는 숨쉬기도 힘든 입으로 거칠게 말을 토해냈다.

"네가 내 뒤를 이을 놈 내놓을 때까지 난 절대 못 죽어."

진짜 저 이유 때문에 의사가 말한 시한부 인생도 거스르고 있다면 정말 대단한 의지였다. 그래서 한국에 돌아온 뒤 하루하루 얼굴색이 안 좋아지는 건 그였고, 조금씩 좋아지고 있는 건 아버지였다.

❀

"언제 돌아가시는 건가요?"

그의 단도직입적인 질문에 의사는 난감한 표정을 지었다. 그도 곤란한 건 마찬가지였다. 아버지 돌아가실 때까지만 버티면 될 줄 알았더니 이제 아버지는 그에게 대를 이을 아이까지 내놓으라고 하고 있었다. 결혼 생각도 없는 그에게 아기는 너무 무서운 존재였다.

"항암 치료가 효과가 있습니다."

의사의 말을 듣고 태준은 믿을 수 없다는 표정을 지었다. 살날이 얼마 남지 않았으니 마음의 준비를 하라고 했던 입으로 이제는 희망이 보인다고 말하고 있었다. 그런 말을 듣자고 한 달이나 고역스러운 맞선 자리를 버틴 게 아니었다. 그가 지키고 싶었던 건 아버지의 목숨이 아니라 어머니의 호텔이었다.

"아무래도 아드님이 오셔서 삶의 의지가 생기신 것 같습니다."

그 때문에 아버지가 살아났다는 말은 태준에게 전혀 기쁨이 되지 못했다. 그는 아버지를 버리고 도망쳤던 아들이었으니까. 그래서 의사의 말은 마치 그가 떠나서 아버지가 병에 걸렸다는 말로 들렸다.

"그럼 완치될 가능성도 있는 겁니까?"

"그건 확답을 드리기가…… 지금은 살아 계시는 것만으로도 기적입니다."

기적은 축복받은 인간에게만 오는 건 줄 알았다. 그런데 평생 나쁜 일이란 나쁜 일은 모두 하고 살아온 그의 아버지에게 기적이 일어났단다. 그래서 그 숭고한 말이 그의 귀에는 단지 환자의 병을 치료하지 못하는 의사의 핑계처럼 들렸다.

이대로 아버지가 살아나면 그는 기뻐해야 할까, 화를 내야 할까. 그에게 이런 말도 안 되는 고민을 하게 만든 아버지가 그는 정말 원망스러웠다.

매일 밤늦게까지 일하다 퇴근하는 게 일상이었기에 아침에 걸려온 엄마의 전화는 이수를 더 정신없게 만들었다. 그녀는 빠르게 화장하며 통화했다. 이목구비가 또렷해서 굳이 화장을 진하게 하지 않아도 예쁜 얼굴이었다. 특히나 크고 까만 눈은 밝고 화사한 인상을 만들어주었다.

[맞선 보지 않을래? 그쪽도 공무원이라는구나. 너랑 참 잘 어울릴 거 같아서.]

공무원과 공무원의 맞선이라니. 이수는 듣는 순간부터 재미없게 느껴졌지만 사실대로 말할 수는 없었다.

"엄마가 그런 말 할 줄은 몰랐네."

맞선 시장에서 전혀 영양가 없던 채소 가게 딸이 사시 패스한 뒤에 맞선 자리가 줄을 이었다. 그녀가 시험에 통과하고 바쁘게 일을 배울 때라 다 내치시던 엄마가 이건 정말 놓치기 아까운 자리라며 아침부터 전화하신 거였다.

[너도 곧 서른이니 슬슬 결혼 생각할 때잖니.]

엄마가 변한 게 아니었다. 그녀가 나이를 먹은 거였다. 결혼은커녕 찐한 연애도 해본 적 없는 모태솔로 이수는 입맛만 다셨다.

도대체 남자는 어떤 맛인가요?

"그럼 나 맞선 봐서 결혼하라고?"

올림픽을 거쳐 이제 겨우 검찰청에 시보로 입문했는데 검사의 세계가 어떤 곳인지 제대로 알기도 전에 또다시 '맞선'이라는 새로운 세계가 그녀의 앞에 떡 펼쳐졌다. 이번은 다른 때와는 달리 좀 머뭇거리게 된다. 결혼, 왠지 귀찮을 거 같다. 남자, 왠지 제멋대로일 거 같다. 맞선, 왠지 전부 꽝일 것만 같다.

[요즘 시대에 누가 그래. 우선 만나서 네 마음에 들어야지.]

꼭 결혼을 강요하는 맞선은 아니라는 말로 들려 이수는 안심했다. 효도 차원에서 한 번 정도 보는 건 괜찮지 않을까 싶다. 한 번 정도만 나가면 하나뿐인 딸이 검찰청에서 일만 하느라 노처녀로 늙는 거 아닌가 부모님이 불안해하지도 않을 거 같고.

"알았어. 내가 엄마 위해 맞선 볼게."

이수는 사법 고시를 보겠다고 말했을 때처럼 맞선에 나가겠다고 당차게 말했다. 어차피 눈 딱 감고 한 번만 나가면 되는 자리라고 생각했기에. 세상에 그런 말이 있다. 모르면 용감하다고. 그녀가 그랬다. 남자를 몰랐기에 맞선도 무섭지 않았다.

"나 이제 출근해야 해. 그만 끊어요, 엄마."

10분 만에 화장을 끝낸 이수는 옷장에서 무채색 정장을 꺼내 빠르게 몸을 끼워 넣었다. 배드민턴으로 국가 대표까지 한 몸은 운동을 그만둔 지 한참 되었지만 여전히 탄력이 넘쳤다.

[그래, 차 조심하고.]

"네."

이수는 대충 대답한 뒤 전화를 끊고 부리나케 집을 나섰다.

아직 정식으로 검사가 된 게 아니라 검찰 시보 생활을 하는 검사 직무 대리일 뿐인데도 그녀는 정신없이 바빴다.

"계장님도 속 안 좋으세요? 저도 그런데."

점심에 다 같이 대구탕을 먹은 뒤 수사관과 실무관이 속이 좋지 않다고 말하다 결국 자리를 비웠다. 이수는 사건 자료를 보다 힐긋 자리에 앉아 있는 담당 검사 쪽으로 시선을 주었다.

"검사님은 괜찮으세요?"

"이거 다 오늘 내로 처리하려면 아플 시간도 없다."

말도 안 되는 소리인데도 이게 진정한 검사구나 싶어서 그녀의 눈에서 존경심이 뿜어져 나왔다.

"너야말로 괜찮아?"

화장실 갈 시간도 없다는 담당 검사가 그녀를 걱정해주자 이수는 히죽 웃으며 말했다.

"괜찮습니다. 전 뭐 먹고 탈 난 적이 한 번도 없어요."

그건 그거대로 대단하다는 듯 담당 검사가 그녀를 보았다. 사실 그도 살살 아픈 기운을 참고 일하는 중이었는데 그녀는 진짜 멀쩡해 보였다.

"쇠도 소화하는 위장을 가졌나 봐."

"쇠는 먹어본 적이 없어서 잘 모르겠는데요."

"칭찬이야. 건강한 몸도 검사가 가져야 할 중요한 요건이니까."

검찰에 와서 처음 들은 칭찬이 그녀의 위장이었다. 나중에 엄마에게 꼭 말해야겠다. 엄마가 주신 몸 덕에 칭찬받았다고.

끼이익―.

차가 거칠게 멈추는 소리가 들리자 퀸 호텔 정문으로 향하던 태준의 걸음이 멈추었다. 소리가 난 쪽으로 고개를 돌려보니 세단을 타고 있는 젊은 운전자가 백발의 할머니에게 화를 내고 있었다.

"이 할망구가 눈이 삐었나! 이게 얼마짜리 차인 줄 알아! 이 차 망가지면 물어줄 돈이라도 있냐고! 없으면 집에나 박혀 있지 왜 기어 나와서 사람 재수 없게 만들어!"

어느 쪽이 진짜 잘못했는지와 상관없이 남자가 예의 없이 험하게 말하는 게 꼭 그가 가장 싫어하는 조폭들 말투와 똑같았기에 태준은 바로 그 목소리를 피해 호텔 안으로 들어갔다.

적어도 품격을 돈 받고 파는 호텔 안에서는 그 목소리를 안 들을 줄 알았는데, 그날 진짜 재수 없는 사람은 아무래도 그가 당첨인가 보다.

"아! 씨발. 맞선 보러 오다가 어떤 정신 나간 할머니 때문에 내 차 사고 날 뻔했잖아."

바로 뒷자리에서 들리는 그 목소리는 얼굴을 굳이 확인하지 않아도 알 수 있었다. 세단 운전자였다.

"수연이는 당연히 나 맞선 보는 거 모르지. 알면 걔가 가만있겠냐."

남자 목소리가 커서 안 듣고 싶어도 너무 잘 들려서 태준의 얼굴이 찌푸려졌다. 사람에 대한 매너가 없는 남자는 전화 매너도 없었다.

"사법 고시 패스했다고 해서 한번 만나나 보는 거야. 들어보니까 학생 때는 배드민턴 국가 대표까지 했다네. 여자가 얼마나 독하면 국가 대표랑 사시를 둘 다 패스하냐고."

너나 제발 그 독한 입 좀 다물어. 태준은 점점 인내심의 한계가 왔다. 도대체 언제까지 저 듣기 싫은 목소리를 들으며 괴로워해야 하는 건가 싶었다. 스트레스를 받으니 두통까지 올라왔다.

"법조계 사람 알아두는 거 나쁘지 않지. 누가 아냐. 내가 차로 사람 치었을 때 도움받을 수 있을지."

태준은 어느새 일어나 있었다.

뚜벅뚜벅—.

태준은 옆 테이블 앞을 걸어가다 손끝으로 커피 잔을 툭 건드렸다. 그러자 잔이 넘어지면서 그 안에 있던 얼음과 커피가 전화하던 남자의 바지 앞섶으로 쏟아졌다. 전화하던 남자는 바로 성을 내며 고개를 쳐들었다.

"이런 썩을! 너, 뭐야!"

화를 내며 일어나려던 남자의 어깨를 태준이 손으로 누르자 남자는 앉은 자리에서 꼼짝도 할 수가 없었다.

"실수였습니다."

말은 정중하지만 어깨를 누르는 힘은 장난이 아니었다.

"그쪽도 꽤 시끄러웠으니 이걸로 마무리하죠."

태준은 지갑에서 수표 한 장을 꺼내 테이블 위에 놓았다. 그리고 시베리아 호랑이 같은 냉랭한 눈빛으로 남자를 보며 물었다.

"부족합니까?"

남자는 아니라고 세차게 고개를 젓고는 태준이 준 수표를 들고 허겁지겁 그곳을 나가버렸다.

❀

맞선 시간에 늦어서 퀸 호텔 카페로 뛰어들어오던 이수는 마주 오는 남자를 피해 빠르게 몸을 피했다. 남자는 무슨 급한 일이 있는지 부딪힐 뻔하고도 그녀에게 눈길도 안 준 채 화장실 쪽으로 뛰어갔다.

"엄청 급했나 보네."

이수는 맞선남이 이미 와서 기다리고 있다는 연락을 받았기에 혼자 앉아 있는 남자를 찾았다. 창가에 유일하게 혼자 앉아 있는 남자의 외모를 보고 이수의 눈이 커졌다.

"엄청난 공무원이군."

자기 혼자 '관능시 우아한동사무소'에서 근무하는 듯한 자태였다. 이수는 그제야 가방에서 손거울을 꺼내 자신의 얼굴을 확인했다.

"괜찮아. 너도 충분히 예뻐."

안으로 당당하게 걸어 들어간 이수는 카페에서 유일하게 혼자 앉아 있는 남자의 앞자리에 서슴없이 털썩 앉았다. 그 순간 카페 직원들이 깜짝 놀랐지만, 그 이유를 이수는 전혀 알 수 없었다.

"죄송해요. 제가 좀 늦었습니다."

이수는 인사보다 사과부터 먼저 했다. 약속된 시간보다 10분 정도 늦어버렸다. 그녀가 사과까지 했는데도 남자가 찌푸린 눈으로 그녀를 쳐다보았다. 거참, 남자가 쪼잔하게. 그래도 남자의 얼굴에서는 광이 났다. 이 정도면 첫 맞선에서 로또 맞은 건가 싶긴 했지만 남자의 성격이 만만치 않아 보였다. 얼굴값 한다는 말이 괜히 생긴 게 아니다.

서둘러 화장실로 간 이수의 맞선남은 거울 앞에서 욱신거리는 어깨 부분을 확인했다. 셔츠 단추를 풀자 새빨간 손자국이 찍혀 있는 걸 보고 남자의 얼굴이 사색이 되었다.

"도대체 뭐 하는 자식이야."

이수의 진짜 맞선남을 공포에 떨게 한 태준은 입이 말라 커피 잔에 손이 가고 있었다. 다짜고짜 그의 앞에 앉은 여자 때문이었다. 특색 없는 검은 정장을 입은 여자는 그냥 봐도 그가 맞선 볼 여자는 절대 아니었다. 아무래도 그가 쫓아버린 그 남자의 맞선녀 같았다.

예의 없는 그 남자가 누구와 맞선을 보나 했더니 맞선 볼 남자의 얼굴도 제대로 모르는 여자였다. '당신의 맞선남이 조폭처럼 시끄러운 걸 도저히 참고 들을 수가 없어서 내가 돈 주고 쫓아버렸다.'는 말을 어떻게 하면 가장 간결하게 할 수 있을까 생각하고 있는데 그녀가 말했다.

"제 프로필 정도는 기본으로 알고 나오셨을 테니까 굳이 제 입으로 설명해드릴 필요는 없죠?"

검찰청 일이 기 싸움을 잘해야 하는 거라 그녀는 맞선에 나와서도 기죽지 않으려고 센 척 말했다.

"사진으로 얼굴 확인해두는 건 예의겠죠."

진짜 사진 보는 걸 깜빡했기에 이수는 그 말에 뜨끔했다. 맞선에 대해 진지하게 생각하지 않았기에 엄마가 전화로 말한 인적 사항만 대충 주워듣고 나온 것이었다. 이수는 좋은 모습만 남기고 싶어 립 서비스를 했다.

"사진보다 훨씬 미남이세요."

"그럴 리가."

태준이 겸손인지 부정하며 말하자 이수는 손사래를 치며 격하게 긍정했다.

"아니에요. 진짜 영화배우 해도 되시겠어요."

"할 생각 없습니다."

잘생겼다고 칭찬해준 건데 뭘 그리 정색을 하며 부정하나. 사람 민망하게. 딱 견적 나왔다. 이 남자, 그녀가 마음에 안 든 거다. 그래, 그쪽 얼굴 봤을 때 바로 알아봤어. 외모랑 몸매 겁나 따지는 거지? 그럼 사시 패스한 여자가 아니라 연예인이랑 맞선을 봤어야지.

"그리고 제가 검사라고 알고 계실까 봐 말씀드리는 건데, 저 아직은 검사 시보예요."

태준의 입으로 향하던 커피 잔이 공중에서 멈추었다. 그러고 보니 아까 그 남자도 전화로 말했었다. 사법 고시 패스한 여자라고. 하필 잘못된 맞선을 봐도 검사 될 여자와 보게 되다니. 아무래도 그의 운수 없음은 우주의 블랙홀까지 뚫어버릴 정도로 강력한 것 같았다.

"그러니까 검사 시보라는 게……."

"아직 연수생이라는 거 알아들었습니다."

"오, 법 좀 아시나 봐요?"

"상식입니다."

남의 맞선녀 앞에서 상식 있는 남자가 되어서 그에게 남는 건 아무 것도 없었다. 이제 이 잘못된 맞선을 끝내려고 하는데 그때 테이블 위의 태블릿 PC가 자기 존재를 과시하며 힘차게 울렸다.

부르르르르르르─.

두 사람의 눈동자가 동시에 태블릿 PC로 향했다.

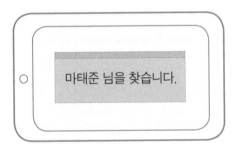

마태준 님을 찾습니다.

태블릿 PC에 뜬 자신의 이름을 본 태준은 뜨끔했고, 처음 맞선을 보는 이수는 그 물건의 용도를 알 수 없었다. 그저 커피숍에 가면 보던 거랑 비슷해 보일 뿐이었다. 직원이 그들이 앉아 있는 자리를 지나며 태준을 노골적으로 쳐다보았지만, 태준은 자신의 이름을 보고도 '나'라고 밝힐 수가 없었다. 지금 자신이 누군지 말하게 되면 두 여자 사이에서 아주 웃긴 꼴이 될 것 같았다.

맞선 킬러가 최대의 위기를 맞게 된 것도 모르고 이수는 그냥 맞선 남이 너무 잘생겨서 직원들이 쳐다보는 거라고만 여겼다. 마태준이란 남자는 나오지 않은 건지 아무도 손을 드는 사람이 없었다.

"성이 '마' 씨라 그런가, 이 이름에서 벌써 여자 울릴 기운이 강하게 느껴지네요."

그녀가 그의 이름만 보고도 정확히 지적하자 태준은 또 커피 잔에 손이 갔다. 그가 이름 때문에 진땀 빼느라 맞선을 끝낼 타이밍을 그녀가 채가고 말았다.

"오늘 이 자리에서 끝이더라도 집에 가면 저에 대해 좋게 좀 말해줘요. 우리 엄마가 전해 듣고 속상하지 않게요."

그녀의 입에서 나온 '엄마'란 단어가 그의 마음을 건드렸다. 그가 맞선을 나온 이유도 어머니의 유산을 지키고 싶어서였다.

"단지 어머니 때문에 맞선 나온 거라는 말입니까?"

"당연하죠. 제가 지금 얼마나 바쁜데요. 검사 시보가 이렇게 바쁜데, 진짜 검사가 되면 얼마나 더 바쁘겠어요. 남자 만날 시간이 있으면 그 시간에 차라리 똥을 마음 편히 싸겠어요."

'남자'와 '똥'을 비교하는 말에 태준은 표정 관리가 안 되었다.

"그러니까 말만 좀 잘해주세요."

"미안하지만, 그건 무리입니다."

오늘 그녀의 진짜 맞선 상대는 그가 아니었으니까 아무도 그에게 그녀에 대해 물을 일은 없었다. 그런데 그녀는 그게 그의 거절인 줄 알고 화난 표정을 지었다.

"제가 막 만나달라고 조르는 것도 아니고, 그냥 말 몇 마디 좋게 해달라는 건데, 그것도 못 해주세요?"

그것보다 더 문제는 이 잘못된 맞선이 너무 길어졌다는 거다. 그는 맞선 킬러의 본모습으로 돌아가기 위해 자리에서 일어났다.

"또 만날 일은 없을 겁니다."

그녀 역시 인연을 찾아 나온 게 아니라고 하니, 마지막에 그가 누구인지 말하는 건 무의미하게 느껴졌다. 더 이상 머뭇거림 없이 카페를 나가버리는 태준의 뒷모습을 이수는 자존심 상한 눈으로 노려보았다. 도대체 '사람은 괜찮았다.'는 말 한마디 해주는 게 뭐가 그리 어렵다고. 진짜 못된 사람이다.

맞선남이 집에 가서 안 좋은 소리를 할 것 같았기에 이수는 우울한 기분으로 집에 돌아왔다. 엄마에게 전화해서 맞선 본 이야기를 해야 하는데 꼭 망친 시험 결과를 보고해야 하는 것 같아 그녀는 선뜻 전화하지 못했다. 그녀가 그 어려운 사시에 패스해서 검사가 되려는 게 모두 자랑스러운 딸이 되기 위해서인데. 그 고운 마음에 고춧가루를 뿌린 맞선남이 그녀는 정말 용서가 안 되었다.

"에이, 넌 뭐가 그리 잘났냐."

이수는 책상 위에 놓아두었던 맞선남 사진에 화풀이하려고 거친 손길로 사진첩을 펼쳤다.

"어? 이게 뭐야."

사진 속 남자가 호텔에서 맞선 본 남자랑 다르자 그녀의 눈이 커졌다. 사진 속 남자도 잘생긴 놈이긴 했지만 오늘 호텔에서 본 엄청 잘생긴 놈은 절대 아니었다. 자신의 눈이 잘못된 건가 싶어서 그녀는 손으로 눈을 힘껏 비비고 다시 사진을 보았다.

자세히 보니 확실히 다른 사람이었다. 그럼 오늘 그녀와 맞선 본 그 남자는 도대체 누구란 말인가? 그녀는 꼭 귀신에 홀린 기분이었다.

✿

이수와의 잘못된 맞선 이후 이대로 꼭두각시 인형처럼 맞선만 보고 있을 수는 없다고 여긴 태준은 아버지와 담판을 짓기로 했다.

"약속대로 맞선을 봤으니 퀸 호텔 지분 넘겨주십시오."

그의 요구에 마광호는 침대에 누운 채 코웃음을 쳤다.

"그 많은 여자 중 한 명도 아이를 못 배게 했으면서 달라는 소리는 뻔뻔하게 하는 거냐. 사내구실도 못하는 놈."

아버지의 상스러운 말에 태준의 눈매가 찌푸려졌다. 아픈 아버지와 싸우려는 게 아니었기에 태준은 주먹을 꽉 쥐며 차분하게 말했다.

"맞선을 보라고 해서 봤습니다. 그러니 아버지도 약속을 지키십시오. 안 그럼 저는 당장 공항으로 갈 겁니다."

이대로 떠난다는 태준의 협박에 마광호의 얼굴에도 성난 감정이 드러났다.

"네 이놈! 콜록콜록!"

마광호가 심하게 기침하기 시작하자 곁을 지키고 있던 홍 실장이 서둘러 달려왔다. 이럴 때만 환자가 되는 아버지가 못마땅해 태준은 병실을 나가버렸다.

마광호는 거칠게 기침을 하면서도 홍 실장에게 지시를 내렸다.

"콜록, 저놈 뒤에, 콜록콜록, 사람 붙여서 공항 근처에 얼씬도 못 하게 해. 콜록."

"도련님이 원하는 대로 퀸 호텔 지분을 넘겨주십시오."

마광호의 눈빛이 사나워지자 홍 실장은 이유를 설명했다.

"어차피 그걸로는 도련님을 오래 못 붙잡습니다. 차라리 지분을 넘겨주고 호텔을 압박해서 경영난이 오면 호텔 대주주가 된 도련님이 그냥 떠나실 수는 없을 겁니다."

홍 실장의 말이 일리가 있었는지 마광호의 거친 기침이 거짓말처럼 잦아들었다.

"그놈을 호텔에 아예 묶어놓아야겠군."

건강하고 가장 강했던 젊은 시절의 힘과 권력을 유지하기 위해서 태준이 꼭 필요했다. 그를 빼다 박은 아들 태준이 그의 뒤를 이어야 마광호라는 이름이 흑룡파에 영원히 박제될 테니까.

마광호가 아들 태준에게 집착하는 건 이제 조금밖에 안 남은 삶에 대한 지독한 매달림이나 마찬가지였다.

이미 약속이 잡혀 있는 집안과의 맞선만 보면 호텔 지분을 넘겨준다는 아버지의 확약을 받은 뒤에야 태준은 다시 맞선을 보러 퀸 호텔로 갔다. 늘 그랬듯 퀸 호텔 카페 창가 자리에 앉은 태준은 두 눈을 깊게 감고 미동도 하지 않았다. 끝이란 게 없다면 차라리 그냥 이 순간 모든 게 멈추어버렸으면 좋겠다.

털썩―.

인기척에 태준은 눈을 뜨고 앞을 보았다. 눈앞에 있는 여자를 본 순간 멈추어버린 시계가 갑자기 지나치게 빠르게 움직이듯 그의 심장 박동이 거세졌다. 아직은 검사 시보라는, 나중에 검사가 될 거라던 그녀가 그를 보며 씨익 웃고 있었다.

"어쩌나, 딱 걸렸네."

호랑이를 잡은 사냥꾼처럼 그녀의 눈빛이 번뜩거렸다.

"제가요, 그쪽 잡으려고 일부러 여기서만 맞선을 봤어요."

태준은 그 뒤에 맞선을 나오지 않았었다. 그 맞선을 끝으로 그렇게 맞선을 보기 싫었던 게 이 여자가 여기 버티고 있었기 때문인가 싶기도 했다. 이수는 죄가 발각되었을 때 당황하는 범인의 모습을 그에게서 보고 싶었다. 그런데 남자의 표정이 너무 멀쩡한 게, 그녀는 마음에 들지 않았다.

"그래서 당신, 도대체 누구예요?"

그녀가 따지자 태준은 냉정한 목소리로 말했다.

"먼저 착각한 건 그쪽입니다."

"그럼 바로 아니라고 말해주셨어야죠."

그때 테이블에 놓여 있던 태블릿 PC가 울리며 '마태준'이란 이름이 뜨자 이수는 손가락으로 그 이름을 가리키며 흥분했다.

"이 이름 처음 볼 때부터 거슬린다 했더니, 이거 당신 이름이죠? 그렇죠?"

태준이 자리에서 벌떡 일어나자 이수도 빠르게 따라 일어났다.

"오늘은 누군지 말해주기 전에 절대 못 보내드립니다."

그녀는 그를 붙잡을 권리가 없었다. 법적으로 따져도 쌍방 과실이었다. 아니, 먼저 착각을 한 건 그녀였으니 좀 더 크게 잘못한 건 오히려 그녀일 수도 있었다.

태준이 그냥 가버리려고 하자 오늘 진짜 맞선을 봐야 하는 그의 맞선녀는 당황했다. 맞선녀가 그 자리에서 어찌할 바를 몰라 발만 동동 구르고 있을 때 이수는 빠르게 태준의 뒤를 쫓아갔다.

❋

태준은 가능한 한 빨리 그녀에게서 벗어나고 싶었기에 호텔 정문 앞에서 운전기사에게 전화하지 않고 바로 택시를 잡았다. 태준이 택시 뒷문을 열고 올라타자 그를 쫓아온 이수가 빠르게 그를 따라 타려고 했다. 태준은 서둘러 그녀를 막았다.

"그만 쫓아와요."

이수도 지지 않고 받아쳤다.

"그럼 제대로 사과하고 정체를 밝히든가요. 당신, 누구예요?"

그 질문에 대답하기 싫어서 자리를 피한 것이었다. 그래서 태준은 질문에 대한 대답 대신 그녀를 밀어내려고 했다. 그때 그녀가 찢어지는 목소리로 비명을 질렀다.

"꺄악! 지금 내 가슴 만진 거예요?"

그녀가 외치는 소리를 들은 사람들이 놀라서 쳐다봤고, 당사자인 태준은 당황해서 서둘러 손을 뒤로 뺐다. 가로막는 손이 사라지자 이수는 재빠르게 택시 뒷자리에 올라타 문을 닫았다. 그의 옆자리에 앉는 것에 성공한 이수는 승리의 미소를 지었다.

태준은 당했다는 눈으로 그녀를 보았다. 맞선 볼 때는 정직한 검사 시보인 줄 알았더니 이제 보니 불굴의 거머리였다.

"날 떼어내고 싶으면 빨리 누군지 순순히 실토해요."

어차피 그가 누군지 알아도 그녀는 감당 못할 거다. 그런데도 그녀는 그의 정체를 알아낼 때까지 쫓아올 기세였다. 그래서 태준은 그녀를 보며 그 순간 떠오르는 이름을 말했다.

"로미오."

장난같이 들리는 그의 말에 이수는 인상을 팍 쓰며 화를 냈다.

"당신 이름, 마태준 맞잖아요!"

로미오라는 이름도 맞았다. 그녀가 검찰청에서 온 줄리엣이었으니까.

"어디로 모실까요?"

택시 기사는 수상한 두 사람의 분위기를 느끼고 조심스럽게 물었다. 택시는 태준이 잡았는데 행선지는 이수가 냉큼 말했다.

"검찰청으로 가주세요."

그를 잡아넣겠다는 소리로 들렸기에 태준은 차가운 눈으로 그녀를 쳐다보았다.

"검사 일도 이렇게 감정적으로 처리합니까?"

"그쪽 겁주는 거예요. 그래야 누군지 순순히 실토할 테니까."

"로미오."

"아, 그 소리 한 번만 더 하면 맞선 사기범으로 처넣을 거예요!"

그녀가 진심으로 화를 내자 태준은 오히려 웃음이 나오려고 했다. 이래서 인생은 멀리서 보면 희극이란 말이 생겼나 보다. 그의 진담이 장난으로 통하다니. 하지만 유쾌한 감정은 그녀의 다음 말에 씻은 듯이 사라졌다.

"그 카페에서는 맞선 킬러로 불린다면서요. 맞선 자리에서 여자를 너무 뻥뻥 차대서."

그건 그도 처음 알게 된 별명이라 태준은 기가 찬 눈으로 그녀를 쳐다보았다. 어머니와의 추억이 있는 곳이라 그곳에서만 맞선을 본 거였는데 거기 직원들이 그를 그런 눈으로 봤다고 하니 추억에 배신당한 기분이었다.

"잘생기고 돈 많아서 여자를 우습게 아는 거 아니에요? 그래서 나도 우습게 본 거고."

태준은 변명 같은 건 하고 싶지 않았기에 고개를 돌려버렸다. 그가 우아하게 회피할수록 그녀는 더 집요해질 수밖에 없었다.

"도대체 정체가 뭐냐고요."

그녀는 자신이 맞선 본 남자가 누구인지는 알아야 했다. 유령과 맞선을 본 게 아니니까. 로미오 따위도 절대 아니다. 그녀가 줄리엣이 아니었으니까. 운명적 사랑 같은 거, 소름이었다.

"어차피 또 볼 사이도 아닌데 그걸 굳이 알아야 합니까?"

신비주의와 사기꾼은 한 끗 차이였다.

"네. 난 내가 맞선 본 남자가 누군지 꼭 알아야겠어요."

이수는 턱을 들고 눈에 힘을 주며 강한 인상을 만들려 애썼다.

"말해요. 안 그럼 오늘 집에 못 들어갑니다."

사실 가고 싶지 않은 집이었다. 평생 그 집에서 도망쳤다 되돌아가기를 반복하며 살았다. 태준이 말은 하지 않고 그녀를 빤히 쳐다보기만 하자 이수는 힘주고 있는 콧속이 간지러워졌다. 시선을 피하면 지는 거 같아서 그럼 안 될 거 같은데, 저 흑요석을 박아놓은 듯한 눈빛이 점점 부담이 되었다. 잘생기기는 더럽게 잘생겨서.

"눈 깔아요."

"욕한 겁니까?"

"아뇨. 부탁한 거예요."

그가 피식 웃는 걸 보니 그냥 욕을 걸쭉하게 하는 게 나았을 듯싶다.

"내가 정말 양보해서 이름만 알고 가겠어요. 인정해요. 당신, 마태준 맞죠?"

이수는 엄청 양보하는 말투로 말하고는 그를 쳐다보았다. 또 로미오 어쩌고 하면 그땐 전쟁이었다.

"그만하십시오. 계속하면 그쪽이 위험해질 겁니다."

태준의 입은 진심을 말했고, 이수의 귀에는 수작으로 들렸다.

"내가 위험한 인간들 잡는 검사예요."

"아직 검사 시보 아닙니까?"

"몇 달만 지나면 진짜 검사 돼요!"

그의 지적에 이수는 발끈했다. 그때 태준의 시선에 빨간 불로 바뀐 신호등이 들어왔다. 그리고 택시는 바로 사거리에서 멈추어 섰다. 태준은 택시가 멈춰 선 것에 맞추어 입을 열었다.

"난 내 아버지가 부끄럽습니다. 그러니 내가 누구인지 내 입으로 말할 일은 없습니다."

인생의 목표가 부모님의 자랑스러운 딸인 이수는 대놓고 아버지가 부끄럽다는 태준의 말에 눈살을 찌푸렸다.

"이제 보니 엄청 못된 인간이네."

태준은 부정하지 않고 몸을 앞으로 숙였다. 그가 갑자기 가까이 다가오자 이수는 깜짝 놀라 문 쪽으로 바싹 붙었다.

"내가 누군지 따지기 전에 안전벨트 먼저 똑바로 매십시오."

태준이 순식간에 안전벨트 끈을 당겨 그녀의 몸을 결박할 때에야 상황을 파악한 이수는 목소리를 높였다.

"뭐 하는 거예요!"

태준은 안전벨트 끈을 그녀가 풀지 못하게 아예 매듭을 지어 묶고 있었다. 그 손길은 꼭 특공대 요원처럼 빠르고 단단했다. 그녀를 안전벨트로 묶어버리자마자 태준은 택시기사에게 오만 원짜리 한 장을 꺼내 건네며 말했다.

"신호 바뀌면 멈추지 말고 쭉 달려요."

"네? 네."

"야! 너 이 자식! 이거 당장 안 풀어!"

이수는 태준이 묶어놓은 매듭을 풀려고 바둥거렸지만 어찌나 단단히 묶어놓은 건지 꿈쩍도 하지 않았다. 태준이 긴 팔을 뻗어 창문 바깥쪽 손잡이를 당겨 내리려고 하자 이수는 그를 붙잡으려고 손을 뻗었다. 하지만 안전벨트 때문에 손이 닿지 않았다. 그래서 그녀의 목소리만 불이 붙은 듯 타올랐다.

"이 망할 자식! 이거 풀고 가!"

당연히 태준은 풀어줄 마음이 없었다. 그럼 그녀가 또 쫓아올 게 뻔했으니까.

그녀를 택시와 함께 보내고 혼자 거리를 걷게 되어서야 태준은 자유를 느낄 수 있었다. 그는 넥타이를 느슨하게 풀고는 사람들 사이를 걸어갔다. 의도치 않게 호텔과 멀어져버려서 운전기사와 경호원까지 따돌린 꼴이 되었다. 지금쯤 난폭 운전을 하며 열심히 그를 찾고 있을 테지만 모처럼 느껴보는 자유라서인지 전화하고 싶은 마음이 안 생겼다.

태준은 목적지 없이 길을 따라 쭉 걸었다. 지나가는 사람들의 시선이 그를 따라붙을 때마다 조금씩 걸음이 빨라지는 것만 빼면 괜찮은 시간이었다. 안전벨트로 묶어버린 건 좀 심했나 싶기도 했지만 그녀를 떼어놓으려면 달리 방법이 없었다. 이제 그녀와는 더 이상…….

덥석, 갑자기 그의 어깨를 붙잡는 우악스러운 손길에 고개를 돌린 태준은 이수의 얼굴이 눈에 들어오자 진심으로 놀랐다.

"어떻게?"

"어떻게 풀었냐고요? 다 먹어치웠어요! 내가 검찰청이 인정해준 쇠도 소화하는 위장녀라고!"

드디어 이상형의 여자를 바로 눈앞에서 보게 되었지만 충격받은 그의 표정은 풀리지 않았다. 설마 그걸 풀고 또 쫓아와 그를 붙잡을 줄은 몰랐기에. 그때 이쪽으로 향해 오는 검은 차가 그의 눈에 들어왔다. 그를 찾는 차였다. 잠깐의 자유 좀 누렸다고 모든 재앙이 한꺼번에 그에게 몰려들고 있었다.

"지금이라도 그냥 날 놔주는 게 당신 인생에 좋을 거라고 말하면 믿을 겁니까?"

"택도 없는 소리 하지 마요!"

이미 그에게 한 번 크게 당한 그녀가 그의 말을 믿을 리가 없었다. 그사이 차는 점점 더 다가오고 있었다. 할 수 없이 그는 발로 땅을 차며 달렸다. 그에게는 품위 지키는 게 목숨 지키는 것과 마찬가지였기에 정말 위급한 상황이 아니면 절대 달리지 않았는데 지금은 달릴 수밖에 없었다. 안 그럼 그녀가 정말 그의 인생에 말려들 것 같았으니까.

"야! 거기 안 서!"

이수는 당연히 그가 또 도망치는 줄 알고 그를 쫓아 달렸다. 그녀는 전직 국가 대표 출신이었다. 달리는 건 자신 있었다. 그런데 그를 따라잡는 건 생각처럼 쉽게 되지 않았다. 그녀가 지구인 수준이라면 앞에서 달리는 그는 우주인 수준이었다. 아무리 달려도 거리가 좁혀지지 않았다.

그를 쫓아 속도를 멈추지 않고 커브를 돌았는데 갑자기 억센 손길이 그녀의 팔을 힘껏 잡아당겼다. 중력의 방향이 순식간에 바뀐 듯이 그녀의 몸이 커다란 간판 뒤로 빨려 들어가기가 무섭게 검은 차가 커브를 돌며 나타났다. 달리는 태준을 쫓아온 차였다.

"젠장! 그사이 어디 갔어! 당장 찾아! 못 찾으면 다 죽는다!"

제일 상급자가 길길이 화를 내자 운전기사는 마음이 급해져서 속도를 더 높였다. 아무리 보스의 유전자를 물려받아 뛰어난 육체를 가졌다고 해도 인간이 차를 이길 수는 없었다.

"헉, 헉, 헉."

그녀의 거친 숨소리가 그의 손바닥 밑에서 터져 나왔다가 사그라지기를 반복했다. 이수는 숨이 닿을 정도로 가까운 거리에 있는 까맣고 빛나는 눈동자에서 눈을 떼지 못했다. 그녀를 찌를 듯이 보는 그 눈동자에 모든 게 마비되는 듯했다. 시간이 멈추고, 시끄러운 차 소리도 들리지 않았다. 이러다 그녀가 누구인지조차 잊어버릴 듯했다.

태준은 차가 멀어진 걸 알고 그녀의 입술을 막고 있던 손을 치웠다. 그가 숨을 내쉬자 그의 호흡이 그녀의 입술에 닿아 온몸에 소름이 쫙 돋았다. 입술이 닿은 것보다 더 자극적으로 감각을 흔들어놓는 숨결이었다.

"또 쫓아오면 정말 후회할 일 생길 겁니다."

이건 경고가 아니라 충고였다. 하지만 이수는 그를 이대로 순순히 놓아줄 수 없었다. 그녀는 아직까지 그가 누구인지 듣지도 못했고, 그가 그녀에게서 도망치기 위해 하는 행동들이 점점 더 그녀를 자극하고 있었으니까.

"누구 마음대로 간다는 거예요!"

그녀가 그를 또 붙잡자 물러나던 태준은 갑자기 바람이라도 된 것처럼 그녀에게 바짝 훅, 다가왔다. 태준의 입술이 키스할 듯 다가오자 깜짝 놀란 이수는 손으로 서둘러 자신의 입술을 막았다.

쪽―.

그의 입술이 그녀의 손등에 닿았다. 그 따뜻한 감촉은 온몸이 저릿할 정도로 그녀를 휘감았다. 그녀가 손을 놓은 틈을 놓치지 않고 그녀의 손에서 탈출한 태준은 차가 쌩쌩 달리는 8차선 도로로 거침없이 뛰어들었다.

빵빵―.

도로에 난입한 무법자 때문에 차들의 클랙슨 소리가 무섭게 높아졌다. 이수는 놀라서 그를 쫓아가 막으려고 했지만 달려오는 차 때문에 그를 따라갈 수가 없었다. 그와 달리 그녀는 자신의 몸이 너무 소중했으니까.

"미쳤어요? 당장 돌아와요!"

태준은 꿋꿋하게 8차선을 끝까지 건너갔다. 그의 무모한 직진에 차들도 질린 건지 알아서 그를 피해서 달렸다. 반대편 인도까지 건너간 그는 마지막으로 그녀가 있는 쪽을 돌아보았다.

먼 거리였는데도 그의 눈빛이 느껴지는 듯해 소름이 일었다. 그는 그녀를 그리 오래 쳐다보지 않았다. 곧 자신과 상관없는 사람이라는 듯 그녀에게 등을 보이고 걸어갔다. 이수는 멀어지는 태준의 등을 기가 찬 눈으로 보다가 소리쳤다.

"그래서 당신, 도대체 누구냐고!"

그녀가 미스터리 맞선남의 입을 통해 알아낸 사실은 하나뿐이었다. 그가 아버지를 부끄러워한다는 거.

❀

"퍽! 윽!"

김상철의 발이 무자비하게 가슴을 후려 찰 때마다 건장한 남자들이 바닥에 쓰러졌다가 다시 오뚝이처럼 일어났다.

"멍청하게! 그걸 놓쳐!"

태준을 놓친 것에 대한 응징이었다. 태준은 평범한 사람처럼 호텔에서 여자를 만나 맞선을 본 거였지만 그건 절대 평범할 수 없는 맞선이었다. 왜냐하면 그는 대한민국 최대 조폭 흑룡파의 수장인 마광호의 외아들이었기 때문이다.

태준의 결혼에 흑룡파의 미래가 걸려 있는 거나 마찬가지였다. 그래서 마광호도 흑룡파도 태준의 맞선에 촉각을 곤두세우며 지켜보고 있는 거였다. 언제 죽을지 모를 마광호의 뒤를 태준이 이어준다면 문제가 없겠지만 태준은 그 길을 평생 거부하며 살아왔다. 그래서 마광호는 결혼이라도 해서 아들을 낳으라고 강요하는 것이었다.

그것 역시 태준에게는 곤혹스러운 일이겠지만 어쩌겠나. 그게 흑룡파 보스의 아들로 태어난 자의 숙명인 것을. 아무리 도망치고 부정해도 피할 수 없었다. 태준은 살아 있는 한 마광호의 아들로 살아야만 했다.

"형님, 도련님이 병원 앞에 도착했답니다."

태준을 놓친 수하들을 구타하던 김상철은 태준이 제 발로 돌아왔다
는 말을 듣고 그제야 폭력을 멈추었다. 김상철은 피가 튄 하얀 셔츠 소
매를 걷어 올리며 방금 대준이 왔다고 보고한 수하에게 지시했다.

"이것들 다 치워버리고 더 똘똘한 놈들로 골라 와."

"네."

마광호의 병실 쪽으로 서둘러 향한 김상철은 문 앞에서 태준과 만
날 수 있었다. 김상철은 수하들을 구타하던 사나운 모습이 아닌 친동
생을 걱정하는 형과 같은 얼굴로 태준에게 말했다.

"너 도대체 어디 갔던 거야? 무슨 일 생긴 줄 알고 걱정했잖아."

그가 또 도망친 줄 알고 찾은 거라는 걸 알지만 태준은 그냥 입을
다물고 있었다.

"어디 갔었느냐고."

김상철이 집요하게 물었지만 태준은 할 말이 없었다. 그저 그가 누
구인지 끝까지 알아내려고 했던 여자에게 자신이 어떤 사람인지 들키
지 않고 헤어질 수 있었다는 걸 다행이라 여길 뿐이었다.

퀸 호텔 1층 카페에는 '맞선 킬러'라는 명물이 있었다. 그런데 어느
날부터인가 그 맞선 킬러가 발길을 뚝 끊었다. 호텔 카페 직원들은 그
가 그리워지고 있었다. 비록 맞선에서는 여자들을 뻥뻥 차던 나쁜 남
자였지만 보는 것만으로 흐뭇해지던 남자였으니까.

맞선 킬러가 사라진 뒤, 카페에는 그와 마지막으로 맞선을 봤던 여
자가 자주 나타났다. 그녀는 맞선 킬러에 대해 호텔 직원들에게 물어

보았지만 손님에 대해 말하지 않는 게 호텔 직원들에게는 불문율이나 마찬가지였기에 잘 모르겠다는 대답만 들을 뿐이었다.

"맞선 보러 온 사람이니까 이름은 알 수 있잖아요."

알아도 말하면 안 되는 사항이었다.

"혹시 반하셨어요?"

그런 여자가 한두 명이 아니니까 포기하라는 말을 하려고 물은 건데 여자는 발끈했다.

"아뇨! 그 자식이 나한테 어떻게 했는데!"

잡히면 가만 안 둔다는 그녀의 말은 아무래도 진심인 것 같았다. 맞선 킬러 대신 그를 잡으려는 그녀가 카페에서 맞선을 보기 시작했다. 적어도 맞선 킬러보다는 훨씬 성격이 좋아 보이기는 했다. 그녀는 맞선 상대로 누가 오든 반죽 좋게 대화를 이어갔다. 그런데도 계속해서 맞선을 보러 카페에 찾아오는 걸 보면 맞선 킬러를 잡고 싶은 욕망이 크든지, 실속은 없는 속 빈 강정이든지 둘 중 하나였다.

호텔 정문에 고급스러운 검은 벤츠가 조용히 멈추어 섰다. 정차한 차의 뒷좌석 문이 열리고 광이 나는 질 좋은 구두가 밖으로 나와 땅을 짚더니 곧 슈트를 작품처럼 잘 소화하는 남자가 내려섰다. 태준이었다. 태준은 무거운 눈빛으로 퀸 호텔을 올려다보았다. 그와는 인연이 깊은 호텔이었다. 어머니의 외가가 처음 이 호텔을 세웠고, 어머니가 돌아가신 뒤 꽤 많은 호텔 지분이 그와 아버지에게 상속되었다.

그 지분 때문에 그가 이 호텔 카페에서 '맞선 킬러'라는 오명을 얻게도 되었다. 아버지에게서 호텔 지분만 받아내면 호텔은 안전할 줄 알 았는데 그건 그가 아버지를 너무 몰라서 한 순진한 생각이었다. 마광 호는 그에게 호텔 지분을 넘겨주어 그를 안심시켜놓고는 뒤에서는 호 텔을 흔들어댔다. 안 그래도 시대에 따라가지 못해 옛 명성을 잃어가 고 있던 퀸 호텔은 마광호가 흔드는 대로 크게 휘청거렸다.

아버지가 평소 전혀 관심도 없던 호텔을 흔든 이유는 딱 하나뿐이었 다. 원하는 것을 이루기 위해서는 수단과 방법을 안 가리는 아버지의 행동에 태준은 치가 떨렸다. 하지만 이번엔 그런 아버지가 보기 싫다 고 그냥 떠날 수가 없었다. 그가 이대로 떠나면 퀸 호텔은 정말 망해버 릴 수도 있었으니까.

어머니의 죽음을 막지 못했다는 죄책감이 아직도 남아 있었기에 그 는 흔들리는 호텔을 모른 척하고 떠날 수가 없었다. 그래서 오늘만큼 은 맞선을 보러 온 게 아니라 이 호텔을 인수할 투자자의 자격으로 호 텔 사장을 만나러 온 것이었다.

호텔과 함께 늙어버린 호텔 사장은 태준이 이 호텔 창업주 외손녀의 아들이라는 말을 듣고 처음으로 피로감 가득한 얼굴에 미소를 띠었다.

"선대 회장님께서 돌아가신 뒤에 아가씨가 아들 데리고 이 호텔에 자주 왔었는데, 그럼 혹시 그 꼬마?"

태준은 고개를 끄덕였다.

"네, 기억해주셔서 감사합니다."

사장은 주름 자글자글한 손을 내밀었지만 선뜻 태준의 손을 잡지는 못했다. 그에게 태준은 그리운 호텔 회장 일가의 가족이기도 했지만 이 호텔을 인수할 재력가이기도 했으니까.

"내가 오히려 힘들어진 호텔을 넘겨주게 된 게 미안하네."

태준은 아니라고 고개를 저었다.

"끝까지 호텔을 지켜주신 만큼 저도 호텔을 맡게 된다면 최선을 다하겠습니다."

퀸 호텔 사장은 태준의 말에 눈물을 웃음 속으로 삼켰다. 사람은 시간과 함께 늙어 죽는 게 순리라지만 퀸 호텔이 사람들 속에서 계속 그 역사를 이어갈 수 있다면 마지막 눈을 감는 순간이 그리 쓸쓸하지만은 않을 것이다.

퀸 호텔 사장과 이야기를 잘 끝낸 태준은 바로 호텔을 나와 정문에 대기하고 있던 차에 올라탔다. 차가 호텔 진입로를 빠져나갈 때 차 창밖을 보던 태준은 퀸 호텔 1층 카페 안에 앉아 있는 낯익은 얼굴을 발견하고는 눈을 좁혔다.

그가 잘못된 맞선을 본 그녀였다. 만약 오늘 그가 사장실이 아니라 맞선을 보러 카페에 갔다면 또 그녀에게 멱살이 잡혔을 것이라 태준은 절로 목에 손이 갔다. 카페 여직원과 무언가 열심히 이야기 중인 게, 차 주문하는 거라고 하기에는 말이 너무 길어 보였다. 아마 그에 대해 신나게 씹고 있을 가능성이 컸다. 맞선 킬러가 어쩌고 하면서.

"호텔 인수하게 돼서 기분 좋나 보네?"

조수석에 앉아 있던 김상철의 말에 태준은 그녀에게서 눈을 떼 앞으로 고개를 돌렸다.

"뭐?"

"웃고 있길래."

태준은 마치 남의 이야기를 들은 사람처럼 딱딱하게 물었다.

"웃었다고? 내가?"

김상철은 고개를 끄덕이고 아직도 안심하지 못해 말을 덧붙였다.

"그러니까 이제 딴 맘 먹지 마라. 또 너 찾으러 비행기 타기 싫으니까."

태준은 고개를 돌려 다시 카페 쪽을 보았다. 차가 달리고 있어 퀸 호텔이 점점 멀어져갔다. 카페에 앉아 있는 그녀도 차츰 흐릿해졌다.

아마도 검사가 될 여자와 깡패 아들이 맞선을 보게 된 건 심술궂은 신의 장난일 거다. 그는 더 이상 심술궂은 신이 가지고 노는 운명이란 것에 놀아나기 싫었다.

태준은 고개를 돌려 앞을 보며 머릿속에서 그녀의 얼굴을 지워버렸다. 로미오와 줄리엣의 맞선은 이미 끝난 이야기였으니까.

이수는 일요일이 되어 또다시 오게 된 퀸 호텔 건물을 올려다보며 몸속 깊은 곳에서 우러나오는 한숨을 길게 내쉬었다.

"도대체 언제까지 이 짓을 해야 하는 거지?"

효도하는 마음으로 맞선 보면서 로미오 그 자식을 잡으려고 호시탐탐 노리고 있었는데, 이젠 둘 다 지쳤다.

"설마 내가 있는 걸 알고 장소를 옮겼나?"

안 그럼 매일 이곳으로 맞선을 보러 왔다는 남자가 이렇게 오래 안 나타날 리가 없었다. 그가 다시 퀸 호텔에 나타나지 않는 이상 그녀가 그를 잡을 방법은 없었다. 그에 대해 아는 게 아무것도 없었으니까.

"지은 씨, 안녕."

맞선 상대는 한 번 보고 땡인데, 카페 직원들과는 자주 보다 보니 친해졌다.

"아, 네! 또 오셨네요."

그런데 오늘따라 직원들의 표정이 경직되어 있었다.

"다들 표정이 별로네요. 무슨 일 있어요?"

"그게, 손님한테 할 이야기는 아니라서."

"에이, 우리 사이에 무슨. 편하게 이야기해요. 법적인 거면 내가 도와줄 수도 있고."

그래도 지은은 고개를 저었다.

"저희 사장님이 호텔을 파실 때에는 정말 힘들어서 파시는 걸 텐데 저희가 어떻게 잘리기 싫다고 고소를 하겠어요."

"아! 이 호텔 매각돼요?"

그녀의 질문에 지은은 화들짝 놀랐다.

"그걸 어떻게 아셨어요!"

방금 네 입으로 말했단다. 그녀의 허당기를 좀 알기에 이수는 별거 아니라는 태도를 보였다.

"내가 말했잖아요. 법으로 밥 먹고 사는 사람이라고. 이쯤이야."

법적 조언은 아무것도 안 들었기에 그녀의 말이 맞는 건가 싶긴 했지만 지은은 대단하다는 듯 고개를 끄덕였다.

"그런데 왜 맞선 킬러는 못 잡으세요?"

그녀의 순수한 질문에 허세 부리던 이수는 바로 정자세가 되었다.

"꼭 잡을 겁니다."

"못 잡을 거 같은데."

사실 그녀도 그럴 거 같다는 예감이 점점 커지고 있었다. 곧 검사 임용이었다. 진짜 검사가 되면 맞선 킬러보다 더 나쁜 놈들을 잡아야 했다. 아무래도 오늘도 못 만나면 이 카페에 그만 와야 할 것 같았다. 이젠 그녀의 시간이 아까웠다.

Episode 2
초콜릿을 조심하라

1년 후.

검사 시보로 남의 검사실에서 더부살이하며 멋진 검사가 될 날을 꿈꾸던 게 엊그제 같았는데 그녀도 이제 드디어 1년간의 길고 긴 지도 검사의 교육까지 끝내고 혼자 사건을 맡을 수 있는 검사가 되었다.

사법 고시 통과는 단지 시작에 불과했다. 지금부터가 진짜였다. 진짜 검사가 되니 역시나 제대로 쉬지도 못할 정도로 바빴다.

하지만 인간의 호르몬이란 전쟁통에도 아이를 낳게 하는 강력한 것이라 그 바쁜 검사 생활을 하면서도 그녀에게 좋아하는 남자가 생겼다. 조직 폭력을 담당하고 있는 형사 5부 최도훈 검사였다. 재판장에서의 카리스마 넘치는 모습에 존경심을 품게 되었다가 그 마음이 자연스럽게 연심으로 바뀌어버렸다. 그녀는 이미 고백할 말까지 정해놓았다.

'존경하다 좋아하게 됐습니다, 선배님. 으흐흐흐.'

"좋냐?"

이수는 음흉한 웃음을 멈추고 고개를 들었다. 동기인 류헌이 조서를 보며 웃고 있는 그녀를 이상한 사람 보듯 내려다보고 있었다. 이수는 웃음을 멈추며 뒤늦게 근엄한 표정을 지었다.

"오늘 나한테 엄청 중요한 날이니까 부정 탈 말은 하지 마라."

그녀는 내년 밸런타인데이까지 기다리지 않고 올해가 가기 전에 제대로 고백하기로 결심했다. 내년이면 서른. 그래도 20대에 고백해야 성공할 확률이 더 높을 것 같았다.

"나 오늘 최 검사님한테 고백할 거다."

그녀의 짝사랑을 유일하게 알고 있는 류헌은 심드렁한 표정으로 들었다.

"그래서 초콜릿도 만들어 왔어."

"밸런타인데이도 아닌데 웬 초콜릿?"

"사람이 뭔가 받으면 그냥 거절하기 미안해지잖아."

"그건 뇌물 아니냐?"

류헌이 자꾸 초 치는 소리를 하자 이수는 인상을 팍 썼다.

"넌 퇴근 시간 되면 최 검사님 사무실 찾아가서 언제 퇴근할 건지 물어봐. 그리고 자연스럽게 사무실 밖으로 유인하란 말이야. 오케이?"

누가 검사 아니랄까 봐 고백도 범죄자 검거하듯이 할 모양이었다. 류헌은 그냥 알았다고 고개를 끄덕였다. 거부는 그녀가 절대 안 받아들일 테니까.

그날, 이수는 가방 안에 있는 초콜릿을 계속 신경 쓰며 자꾸 시계를 보게 되었다. 그리고 퇴근 시간이 되기만을 그 어느 때보다 기다렸다.

Rrrrrrr— Rrrrrrr—.

드디어 류헌에게서 전화가 걸려오자 이수는 빛보다 빠르게 전화를 받았다.

"어떻게 됐어?"

[야, 오늘은 날이 아닌가 보다.]

"뭐? 왜?"

[최 선배 오늘 중요한 약속 있다면서 퇴근 시간도 되기 전에 사무실

에서 나갔대.]

그 누구보다 제일 오래 사무실에 박혀 있던 사람이 그 누구보다 일찍 퇴근했다니. 하지만 이대로 포기하기에는 오늘 초콜릿까지 직접 만들어 올 정도로 그녀는 너무 심하게 마음을 먹었다.

"최 검사님 언제 나갔는데?"

[5분 전에.]

그럼 아직 주차장에 있을 수도 있었다. 마음이 급해진 이수는 초콜릿이 든 가방만 챙겨 서둘러 문으로 뛰어갔다.

"저 먼저 퇴근해요."

같은 사무실에서 일하는 최 계장과 김 실무관이 이번엔 꼭 성공하라고 응원해주었지만 고맙다고 대답할 틈도 없었다. 도훈이 차를 타고 떠나기 전에 만나야 했기에 이수는 검찰청 복도를 전력질주했다. 이수는 사람 많은 엘리베이터를 포기하고 계단을 뛰어 내려가 주차장으로 향했다.

퍽—!

막 시동을 걸고 차를 출발시키려던 도훈은 갑자기 보닛 위에 쓰러지는 여자를 보고 깜짝 놀랐다. 그게 후배 검사 이수라는 걸 알고 도훈은 창문을 열어 화를 냈다.

"은이수! 미쳤어!"

뛰어오느라 숨이 턱까지 찬 이수는 말은 못 하고 시뻘게진 얼굴로 거칠게 숨만 내쉬었다. 차에 뛰어들어 헉헉 숨만 내쉬는 게, 아무래도 고백하려는 여자치고는 좀 변태 같긴 했다.

"헉헉, 최 검사님. 헉헉, 제가 오늘은 꼭…… 헉헉."

그녀가 힘겹게 말을 하며 운전석으로 걸어가는데 도훈은 매정하게 차를 출발시키고 있었다.

"나 오늘 중요한 약속 있어. 내일 이야기하자."

그녀도 정말 중요한 고백이었기에 이수는 어떻게든 출발하는 차를 붙잡기 위해 운전석 창문을 손으로 붙잡았다. 하지만 차가 속도를 내면서 그녀는 허무하게 떨어져 나갔다.

"최 검사님!"

그녀가 애타게 불렀지만 도훈의 차는 더 빨리 멀어졌다. 이젠 뛸 힘조차 없어서 멍하니 서 있는데 그녀의 옆으로 차 한 대가 와서 섰다.

"야! 뭘 멍청히 서 있어. 빨리 타!"

류헌이었다. 이수는 서둘러 류헌의 차 조수석에 올라탔다. 그녀가 타자마자 류헌은 도훈의 차를 쫓았다. 점점 '고백 로맨스'가 액션 장르로 바뀌고 있었다. 그래도 이수는 아직 희망을 놓지 않았다.

"넌 나 아니었으면 어쩔 뻔했냐."

류헌은 그녀가 불쌍하다는 듯이 혀를 찼다.

"그런데 최 선배 집 이쪽 아닌데. 어디 가는 거지?"

"중요한 약속 있댔잖아."

"이쪽은 강남인데. 설마, 맞선 보나?"

"그럼 중요한 약속이라고 안 했지! 넌 최 검사님을 그렇게 몰라! 검사 중의 검사!"

발끈하는 그녀를 보며 류헌은 짧게 혀를 찼다.

"그래, 넌 그렇게 믿고 싶겠지. 진짜 여자 만나는 거면 깨끗하게 포기해라."

아직 제대로 고백도 못 했는데 류헌은 소금을 바가지로 쏟고 있었다. 이수는 류헌을 짧게 흘겨보고는 다시 앞에 가는 도훈의 차로 시선을 돌렸다. 도대체 중요한 약속 상대는 누구일까?

도훈의 차는 강남의 퀸 호텔 앞에서 멈추어 섰다. 그걸 보고 류헌은 여자가 맞다고 확신했다. 1년 전에 그녀도 여기서 맞선을 보긴 했지만…… 그래도 아니라고 그녀는 고개를 저었다.

류헌은 이수를 측은한 눈으로 보며 말했다.

"이쯤에서 포기해라."

여기까지 왔는데 이대로는 그냥 갈 수 없어 이수는 차에서 내려 도훈이 들어간 호텔 안으로 따라 들어갔다. 호텔로 들어가는 이수를 류헌은 보고 있기만 했다. 그는 도훈이 있는 곳까지 데려다주기만 할 생각이었으니까.

"내일 눈 부어서 오겠네."

류헌은 아무래도 이수가 울게 될 거 같아 마음이 좋지 않았다.

업무 시간이 끝나고 퀸 호텔 VIP 극장에서 혼자 고전 영화를 보는 게 요즘 태준의 유일한 취미였다. 어릴 적 어머니와 이곳에서 자주 영화를 봤었다.

퀸 호텔이 기울어 VIP 고객이 줄어들면서 이 극장의 사용도 현저히 줄어들어 없애자는 말까지 나왔지만, 호텔의 새로운 대표가 된 태준은 극장 이용을 늘릴 생각이었다. 예전에야 호텔이 상류층만을 위한 공간으로 특화되어 있었지만 지금까지 그럴 필요는 없었다. 충분히 대중화시킬 수 있었다.

Rrrrrrrrr— Rrrrrrrrr—.

전화벨 소리가 영화 감상을 방해하자 태준은 짧게 눈살을 찌푸렸다. 전화를 건 사람은 김상철이었다. 쓸데없는 전화로 그를 방해할 인물이 아니었기에 태준은 할 수 없이 전화를 받았다.

[지금 퀸 호텔에 경찰이랑 검사가 잠복했다.]

"뭐?"

[아무래도 박만수 쪽인 거 같아.]

태준은 그 말을 듣자마자 기분이 극도로 날카로워졌다. 흑룡파 쪽이든, 경찰 쪽이든 그의 호텔에서 사건을 일으키는 건 절대 용납할 수 없었다. 영화는 클라이맥스로 향하고 있었지만 태준은 자리에서 일어나 극장을 박차고 나가 프런트 매니저에게 전화를 걸었다.

"1시간 이내에 호텔 투숙한 사람들 명단 바로 뽑아서 보고하세요."

가능한 신속하고 조용히 모두 내보내야만 했다.

이수는 도훈이 카페나 스카이라운지로 가지 않고 프런트로 걸어가는 걸 불안한 눈으로 쳐다보았다. 설마 방을 잡으려는 건 아니겠지? 아니어야 하는데. 그녀는 제발 아니길 빌었다.

하지만 그녀의 바람과 달리 도훈은 프런트 직원에게 호텔 방 키를 받았다. 룸 키를 받아 든 도훈이 몸을 돌리자 이수는 서둘러 뒤돌아섰다. 그리고 초콜릿이 든 가방만 꽉 움켜 안았다. 갈 길을 찾지 못하고 방황하던 이수는 뒤늦게야 고개를 돌려 슬쩍 뒤를 보았다. 도훈의 모습은 더 이상 보이지 않았다. 엘리베이터를 타고 룸으로 올라간 것 같았다.

엘리베이터의 숫자가 변하는 걸 이수는 멍한 눈으로 쳐다보았다. 엘리베이터는 14층에 멈추었고, 더 이상 움직이지 않았다. 확실히 룸이 있는 곳이었다. 줄 끊어진 인형처럼 멍하니 서 있던 이수는 다시 힘을 내기로 했다. 그녀는 천성적으로 의지가 강했다. 그동안 짝사랑한 시간이 아까워서라도 진짜 여자를 만나는 게 맞는지 확인은 해야했다. 어쩌면 동성 친구를 만나는 걸 수도 있었다. 아니면, 가족들과 시간을 보내려는 것일 수도 있었다.

이수는 자신의 눈으로 직접 확인해보기로 마음먹고 사람들을 따라 엘리베이터에 올라탔다. 엘리베이터는 룸 키를 터치해야 작동되는 방식이었다. 룸 키가 없는 이수는 다른 사람들이 내리는 층을 확인했다.

"죄송한데 몇 층에서 내리세요?"

그녀는 14층에 가야 했다.

"17층이요."

이수는 룸 키를 방에 두고 왔다고 둘러대며 올라가는 사람들과 같이 엘리베이터를 얻어 탔다.

띵―.

엘리베이터 문이 열리고 14층에 도착한 이수는 긴장한 시선으로 앞만 보며 호텔 복도로 걸어나갔다. 도훈이 어디 묵었는지 절대 알 수 없을 만큼 호텔 복도는 고요하기만 했다.

그럼 여기서 사람이 밖으로 나올 때까지 기다리는 미련을 떨 것인지, 아니면 얼굴에 철판을 깔고 호텔 방 문을 전부 두드려 보는 일을 할 것인지 결정해야 했다. 방문을 두드리다 도훈과 딱 마주쳤을 때 만약 여자와 같이 있는 모습을 본다면 그게 오늘 그녀가 겪게 될 가장 최악의 일이었다. 오늘 고백 못 한다고 영원히 기회가 없는 것도 아닌데 군이 그런 비참한 상황까지 몰고 갈 필요가 있을까? 그냥 돌아가는 게 그나마 고백의 기회라도 있는 걸까?

땅―.

엘리베이터가 14층에 멈추는 소리가 들리자 고민하던 이수는 고개를 들어 앞을 보았다. 엘리베이터 문이 열리는 순간, 그녀의 눈이 커졌다. 열린 엘리베이터 안에 서 있는 남자 역시 마찬가지였다.

그 남자였다! 1년 전, 그녀의 첫 맞선남. 이름조차 제대로 알려주지 않고 도망쳐버렸던 남자.

"로미오 사칭!"

폭탄처럼 터져 나온 그녀의 외침에 태준은 바로 엘리베이터 닫힘 버튼을 빠르게 눌렀다. 도대체 이게 어떻게 된 일인가 싶었다. 그는 단지 호텔의 질서를 어지럽히는 인간들을 쫓아내려고 온 것뿐이었다.

그런데 호텔에 나타난 건 그녀였다. 그와 잘못된 맞선을 봤던 줄리엣 검사. 복도를 가로질러 그를 향해 돌진해 오는 그녀의 모습은 태준이 지금껏 느껴보지 못한 공포를 느끼게 하기에 충분했다. 그래서 태준은 반사적으로 옆에 있던 객실 매니저의 어깨를 잡고는 밖으로 밀어 냈다.

"14층은 매니저가 해결해요."

"네?"

갑자기 밀려 나간 객실 매니저는 당황한 표정으로 태준을 돌아보았지만 엘리베이터 문은 벌써 닫혀 있었다. 분명 대표는 일하라고 한 건데 버려진 것 같은 이 기분은 뭔가 싶었다. 달려온 이수는 서둘러 엘리베이터 버튼을 눌러 닫힌 문을 열려고 했지만 엘리베이터는 이미 15층으로 향하고 있었다. 룸 키가 있어야만 갈 수 있는 영역이라 이수는 분통을 터트리며 객실 매니저에게 대신 따졌다.

"아까 그 남자도 여기 호텔 투숙객이에요?"

객실 매니저는 차분한 태도로 이수를 대했다. 그에게 이수는 초면의 여자일 뿐이니까.

"저희 대표님한테 무슨 볼일이시죠?"

"대표님? 저 사기꾼이 대표라고요?"

이수는 '대표님'이라는 말에 놀라고, 객실 매니저는 '사기꾼'이라는 말에 불쾌한 표정을 지었다.

엘리베이터를 타고 올라가는 동안 놀라서 빨리 뛰는 심장 소리가 태준의 귀에까지 들렸다. 여기서 그녀를 또 보게 될 줄은 몰랐다. 설마, 호텔 손님으로 왔나? 더 이상 호텔 카페에 맞선 보러 오지 않기에 앞으로 이 호텔에서 그녀와 마주칠 일은 영영 없을 줄 알았는데.

방심하다 당해서 그런지 놀란 그의 심장은 쉽게 진정되지 않았다. 하지만 지금은 그녀보다 더 급하게 처리할 일이 있었다.

16층에서 엘리베이터 문이 열리자 태준의 표정이 냉엄하게 변했다. 호텔 복도에서 경찰들이 조폭들에게 수갑을 채우고 있었다. 그가 한발 늦었다. 태준은 엘리베이터에서 내려 복도를 걸어갔다.

"이 호텔 대표이사입니다. 저희 호텔은 손님의 안전과 휴식을 최우선으로 하니 지금 당장 호텔에서 나가주십시오."

직접 범인 검거를 하던 최도훈은 갑자기 나타난 태준을 뚫어지게 쳐다보았다. 어차피 잡을 놈은 잡았기에 도훈도 이 호텔에 더 있을 생각은 없었다. 그런데 호텔 대표라며 나타난 남자의 얼굴을 보는 순간 뭔가 굉장히 거슬렸다. 대표라고 하기엔 너무 젊은 것도 그랬지만 풍기는 분위기가 누군가를 연상시켰다.

"서울북부지검 최도훈 검사입니다."

태준은 도훈이 내민 신분증을 무시하며 냉랭하게 경고했다.

"검사든 대통령이든 손님을 가장해 들어와 호텔에서 소란을 일으키는 건 용납할 수 없습니다. 이런 일은 호텔 측에 먼저 알리고 허락을 받아야 하는 거 아닙니까?"

그를 불청객 취급하는 태도가 명확했기에 도훈의 표정도 차가워졌다. 형사만이 태준의 눈치를 보며 도훈에게 빠르게 말했다.

"공문 없이 호텔 쓴 건 맞으니까, 그냥 조용히 나가죠."

도훈은 오늘은 우선 물러나기로 하고 태준에게 인사했다.

"또 보죠."

"그럴 일 없습니다."

"과연 그럴까요?"

도훈은 자신의 감을 믿었고, 태준은 그런 도훈의 태도가 불쾌했다. 그러니 앞으로 최도훈 검사를 또 만나고 싶은 마음은 1%도 없었다.

다음 날 아침 출근한 그녀를 보고 류헌이 놀라워하며 다가왔다.

"생각보다 멀쩡하네."

"나 피곤하니까 어제 일에 대해서는 묻지 마."

"설마, 또 고백 못 했어?"

류헌은 그녀를 바보 중의 바보 보듯 했다. 그녀도 억울한 입장이었다. 거기서 그 인간만 안 마주쳤어도 도훈이 누굴 만나는지 알아냈을 것이다. 정신을 차려보니 그녀는 어느새 호텔 밖으로 쫓겨나 있었다. 룸 키 없이 14층에 있었다는 이유로.

"이게 다 그 망할 로미오 자식 때문이야."

"로미오? 성이 노 씨고, 이름이 미오야?"

류헌의 단순한 질문에 그녀는 한 방 제대로 먹은 표정을 지었다. 그녀는 그 남자의 존재가 너무 수상해서 전혀 그럴 거라고는 생각하지 못했었다.

"설마 그게 진짜 이름이라고?"

"가능하지."

이수는 세상 끔찍하다는 표정을 지었다.

"그게 진짜 이름이면 내가 줄리엣으로 개명한다."

검사실 책상 앞에 앉은 이수는 인터넷 창을 켜서 퀸 호텔 대표가 누구인지 검색했다. 그런데 1년 전 퀸 호텔이 매각 위기에서 성공적인 고용 승계를 이루었다는 훈훈한 기사만 있고, 누가 새로운 호텔 대표가 되었는지는 나오지 않았다. 꼭 일부러 숨긴 듯이.

"분명 대표라고 했는데."

그녀는 퀸 호텔 홈페이지로 들어가서 마우스를 쓱쓱 아래로 내렸다. 그러자 가장 밑단에 호텔 주소와 사업자등록번호, 그리고 통신판매신고번호 옆에 대표이사 이름이 있었다.

호텔 주소 ~~서울특별시 강남구 가~세 123~~ TEL ~~02)123-0678~~ FAX ~~02)123-0679~~ 우편번호 ~~12345~~
사업자등록번호 ~~123-45-67890~~ 통신판매신고번호 ~~중구 0034호~~ 대표이사 마태준

그 이름을 보고 이수는 사악한 미소를 지었다.

"너, 딱 걸렸어."

여자 울릴 기운이 풀풀 흐르는 이 이름을 그녀는 정확히 기억하고 있었다. 남의 이름을 보며 수상한 표정을 짓는 그녀에게 김 실무관이 다가와 청첩장을 내밀었다.

"부장 검사님 딸이 결혼한다네요."

누군가에게는 행복한 축제일지 몰라도 그녀에게는 일이 하나 더 늘었다는 소리였다. 완벽한 서열 사회인 이곳에서 부장 검사의 눈 밖에 나면 언제 지방으로 쫓겨날지 몰랐다.

안 그래도 검사라는 직업이 몇 년에 한 번씩 근무지를 바꾸는 게 의무였기에 출세와 가까운 서울이나 대도시에서 오래 근무하려면 학연, 지연, 인맥은 필수 중에 필수였다.

"어차피 올림픽 출신이라고 왕따 시키는데 여기 간다고 예뻐해주겠어요?"

툴툴대며 청첩장을 펼치던 이수는 결혼식 장소에 눈이 갔다. 강남에 있는 퀸 호텔이었다. 이번엔 확실히 잡으라는 신의 계시인가? 이수는 청첩장이 마태준이기라도 한 것처럼 노려보았다.

❀

차에서 내린 태준은 거대한 저택을 잠시 말없이 올려다보았다. 1년

전, 아버지가 살아 있는 게 기적이라고 했던 의사의 말을 태준은 아직
도 또렷하게 기억하고 있었다. 그땐 개소리라고 여겼는데 정말 기적이
맞긴 맞았나 보다.

아버지는 여전히 살아 계셨다. 그래서 아버지 장례식 상주 노릇을
하러 한국에 돌아왔던 그는 어머니 제사상을 챙기러 집에 오는 신세
가 되었다.

"오빠!"

집에 들어선 태준에게 마리가 달려 나오며 반겼다. 고모인 마정옥의
외동딸이었다. 마리까지는 반가운 가족이었지만 그 뒤를 따라 나오는
박만수를 보고 태준의 표정이 차갑게 변했다.

"호텔 대표는 할 만하냐? 어려운 일이 있으면 언제든 얘기해라."

호텔에서 최도훈 검사에게 잡힌 조폭은 박만수의 수하들이었다. 깡
패 일에 퀸 호텔이 이용된 것이 참을 수 없었지만 박만수는 반성이라
는 걸 할 인간이 아니었다.

하지만 이대로 묵인하고 넘어가지도 않을 거다. 박만수가 벌인 일들
에 대한 증거를 모두 모아서 한 번에 죗값을 받게 할 생각이었다.

태준은 자신의 방으로 올라가 검은 양복으로 갈아입고 어머니의 사
진을 직접 챙겼다. 그리고 아버지와 이야기할 때와는 달리 다정한 목
소리로 어머니의 사진에 말을 걸었다.

"호텔은 괜찮아지고 있으니 걱정 마세요."

태준이 퀸 호텔을 인수할 때만 해도 모두 금방 망할 거라 생각했다.
퀸 호텔에 더 이상 희망이 없다고. 하지만 태준이 대표가 된 뒤 퀸 호
텔의 매출은 상승 곡선을 타기 시작했다. 숙박보다 식음료 쪽 매출이
눈에 띄게 늘어난 것이 특이점이었다.

퀸 호텔 레스토랑이 명성을 얻어가면서 식사가 포함된 숙박 패키지, 웨딩홀 쪽 수입도 빠르게 상승 중이었다.

그렇게 퀸 호텔은 살아났지만 태준은 여전히 자신이 있어야 할 자리를 찾지 못하고 있었다. 10년 동안 세상을 떠돌 때도, 다시 고국에 돌아와서도 그는 정말 자신이 있어야 할 자리가 어디인지 알 수 없었다.

태준은 이른 새벽에 집을 나섰다. 항상 출퇴근을 책임지던 운전기사 재이가 아니라 다른 사람이 차 운전석에 앉아 있는 걸 보고 태준은 낮게 혀를 찼다. 그러고 보니 재이는 오늘 이사를 한다고 했었다.

태준은 뒷자리가 아니라 운전석 쪽으로 가서 문을 열었다.

"내가 직접 운전할 테니까 내려."

"네? 그럼 안 되는데."

"그럼 걸어갈까?"

그제야 운전기사는 차에서 내려섰다. 운전기사가 내리자마자 태준은 운전석에 올라탔다. 태준이 맞선 보러 갈 때마다 항상 차를 몰았던 운전기사라 출근길이 전혀 안 편할 것 같았다. 태준은 이제 호텔에 일하러 가는 거지 맞선 보러 가는 게 아니었다.

직접 운전해서 서울 외곽에서 도심으로 넘어오는 동안 차창 밖의 풍경은 완전히 다른 세계로 바뀌었다. 그처럼 서울로 출근하는 사람들이 몰고 나온 차 때문에 도로는 꽉 막혔다.

태준이 직접 운전한 것만 빼면 평범한 출근길이었다. 뜻밖의 일은 호텔에 거의 다 도착했을 때 일어났다.

한 여자가 갑자기 차 앞에 나타나는 바람에 태준은 서둘러 브레이크를 밟았다.

끼이익—.

마치 당연히 거기 서 있어야 할 사람처럼 이수가 차 앞에서 그를 보며 서 있었다. 태준은 또다시 그의 앞에 나타난 그녀를 말없이 쳐다보았다. 지금은 그녀가 그를 찾아온 게 크게 놀랍지도 않았다. 또 마주치고 말았으니 그녀라면 어떤 식으로든 한 번은 그를 찾아올 거라고 느끼고 있었기 때문이었다.

벤츠 운전석에서 내리는 태준을 보며 이수는 쓴 미소를 지었다. 너무도 잡고 싶었던 놈을 드디어 잡은 기분이었다.

"마태준."

그녀가 부르는 그의 이름에 태준의 발걸음이 멈추었다.

"그게 당신 이름 맞잖아요. 지금도 로미오라고 우길 거예요?"

태준은 끝까지 숨기려고 했던 자신의 이름을 그녀에게 들킨 뒤에도 이 숨바꼭질을 멈출 수가 없었다.

"누구십니까?"

그녀를 모른 척하는 말에 이수는 기가 찼다.

"날 기억 못 한다고요?"

이 자식이 이젠 발뺌까지? 이수는 태준의 바로 앞까지 걸어가서 턱을 치켜들며 그를 올려다보았다.

"그럼 제가 똑똑히 기억나게 1년 전 당신이 저한테 한 짓 그대로 해볼까요?"

태준은 뒤로 물러나고 있었다. 사실 그는 전부 기억하고 있었다.

"기억나죠? 안 난다는 거 뻥이죠."

"기억 안 납니다. 자해 공갈범이 아니라면 비켜주십시오. 차가 나가야 하니."

그가 너무도 단호히 기억 안 난다고 잡아떼니 그녀는 할 말이 없었다. 그가 이렇게 뻔뻔하게 나올 줄은 몰랐다. 그녀는 그에 대해 너무도 또렷하게 기억하고 있었으니까.

태준은 몸을 돌려 다시 차로 걸어갔다. 그의 '기억 안 납니다.' 수법에 제대로 당한 이수는 손으로 뒷목을 잡으며 고통스럽게 중얼거렸다.

"저 고혈압 같은 자식."

고백은 망했고, 수제 초콜릿의 유통 기한도 끝나버렸다. 거기에 불난 데 기름 붓듯이 1년 만에 잡은 마태준은 그녀를 대놓고 쌩깠다. 그래서 그녀도 그들의 악연을 마무리하는 데 고백 못 한 초콜릿을 재활용하기로 했다. 이대로 그녀만 당하기에는 너무 억울했으니까.

주말이 지나고 월요일이 되었을 때 태준이 일하는 대표실로 초콜릿 상자가 배달되었다. 상자에는 카드가 동봉되어 있었다.

> 기억에서 잊힌 여자의 한이 가득 담긴 초콜릿입니다.
> 상했지만 외면치 마시고 꼭 드시길 권장합니다.
> 이 초콜릿 먹고 배탈 나면 그 고통은 저와의 기억과 매우 닮았으니까……

이건 뭐, 행운의 편지 초콜릿 버전이 따로 없었다. 상한 걸 먹길 바란다니. 이게 검사라는 사람이 할 짓인가? 태준은 초콜릿 상자의 뚜껑을 열었다. 모양이 제각각인 초콜릿은 손으로 직접 만든 게 분명했다. 이런 걸 돈 주고 팔면 욕먹을 게 뻔했으니까.

"정말 못 만들었네."

태준은 긴 손가락으로 이미 유통 기한이 지난 초콜릿을 집어 들어 눈앞으로 가져왔다.

"넌 어쩌다 나 같은 놈한테 왔니?"

초콜릿의 달콤한 맛은 행복이었다. 그에게 허락되지 않은 것. 이 초콜릿 역시 그의 것이 될 수 없었다.

태준은 초콜릿을 다시 원래 자리에 놓고 상자 뚜껑을 닫았다. 그리고 그의 상념도 같이 닫아버렸다.

결혼식에 가기 위해 평소 출근할 때보다 더 꼼꼼하게 화장을 하면서 이수는 참 쓸모없다고 생각했다.

애인과의 데이트도 아니고, 가족과의 식사도 아니고, 친구랑 놀러 가는 것도 아니고, 부장 검사 딸 결혼식이라니. 사회생활이라는 거, 고단하다. 고단해.

오늘 으리으리한 차들이 몰려드는 호텔 결혼식에서 자신의 소형차가 구박을 받을 것 같아 그녀는 류헌의 차를 같이 타고 가기로 했다.

"오, 드레스 입었네. 예쁘다."

이렇게 립 서비스가 좋은 놈이 일요일마다 맞선을 봐도 결혼은커녕 여자 친구조차 안 생기는 건 참 신기한 일이었다.

"내가 이날 개시하려고 산 옷이 아니라고."

상체는 타이트하고, 치마는 풍성한 미니드레스는 여자의 몸매를 굴곡 있으면서 사랑스럽게 표현해주고 있었다. 그녀가 꽤 거금을 주고 산 옷이었다.

"그래, 최 선배와의 데이트를 꿈꾸며 샀겠지만 옷장 안에서 색 바래기 전에 입어줘야지."

너무 맞는 소리라 이수는 운전하는 류헌을 확 쨰려보았다.

"오늘 최 선배도 온대."

그 말에 이수는 언제 노려봤느냐는 듯이 활짝 웃었다.

"웬일이지? 결혼식 같은 행사 싫어하잖아."

"그러게 말이야. 선배도 결혼할 때가 된 건지."

"아우, 야. 그래도 연애를 먼저 해야지."

'왜 최 선배 결혼 이야기에 네가 부끄러워하는 거냐?'고 물으려다 류헌은 입을 꾹 다물었다. 운전할 때 맞으면 위험하니까.

도훈이 온다는 말을 미리 들었기에 호텔에 도착한 이수는 하객 중에 도훈을 찾아 두리번거렸다.

"아직 안 왔나?"

"오늘 결혼하는 신랑은 아니니 꼭 시간 맞춰 올 필요는 없지."

심드렁하게 대꾸하던 류헌은 막 엘리베이터에서 내리는 도훈을 발견하고는 눈이 커졌다. 그가 혼자가 아니었기 때문이었다. 그의 옆에는 모르는 여자가 함께 있었다. 도훈과 웃으면서 이야기하는 걸로 보아, 서로 잘 아는 사이 같았다. 류헌은 빠르게 이수의 관심을 다른 곳으로 돌릴 수 있는 말을 꺼냈다.

"은 검사, 이 호텔 뷔페가 그렇게 맛있다네. 우리 밥 먼저 먹을까?"

갑자기 밥 타령을 하는 류헌을 이수가 흘겨보았다.

"좀 참아. 이 옷 입고 많이 못 먹는단 말이야."

이수가 식장 쪽으로 가려고 하자 류헌이 서둘러 그녀의 앞을 막아섰다. 이수는 걸리적거린다는 듯이 류헌을 보았다.

"뭐 하는 거야? 비켜."

"이쪽은 아닌 거 같아."

"아니긴 뭐가 아니야. 이쪽이 식장이잖아."

그렇게 말하며 이수는 류헌을 힘으로 밀어냈다. 류헌은 버티려고 했지만 불행히도 힘은 그녀가 더 셌다. 눈앞에서 류헌이 사라지자 막 식장 앞에 당도한 도훈이 보였다.

도훈을 발견하고 미소 짓던 이수는 도훈의 옆에 있는 여자를 보고 표정을 굳혔다. 이수가 봐버린 것을 알고 류헌은 난감한 표정을 지으며 중얼거렸다.

"선배가 여동생이랑 같이 왔나?"

"최 검사님은 남자 형제만 있어."

"넌 그런 건 또 언제 알아뒀냐?"

류헌과 말 섞을 기분이 아니었기에 이수는 휙 몸을 돌려 반대편으로 걸어갔다. 류헌이 쫓아오려고 하자 이수가 강하게 말했다.

"쫓아오지 마. 혼자 있고 싶으니까."

류헌은 결혼식과 반대되는 방향으로 가버리는 이수를 걱정스러운 눈으로 쳐다보다 몸을 돌려 도훈에게로 뛰어갔다. 바보처럼 무슨 사이인지 묻지도 못하는 이수 대신 그라도 물어볼 생각이었다.

이수는 비상계단에 쭈그려 앉아 청승을 떨고 있었다. 익숙하지 않은 하이힐을 벗고 몸을 웅크려 무릎 사이에 얼굴을 묻었다. 호텔 결혼식에 간다고 기껏 안 입던 비싼 새 옷까지 꺼내 입고 왔는데…….

올림픽 첫 시합에서 제대로 해보지도 못하고 패한 이후 이런 기분은 처음인 것 같았다. 그녀 자신이 세상에서 가장 초라하고 한심하고 쪽팔린 거 같은 기분이었다.

"여기서 자면 안 됩니다."

갑자기 밑에서 남자의 목소리가 들렸다. 화들짝 놀란 이수는 일어나다 자기도 모르게 앞에 벗어두었던 구두 한 짝을 차버렸다. 구두가 계단 아래로 통통 굴러 떨어져 남자의 발아래에 멈추었다.

태준은 그의 앞으로 굴러온 구두를 내려다보다 다시 그녀를 올려다보았다. 이수는 붉게 상기된 얼굴로 그를 보며 따졌다.

"함부로 아는 척하지 마요."

그 말에 '네.' 하고 순순히 대답하면 마태준이 아니었다.

"그쪽이 먼저 함부로 내 앞에 나타나지 마십시오."

엘리베이터에 사람이 많을 때 태준은 비상계단을 이용하곤 했다. 그는 혼자 조용히 있는 걸 좋아했으니까. 그런데도 그녀를 보고 돌아가지 않고 먼저 말을 건 것은 그녀가 울고 있는 것처럼 보여서였다. 그래서 그냥 모른 척 지나칠 수가 없었다.

하지만 그걸 전혀 알 리 없는 이수에게 그는 가장 쪽팔린 순간에 마주친 불청객일 뿐이었다. 이수는 어서 그와 같이 있는 공간을 벗어나려고 씩씩대며 구두 한 짝을 신었다. 그런데 나머지 구두 한 짝이 그의 발아래에 있는 걸 보고는 낭패스러운 표정을 지었다. 하여튼 쪽팔림의 끝은 무한하다. 이수는 차마 구두 좀 달라는 소리를 못 하고 가만히 있었다.

태준은 고개를 숙여 자신의 발아래 있는 작은 여자 구두를 보고는 허리를 숙여 구두를 집어 들었다.

구두가 인질이 되기 전에 이수는 빠르게 경고했다.

"절도범으로 신고당하고 싶지 않으면 당장 내 구두 내놔요."

강하게 나가다가 그가 움직이자 이수는 다시 쪼그라들었다. 아무래도 구두 한 짝을 적에게 뺏긴 그녀의 입장이 불리해도 너무 불리했다.

뚜벅뚜벅―.

태준이 한 계단씩 올라올 때마다 이수는 긴장감으로 점점 몸이 굳어갔다. 그녀가 있는 곳까지 다 올라온 태준은 그녀의 앞에 한쪽 무릎을 꿇고 몸을 낮추었다.

자신을 올려다보는 남자와 눈이 마주친 이수는 심장이 버거웠다. 그래, 여전히 잘생긴 건 인정한다. 그렇다고 내가…….

"신겨줘도 되겠습니까?"

그때 처음 깨달았다. 이 남자가 가장 위험한 순간은 나쁘게 굴 때가 아니라 신사인 척할 때라는 걸.

"그, 그런 걸 왜 물어봐요?"

말은 더듬었지만 텅 빈 머리로 이 정도 질문을 한 것만도 용했다.

"멋대로 발 만지면 성희롱으로 잡아간다고 할 사람 같으니까."

그러니까 그녀의 성격이 나쁘다는 말이었다. 이수는 당황한 마음을 태준의 손에서 하이힐을 뺏앗는 거친 행동으로 표현했다. 그리고 직접 신발을 신었다. 작은 신발에 쏙 들어가는 그녀의 발을 태준은 신기한 눈으로 쳐다보았다. 그러다 그녀가 고개를 들자 얼른 시선을 돌렸다.

"제가 오늘은 볼일이 있어서 그냥 가지만."

사실 쪽팔려서 여기 더 못 있겠다.

"그쪽은 다음에 나랑 제대로 보자고요."

"전 다시 볼 일 없습니다."

1년 전과 똑같은 그의 태도에 이수는 그를 노려보았다.

"그래서 기억 못 한다고 하면 다예요? 그럼 세상에 법이 왜 있고 검사가 왜 있겠어요?"

그녀가 따지면서 바짝 다가오자 이젠 태준이 뒤로 물러나게 되었다. 하지만 계단 위였기에 그리 많이 움직일 수도 없었다.

"1년 전에는 피라미 검사 시보라 어리바리하게 당신을 놓쳤는지 몰라도 저도 이제 어엿한 검사입니다. 기억 못 한다는 말로 끝낼 수 있을 거라는 기대는 버려요."

"그만하십시오. 그러다 그쪽이 다칠 수 있으니까."

그는 이번에도 경고가 아닌 충고였지만 그녀의 귀에는 협박처럼 들렸나 보다. 이수는 더 화를 냈다.

"내가 어떻게 그만해요! 그쪽이 나한테 마음대로 키스했잖아요!"

이젠 그가 따지고 싶어졌다. 그가 언제 키스를 했나. 그녀를 물러나게 하려고 키스하는 척하긴 했지만, 분명 입술은······.

"안 닿았습니다."

그녀가 눈을 크게 뜨며 손가락으로 찌를 듯이 그를 가리켰다.

"이것 봐. 기억하잖아요!"

태준은 아차 싶어 입술을 꾹 다물었다. 그녀가 무슨 말을 하든 모른 척할 생각이었는데 실수였다.

"나랑 맞선 본 것도 기억하는 거죠? 그죠?"

"맞선을 너무 많이 봐서."

태준은 그녀의 시선을 피하며 얼버무렸다. 그건 사실이기도 했다. 도대체 몇 명의 여자와 맞선을 본 건지 셀 수가 없었다.

"그래서 키스만 기억난다는 거예요?"

그러니까, 키스가 아니라니까.

태준이 입술로 시선을 주자 이수는 후다닥 뒤로 물러났다. 그런 그녀의 태도에 태준은 쓴 미소를 지었다.

"걱정 마십시오. 이젠 하라고 해도 안 하니까."

"저도 가만 있지 않아요!"

그때 아래에서 그녀를 부르는 류헌의 목소리가 들려왔다. 그녀를 찾고 있었던 것이다. 그러고 보니 어느새 결혼식이 시작할 시간이었다.

"전 원수는 반드시 갚습니다."

이수는 태준을 세게 노려본 뒤 계단을 뛰어 내려갔다. 태준은 그 자리에 서서 멀어지는 그녀의 뒷모습을 눈으로 좇았다. 그녀가 움직일 때마다 춤을 추듯 나부끼는 치맛자락이 그의 눈을 어지럽혔다.

"원수라고?"

그가 누구 아들인지도 모르면서 그런 말을 하다니, 뭔가 기분이 씁쓸했다.

"은 검사!"

비상계단을 빠져나와 다시 웨딩홀로 돌아온 그녀에게 류헌이 급하게 뛰어왔다. 이수는 당황해서 멈추어 섰다. 저 자식이, 쪽팔리게 왜 저리 크게 불러.

그녀가 있는 곳까지 뛰어온 류헌이 화를 냈다.

"왜 내 전화 안 받아? 몇 번이나 걸었는데."

"네 눈엔 이 옷에 휴대폰 넣을 공간이 있어 보이니?"

"그럼 클러치백을 들어야지."

"돈이 모자라서 그건 못 샀다. 어쩔래?"

이수와 말다툼하고 있을 때가 아니었기에 류헌은 그녀의 옆에 바짝 붙어서 귀에 대고 말했다.

"그 여자, 부장 딸 쪽 하객이래. 중학교 동문이라 요 앞에서 우연히 만나 같이 들어온 거더라고."

이수는 눈썹을 썰룩이며 듣다 한층 차분해진 목소리로 류헌에게 물었다.

"진짜?"

류헌이 손가락 세 개를 펴며 강조했다.

"내가 세 번이나 확인했어."

그래, 한 번은 아닐 수도 있지만 세 번 물은 거면 확실한 거겠지.

이수는 그제야 친한 척 류헌의 어깨에 손을 올렸다.

"수고했어, 류 검사."

류헌은 엄청 피곤한 눈으로 그녀를 보았다.

"고맙다. 알아줘서."

하지만 이수는 아직도 안심할 수 없었다. 그냥 우연히 결혼식에서 마주쳤다고 보기에 도훈을 보는 여자의 눈에는 애정이 너무 담겨 있었다. 그래서 완벽히 오해한 것이었다. 여자의 감이라는 게 있었다.

"그런데, 아무래도 그 여자 최 검사님한테 마음이 있는 거 같아."

류헌은 제발 그만하라는 표정을 지었다. 도훈의 입으로 아무 사이 아니라고 했잖은가. 그럼 된 거지. 왜 오늘 보고 앞으로 죽을 때까지 볼 일 없는 여자의 마음마저 복잡하게 파헤쳐야 하나.

"그래도 최 선배가 그 여자 좋아할 일 없어. 내가 마블 피규어를 걸고 맹세한다."

류헌에게 마블 피규어란 제2의 가족과도 같은 것이었다. 류헌이 그 정도까지 말하니 이수도 의심을 싹둑 잘라내듯이 멈추었다. 사실 그녀가 도훈이 여자를 만나는 것에 간섭할 권리는 없었다. 그녀는 단지 짝사랑일 뿐이었으니까.

짝사랑의 미덕이란 좋아하는 사람에게 타인을 좋아할 자유를 주는 것인데, 아무래도 그녀는 그런 경지까지는 도달하지 못할 것 같았다. 류헌 덕에 도훈의 여자에 대한 오해는 풀렸는데도 이수는 여전히 마음이 편하지가 않았다. 아직 먹은 것도 없으니 체한 것일 리도 없었다.

도대체 왜 그럴까 생각하며 고개를 숙이던 그녀의 눈에 구두가 들어왔다. 조금 전 수상한 남자의 손에 닿았던. 구두를 내려다보는 이수의 눈이 짧게 찌푸려졌다. 이쪽이야말로 앞으로 절대 볼 일 없는 남자였다. 신경 쓰지 말자고 생각하면서도 남자의 손길이 닿았던 구두를 신고 있어서인지 잊어버리려고 할수록 그녀의 마음 안에서 마태준의 존재는 짙어질 뿐이었다.

그런 남자에 대한 기억 따위, 먼지로 만들어버려야 하는데 그러지 못하는 자신이 이수는 마음에 안 들었다. 다음에 우연이라도 마주치게 되면 먼저 무시해줄 테다. 반드시.

저한테 관심 있어요?

　햇볕이 폭포수처럼 쏟아지는 방의 문이 살짝 열리며 웨이브 진 갈색 머리를 한 소녀가 고양이처럼 살금살금 들어왔다. 인형이라고 착각할 정도로 아기자기한 이목구비의 얼굴이 사랑스러웠다.

　몰래 방으로 들어오던 소녀는 침대가 비어 있는 걸 보고 실망한 표정을 짓고는 움직임에 조심성이 사라졌다. 터벅터벅 방 안으로 들어오던 소녀의 눈에 테이블 위에 놓인 선물 상자가 들어왔다.

　아무리 봐도 여자의 손길이 느껴지는 선물 상자에 소녀는 도끼눈을 하고는 상자를 향해 돌진했다. 그리고 상자 안에 든 것이 손으로 직접 만든 초콜릿이라는 것을 알고는 더 앙칼진 눈이 되었다.

　"어떤 년이, 죽을라고."

　소녀가 초콜릿을 쓰레기통에 던져버리려고 상자를 통째로 집어 드는 순간, 커다란 손이 다가와 그녀의 손에서 상자를 빼앗아 갔다.

　방의 주인인 태준이었다. 막 씻고 나온 샤워 가운 차림에, 머리는 젖어 있었다. 태준은 마리의 손이 닿지 않는 제일 높은 선반에 초콜릿 상자를 올려놓았다.

　마리가 그의 주위를 빙빙 돌며 계속 캐물었다.

　"그 초콜릿 누가 준 거야? 누가 준 거냐고! 여자가 준 거 맞지!"

　태준이 아침부터 시끄러운 마리를 그의 방에서 쫓아냈을 때 마정옥이 계단을 올라오다 그 모습을 보았다. 자신의 딸 마리가 태준과 함께 있는 걸 본 마정옥의 눈빛에 순간 불쾌함이 서렸다. 하지만 그녀는 언제 그랬느냐는 듯이 바로 웃음을 지었다.

"아침부터 태준이 귀찮게 하면 어떡하니. 학교 갈 준비나 해."

마리는 씩씩대며 자기 방으로 가버렸고, 태준은 마정옥에게 형식적으로 짧게 고개를 숙여 인사한 뒤 다시 자기 방으로 들어갔다. 문 안으로 사라지는 태준의 뒷모습을 보는 마정옥의 눈빛에 더 이상 웃음은 한 톨도 남아 있지 않았다. 정옥이 마리의 방으로 들어갔을 때 마리는 인터넷으로 무언가를 열심히 찾고 있었다.

"마리야, 학교 가야지."

마리를 대학까지 보내는 게 그녀의 원대한 목표였다. 요즘은 돈으로 안 되는 게 없으니 그리 걱정은 하지 않았다.

"나 초콜릿 만들어야 해."

갑자기 웬 초콜릿?

"그런 건 엄마가 사줄게."

"아씨, 누가 살 줄 몰라서 안 사? 어떤 년이 직접 만든 초콜릿을 오빠한테 줬다고."

여자가 초콜릿을 태준에게 주었다는 소리에 정옥의 눈빛이 가늘어졌다.

"그래? 어떤 여자?"

태준은 지금껏 자신의 약점을 만든 적이 없었다. 그런데 여자라니, 처음으로 생긴 흥미로운 존재였다.

"씨이, 알면 당장 가서 머리카락을 다 뽑아놨지."

마리의 드센 성격은 정옥을 똑 닮았다. 마리는 아직 어려 그 거센 성미 속에도 순수함이 남아 있었고, 정옥은 50년 묵은 구렁이처럼 그녀 안의 악을 자유자재로 조절했다.

딸을 걱정하는 엄마의 모습만 보여주고 마리의 방을 나온 정옥은 수족처럼 부리는 강범석을 불렀다.

"태준이한테 초콜릿을 준 여자가 있다네. 좀 알아봐."

강범석은 이유 따위는 묻지 않고 자신이 해야 할 일에 대해서만 조심스럽게 물었다.

"찾으면 어떡할까요?"

"데려와. 이 집에 여자 어른은 나뿐이니, 조카며느리 면접은 내가 봐야지."

말은 그렇게 했지만 정옥의 눈빛은 먹이를 발견한 승냥이처럼 날카롭게 빛나고 있었다.

여러 사건들 중 제일 기분 나쁜 게 성폭력 사건이었다. 한 신인 배우가 소속사 사장에게 성폭행을 당했다고 고소장을 제출했다. 하지만 소속사 사장은 자신의 범행을 완벽하게 부인하고 있었고, 피해자의 증언 빼고는 뚜렷한 증거도 없는 애매한 상황이었다.

"이건 재판 가도 무죄 나오겠는데요."

그녀보다 더 오래 검찰청에서 일한 최 계장은 조서만 보고도 판사의 판결을 찍어냈다. 그리고 보통 그렇게 결과가 나왔다. 그러나 피의자는 이번이 처음도 아니었고 세 번째로 고소를 당한 것이었다. 앞의 두 건이 무혐의로 풀려났다고 해도 같은 건으로 계속 고소를 당한다는 건

99%의 확증을 가져왔다. 1%의 증거가 없어서 못 잡는 거다.

"이런 놈이 진짜 감옥 가야 하는데."

하지만 진짜 나쁜 놈일수록 자신의 죄를 숨기는 데 탁월했다. 그래서 더욱더 나쁜 놈으로 거듭나는 거다.

이수는 성폭행 사건 때문에 열폭하며 일하다 퇴근하는 길에 집 근처 '춘향'에 들렀다. '춘향'은 동네 작은 식당이었다. 그녀가 이곳으로 이사 오지 않았다면 어쩌면 평생 몰랐을 그런 식당이었지만 알고 난 뒤에는 자연스럽게 일상의 일부가 된 곳이었다.

테이블이 다섯 개인 작은 식당은 낮에는 밥을 팔고 저녁부터는 술을 팔았다. 말수 적은 무뚝뚝한 남편이 요리하고, 붙임성 좋은 아내가 서빙을 했다. 아내분의 이름이 '춘향'이었다.

"이런, 오늘도 퇴근이 늦네."

가게 문을 열고 들어오는 이수를 아주머니가 반갑게 맞아주었다. 그런데 빈자리가 없었다. 이럴 때는 아쉽지만 그냥 가야 했다.

"다음에 또 올게요."

"아니야. 잠깐만 기다려."

아주머니는 그녀에게 그리 말하고 혼자 밥을 먹고 있는 청년에게 다가가 말을 걸었다. 이 동네에서 못 보던 얼굴이었다. 남자치고 곱상한 얼굴이 남학교에 다녔으면 엄청 고생했을 것 같은 인상이었다.

아주머니는 이야기가 잘 통한 듯 그녀에게 오라고 손짓했다. 이수가 다가가자 아주머니는 낯선 청년을 소개해주었다.

"우리 옥탑에 새로 이사 온 청년이야. 인사해. 이쪽은 나쁜 놈 잡는 검사님."

"푸웁!"

'검사'라는 말에 곱상한 청년은 갑자기 먹던 계란말이를 뿜어냈다. 이수의 정장에 튄 계란 찌꺼기를 보고 아주머니가 당황해서 허둥댔다. 먹던 걸 뿜어낸 청년은 뼁이라도 뜯긴 사람처럼 벌벌 떨고 있었다.

이수는 인자한 표정을 지으며 말했다.

"전 괜찮습니다."

"죄, 죄송합니다."

청년은 그녀에게 사과하고는 가게를 뛰쳐나가 버렸다. 그런 청년의 행동에 아주머니가 난처해하며 대신 사과했다.

"미안해. 좀 어린 청년 같더라고."

"그래 보이네요."

이수는 자신에게 토하고 간 청년에 대해서 대인배처럼 넘기고 술 한 잔과 잘 구워진 생선구이를 안주 삼아 오늘의 피로를 풀었다.

정문에서 대기하고 있던 재이가 태준이 나오는 걸 보고 서둘러 차의 뒷문을 열었다. 운전기사를 하기에는 꽤 어린 나이의 재이는 태준이 직접 고용한 비서였다. 사채를 갚지 못해 맞아 죽을 뻔한 걸 그가 빼왔다. 원래 유약한 성격이긴 했지만 오늘따라 재이의 표정이 또 사채업자를 만난 것처럼 보였다.

"무슨 일 있어?"

태준의 물음에 재이는 그와 눈을 맞추지 못했다. 그가 참을성을 가지고 대답을 기다리니 한참 만에야 재이가 우물대며 말했다.

"아무래도 다시 이사 가야 할 거 같아요."

"집이 별로야?"

재이는 고개를 저었다.

"집주인이 고약해?"

"그게 아니라……."

다른 사람이었다면 빨리 좀 말하라고 화를 버럭 냈을 테지만 태준은 재이가 말할 때까지 기다렸다.

"동네에 검사가 있어요."

재이가 말한 이유에 태준은 실소를 지었다.

"네가 죄지은 것도 아닌데 왜 이사를 가?"

"하, 하지만 검사가 여기 사람들 잡아넣는 직업이잖아요."

"그런 거 신경 쓸 필요 없어. 네가 떳떳하면 그걸로 된 거야."

재이는 정말 그걸로 괜찮은 건가 싶어서 복잡한 표정을 지으며 운전했다.

태준의 아버지는 그냥 조폭도 아니고 흑룡파 보스 마광호였다. 만약 자신이 마광호 아들의 운전기사인 걸 그 여검사가 알게 되면 그를 잡아다가 정보를 캐내려고 고문을 할지도 모른다는 공포가 재이에게는 있었다. 힘없는 재이에게는 조폭이나 검사나 다 무서운 존재들이었다.

"아무래도 이사를……."

재이가 안심하지 못하고 또 말하자 태준은 태블릿 PC에서 눈을 떼며 냉정한 목소리로 말했다.

"내가 굳이 그 검사를 만나봐야 안심하겠어?"

재이는 아니라고 고개를 세차게 저었다. 태준에게 그런 수고를 끼칠 수는 없었다. 그냥 닥치고 그 옥탑에 살아야겠다. 여검사는 그가 잘 피해 다니면 될 거다.

차를 끌고 검찰청 주차장으로 들어서던 이수는 목발을 짚고 걸어가
는 도훈을 발견하고는 놀라서 차를 주차하자마자 그에게로 달려갔다.

　"최 검사님!"

　길 가는 사람을 다 불러 세울 것 같은 그녀의 우렁찬 부름에 도훈이
멈추어 서서 돌아보았다. 이수는 도훈의 앞에 서서 그를 위아래로 살
펴보며 다급하게 물었다.

　"어쩌다 다치신 거예요?"

　"그냥 넘어졌어."

　"바보도 아니고 넘어졌는데 왜 다리가……."

　"너, 지금 나보고 바보랬냐?"

　흥분했던 이수는 입을 꾹 다물었다. 그녀는 항상 생각보다 말이 먼
저 나가서 탈이었다.

　"내 차에 가서 서류 가방이나 가져와. 목발 때문에 깜빡했다."

　"네."

　이수는 바로 도훈의 차로 달려갔다. 운동선수 출신이라 그런지 참
잘 뛴다. 다리가 불편해서 걷는 것도 제대로 못했기에 오늘따라 이수
의 튼튼한 다리가 부러운 도훈이었다.

　아무래도 도훈이 그냥 넘어져서 다친 게 아닌 것 같아 이수는 류헌
을 시켜 자세한 상황을 알아오게 했다.

"뭐? 뺑소니?"

류헌은 심각한 표정으로 고개를 끄덕였다.

"요즘 최 선배가 흑룡파를 무섭게 캐고 있더라고. 그쪽이 단순무식이라 경고로 그냥 밀어버렸나 봐."

이수는 자리를 박차고 일어나며 두 주먹을 불끈 쥐고 외쳤다.

"망할 조폭 놈들! 다 잡아넣어 버려야 해!"

류헌은 주위를 둘러보며 그녀의 소매를 잡아당겼다. 주위 사람들이 전부 쳐다보는 게 쪽팔렸으니까.

탕―!

우렁찬 총소리에 새들이 무리 지어 하늘로 날아올라 도망쳤다. 태준은 날아가는 새들을 부러운 눈으로 쳐다보았다. 그도 다음에는 사람이 아니라 저 새들처럼 날개를 가지고 태어났으면 좋겠다고 생각했다. 어디든지 갈 수 있게.

"너도 쏴봐."

마광호가 그에게 산탄총을 내밀었지만 태준은 받지 않고 가만히 서 있었다. 그는 사냥하고 싶어서 온 게 아니라 김상철이 같이 좀 가달라고 사정사정해서 마지못해 따라온 것이었다. 도대체 동물을 죽이는 게 뭐가 재미있어서 아파 죽어가면서도 여길 온 것인지 그는 죽었다 깨도 아버지를 이해할 수 없었다.

"그만 돌아가요."

총 한 번 쏴보지 않고 집에 가자는 아들을 마광호 역시 못마땅한 눈으로 쳐다보았다. 그에게 자식은 하나뿐인데 태준은 그가 원하는 대로 움직이지 않았다. 단 한 번도.

그가 암으로 죽어간다고 하자 상주 노릇하려고 와준 게 태준이 아들로서 그에게 보여준 도리의 전부였다. 마광호에게는 태준이 그의 죽음을 거두러 온 저승사자나 마찬가지였기에 고마움보다는 오기가 더 생겼다. 절대 이대로 죽을 수는 없다는.

철컥—.

갑자기 마광호가 장전한 총으로 태준을 겨누자, 뒤에 서 있던 김상철과 부하들은 깜짝 놀랐다. 정작 태준은 동물을 쏘던 총이 자신을 겨누고 있어도 표정 변화 없이 마광호를 쳐다보았다.

"네가 안 쏘면 내가 쏠 건데, 그래도 안 쏠 거냐?"

"쏘고 싶으면 쏘세요. 그럼 전 아버지를 더는 안 봐도 되니 좋네요."

"태준아!"

위험한 소리를 하는 태준을 만류하며 김상철이 서둘러 마광호 앞에 머리를 땅에 박으며 엎드렸다. 서열이 높은 김상철이 엎드리자 나머지 부하들도 서둘러 땅에 주저앉아 머리를 박았다. 꼭 조선 시대 왕 앞에서 머리를 조아리는 신하들처럼.

"회장님, 용서해주십시오."

도대체 무슨 잘못을 했기에 용서를 구하는 건가 싶었다. 진짜 잘못을 한 건 사람에게 함부로 총을 겨눈 마광호였다. 태준은 더 이상 그 자리에 있기 힘들어서 몸을 돌려 산 아래로 내려갔다.

"네 이놈! 거기 안 서!"

마광호의 불호령이 떨어졌지만 태준은 멈추지 않고 걸어가버렸다.

탕—!

또다시 총성이 울렸다. 마광호가 쏜 총은 태준이 아니라 하늘 높이 날아오르던 새를 명중시켜 떨어뜨렸다.

✿

재이는 운전하면서 슬쩍슬쩍 룸미러로 뒷자리의 태준을 보았다. 산에서 내려온 뒤 태준의 기분이 굉장히 안 좋아 보였다. 항상 태준에게 신세만 진 재이는 어떻게든 그의 기분을 풀어주고 싶어서 용기를 내어 말했다.

"저기, 생선……."

태준은 못 들은 건지 아무 반응이 없었다. 재이는 아까보다 더 큰 목소리로 말했다.

"생선구이 맛있어요."

태준은 그제야 고개를 돌려 재이를 보았다.

"뭐?"

"우, 우리 주인집 아저씨가 굽는 생선 굉장히 맛있어요."

태준이 까다로운 미식가라는 걸 알기에 재이도 굉장히 신중하게 하는 말이었다. 맛이 별로였으면 절대 말하지 않았을 거다.

"그런 것도 나누어주나 보지? 좋은 주인이네."

"그게 아니라, 식당을 하셔서……."

그제야 재이가 하는 말을 완전히 이해한 태준은 잠시 말이 없다가 고개를 끄덕였다. 재이의 말대로 진짜 맛이 있다면 기분 전환이 될 것 같았으니까.

"그래, 오늘은 거기서 밥 먹자."

태준의 기분이 좀 나아진 것 같아 재이는 안도하며 고개를 끄덕였다.

"네, 그럼 거기로 모실게요."

재이가 안내한 '춘향'은 작고 낡은 식당이었지만 태준은 그런 것에는 크게 신경 쓰지 않았다. 그가 중요하게 여기는 건 오직 음식의 맛과 품격이었다. '춘향' 아주머니는 재이가 데리고 온 낯선 남자 손님의 외모를 보고 감탄했다.

"어머나, 옥탑 총각한테 이렇게 잘생긴 형이 있었네."

형이 아니었기에 재이는 안절부절못하며 고개를 저었다.

"저희 대표님……."

"에? 젊어 보이는데 벌써 대표야?"

"대표님이 미식가라. 생선구이 맛있게 해주세요."

재이가 특별히 하는 부탁에 아줌마는 걱정하지 말라는 뜻으로 그의 등을 손으로 탁, 쳤다.

"우리 남편 생선 굽는 솜씨야 대한민국 1등이지."

주인아주머니의 좋은 기운에 태준은 음식을 먹기 전인데도 그곳이 꽤 마음에 들었다. 재이가 이사를 잘한 듯했다. 그리고 생선구이는 정말 훌륭했다. 칠천 원짜리인데도 맛의 품위가 흘러넘쳤다. 미식가인 태준은 잘 요리된 생선구이 하나에 완전히 기분이 좋아졌다.

그때 가게 문이 열리며 여자 손님이 들어왔다.

"아줌마, 저 생선구이 정식."

몸과 마음이 전부 허기졌던 이수는 문을 열고 들어가는 동시에 주문을 했다. 그러다 익숙한 공간에 있어서는 안 되는 사람이 떡하니 버티고 앉은 걸 본 이수의 복부 깊은 곳에서부터 비명이 터져 나왔다.

"아아아악!"

그녀의 비명에 제대로 된 생선구이를 먹고 기분이 나아졌던 태준도 굳어버렸다. 귀신이라도 본 듯 비명을 지르는 이수와 다시 표정이 창백해진 태준을 보고 재이는 안절부절못했다. 아주머니는 호기심 가득한 눈으로 이수와 태준을 번갈아 보았고, 무뚝뚝한 아저씨는 주방에서 칼만 갈았다.

꿀꺽꿀꺽─.

이수는 물잔에 가득 찬 물을 한 번에 다 마신 뒤 소리 나게 테이블 위에 잔을 올려놓으며 재이를 노려보았다.

"정말 옥탑 청년이 내가 사는 동네로 이사 온 게 우연이라고요? 대표님이 심어놓은 첩자가 아니라?"

재이는 자신을 스파이로 여기는 이수의 의심에 벌벌 떨었고, 태준은 기가 찬 표정을 지었다.

"내가 왜 검사님을 감시합니까?"

"나도 몰라요. 그쪽이랑 엮인 건 그냥 다 기분 나쁘니까."

이수가 너무 거침없이 말을 해서 재이는 태준의 눈치를 살폈다. 태준은 표정이 거의 없었지만 기분이 별로 안 좋다는 걸 재이는 느낄 수 있었다.

이수는 태준을 노려보며 젓가락을 생선에 내리꽂았다. 두꺼운 생선 가시가 그녀의 젓가락질에 두 동강 나는 걸 보고 재이는 자신의 척추가 부러진 듯 공포에 질린 표정이 되었다.

영화 '올드보이'에서 최민식이 만두를 먹듯이 생선을 먹던 이수는 태준에게 퉁명스럽게 말했다.

"양자택일의 기회를 드릴게요."

'기회'라는 말이 좋은 뜻이 아니라는 건 그녀가 '드릴게요.'라는 공손한 말을 썼을 때 이미 눈치챘다. 그녀는 분명 그를 '원수'라고 했으니.

"1년 전 일 제대로 사과를 하든가, 아니면 퀸 호텔에 투숙했던 최도훈이라는 사람이 누굴 만나러 왔는지 말해주든가."

'최도훈'이라는 이름이 태준의 귀에 꽂혔다. 그녀와 마주쳤던 날 호텔에서 경찰과 함께 잠복했던 검사였다.

"……최도훈이라는 사람, 비리 검삽니까?"

"무슨 그런 벼락 맞을 소리를……! 난 그저 내가 고백을 해도 되는지 궁금해서……!"

"고백?"

"아니, 근데…… 최도훈 씨가 검사라는 건 어떻게 알아요?"

두 사람은 서로를 수상하게 바라보았다. 그 시선의 충돌이 강렬했기에 중간에 낀 재이만 제대로 먹지도 못하고 눈치를 보고 있었다.

탁—.

태준은 잡고 있던 젓가락을 테이블에 내려놓았다. 밥맛이 사라졌다.

"순수하게 사과를 원하는 게 아닌 사람한테 사과하는 게 무슨 의미가 있는지 모르겠군요. 차라리 제가 사과파이를 선물로 드리겠습니다. 저희 호텔 사과파이 정말 맛있습니다."

사과를 종용했다가 사과파이로 제대로 조롱당한 이수는 얼굴이 시뻘게졌다. 이 자식이 끝까지!

"여기 또 오지 마요! 여긴 내 구역이야."

남은 생선구이와 화내는 그녀를 뒤로하고 태준은 식당을 나와버렸다. 이 식당의 생선구이는 정말 마음에 들었지만 또 오는 일은 없을 듯 했다. 그 역시 그녀와 우연하게라도 다시 마주치기 싫었으니까.

⬡

마정옥은 붉은 와인을 마시며 어두운 창밖을 보고 있었다. 술을 마셔야 잠이 왔기에 그녀의 곁에는 항상 와인이 있었다.

똑똑―.

노크 소리와 함께 강범석의 목소리가 들려왔다.

"접니다."

대준에게 초콜릿을 준 여자가 누구인지 알아오라고 지시를 내렸었다. 마정옥은 와인 잔을 테이블 위에 올려놓으며 짧게 말했다.

"들어와."

곧 방문이 열리며 강범석이 소리 없이 들어와 그녀의 앞에 섰다.

"알아냈어?"

"전혀 흔적이 없었습니다."

"쯧."

마정옥은 못마땅함을 바로 드러냈다. 그런 마정옥의 성정을 잘 알기에 강범석도 아무런 성과 없이 온 건 아니었다.

"그런데 오늘 허름한 식당에서 여자랑 동석했습니다."

마정옥은 아이라인이 칠해져 더 강해 보이는 눈꼬리를 치켜들었다.

"그 여자가 초콜릿을 준 여자인지는 확인할 수 없었습니다."

"그럼 그 여자에 대해 더 캐봐. 뭔가 나오겠지."

태준이 아무 여자랑 합석할 리가 없었다. 얼마나 까다롭고 치밀한 놈인데. 마정옥은 아무리 작은 거라도 못 본 척 그냥 넘어갈 생각이 없었다. 18년 동안이나 참고 살아왔으니까.

"이제야 좀 재미있어지네."

마정옥은 와인 잔을 다시 집어 들며 마녀 같은 미소를 지었다.

검사들은 엘리트 집단이지만 회식에서까지 엘리트는 아니었다. 평소에 쌓인 스트레스 때문에 회식에서는 꼭 고삐 풀린 동물처럼 달리곤 했다. 그녀도 술이 약한 편은 아닌데 회식 때는 각오를 해야 했다.

"류 검사, 벌써 포기야? 이럼 차장님이 얼마나 실망하시겠어."

류헌은 그 소리가 듣기 싫어서 술을 억지로 마시려고 했다. 그럼 마음 약한 그녀가 가만히 있을 수가 없다.

"제가 흑장미 하겠습니다."

그녀는 류헌이 마시던 술잔을 빼앗아 전부 마셨다. 그러자 마치 마법의 술잔처럼 다시 가득 채워졌다.

"역시 올림픽 출신은 달라."

올림픽 출전은 굉장히 영광스러운 일인데 왜 회식 장소에서 듣게 되는 '올림픽'은 꼭 놀리는 소리처럼 들리는지 모르겠다.

검찰청에서 다들 어느 학교 출신으로 무리를 나누는데 그녀 혼자만 올림픽 출신이었다. 일명, 왕따. 그런 그녀에게 먼저 다가와 친구가 되어준 게 류헌이었다. 일명, 차장 검사 아들. 류헌은 또 다른 이유로 검찰청 사람들과 거리감을 느끼고 있었다.

"내가 올림픽 나가려고 얼마나 피와 땀을 흘렸는데 그걸 고작 술 잘 마시는 것에 갖다 붙여! 이 머리만 쓸 줄 아는 잡놈들이!"

회식에서는 한 마디도 못 하다가 집에 돌아올 때에야 바래다주는 류헌을 붙잡고 이수는 화를 냈다.

"그래, 머리랑 몸 다 쓸 줄 아는 네가 참아."

"왜 항상 내가 참냐고! 나 참는 거 싫어."

운전하던 대리 기사가 시끄러워서 룸미러로 흘겨보았다. 그녀 덕에 술을 덜 마신 류헌이 그녀에게 조금만 조용히 하라고 진정시켰다.

"너야말로 차장 검사 아들이면서 왜 그 인간들한테 한 마디를 못 해! 내가 차장 검사 아들이었으면……."

"딸이겠지."

이수는 창밖으로 야구 배팅장이 보이자 기사에게 차를 세우라고 했다. 대리 기사가 차 주인인 류헌을 보았다.

"밤도 늦었는데 뭘 또 해. 그냥 집에 가서 자."

류헌은 말렸지만 그녀는 숙취 상태로 올림픽 여신이 되어 있었다.

"나 올림픽 나갔던 여자야. 저까짓 것도 못 할 거 같아?"

"누가 못 할 거 같대? 시간이 늦었다고."

"나 야구공 100개도 칠 수 있어."

"제발."

이러니 대신 술을 마셔주는 게 마냥 고맙지만도 않았다.

늦은 밤, 잠을 자려고 침대에 누운 태준은 전화벨 소리에 손을 뻗어 휴대폰을 잡았다. 전화를 건 사람은 재이였다. 이 밤에 무슨 일인가 싶어서 태준은 통화 버튼을 눌렀다.

"여보세요."

[주, 주무셨어요?]

"괜찮아. 말해. 무슨 일이야?"

[그게, 검은 차가 집 근처 골목에 계속 있어서.]

"검은 차?"

태준을 만나기 전에 재이는 검은 차를 타고 다니는 사채꾼들에게 쫓기는 신세였다. 아마도 그런 검은 차를 말하는 듯했다.

"언제부터 있었는데?"

[저녁부터 계속이요.]

"그 동네에서 처음 보는 차야?"

[이사 오고 나서 처음 보는 차이긴 해요.]

재이는 더 이상 쫓기는 몸이 아니었다. 누군가 그 동네에 사는 은이수 검사를 쫓고 있는 거라면 그건 가능성이 있었다. 검사라는 건 범죄자들에게 원한 사기 딱 좋은 직업이니까.

태준은 고개를 돌려 선반 가장 위에 놓아둔 초콜릿 상자를 쳐다보았다. 왠지 저 초콜릿 상자가 마음에 걸렸다. 받은 즉시 버렸어야 했는데. 그가 가지고 있어서 일이 꼬인 거라면…….

"알았어. 내가 지금 갈게."

제발 아니길 빈다. 그와 상관있는 일이 아니길.

이수가 공 치는 걸 기다리다 지친 류헌은 구석에 쭈그려 앉아서 꾸벅꾸벅 졸았다. 대리 기사도 가버렸고 운전해서 집에 갈 수도 없는 상황이었다. 이수는 공을 칠 때마다 그녀를 무시했던 검사들 욕을 했다. 얼마나 무시받고 산 건지 욕할 사람이 한 바가지였다.

"이런 십팔보신탕 같은 자식들!"

탕―.

야구 방망이에 맞은 공이 시원하게 날아가 그물에 걸렸다. 그리고 더 이상 공이 날아오지 않았다. 동전을 더 넣으려고 주머니를 뒤지니 만져지는 게 없었다. 벌써 다 썼나 보다.

"류 검사, 동전 있으면 줘."

하지만 돌아오는 응답이 없었다.

"야! 류……."

류헌의 이름을 부르며 돌아서던 이수는 밖에 서 있는 사람을 보고 놀라서 눈이 커졌다. 야밤에 도깨비처럼 태준이 갑자기 나타났다. 태준은 건조한 눈으로 불쌍하게 쭈그려 자는 류헌을 한 번 보더니 다시 그녀를 보았다.

"저 남자는 뭡니까?"

"낙오자."

이수는 밤새 그녀 때문에 고생한 류헌에 대해 자비 없이 그리 말하고 야구 방망이를 어깨에 걸치며 거만하게 턱을 들어 올렸다.

"나 야구 겁나 잘하는데, 나랑 야구 시합 할래요?"

검사에서 다시 운동선수로 회귀한 듯한 그녀의 모습에 태준은 눈을 좁혔다.

"그만 집에나 가요. 밤이 깊었습니다."

이 시간에 갑자기 나타나 선도부원이나 할 말을 하는 그를 보며 이수는 킬킬 웃었다. 웃으라고 한 말이 아니었기에 태준은 눈살을 찌푸렸다.

"날 이기면 보내주겠어요."

"난 내가 가고 싶을 때 갑니다. 검사님이나 집에 가요."

'너 왜 그렇게 말귀를 못 알아듣냐.'는 듯 태준의 목소리에 살짝 짜증이 배었다.

"지금 나한테 질까 봐 피하는 거죠?"

그의 말을 전혀 안 듣고 있는 것 같아서 태준은 고개를 돌려 한숨을 내쉬었다. 초콜릿 하나 때문에 이 밤에 도대체 뭐 하는 건가 싶었다. 술 취한 사람을 상대로 말이 통할 리가 없었다. 그가 이겨줘야 금방 끝날 것 같아서 태준은 배팅장 안으로 들어갔다. 야구 방망이를 잡는 그의 근육 진 팔을 경계하며 이수가 물었다.

"야구 해봤어요?"

"처음입니다."

대답과 동시에 태준은 날아온 첫 번째 공을 시원하게 날려버렸다. 방망이가 공을 때리는 소리가 얼마나 컸던지 자던 류헌이 그 소리에 깜짝 놀라 깨어났다. 엄청난 속도로 뻗어간 공은 그물에 팍 꽂혔다.

이게 뭐가 안 해본 거야! 4번 타자잖아!

"이렇게 하는 거 맞습니까?"

순진한 척 상대방 염장을 지르는 놈이었다. 태준이 공 치는 걸 보고 전의를 상실한 이수는 그제야 귀가를 하게 됐다. 태준의 차를 택시 삼아 타고 그녀가 사는 동네까지 왔다. 익숙한 '춘향'이 보이자 이수는 서둘러 손을 뻗으며 말했다.

"저기 '춘향' 앞에 세워주세요."

하지만 태준의 차가 '춘향'을 그냥 지나치자 이수는 버럭 성을 냈다.

"세워달라니까요."

"집 앞까지 갈 겁니다."

"우리 집은 알아서 뭐 하게요?"

이수는 태준을 경계하며 차 문에 몸을 붙였다. 생각해 보니 이 남자 차에 너무 쉽게 올라탔다. 그렇게 잘 아는 사이도 아닌데 말이다.

"아무것도 안 합니다."

"거짓말. 음흉한 생각했죠?"

태준은 어이없는 눈으로 그녀를 돌아보았다. 그런 말을 대놓고 들은 건 처음이었다.

"음흉한 게 뭡니까?"

"그때처럼 갑자기 키스하거나."

아마 그건 죽을 때까지 그의 오점으로 남을 것 같았다. 제대로 하고 이런 취급을 받으면 덜 억울하기라도 하지.

"그럴 일 절대 없습니다."

이수는 포기하지 않고 그를 음흉한 사람으로 몰고 갔다.

"내 다리를 보고 섹시하다고 생각하는 거죠."

"전혀 안 섹시합니다."

1초의 망설임도 없이 그렇게 말하는 태준을 이수는 매섭게 노려보았다.

"대표님은 겁나 섹시해요."

반전 대답에 태준은 많이 당황했다. 설마 이렇게 받아칠 줄은 몰랐으니까.

"그래서 나랑 정말 안 맞아."

그렇게 말하며 이수는 갈림길 앞에서 거의 멈추어 선 차 문을 열고 뛰어내렸다. 태준은 깜짝 놀라 외쳤다.

"검사님! 멈춰요!"

태준이 불러도 이수는 뒤도 안 돌아보고 뛰어갔다. 이수가 골목을 꺾어 들어가며 사라지자 태준은 짧게 욕을 뱉어내고는 차에서 내려 그녀를 쫓아갔다. 분명 저쯤에 검은 차가 있다고 재이가 말했었다.

태준이 급히 달려가 골목길 앞에 섰을 때 갑자기 켜진 헤드라이트 때문에 눈이 부셨다. 태준은 빠르게 한쪽 팔을 들어 두 눈을 가렸다. 눈부심에 태준이 잠시 눈을 가린 사이, 차는 태준의 옆을 순식간에 지나쳐 길을 빠져나갔다. 태준은 멀어지는 차를 보고 눈을 좁혔다. 아무래도 그를 보고 도망친 것 같았다. 그럼 그가 누구인지 아는 놈들이라는 뜻이었다.

태준은 휙 고개를 돌려 이수가 뛰어간 방향을 쳐다보았다. 그녀의 모습이 보이지 않았다. 태준은 다시 앞으로 달려갔다. 그러나 한참을 달려도 이수를 찾을 수 없었다.

뭔가 잘못된 것 같아서 몸을 돌려 다시 차로 돌아오던 태준은 빌라 주차장에 세워진 차 뒤에 보이는 검은 물체를 발견하고는 멈추어 섰다. 주차된 차 사이로 조심조심 걸어간 태준은 차와 벽 사이의 좁은 공간에 몸을 웅크리고 앉아 미동도 않는 이수를 발견하고는 그제야 안도의 한숨을 내쉬었다.

"검사님."

그가 불러도 이수는 감은 눈을 뜨지 않았다. 진짜 잠든 것 같았다. 결국 술주정의 끝에 다다른 거다. 숨바꼭질하다 노숙하기. 이수를 깨우려고 뻗은 태준의 손은 그녀의 어깨 위에서 멈추었다. 그는 달빛을 받은 그녀의 얼굴을 처음으로 제대로 보았다. 반듯한 이마, 동그란 콧방울, 도톰한 입술, 그리고 부드러워 보이는 새하얀 피부. 감겨 있던 그녀의 긴 속눈썹이 가늘게 떨리더니 반쯤 열렸다. 술에 취해서인지, 잠에 취한 건지 그녀는 바로 앞에 있는 그를 보고도 놀라지 않았다.

그녀의 붉은 입술이 열렸다.

"들켰네."

태준도 훔쳐보던 걸 들킨 것 같아 심장이 뜨끔했다.

결국 이수는 연행되듯 태준과 함께 그녀의 집 앞까지 왔다. 태준은 빌라 건물을 올려다보며 그녀에게 재차 확인했다.

"여기가 검사님 집이 정말 맞습니까?"

"네, 우리 집이 확실합니다."

이수는 그만 집에 들어가서 자고 싶어서 순순히 대답했다. 하지만 태준은 심각한 표정을 풀지 않았다. 오늘 밤은 아무 일 없이 끝나서 다행이라고 생각했지만 그는 아무래도 그 검은 차가 마음에 걸렸다. 검은 차의 정체를 확실히 파악할 때까지 그녀가 완벽하게 안전하다고 생각할 수 없었다.

태준이 점점 험악한 기운을 뿜어내자 이수는 그의 눈치를 보며 집 쪽으로 몸을 돌렸다.

"그럼 전 그만 들어가 보겠습니다."

"움직이지 마십시오."

어찌나 목소리에 냉기가 흐르는지 이수는 그대로 얼어버렸다. 그녀는 얼음이 된 채 눈동자만 굴려 그를 보았다.

뭐지? 내가 술김에 한 대 때렸던가?

태준은 심각한 표정으로 주머니에서 무언가를 꺼내 그녀에게 내밀었다.

"이거 받아요."

이수는 황당한 눈으로 그가 내민 물건을 쳐다보기만 했다.

뭐야, 지금 전화번호 하나 따려고 이렇게 험악한 분위기 만든 거야?

"꼭 가지고 다니십시오."

"제가 싫다면요?"

태준은 표정을 찌푸렸다. 그야말로 그녀랑 엮이기 싫었다. 그렇다고 그녀가 위험에 빠지는 걸 모른 척할 수는 없었다. 그게 그 때문이라면 더더욱. 앞으로 그녀에게 아무 일도 안 일어나면 다행이었지만 혹시나 그녀에게 위험한 일이 닥친다면 그때 이 휴대폰이 그녀가 있는 위치를 그에게 알려줄 거다.

"그냥 받아요. 최신 폰입니다."

"그렇게 말씀하시니 저한테 주는 뇌물 같네요. 저 공무원이에요."

그가 돈 받고 팔겠다는 것도 아니었다. 이 휴대폰으로 귀찮게 전화하겠다는 것도 아니었다. 그냥 그녀가 다칠까 봐 걱정되어서 주는 거였다. 그러나 그녀는 휴대폰을 주는 그를 오히려 그녀에게 해를 끼치는 사람 취급을 하며 경계했다.

억울했지만 먼지 하나 안 나올 정도로 떳떳한 입장은 아니라서 태준은 꾹 눌러 참으며 조용한 목소리로 그녀에게 물었다.

"제가 어떻게 하면 이 휴대폰 받을 겁니까?"

그가 그녀에게 최신 휴대폰을 주지 못해 안달이 난 것처럼 보이자 이수는 의심스러운 눈으로 그를 보며 물었다.

"혹시나 해서 묻는 건데, 저한테 관심 있어요?"

세상을 그리 가볍게 살 수 있으면 그도 참 좋겠다. 여기서 아니라고 하면 그녀가 휴대폰을 안 가지고 갈 것 같았기에 태준은 그녀의 손에 휴대폰을 쥐어주며 한 자 한 자 힘을 주어 말했다.

"네, 맞습니다. 그러니까 이 휴대폰 꼭 가지고 다니십시오."

"정말요? 대표님이 저한테 관심 있다는데 전 왜 이리 찝찝할까요?"

이렇게까지 해서 그녀에게 휴대폰을 주는 그도 그녀 못지않게 찝찝했다.

"그리고 저, 좋아하는 남자 있어요."

그랬다. 그녀는 '일편단심 최 검사님'이었다. 눈앞의 남자가 초절정 섹시한 호텔 대표라도 쉽게 바뀔 마음이 아니었다. 그랬기에 이수는 휴대폰을 태준에게 돌려주며 도도하게 말했다.

"아무리 짝사랑이라도 의리가 있죠. 아무 남자한테 이런 거 함부로 받을 수 없어요. 그 마음 접어주세요."

그는 정말 우여곡절 많은 운명을 타고났다고 생각했었다. 힘들게 살아온 만큼 굳은살도 단단해졌기에 무슨 일이 생겨도 쉽게 흔들리지 않을 자신이 있었다. 그랬는데 그녀 앞에서는 마음이 휘청하는 게 느껴졌다. 그에게 지금 접을 마음이란 게 있다면 그녀 앞에서 갈기갈기 찢어버렸을 거다.

Episode 4

당신이 가고 싶은 곳

술이 깬 다음 날에야 류현은 이수에게 어젯밤 그녀를 데려간 남자가 누구인지 물었다. 이수는 빨리도 묻는다는 눈으로 류현을 흘겨보며 대답했다.

"나랑 맞선 봤던 남자야."

사실은 잘못된 상대였지만 그냥 그런 걸로 하기로 했다. 태준도 동의할지는 잘 모르겠지만. 류현이 깜짝 놀라며 물었다.

"뭐? 너 아직도 맞선 보고 다녀?"

"그게 아니라, 연수생 때 본 맞선."

"한 번 맞선 본 남자를 지금까지 만난다고?"

다 말하기에는 사연이 너무 복잡했다. 이수는 팔짱을 끼며 거드름 피우듯 말했다.

"나한테 휴대폰을 주더라고. 관심이 있다나 뭐라나."

"뭐? 그럼 최 선배는?"

"내가 좋다는 게 아니라 그 남자가 나한테 관심 있는 거 같다고."

이수는 류현을 흘겨보며 경고했다.

"너, 최 검사님한테 절대 말하지 마."

말할 생각도 없었고, 도훈과 그런 대화를 할 일도 없었다. 찝찝한 표정을 짓던 류현은 이수를 못마땅한 눈으로 보았다.

"그런데 넌 최 선배 좋다면서, 그 남자가 너 좋다는 건 싫지 않은가 보다."

이수는 팔짱을 끼며 도도하게 말했다.

"나 그렇게 가벼운 여자 아니야. 휴대폰 주는 것도 딱 잘라 거절했다고."

그러나 류헌의 눈에는 다 보였다. 자랑하고 있다는 게.

"그러다 그 남자가 몇 번 더 찌르면 넘어가는 거 아니야?"

류헌이 그녀를 가벼운 여자 취급하자 이수는 바로 발끈했다.

"절대 안 그래. 난 일편단심이라고."

그 일편단심이라는 게 혼자만의 짝사랑이기에 영 믿음이 안 갔다. 여자들은 사랑을 주는 것보다 받는 것에 더 행복을 느낀다고 하니까. 그러니까 이수도 그에게 자랑하는 것이리라. 자기도 짝사랑만 하는 게 아니라는 걸.

태준이 먼저 연락하자 김상철은 아주 의외라는 반응을 보였다. 항상 태준을 찾아야 하는 게 김상철의 일이었으니까.

[왜? 호텔에 돈 필요해?]

"필요해도 그쪽 돈은 안 써."

태준이 딱 잘라 거절해도 김상철은 별로 기분 나빠하지 않았다. 사서 고생하는 태준의 고지식한 점은 이미 오래전부터 질릴 정도로 겪었으니까.

[그럼 웬일로 먼저 연락한 건데?]

"차 번호 하나 조사 좀 해줘."

[차?]

"그래, 누가 쓰는 차인지."

[왜 그걸 알고 싶은 건데? 요즘 누가 네 뒤 밟냐?]

그가 누구 아들인지 아는 사람 중 그런 일을 함부로 할 사람은 없었다. 그의 아버지가 직접 시킨 일이 아니라면. 만약 이번 일이 아버지 쪽이라면 사실 김상철도 믿음이 안 가긴 했다.

"형이 아니길 바라."

[너 지금 나 의심하냐?]

"그러니까 아니라면 제대로 알아봐서 빨리 알려줘."

김상철이 또 무언가 묻기 전에 태준은 차 번호만 말하고 바로 전화를 끊어버렸다. 그리고 휴대폰을 내려놓고는 차가운 눈으로 창밖을 바라보았다.

만약 정말 그의 주변 사람이 그를 노리고 은이수 검사 주변을 어슬렁거리는 거라면 누구라도 절대 용서하지 않을 거다.

제발 그를 그냥 내버려두기를. 이미 그는 충분히 불행하니까.

"은 검사님, 최경호 씨 왔습니다."

피의자 최경호는 기획사 사장이라 회사의 고문 변호사가 모든 법적 조언을 해주었다. 있는 건 억울함뿐인 피해자와 달리 피의자는 이미 갑옷을 입고 있는 것과 같았다.

내가 과연 그 갑옷을 깨부술 수 있을까?

최경호가 문을 열고 들어오자 이수는 언제 흔들렸느냐는 듯이 단호한 눈빛으로 검사실에 들어선 최경호를 바라보았다. 최경호는 이미 이긴 사람의 표정을 짓고 있었다. 반성도 없고, 양심도 없다.

"원래 이 바닥 들어오는 애들은 뜨고 싶어서 별짓 다 합니다."

오히려 피해자를 모독하는 최경호의 발언에 이수는 볼펜을 꽉 쥐었다. 최 계장과 실무관이 불안한 눈으로 그녀를 보았다. 올림픽 선수 출신이라는 건 검사에게 좀 불리했다. 워낙 인간쓰레기들과 자주 만나게 되는 일이라 자꾸 시합을 하던 때의 혈기가 올라와 법 대신 몸을 쓰고 싶어졌기 때문이었다. 참아야 했다. 검사가 법으로 말해야지 몸으로 말하면 오히려 그녀가 반칙하는 거였으니까.

"피해자한테 약을 먹였다는데, 그래도 본인 잘못이 없다는 겁니까?"

"그 약을 제가 먹였다는 증거 있습니까? 본인이 직접 먹고 제가 먹였다고 거짓말하는 걸 수도 있지 않습니까."

쓰레기 같은 피의자를 만나고 난 뒤로 밥 생각이 전혀 없었지만 류헌이 그녀를 억지로 끌고 해장국 집으로 갔다. 두 사람은 타이밍 좋게 가서 기다리지 않고 마지막 테이블을 차지할 수 있었다.

"이봐, 운이 좋잖아."

"그래, 너라도 행복하니 됐다."

그녀가 계속 저기압이니 류헌도 덩달아 기운이 빠졌다. 류헌은 답답한 표정을 짓다 창밖을 손가락으로 가리키며 목소리를 높였다.

"어? 저기 봐. 최 선배다."

그냥 농담인 줄 알았는데 진짜 도훈이 사무실 사람들과 같이 식당 밖을 지나가고 있었다. 이미 식당 밖에는 줄이 길게 늘어서 있어서 도훈과 사무실 사람들은 다른 곳으로 가려고 하는 것 같았다.

해장국 집을 제일 좋아하는 도훈이 미련을 못 버리고 식당 안을 들여다보자 류헌이 손을 번쩍 들고 흔들었다.

"선배, 여기 자리 하나 남아요."

도훈은 자리 있다는 말에 미련 없이 사무실 사람들을 버리고 그들이 있는 자리로 왔다.

"역시 이기적이시네. 그냥 바로 오시네요."

"기어오르냐."

도훈은 류헌의 의자를 발로 차고는 그녀의 옆에 남은 의자에 앉았다. 이수는 반쯤 살아나서 도훈을 향해 싱긋 웃었다.

'오셨사옵니까, 우리 최 검사님.'

"넌 M 엔터테인먼트 최경호 사건 맡았다면서."

도훈의 말에 이수는 놀라 눈을 동그랗게 떴다.

"최경호 아세요?"

도훈은 젓가락으로 밑반찬을 집어 먹으며 무미건조한 투로 말했다.

"그 회사를 알지. 흑룡파 돈줄이잖아."

조폭이라고 주먹질만 하며 먹고사는 게 아니었다. 흑룡파는 강호 그룹을 운영하며 돈을 벌고 있었다. M 엔터테인먼트는 강호 그룹 내에있는 문화 예술 분야 계열사였다. 조폭과 깊게 관련된 회사라는 것에 이수의 눈살이 찌푸려졌다. 어쩐지 사장이 쌍놈이더라니.

쾅―!

태준이 노크도 없이 방문을 벌컥 열었을 때도 마정옥은 느긋하게 와인을 마시고 있었다. 조카가 하극상을 보이며 그녀의 방에 쳐들어왔음에도 그녀는 손에서 와인 잔을 내려놓지 않았다. 그런 마정옥을 차가운 눈으로 노려보며 태준이 따졌다.

"은이수 검사를 어찌하려고 사람을 붙인 겁니까?"

그의 예감이 맞았다. 나쁜 예감은 절대 틀리는 법이 없었다. 그날 은이수 검사 집 근처에 있던 검은 차는 마정옥이 부리는 수하 강범석의 똘마니들이었다.

이리 쉽게 들키고도 마정옥은 비릿한 미소를 지었다. 태준의 입으로 그 여검사와의 관계를 인정한 거나 마찬가지였으니까.

"네가 검사랑 어울리는 거 알면 네 아버지 또 병원 실려 가시겠네. 안타까워. 어떻게 살아난 목숨인데."

"고모님!"

태준이 목소리를 높이며 화를 낼수록 마정옥은 더 사악한 미소를 지었다.

"너야말로 검사랑 손잡고 누굴 잡아넣으려고 한 거니? 혹시 내 남편이니?"

그러고 싶은 마음이 없었던 것도 아니었기에 태준의 표정이 굳었다. 하지만 그런 일이 생겨도 그 상대가 은이수 검사일 리는 절대 없었다. 마정옥은 느긋하게 말하면서도 예리한 시선으로 그런 태준의 표정을 하나하나 살피며 말을 이어갔다.

"그런데 이상한 게 왜 하필 골라도 능력도, 연줄도 없는 신입 여검사냐는 거야. 설마 한눈에 반하기라도 한 거니?"

처음엔 그냥 만나는 여자인 줄 알았는데 알고 보니 검사였다. 태준이 여검사를 만나는 진짜 목적을 직접 입으로 말하지 않는 이상 마정옥은 그 이유를 정확히 알 수 없었다.

"분명히 경고하는데."

태준은 강하게 말했다. 그는 한 번도 싸움에 먼저 뛰어든 적이 없었다. 피하는 게 편했다. 그러나 이번에는 피할 수가 없었다. 그가 피하면 다치는 사람이 생길 테니까.

"또다시 은이수 검사 주위에 접근하면 그땐 아무리 고모님이라도 절대 용서하지 않을 겁니다."

태준의 눈빛이 진심이라는 걸 보여주고 있었기에 마정옥은 한기 서린 미소를 지었다. 그녀도 쉽게 그만둘 생각이 없었으니까.

태준이 나가고 혼자 남은 마정옥은 피처럼 붉은 레드 와인이 든 잔을 천천히 돌렸다. 잔 안에서 일어나는 붉은 파동을 보며 그녀는 나직하게 중얼거렸다.

"용서라는 말은 그렇게 함부로 꺼내는 게 아니야, 조카님."

밤의 어두운 기운이 뱀처럼 그녀의 몸을 칭칭 감아왔다. 오늘도 역시나 불면의 밤이 될 듯했다.

최경호 사건에서 그나마 희망이 될 수 있는 증거는 동영상이었다. 세 번의 사건에서 피해자들 모두가 동영상을 언급했지만 한 번도 발견되지 못했다. 그래서 이수는 그녀가 맡은 이번 사건뿐만 아니라 세 명의 피해자들이 겪은 공통점을 파고들었다.

"세 번 다 그 파티 날 벌어진 거네요."

사건들은 전부 최경호의 별장에서 열린 파티에서 일어났다.

"네, 셀럽들이 모이는 유명한 파티입니다. 그래서 신인 여배우들이 혹해서 최경호의 파티에 간 것 같습니다. 최경호 별장이라 남들 눈을 피할 장소도 본인이 제일 잘 알고 있었던 것 같고."

제 발로 최경호의 덫에 걸려 들어간 셈이었다. 왜 그리 경솔했느냐고 피해자들을 나무라고 싶어도 세상에 그 정도 욕심 없는 사람이 어디 있을까. 어린 여자들의 꿈을 이용해서 그런 범죄를 저지른 최경호가 진짜 악마였다.

"이 파티 또 언제 열리나요?"

최 계장은 조사해 온 자료를 이수에게 내밀며 설명을 덧붙였다.

"다음 주 일요일에 M 엔터테인먼트가 투자한 영화의 상영회 날짜에 맞추어서 열립니다. 이미 초대자 명단까지 나와 있습니다."

검찰 조사 중인데도 파티를 벌인다는 소리에 이수는 절로 욕이 나왔다. 아직 완벽하게 혐의가 풀린 게 아니니 최경호가 그 파티에서 또 같은 범죄를 저지를 가능성은 낮았다. 하지만 운이 좋으면 파티에서 동영상 파일을 찾을 수 있는 실마리를 발견할지도 몰랐다.

그러나 그런 파티에 검사를 초대해줄 리가 없었다. 그녀가 영장 없이 찾아가면 문전 박대당할 게 뻔했다. 초대자 명단을 무심하게 훑어보던 이수의 눈이 한곳에서 딱 멈추었다.

"어?"

그녀가 놀라자 최 계장과 김 실무관도 그녀에게 집중했다.

"뭐가 있습니까?"

먼저 초대자 명단을 보았던 최 계장이 의아해하며 물었다. 그가 보았을 때는 별다를 게 없었기 때문이다. 파티에 초대받은 사람은 유명인이거나 연예계에서 영향력이 있는 사람, 또는 돈 많은 투자자이거나 미래의 투자자가 될 재력가였다. 이수는 모르는 사람 천지인 초대자 명단에서 아는 이름을 발견하고는 입가에 엷은 미소를 지었다.

퀸 호텔 마태준 대표

그를 만난 이후 이렇게 반가운 건 처음인 것 같았다.

"제가 그 파티에 갈 수도 있을 거 같아요."

그런데 문제가 하나 남아 있었다. 좋아하는 남자가 있다고 그렇게 단호히 그를 거절했는데 이제 와서 먼저 연락하기가 참 낯부끄러웠다. 역시 사람은 헤어질 때 잘 헤어져야 했다. 언제 어디서 또 마주치게 될지 모르니까. 이번에 아주 큰 교훈이 되었다.

태준이 호텔에서 제일 신경 쓴 부분은 식음료 쪽이었지만 호텔 직원들의 교육에 들어가는 예산도 늘리기로 했다. 호텔 경영은 처음이었지만 사람이 중요하다는 것은 어느 곳에서나 기본이었으니까.

"임원부터 사원까지 계층별로 차별화된 교육 훈련 프로그램을 심화시키겠습니다. 담당자는 지금 호텔 내에서 진행되고 있는 교육 프로그램들을 정리해서 보고하고, 그걸 한 단계 업그레이드된 버전으로 다시 기획해서 제출해주세요."

그가 교육 프로그램에 손대는 걸 시기상조라고 말하는 사람도 있었다. 그래도 큰 반대 없이 일이 진행되었다. 태준이 퀸 호텔의 대표가 되고 난 뒤 생긴 변화를 겪은 직원들은 모두 이 호텔이 예전처럼 살아날 거라 믿기 시작했다.

회의를 끝내고 직원들이 나가자 여비서가 바통을 이어받듯이 들어와서 회의 중 걸려왔던 전화에 대해 보고했다.

"서울북부지검 은이수 검사님이 전화하셨습니다. 꼭 하실 말씀이 있으시다면서 개인 연락처를 남기셨습니다."

이수가 전화했다는 말에 책상으로 향하던 태준은 고개를 돌려 여비서를 보았다.

"진짜 은이수 검사였습니까?"

"네? 네."

대수롭지 않게 연락처를 받아 적었던 여비서는 태준이 놀라는 것 같자 의아했다.

"혹시 무슨 문제라도……."

검사이니 법적 문제가 생긴 것일 수도 있어서 여비서는 걱정스럽게 물었다.

"아뇨. 연락처 두고 나가보세요."

태준이 벽을 치듯이 단호히 말하자, 여비서는 할 수 없이 연락처를 적은 메모지만 태준의 책상 위에 올려두고 집무실을 나갔다. 혼자 남은 태준은 정갈한 글씨로 적힌 이수의 전화번호를 내려다보았다.

왜 먼저 연락한 거지?

분명 그녀의 마지막 말이 '그 마음 접어주세요.'였다. 그게 그녀가 먼저 연락하겠다는 뜻으로는 전혀 안 들렸는데 말이다. 여자의 마음은 정말 알다가도 모르겠다고 생각하며 태준은 전화기를 집어 들었다.

어쨌든 그녀가 먼저 연락을 한 건 그로서는 다행이었다. 안 그래도 마정옥 때문에 그녀에게 다시 휴대폰을 전해주려고 했다.

Rrrrrrrrr— Rrrrrrrrr—.

신호가 가는 동안 태준은 서랍에서 이수에게 주어야 할 휴대폰을 꺼냈다. 이것만 그녀에게 전해주면 되는 거였다.

[여보세요.]

전화기 안에서 이수의 목소리가 들려오자 태준은 마음을 다잡았다.

"퀸 호텔 대표 마태준입니다."

맞선에서 그녀를 만났을 때보다 지금이 더 긴장한 것 같았다.

[네, 전화 기다리고 있었어요. 바쁘신가 봐요?]

"네. 그런데 무슨 일로 전화한 겁니까?"

[제가 마침 이번 주 일요일이 한가하더라고요.]

그래서 어쩌라는 거지?

태준은 그녀의 의도를 전혀 알 수가 없어서 말없이 듣고만 있었다.

[뭐, 대표님한테 기회조차 안 주는 건 너무 박하다는 생각이 들기도 해서.]

태준은 눈동자를 움직이며 그녀가 무슨 뜻으로 이런 말을 하는 건지 생각해보았다. 그런데 여전히 모르겠다.

[제가 이쯤 말하면 뭔가 반응이 있어야 하는 거 아닌가요?]

그도 그러고 싶은데 정말 그녀가 무슨 소리를 하고 있는 건지 알 수가 없었다.

[저기요, 먼저 좋다고 휴대폰 내민 건 대표님이잖아요.]

휴대폰 이야기에 태준은 바로 입을 떼었다.

"그럼 이제라도 그 휴대폰 받아줄 겁니까?"

[아니, 제가 대표님 마음을 받아주겠다는 건 아니고요.]

그도 마음이 아니라 휴대폰만 주고 싶을 뿐이었다.

[대표님이 가고 싶은 곳 한 번 가고, 제가 가고 싶은 곳 한 번 가는 정도로.]

"전 가고 싶은 곳 없습니다."

휴대폰만 그녀에게 주면 되었다.

[사람이 어떻게 가고 싶은 곳이 한 군데도 없을 수 있어요. 잘 생각해봐요. 어딘가 있을 거예요.]

"그냥 휴대폰······."

[눈을 감고 생각해보라고요.]

태준은 진짜 눈을 감았다. 피곤해서. 정말 그녀와 얽히기만 하면 일이 꼬이고 꼬이는 것 같았다.

[생각났어요?]

문득 퀸 호텔 VIP 영화관이 떠올랐다. 어릴 때 어머니와 함께했던 그곳에서 이젠 그 혼자서 영화를 보곤 했다.

이수는 퀸 호텔 건물을 올려다보며 중얼거렸다.

"이젠 지겹다, 너란 호텔."

어떻게 가고 싶은 곳 하나 정하라니까 자기가 근무하는 직장을 말하는가. 아무래도 정상이 아닌 듯했다. 그녀는 검사 일이 자랑스럽기는 하지만 그녀가 가고 싶은 곳에 검찰청은 죽어도 안 넣을 거다.

호텔 안에 영화관이 있다는 것도 태준이 말하기 전에는 전혀 몰랐다. 호텔 영화관이니 엄청 럭셔리할 것 같기는 했다. 콜라 대신 와인이 나오고, 팝콘 대신 캐비어가 나올지도 몰랐다.

이수는 호텔 로비에서 태준에게 전화를 걸었다. 그가 데리러 오지 않으면 그녀 혼자서는 영화관을 절대 찾아갈 수 없었다.

"저 지금 호텔 로비예요."

[곧 내려가겠습니다.]

그녀를 데리러 오겠다는 그의 말이 새삼 신기했다. 그녀가 퀸 호텔 로비에 서 있어서 그런 것 같았다. 1년 전 태준은 여기서 그녀를 피해 도망치기에 바빴으니까.

몇 분 정도 기다리자 엘리베이터 문이 열리며 깔끔하게 네이비 슈트를 차려입은 태준이 내려섰다. 로비에 있는 사람들의 시선이 중력에 이끌리듯이 그에게로 향했다.

맞선에서 처음 만났을 때도 그리 느꼈지만 참 혼자서만 관능시 우아한 동에 사는 사람 같았다. 결혼식에 갈 때 입었던 원피스를 입고 왔어야 했나 생각이 들 정도로 이수는 살짝 주눅이 들었다.

"따라오십시오."

태준은 전혀 신경 안 쓰는 것 같았지만 이수는 짧게 변명했다.

"영화관이라고 해서 특별히 안 차려입었어요."

"괜찮습니다. 어차피 둘뿐이니."

"네? 저희 둘이요? 영화관이라고 했잖아요."

"VIP 고객들만 사용하는 곳이라 많이 못 들어갑니다."

'VIP'라는 말이 꼭 '넌 나의 VIP야.'라는 뜻으로 들려 이수는 슬쩍 그에게서 한 발짝 떨어져 걸었다. 태준도 그걸 느꼈지만 굳이 그 이유를 묻지 않았다. 그녀의 정신세계를 이해하는 건 1년 전 맞선 볼 때부터 포기했었다.

영화관이라고 해서 그녀가 자주 가봤던 곳만 상상했던 이수는 VIP 영화관 문이 열리는 순간 깜짝 놀랐다.

스크린만 없다면 영화관이 아니라 꼭 유럽의 사교계 모임이 열릴 것만 같은 고급 살롱 느낌이었다.

"우와아아아아아."

영화관에 들어선 그녀가 진심으로 감탄하자 태준은 기분이 묘했다. 딱히 그녀가 좋아하라고 여길 데려온 게 아니었으니까. 그냥 생각나는 곳이 여기뿐이었다.

"역시 호텔 영화관이라 그런지 뭐가 다르긴 다르네요. 저거 진짜 금인가요?"

"아닙니다."

태준은 정중앙에 있는 자리로 이수를 안내했다. 이수는 회장님 의자처럼 푹신한 좌석에 온몸을 묻으며 만족한 표정을 지었다. 그녀가 앉아본 영화관 의자 중 단연 최고였다.

"그럼 음식은 뭐 나와요? 와인이랑 캐비어 같은 거 있어요?"

영화관에 가면 당연히 팝콘에 콜라를 먹었기에 그녀는 자연스럽게 먹는 이야기를 꺼냈다. 그런데 태준은 무슨 말도 안 되는 소리를 하느냐는 표정으로 그녀를 보았다.

"영화 볼 때 음식은 안 나옵니다."

"네?"

이수는 정말 놀라서 꼿꼿하게 상체를 세웠다.

"왜요? 만 원 내는 영화관도 팝콘이랑 콜라는 있다고요."

"음식은 먹는 것에만 집중할 때 먹어야 하는 겁니다."

그러니까 영화에 방해되어서 음식이 안 나오는 게 아니라 영화 보면서 음식 먹는 건 음식에 대한 예의가 아니라는 소리였다. 이수는 그래도 용납할 수 없다는 표정을 지었다. 어떻게 사람이 맨입으로 영화를 두 시간이나 보나.

"팝콘이라도 줘요."

"안 됩니다."

이 인간이 웬일로 잘 나가나 싶었더니 또. 그러나 오늘만큼은 그와 싸울 수 없었다. 그녀에게도 아주 중요한 목적이 있었으니까.

"콜라라도."

"음료는 괜찮습니다."

정말 성은이 망극하다고 해야 할 판이다.

결국 음료수만 겨우 받아내고 영화를 보게 되었다. 그러고 보니 무슨 영화를 보는지도 듣지 못했다. 영화관은 말 그대로 영화를 보는 곳이니 영화관 시설이 아무리 좋아도 최신 영화가 없으면 좋은 영화관이라고 할 수 없었다.

"난 액션 영화가 좋은데."

"지금은 고전 영화밖에 없습니다."

이수는 졌다는 표정으로 태준을 돌아보았다.

"좋네요. 엄청 빨리 끝날 테니까."

옛날 영화의 미덕은 짧은 상영 시간뿐이라는 그녀의 무식한 말에도 태준은 화내지 않았다. 다른 사람과 함께 영화 보는 게 처음이라 봤던 영화를 또 보는 거라도 기분이 색달랐으니까.

영화관이 어두워지며 스크린이 환해졌다. 오늘의 상영작은 '사랑은 비를 타고'였다. 태준은 평소와 달리 영화보다 옆에 앉은 사람이 더 신경 쓰였고, 이수는 영화 제목이 정말 촌스럽다고 생각하며 음료수를 마셨다.

※

[싱잉 인 더 레인.]
스크린 안에서 남자 주인공이 우산을 쓰고 노래를 부르자 그녀의 어깨가 절로 들썩였다.
"우와, 옛날 영화치고 엄청 신나네요."
항상 조용하게 영화 감상을 했던 태준에게는 처음 느껴보는 시끄러움이었다. 어떻게 영화 소리보다 옆에서 떠드는 소리가 더 클 수 있단 말인가.
"난 사람 죽는 영화만 봤거든요. 그런데 이 영화는 사람 안 죽어도 괜찮네."
그는 절대 사람 죽는 영화는 안 봤다. 현실에서 사람들이 진짜 죽어 나갔으니까.
"그럼 앞으로 이런 영화 많이 보십시오."
"이런 옛날 영화를 어느 영화관에서 틀어줘요. 요즘 영화관은 다 스릴러, 액션이라고요. 그래야 돈 버니까."
"그럼 보고 싶을 때마다 여기 오……."
태준의 말이 중간에 끊겼다. 자신이 무슨 말을 하는 건가 싶었으니까. 오늘 그녀를 만난 건 단지 그녀에게 휴대폰만 주려는 것뿐이었다. 그런데 언제든지 영화를 보러 오라니. 제정신으로 할 수 있는 말이 아니었다.

"네? 방금 뭐라고 했어요?"

다행히 영화에서 흘러나오는 노랫소리가 커서 이수는 정확히 듣지 못했다.

"별말 아니었습니다."

영화는 노래와 춤만 있는 게 아니라 코믹하기도 해서 이수는 큰 소리로 웃었다. 태준은 같이 웃지 못하고 스크린을 응시했다. 새삼 그가 뭘 하고 있는 건가 싶었다. 퀸 호텔의 맞선 킬러가 영화관 안에서 길을 잃어버렸다.

이수는 본래의 목적도 잊고 꽤 즐겁게 시간을 보냈다. 같이 있어 보니 태준도 생각했던 것보다 이상한 사람은 아닌 듯했다. 하지만 이제 그녀가 정말 그를 만나러 온 목적을 말해야 할 때였다.

"오늘은 대표님 오고 싶은 곳 왔으니 다음에는 저 가고 싶은 곳 같이 가주세요."

태준은 딱히 그녀의 말에 동의할 수 없었지만 굳이 반박하지도 않았다.

"검사님은 어디 가고 싶은 겁니까?"

그녀의 목적은 거기에 있는 듯했다.

"M 엔터테인먼트 최경호 사장이 보낸 파티 초대장 받았죠?"

태준은 처음 듣는 이름이었다. 아니, 들어본 적 있다고 해도 기억 못하는 이름이었다.

"그건 비서를 통해 확인해봐야 알 수 있습니다."

"분명 왔을 거예요. 명단에 대표님 이름이 있었거든요."

"그게 검사님이 가고 싶은 곳과 관련 있는 겁니까?"

"네. 그 자식이 자기 회사 신입 여배우들을 상습적으로 성폭행한 아주 악질적인 놈이거든요. 그런데 아직도 안 잡히고 회사 사장 노릇을 하며 뻔뻔하게 잘 살고 있어요. 검사 하는 일이 나쁜 놈 잡아넣는 건데 그런 놈이 그렇게 사는 걸 그냥 두고 볼 수만은 없잖아요. 그래서 말인데요, 그 파티에 저도 좀 데리고 가주세요."

그녀가 무슨 부탁을 하는지 알아들은 태준은 썩 내키지 않았다.

"검사님이 그 파티에 간다고 해서 최경호를 잡을 수 있을 것 같지는 않은데."

"그 파티가 열리는 곳이 사건 장소예요."

그럼 그 파티가 위험하다는 소리였다. 그런 곳에 그녀 스스로 가겠다는 게 태준은 영 탐탁지 않았다.

"현장 수사는 경찰들이 하는 거 아닙니까?"

"검사도 수사권 있어요."

그녀는 반드시 파티에 가야만 했고, 태준은 아직 그녀에게 휴대폰을 전해주지 못했다. 태준은 손가락으로 왼쪽 눈썹을 만지며 나직하게 말했다.

"그러니까 검사님은 그 파티에 가려고 절 이용하고 싶단 거군요."

'이용'이란 말에 이수는 깜짝 놀라 부정했다.

"이용이라니요. 서로 가고 싶은 곳 가자고 한 거잖아요."

"제가 한 말이 아니라 검사님이 한 말이었습니다."

"대표님도 동의했잖아요."

"저도 이용한 겁니다."

"네?"

태준은 주머니에서 휴대폰을 꺼냈다. 그녀도 한 번 본 적이 있는 휴대폰이었다. 그가 최신 휴대폰이라며 그녀에게 주려고 했던 것이었으니까.

"검사님이 이거 받아주면 그 파티에 데려다주겠습니다."

항상 그녀가 집요했었는데 반대로 당하게 되자, 이수의 얼굴은 표정 관리가 안 되었다.

"언제부터 제가 좋아진 거예요? 결혼식에서 원피스 입은 모습 보고? '춘향'에서 생선구이 복스럽게 먹는 모습 보고? 도대체 언제였을까? 난 도통 모르겠네."

사실 그땐 그녀가 술을 많이 마셔서 그런 소리를 하는 줄 알았다. 그녀가 맨정신으로도 그런 착각을 하자 태준도 표정 관리가 안 되려고 했다. 태준은 얼굴 근육에 힘을 주며 휴대폰을 더 앞으로 내밀었다.

"그래서 이거 받을 겁니까, 안 받을 겁니까?"

이수는 갈등하는 눈빛으로 태준과 휴대폰을 번갈아 보았다. 그녀는 일편단심 최도훈이었으니까. 이수는 휴대폰으로 손을 뻗으며 태준에게 당부하듯 말했다.

"그래도 제가 좋아하는 사람은 최도훈 검사님뿐이에요."

태준은 벌써 '최도훈'이란 이름에 인이 박인 듯했다. 고작 한 번 마주쳤을 뿐인데 또 보게 될 거라는 최 검사의 말이 맞아들어가는 것 같아서 기분이 아주 안 좋았다. 단지 그 이유였다. 그녀가 최 검사를 좋아해서 기분이 나쁜 게 아니라.

Episode 5
위험한 파티

공짜는 아니었지만 태준 덕에 최경호의 파티에 가게 된 이수는 할 일이 많아졌다. 파티에 가려면 제대로 된 옷이 필요했기에 이수는 류헌을 호출했다. 신데렐라가 파티에 갈 때 요정 할머니의 도움이 있었 듯이 그녀는 류헌의 도움이 필요했다. 그래도 나름 상류층 자제였으니 그쪽의 분위기를 눈치로라도 알고 있을 테니까.

"무조건 섹시야."

그녀가 강조하는 파티 컨셉에 류헌은 인상을 팍 썼다.

"거길 굳이 가야겠어?"

"그래. 내가 어떻게 얻은 기회인데. 나쁜 놈이 어떻게 더티하게 노는 지 내 눈으로 보고 온다. 동영상 못 찾으면 내가 직접 찍기라도 하지 뭐. 음, 뽕도 좀 필요하겠다. 그치?"

'뽕'이라는 말에 류헌은 질색했다.

"최경호가 내 얼굴 안다고. 그러니 시선이 내 얼굴로 오지 않게 만 들어야지."

"그렇다고 네 가슴을 수박만 하게 만들면 그게 사람이냐!"

"너도 좋아하면서, 내숭은."

류헌은 절대 아니라고 고개를 세차게 저었다.

"모독하지 마라. 내 마음속에는 아직도 소년이 있어."

"제발 그 소년 좀 내보내라. 그런 걸 달고 사니까 안 크지."

"야!"

화내는 류헌을 무시하며 이수는 옷을 골랐다. 그녀도 어쩔 수 없는 여자인가 보다. 예쁜 옷들을 보니 꼭 공주님이 된 듯해 기분이 제법 괜찮았다.

가능하면 섹시하게 보이는 옷을 열심히 고르고 집에 돌아왔더니 태준의 운전기사 재이가 옷 박스를 들고 그녀의 집 앞에서 기다리고 있었다.

"대표님이 이거 전해드리라고."

"어머, 굳이 이렇게까지 안 해도 되는데. 오늘 파티에 입고 갈 드레스 샀어요."

"아뇨. 꼭 이 옷으로 입고 오라고 하셨습니다."

도대체 얼마나 비싼 옷이기에 이리 강조를 하는 건가 싶어서 이수는 살짝 기대하며 박스를 열어보았다가 얼굴이 굳었다.

남자 슈트가 들어 있었다.

"이게 뭐죠?"

"대표님은 여자 안 좋아하셔서."

그런 남자가 그녀에게 관심 있다고 착각을 했으니, 엄청 대역죄를 지었다.

"확실해요? 그냥 나 꼴 보기 싫은 게 아니라?"

그녀의 추궁에 곤란해진 재이는 말을 더듬었다. 하여튼 남자 옷 입으면 최경호가 그녀를 더 못 알아보긴 할 거다. 단지 그녀가 기분 나쁠 뿐이지.

※

이수 때문에 가지 않아도 될 파티에 가야만 하는 태준은 파티 날짜가 가까워질수록 기분이 별로 안 좋았다. 그는 체질적으로 그런 번잡스러운 자리를 싫어했다.

이수와 만나기로 한 약속 장소에 먼저 도착한 태준은 차를 세우고 좌석에 기대 잠시 휴식을 취했다. 하지만 곧 조수석 문이 열리는 소리에 그는 감았던 눈을 떴다. 작은 몸집의 남자가 빠르게 조수석에 올라탔다. 선글라스까지 써서 이수임을 바로 알아볼 수 없었다. 이수는 선글라스를 반쯤 내리며 그를 보았다.

"어때요? 전 남자 옷 입어도 좀 멋지죠?"

멋있어 보이라고 보낸 게 아니었다. 그가 여자랑 파티에 나타나면 분명 지나친 관심을 받을 게 뻔했기에 남자 옷을 보낸 거였다. 그녀를 위해서도 이게 나았다.

"씩씩해 보이네요."

"그럼요. 전 남자로 태어났어도 거뜬히 올림픽에 나갔을 거예요."

선글라스를 밀어 올리며 거드름을 피우는 그녀의 말을 태준이 싹둑 잘랐다.

"검사님이 운전하십시오. 내 경호원 자격으로 가는 거니까."

"난 철없는 재벌 3세 하고 싶은데."

"안 갈 겁니까?"

그녀가 말장난 한 마디만 더 하면 그냥 가버릴 태도였기에 이수는 바로 조수석에서 내려 자리를 이동했다. 이수는 출발하기 전에 룸미러로 뒷자리에 앉아 있는 태준을 보며 물었다.

"최경호와는 잘 아는 사이예요?"

그녀가 파티 이야기를 하지 않았다면 최경호한테서 온 초대장은 바로 쓰레기통으로 들어갔을 거다. 최경호란 인간이 무슨 죄를 짓든 그는 관심 없었다.

"내가 참고인까지 되어준다고 한 적은 없으니 질문은 삼가죠."

찬바람이 쌩쌩 부는 그의 태도에 이수는 입을 삐죽 내밀고는 차를 몰았다. 좋은 차라서 그런지 운전하는 느낌이 아주 나이스했다.

파티가 열리는 별장 근처에 도착하자 경비가 삼엄했다. 고작 놀기 위해 모이는 거면서 뭐 이리 까다롭게 구나 싶었다. 태준이 받은 초대장이 있어서 바로 경비를 통과해서 별장으로 들어갈 수 있었다. 야외 주차장을 가득 채우고 있는 고급 차들의 행렬을 보고 이수는 혀를 찼다.

"엄청 몰려왔네."

막상 도착하니 태준은 차에서 내리기 싫었다.

"내리시죠, 대표님."

하지만 그녀 때문에 그냥 돌아갈 수 없었다. 태준이 차 문을 열고 내렸을 때 이수는 벌써 자기 혼자 저 앞까지 나가 있었다. 경호원이 경호 대상을 두고 혼자 가버리다니. 자기 역할을 전혀 못 하고 있었다.

"검……."

이수를 부르려다가 여기서는 '검사'라고 말하면 안 된다는 걸 깨닫고 태준은 성큼성큼 걸어가 이수의 어깨를 손으로 붙잡았다. 그에게 붙잡힌 이수는 흠칫 놀란 눈으로 그를 올려다보았다. 태준은 그녀만 들을 수 있는 나직한 목소리로 경고했다.

"내가 부를 일 만들지 마요. 그럼 검사님만 곤란해질 테니까."

그녀가 큰 눈을 깜빡이며 쳐다만 보자 태준은 슬며시 잡고 있던 손을 떼었다.

"경호원이니 내 뒤에서 따라오십시오."

이수는 군말 없이 그의 뒤로 가서 섰다. 그래도 태준이 불안해서 돌아보자 이수는 주먹을 불끈 쥐어 올렸다.

"뒤는 저한테 맡겨요."

도대체 뭘 맡기라는 건가 싶다. 그냥 경호원 시늉만 내라는 거다. 어차피 그는 경호원 같은 건 필요 없으니까.

이미 파티장에는 많은 사람들이 와서 유흥을 즐기고 있었다. 얼굴만 보면 누구나 아는 유명 연예인도 있었고, 차 한 대 살 수 있는 돈으로 온몸을 휘감은 재벌 3세도 있었고, 탕아와 아티스트의 경계에서 흥에 취한 예술가도 있었다.

태준이 파티장에 들어서자 사람들은 새로운 인물에 대한 호기심을 드러냈다. 여자들은 선망의 시선으로, 남자들은 경계의 시선으로.

이수는 태준의 뒤에서 얼굴만 내밀고 최경호가 어디쯤 있는지 살펴보다 최경호가 이쪽으로 걸어오는 걸 발견하고 서둘러 다시 태준의 등 뒤로 몸을 숨겼다. 태준은 아주 커서 그녀가 숨기에 안성맞춤이었다.

"마태준 대표 아닙니까? 이렇게 제 파티에 와주셔서 정말 영광입니다. 아버님 건강은 괜찮으신가요?"

저 썩을 놈 입에서 '영광'이라는 말이 나오다니. 이수는 태준이 최경호와 한패인 것 같아서 그의 옆얼굴을 흘겨보듯 올려다보았다. 태준의 얼굴은 로봇처럼 딱딱했다.

"중요한 사람이 많이 온 파티입니다. 오시죠. 제가 다 소개해드리겠습니다."

최경호가 인사만으로 끝내지 않고 태준의 전담 비서 노릇을 하려는 걸 보고 이수는 눈살을 찌푸렸다. 태준이 회사 대표이니 파티에 초대할 수는 있을 것 같은데 이건 너무 과한 게 아닌가 싶었다.

그때 최경호가 태준의 뒤에 있는 그녀에게 시선을 주자 이수는 선글라스를 바짝 끌어 올렸다.

"비서인가요?"

최경호가 그녀에게 관심을 보이자 태준은 대답과 동시에 다른 곳으로 관심을 돌렸다.

"경호원입니다. 저 사람은 누구죠?"

"아! 방송국 임원입니다. 그쪽은 굳이 알고 계실 필요 없습니다. 이쪽으로 오시죠."

최경호가 딱 붙어서 안 떨어지려고 하자 이수는 태준의 등을 손으로 가볍게 꼬집었다. 태준이 움찔하며 고개를 돌리자 이수는 손짓으로 최경호 저놈을 어서 쫓아버리라고 지시했다. 태준도 자신이 먼저 최경호를 부른 게 아니었기에 눈살을 찌푸렸다.

"화장실 먼저 가고 싶은데 어디 있습니까?"

화장실을 핑계로 겨우 최경호한테서 벗어나자 이수의 입이 그제야 터졌다.

"아니, 회사 규모만 봐도 M 엔터테인먼트가 퀸 호텔보다 훨씬 큰데 왜 저러는 거예요? 혹시 M 엔터테인먼트에 주식 엄청 많이 있어요?”

“약속대로 최경호만 신경 쓰십시오.”

태준이 ‘약속’이라고 콕 집어 말하며 그녀의 질문을 차단하자, 이수는 이를 드러내며 그를 흘겨보았다.

이수는 별장 2층으로 올라가 파티장이 잘 보이는 베란다에 자리를 잡자마자 최경호의 위치부터 찾았다. 그는 아직은 충실히 호스트 노릇을 하는 중이었다. 하지만 사방에 먹잇감이 널렸으니 곧 본성을 드러낼 거다. 태준이 그녀의 옆에 와 서자, 이수는 최경호한테서 눈을 떼지 않고 말했다.

“대표님은 그냥 내려가서 파티 즐기셔도 돼요.”

“이런 자리 안 좋아합니다.”

“왜요? 예쁜 여자도 많고, 술도 많은데.”

둘 다 태준이 가까이하지 않는 것이었다. 하지만 그걸 굳이 그녀에게 해명할 필요는 없었기에 태준은 입을 다물고 있었다.

“나도 저 여자들처럼 드레스 입으면 꽤나 예쁜데.”

태준이 시커먼 슈트만 주지 않았어도 저 여자들처럼 예쁜 옷을 입고 파티에 참석할 수 있었을 텐데. 이수는 태준을 흘겨보며 말했다.

“이미 본 사람한테 거짓말은 안 통합니다.”

그녀가 살면서 제일 돈 많이 주고 산 드레스였는데 안 예뻤다고 하자 이수는 고혈압 증상이 와서 뒷목을 잡았다. 하지만 화를 삭였다. 오늘은 태준의 도움으로 이곳에 숨어들 수 있었으니까.

“그런데 호신술은 할 줄 아는 겁니까?”

태준의 질문에 이수는 어떻게 감히 그런 질문을 할 수 있느냐는 듯이 코웃음을 쳤다.

"올림픽 선수 출신이에요."

"태권도였습니까?"

아니, 배드민턴이었다.

"호신술도 배웠으니 걱정 마요. 내가 마음만 먹으면 당신도⋯⋯."

그렇게 말하며 주먹을 태준에게 뻗는 시늉을 했는데, 순식간에 태준이 손등으로 그녀의 팔목을 쳐서 밀어냈다. 너무 빠른 움직임에 이수는 깜짝 놀라서 맞고도 화를 못 냈다. 방금 무슨 일이 벌어진 건가 싶었다. 그녀의 호신술이 신통찮은 걸 간파한 태준은 혀를 찼다.

"섣불리 나서지 마십시오. 검사님 다치면 나만 골치 아프니까."

이수는 얼얼한 팔목을 손으로 감싸며 뒤늦게 화를 냈다.

"일부러 아프게 때린 거죠?"

그녀가 그를 쪼잔한 사람으로 몰고 가자 태준은 아무런 대꾸도 하지 않았다. 이럴 때는 무시가 답이었다. 그에게 한 대 맞은 분풀이를 계속하려던 이수는 최경호가 파티장을 빠져나가는 게 포착되자 바로 몸을 돌려 뛰어갔다.

"최경호가 움직였어요. 난 따라가야 해요."

이대로 그녀를 보내면 그녀가 스스로 위험에 뛰어들 수도 있을 것 같았기에 태준은 빠르게 그녀의 팔을 붙잡았다.

"어디까지 할 생각입니까?"

"결정적인 증거를 잡아야죠."

"그러다 검사님이 잡힐 수도 있습니다."

"그건 그때 가서 걱정할래요."

이수는 태준의 손을 뿌리치고 기어코 최경호를 쫓아서 달려갔다. 태준은 혼자 가버리는 이수를 보고 혀를 찼다.

Rrrrrrrrrr— Rrrrrrrr—.

그때 그의 전화가 울렸다. 전화 건 사람이 김상철인 것을 알고 태준의 눈이 좁아졌다. 전화 건 타이밍이 꼭 그가 이곳에 있는 걸 아는 것 같았기에 태준은 전화를 받지 않고 그냥 끊어버리고는 그녀의 뒤를 따라갔다. 아무래도 그녀 혼자 보내기에는 불안했다.

이수가 최경호가 향한 별채 쪽 길로 들어서자마자 그곳을 지키고 있던 경호원이 막아섰다.

"이쪽은 가실 수 없습니다."

이수는 눈을 좁혔다. 파티를 열었으면서 제한구역을 두는 건 아무래도 이상했다. 검사로 온 게 아니라서 여기서 막무가내로 뚫고 갈 수 없었기에 이수는 핑계를 댔다.

"퀸 호텔 마태준 대표님 경호원인데 대표님을 놓쳐서요. 이쪽으로 가신 거 같은데 잠깐만 살펴보면 안 될까요?"

"안 됩니다."

"에이, 동종 업종끼리 너무 그러지 말고."

그녀가 쉽게 물러나지 않자 경호원이 인상을 팍 쓰며 험악한 목소리로 경고했다.

"당장 꺼져."

경호원이 아니라 완전 깡패였다. 역시 흑룡파와 관련 있다는 도훈의 말이 사실인 것 같았다.

"최경호 사장한테 퀸 호텔 대표 마태준이 지금 만나자고 한다고 전해요.”

갑자기 뒤에서 들린 태준의 목소리에 이수는 놀라며 뒤돌아보았다. 태준이 어느새 그녀의 뒤에 버티고 서 있었다. 동에 번쩍 서에 번쩍하는 홍길동도 아니고 언제 따라온 건가 싶었다.

경호원은 호텔 대표라는 태준에게까지 함부로 꺼지라는 말은 못 하고 잠시 기다리라고 말한 뒤 무전으로 연락했다. 경호원이 무전을 하는 걸 보며 이수는 작은 목소리로 태준에게 물었다.

“들여보내줄까요?”

“최경호가 나오겠죠.”

“안 되는데. 우리가 들어가야 하는데.”

그때 경호원이 다시 돌아오자 이수는 인상 썼던 얼굴을 폈다.

“최 사장님께서 바로 오시겠답니다. 따라오시죠.”

경호원이 별채 쪽이 아니라 다시 본관 쪽으로 가려고 하자 이수는 낭패스러운 얼굴로 본관과 별채 쪽을 번갈아 보았다. 그녀의 생각을 읽은 태준이 작은 목소리로 경고했다.

“섣부르게 움직여 검사님인 거 들통나면 최경호 사건 자체를 못 맡게 될 겁니다.”

그건 태준의 말이 맞았기에 이수는 할 수 없이 태준의 뒤를 묵묵히 쫓아갔다. 하지만 응접실로 안내되어 태준과 둘만 남게 되자 바로 행동을 개시했다.

“최경호가 대표님이랑 있는 동안 전 별채를 살펴봐야겠어요.”

포기를 모르는 그녀의 근성이 또 나오자 태준은 피곤한 표정을 지으며 관자놀이를 손으로 꾹 눌렀다.

“분명 저한테는 파티에만 데려다달라고 했습니다.”

"이왕 데리고 와줬으니까 좀 더 도와줘요. 사건 잘 해결되면 제가 용감한 시민 상에 추천이라도 할게요."

그가 그런 상을 받을 수 있을 리가 없었다. 이수는 바로 문을 열고 뛰어나가며 태준에게 당부했다.

"최경호, 딱 10분만 잡고 있어줘요."

그는 아버지와도 길게 대화하지 않았다. 그런데 최경호와 무슨 이야기를 그렇게 길게 한단 말인가. 무리한 요구를 하는 이수에게 태준은 화를 내고 싶었으나 그녀는 이미 떠났고, 그는 혼자 남아 있었다.

❀

별채로 연결된 길은 아까 그 경호원이 다시 자리를 지키며 막고 있었다. 이수는 당황하지 않고 곤란한 표정을 지으며 말했다.

"저희 대표님이 워낙 성격이 급하셔서요. 최경호 사장이 늦는다고 뭐라고 하시네요."

그걸 나보고 어찌 해결하라는 거냐는 못마땅한 표정을 경호원이 짓자 이수는 빠르게 덧붙였다.

"아무래도 그쪽 월급 주는 사장이니까 그런 말 쉽게 못 하잖아요. 그러니까 제가 가서 대신 말할까요?"

경호원이 생각하기에도 자신이 그런 말을 했다가 욕 듣는 것보다는 나을 것 같아 그녀에게 길을 터주었다. 이수는 이때다 싶어 빠르게 그곳을 통과해 별채로 향했다. 좁은 길을 따라 걸어가다 별채에서 나오는 최경호가 보이자, 이수는 서둘러 근처 나무 뒤에 숨었다.

"젠장. 어린놈이 누구보고 오라 가라야. 마 회장 아들만 아니면 그냥 확……."

최경호가 투덜거리는 소리가 들려왔다. '마 회장'은 아마도 태준의 아버지를 말하는 것 같았다. 그러고 보니 1년 전에 태준이 아버지에 대해 한 말이 있었다. 그는 아버지가 부끄럽다고 했다.

이수는 태준의 아버지가 도대체 어떤 사람일까 궁금해졌지만 지금은 그럴 때가 아니라는 걸 깨닫고 서둘러 별채로 뛰어갔다. 중요한 사람들이 많이 모인 파티에서 자리를 비우면서까지 있었던 곳이라면 뭔가 최경호에게 굉장히 중요한 게 있을 거라 예상됐다.

별채 문을 벌컥 연 이수는 너무 단출하게 꾸며진 실내를 보고 맥이 탁 풀렸다. 침대와 테이블, 의자, 그리고 옷장이 전부였다. 하지만 보이는 게 전부가 아닐 수도 있었다. 최경호가 이곳 어딘가에 중요한 물건을 숨겨놓았을 가능성이 있었기에 이수는 별채 안을 뒤지기 시작했다. 시간이 별로 없었다. 10분 내로 다시 돌아가야 했다.

이수가 별채를 뒤지는 동안 태준은 막막한 기분으로 최경호와 마주했다. 그가 먼저 만나자고 한 거니 할 말이 있어야 했다.

"내가 여기 왔다고 김상철한테 전화했습니까?"

아까 걸려왔던 전화에 대해 물으니 최경호는 웃으며 받아쳤다.

"대표님 혼자 오셨기에 의아해서 전화해봤습니다. 그쪽도 놀라더군요. 대표님이 이런 파티에 올 줄 몰랐다고. 오늘은 어떻게 혼자 오실 생각을 하신 겁니까?"

올 줄 몰랐다고 생각했으면 그 따위 초대장은 보내지를 말았어야지.

태준은 자신이 이 고생을 하고 있는 게 너 때문이라는 듯이 최경호를 노려보았다. 태준의 눈빛이 심상치 않자 최경호는 조심스러워졌다.

"제가 무슨 실례라도?"

태준은 최경호 뒤에 있는 벽시계를 보았다. 이제 고작 1분 지났다. 도대체 남은 9분 동안 무슨 이야기를 하느냐 말인가.

"파티 음식은 어떤 요리사가 준비한 겁니까?"

"네?"

태준이 갑자기 파티 음식 이야기를 꺼내자, 최경호는 전혀 못 알아들었다는 듯 바보 같은 표정을 지었다.

"제가 입맛이 굉장히 까다로운 편입니다."

이건 진짜였다.

"아! 음식이 입에 안 맞으셨습니까?"

사실 먹어보지도 못했다.

"파티를 위해 대량으로 요리하느라 아무래도 미진한 부분이 있었나 봅니다. 제가 요리사에게 특별히 따로 준비하라고 지시하겠습니다. 그럼 더 하실 말씀은?"

없었다. 그런데 시간은 아직도 7분이나 남아 있었다. 태준은 이수가 말한 10분을 지키려고 애쓰는 자신이 너무 싫어졌다.

"그러고 보니 같이 온 경호원이 안 보이는군요."

최경호가 이수의 부재를 눈치채자 심장이 서늘해졌지만 표정에 드러내지는 않았다.

"화장실 갔습니다."

"경호원이 함부로 자리를 비우다니, 당장 바꾸셔야겠습니다."

태준의 시선이 다시 시계로 향했다. 10분이 지난 뒤에도 이수가 오지 않으면 그때는 무조건 그녀를 찾아서 이 파티에서 데리고 나가야겠다고 생각했다. 이젠 그가 견딜 수가 없었다.

"회장님의 건강이 여전히 안 좋으신 거 같은데, 그럼 아들인 마 대표님이 당연히 회장님 뒤를 잇는 거겠죠?"

최경호의 말에 태준의 눈빛이 단번에 차갑게 타올랐다.

"그런 걸 왜 알고 싶은 겁니까?"

마광호가 죽은 뒤를 대비해 연줄을 미리 잡아두려던 최경호는 살벌해지는 태준의 반응에 움찔했다. 역시 핏줄은 속일 수 없나 보다. 신사의 탈을 쓰고 살고 있으나 그 안에는 불이 있었다.

"그만 가봐야겠군요."

태준이 바로 일어나자 최경호는 놀라서 서둘러 일어나며 사죄했다.

"죄송합니다. 제가 실언을 했습니다."

이미 기분이 상한 태준은 문을 벌컥 열었다가 밖에 서 있는 이수를 보고 멈칫했다. 아직 10분이 안 되었기에 그녀가 와 있을 줄은 몰랐다. 설마, 들었나? 낯빛이 창백해지는 그를 이수가 걱정스러운 눈으로 쳐다보았다. 하지만 바로 뒤에 최경호가 있어서 말을 할 수는 없었다.

"그만 돌아갈 거야."

태준의 말에 이수는 짧게 고개만 끄덕였다.

"별채에 금고를 숨겨놨더라고요. 그런데 비밀번호 잘못 누르면 경보음이 울리는 시스템이라 열어보지도 못하고 그냥 나왔어요. 분명 그 안에 뭔가 중요한 게 들어 있긴 할 텐데."

보고하듯 말하던 이수는 태준이 너무 조용해서 힐긋 룸미러를 보았다. 태준은 조용히 창밖만 보고 있었다. 원래 말이 많지는 않았지만 평소의 침묵보다 더 묵직한 공기가 느껴졌다. 이수가 그 자리에서 들은 말은 최경호가 실언했다고 하는 말뿐이었다. 아무래도 그 실언이 그를 기분 상하게 한 것 같았다. 태준이 그녀의 부탁으로 그 파티에 갔던 거라 괜히 신경이 쓰였다. 이수는 한 손으로 커트 가발을 벗고서 긴 머리를 풀어 내렸다. 그녀의 행동에 태준이 처음으로 입을 열었다.

"파티장에서 멀리 벗어났습니까?"

"네, 한참 전에요."

태준은 주위를 둘러보았다. 그녀의 말대로 최경호의 별장은 더 이상 보이지 않았고, 어느새 별장에서 한참 떨어진 작은 읍내에 도착해 있었다. 이수가 길에 차를 세우고는 차 문을 열자 태준이 놀라 물었다.

"여기서 내리는 겁니까?"

"잠깐만 기다려요."

이수는 그리 말하고 차에서 내려 바로 앞에 있는 편의점으로 쏙 들어가버렸다. 그녀는 기다리라고 했지만 태준은 차에서 내려 그녀를 따라 편의점으로 들어갔다. 이수는 컵라면과 김치를 품에 안고 주류 코너에서 맥주도 고르고 있었다.

"그게 뭡니까?"

"보면 몰라요? 먹을 거잖아요."

음식에 대한 지론이 확실한 태준은 이런 식으로 끼니를 때워본 적이 없었다.

"배고프면 차라리 식당으로 가요."

"식당들 문 닫았을 시간이에요. 그러니까 우리나라가 얼마나 좋아요. 어딜 가나 이런 편의점이 있어서 아무 때나 먹을 수 있으니."

그녀의 말도 맞았지만 그래도 태준은 고집을 부렸다.

"그럼 서울 가서……."

"그러니까 그 서울까지 운전하려면 지금 이걸 먹어야 한다고요."

이수는 투덜대며 컵라면을 태준의 품에 떠넘기듯 주었다.

"곱게 자라서 라면 같은 거 못 먹는다고 하면 욕할 거예요."

그가 컵라면을 안 먹는 이유는 제대로 된 음식이 아니라고 생각해서였지만, 그녀가 진짜 욕할 것 같은 분위기라 그는 할 수 없이 컵라면을 받았다. 이수는 컵라면에 뜨거운 물을 따랐다. 그리고 익기를 기다리는 동안 맥주 캔을 앞에 놓고 진지하게 말했다.

"이긴 사람이 맥주 마시기 해요. 진 사람은 운전하고."

태준은 손가락으로 맥주를 그녀의 앞까지 밀었다.

"내가 운전할 테니까 검사님이 마셔요."

그가 쉽게 맥주를 포기하자 이수는 의외라는 눈으로 그를 보았다.

"이게 말로만 듣던 레이디퍼스트인가요?"

누가 술로 레이디퍼스트를 하는가. 사실 그가 유일하게 못 먹는 게 술이었기에 양보한 것뿐이었다. 그런데 그녀는 감격하며 맥주 캔의 풀탑을 시원하게 젖혔다.

"내가 흑장미만 해봤지 레이디퍼스트 대우받는 건 처음이네요."

"흑장미?"

"왜 있잖아요, 회식 때만 출몰한다는 구세주. 내 동기 중에 술을 너무 못 마시는 놈이 있어서 항상 내가 대신 마셔주거든요."

그게 최도훈 검사를 말하는 건 아닐 것 같았기에 태준은 혀를 찼다.

"남자가 많군요."

"맞선 킬러에 비교하면 애교 수준이죠."

한마디 했다가 본전도 못 찾은 태준은 입을 꾹 다물었다. 이수는 컵라면 국물을 맥주 안주 삼아 후루룩 마셨다. 따뜻하고 얼큰한 국물이 속에 들어가니 바로 몸 안이 따뜻해졌다.

"컵라면은 3분 됐을 때 후르륵 먹어야 제일 맛있어요. 태준 씨도 빨리 먹어요."

그가 라면을 맛있게 먹길 바랐다면 '맞선 킬러'라는 말은 하지 말았어야 했다. 태준은 별로 좋아하지 않는 라면이라 젓가락으로 면을 조금만 떠서 먹을까 말까 망설이다 고개를 돌려 이수를 보았다. 그녀는 진짜 배고팠는지 컵라면에 코를 박고 면을 쭉쭉 빨아들이고 있었다.

"그렇게 맛있습니까?"

"네. 겁나 맛있어요."

검사가 철없는 10대처럼 말하는 게 어이없어서 태준은 실소를 지었다. 그때 건너편에 멈추어 서는 검은 차가 태준의 눈에 들어왔다. 차에서 내리는 사람을 보고 태준은 낭패스러운 표정을 지었다.

김상철이었다. 최경호가 김상철에게 전화한 탓에 김상철이 직접 파티장으로 가던 모양이었다. 길가에 세워진 차가 태준이 타고 다니는 차 같아서 멈추어 서서 확인하려는 게 분명했다. 태준은 지금 이수와 있는 걸 김상철에게 들킬 수 없었다.

"여기서 당장 나가야겠습니다."

"아직 라면 남았어요."

지금 라면이 중요한 게 아니었기에 태준은 그녀의 손을 움켜잡고는 건물과 이어진 문 쪽으로 향했다.

"갑자기 왜 그래요?"

그를 찾는 사람이 있다고 사실대로 말할 수가 없어 태준은 최경호 핑계를 댔다.

"아무래도 최경호가 눈치챈 것 같습니다. 사람을 보냈어요."

"네?"

놀라서 뒤를 돌아본 이수는 그들이 타고 온 차로 다가오는 무서운 인상의 남자들을 발견하곤 눈이 커졌다. 금고의 경보음도 울리지 않았는데 도대체 최경호가 어찌 안 것인가 싶었다.

건물에 있는 뒷문으로 무사히 나온 두 사람은 누군가 쫓아올지도 몰랐기에 한참을 뛰어 차가 있는 곳에서 멀어졌다. 무사히 도망치기는 했는데 문제는 그다음부터였다. 이미 밤은 깊었고, 시골길에는 지나가는 차도 없었다.

"이제 어떻게 서울로 가죠? 여기 택시도 안 다닐 거 같은데."

"재이한테 전화해서 차 가져오라고 하겠습니다."

"쉬는 날 밤에 여기까지 부르겠다고요? 악덕 고용주네."

그럼 그보고 어찌하라는 건가 싶어서 태준은 그녀를 흘겨보았다.

"우선 걸어봐요. 차 한두 대쯤은 지나가겠죠."

결국 두 사람은 정확히 어디인지도 잘 모르는 시골의 밤길을 정처 없이 걷기 시작했다.

"그래도 서울보다 공기는 엄청 좋지 않아요?"

"네, 그러네요."

나쁜 상황을 잊기 위해 긍정적인 말을 나누고 나니 두 사람 사이에 더 어색한 침묵이 흘렀다. 두 사람의 발소리와 길가 옆 숲 속에서 밤새가 우는 소리만이 조용한 밤을 채웠다.

태준은 고개를 돌려 옆을 보았다. 그의 어깨에도 닿지 않는 이수가 앞만 보며 걸어가고 있었다. 혼자가 아니라서인지 이렇게 걷는 것도 그리 나쁘지 않다고 생각하던 중에 이수가 입을 열었다.

"그런데 왜 로미오라고 했어요?"

태준의 눈동자가 커진 채 얼어붙었다. 이수는 고개를 들어 그를 보며 순수한 궁금증을 담은 눈빛으로 말했다.

"처음에 내가 누구냐고 물었을 때 그랬잖아요. 로미오라고."

그건 이렇게 그녀와 다시 만나게 될 줄 모르고 한 말이었다. 이제 와서 그 말을 한 걸 후회해도 돌이킬 수가 없었다.

태준이 아무 대답도 안 하자 이수는 쓴웃음을 지었다.

"이러니까 내가 대표님 수상하다고 하는 거예요."

그 수상한 남자와 깊은 밤, 어딘지도 모르는 낯선 길 위에 둘만 있었다. 그런데 신기하게도 전혀 무섭지 않았다.

툭ㅡ.

머리 위로 떨어진 물방울에 놀라 이수는 고개를 들었다.

"하늘에서 뭐 떨어지지 않았어요?"

그 말에 화답하듯이 빗줄기가 떨어지기 시작했다. 이 상황에 비까지 내리자 이수는 도리어 웃음이 나왔다.

"우와, 비까지. 죽여주는 밤이네."

"뛰어요."

두 사람은 비를 피할 수 있는 공간을 찾아 뛰었다. 다행히 근처에 버스 정류장이 있었다. 정류장 안으로 뛰어 들어간 두 사람은 비를 맞아 젖은 몸을 털었다. 투덜대며 옷에 묻은 물기를 손으로 털어내던 이수는 태준이 손으로 젖은 앞머리를 쓸어서 넘기는 걸 보고 멈칫했다.

하얀 이마가 시원하게 드러나자 깊은 눈매가 더욱 선명해지며 관능적인 분위기가 짙어졌다. 잘생긴 거야 처음 봤을 때부터 알았지만 이 건 좀 위험한 수준이었다.

깊은 밤, 내리는 비가 요망한 마법이라도 부리는 것 같았다.

태준이 젖은 재킷을 벗은 뒤 넥타이를 비틀어 풀며 목까지 채워져 있던 셔츠 단추도 풀자 이수는 그에게서 도저히 눈을 뗄 수가 없었다. 남자의 쇄골이 이리 섹시한 거였단 말인가.

"아무래도 재이한테 전화를 해야겠습니다."

더 거세지는 비를 보며 말하던 태준은 또 악덕 고용주 어쩌고 할 줄 알았던 이수가 너무 조용하자 고개를 돌려 그녀를 보았다. 넋 놓고 그를 보고 있던 이수는 그와 눈이 마주치자 소스라치게 놀라며 외쳤다.

"내가 비 내린 거 아니에요!"

당연한 소리를 하는 그녀를 태준이 진짜 바보 보듯이 바라보았다.

버스 정류장은 있지만 버스는 끊긴 시각이라서 결국 태준은 재이에 게 전화해서 데리러 오라고 말했다.

"이 시간에 미안한데, 차로 데리러 와줘."

비가 그치지 않아 이수도 그게 최선이라는 걸 받아들이고 버스 정 류장 낡은 벤치에 얌전히 앉아 재이가 차를 끌고 나타나길 기다렸다.

쏴아아아아아ー.

비 내리는 소리가 시원하게 여름밤을 채웠다.

"도망칠 때 맥주도 가져왔어야 했는데."

그녀가 편의점에 두고 온 맥주를 아쉬워하자 태준이 말했다.

"서울 가면 더 좋은 술로 사드리겠습니다."

"서울 가서 또 보자고요?"

그녀의 질문에 태준은 뜨끔했다. 그 말이 그런 뜻이란 말인가? 그럼 안 되기에 태준은 다시 말했다.

"술만 보내드리겠습니다."

이수는 눈살을 찌푸리며 퉁명스럽게 말했다.

"됐어요. 내가 뇌물 안 받는다고 했죠."

뇌물이란 말을 들으니 태준도 기분 좋을 리 없었다. 그가 입에 자물쇠를 채워버리자 이수는 엉덩이를 움직여 그의 곁으로 더 다가갔다.

"그냥 툭 까놓고 말해봐요. 혹시 전과 있어요?"

말도 안 되는 추측에 태준은 눈살을 찌푸리며 그녀를 보았다.

"아닙니다."

"그런데 왜 나한테 자꾸 뭘 숨기는 거 같지? 검사한테 몸 사리는 거 하나뿐이잖아요. 법을 어긴 거."

"그런 거 아닙니다."

태준은 그녀의 시선을 피해 반대편으로 고개를 돌렸다. 이수는 엉덩이를 떼고 일어나 그의 시선이 향한 곳으로 가서 털썩 앉으며 집요하게 그를 추궁했다.

"하여튼 대표님한테 분명 뭔가 비밀이 있어요. 아니에요?"

태준은 반박하지 못하고 그녀의 얼굴만 빤히 보았다. 그가 부정하지 못하는 걸 보니 그녀의 말이 맞는 거 같은데……. 그가 너무 뚫어지게 보는 시선이 부담스러워서 그녀는 먼저 고개를 돌려버렸다.

"그렇게 빤히 봐도 전 안 반해요."

그래야 하는데 이수는 그의 시선에 검사와 여자 사이를 오락가락하는 자신이 너무 마음에 안 들었다.

"……신경이 쓰입니다."

이수는 고개를 돌려 다시 태준을 보았다.

"방금 뭐라고 했어요?"

태준은 그 어느 때보다 진지하고 깊은 눈빛으로 그녀를 보며 비 내리는 소리보다 더 낮은 목소리로 속삭였다.

"검사님이 자꾸 신경 쓰여요."

이수는 그에게서 눈을 떼지 못했다. 그의 눈빛이, 그의 목소리가 지구의 중력을 거스르는 힘으로 그녀를 끌어당기고 있었다. 설마 진심으로 그녀에게 관심 있는 거란 말인가?

사실, 반은 농담처럼 한 말이었다. 그녀도 자신에게 관심 있는 사람의 마음 정도는 구분했다. 그래서 신경 쓰인다는 그의 말에 고백이라도 받은 것처럼 마음이 울렁대는데 그가 한숨을 쉬며 중얼거렸다.

"검사님이 나 없는 곳에서 사고 칠까 봐."

이수는 산통 깨졌다는 듯 버럭 화를 냈다.

"우리 부모님도 안 하는 걱정을 당신이 왜 해요!"

"업보 같기도 하고."

여름밤의 빗소리는 더 이상 낭만적으로 들리지 않았다. 비에 젖은 남자도 안 섹시했다. 그녀가 '일편단심 최 검사님'을 두고 다른 남자에게 마음이 흔들렸다고 신이 혼을 낸 것 같았다.

"그 업보 제가 거부합니다."

"거부한다고 거부할 수 있으면 업보가 아닙니다."

이 인간이 사람 염장 질러놓고 왜 자꾸 업보 따위로 그녀와 엮나. 떨어지라고. 나도 댁 같은 남자, 관심 없어!

Episode 6
마음이 울렁울렁

　두 사람은 태준의 운전기사인 재이가 운전한 차를 타고 서울까지 무사히 돌아올 수 있었다. 서울로 돌아오는 차 안에서 이수는 일부러 한마디도 하지 않았다. 태준도 덩달아 침묵해서 운전하는 재이만 두 사람의 눈치를 보느라 고생했다.

　"은 검사님 집 먼저 가."

　서울에 도착해서 태준이 처음 한 말에 아직 언짢은 기분이 남아 있던 이수는 바로 반박했다.

　"아뇨. 전 그냥 택시 타고 갈 테니까 아무 곳에나 세워줘요."

　굳이 고생하는 방법을 선택하려 하는 그녀를 태준이 피곤한 눈으로 쳐다보았다.

　"밤도 늦었으니 그냥 가요."

　"전 제가 알아서 집에 갈 테니 대표님은 절대 신경 쓰지 마세요."

　그가 아까 했던 말 때문에 그녀가 청개구리처럼 일부러 그런다는 걸 아는 태준이 재이에게 말했다.

　"집까지 그냥 가."

　"택시 다니는 곳에서 세워요."

　두 사람이 갑자기 다른 이야기를 동시에 해대자 운전하던 재이만 땀이 뻘뻘 났다. 겨우 이수를 차로 집까지 데려다주고 늦은 시간에 호텔에 도착한 태준은 그를 기다리고 있던 김상철을 보고 별로 놀라지 않았다. 이대로 그냥 넘어갈 거라 생각하지는 않았으니까.

"너답지 않게 갑자기 파티에 가고, 내 전화는 받지도 않고. 도대체 무슨 일이냐?"

태준은 김상철을 지나쳐 걸어가며 대수롭지 않게 받아쳤다.

"호기심에 가봤다가 재미없어서 그냥 온 것뿐이야."

김상철은 태준의 등을 주의 깊게 보며 다시 물었다.

"네가 호기심에 갔다고?"

"그래."

김상철은 고개를 끄덕였다.

"그래, 알았다. 간다."

김상철이 너무 쉽게 물러나자 이젠 태준이 불안해져서 고개를 돌렸다. 버려두고 온 차에 대해서 묻지도 않는 건 더 이상했다. 태준은 혹시라도 꼬투리를 잡힌 게 있나 생각해보다 편의점을 떠올리고 미간을 좁혔다. 설마 거기까지 들어가서 확인한 건 아니겠지?

당장은 김상철에게 캐물을 수도 없고, 알 방법도 없었다. 만약 김상철까지 이수에 대해 알아낸 거면 정말 업보가 맞았다. 그 때문에 자꾸 이수가 위험해지는데 어떻게 신경을 끊을 수 있겠나. 아니, 어쩌면 그가 완전히 신경을 꺼야 그녀가 안전해지는 건가?

최경호가 세 명의 피해자를 만드는 동안 제대로 증거를 찾아서 잡아넣지 못했기에 이수는 이번이 마지막 기회라고 생각하고 도훈에게 조언을 구하기로 했다.

"최 검사님, 혹시 오늘 시간 되세요?"

그녀가 검사실까지 찾아가서 물었을 때 도훈은 막 나가려던 중이었다.

"나 지금 현장 가는데."

아마도 검찰청에 있는 검사 중 가장 많이 현장에 나가는 검사가 도훈일 거다.

"전 차 타고 가면서 이야기해도 되긴 하는데."

"내가 어디 가는 줄 알고 따라가겠다는 거야."

"현장 가신다면서요. 저도 수사 지휘권 있는 검사예요."

병아리 검사가 수사 지휘권으로 생색내자 도훈은 가소롭다는 표정을 지었다.

"진짜 중요한 일인데."

그녀가 사정하자 도훈도 할 수 없이 그녀에게 따라와도 좋다고 허락했다.

"할 말 다 하면 내려. 현장까지 따라올 생각 말고."

"네, 알겠습니다."

이수는 아직 일이 남아 있었지만 도훈이 혼자 가버릴까 봐 서둘러 그의 뒤를 쫓아갔다.

"제가 운전할까요?"

"됐어. 안전벨트나 똑바로 매."

"네."

씩씩하게 대답하며 안전벨트를 매는 그녀를 보고 도훈은 짧게 웃었다. 운동선수 출신이라서인지 그녀는 항상 기운이 넘쳤다. 그래서 그녀의 곁에 있는 사람에게도 그 에너지가 전해져 덩달아 기운이 나는 것 같았다.

도훈은 직접 운전해 검찰청을 빠져나가며 먼저 그녀에게 물었다.

"그래서 긴히 할 이야기가 뭐야?"

이수는 자신이 최경호의 파티에 가서 비밀 금고를 발견한 이야기를 어떻게 하면 수상하지 않게 할 수 있을까 고민하며 말을 시작했다.

"제가 운이 좋게 최경호 별장의 비밀 금고 위치를 알아냈거든요."

"운이 좋게?"

도훈은 바로 의심의 눈으로 그녀를 보았다. 이수는 수상하지 않게 보이려고 큰 눈을 더 크게 떴다.

"어쩌다 보니."

"어쩌다 보니? 너 지금 나랑 장난해?"

바로 도훈의 호통이 떨어졌다. 역시 최 검사님한테 꼼수는 안 통했다. 이수는 할 수 없이 실토했다.

"별장에서 열리는 파티에 숨어들어 갔어요."

"스파이 영화 찍냐. 그렇게 얻은 증거는 재판에서 쓸 수도 없다는 거 몰라?"

"이대로 재판하면 100% 질 거라서 그랬어요. 뭐라도 해봐야죠."

도훈도 그 심정을 모르는 게 아니었기에 더 이상 혼내지 않고 차분하게 물어보았다.

"그래서 누구 도움받고 파티에 갔던 거야?"

그 파티에 갈 만한 사람이면 분명 재력가였다. 그런데 도훈이 보기에 이수의 인맥 중 그런 사람은 없을 거라 뭔가 아주 많이 수상했다.

"제가 맞선 봤던 남자 중에 엄청 부자가 있었거든요."

거짓말을 하면 도훈에게 바로 들킬 것 같아서 이수는 어느 정도 사실을 말했다. 그래도 퀸 호텔 대표라고 말할 수는 없었다. 그럼 그녀가 도훈의 뒤를 밟아서 그 호텔까지 갔던 걸 들킬지도 몰랐으니까.

"너 맞선도 봤었어?"

그녀가 맞선 봤다는 말에 도훈이 놀라자, 설마 질투하는 건가 싶어 이수는 살짝 기대를 품었다.

"팔자 좋네."

……질투라고 하기에는 좀 거시기하긴 했다.

욕실에서 씻고 나오던 태준의 걸음이 우뚝 멈추었다. 그의 시선이 향한 곳은 장식장 제일 위 선반이었다. 분명 가장 높은 곳에 초콜릿 상자를 놓아두었는데 보이지 않았다. 장식장으로 걸어가 본격적으로 초콜릿 상자를 찾아보았지만 그의 방 어디에서도 발견할 수가 없었다.

그의 방에 있는 물건을 함부로 건들 만한 사람은 한 명밖에 없었기에 태준은 그의 방을 나와 마리의 방으로 갔다. 그가 노크도 없이 벌컥 방문을 열자, 침대에 누워 잡지를 읽던 마리가 놀라 일어났다.

"너 내 물건 가져갔어?"

문을 연 사람이 엄마가 아니라 태준인 것을 알고 반갑게 웃던 마리는 태준의 질문에 바로 표정이 굳었다. 그러고는 바로 인상을 쓰며 화를 냈다.

"나 안 가져갔어!"

"내놔."

"나 아니라니까."

"박마리."

성까지 붙여 부른다는 건 태준이 엄청 화가 났다는 뜻이었다. 이 집 안에 사는 사람 중 '마 씨' 아닌 사람은 그녀뿐이었으니까. 그래서 마리는 더 분해서 침대 위에서 벌떡 일어섰다.

"오빠야말로 바보같이 그깟 초콜릿에 왜 집착하는데! 멍청이! 등신!"

방귀 뀐 놈이 더 성을 내듯이 태준에게 있는 대로 화를 낸 마리는 태준을 밀치고 방을 뛰쳐나갔다.

두 사람이 싸우는 소리를 듣고 밖으로 나왔던 마정옥은 마리가 방에서 뛰어나오는 걸 보고 놀라 물었다.

"마리야! 무슨 일이야?"

마리는 마정옥도 그대로 지나쳐 집을 뛰쳐나갔다. 마정옥은 2층 마리의 방문 앞에 서 있는 태준을 화난 눈으로 올려다보았다.

"마리한테 뭐라고 했기에 애가 저래?"

태준은 아무 대답 없이 성큼성큼 그의 방으로 걸어가 방문을 닫아버렸다. 태준의 무시에 마정옥의 표정은 더욱 사나워졌다.

자신의 방으로 다시 돌아온 태준은 휴대폰을 집어 들었다. 초콜릿을 잃어버린 것 때문인지 그녀가 신경 쓰인 태준은 이수에게 준 휴대폰이 어디쯤 있는지 확인해보았다.

그녀가 있는 위치를 보고 태준의 눈이 가늘어졌다. 검찰청과 집을 오가기만 하던 이수가 전혀 엉뚱한 곳에 있었다. 그리고 그 구역은 분명 박만수가 관리하는 나이트 클럽이 있는 곳이었다. 우연이라고 하기에는 너무 거슬렸다. 태준은 바로 이수에게 준 휴대폰으로 전화를 걸어보았다. 별일 없다면 바로 전화를 받을 것이다.

Rrrrrrrrrr— Rrrrrrrrrr—.

[고객님이 전화를 받을 수 없어 음성 사서함으로 연결됩니다.]

그녀가 전화까지 안 받자 불길함을 느낀 태준은 서둘러 옷장으로 걸어가 아무 옷이나 손에 잡히는 대로 꺼내 입었다.

젖은 머리도 말리지 못하고 주차장으로 내려간 태준은 차가 아니라 오토바이에 올라탔다. 빨리 가려면 차보다는 오토바이가 나았다. 태준은 헬멧을 쓰자마자 바로 시동을 켰다.

부아아아아아아앙—.

오토바이는 괴물 같은 소리를 내며 전속력으로 달려나갔다.

이수는 가방 안에 넣어둔 휴대폰의 진동을 느꼈지만 도훈과 함께 있었기에 받을 수 없었다. 태준이 준 휴대폰이라 더욱 그랬다.

이 남자는 한 번도 전화 안 하더니 눈치 없이 왜 하필 지금 전화하는 거야.

"압수 수색 영장 나와도 금고 안의 물건은 확보하기 어려울 거야."

"그럴까요?"

"최경호가 왜 세 번이나 꼬리를 안 밟혔다고 생각해? 최경호가 그렇게 치밀한 인간도 아니고, 경찰이랑 검찰이 무능하기만 한 것도 아니야. 분명 검찰 내부에 돈 받고 정보를 주는 내통자가 있어."

"네? 그럼 그 첩자부터 잡아야 하는 거잖아요!"

믿고 같이 일해야 하는 사람 중에 배신자가 있다는 건 더 참을 수가 없었기에 이수는 바로 흥분했다.

"넌 네가 맡은 사건만 집중해. 깜냥도 안 되면서 여기저기 쑤시면 결국 다 놓쳐."

안 그래도 힘든데 같이 일하는 사람들까지 의심하면서 사건을 해결해야 한다는 것에 이수의 머릿속은 터질 것처럼 복잡해졌다.

"그 금고 안에 동영상이 있긴 있을까요?"

"더 위험한 게 있겠지."

"네? 동영상 없으면 나랑 상관없는데."

도훈이 그녀를 돌아보자 이수는 그의 눈치를 보며 말했다.

"제 사건에만 집중하라고 하셨잖아요."

"알았으면 그만 내려. 현장 다 왔어."

도훈은 바로 길 옆에 차를 세웠다.

"이왕 여기까지 왔는데 저도 같이……."

"안 돼. 빨리 내려."

위험한 현장이었다. 그래서 도훈은 여기서 무조건 그녀를 내리게 할 생각이었다. 하지만 그녀도 고집은 있었다.

"그럼 전 저기 식당에서 밥 먹고 있을게요. 최 검사님도 현장 수사 끝나면 저 식당으로 와서 밥 같이 먹어요. 제가 살게요."

"금방 안 끝나니까 집에나 가."

"저 식당 엄청 맛집이에요."

"아는 식당이야?"

"아뇨. 간판에 TV에 나간 사진이 여러 개 붙어 있어서. 맛있으니까 TV에 나가지 않았을까요?"

그녀의 말이 쓸데없이 길어지자 도훈의 표정이 심상치 않았다. 곧 호통이 날아올 것 같아 이수는 빠르게 안전벨트를 풀고 차에서 내렸다.

그녀가 내리자마자 도훈은 냉정하게 차를 운전해서 가버렸다.

이수는 멀어지는 도훈의 차를 보며 중얼거렸다.

"츤데레 검사님이야."

열 번 구박받다가 한 번 잘해주면 그게 그렇게나 마약 같은 거다. 그녀는 그냥 돌아갈까 하다가 밥을 먹어야 또 검찰청에 돌아가서 일할 수 있었기에 도훈에게 말했던 그 식당으로 진짜 들어갔다. 감자탕을 파는 집이었다.

절대 혼자서 먹을 수 없는 메뉴임을 알고 조금 후회가 되었지만 이수는 용감하게 자리를 잡고 앉아서 감자탕을 시켰다.

"일행 있어요?"

주문받던 아줌마가 혼자 감자탕을 먹으러 온 그녀를 이상한 눈으로 보기에 이수는 당당하게 말했다.

"네, 올 거예요."

아마도. 운이 좋으면 도훈이 현장 수사를 빨리 끝내고 올지도 몰랐다.

태준이 탄 오토바이는 차가 막히는 서울 도심도 막힘없이 달려서 휴대폰이 가리키는 곳에 도착했다. 내비게이션이 목적지에 도착했다고 하기에 태준은 오토바이를 세웠다.

주로 술을 파는 식당들로 빼곡하게 채워진 길거리였다. 여기서 조금만 더 가면 박만수가 관리하는 나이트 클럽이 있었다. 그런데 왜 휴대폰 위치 추적이 여기서 멈춘 것인가 싶어 태준은 헬멧을 벗고 주위를 둘러보았다. 태준의 시선은 줄지어 있는 식당들 중 감자탕 집에서 멈추었다.

　불빛이 흘러나오는 식당 안에서 혼자 감자탕을 먹고 있는 여자가 눈에 들어왔다. 그게 이수라는 걸 알고 태준은 맥이 탁 풀렸다. 위험한 줄 알고 평소에 절대 안 타는 오토바이까지 타고 달려왔건만 혼자서 감자탕이나 먹고 있다니. 도대체 왜 여기까지 와서 혼자 감자탕을 먹고 있는 건가 싶었다. 그 정도로 감자탕을 좋아했단 말인가? 하여튼 저 감자탕 때문에 제대로 허탕을 쳤다.

　그녀가 그냥 감자탕을 먹으러 이곳까지 온 걸 알았으니 조용히 돌아가도 상관없었다. 하지만 여러 명이 같이 먹어야 할 감자탕을 그녀 혼자서 먹고 있는 모습은 아무리 봐도 어이가 없었다.

　태준은 오토바이의 시동을 끄고 횡단보도 앞으로 걸어갔다. 신호등이 빨간불에서 파란불로 바뀌길 기다리면서 다시 식당 쪽을 보니 이수는 자기 머리만 한 감자 뼈를 들고 먹고 있었다. 그 모습을 보니 '검찰청도 인정한 쇠도 소화하는 위장녀'라고 했던 그녀의 말이 생각나 피식 웃음이 흘러나왔다.

　그때 식당 앞에 차 한 대가 멈추어 섰다. 차 문이 열리고 최도훈이 내려서는 걸 보고 태준의 표정이 굳어졌다. 도훈은 곧장 식당으로 걸어가 식당 문을 열고 들어갔다.

　신호등의 불도 빨간불에서 파란불로 바뀌었다. 하지만 태준은 더 이상 횡단보도를 건너갈 수가 없었다. 도훈을 향해 두 팔을 크게 흔들며 반가워하는 이수의 모습이 그의 눈에 들어왔다.

　그녀가 도훈을 좋아하는 건 이미 알고 있었지만 두 사람이 함께 있는 모습을 보고 이런 마음이 생길 줄은 몰랐다. 쓸쓸함이란 감정이 목끝까지 차올랐다.

이수는 일이 잘 안 풀리는 날에는 퇴근할 때 꼭 '춘향'에 들러 가볍게 한잔했다. 그럼 잠을 푹 잘 수 있었다.

"매일 늦게까지 일만 하고, 연애는 언제 한대?"

한잔하러 들른 그녀를 보며 아주머니는 혀를 찼다. 그녀를 걱정해주는 아주머니 앞에서 이수는 허세를 부렸다.

"남자는 이미 골라났으니 걱정 안 하셔도 돼요."

이수는 주문한 생선구이가 나오기 전에 얼큰한 국물을 마시다 가게 앞을 지나쳐 가는 여자아이를 보고 감탄했다. 인형처럼 생긴 소녀였다. 예쁘다는 말은 바로 저렇게 생긴 소녀를 위해 생겨난 말인 듯했다.

"나이도 어리고, 예쁘고. 부럽구나."

그런데 그 예쁜 소녀가 옥탑으로 이어진 계단을 올라가는 걸 보고 이수는 놀라서 아주머니에게 말했다.

"옥탑 청년 여자 친구 찾아왔나 봐요."

"어머, 그래? 난 숫기가 너무 없어서 걱정했는데. 애인이 있었네."

그런데 애인이 미성년자인 것 같았다.

"뭐, 옥탑 청년도 아직 파릇파릇한 나이니까."

"그래, 그 나이 때는 뭘 해도 예쁘지."

'춘향' 아주머니와 이수가 자신들의 학창 시절 이야기로 수다 꽃을 피워가고 있는데 갑자기 위에서 '우당탕탕' 하는 소리가 들려왔다. 아주머니도, 그녀도, 다른 손님들도 놀라서 고개를 들었다.

"이거 옥탑에서 나는 소리인가?"

이수는 서둘러 일어섰다.

"제가 가볼게요."

이수는 식당을 나와 계단을 올라갔다. 계단을 다 올라가지 않았는데도 여자애의 고함이 들려왔다.

"넌 알잖아! 똑바로 말해! 안 그럼 내 손에 죽었어!"

저건 여친이 아니라 일진이다. 옥탑 청년이 봉변당하기 전에 가려고 이수는 뛰어 올라가기 시작했다.

"저, 저, 전, 진짜, 모, 모, 몰라요."

재이는 미성년자한테도 벌벌 떨고 있었다. 정말 어찌 이 험한 세상을 살아가려고 그러냐.

"모르긴 뭘 몰라! 빨랑 불어!"

소녀가 재이를 다그치며 방망이를 휘두르려는 걸 목격한 이수는 다급하게 외쳤다.

"스톱!"

바닥에서 벌벌 떨고 있던 재이는 이수를 보고도 여전히 벌벌 떨었다. 구해주러 온 그녀도 무서워하고 있었다.

"당장 그만두지 못해! 남의 집에서 무슨 행패야."

"아줌마는 빠져!"

'아줌마'라는 소리에 이수의 이마에 주름이 팍 생겼다.

"야! 너 고딩이지?"

"꺼지라고!"

얼굴만 예쁘지 완전 깡패였다. 이수는 청소년 범죄도 맡고 있었기에 품에서 검사 신분증을 꺼내며 경고했다.

"나 검사야. 폭행으로 잡혀가기 싫으면……."

이수가 말을 끝내기도 전에 일진 소녀가 평상을 발로 박차고 하늘로

붕 날아올랐다. 무슨 액션 영화의 주인공 같았다.

"안 돼!"

재이가 온몸을 날려 그녀와 일진 소녀 사이에 뛰어들었다. 그래서 일진 소녀의 발은 그녀가 아니라 재이의 가슴을 그대로 가격했다. 약한 재이는 그 한 방에 완전히 기절했다. 이수는 쓰러지는 재이를 서둘러 끌어안았다. 그와 동시에 머리 위에서 일진 소녀의 까칠한 목소리가 들려왔다.

"이런 병신."

너야말로 도대체 정체가 뭐냐?

병원 응급실도 정신없긴 마찬가지였다. 기절해서 실려 간 재이는 몇 가지 검사를 받은 뒤 방치되었다.

"이 자식은 왜 안 일어나?"

짜증을 내는 일진 소녀에게 이수가 물었다.

"너 옥탑 청년 가족이야?"

"미쳤어? 내가 이런 병신이랑 가족이게."

"그래, 너희 가족들은 욕을 잘하겠네."

일진 소녀가 그녀를 노려보았다. 그때 응급실 문을 열고 들어오는 태준의 모습이 그녀의 눈에 들어왔다. 재이의 휴대폰에 가족들 번호는 없고 그의 전화번호만 있어서 그녀가 연락한 것이었다.

이수가 막 태준을 부르려는데 옆에 있던 일진 소녀가 갑자기 벌떡 일어나 그를 향해 달려가며 외쳤다.

“오빠!”

뭐? 오빠?

진짜 오빠가 맞기나 한 건지 소녀가 달려가 팔에 매달려도 태준은 전혀 놀라지 않았다. 이수는 문화 충격에 휩싸인 눈으로 두 사람을 바라보았다. 아무리 가족이라도 태준과 저리 친한 척할 수 있는 여자 생물이 있다는 게 눈으로 보고도 믿기지 않았다. 하지만 더 충격적인 건 그다음이었다. 소녀가 정확히 그녀를 손으로 가리키며 태준에게 고자질했다.

“저 아줌마가 나 때렸어.”

내가 언제 때렸어! 네가 날 때리려다 옥탑 총각 기절시킨 거지!

태준은 마리의 손을 떼어놓고 재이가 누워 있는 병상으로 다가와 그녀에게 물었다.

“재이 상태는 어떻습니까?”

“특별한 외상은 없대요.”

태준의 등 뒤에서 뿔이 난 마리가 다시 튀어나왔다.

“이 아줌마가 나 때렸다니까.”

태준이 자기 말을 안 들어주는 게 화가 났는지 목소리가 앙칼졌다. 태준은 그런 마리를 나무랐다.

“다친 건 네가 아니라 재이야.”

마리는 원망하는 눈으로 태준을 노려보다 응급실을 뛰쳐나가버렸다. 마리가 그렇게 가버리자 태준보다 이수가 더 당황했다.

“안 붙잡아도 괜찮아요?”

분명 울 것 같은 눈이었다.

“원래 잘 토라지고, 잘 뛰쳐나갑니다.”

소녀에 대해 너무 잘 아는 듯한 말투였다.

"진짜 가족이에요?"

"사촌 동생입니다."

그럼 오빠라 부르는 게 맞긴 맞았다. 태준이 아까 마리가 앉아 있던 의자에 앉자 이수는 태준에게 물었다.

"옥탑 청년은 다른 가족 없나요?"

"네, 없습니다."

"그럼 대표님이 곁에 있을 거예요?"

"네."

태준은 계속 의식 없는 재이만 보고 말하는데 어째 아까부터 그녀의 얼굴을 일부러 안 보는 듯한 기분이었다.

"가보셔도 됩니다."

끝까지 안 본다. 설마, 내가 진짜 사촌 동생을 때린 줄 아나? 이수는 태준의 눈치를 보며 말했다.

"저 사촌 동생 안 때렸어요."

"압니다."

안다면서 여전히 안 본다. 원래 다정다감한 성격은 아니었지만 그는 오늘따라 더 냉기가 흐르는 것 같았다. 그녀가 잘못을 한 게 있다면 사과라도 하겠는데 잘못한 게 없었기에 그녀는 그의 태도가 당혹스러울 뿐이었다.

"혹시 병원 오는 거 엄청 싫어해요?"

아버지가 항암 치료 할 때 와야 하는 곳이니 당연히 좋아하지 않았다. 하지만 지금은 병원보다 그녀가 더 힘들었다. 태준이 입을 꾹 다물고 있는 걸 그렇다는 뜻으로 받아들인 이수가 말했다.

"그럼 그냥 가요. 옥탑 총각 보호자는 내가 할게요. 나도 동네 주민이니까."

"괜찮습니다. 검사님이 가십시오."

자꾸 가라고 하는 게 거슬려서 그녀의 눈매가 가늘어졌다.

"설마 내가 보기 싫어서 자꾸 가라는 건 아니죠?"

태준이 턱에 힘을 주자 턱선이 더 날렵해졌다. 그가 또 대답을 안 하자 이수는 그에게 가까이 다가가며 추궁했다.

"진짜 내가 보기 싫은 거예요? 도대체 왜요? 난 오늘 대표님 운전기사를 구해준 거라고요. 그런데 나한테 화를 내는 건 너무한 거 아니에요? 인간적으로 그렇지 않냐고요."

그녀가 너무 시끄러워 견딜 수가 없었던 건지 갑자기 태준의 손이 그녀의 뒷덜미를 움켜잡고는 바짝 끌어당겼다. 이수는 그 힘에 놀라서 두 눈이 팽창하며 입이 굳었다. 방심하고 있다가 맹수에게 뒷덜미가 붙잡힌 느낌이었다. 태준은 온기가 전혀 느껴지지 않는 차가운 눈으로 그녀를 똑바로 보며 말했다.

"내가 가라고 하면 가는 겁니다."

그가 꼭 다른 사람 같아서 오싹했다. 신사적인 그가 진짜인지, 맹수의 민낯을 드러내는 그가 진짜인지 알 수 없었다. 얼어붙은 채 눈조차 마음대로 깜빡이지 못하는 그녀에게 태준은 눈을 내리깔며 나직하게 경고했다.

"안 그럼 검사님이 위험해질 겁니다."

그녀의 뒷덜미를 꽉 잡고 있던 손이 떨어져 나가며 태준은 언제 무섭게 굴었냐는 듯 평소와 같은 모습으로 말했다.

"이제 가요."

자신을 겁주려고 일부러 그런 거냐고 화를 낼 타이밍인데 그녀는 그럴 수가 없었다. 진짜 겁을 먹어버렸으니까. 결국 그녀는 도망치듯 병원 응급실을 나와버렸다. 그리고 응급실 밖에 서서 한참을 움직이지 못했다. 꼭 귀신에 홀린 듯한 기분이 들었다.

"도대체 뭐야?"

살다 살다 마태준 같은 남자는 처음이었다. 조금 알게 되었다고 생각할 때마다 자꾸 그녀의 뒤통수를 때렸다. 오늘은 자기 입으로도 말했다. 그녀가 위험해질 거라고. 도대체 뭐가 위험한 건지 잘 모르겠는데 정말 그럴 것 같기도 했다.

다시 응급실에 들어가서 태준을 마주할 용기가 없어 이수는 차를 타고 집으로 향했다. '춘향' 건물을 지나쳐 갈 때쯤 차가 멈추었다. 그녀는 고개를 들어 '춘향' 옥탑을 올려다보았다.

"어라? 저기에 왜 불이 켜져 있어?"

분명 재이가 실려갈 땐 옥탑에 불이 꺼져 있었다. 주인도 없는 집에 불이 켜져 있는 게 아무래도 이상했기에 이수는 차에서 내려 직접 옥탑으로 올라가 보았다. 그러고는 현관 문고리를 잡고 조심스럽게 돌려보았다.

달칵, 문이 열렸다. 잠겨 있지도 않았다. 이수는 가방에서 신분증을 꺼내 벌컥 문을 열고 안으로 들어가며 외쳤다.

"꼼짝 마! 검사다."

그녀는 무섭게 검사 신분증을 내밀었지만 재이의 집을 무단 점령하고 있던 가출 소녀 마리는 그녀를 비웃으며 세 마디나 했다.

"구린 동네, 구린 집, 구린 검사."

"너야말로 무단 침입 죄로 잡혀가기 싫으면 당장 나와!"

"아줌마, 아직 나한테 덜 맞았지?"

그녀도 마리와 또 싸우고 싶은 게 아니었다.

"우리 집 갈 거야. 빨리 나와. 이 가출 소녀야."

예상 밖의 말에 마리는 의아해서 눈을 동그랗게 뜨고 그녀를 보았다. 그녀도 좋아서 마리를 집에 데려간다는 게 아니었다. 맞아서 기절하지 않았을 때도 심약한 재이가 병원에서 돌아왔다가 집에 있는 마리를 보고 또 기절할까 봐 그랬다.

설마 옥탑보다 나쁘지는 않을 거라 여기고 순순히 따라온 마리는 이수의 집을 보자마자 못마땅한 표정으로 짧게 투덜거렸다.

"좁아."

여자 혼자 사는데 이 정도면 펜트하우스였다. 대저택에서 모자람 없이 살다 가출한 십 대 소녀가 서울에서 이 정도 집을 구하는 것이 얼마나 힘든지 어떻게 알겠는가.

"넌 이쪽 방 써. 욕실은 저기야."

마리는 욕실을 보고 또 투덜거렸다.

"좁아터졌어."

참 예의 없는 가출 청소년이었다. 오늘은 태준도 재이 때문에 정신없을 거 같으니 마리는 오늘만 그녀의 집에서 재우고 내일 태준에게 전화해서 데리러 가라고 해야겠다.

그런데 병원에서 무섭게 굴었던 태준이 생각나자 몸이 절로 긴장되었다. 그녀를 대놓고 싫어하던 차장 검사 앞에서도 겁을 안 먹었는데, 고작 그 정도로 쫄다니 그녀도 많이 약해졌나 보다. 이수는 마음을 강하게 먹었다. 겁먹으면 지는 거였다. 전화해서 당당하게 말하는 거다. 당신 사촌 동생 데려가라고.

"뭐? 마리가 여검사 집에 있다고?"

강범석의 보고를 들은 마정옥의 목소리는 절로 히스테릭해졌다. 태준 때문에 마리가 집을 나간 것도 화가 났는데 지금 마리가 있는 곳이 태준과 관련 있는 여검사 집이란다. 화를 내지 않을 수가 없는 상황이었다.

"걔는 집 나가서 도대체 거기서 뭘 하는 거야."

"그거까지는 잘 모르겠습니다. 가서 데려올까요?"

"됐어!"

억지로 데려온다고 해서 집에 들어올 마리도 아니었다. 더 엇나가서 태준이 그랬던 것처럼 비행기라도 타면 정말 큰일이었다. 만약 여검사에게 손을 못 대게 태준이 약삭빠르게 마리를 이용한 거라면 더 용서할 수가 없었다.

생각할수록 화나는 일이라 마정옥은 손톱이 살을 파고드는 아픔도 아랑곳하지 않고 주먹을 꽉 움켜쥐었다. 이번엔 절대 멍청하게 당할 수 없다. 몇 배로 갚아줄 것이다. 마정옥은 마음속의 마녀를 더욱 사납게 드러냈다.

아직 해가 뜨지 않아 사위는 차가운 푸른 기운에 휩싸여 있었다. 이수는 쭈그려 앉아서 잠들어 있는 마리의 얼굴을 물끄러미 바라보았다.

"어려서 그런가. 얼굴에 모공이 하나도 없네."

체형도 서구형이라 팔다리도 참 길었다.

"그쪽 집안에 돈이 많은 거 같더니, 가족 중에 연예인이라도 있는 건가?"

이수는 유전자의 우수함에 감탄하며 휴대폰 알람 버튼을 꾹 눌렀다.

따르르르르르르르르르르릉—!

시끄러운 벨 소리에 마리가 몸부림을 치며 짜증을 냈다.

"시끄러워!"

시끄러우라고 알람을 울린 거다.

"일어나. 학교 가야지."

"나 학교 안 가!"

집도 나왔는데 학교라고 성실히 다닐 리 없었다. 하지만 그녀의 집에 있으면서 학교를 땡땡이친다는 건 있을 수 없는 일이었기에 이수는 손을 풀었다.

"아침부터 몸 쓰게 만들지 말고 말로 할 때 일어나라."

"아아아악!"

"야! 미친 척하지 마."

싫다는 마리를 차에 태워 마리가 다니는 학교까지 갔다가 출근했더니 아슬아슬하게 9시에 검찰청에 도착할 수 있었다. 지각 안 한 건 다행인데 이제 태준에게 전화해서 가출 소녀를 데려가라고 말해야 했다. 그냥 문자 한 통 날리고 끝내면 안 되는 문제라 이수는 휴대폰을 붙잡고 자기 암시를 걸었다.

"쫄 거 없어. 그쪽이 학부모 역할이고, 내가 청소년 선도 담당이야."

그녀가 태준에게 호통을 칠 수 있는 위치였다. 그러니 병원에서 무서웠던 태준은 잊어버리자. 사실 그가 그녀를 때린 것도 아니었고, 거친

욕을 한 것도 아니었다. 그녀가 바보처럼 그가 뿜어내는 기운에 압도
되어 버린 것이다. 그게 만약 운동 시합이었다면 그녀는 100% 패배했
을 거다.

이수는 마음을 굳게 먹고 태준에게 전화를 걸었다. 남자에게 겁먹
을 거 없었다. 그녀 역시 충분히 강한 존재였다. 그러니 검사 하면서
나쁜 인간들 잡는 거다.

[네.]

아주 짧게 들려온 태준의 목소리에 이수는 잠시 숨을 멈추었다. 그
의 목소리를 듣자마자 그녀를 집어삼킬 듯했던 그의 눈빛이 떠오르면
서 그녀의 눈동자가 파르르 떨렸다.

이수는 주먹을 꽉 쥐며 힘껏 말했다.

"사촌 동생 데려가세요!"

강하게 나가려다 보니 소리를 질러버렸다. 큰 목소리에 그녀가 더 당
황했다.

[마리가 검사님이랑 같이 있습니까?]

태준도 놀란 듯 목소리가 뚝뚝 끊겼다.

"네, 어제 우리 집에서 잤어요."

전화기 안에서 태준의 한숨 소리가 들려왔다. 철없는 동생 때문에
속상해하는 마음이 느껴져서 그에게 느꼈던 무서움이 좀 희석되려던
순간 그가 말했다.

[데리러 가지 않을 겁니다.]

"네?"

이건 또 무슨 뒤통수란 말인가.

"도대체 왜요? 사촌 동생이라면서요. 보니까 '오빠'라고 하면서 엄청

따르던데."

[그게 더 나으니까요.]

다른 집이었다면 가출한 게 나쁜 짓이었겠지만 그와 마리가 사는 집은 그 반대였다. 그 역시 그 집에서 뻗어 나오는 악의 기운을 피해 어릴 때부터 참 많이도 집을 나갔었다. 이번에 마리가 집을 나간 건 그의 탓도 있었지만, 마리를 위해서도 차라리 이수의 집에 있는 게 더 나을 것 같았다. 지금까지와는 다른 환경에서 지내다 보면 마리도 조금은 달라질 수 있을 거다. 그리고 마리가 이수와 같이 있으면 마정옥 역시 이수를 쉽게 건들 수 없을 것이다. 딸 앞에서 대놓고 나쁜 짓을 할 수 있는 엄마는 없으니까.

"거기 부잣집이잖아요. 우리 집은 15평밖에 안 돼요. 그런데 뭐가 더 낫다는 거예요?"

[검사님이 청소년 범죄도 담당한다고 알고 있는데, 설마 집 나간 청소년을 함부로 거리로 쫓아내지는 않겠죠?]

어이가 없네.

"미성년자는 가족 품에서 안전하게 살아야죠!"

[그래서 검사님한테 부탁하는 겁니다.]

"그런 부적절한 부탁, 사절합니다."

[제 부탁 들어주면 저도 검사님 부탁 하나 들어드리겠습니다.]

태준의 제안에 이수는 움찔했다. 그녀의 눈알이 빠르게 돌아갔다. 이 순간에 최경호의 비밀 금고를 생각하는 그녀 자신이 너무 약은 것 같았다. 그건 그녀의 일이었다. 태준에게 떠넘길 수 없었다. 그런데 파티장에서 최경호가 태준의 앞에서 설설 기는 걸 보았을 때 태준이라면 가능할 것도 같았다.

이수가 말이 없어지자 태준은 조용히 그녀가 말을 하길 기다렸다. 한참 만에야 이수가 입을 뗐다.

[그럼 마리만 맡아주면 내가 아무거나 말해도 다 들어줄 거예요?]

"네."

아직 어린 마리가 그녀에게 끼칠 악영향은 아무것도 없었다. 그러니 마리가 그녀의 집에 있어도 아무 문제 없었다.

[그럼 최경호 별장 비밀 금고 안에 있는 물건도 가져다줄 수 있어요?]

이수의 부탁에 태준의 눈매가 굳었다. 그도 그 안에 뭐가 들어 있는지 몰랐다. 하지만 아무도 모르는 곳에 꼭꼭 숨겨놓은 것만 봐도 최경호의 비밀 장부라는 걸 짐작할 수 있었다. 그건 아무나 구할 수 없는 물건이었다. 그러나 그는 김상철에게 부탁만 하면 구하는 게 가능했다. 그가 마광호의 아들이기에 가능한 일이었다.

그녀가 그걸 알고 부탁하는 게 아니라는 걸 아는데도 태준의 심장은 차갑게 얼어붙었다. 그 물건을 가져다달라는 건 그보고 정체를 밝히라는 말과 똑같았다. 그래서 태준은 바로 대답을 할 수가 없었다.

그는 거짓말을 한 게 아니라 어쩌다 보니 말을 못 한 거라 여겼었는데 그게 아니었나 보다. 끝까지 그녀가 모르게 하고 싶었던 거다. 그녀가 그냥 평범한 호텔 대표로 그를 기억해주길 바랐나 보다.

[역시 제가 좀 무리한 부탁을 했죠? 하하하하. 말하고 나니 좀 창피하네요. 검사가 자기 일 처리도 제대로 못해서 일반인에게 부탁하다니. 그냥 못 들은 걸로 하세요.]

그가 말을 안 하는 게 그녀의 부탁이 너무 터무니없어서 그런 줄 아는지 이수는 먼저 말을 거두었다. 태준이 숨을 들이마시자 목울대가 크게 출렁였다. 그는 무겁게 입을 열었다.

"아뇨. 가져다드리겠습니다."

이제 고해성사를 할 시간이 온 것뿐이었다. 그걸 피하면 그는 정말 나쁜 놈이 되는 거였다.

[진짜요? 정말 가져다주겠다고요? 가능하겠어요?]

그가 누구 아들인지 그녀가 알게 되면 아마도 그녀를 다시 만나게 되는 일도, 이렇게 전화를 하게 되는 일도 없어질 거다.

"물건 찾게 되면 연락하겠습니다."

그래도 해야겠지. 그가 할 수 있는 일이니까.

[혹시나 해서 하는 말인데, 제가 그 금고 안에 뭐가 들었는지 모른다고 해서 아무거나 들고 오면 저 진짜 대표님 다신 안 볼 거예요.]

그가 진짜 물건을 가져가도 그녀는 그를 안 보게 될 거였기에 태준은 쓴웃음을 지었다.

누가 여고생은 풋풋하고 사랑스럽다고 했는가. 그녀의 집에서 더부살이하는 여고생은 아무 곳에나 과자 부스러기를 흘리고, 공룡처럼 목소리가 크며, 더럽게 게을렀다.

"야! 내가 소파에서 과자 먹지 말라고 했지!"

그녀가 잔소리해도 들은 척도 안 했다. 도대체 누가 이 집 주인인지 모르겠다.

"네가 막 살면 너희 부모님만 욕먹는 거야."

이수가 하는 말을 듣고 마리가 벌떡 일어나 버럭 화를 냈다.

"닥쳐! 우리 엄마에 대해 알지도 못하면서!"

"알면 당장 전화해서 너 데려가라고 했지."

이수가 지지 않고 받아치자 마리는 소파에서 뛰어내려서 현관으로 달려갔다.

쾅―!

마리가 있는 힘껏 문을 닫고 나가버려도 이수는 하던 청소를 계속했다. 어차피 청소는 마리가 없을 때 하는 게 더 편했고, 마리는 나가봤자 해 지면 그녀의 집으로 돌아올 수밖에 없다는 걸 아니까.

먼지를 털려고 베란다로 이불을 들고 나간 이수는 '춘향' 옥탑으로 연결된 계단을 올라가는 마리를 발견하고 기가 찬 표정을 지었다. 또 옥탑 총각 괴롭히러 가고 있었다. 재이도 주민등록상으로 명백히 어른인데 가출 소녀는 그를 완전히 장난감 취급하고 있었다.

마리를 혼내야 할 거 같아서 청소도 미루고 옥탑에 가보려는데 그 순간 책상 위에 놓아두었던 휴대폰이 부르르 몸을 떨었다. 이수는 현관으로 향하던 방향을 꺾어 책상으로 걸어가 휴대폰을 확인했다.

> 저녁 7시 퀸 호텔 1510호.

태준이 보낸 메시지였다. 그는 물건을 찾으면 연락하겠다고 했지만 그게 결코 쉬운 일이 아니었기에 이수는 놀란 눈으로 태준의 메시지를 바라보았다.

설마 정말 찾았다고?

호텔로 태준을 만나러 가보면 확인할 수 있을 것이다.

진짜 로미오

태준이 정한 시간에 맞춰 퀸 호텔에 도착한 이수는 그에게 전화를 걸었다. 영화관 왔을 때와 비슷한 상황인데도 태준에게 받아야 할 물건의 위험성 때문인지 꼭 그녀가 간첩이 된 기분이었다.

[15층으로 올라오십시오.]

"네? 저 혼자요? 저 룸 키 없는데."

도훈을 쫓아 이 호텔에 왔을 때 겪어봤기에 알고 있었다. 지금 태준이 있는 공간은 아무나 함부로 들어갈 수 없다는 거.

[프런트에 말하면 줄 겁니다.]

태준의 목소리가 어쩐지 평소보다 더 차갑게 들렸지만, 그건 그녀가 긴장한 탓일 수도 있었다. 전화를 끊은 이수는 프런트에서 호텔 방 키를 받아 엘리베이터를 타고 15층으로 올라갔다.

15층에서 엘리베이터 문이 아가리를 벌리듯이 열리자, 이수는 긴장한 눈으로 호텔 복도를 바라보았다. 복도 끝에 태준과 만나기로 한 1510호가 있었지만 그녀는 선뜻 엘리베이터에서 내리지 못했다. 호텔이라서 그런지 누군가 지켜보고 있기라도 한 듯 행동 하나하나가 신경 쓰였다.

엘리베이터 문이 닫히려고 하자 이수는 그제야 서둘러 열림 버튼을 누르고 엘리베이터에서 내렸다. 여기까지 왔으니 태준을 만나야 했다.

1510호 앞까지 멈추지 않고 걸어간 이수는 주먹을 꽉 쥐고 패기 있게 방문을 두드렸다.

쾅쾅―.

그녀가 코에 잔뜩 힘을 주며 서 있는데 방문이 조용히 열렸다. 이수의 시야에 제일 먼저 들어온 건 남자의 구두였다. 반질반질 윤이 나게 닦인 구두는 질 좋은 가죽으로 만든 것이었다. 깔끔하지만 강한 선을 가진 마태준과 잘 어울리는 구두였다.

"들어와요."

태준의 목소리를 듣자 또 긴장되기 시작했다. 정신 차리자, 은이수. 딴짓하러 온 게 아니라 중요한 증거물을 받으러 온 거다.

"물건은 확실하죠?"

너무 진지한 그녀의 질문이 태준은 오히려 좀 웃겼다.

"영화 대사 따라 하는 겁니까?"

"저 엄청 진지하거든요."

진지하다고 말하며 쉽게 발끈하는 그녀가 오히려 그녀다웠다. 태준은 다른 사람이 보기 전에 그녀의 팔을 붙잡고 방 안으로 끌어당겼다. 그가 잡아당기는 손길에 이수는 놀라 눈이 커졌다.

탁―.

순식간에 그녀의 등 뒤에서 문이 닫혔다. 그녀는 문과 태준의 몸 사이에 갇혀서 잠시 아찔했다. 태준은 바로 몸을 돌려 테이블로 걸어갔다. 테이블 위에는 봉투가 놓여 있었다. 동영상이라면 UBS로 줄 거라 생각했기에 이수는 불길한 눈으로 봉투를 보았다.

"혹시 동영상은 아니에요?"

"네, 아닙니다."

동영상이 아니라는 말에 이수는 실망감을 감추지 못했다. 그럼 재판에서 결정적인 증거는 되지 못할 테니까.

태준이 봉투를 내밀며 말했다.

"하지만 최경호는 그 동영상보다 이걸 더 무서워할 겁니다."

태준이 수상한 점은 많아도 허풍은 없었기에 그가 그토록 확신하는 이유가 뭔가 싶었다. 분명 동영상도 아니라고 했는데. 그녀는 반신반의하는 표정으로 그와 봉투를 번갈아 보다 손을 뻗어 봉투를 잡았다.

"저기, 손을 놔야 내가 가져가죠."

그가 봉투를 잡은 손을 놓지 않자 이수는 불만스러운 눈으로 그를 올려다보았다. 태준은 눈을 내리깔고 봉투를 놓지 못하는 그의 손을 내려다보았다. 후회하지 않을 자신이 없나 보다. 그래서 손이 주인 말을 안 듣고 미련하게 붙잡고 있었다.

이게 그녀의 손에 넘어가면 돌이킬 수 없었다. 또 한 번의 낙인이 그에게 찍히게 되겠지. 낙인이 찍히는 건 언제나 금방 생긴 화상 자국처럼 쓰라린 고통이었다. 그는 변함이 없는데 그를 보는 사람들의 시선이 완전히 바뀌어버린다. 그녀 역시 마찬가지일 거다. 어쩌면 다른 사람들보다 더 그를 혐오하게 될지도 몰랐다. 그녀는 그의 아버지 같은 사람들을 잡아넣는 검사였으니까.

태준의 손이 봉투에서 떨어졌다. 이수는 그제야 봉투를 가져갈 수 있었지만 이상하다는 눈으로 태준을 쳐다보았다. 그의 태도가 뭔가 마음에 걸렸다.

"혹시 어디 아파요?"

그래, 아픈 사람의 눈빛이었다. 아무리 헐크라도 사람이라면 아플 수 있었다. 몸만 보면 전혀 안 아플 것처럼 보이지만 감기에 걸릴 수도 있었다. 아프냐는 그녀의 질문에 태준은 쓴 표정을 짓다가 그녀에게 손을 내밀었다. 그가 악수를 청한 건 처음이라 이수는 놀란 눈으로 그를 올려다보았다. 태준은 아픈 눈빛을 완벽하게 지우고 담백한 눈빛과 담담한 목소리로 말했다.

"만나서 반가웠습니다."

정말 작별 인사 같았다. 그녀와 두 번 다시 안 만날 사람처럼. 그래서 이수는 선뜻 그의 손을 잡지 못했다. 이 손을 잡으면 그가 이 세상에서 완전히 사라져버릴 것 같은 불안함이 들어서.

하지만 이 손을 거부하면 그녀에게 도움을 준 태준에게 무례한 사람이 되는 거 같아 이수는 뒤늦게야 천천히 손을 들어 그의 손을 붙잡았다. 맞닿은 그의 손이 생각보다 너무 뜨거워서 놀랐다. 그는 굉장히 차가운 사람인 줄 알았으니까.

태준의 손이 그녀의 손을 꽉 쥐자 그녀의 심장을 움켜잡은 듯 가슴이 갑갑했다. 심장의 갑갑함은 그가 손을 놓고 멀어진 뒤에도 여전했다. 정말 이상한 일이었다. 왜 이런 마음이 드는 건지 도통 알 수가 없었다.

이수는 다음 날 검찰청에 가서야 태준이 준 봉투 속 내용물을 제대로 확인할 수 있었다.

"이게 뭐야?"

봉투에서 나온 장부는 최경호가 회사 돈을 횡령해서 만든 비자금 내역이었다. 최경호가 성폭행보다 더 무서워할 거라는 태준의 말은 정말이었다. 하지만 그녀가 처리할 수 있는 증거물이 아니었다. 그녀가 맡은 사건은 성폭행이었으니까. 그래서 이수는 그걸 들고 도훈을 찾아 갔다. 그녀가 아는 검사 중 가장 제대로 된 조언을 해줄 사람이었다. 그런데 도훈은 그녀가 가져온 걸 보고는 심각한 표정으로 물었다.

"이거 어디서 구했어?"

이수는 괜히 태준의 이름을 말했다가 그도 이 사건에 연루될까 봐 돌려 말했다.

"운 좋게 정보원한테서 구했어요."

"이건 운 좋게 구할 수 있는 게 아니야. 솔직하게 말해."

"최 검사님이 생각하는 그런 거 아니에요."

"내가 무슨 생각하고 있는데?"

"제가 위험한 짓 한 거라고 생각하시는 거잖아요. 그런 거 아니라고요. 이거 준 사람 절대 그럴 사람 아니에요."

"이걸 준 것만으로 그 사람은 이미 위험한 사람이야. 누구야?"

도훈이 자꾸 최경호가 아니라 태준에 대해 캐물으려고 하니 이수는 슬슬 화가 나기 시작했다.

"나쁜 놈은 최경호라고요. 잡아넣어야죠. 그런데 이 증거물로는 어떻게든 증명이 안 된다고요. 어떻게 하면 그놈이 피해 여성들한테 사죄하게 할 수 있냐고요. 그걸 가르쳐달라고 찾아온 겁니다, 최 검사님."

도훈은 미간을 찌푸렸다. 정보원을 끝까지 숨기는 그녀의 태도가 거슬렸다. 그리고 그녀가 가져온 횡령 장부는 더 거슬렸다. 피라미가 구할 수 있는 물건이 아니었다. 이걸 준 사람은 분명 흑룡파 안의 주요 인물이었다. 그런데 이수가 그런 인물과 접촉할 수 있는 접점이 없다는 게 그로서는 의아한 점이었다.

"이걸 누구한테 받았든 그 사람, 앞으로 절대 만나지 마. 명령이야."

이수는 불편한 눈으로 도훈을 보았다. 이런 말을 듣게 될 줄은 몰랐다. 어째서 도훈이 죄를 지은 최경호보다 도움을 준 태준을 더 위험한 사람 취급하는 건지 알 수 없었다.

―만나서 반가웠습니다.

무엇보다 태준의 작별 인사가 가장 마음에 걸렸다. 마치 무슨 일이 생길지 미리 알고 그녀에게 마지막 인사를 한 것처럼 느껴졌다.

도대체 왜? 뭘 감추고 있는 거야?

직원들은 태준이 굉장한 미식가라는 것을 알고 있었기에 호텔 식음료 서비스에 관한 회의를 할 때마다 잔뜩 긴장한 채로 회의에 참석했다. 이번 회의에서는 호텔의 비싼 식대를 낮추어 대중화를 하기 위해 브랜드와의 계약을 고려하고 있었다. 이미 대중에게 잘 알려진 브랜드였기에 홍보가 따로 필요 없이 대중의 관심을 받을 수 있다는 장점은 있었지만 맛에서 태준의 기준치를 만족시키는 게 쉽지 않았다.

"맛이 이 정도 수준이라면 이 브랜드와 계약할 수 없습니다."

"대표님 입맛에 맞출 수 있는 요리사는 그리 많지 않습니다. 이번 기획이 대중적인 맛을 찾는 것이니까."

"돈을 조금 낸다고 이 정도 맛에 만족하라는 겁니까? 그럴 거면 그냥 집 근처 식당에서 간단하게 먹어야죠. 왜 호텔까지 찾아와 식사를 하겠습니까?"

대중에게 먹히는 브랜드 인지도에 집중하느라 맛을 놓친 직원들에게 태준은 못을 박았다.

"제가 비싼 음식을 좋아한다는 것부터가 여러분의 고정관념입니다. 칠천 원짜리 생선구이에서도 충분히 감동할 수 있는 게 음식의 품격이라고 생각합니다. 그러니 유명한 브랜드만 찾지 말고 맛을 중요시하는 브랜드로 찾아주세요."

예정보다 길어진 회의를 마치고 부재중 전화를 확인하던 태준은 이수에게 온 메시지를 보고 눈빛이 굳었다.

> 우리 좀 만나죠.

그가 준 자료를 가지고 검찰청에 갔다면 분명 장부를 준 그에 관한 이야기도 나왔을 거다. 이수와 같은 검찰청에 있는 최도훈 검사 정도라면 그 장부를 준 게 그라는 말을 듣고 그가 누구인지 짐작할 수 있을 거라 생각했다.

그런데 그녀가 먼저 만나자고 하는 걸 보니 완벽하게 알아차리지는 못했나 보다. 그의 입으로 직접 말하는 것만은 하고 싶지 않았건만. 태준은 무거운 눈으로 이수의 메시지를 보다 답신을 찍어 보냈다.

> 아쿠아리움에서 보죠.

이미 어젯밤 그녀와 작별 인사할 때 그게 마지막이라고 생각했다. 그러니 이제 와서 숨길 마음은 없었다.

갑자기 웬 아쿠아리움? 태준이 만나자고 한 장소를 보고 그녀가 맨 처음 한 생각이었다. 그녀는 서울 토박이였지만 아쿠아리움은 한 번도 가본 적이 없었다. 물고기 구경하는 데 돈 내는 걸 아깝다고 생각했었으니까. 하지만 막상 아쿠아리움에 간 이수는 바다를 옮겨놓은 듯한 풍경에 감탄을 터트렸다.

"와!"

넋을 놓고 물고기들을 보는 이수의 반응에 태준은 꼭 퀸 호텔 VIP 영화관에서 그녀와 같이 영화를 보던 순간으로 돌아간 것만 같았다. 하지만 시간은 흘러버렸고, 이제 그녀에게 고백해야 했다. 그가 누구인지.

"아쿠아리움에 온 적 없습니까?"

"네, 이런 거 돈 아까워서."

이수는 솔직하게 말하다 아차 싶어서 입술을 붙이며 태준의 눈치를 보았다. 아쿠아리움에 오자고 먼저 말한 태준은 다행히 그녀의 말을 별로 신경 쓰지 않는 것 같았다.

"전 가끔 옵니다."

"물고기 좋아하세요?"

"사람만 아니면 뭐든."

그 말은 사람은 싫어한다는 소리로 들렸다.

"역시 친구 없구나."

아름다운 은색 물고기 떼가 그들의 앞을 지나갔다. 그걸 보는 태준의 표정은 편해 보였다. 하지만 사람은 사람과 어울려 살아야 했다.

"그럼 내가 친구 해줄까요?"

물고기들을 보던 태준의 눈이 살짝 커졌다. 하지만 돌아온 대답은 냉정했다.

"아뇨. 친구는 싫습니다."

좋아한다고 고백했다가 거절당한 건 아니었지만 어쨌든 거절당한 거라 그녀는 미간을 찌푸렸다. 그때 태준이 고개를 돌려 그녀를 보았다.

"그리고 아직 내 말 안 들었으니 그런 말은 함부로 하지 않는 게 좋을 겁니다."

이수는 짧게 한숨을 내쉬었다.

"대표님 진짜 친해지기 힘든 사람이에요. 그건 꼭 알아두세요."

태준은 부정하지 않고 다시 수족관으로 시선을 돌렸다. 바닥을 낮게 유영하는 상어가 그의 눈에 들어왔다. 이곳에 있는 물고기 중 가장 강한 존재인데 어째서 그의 눈에는 그 상어가 제일 불쌍해 보이는지 모르겠다.

"여기 있다 보니 대표님이 좋아하는 스타일 알았어요. 심심한 거 좋아하는구나. 그렇죠?"

"검사님이야말로 너무 요란하게 살지 마십시오. 그러다 사고당하는 거니까."

그녀가 낄 때 안 낄 때 구분 못 하고 다 끼어들며 산다는 소리 같아서 이수는 씨익 웃으며 손가락으로 머리카락을 귀 뒤로 넘겼다.

"무슨 소리예요. 제가 얼마나 조신한데."

"웃으라고 그러는 겁니까?"

"아뇨. 두근거려야 하는 타임이죠."

"그럼 그런 건 최도훈 검사 앞에서 하십시오."

태준의 정확한 지적에 이수의 손이 아래로 내려갔다. 그러고 보니 그랬다. 왜 쓸데없이 이 남자 앞에서 애교를 떨려고 한 건가 싶었다.

"대표님 말에 정신이 확 들었네요. 빨리 할 말이나 해주세요. 저 바쁜 사람이에요."

그녀는 눈에 힘을 꽉 주며 태준을 쳐다보았다. 그가 무슨 말을 하든 놀라지 않을 준비가 되어 있었다. 어차피 친구도 아니고, 좋아하는 남자는 더더욱 아니었으니까. 그러니까 어서 말해보라고. 다 받아주겠어.

태준의 입이 무겁게 열렸다.

"내 아버지가 마광호입니다."

마광호? 그 이름을 내가 어디서 들었었지? 분명 들어본 적……

"검사들이 잡으려고 하는 흑룡파 두목."

아! 그제야 마광호가 누군지 기억해낸 이수의 눈이 천천히 커졌다. 놀라서 얼어버린 그녀를 태준은 담담한 눈으로 마주 보았다.

"아직도 나랑 친구 할 수 있습니까?"

이수는 대답하지 못했다. 아무 말도 나오지 않았다.

아침에 출근한 류헌은 주차된 차 운전석에서 머리를 박고 미동도 하지 않는 이수를 발견하고 다가와서 창문을 똑똑 두드렸다.

"거기서 자냐?"

이수는 천천히 고개를 들어 류헌을 보았다. 그녀가 넋이 나간 듯 아무 반응이 없자, 류헌은 차 문을 열고 그녀를 차에서 끌어내었다.

"잠 좀 깨라. 어젯밤에 뭘 했기에 이래."

류헌의 손에 끌려서 검찰청 안으로 들어가는 동안 류헌 혼자 열심히 떠들었다.

"최 선배가 이상한 소리 하네. 네가 남자 만나면 자기한테 꼭 말하라는데?"

이수는 대꾸 없이 그냥 듣고만 있었다. 이 말을 어제 들었다면 같이 호들갑을 떨었겠지만 지금은 그럴 수가 없었다.

"최 선배가 혹시 질투하나? 너한테 좋은 신호 아냐?"

"넌 좋겠다."

"뭐? 왜?"

"아무것도 몰라서."

태준을 만난 뒤 이수는 먼저 도훈을 찾아갔었다. 도훈이라면 그녀에게 최경호의 비자금 장부를 준 사람을 찾아낼 거 같았으니까. 도훈이 알아내기 전에 그녀의 입으로 직접 말할 생각이었다.

"퀸 호텔 마태준 대표가 너한테 이걸 줬다고?"

"네."

도훈은 기가 찼다. 호텔에서 만났을 때 평범한 놈은 아니라고 생각했지만, 이런 문건을 아무렇지도 않게 구할 수 있다는 건 더 위험한 인간이라는 뜻이었다.

"그래서 넌 그놈이 어떤 인간인 줄도 모르고 이걸 덥석 받아왔어?"

이수가 엄청난 위험에 빠진 상황일 수도 있었다.

"그 사람이 자기 입으로 직접 말해줬어요."

"말해줬다고?"

"네."

"설마 퀸 호텔 대표라고 말했다는 건 아니겠지?"

"그게 아니라 자기 아버지가 마광호라고."

이수의 말에 도훈의 눈이 커졌다. 그건 10년 동안 흑룡파를 쫓았던 도훈도 미처 알아내지 못한 것이었으니까.

마광호의 유일한 핏줄이 누구인지에 대해 흑룡파는 보안을 유지하고 있었다. 보호 차원이기도 했지만 마태준이 마광호의 후계자가 되는 걸 거부하는 게 밖으로 새어 나가면 조직에 안 좋은 영향이 있기 때문이었다. 그래서 도훈조차도 퀸 호텔에서 태준을 보았을 때 마광호의 기운을 느꼈으면서도 그가 마광호의 외아들이라는 걸 몰랐다.

"하! 그래서 네가 마광호 아들을 지금껏 만나고 다녔다고?"

등잔 밑이 어둡다더니, 그가 열심히 흑룡파를 캐고 다니는 동안 그의 곁에 있던 후배 검사가 마광호의 아들과 가까워진 걸 몰랐다는 게 도훈은 너무도 기가 차고 화가 났다. 그가 무능했기 때문에 벌어진 일인 것만 같았다.

"걱정 마세요. 이제 안 만나요."

"당연하지! 죽고 싶어 환장한 게 아니라면!"

도훈이 큰 소리로 야단치는 말이 이수의 심장을 아프게 때렸다. 정말 자신이 위험했을 수도 있었다는 것이 무서워서 그런 게 아니었다. 태준은 도훈이 생각하는 것처럼 그렇게 나쁜 사람은 아니라고 말하고 싶었지만 그럴 수 없어서였다. 그녀는 태준이 누구 아들인지보다 그녀의 나약함이 너무 견디기 힘들었다.

"나 똑바로 봐, 은이수."

이수는 할 수 없이 고개를 들어 도훈과 눈을 마주했다. 하지만 자꾸 눈동자가 아래로 떨어졌다. 도훈은 그녀의 얼굴을 손가락으로 찌를 듯이 가리키며 단호히 말했다.

"당분간 너 집중 단속 기간이다. 행동 조심해라."

그녀가 고등학교 졸업한 지가 10년인데 집에 있는 마리와 똑같은 취급을 당하고 있었다. 정말 억울하다.

도훈의 방에서 나온 이수는 바로 검사실로 돌아가지 못하고 옥상으로 올라갔다. 그리고 옥상 난간 앞에 혼자 서서 무겁게 중얼거렸다.

"……진짜 로미오였네."

그땐 이상한 놈이 헛소리하는 거라 여겼는데 그게 진심이었다는 걸 이제야 알게 되었다. 웃을 수도 없고, 울 수도 없고. 미치겠다.

태준이 고등학교 앞에 서 있으니 학생들이 한 번씩은 꼭 쳐다보고 지나갔다. 맹랑한 여학생 무리는 그에게 직접 말을 걸기도 했다.

"아저씨, 혹시 원조 교제해요? 나는 어때요?"

마리만 그런 줄 알았는데 요즘 아이들이 다 이런가 보다. 참 무서운 세대였다.

"오빠!"

멀리서 우렁차게 들려오는 마리의 목소리에 그에게 말을 걸던 여학생들은 서둘러 자리를 피했다. 마리의 명성은 학교 안에서도 자자했으니까. 불도저처럼 학생들을 뚫고 태준이 있는 곳까지 달려온 마리는 상기된 얼굴로 그를 보며 물었다.

"나 데리러 온 거지?"

태준은 손을 들어 마리의 머리를 쓰다듬었다.

"그래도 학교는 잘 다니고 있었네. 착하다."

마리는 앙칼진 고양이의 발톱을 숨기고 아이처럼 실실 웃었다.

"집에 가자."

사실 마리는 태준이 데리러 오기만 하면 바로 돌아갈 생각이었다. 거창한 사과를 바란 게 아니었다. 그런데 태준이 고개를 저었다.

"아니야. 당분간은 검사님 집에 있어."

그가 누구 아들인지 알고 있는 이수가 마리를 집에서 쫓아냈으면 그 럴 수 없겠지만 마리가 얌전히 학교에 있는 걸 보고 그는 안심했다.

"왜?"

"내가 고모랑 따로 할 이야기가 있어."

태준은 별일 아닌 듯 말했지만 마리는 바로 눈치챘다.

"엄마가 또 무슨 못된 짓 했어?"

마리는 끝까지 몰랐으면 했기에 태준은 화제를 돌렸다.

"뭐 가지고 싶은 거 있어? 내가 사줄게."

마리는 바로 표정이 밝아져서 말했다.

"화장품."

이수가 있었다면 미성년자가 무슨 화장이냐며 잔소리를 했을 테지 만 태준은 진짜 사주려고 학교 근처에 있는 화장품 가게로 마리와 함 께 들어갔다. 마리는 이미 화장품에 익숙한 듯 이것저것 골랐다. 신상 립글로스를 칠한 마리가 태준을 보며 물었다.

"어때? 예뻐?"

태준은 고개를 끄덕이고는 말했다.

"그거 두 개 사서 하나는 검사님 드려."

마리는 립글로스 두 개를 집으며 자신이 다 가질 거라고 속으로 사 악한 미소를 지었다.

최경호의 첫 번째 공판이 열리기 전에 이수는 변호사가 동석한 자리에서 최경호에게 장부를 보여주었다. 최경호가 M 엔터테인먼트에서 빼돌린 돈의 내역이 아주 상세하게 적혀 있었다. 그걸 본 최경호의 얼굴이 하얗게 질렸다. 자기가 성폭행한 여자 앞에서는 눈 하나 깜빡하지 않던 놈이 고작 이 종이 쪼가리에 곧 죽을 것 같은 표정이었다.

"검사님, 이걸 어떻게……."

이제야 그녀가 제대로 된 검사로 보이나 보다.

"그게 중요해요?"

그녀가 느긋한 표정을 지으며 웃자 최경호의 얼굴이 심하게 일그러졌다. 하지만 중요한 건 최경호가 받아야 할 재판의 죄목이 횡령이 아니라 성폭행이라는 거였다.

"지금껏 했던 성폭행 다 자백하면 이건 못 본 걸로 할게요."

"전부 다라고요?"

이수는 고개를 끄덕였다.

"네. 무혐의 받은 것까지 싹 다. 안 그럼 이 장부, 형사 5부에 넘깁니다. 그중에서도 제일 악독한 검사님한테. 누군지 알죠?"

그 악독한 검사가 알려준 방법이었다. 최경호한테 성폭행 피해자들에 대한 사과를 받아내려면 횡령죄와 성폭행 죄 중 하나를 선택하게 하는 방법뿐이라고. 최경호는 흑룡파의 손에 죽는 것보다 연약한 여자들 앞에 무릎 꿇는 걸 선택할 수밖에 없을 거라 했다.

최경호는 변호사를 보았다. 성폭행 관련 변론만 준비했던 변호사는 도움 줄 상황이 아니었기에 둘 다 바보 같은 눈빛 교환만 하고 있었다.

아무래도 최경호의 성폭행 재판은 피해자에게 유리한 쪽으로 흘러가게 될 것 같았다. 이제야 겨우 피해자들의 눈물을 닦아주게 되었는데 이수의 마음은 홀가분하지가 않았다.

이 사건만 아니었다면, 그녀가 최경호를 어떻게든 잡아넣으려고 하지만 않았다면, 어쩌면 태준의 비밀은 지켜졌을 거라고 생각하니 마음속에 서늘한 바람이 훑고 지나갔다. 차라리 몰랐으면 좋았을걸.

─만나서 반가웠습니다.

그가 마광호의 아들이라고 밝힌 것보다 그가 그녀에게 했던 작별 인사가 자꾸만 생각나서 이수는 괴로웠다.

그녀가 점심을 먹는 둥 마는 둥 하자 같이 밥을 먹던 류헌이 걱정스레 물었다.

"너 요즘 왜 이렇게 밥을 못 먹냐? 몸이 안 좋아?"

"다이어트해."

"거짓말. 너, 상사병이지?"

"풉!"

이수는 너무 놀라 먹던 밥을 그대로 토해냈다. 그녀의 반응을 보고 류헌은 더 확신하며 혀를 찼다.

"그래, 몇 번이나 고백하려다 못 했으니 네 마음이 오죽하겠니. 그렇다고 곡기를 끊으면 어떡해."

완벽한 오해였다. 그녀는 도훈 때문에 우울한 게 아니었다. 자신이 태준 때문에 우울하다는 사실을 깨닫고 그녀는 충격을 받았다.

"기운 좀 내라. 네가 축 처져 있으니까 내가 심심하잖아."

그녀가 좋아하는 사람은 도훈이니까 태준 때문에 밥맛이 떨어질 일은 없었다. 그런데 왜 쉽게 그와의 일을 떨쳐내지 못하는 걸까? 설마 나도 모르는 사이 마음을 주었었나? 이수는 고개를 저었다. 그럴 리 없다. 그녀는 일편단심이었다. 도훈을 좋아하던 마음이 그리 쉽게 변할 리가 없다.

도와준다던 류헌은 그날 바로 도훈과의 술자리를 만들었다. 도훈이 그런 걸 쉽게 승낙할 리가 없는데 그녀와 태준의 일을 알고 감시 차원에서 나오는 것 같았다. 그것도 모르고 류헌만 중간에서 혼자 신났다.

"이야, 회식이 아니라 좋은 사람들끼리 마시니 술도 맛있네요."

"거짓말 마라. 너 초딩 입맛이라 술 써서 싫다며."

바른 소리 하는 그녀를 류헌이 흘겨보았다. 누구 때문에 이런 자리를 만든 건데 이리 초를 치나.

"은 검사는 요즘 어때?"

도훈이 그녀에게 물었다. 꼭 선도부원한테 복장 검사를 당하는 기분으로 이수는 대답했다.

"성실히 일만 열심히 하고 있습니다."

"그래, 착하네."

도훈이 그녀의 어깨를 손으로 툭툭 두드리는 걸 보고 류헌이 지금이 기회라고 손짓으로 신호를 보냈다. 하지만 이수는 지금 남자보다 술이 더 고파서 술잔에 손이 갔다.

"은 검사, 술만 마시지 말고 말 좀 해."

류헌이 그녀를 찌르며 오늘의 목적을 잊지 말라고 자꾸 눈치를 주었지만 이수는 술만 마셨다. 결국 술이 제일 약한 류헌이 가장 먼저 뻗었고, 술을 가장 많이 마신 그녀는 좀 취했으며, 술이 제일 세면서 제일 적게 마신 도훈만 멀쩡한 상태였다.

"이 자식은 지가 마시자고 했으면서 먼저 뻗으면 어쩌자는 거야."

도훈이 류헌을 대놓고 타박했지만 쓰러진 류헌은 미동도 없었다.

"제가 흑장미 안 해주니까 그래요. 회식 때는 제가 대신 마셔줘서 이 정도까지는 안 되거든요."

그렇게 말하며 히죽 웃는 그녀를 보고 도훈은 짧게 혀를 찼다.

"너도 제발 제대로 된 남자로 골라. 어째 주위에 있는 것들이 다 이 모양이냐."

그래서 당신을 골랐다고 해야 할 타이밍인데 이수는 웅얼대며 도훈이 욕한 남자들에 대해 대신 변명했다.

"아니에요. 류 검사가 얼마나 정이 많은데. 얘는 검사가 아니라 사회복지사를 해야 했어. 아니면 학교 선생님."

도훈은 부정하지 못하고 술잔을 들어 한 모금 마셨다.

"그리고 마태준도……."

이수가 태준의 이름을 꺼내자마자 도훈은 바로 얼굴을 찌푸렸다. 이수는 도훈에게 야단맞기 전에 알아서 자체 검열을 했다.

"그래도 친해지면 안 되는 거 아니까."

이수가 현실을 깨닫고 있는 거 같아서 도훈은 굳이 말을 덧붙이지 않았다. 길게 말해 좋을 거 없었으니까.

술집에서 나온 이수는 류헌을 짐짝처럼 어깨에 메고 있는 도훈에게 꾸벅 고개를 숙여 인사했다.

"그럼 류 검사 잘 부탁합니다. 전 제가 알아서 잘 갈게요."

"너 정말 괜찮아?"

"네, 전 술 취해서 아무 데서나 막 자는 그런 여자 아니거든요."

그리 말하는 걸 들으니 더 신용이 안 갔지만 지금 상태가 심한 건 이수보다 류헌이었다. 류헌이 사는 집에 차장 검사가 있는 걸 뻔히 아니 이 꼴로 혼자 보낼 수도 없는 노릇이었다. 그래서 도훈은 할 수 없이 류헌을 끌고 가며 이수에게 당부했다.

"그럼 집에 도착해서 꼭 전화해라."

이수는 도훈과 류헌을 먼저 보내고 비척거리며 돌아섰다. 당연히 집으로 가야 하는데 눈앞에 주황색 포장마차가 보이자 이수는 영혼의 이끌림을 느낀 듯이 그곳으로 걸어갔다.

혼자 취하기 딱 좋은, 거지 같은 기분이었다.

탕—.

공이 벽을 때리는 소리가 천지에 울리는 듯했다. 태준은 돌아온 공을 있는 힘껏 라켓으로 후려쳤다. 근육들이 팽팽하게 날이 서며 온몸이 땀투성이였다. 평소였다면 벌써 끝났을 운동이 오늘은 운동선수가 극기 훈련을 하는 것처럼 길어지고 있었다. 아무리 움직여도 답답한 마음이 풀리지 않았다. 괜찮을 줄 알았다. 처음도 아니었으니까.

그런데 시간이 지나도 전혀 나아지지 않고 점점 나빠지기만 했다. 도대체 내가 왜 이렇게 살아야 하느냐는 원망이 그의 안에서 독처럼 퍼져나갔다. 태준은 마지막 남은 힘을 전부 휘둘러 공을 있는 힘껏 때렸다. 얼마나 세게 때린 것인지 공과 함께 라켓까지 부러졌다. 그제야 멈출 줄 모르던 그의 몸이 정지했다.

"헉헉."

짐승 같은 호흡이 흘러나왔다. 모든 힘을 쏟아냈더니 몸 안이 텅 빈 것 같았다. 태준은 부러진 라켓을 집어 던지고 힘없이 샤워실로 향했다. 씻고 나와 옷을 입던 태준은 휴대폰을 보고 잠시 멈칫했다. 태준은 한동안 말없이 휴대폰을 쳐다보다 손을 뻗어 집어 들었다. 그녀와는 끝났다고 해도 그녀가 안전한지 확인하는 건 계속해야 했다. 아직 마정옥은 완전히 안심할 수 없었으니까.

휴대폰 액정을 켜서 그녀가 어디쯤 있나 확인한 태준의 눈이 가늘어졌다. 검찰청도, 집도 아닌 길거리에 있었다. 시간을 보니 새벽 1시가 다 되어 있었다.

이수에게 전화를 해보려던 태준은 자신이 그녀에게 커밍아웃한 걸 떠올리고 멈칫했다. 턱에 힘이 들어가며 턱선이 날카로워졌다. 그녀에게 전화를 걸지 못하고 휴대폰을 내린 태준은 옷걸이에 걸려 있던 셔츠를 거칠게 잡아당겨 꺼내 바로 탈의실 문으로 걸어갔다. 직접 가서 눈으로 확인만 할 생각이었다.

차를 운전해 내비게이션이 가리키는 곳까지 간 태준은 그녀가 있는 곳이 주황색 천으로 세워진 포장마차인 것을 알고 황망해졌다. 또 술이란 말인가. 아직도 한밤에 숨바꼭질하던 기억이 생생했기에 태준은 길게 한숨을 내쉬었다.

위험한 상황은 아니라고 해도 이 시간까지 술 마시는 것도 안전한 건 아니라 태준은 차에서 내려 포장마차로 향했다. 하지만 포장마차 앞에서 걸음이 멈추었다. 안에 들어갔는데 이수가 도훈과 같이 있는 모습을 또 보게 된다면 기분이 정말 안 좋을 것 같았다. 안 그래도 사막에 있는 거 같은데 땅을 파고 지옥까지 내려갈 수도 있었다.

태준은 몸을 돌렸다. 그냥 술 마시는 거라는 걸 확인했으니 돌아가도 괜찮으리라. 하지만 차로 걸어가던 걸음은 몇 걸음 못 가서 멈추었다. 그녀의 모습을 못 보고 이대로 돌아가는 것도 쉽지 않았다. 결국 태준은 다시 몸을 돌려 포장마차 쪽으로 걸어갔다.

주황색 천 하나를 젖히자 밤이 소란스러워졌다. 늦은 시간인데도 포장마차 안에는 사람들이 꽤 있었다. 태준은 조심스럽게 포장마차 안을 둘러보았다. 구석 자리에 혼자 앉아 있는 여자의 등을 보고 시선이 멈추었다. 테이블에 술잔이 하나뿐인 걸 보니 그녀 혼자 마시고 있었던 것 같았다. '춘향'에도 혼자 오긴 했지만 거긴 집 근처였다.

태준은 불편한 시선으로 혼자 술을 마시는 이수를 보다 그녀의 등 뒤에 있는 빈 테이블로 가서 앉았다. 가까이 있으니 이수가 술 마시면서 투덜거리는 소리가 들려왔다.

"오늘따라 술이 더럽게 맛없네."

그럼 그만 마시던가.

"망할 로미오 자식."

움찔, 태준은 돌아보고 싶었지만 그럴 수 없었다. 이제 그는 그녀의 앞에 당당히 나설 수 없는 신분이 되었으니까. 단지 그의 아버지가 누군지 말했을 뿐인데 그녀와 사는 세계가 달라져버렸다.

"뭐, 만나서 반가웠다고? 누굴 놀려. 그게 도둑질하고 잘 털어 간다는 말이랑 뭐가 달라."

그녀의 말 한마디 한마디가 그의 심장을 날카롭게 찔러왔다. 그에게는 진심이었던 말이 그녀에게는 모두 가식과 거짓이 되어 있었다. 그의 탓이었다. 그녀에게 그의 정체를 숨겼으니까.

"두고 봐라. 내가 훨씬 더 잘 먹고 잘 살 거야. 꼭 그럴 거다."

그리고 그녀는 아무 말도 없었다. 차라리 무슨 말이라도 했으면 좋겠다는 생각이 들었다. 얼굴도 마주 보지 못하고 등을 돌리고 있으니 같은 공간에 있어도 답답했다.

어느 순간 술 따르는 소리조차 안 들려서 조심스럽게 뒤를 돌아보자, 그녀가 테이블에 팔을 괴고 머리를 기댄 채 잠이 들어 있었다. 그녀를 깨울 수 없어서 스스로 깨어나길 기다렸다. 그런데 한참이 지나도 이수는 일어나지 않았다. 태준은 할 수 없이 포장마차 주인아주머니에게 부탁했다.

"좀 깨워주시겠습니까."

아주머니는 대신 깨워달라는 태준을 이상한 사람 보듯 쳐다보다가 이수에게 다가가 투박한 손길로 그녀의 어깨를 잡고 흔들었다.

"아가씨, 일어나 봐. 아가씨!"

이수는 쉽게 일어나지 못했다. 아무래도 지난번보다 더 심하게 취한 것 같았다. 아주머니가 그녀를 깨우는 걸 포기할 때쯤 그녀의 가방에서 전화벨 소리가 울렸다. 아주머니는 이수의 가방을 열어 휴대폰을 꺼냈다. 발신자에 찍힌 도훈의 이름을 보고 그의 손이 아주머니가 통화하려고 하는 휴대폰을 빠르게 빼앗았다. 아주머니가 황당한 시선으로 쳐다보았지만 지금은 그런 것까지 신경 쓸 여력이 없었다.

[야, 은이수. 내가 분명 전화하라고 했지. 너 반항하냐? 지금 어디야?]

거침없이 말하는 도훈의 목소리에 태준의 기분이 사나워졌다. 그는 죄인처럼 그녀의 앞에 나서지도 못하는데 최도훈은 그녀를 함부로 대한다는 것이 참을 수 없이 화가 났다. 그래서 태준은 도훈에게 차갑게 말했다.

"은 검사님은 제가 집까지 잘 데려다줄 테니 걱정할 거 없습니다."

[누구야? 당신, 설마…… 마태준?]

그의 이름을 말하는 도훈의 목소리가 급격히 높아졌다. 태준은 그냥 전화를 끊어버렸다. 전화 통화를 끝낸 뒤 그는 더 이상 망설이지 않고 몸을 숙여 그녀를 단번에 안아 올렸다.

갑자기 거침없어진 그의 기세에 밀린 아주머니는 그를 말릴 엄두는 내지 못하고 그의 눈치를 보며 말했다.

"계, 계산은……."

이수가 마신 술값까지 대신 계산하고 포장마차를 나온 태준은 그녀를 안고 곧장 그의 차로 걸어가다 그녀가 뒤척이는 느낌에 걸음을 멈추었다. 태준은 그녀의 얼굴을 내려다보았다. 아주머니가 깨울 때는 꿈쩍도 하지 않던 그녀의 눈꺼풀이 천천히 위로 올라갔다.

이수와 눈이 마주친 순간, 그의 심장이 얼었다. 그녀는 이제 그가 누군지 알고 있었으니까. 꿈쩍도 못 하고 얼음이 된 그를 보던 이수가 중얼거렸다.

"꿈인가?"

현실인 그에게는 죽을 맛인 상황이었다. 두 팔에 그녀를 안고 있지 않았다면 차가 쌩쌩 달리는 8차선을 넘어 도망쳤을 때보다 더 빨리 도망쳤을 거다. 그녀의 눈이 초승달처럼 접히더니 입술 끝이 올라갔다.

"그래도 이렇게 보니 반갑네."

그녀의 말이 그의 몸 안 가장 여린 곳을 꽉 움켜잡았다. 그가 아무 말도 안 하니 이수는 더 꿈이라고 생각하고 그의 넓은 가슴에 얼굴을 기대며 편하게 눈을 감았다. 태준은 한참이나 꿈쩍도 할 수 없었다.

유혹의 기술

달리는 차에서도 쿨쿨 잘 자던 이수는 차가 커브를 꺾을 때 몸이 옆으로 기울면서 머리가 유리창에 쿵 부딪혔다. 센 충격에 잠이 깬 이수는 현실 감각이 살아나자 자신이 낯선 차에 있다는 걸 깨닫고 흠칫 놀라 서둘러 주위를 둘러보았다. 운전석에 앉아 있는 태준을 보고 이수는 더 소스라치게 놀랐다.

"대표님이 왜 여기 있어요?"

꿈 아니었어? 아연실색하는 그녀에게 태준은 담담하게 말할 수 있었다. 그는 그녀가 꿈 타령할 때 충분히 힘들었으니까.

"지금은 나보다 저쪽을 더 신경 써야 할 겁니다."

"무슨 소리예요!"

이수는 태준이 손가락으로 가리킨 쪽으로 고개를 돌렸다가 그녀의 집 앞에 서 있는 사람을 발견하고 눈이 커졌다. 도훈이었다. 집에 도착하면 꼭 전화하라고 했는데 그녀가 전화를 안 해서 집까지 찾아온 것 같았다. 단번에 술이 깬 이수는 다급하게 말했다.

"세워주세요. 여기서 내릴게요."

"이미 늦었습니다."

앞을 보니 도훈이 이쪽을 향해 성큼성큼 걸어오고 있었다. 심상치 않은 기세였다. 죽었구나 싶었다. 이수는 허둥지둥 안전벨트를 풀었다.

이 상황을 도훈에게 어떻게 설명해야 할지 빠르게 생각하느라 머릿속이 터질 것 같았다.

벌컥─.

그녀가 내리기도 전에 도훈이 조수석 문을 거칠게 열었다.

"은이수, 너 내 말이 우스워? 맞아야 정신 차릴래!"

"아닙니다. 그게 아니라……."

"입 닥쳐."

도훈의 거침없는 말과 주눅이 든 이수의 태도에 태준의 표정이 차갑게 변했다. 도훈은 태준에게도 거침없이 말했다.

"마태준 씨, 은 검사가 제대로 말을 못 한 거 같으니까 내가 대신 말하죠. 두 사람, 앞으로……."

"검사님이 좋아하는 사람, 내가 아니라 그쪽입니다."

태준이 갑자기 한 폭탄 고백에 이수는 놀라서 눈이 휘둥그레졌다. 어째서 그녀가 해야 할 고백을 그가 하는 건가. 도훈도 전혀 생각도 못 한 말이 태준의 입에서 나오자 그녀에게로 시선을 옮겼다.

"저 말, 진짜야?"

그녀의 얼굴이 타오르기 시작했다. 이건 정말 최악이었다. 아무리 그녀가 몇 번이나 고백에 실패한 바보라도 이건 진짜 아니었다. 충격에 벙어리가 된 그녀 대신 이번에도 태준이 말했다.

"네, 맞습니다. 그러니 함부로 대하지 마십시오."

"내가 언제 함부로 대했다고."

"방금 그러셨습니다."

"그건 검사 후배니까."

"……이씨."

그녀를 사이에 두고 말씨름하던 태준과 도훈이 그녀를 보았다.

"너 방금 욕했냐?"

이수는 더 이상 참지 못하고 폭발했다.

"그럼 이 상황에 욕 안 나오게 생겼어요! 둘 다 꼴도 보기 싫을 정도로 미워요!"

이수는 그리 외치고 눈에 뵈는 게 없는 사람처럼 도훈을 확 밀어버린 채 집으로 뛰어갔다. 우사인 볼트보다 더 빨리 뛰어가는 그녀를 태준과 도훈은 놀라서 쳐다보았다. 그녀가 왜 갑자기 그리 화가 난 건지 두 남자는 도저히 이해할 수가 없었다.

이수가 사라지고 두 남자만 남게 되자 밤의 무게까지 더해지며 참을 수 없는 침묵이 흘렀다. 어쩌면 태준이 그녀의 마음을 대신 고백한 것보다 도훈과 태준만 남은 이 상황이 더욱 위험천만한 것일 수도 있었다.

"마태준 씨."

도훈이 먼저 칼을 뽑아들 듯이 그의 이름을 불렀다. 태준은 한 수 밀린 것 같은 기분이 들어 대답하기 싫었다.

"앞으로 은이수 검사 앞에 나타나지 마십시오."

도훈은 일반인이 아니라 위험한 범죄자를 보는 눈빛으로 그를 보며 경고했다.

"안 그럼 제가 가만히 있지 않을 겁니다."

그도 그럴 수밖에 없다고 생각했다. 그가 누구 아들인지 그녀가 안 이상 그녀를 만나기 힘들 거라고. 그런데 그 사실을 이수가 아니라 최도훈이 말하니 견딜 수 없는 반항심이 치솟았다.

도훈이 왜 함부로 그와 그녀 사이에 끼어드는가. 아무리 이수가 그

를 좋아한다고 해도, 도훈이 이수의 모든 일에 참견할 권리가 있는 건
아니었다.

"제가 무섭습니까?"

태준의 물음에 단단하던 표정이 깨어지며 도훈이 화를 냈다. 태준이
마광호의 힘을 믿고 검사를 깔본다고 여겼으니까.

"큰코다치기 싫으면 검사를 우습게 보지 않는 게 좋을 겁니다!"

그는 아무도 우습게 보지 않았다. 그리고 아무도 무서워하지 않았
다. 심지어 모두가 벌벌 떠는 마광호도 그는 무서워하지 않았다. 그게
그가 살았던 어둠의 세계에서 그 자신을 지키는 힘이었다. 그러니 도
훈이야말로 사람을 함부로 판단하면 안 되었다.

"내 아버지가 조폭이지, 난 조폭이 아닙니다."

그리 말하는 태준의 눈빛에서 뿜어져 나오는 힘에 밀려 도훈은 말을
받아치지 못했다. 아직 흑룡파 보스인 마광호와 직면한 적은 없지만,
꼭 마광호를 마주한 기분이었다.

그런데 이놈은 자신이 마광호와 다르다고 하고 있었다.

부웅―.

태준은 먼저 차를 운전해서 그곳을 떠났다. 도훈은 멀어지는 태준의
차를 보며 그제야 헛웃음을 지었다.

"도대체 뭐야, 저놈은."

나쁜 놈인지, 좋은 놈인지 종잡을 수가 없었다.

아침에 출근하던 류헌은 이수를 보고 반갑게 인사하다 그녀의 얼굴

을 보고 흠칫 놀랐다.

"야, 너 얼굴이 왜 그러냐?"

눈빛에 생기가 없고, 피부가 귀신처럼 창백했다. 이수는 힘이 다 빠진 목소리로 말했다.

"내가 어제……"

이수는 지금 생각해도 참을 수 없다는 듯이 손으로 얼굴을 가리고 어깨를 들썩였다.

"쪽팔려서 울었다."

그녀가 울었다는 말에 류헌은 화들짝 놀랐다.

"뭐? 왜?"

"진짜 최악이야. 절대 용서 못 해."

도대체 뭐가 최악이고, 누굴 용서 못 한다는 건지 류헌은 알아들을 수가 없었다. 그런데 너무 쪽팔려서 울기까지 했다고 하니 무슨 일이 있었는지 자세히 물을 수도 없었다. 류헌은 어젯밤의 두 남자와 달리 섬세한 남자였으니까.

"아! 최 선배다."

류헌의 말을 듣자마자 이수는 류헌을 버리고 혼자 뛰어가버렸다. 류헌이 놀라서 그녀를 불렀다.

"야! 왜 뛰어가! 아직 시간 많이 남았어."

하지만 이수는 엘리베이터도 버리고 비상계단으로 들어가버렸다. 정말 아침부터 굉장히 이상했다.

"쟤가 도대체 왜 저래?"

의아해하는 류헌의 옆으로 도훈이 다가왔다.

"은 검사, 괜찮아?"

어제 그러고 가버렸는데 아침에도 보자마자 도망쳐버리니 도훈도 신경이 안 쓰일 수 없었다. 류헌은 여전히 이해하기 힘들다는 표정으로 대답했다.

"쪽팔려서 울었대요. 도대체 어젯밤 제가 필름 끊긴 뒤에 무슨 일이 있었던 거예요?"

도훈은 '쯧' 혀를 찼다. 분명 잘못은 이수가 했는데 왜 그가 그녀의 눈치를 봐야 하는 건가 싶었다. 그녀가 태준을 또다시 만난 일은 제대로 혼내지도 못했다. 설마 혼나기 싫어서 일부러 쇼하는 건가? 섬세하지 못한 최 검사는 이수의 행동을 범죄 심리로 접근하기 시작했다.

톡톡톡―.

태준은 손가락으로 책상을 두드리며 휴대폰을 바라보았다. 이수가 꼴도 보기 싫을 정도로 밉다고 하고 뛰어가버린 게 아무래도 신경이 쓰이는데 전화를 쉽게 할 수도 없었다. 꼴도 보기 싫다는데 전화해서 괜찮은지 물어보는 게 더 염장 지르는 것일 수도 있었고, 그와 그녀가 전화하고 싶을 때 마음껏 할 수 있는 사이도 아니었으니까.

"대표님."

누군가의 부름에 태준은 고개를 들었다. 비서실 여직원이 차를 가리키며 빙긋 웃고 있었다.

"차 드시라고요."

"아, 고맙습니다."

그가 차에 손을 뻗어 한 모금 마실 때까지도 여직원이 가만히 서 있자 태준은 말했다.

"그만 나가봐도 됩니다."

"아, 네. 그런데 혹시 고민 있으세요?"

태준이 말없이 쳐다보자 여직원은 부담 가지 않을 정도로만 살짝 미소 지었다.

"제가 들어오는 것도 모르시고 생각에 빠져 계시기에."

설령 그랬다고 해도 그걸 남에게 함부로 말할 그가 아니었다.

"괜찮으니 나가보세요."

여직원의 표정은 순식간에 굳었지만 그녀는 프로 비서답게 정중하게 고개를 숙여 인사한 뒤 몸을 돌려 그의 집무실에서 퇴장했다.

혼자 남은 태준은 바로 미간을 찌푸리며 다시 휴대폰으로 시선을 향했다. 아무리 그래도 꼴도 보기 싫을 정도로 밉다는 말은 좀 심한 것 같다. 그나마 위안이 되는 건 그런 말을 들은 사람이 그 혼자는 아니라는 거였다. 분명 '둘 다'라고 했다. 그만 미운 게 아니라 최도훈 검사도 같이.

혼자만 상처받기 싫었던 태준은 쪼잔해지고 있었다.

이수는 태준이 준 휴대폰을 마치 그라도 되는 것처럼 노려보았다. 차라리 오늘 지구 종말이 왔으면 좋겠다고 생각될 정도의 쪽팔림을 그녀에게 선사한 장본인을 이수는 절대로 용서할 수 없었다.

그녀의 순수한 사랑을 코미디로 만든 그에게 복수할 거다. 마광호의 아들이라고 그녀가 무서워서 그냥 봐줄 거라 생각하면 오산이었다. 반드시 복수할 거다. 복수해서 똑같이 갚아주리라.

문제는 태준이 좋아하는 여자가 없다는 거였다. 이비자도 씹어 먹을 것처럼 생겼으면서 왜 사귀는 여자 한 명 없는 건가. 배드민턴으로 뭉개버릴까. 하지만 전직 국가 대표의 자존심을 복수로 더럽힐 수는 없었다. 있는 힘껏 한 대 때릴까? 고작 그런 단순무식한 복수로 풀릴 마음이 아니었다.

좀처럼 마음에 드는 복수의 방법이 생각나지 않자 이수는 머리를 움켜잡고 신음했다. 마태준에 대해 쥐똥만큼밖에 모르니 도무지 어떤 식으로 복수해야 할지 감조차 잡을 수 없었다. 적을 알아야 복수의 계획도 세울 수 있었다.

우선 만나자고 해?

이수는 태준의 휴대폰을 조심스럽게 쳐다보았다.

만나자고 해도 되나?

마광호 아들이라는 걸 알았으니 예전처럼 쉽게 만나자고 할 수는 없었다. 이젠 주위의 시선이 걸렸다. 그런데 태준이 조폭인 것도 아닌데, 조폭 보스의 아들이라고 피하는 건 뭔가 석연치 않았다. 그건 그녀가 올림픽 출신이라고 무시했던 검사들의 행동과 똑같은 것 같았다.

이수는 통화 버튼으로 손가락을 가져갔다가 뒤로 뺐다. 잠시 갈등하다 다시 손가락을 통화 버튼 위에 올렸다. 그러나 이번에도 누르지 못했다. 그러기를 몇 번 반복하던 이수는 휴대폰을 던져버리고 침대 위에서 몸부림을 쳤다.

"전화도 못 하면서 복수는 얼어 죽을!"

답답함에 혼자 몸부림을 치고 있는데 갑자기 태준의 목소리가 들려왔다.

[검사님?]

이수는 흠칫 놀라서 고개를 들었다. 서둘러 침대 모서리에 떨어진 휴대폰을 보니 통화 연결이 되어 있었다. 이런 망할! 이수는 서둘러 휴대폰으로 손을 뻗어 종료 버튼을 누르려고 했는데 태준의 목소리가 또 들려오자 손가락이 버튼 위에서 멈추었다.

[이제 화 풀렸습니까?]

이수는 휴대폰에 대고 버럭 성을 냈다.

"죽을 때까지 대표님 용서 안 해요!"

그에게 직접 화를 내니 저녁에 먹은 게 소화가 좀 되는 것 같았다. 역시 제대로 복수를 해야 돌이라도 삼킨 것 같은 이 답답함이 사라지려나 보다.

[제가 누구 아들인지 말 안 한 것 때문에…….]

그는 그녀가 왜 화났는지도 제대로 파악 못하고 있었다. 이렇게 무신경하니까 남의 소중한 마음도 그렇게 함부로 까발릴 수 있는 거다.

"그게 아니라 최 검사님한테 함부로 내 마음 말한 거요!"

[최도훈 검사가 너무 무례했습니다.]

누구 탓을 하는 건가!

"최 검사님은 나한테 그래도 돼요!"

그녀보다 선배이기도 했고, 도훈은 원래 말투가 그렇게 거칠었다.

[결국 저한테만 화내는 겁니까?]

갑자기 태준의 목소리가 거슬릴 정도로 낮아져서 그녀의 몸도 덩달아 바닥에 붙었다.

"목소리를 왜 까는데요? 내가 화내서 기분 나쁘다는 거예요?"

[그런 거 아닙니다.]

"그런 거 같은데요."

그가 그녀에게 얼마나 말도 안 되게 끔찍한 짓을 했는지 그도 똑똑히 알아야 했다.

"대표님 때문에 흠집 난 이 순정을 어떻게 보상할 건데요?"

[보상이요?]

"내 짝사랑을 그렇게 망쳐놓고 나 몰라라 할 생각이었어요? 그럼 진짜 나쁜 사람이에요."

그는 마광호 아들인 걸로 이미 그녀에게 나쁜 사람으로 낙인 찍힌 줄 알았다.

[제가 안 무섭습니까?]

그와 그녀의 사이에 흑룡파라는 거대한 벽이 생겨버렸지만, 그렇다고 그가 지금껏 그녀에게 보여준 모습이 거짓이라고 생각하지는 않았다. 만약 그랬다면 그 스스로 자신의 정체를 밝히는 행동을 하지는 않았을 거다. 마리를 그녀에게 맡기지도 않았을 거다.

"네, 안 무서워요. 그러니까 꼭 대표님한테 보상 받아낼 거예요."

이수는 힘주어 말하고는 도망치듯 먼저 전화를 끊어버렸다. 그리고 불안한 눈으로 휴대폰을 바라보았다. 설마 내가 방금 내 목숨을 위험에 빠뜨릴 짓을 한 건 아니겠지? 안 무섭다고 전화로는 큰소리를 쳐놨는데 사실 그녀는 조금 떨고 있었다.

이수는 여전히 검찰청에서 가능한 한 도훈과 마주치지 않으려고 피해 다니는 중이었다. 그녀가 자꾸 그러니까 도훈도 결국 참을 수 없게 된 건지 그녀가 또 등을 보이고 그를 피해 가려고 하자 아주 살벌한 목소리로 그녀의 이름을 불렀다.

"은이수, 죽기 싫으면 튀어와."

도훈이 못 본 척 봐술 때는 도망칠 수 있었지만 이렇게 이름을 콕 찍어 부르면 갈고리에 찍힌 듯 옴짝달싹할 수가 없었다. 할 수 없이 그녀는 몸을 돌려 도훈의 앞으로 갔다. 아직 똑바로 얼굴은 보지 못하고 발만 내려다보고 있는데 도훈이 그녀에게 물었다.

"밥 먹었어?"

"네."

"그럼 따라와."

혹시 옥상에 데려가 혼내려는 건가 싶었는데 도훈이 그녀를 데리고 간 곳은 놀랍게도 카페였다.

직장인들에게는 카페에서 커피 사 마시는 게 흔한 일이었지만 도훈에게는 그렇지 않았다. 도훈은 1년 365일 검찰청 앞 해장국 국물만 마시고도 살 수 있는 사람이었다. 도훈이 사주는 커피를 처음 마셔보는 이수는 눈으로만 앞에 있는 커피를 마셨다.

"마태준."

도훈이 그 이름을 말할 거라 생각했기에 마음 편히 커피를 마실 수가 없었다.

"그 뒤에 또 만났어?"

이수는 세차게 고개를 저으며 절대 아니라는 뜻을 전했다.

"정말이지?"

역시 검사라 의심의 끈을 쉽게 놓지 않는다.

"네, 안 만났습니다."

태준에게 복수할 거라고 선전포고는 했지만 도훈은 그냥 만났느냐고 물었기에 이수는 양심의 거리낌 없이 아니라고 대답했다.

"그럼 그날은 왜 만났던 거야?"

"술에 너무 취해서 기억이 잘……."

정말이었다. 그녀도 눈 떠보니 태준이 있어서 언제 어디서 튀어나온 것인지 잘 알 수가 없었다.

"너 당분간 술도 금지야."

전부 금지였다. 그러니까 도훈은 기껏 그녀에게 커피를 사주며 또 혼내고 있는 거였다. 이수는 조금 뿔이 나서 못마땅한 눈으로 도훈을 보며 물었다.

"그런데 최 검사님은 왜 저한테 제대로 안 물어보세요?"

"지금 하나하나 묻고 있잖아."

"그거 말고. 그날 밤에 마태준이 한 말이요."

그녀가 그를 좋아한다고 했던 말. 이수가 그걸 말하고 있다는 걸 알고 도훈의 몸이 뒤로 좀 빠졌다. 가능한 없었던 일인 척 넘어가려고 했었다. 이수의 마음을 안다고 해서 그가 사내 연애를 할 성격도 못되었으니까. 이수가 큰 눈을 더 동그랗게 뜨며 그를 빤히 보자 도훈은 손목시계를 보았다.

"점심시간 다 끝났다. 가자."

도훈이 피하는 게 느껴져서 이수는 속으로 허탈한 웃음을 지었다.

그러니까 나 지금 차인 건가?

엄청 충격일 줄 알았는데 생각보다 마음은 제자리를 꿋꿋하게 지키고 있었다. 이 씩씩한 마음을 모두 마태준에게 복수하는 데 쏟아부어야겠다.

이수는 현관문을 열고 들어가다 현관 전신 거울 앞에 앉아서 화장을 하고 있는 마리를 발견하고 놀라서 멈추어 섰다.

"너 뭐 하냐?"

마리는 진한 색조 화장을 한 얼굴로 새침하게 말했다.

"우리 오빠가 사준 거야."

어린애한테 이 많은 화장품을 사주다니, 태준이 제정신인가 싶었다. 하여튼 그 집안 어른 중 마리의 교육에 도움되는 사람은 한 명도 없는 것 같았다. 그래서 태준이 누구 아들인지 안 뒤에도 마리를 집으로 못 보내는 것이기도 했다. 그 집은 분명 어린 마리의 성장에 해악을 끼칠 테니까.

"고등학생이 무슨 화장을 해."

"요즘은 다 하거든."

"화장한 게 더 이상해."

"그래도 아줌마보다는 예쁘거든."

이 어린것이 끝내 그녀의 자존심을 건드렸다. 이수는 바닥에 쌓여 있는 화장품 중 립글로스 하나를 잽싸게 챙겨 들고는 말했다.

"이건 집세다."

마리가 안 뺏기려고 성난 손길을 뻗어오자, 이수는 그녀의 방으로 빠르게 피신해서 문을 잠가버렸다.

"내 화장품 내놔!"

밖에서 마리가 화를 내며 문을 쾅쾅 두드려댔다. 그래도 이수는 개의치 않고 손에 들린 립글로스를 보며 만족스러운 미소를 지었다. 이

건 절대 유치한 행동이 아니었다. 집주인의 정당한 권리 행사였다.

립글로스는 오렌지색이었다. 검찰청에는 죽어도 칠하고 갈 수 없는 화사한 색이었다. 립글로스를 가만히 쳐다보던 이수는 가방에서 휴대폰을 꺼냈다. 태준이 그녀에게 준 휴대폰이었다.

이제 와서 생각해보니 태준이 집착적으로 그녀에게 이 휴대폰을 주려고 한 것도 뭔가 이유가 있었던 것 같다.

태준에 대해 의심을 하기 시작하면 끝이 없다. 처음부터 끝까지 다 수상했던 남자였는데 그가 자기 입으로 정체를 말할 때까지 그녀가 전혀 몰랐다는 게 참 기가 찰 노릇이었다. 그녀가 검사 자격이 없는 것이든가, 아니면 그가 너무…….

이수는 못마땅한 표정을 짓다 통화 버튼을 눌렀다.

Rrrrrrrrrr―.

달칵―.

태준은 바로 그녀의 전화를 받았다.

[네.]

그녀는 복수의 칼날 대신 오렌지색 립글로스를 뽑아 들었다. 태준에게 복수할 수 있는 게 뭐가 있나 아무리 생각해봐도 도저히 생각이 안 났는데 태준이 마리에게 사줬다는 이 립글로스를 보고 하나가 떠올랐다.

"우리 클럽 가요."

[네?]

"클럽 가서 춤추는 걸로 보상해줘요."

확신하건대, 태준은 태어나 춤이란 건 한 번도 춰본 적 없을 거다. 오늘 밤 그녀가 겪었던 것과 똑같이 쪽팔림의 끝을 경험하게 해주리라.

[진심입니까?]

태준의 목소리에는 자신이 방금 들은 말이 사실일 리 없다는 강한 믿음이 담겨 있었다.

"그럼요. 놀 때는 역시 클럽이죠."

[거짓말.]

태준이 단박에 찍어내자 이수의 목소리가 높아졌다.

"그럼 대표님 때문에 강제 고백한 나의 이 찢어지는 마음은 뭘로 달래라는 건데요? 나한테 미안한 마음이 조금이라도 있으면 싫다고 말하면 안 되죠."

결국 태준은 끝까지 싫다고 할 수 없었다.

이상한 일이었다. 그가 누구 아들인지 안 밝혔을 때보다 그가 누구 아들인지 그녀에게 밝힌 뒤에 그의 입장이 더 약자가 된 것 같았다. 그녀가 검사이기 때문인가?

하여튼 다시 그녀를 만나게 되었다. 마광호의 아들로서. 클럽에서.

강남에서 제일 핫플레이스인 클럽 앞에서 태준과 만나기로 했다. 클럽은 밤부터 본격적으로 유흥이 시작되는 곳이었기에 춤추러 온 사람들의 열기가 클럽 밖까지 이어져 있었다. 이수는 마리한테서 뺏은 오렌지색 립글로스를 입술에 덧바르며 전투 의지를 높였다.

"쫄지 말자. 클럽이 별거냐."

클럽에 입장하기 위해서 줄 서 있는 사람들만 봐도 완전히 별천지였다. 다들 클럽에 온다고 꾸민 모습들이 연예인 급이었다. 클럽 밖이 이 정도인데 클럽 안은 어떨지 상상이 안 되었다. 운동하고 공부하느라 가까운 곳에 이런 세상이 있다는 걸 이 나이 먹어서야 처음 알았다.

"어머, 저 남자 좀 봐."

줄 서 있던 사람들의 시선이 일제히 한곳으로 향했다. 군중심리에 이끌려 이수도 덩달아 뒤를 돌아보았다. 사람들의 시선 끝에서 태준이 걸어오고 있었다. 별천지인 이곳에서도 독보적인 외모를 지닌 그는 별처럼 눈에 띄었다. 하지만 이수는 그를 보자마자 피식 웃음이 나왔다.

태준은 선글라스를 쓰고 있었다. 클럽이라는 미지의 세계로 가기 위해 그녀가 오렌지색 립글로스를 무기로 선택했다면 태준은 선글라스를 선택한 거다. 역시나 그가 춤을 더럽게 못 출 거라는 예감에 그녀는 마음으로 이미 춤을 추고 있었다.

그녀가 있는 곳까지 걸어온 태준이 멈추어 섰다. 이제 사람들의 시선은 그녀에게로 향했다. 저런 남자가 왜 그녀 같은 여자를 만날까 시기하는 여자들의 시선이 고스란히 느껴졌다. 남자들조차 태준을 보고 있다는 게 영 자존심 상했지만, 이수는 애써 남들의 시선을 무시하며 태준에게 말했다.

"야밤에 웬 선글라스예요?"

"그냥 오기 부담되는 곳이라."

역시 그의 선글라스는 그녀의 오렌지색 립글로스와 같은 용도였다.

"대표님은 선글라스 쓰니까 더 눈에 띄어요."

"왜요?"

그는 자신이 사람들의 시선을 잡아끄는 외모라는 걸 전혀 모르는 것 같았다.

"제가 맞선에서 말했잖아요. 대표님 잘생겼다고."

그때는 싸늘한 반응이었던 태준은 오늘은 잘생겼다는 그녀의 칭찬에 고개를 살짝 틀며 쑥스러워했다. 그런 그의 모습에서 시간의 마법을 느꼈다. 하지만 그 마법도 검사인 그녀와 조폭 보스의 아들인 그 사이에 놓인 높은 벽을 사라지게 만들 수는 없을 것이다.

태준은 길게 이어진 줄이 끝날 기미가 안 보이자 넌지시 그녀에게 말했다.

"한참 기다려야 할 거 같은데 차라리 다른 곳에 가는 게······."

"아뇨, 여기가 제일 핫플레이스래요."

태준에게는 '핫플레이스'라는 말이 '들어가기 싫은 곳'으로 들렸다. 그래서 전화 한 통이면 바로 입장할 수 있었지만 태준은 꿰다놓은 보릿자루처럼 서 있었다. 제발 클럽에 들어가기 전에 그녀가 포기하기를 바라면서. 그러나 그의 희망보다 그녀의 끈기가 더 셌다. 두 사람은 결국 클럽 앞까지 도달했다. 태준은 불안한 눈으로 이수를 돌아보았다.

"진짜 들어갈 겁니까?"

"안 들어갈 거면 왜 지금까지 기다렸겠어요. 빨리 와요."

이수는 앞장서서 클럽 안으로 들어갔다. 태준도 할 수 없이 그녀를 따라 클럽 안으로 입장했다.

쿵, 쿵, 쿵—.

음악 소리가 온몸을 울릴 정도로 큰 소리로 울려 퍼졌다. 기세 좋게 먼저 들어왔던 이수도 자유롭게 춤을 추며 즐기고 있는 사람들을 보고는 주눅이 들어 걸음이 점점 느려졌다. 태준에게 평생 잊지 못할 쪽팔림의 기억을 심어주러 왔는데 그녀 역시 똑같은 경험을 하게 될 거 같다는 불길함이 스멀스멀 올라왔다.

이수는 춤출 용기를 내기 위해 태준을 돌아보며 호기롭게 말했다.

"우선 가볍게 한잔해요."

술이 들어가면 몸이 풀릴 것 같았다. 그래서 도훈의 금주 명령을 잠시 잊기로 했다. 태준이 뭐라고 말하기도 전에 이수는 바로 걸어가버렸다. 태준은 짧게 한숨을 내쉬며 이수의 뒤를 따라갔다.

이수는 메뉴를 쭉 둘러보고는 보드카 두 잔을 주문했다. 지금은 몸에 열을 올릴 수 있는 센 것이 필요했다.

"마셔줘요. 그래야 더 신나게 추죠."

그녀가 술잔을 그의 앞에 밀어주며 하는 말에 태준은 쓴 표정을 지었다. 지금 그녀는 그에게 독을 준 거나 마찬가지였으니까. 그는 술을 못 마셨다. 그냥 못 마시는 정도가 아니라 술은 그의 몸에 가장 해로운 것이었다. 모르고 주는 거라고 해도 기분이 찝찝했다. 그녀는 지금 복수한다면서 그에게 수치심으로 죽을 수 있는 것과 먹고 죽을 수 있는 것 두 가지나 준 거였다.

술잔에 손을 대니 심장까지 차가움이 전해져왔다. 과연 춤을 추는 것과 술 마시는 것 중 어느 쪽이 더 나을지 생각해보았다. 차라리 그가 술을 먹고 쓰러지면 그녀가 슬퍼해줄까? 그런 생각을 하는 자신이 제정신이 아닌 것 같았다. 고작 그런 게 궁금해서 그의 몸에 독과 같은 술을 마신다는 건 정말 미친 짓이었다.

"……혹시 이게 우리가 같이 마시는 마지막 술입니까?"

이수는 뜨끔했다. 사실 오늘 복수에 성공하고 난 뒤에 그를 다시 보게 될지 그녀도 확신할 수 없었다. 아마도 못 보겠지. 그렇게 되어야 했다. 그가 사는 세계와 그녀가 사는 세계는 결코 섞일 수 없었으니까.

"우리가 원래 자주 보던 사이는 아니었잖아요."

그래도 지금처럼 절대 보면 안 되는 사이로 낙인찍혔던 것도 아니다. 그에게는 태어난 순간 찍혀버린 낙인이었다. 누구의 아들로 태어나는 건 그가 선택할 수 있는 것도 아니었건만.

태준의 손이 술잔을 꽉 움켜잡았다. 운명은 그의 선택이 아니더라도 이 한 잔의 독은 분명 그의 선택이다. 로미오와 줄리엣은 결국 비극적인 결말로 끝났지만 그는 이 독을 먹고도 살아남을 수 있다는 믿음이 있었다. 그의 운명이 지독한 만큼 명줄도 길 테니까.

"그럼 전 이 한 잔에 걸어보겠습니다."

"네?"

태준은 고개를 들어 보드카를 단번에 마셔버렸다. 꿀꺽, 목울대가 움직이며 강한 술이 그의 몸 안으로 흘러들어 갔다. 그의 기백에 홀린 듯 보던 이수는 바로 그를 타박했다.

"고작 술 한 잔 마시는데 무슨 힘을 그렇게 줘요."

그런데 태준의 표정이 심상치 않은 걸 느낀 이수는 불길함을 느끼고 그의 팔을 붙잡았다.

"갑자기 왜 그래요?"

태준이 창백한 시선으로 그녀를 보았다.

"내가……."

무겁게 입을 연 태준은 그대로 눈을 감으며 앞으로 쓰러졌다. 이수는 놀라 서둘러 그를 향해 손을 뻗었다. 그를 안자마자 무너지는 그의 큰 몸과 함께 그녀도 무너져 내렸다. 약에 취한 듯 춤을 추는 사람들은 옆에서 누가 쓰러져도 알지도 못하고 춤만 췄다.

이제 보니 이곳은 엄청 무시무시한 곳이었다.

"119!"

강남의 핫플레이스 클럽에서 그녀는 목이 터져라 119를 외쳤다.

술 싫어하는 류헌이랑 술 마실 때도 119를 탄 적이 없는데, 태준 때문에 119를 타고 병원 응급실에 가게 되었다.

"간에 알콜 분해 효소가 아예 없는 사람입니다. 술은 절대 입에 대선 안 돼요. 잘못하면 죽을 수도 있습니다."

응급실에서 의사한테 제대로 혼이 났다. 술을 먹으면 안 되는 사람에게 술을 먹였다고. 사실 술은 태준이 스스로 먹은 거였지만 그녀는 입이 열 개라도 할 말이 없었다. 복수 좀 하려다 사람을 아주 골로 보낼 뻔했다. 위 세척한 뒤에도 의식이 없는 태준의 옆에서 이수는 머리를 두 손으로 부여잡고 괴로워했다.

그녀는 그냥 춤만 추려고 했을 뿐인데 일이 어쩌다 이렇게 된 거란 말인가. 태준과 엮인 일은 생각대로 되는 게 아무것도 없었다. 복수도 포기해야겠다. 제대로 복수하려다가 무슨 일이 벌어질지 몰랐다.

잠자는 숲 속의 공주처럼 깨어나지 않는 태준 때문에 속이 새카맣게 타서 재만 남았을 때에야 그가 천천히 눈을 떴다. 눈앞에 있는 그녀를 보고 태준이 무겁게 입을 열었다.

"혹시 나 때문에 슬펐습니까?"

그의 말에 그녀는 정말 화가 나서 버럭 소리쳤다.

"지금 그걸 말이라고 해요! 본인이 술 마시면 안 되는 걸 알고 있었죠? 그런데 그걸 왜 마셔요! 도대체 무슨 생각이었던 거예요!"

"검사님이 준 거니까."

이수의 얼굴이 붉게 타올랐다. 고백 망친 거 때문에 복수를 노래 불렀던 자신이 창피했다. 그리고 그녀 때문에 먹으면 안 되는 술을 마신 그가 바보 같아 참을 수가 없었다.

"내가 준다고 술을 왜 마셔요! 바보예요? 천치냐고요!"

그녀가 통쾌해하는 모습보다는 슬퍼하는 모습을 보고 싶었던 것 같은데 깨어나 보니 그녀는 더 화가 난 상태였다. 역시 그녀가 그를 위해 슬퍼해줄 눈물은 한 방울도 없나 보다. 태준이 일어나려고 하자 이수가 서둘러 막았다.

"아직 일어나면 안 돼요."

"괜찮습니다."

태준은 기어코 침대에서 일어났다.

"잠깐만. 의사 불러올게요."

이수는 의사를 찾아 자리를 떴다가 불안해서 태준을 돌아보았다. 태준이 있어야 할 침대가 텅 빈 것을 보고 이수는 당황해서 주위를 둘러보았다. 태준이 응급실 문 쪽으로 걸어가고 있었다. 이수는 서둘러 뛰어가 그를 붙잡았다.

"의사가 가도 된다고 할 때 가야죠."

"가도 됩니다."

"대표님 말고 의사요."

실랑이하다 보니 어느새 병원 밖이었다. 태준은 절대 자기 고집을 꺾지 않았다.

"이러다 잘못돼도 난 정말 몰라요!"

화를 내는 이수에게 태준이 무덤덤하게 물었다.

"차는 어디 있습니까?"

"119 타고 왔는데 차가 있겠어요?"

태준은 바로 택시를 탈 수 있는 큰길 쪽으로 몸을 틀어 걸어갔다.

이수는 아직 완쾌되지 않은 그가 또 쓰러질까 봐 불안해서 그의 뒤를 쫓아갔다.

"진짜 괜찮아요? 안 어지러워요?"

"죽지 않으면 괜찮은 겁니다."

"죽는다는 말 함부로 하지 마요!"

참을 수 없어 이수의 목소리가 또 높아졌다. 태준이 멋대로 그녀의 마음을 도훈에게 말했을 때보다 그녀는 오늘 더 그에게 화가 났다. 그는 정말 죽어도 상관없다는 마음으로 그 술을 마신 것 같았으니까. 왜 하필 그녀의 앞에서 술을 마신 건가. 그녀가 평생 죄책감을 느끼고 살길 바란 거라면 정말 못된 심보였다.

"검사님?"

그녀가 손으로 얼굴을 가리고 서서 꼼짝 안 하자 태준은 의아하게 여기고 그녀에게 다가갔다.

"혹시 우는 겁니까?"

태준의 손이 천천히 이수의 얼굴을 향해 뻗어갔다. 하지만 그 손이 얼굴에 막 닿으려고 할 때 이수는 머리로 그의 가슴을 박아버렸다. 갑작스러운 공격에 태준은 짧은 신음을 뱉어냈다. 이수는 멀쩡한 얼굴로 그에게 성을 냈다.

"나 올림픽에서 졌을 때도 안 울었어요. 그런데 내가 왜 대표님 때문에 울어요! 꿈도 꾸지 마요."

이수는 있는 대로 성을 낸 뒤 태준을 지나쳐 혼자 걸어가버렸다. 태준은 손으로 아픈 가슴을 문지르며 멀어지는 이수의 뒷모습을 찌푸린 눈으로 바라보았다.

꿈도 꾸지 말라니, 이젠 꿈조차 안 된다는 말인가?

그날은 태준에게 있는 대로 성을 내고 돌아와버렸지만 자신 때문에 병원에 실려 갔던 태준의 건강이 아무래도 신경 쓰여 이수는 엄마에게 전화해서 간에 좋은 한약을 부탁했다.

[한약? 너 그런 거 싫어했잖아. 그런데 왜? 요즘 몸이 많이 안 좋아? 검사들도 술 많이 마시나?]

"아냐. 그냥 미리 먹어두려고요. 그래야 나이 들어서도 튼튼하지."

엄마에게 괜한 걱정까지 끼치며 구한 한약을 들고 이수는 '춘향' 옥탑에 사는 재이를 찾았다.

"이거 간 해독에 엄청 좋은 한약이니까 대표님한테 가져다줘요. 내가 줬다는 말은 하지 말고 그냥 재이 씨가 주는 걸로 해서요. 그럴 수 있죠?"

재이는 이수가 왜 태준의 간을 챙기는지는 알 수 없었지만 한약이라면 몸에 좋은 것이니 알았다고 몇 번이고 고개를 끄덕이고 약을 받았다. 하지만 다음 날 재이는 한약 상자를 그대로 들고 그녀의 집으로 찾아왔다. 이수는 황당한 눈으로 재이와 한약 상자를 번갈아 보았다.

"이걸 왜 그냥 들고 와요?"

그녀가 일부러 신경 써서 보낸 것인데 말이다. 재이는 곤란한 표정을 지으며 왜 약을 그냥 돌려줄 수밖에 없는지 더듬더듬 설명했다.

"그게, 제가 분명 검사님이 준 거라고 말을 안 했는데, 대표님이 주는 사람이 직접 안 주는 건 못 믿어서 안 먹는다고……."

이 인간이 별걸 다 시비 걸고 있다. 그녀가 약에 독이라도 타서 보냈다는 건가 뭔가. 이수는 재이의 손에서 한약 상자를 빼앗아 들며 화를 냈다.

"됐다고 그래요. 내가 다 먹을 거야."

말은 그렇게 했지만 태준에게 주려고 지은 약을 그녀가 먹을 수는 없었다. 그렇다고 이걸 택배로 보내도 태준은 똑같이 돌려보낼 것 같았다. 이제 태준을 찾아가는 것에 엄청난 용기가 필요했기에 이수는 한약 상자를 앞에 놓고 한참을 고민했다. 이걸 끝까지 태준에게 줄지, 그냥 포기할지.

결국 그녀는 자신이 벌인 일, 끝까지 책임지자는 마음으로 한약 상자를 들고 퀸 호텔로 찾아갔다. 그런데 가는 날이 장날이라고 태준은 제주도로 출장을 갔다고 했다. 조폭 보스 아들치고 참 열심히 일하는 사람이었다. 이러니 그녀가 그동안 전혀 눈치채지 못했지.

"맡겨놓으시면 전해드리겠습니다."

비서실 직원의 친절한 말에 이수는 억지로 웃었다.

"저도 그러면 좋겠는데 직접 얼굴 보고 전해줘야 하는 거라."

"그럼 약속을 잡아놓으시겠습니까?"

"대표님은 언제 돌아오세요?"

"밤에 호텔로 돌아오실 예정입니다."

다시 올 건지, 밤까지 기다릴 건지 또 선택해야 했다. 자꾸만 선택의 연속이다. 이렇게 고민하다 빨리 늙어버릴 것 같았다.

"그럼 제가 기다려도 괜찮을까요?"

태준과는 다음이 없다는 마음이 강해서 오늘 마무리 짓고 싶었다. 그런데 태준과 함께 제주도에 간 수행 비서에게 연락을 취한 직원이 그녀를 안내한 곳은 태준의 사무실이 아니라 호텔 룸 쪽이었다.

"저…… 사무실에서 기다려도 되는데."

"대표님이 묵으시는 룸입니다. 시간 오래 걸리신다고 이곳에서 기다리시게 하라고 직접 지시하셨습니다."

호텔이라 사무실만 있는 게 아니라 지내는 방도 있었나 보다. 그럼 태준의 개인 공간이었다. 부담이 되어서 가면 안 된다는 마음 반, 구경하고 싶다는 마음 반이었다. 똑 부러지게 결정하지 못하고 어영부영 안내하는 대로 가다 보니 태준이 쓰는 방에 도착했다.

"대표님은 여기서 자주 주무세요?"

"네."

거의 태준의 집이나 마찬가지인 공간이었다. 비서실 직원은 그녀에게 저녁으로 무얼 먹고 싶은지 물은 뒤 괜찮다는 대답을 듣고 물러갔다. 혼자 방에 남은 이수는 한약 상자를 품에 안고 조심조심 방 안을 둘러보았다. 꼭 야수의 성에 처음 와본 미녀가 된 기분이었다. 한약을 든 미녀라는 게 좀 웃겼지만.

태준이 쓰는 호텔 방은 거실과 두 개의 방으로 이루어져 있었다. 호텔 대표가 쓰는 곳인데도 생각보다 화려하지는 않았다. 아마도 제일 좋은 스위트룸은 손님에게 양보한 듯했다. 방문 하나를 열어보자 드레스 룸인 듯 남자 옷이 정갈하게 일렬로 걸려 있었다.

"우와, 나보다 옷 많네."

입어볼 수도 없는 남자 옷에는 바로 관심을 거두고 다른 방의 문을 열었다. 태준이 자는 침실이었다. 하지만 청소가 잘 되어 있어서 그가 썼던 흔적은 잘 느껴지지 않았다. 여기 와본 여자가 또 있으려나? 이수는 침대 위에 앉으며 음흉한 미소를 지었다.

"당연히 내가 처음이겠지."

보기에는 엄청 섹시해서 여자를 잘 알 거 같은데 조금만 같이 지내

보면 다 티가 났다. 여자랑 안 친하다는 거. 기본적으로 방어 자세이니 어떤 여자가 쉽게 접근하겠나.

이수는 영역 표시하듯이 침대에 벌렁 누웠다. 태준의 몸에서 나던 시원한 향이 침대에서도 나는 듯했다. 이수는 침대에 코를 박고 두 눈을 깊게 감았다. 신기할 정도로 마음이 평온해졌다.

퇴근 시간에 걸린 서울 도로는 꽉 막혀 있었다. 비행기 시간까지 바꾸어 일찍 온 게 전혀 소용이 없어지자 태준의 표정이 굳어졌다.

마음 같아서는 차에서 내려 지하철이라도 타고 싶었지만 소심한 재이는 그런 사소한 문제도 자기 탓이라고 생각할 게 뻔했기에 태준은 꾹 눌러 참았다. 태준은 막힌 도로에서 시선을 돌려 먼 곳을 보며 조급한 마음을 비웠다. 어차피 그가 빨리 간다고 해서 그녀가 반겨줄 리는 없었다. 그가 술을 마시고 쓰러진 게 그녀의 탓이라고 생각해 책임감을 느껴 찾아왔을 뿐이다.

그와 그녀의 사이에는 여전히 절대 건널 수 없는 강이 있었다. 그 강은 그녀가 그를 무서워하지 않는다고 해서 사라지는 게 아니었고, 그가 평범한 호텔 대표처럼 행동한다고 해서 사라지는 것도 아니었다. 그걸 그 자신이 뼈에 사무칠 정도로 너무 잘 아는데도 그녀를 쉽게 끊어내지 못하고 있었다. 그녀가 그 때문에 위험해질까 걱정하는 마음 때문에 그런 줄 알았는데 그것만이 아니었다. 그렇다고 하기에 그 마음은 집착에 가까웠다.

처음이기는 했다. 사람에게 상처받고, 사람을 경계하며 섬처럼 살아왔던 그의 공간에 이리 선명한 발걸음을 남긴 사람은. 하지만 그건 그녀가 그의 정체를 정확히 몰라서 그를 경계하지 않았기에 가능했다. 그가 처음부터 누구 아들인지 말했다면 분명 그녀도 다른 사람처럼 그를 경계하고 피했을 거다. 그런데 로미오와 줄리엣처럼 첫눈에 반한 마음이 아니라고 해서 그 마음이 아무것도 아닌 걸까?

호텔에 도착하니 이미 깜깜한 밤이었다.

"룸에서 기다리고 계십니다."

아직 그녀가 돌아가지 않고 그를 기다린다는 말에 태준은 곧장 이수가 기다리고 있는 방으로 향했다.

달칵—.

방문을 열고 방 안으로 들어가니 소파에 앉아 있는 그녀의 모습이 보였다. 품에 한약 상자를 안고 기다리다 지쳐 잠든 듯 한약 상자에 머리를 기댄 채 졸고 있었다. 그녀를 깨우기 싫어서 발걸음 소리가 나지 않게 걸어간 태준은 소파의 남은 공간에 조심스럽게 앉아 잠든 그녀의 모습을 감상하듯이 쳐다보았다.

처음에는 흔적도 없이 도망치려고 했고, 그렇게 도망치는 것에 실패한 뒤에는 그의 정체를 스스로 밝혔다. 그리고 그게 끝이라고 생각했는데 그녀는 아직도 그의 눈앞에 있었다.

무모하게 마신 술은 다시 그녀를 그의 앞에 데려다주었다. 눈앞에 그녀가 있으니 제주도에서 이곳까지 오면서 했던 수많은 상념 중 단 하나의 생각만이 형체를 가지며 뚜렷해졌다.

이게 그녀와의 끝이 아니었으면 했다. 그게 그의 이기적인 욕심이라고 해도 상관없었다. 그녀가 좋아하는 남자가 최도훈 검사라고 해도 상관없었다. 미친 척 술을 마셨던 것처럼 무슨 짓을 해서라도 그녀를 계속 볼 수 있다면⋯⋯. 단지 그뿐이었다. 이 순간이 그녀와의 끝이 아니기를⋯⋯.

"검사님."

그가 그녀를 몇 번이나 부르자 이수의 검은 속눈썹이 파르르 떨리더니 위로 올라갔다. 그가 온 것을 보고 졸음이 묻어 있는 그녀의 눈이 살짝 찌푸려졌다. 잠에서 깨려고 노력 중인 그녀에게 태준이 물었다.

"유혹은 어떻게 하는 겁니까?"

그의 말에 이수의 눈이 동그랗게 커졌다. 태준의 그 말은 그녀의 잠을 단번에 깨워주었다.

그가 분명 '유혹'이라고 했다. 한 잔 마신 술이 아직도 안 깼나 보다.

"이건 그런 약이 아니라 간에 좋은 약이에요!"

이수는 당황하여 서둘러 태준의 품에 한약 상자를 안겨주었다. 잘 빠져나가는 그녀를 보고 태준은 짧게 웃었다.

"약 직접 줬으니 꼭 먹어요."

이수가 가려고 벌떡 일어나자 태준이 손을 뻗어 그녀의 손을 잡았다. 그에게 붙잡힌 이수가 흠칫 놀란 표정을 지으며 그를 돌아보았다.

"안 잡아먹습니다. 차나 한 잔 마시고 가요."

"됐어요. 저, 차 엄청 싫어해요."

이수는 그의 손을 털어내려고 팔을 격하게 흔들었다. 그런데 접착제로 붙여놓은 것처럼 떨어지지 않았다. 그녀의 얼굴이 당황스러움에 붉어졌다.

"장난 그만 쳐요. 바람둥이 흉내, 진짜 안 어울리니까."

"장난 아닙니다."

"그래서 진심이라고요? 앞으로 여자들 유혹하는 바람둥이로 거듭나겠다고요? 바람둥이도 기술이 있어야 하는 거예요. 여자한테 어떻게 유혹하냐고 방법을 묻는 멍청한 바람둥이가 어딨어요. 대표님은 처음 부터 글러먹었으니 관둬요."

그는 바람둥이가 되겠다는 뜻이 아니었다. 하지만 부정하지는 않았 다. 그가 조금만 세게 나가도 그녀가 도망칠 거라는 걸 알았으니까. 그 녀의 말처럼 그에게 바람둥이가 될 기술은 없는지 몰라도 겁먹은 동물 에게 다가가는 법은 잘 알았다.

"손 놔주세요."

태준은 순순히 그녀의 손을 놓아주었다. 그에게서 자유로워지자마 자 이수는 서둘러 손을 등 뒤로 숨겼다. 그에게 잡혔던 손이 아직도 열기가 느껴지며 얼얼했다. 그래도 이수는 강한 척 그에게 당부했다.

"약이나 매일 꼭 챙겨 먹어요. 아직도 술이 덜 깬 거 같으니까."

태준이 또 다른 말로 그녀를 흔들어놓기 전에 이수는 서둘러 그 방 을 나와버렸다. 그리고 호텔 복도를 걸어가며 끝없이 중얼거렸다.

"정신 차리자. 정신 차려."

유혹의 기술, 그 따위가 무슨 상관인가. 그가 그녀를 쳐다보는 짙은 눈빛에서부터 이미 녹아내리고 있는데. 그러니까 그녀가 정신을 똑바 로 차리고 있어야 했다. 그가 누구 아들인지 뻔히 아는데 어떻게 함부 로 그의 유혹에 넘어가겠나. 그건 불구덩이에 스스로 뛰어드는 거나 마찬가지인 일이었다.

그녀는 부모님에게 실망을 주는 딸이 될 수 없었고, 검사로서 불명 예로 남을 수 있는 사생활을 만들 수도 없었다. 태준과 달리 그녀는 지켜야 할 게 너무나도 많았다. 그러니 정신 차리자. 그녀는 불굴의 의 지 은이수였다. 버티기라면 자신 있었다.

Episode 9
뛰지 마, 멍청한 심장아

　왕따를 당하다 죽은 고등학생 사건의 피의자로 같은 반 동급생이 검찰로 송치됐다. 피의자라도 아직 어린 십 대이고 왕따라는 게 한 사람이 아니라 집단으로 이루어지는 거라 가해자의 친구들이 참고인으로 불려왔다.

　"박진웅은 오늘도 안 왔어요?"

　다른 학생들은 모두 다녀갔는데 유독 한 명이 몇 번이고 연락을 취했는데도 나타나지 않았다.

　"피의자가 자기가 한 짓이라고 시인하니 참고인 조사는 이 정도로 끝내도 되지 않을까요?"

　최 계장이 그리 말했지만 이수는 탐탁지 않은 눈으로 가해자와 피해자가 같이 찍힌 반 단체 사진을 바라보았다.

　"그렇긴 한데, 노승우가 자기 잘못이라고 말할 때의 표정이 죄를 뉘우치는 거라기보다는 뭔가 두려움에 떠는 거 같았거든요."

　"그야 감옥 가는 게 무서웠나 보죠."

　"그게 두려웠으면 자기 짓이 아니라고 부정해야 하는 거 아닌가요?"

　"그것도 그렇긴 하네요."

　최경호 사건에서는 뻔뻔하게 아니라고 잡아떼서 문제였는데 이번에는 너무 쉽게 자기가 한 짓이라고 자백한 게 마음에 걸렸다. 이수의 손가락이 학생들의 얼굴 위를 쭉 지나다 한 학생한테서 멈추었다. 유일하게 참고인 조사에 응하지 않은 박진웅이었다. 귀티 나는 얼굴에 눈매가 강렬했다.

"그리고 감히 검찰청 출석 요구서를 몇 번이나 거부하는 고딩의 배짱은 뭘까요?"

"보니까 아버지가 회사 경영자라더라고요. 괜한 소문날까 봐 부모 쪽에서 막았을 수도 있을 것 같습니다."

"그런 거라면 평범한 고딩의 행동인데."

만약 박진웅 본인이 직접 거부한 거라면……?

"참고인 출석 부탁한다고 한 번만 더 전화해주세요."

"그래도 안 오면 어쩌시려고요?"

"제가 만나러 가죠 뭐. 간만에 고등학교 구경도 하고."

검찰청에서 일하다 보면 검사 한 명에게 배당되는 사건이 많아서 야근은 다반사였다. 그런데도 사서 일을 만드는 그녀의 행동에 같이 일하는 최 계장과 김 실무관은 한숨을 푹 내쉬었지만 그녀를 말리지는 않았다. 그녀는 스스로 납득할 수 없으면 공소장을 쓰지 못하는 성격이라는 걸 잘 아니까.

그날도 늦게까지 야근하다 뻐근한 몸을 쭉 펴던 이수의 눈에 휴대폰이 들어왔다. 나를 유혹할 거라던 남자는 그 뒤로 연락 한 통 없었다.

"자기도 아차 싶었던 거지."

그녀가 준 약을 먹고 정신을 차렸을 수도 있다. 처음부터 그가 마광호 아들인 줄 알았다면 여기까지 오지 않았을 것이다. 이렇게까지 된 데는 그의 책임이 더 컸다. 그녀의 탓이 아니었다.

이수는 가방에서 손거울을 꺼내 얼굴을 비춰보았다.

"너, 뭐 하냐?"

류헌의 목소리가 들리자 이수는 힐긋 고개를 들었다.

"네가 보기에는 내가 치명적으로 매력적이냐?"

백설공주 새엄마 흉내 내는 그녀를 보고 류헌은 얼굴을 찡그렸다.

"뭔 헛소리야?"

"그러니까. 내가 그랬으면 최 검사님이 진작에 넘어왔겠지."

이수도 자신의 주제를 안다는 듯이 고개를 끄덕였다. 그러니까 결론은 태준이 장난친 거였다.

"최 선배는 여자 외모 별로 안 따져."

"네가 그걸 어떻게 알아?"

"대학교 때 사귄 여자가 별로 안 예뻤거든."

"그걸 왜 이제야 말해!"

"굳이 그걸 왜 말하냐?"

이수는 이제야 충격적인 사실을 알았다는 듯이 허망한 표정으로 얼굴을 감싸 쥐었다.

"그럼 내가 최 검사님이랑 이루어질 수 없는 게 내가 너무 예뻐서였던 거야?"

류헌은 지친다는 표정으로 그녀에게 그만 퇴근하자고 했다. 그녀도 더는 일할 기분이 아니라서 류헌과 같이 검찰청을 나오는데 류헌이 자랑할 게 있다며 가방에서 상자 하나를 꺼냈다.

"아이언맨 리미티드 에디션."

마블 영화에 나오는 히어로 인형이었다. 류헌이 이런 걸 산 걸 처음 보는 것도 아니라서 이수는 심드렁한 눈으로 보며 물었다.

"이것들 사서 도대체 어디 두냐? 방에 두면 차장님이 가만히 있어?"

"당연히 큰일 나지. 내 보물 창고가 따로 있어."

"이 인형들 때문에 두 집 살림 한다는 거냐? 너도 참 대단하다."

"그럼 어쩌냐. 아버지를 버릴 수 없으면 내가 맞추어서 살아야지."

그 말에 그녀는 태준이 생각나서 표정이 굳었다. 류헌이 이 정도인데 태준은 도대체 어떻게 살아온 걸까 싶었다. 동정하면 그녀만 불리해지는데 안쓰러운 마음은 어쩔 수가 없었다.

❋

아버지가 항암 치료를 받기 위해 병원에 입원하기 전에 마련한 가족 식사 자리가 있는 날이라 태준은 오랜만에 집으로 갔다. 마리가 집에 없었기에 그에게 반가운 가족은 아무도 없었다. 병원 가기 직전이라 마광호의 신경이 날카로워져 있었기에 식사 자리에서는 식기 부딪히는 소리만 들려왔다. 그런데 박만수만 눈치 없이 목소리를 높였다.

"M 엔터테인먼트 사장 자리가 공석이 되었으니 빨리 적당한 사람을 찾아야 하지 않겠습니까."

자신이 M 엔터테인먼트 사장이 되고 싶다는 소리였다.

태준은 날 선 시선으로 마정옥 옆에 앉아 있는 박만수를 보았다. 박만수 같은 인간에게 그 자리를 넘겨주려고 최경호를 감옥에 보낸 게 아니었다. 아무래도 더 이상 늦추면 안 될 것 같았다. 태준은 흑룡파에서 사람을 처리하는 방식이 아닌, 법으로 제대로 박만수를 심판받게 하고 싶었다. 그러려면 실력 있는 검사의 도움을 받아야 하는데 그런 일을 같이 할 정도로 믿을 수 있는 검사를 찾는 일은 박만수를 감옥에 집어넣는 것보다 더 어려운 일이었다. 아니, 당장 한 명을 알고 있기는 했다. 단지 그 검사를 만나는 게 너무 싫을 뿐이었다.

조직 폭력 담당 검사 최도훈. 이젠 최도훈도 이수 때문에 그를 경계하고 있을 것이다. 그래서 그가 먼저 도와달라고 해도 거부할 우려가 컸다. 태준은 어떻게든 최도훈은 피해가고 싶어 다른 검사들을 찾아보았지만, 지금 그가 찾을 수 있는 최고의 카드가 최도훈뿐이라는 걸 인정하는 데는 그리 오랜 시간이 걸리지 않았다. 이수가 괜히 최도훈 검사를 좋아하는 게 아니라는 걸 인정하는 건 더 마음이 쓰렸다.

결국 태준은 먼저 최도훈 검사에게 전화를 걸었다. 아직 최도훈 검사에 대한 확신은 없었다. 최도훈이 정말 박만수를 잡을 수 있는 검사라면 은이수와 상관없이 그와 손을 잡을 것이다. 그러니 일단 시도는 해봐야만 했다. 시도조차 안 하면 그가 비겁한 사람이 되는 것일 테니.

[네, 최도훈 검사입니다.]

따지고 보면 그는 최도훈 검사와 거의 모르는 사이나 마찬가지였다. 그런데 왜 이 목소리가 이다지도 거슬리는지. 그게 이수 때문이라는 걸 태준은 부정할 수가 없었다. 태준은 큰사람이 되자고 속으로 다짐하며 입을 열었다.

"마태준입니다."

그가 이름을 밝히자 상대 쪽에서 잠시 말이 없었다. 분명 도훈도 자신만큼이나 마음이 복잡할 것이다.

[무슨 일로 저한테 직접 전화를 거신 거죠?]

도훈의 입에서 이수의 이름이 나오지 않아서 태준이 용건을 꺼내기는 더 수월해졌다.

"박만수를 재판장에 세우고 싶습니다."

그의 말에 도훈은 놀란 듯 말이 빨라졌다.

[박만수라면 마태준 대표 고모부 아닙니까?]

"제 가족을 위해서라도 박만수는 없는 게 낫습니다."

태준은 도훈에게 패를 던졌다.

"그래서 최도훈 검사님이 그럴 수 있게 도와주실 수 있습니까?"

잠시 정적이 흘렀다. 태준은 도훈에게 대답을 강요하지 않았다. 도훈
도 그리 길게 고민하지 않았다.

[자세한 건 만나서 이야기하죠.]

박만수를 잡기 위해 태준과 손을 잡겠다는 뜻이었다. 도훈에게는 이
수보다 검사의 사명이 더 중요한 것 같았다. 아마 태준이 최도훈의 입
장이었다면 그는 분명 거절했을 것이다.

두 사람은 새벽이 되어 사람들의 흔적이 거리에서 사라질 시간에 은
밀하게 인적이 드문 한강 다리 밑에서 만났다. 처음 퀸 호텔에서 만났
을 때나, 이수를 사이에 두고 만났을 때와는 사뭇 다른 분위기였다.
지금 두 사람은 같은 목적을 위해 만난 것이었으니까.

"박만수가 M 엔터테인먼트 이사들을 만나고 다니고 있습니다. 박만
수가 그 회사를 등에 업고 세를 확장하면 잡아넣기가 더 어려워질 수
도 있어요. 그 전에 박만수를 재판장에 세워야 합니다."

태준의 입을 통해 흑룡파가 돌아가는 상황을 끝까지 들은 도훈이
물었다.

"박만수를 재판장에 세우는 건 내가 할 일이지만 박만수가 M 엔터

테인먼트 사장이 못 되게 하는 건 내가 할 수 없습니다. 혹시 조직 내에 박만수와 겨룰 수 있는 인물이 있습니까?"

"김상철."

"그는 이미 맡고 있는 사업이 너무 많습니다. 그러니 마광호가 절대 안 받아들일 겁니다. 엔터까지 김상철에게 넘어가면 김상철의 힘이 너무 비대해지니까."

도훈의 말이 맞는 것 같아서 태준은 다른 대안을 생각해야만 했다.

"박만수를 밀어낼 수 있는 인물이 한 명 더 있긴 있습니다."

"그래요? 다행이긴 한데, 누구죠? 그 정도 힘이 있는 인물이라면 나도 들어봤을 거 같은데."

"이강한. 지금 일본에 있습니다."

"이강한?"

나름 흑룡파 전문가라고 하는 도훈에게도 낯선 이름이었다.

"20년 전에 조직을 나가 일본으로 떠났습니다."

"그런데 어떻게 아직도 박만수를 저지할 힘이 있다는 거죠?"

도훈이 모르는 이름이라면 20년 동안 완벽하게 흑룡파와 연을 끊었다는 뜻이었다.

"아버지 친구입니다."

마광호와 친구라는 말은 정말 안 어울리는 조합이었다.

"친구라면서 마광호가 죽을 날 받아놨을 때도 한국에 안 온 겁니까?"

"그때 이강한의 부인도 일본에서 아팠습니다."

"그럼 한국에 더 오지 못하겠네요."

"그 부인은 얼마 전에 죽었습니다."

역시 나쁜 놈 명줄이 더 질긴가 보다.

"그 이강한이라는 사람, 일본에서 데려올 수 있습니까?"

"찾아가서 부탁은 할 수 있습니다."

그러나 확답을 받을 수 있을지는 태준도 만나보기 전에는 알 수 없었다. 벌써 20년이나 못 만났으니까. 사람이 20년 동안 한결같이 똑같을 거라는 믿음이 가장 부질없었다.

"해보는 데까지 해봐야죠. 그럼 이강한은 마태준 대표가 만나러 가십시오. 전 마태준 대표가 준 자료들로 박만수를 잡아넣을 그림을 짤 테니까."

서로가 해야 할 일을 일사천리로 정하고 두 사람은 바로 헤어졌다. 오래 같이 있을수록 위험하기만 한 사이였으니까. 헤어질 때 다음에 또 보자는 형식적인 마지막 인사도 없었다. 그런 게 어울리지 않는 관계였으니까.

"마태준 씨."

차로 돌아가는 태준을 도훈이 먼저 불렀다. 태준은 운전석 문을 열다 돌아보았다.

"공과 사는 구분해야 하니 마태준 씨가 어떻게 은 검사를 만나게 되었는지는 묻지 않을 겁니다."

내내 정의로운 검사의 태도만 보이다가 헤어질 때가 되어서야 이수의 이름을 꺼내는 최도훈의 말에 태준도 순식간에 감정적이 되었다.

"최 검사님 때문입니다."

"네?"

도훈으로서는 억울한 일이었다. 그는 전혀 몰랐던 일이고, 그렇게 되기를 바란 적도 없었으니까.

"나 때문이라고요?"

"네, 최 검사님만 아니었다면 제가 은이수 검사를 다시 만날 일은 없었습니다."

사실 도훈 때문에 다시 마주치게 되었다고 해도 그 뒤는 그의 책임이 더 컸다. 하지만 태준은 이수가 도훈을 좋아하는 것에 질투가 나서 일부러 더 도훈의 잘못이 큰 것처럼 말해버렸다. 도훈도 자기 탓이라고 하니 충격이었는지 말을 잇지 못했다.

태준은 그런 도훈을 한강에 혼자 두고 먼저 떠나버렸다. 승자가 아니라 패자의 기분에 사로잡혀 호텔로 향하는데 그의 전화가 울렸다. 전화를 건 사람은 김상철이었다. 태준은 바로 통화 버튼을 눌렀다.

"왜?"

[마정옥이 직접 움직였다.]

태준의 눈빛이 단번에 날카로워졌다.

"어디로 갔어?"

[마리 있는 곳으로 가는 거 같아. 어떻게 할까?]

혹시라도 이런 일이 있을까 봐 지켜보라고 시켰던 거였다. 마리가 이수 곁에 있기에 쉽게 움직이지 못할 거라 생각했는데 마정옥이 함부로 움직인 것에 태준의 마음이 사나워졌다.

"내가 직접 가."

태준은 곧장 차의 핸들을 크게 꺾었다.

이수는 여전히 도훈과 어색했기에 검찰청에서도 가능한 한 마주치지 않으려고 노력하고 있었는데 갑자기 도훈의 전화가 걸려와서 깜짝 놀랐다. 내가 나도 모르는 사이 또 사고를 쳤던가? 그런 불안함에 바로 전화를 받지 못하고 머릿속이 복잡했다. 이수는 전화가 거의 끊길 때쯤에야 서우 전화를 받았다.

"네, 최 검사님."

이수는 벌 받는 사람처럼 무릎을 꿇고 도훈의 전화를 받았다.

[내일 뭐 해?]

"네? 내일은 일요일이라 검찰청 출근 안 하는데."

[알아. 그래서 묻잖아.]

이거, 뭐지? 이수는 갑자기 도훈이 너무 낯설게 느껴졌다.

[내 차로 너희 집까지 데리러 갈 테니까, 시간 비워놔.]

도훈은 츤데레처럼 그리 말하고는 먼저 전화를 끊어버렸다. 이수는 놀라서 전화가 끊긴 뒤에도 휴대폰을 계속 귀에 대고 있었다. 이게 도대체 어떻게 굴러가는 일인가 싶었다. 분명 차였다고 생각했는데 도훈과 일요일에 데이트하게 되다니. 태준은 또 바람둥이로 돌변해서 그녀를 유혹한다고 말하고. 이수는 고개를 들어 위를 올려다보았다.

"절 시험에 들게 하시는군요."

답은 정해져 있었다. 그녀가 좋아하는 도훈을 꽉 잡으면 되었다. 그럼 완벽한 해피엔딩이었다. 그런데 마음이 번잡했다. 로미오가 자기 멋대로 존재감을 키우고 있었다. 괜히 비극의 아이콘이 아니었다.

갑자기 맥주가 너무 마시고 싶어 지갑을 챙겨 들고 방을 나오니 마리가 거실에서 소파에 누워 TV를 보고 있었다.

"나 편의점 간다. 뭐 사다 줘?"

"과자."

과자를 그렇게 먹어대는데 왜 살은 안 찌는 건지 참 신기했다. 뻥튀기나 사다 줘야겠다 생각하며 현관문을 열었던 이수는 문 앞에 서 있는 태준을 보고 그 자리에 주저앉을 뻔했다.

"헉! 놀래라. 귀신인 줄 알았잖아요."

소파에 누워 있던 마리가 단숨에 달려왔다.

"오빠!"

태준은 거친 숨을 한 번 내쉬고는 마리에게 말했다.

"마리, 짐 챙겨서 나와."

이렇게 갑자기 말인가.

"마리, 집에 데려가는 거예요?"

언젠간 그래야 했지만 그래도 미리 언질은 줄 줄 알았다.

"아뇨. 호텔로 갈 겁니다."

"네? 그런 거면 굳이 데려갈 필요는······."

"오빠, 나 다 챙겼어."

이 집에서 나무늘보처럼 소파에만 누워 있던 인간이 빛의 속도로 가방을 챙겨온 것을 보고 이수는 배신감을 느끼며 마리를 노려보았다. 이래서 머리 검은 짐승은 거두는 게 아니라고 했던가.

"오늘은 검사님도 같이 가십시오."

태준의 말에 이수는 놀라서 그를 돌아보았다.

"네? 제가 왜요?"

"마리가 호텔에 혼자 있으면 외로울 거 같아서."

마리가 외로움이라는 걸 타는 섬세한 성격이었단 말인가. 마리 본인도 전혀 몰랐다는 눈빛으로 태준을 보았다. 이수도 그렇게 생각했기에 마리에게 물었다.

"너 정말 외로움 타?"

마리는 전혀 아니었지만 태준의 눈빛에서 무언가를 읽고 고개를 끄덕였다.

"응. 혼자는 너무 외로워."

마리가 그렇다고 해도 이수는 별로 그런 거 같지 않았다.

"아닌 거 같은데."

"아냐. 맞아. 아줌마도 같이 가."

마리가 그녀의 팔을 붙잡고 매달리자 이수는 부담스러워서 떨어지려고 했지만 마리는 거머리처럼 붙어서 떨어지지 않았다. 태준이 옆에서 덧붙였다.

"며칠만 마리랑 같이 있어 주십시오."

뭔가 굉장히 이상했다. 미리 연락도 없이 갑자기 마리를 호텔로 데려가는 것도, 굳이 그녀까지 같이 데려가려 하는 것도.

"설마 또 저한테 뭔가 숨기는 거 있는 건 아니죠?"

"그런 거 아닙니다."

비록 그녀에게 사실대로 말하지는 못해도 그가 지켜줄 수는 있었다. 그게 가장 중요한 거였다.

사람이 오징어가 된다는 말이 있다. 태준과 마리 사이에 끼어 있는 그녀가 딱 그랬다. 지나가는 사람들이 감탄하며 쳐다볼 때마다 그녀는 점점 오징어로 변하고 있었다. 나름 예쁘다고 믿으며 살아왔는데 이 인간들 때문에 그녀의 믿음이 흔들리고 있었다.

이수는 태준의 옆에 붙으며 작은 목소리로 속사포처럼 말했다.

"난 진짜 며칠만 있다가 집으로 갈 거니까 그사이에 마리 시중들 수 있는 아주 끈기 있고 입 무거운 직원을 골라놔요. 알았죠?"

태준은 그건 아주 힘든 과제라는 듯 말없이 그녀를 내려다보았다. 이수는 주먹을 올려 보이며 무조건 파이팅해서 그런 직원을 찾아내라고 그에게 강요했다.

안내된 호텔 방은 태준이 쓰는 방 바로 옆이었다. 이수는 그게 굉장히 부담스러웠는데 마리는 남의 속도 모르고 큰 방으로 달려가 킹사이즈 침대를 차지하며 외쳤다.

"내가 이 방 쓸 거야."

이수는 그런 마리를 보며 중얼거렸다.

"쟤가 철들면 난 늙었겠네."

등 떠밀려온 곳이었지만 그녀의 집보다 몇 배는 좋은 호텔 방이었다. 욕조에서 우아하게 거품 목욕을 할 수도 있었고, 베란다에서 귀부인처럼 차를 마실 수도 있었다. 전화로 주문만 하면 맛있는 요리가 방까지 배달되었고, 청소도 아침마다 룸 메이드가 와서 깨끗이 해주었다.

"여기 있으면 몸은 편한데 마음은 전쟁터네."

입욕제를 털어 넣은 욕조에 누워 이수는 무겁게 중얼거렸다. 마음이 불편해서인지 아침에는 평소보다 일찍 깨어났다. 이미 잠에서 깼는데 침대에 계속 누워 있는 건 시간 낭비 같아서 이수는 운동하러 가기로 했다. 호텔이니 운동기구들도 잘 마련되어 있을 거다.

아직 새벽 시간이라 직원들을 귀찮게 하지 않고 혼자 헬스장을 찾아가려 하다가 길을 좀 헤맸다. 겨우 헬스장을 찾아낸 이수는 제일 먼저 러닝머신 위에 올라섰다. 방해받지 않게 머리를 포니테일로 질끈 묶어

올리던 이수는 러닝머신 앞 통유리 반대편이 실내 수영장인 걸 알고 호기심에 아래를 보았다. 헬스장보다 1층 밑에 수영장이 있었다. 넓은 수영장에서 남자 한 명이 물살을 가르며 수영을 하고 있었다.

쭉쭉 뻗는 긴 팔과 다리, 물살을 가를 때마다 아름답게 쪼개지는 등 근육, 튼튼한 허벅지…….

"우와."

이런 좋은 구경거리가 있다니. 이제 보니 이 호텔, 참 좋은 곳이었다. 이수는 자신이 운동하러 온 것도 잊고 수영하는 남자를 구경했다. 그녀가 운동선수 출신이라서 그런지 운동 잘하는 남자를 보면 너무 멋있었다. 진짜 수영 선수인지 수영을 엄청 잘했다. 무엇보다 수영하는 폼이 멋있었다. 이수는 넋을 잃고 쳐다보았다.

수영장 끝까지 갔다가 다시 처음으로 돌아온 남자가 물에서 솟구쳐 올라왔다. 직각으로 떨어지는 넓은 어깨가 태평양 같았다. 물속에 있을 땐 미처 못 봤는데 가슴 근육과 복근도 예술이었다. 아주 오랜 시간 꾸준한 운동으로 만들어낸 아름다운 몸이었다. 그 몸을 타고 흐르는 물방울이 빛에 반사되어 반짝이니 더 눈이 부셨다.

물에서 완전히 빠져나온 남자가 수영모와 수경을 벗었다. 멋진 몸만큼이나 조각 같은 얼굴이었지만 그녀는 좋아할 수가 없었다. 태준이었다. 이 남자에게 다시는 당하지 않겠다고 결심했는데 이렇게 쉽게 또 뒤통수를 얻어맞다니.

태준이 젖은 머리를 손으로 쓸어 넘기며 이쪽으로 고개를 들자 이수는 서둘러 러닝머신 밑으로 바짝 몸을 웅크렸다. 설마, 봤나? 그녀가 태준의 얼굴을 확인할 수 있는 거리였으니 태준도 그녀의 얼굴을 봤을 수도 있었다. 하지만 그녀가 워낙 반사 신경이 뛰어나 빠르게 몸을 숨겼으니 못 봤을 거다. 불안해서 한참이나 그대로 있다가 슬쩍 고개만 빼서 수영장 쪽을 훔쳐본 이수는 여전히 이쪽을 빤히 보고 있는 태준을 확인하고 낭패스러운 표정을 지었다.

여길 기어서 나갈 수도 없고, 망했군.

이수는 마치 떨어진 물건을 주웠다 일어난 사람처럼 엉거주춤 일어나서 휙 몸을 돌려 헬스장 입구로 빠르게 걸어갔다. 구경하던 사람이 그녀만 있었던 것도 아니었다. 헬스장에 있던 사람들 모두 한 번씩은 그가 수영하는 걸 구경했다. 그러니 이상할 거 없다고 몇 번이나 중얼거렸지만 도망치는 그녀의 걸음은 점점 더 빨라질 뿐이었다.

정신없이 방으로 돌아온 이수는 아직도 자고 있는 마리의 침대로 뛰어들며 소리쳤다.

"쪽팔려 죽겠어!"

딩동―.

아침 식사를 해야 할 시간이 되자 방 초인종이 울렸다. 이수는 화들짝 놀라며 소리가 난 문 쪽을 보았다.

"너 아침부터 뭐 시켰어?"

마리는 문으로 뛰어가며 외쳤다.

"오빠다."

이수는 힐긋 창문 밖을 보았다. 뛰어내리기에는 너무 높았다. 마리가 연 문으로 들어온 사람은 마리의 예상대로 태준이었다.

"아침 같이 먹죠."

태준이 말하는데 이수의 시선은 그의 얼굴이 아니라 그의 어깨로 향했다. 옷을 입었을 때보다 벗었을 때가 훨씬 넓게 느껴졌다. 태준과 시선이 마주치자 이수는 서둘러 고개를 돌려버렸다.

태준이 이 호텔 주인이나 마찬가지였기에 객식구가 주인을 쫓아낼 수는 없었다. 같이 아침을 먹으며 이수는 있는 듯 없는 듯 먹는 일에만 집중했다. 그런데 조용히 식사하던 태준이 갑자기 그녀에게 물었다.

"검사님 이상형이 혹시 운동 잘하는 남자입니까?"

순간 먹던 빵이 목에 걸릴 뻔했다. 이수는 놀란 눈으로 세차게 고개를 저었다.

"죽어도 아니에요."

그녀는 사력을 다해 부정하는데 마리가 낄낄 웃으며 초를 쳤다.

"이 아줌마, 스포츠 프로 침 흘리며 본다."

"야! 내가 언제 그랬어!"

태준이 꺼낸 이상형 질문은 그녀가 변태인 걸로 마무리되었다.

"일요일인데 오늘은 쉬는 겁니까?"

태준의 질문에 아까보다 더 심하게 먹던 음식이 목구멍을 틀어막았다. 오늘 도훈과 만나기로 했다. 그게 나쁜 짓도 아닌데 태준에게 사실대로 말하는 게 너무 부담되었다.

"그게, 오늘……."

그녀가 말하면서 시선을 피하자 이상함을 감지한 태준의 눈빛이 가늘어졌다. 남의 눈치 안 보는 마리만 목소리를 높여 말했다.

"한강 놀러 가자. 나 자전거 탈래."

이수는 씨익 웃으며 마리 편을 들 듯이 말했다.

"사촌끼리 사이좋게 타면 되겠네. 난 약속이 있어서."

"저도 집에 다녀와야 합니다."

두 사람 모두 안 된다고 하자 기대 어린 표정을 짓던 마리는 바로 실망한 표정을 지으며 성을 냈다.

"그럼 나 혼자 여기서 뭐 해!"

열여덟 살이면 친구들과 한창 놀 때였지만 마리에게 친구가 없는 건 태준도 알고, 그녀도 아는 사실이었다.

"공부해."

좋은 말을 해주는 이수를 마리가 이를 드러내며 노려보았다. 같이 한강 놀러 가줄 거 아니면 입 닥치라는 뜻인가 보다.

"약속 장소가 어디입니까?"

부담되게 왜 자꾸 묻는가.

"제가 알아서 갈게요. 신경 쓰지 마세요."

태준이 의심하는 듯한 눈으로 보자 이수는 먹는 속도가 빨라졌다.

"저는 그럼 먼저 가볼게요."

이수가 진공청소기처럼 음식을 흡입하고 황급히 사라지는 걸 태준은 탐탁지 않은 눈으로 쳐다보았다. 정확히 뭔지는 모르겠지만 오늘 그녀는 참 많이 수상했다.

도훈은 그냥 시간을 비워놓으라고 했을 뿐이었지만 검찰청 밖에서 둘이 따로 만나는 거면 데이트나 마찬가지였다. 그녀가 짝사랑하는 남자와 하는 첫 데이트였다. 데이트에는 아무래도 치마를 입어야 할 거같아서 이수는 집에 가자마자 옷장을 열어 평소에 잘 안 입는 원피스를 꺼내 입었다. 막 화장까지 끝냈을 때 전화가 울렸다. 도훈이었다. 이수는 서둘러 전화를 받았다.

"네, 최 검사님."

[나 너희 집까지 다 왔어.]

"네, 저도 나갈게요."

이수는 전화를 끊자마자 서둘러 가방만 챙겨 들고 현관으로 향했다. 원피스에는 하이힐이 어울려서 평소 잘 안 신는 굽 높은 구두를 꺼내 신었다. 문 열고 나갈 때 살짝 삐끗하기는 했지만 문제없었다. 어차피 걸어 다닐 거 아니니까.

집 앞으로 나간 이수는 골목길에서 낯익은 도훈의 차가 들어서는 걸 보고 팔을 높이 들어 손을 흔들었다. 도훈은 그녀의 앞에 차를 세우고 창문 밖으로 고개를 뺐다.

"은이수 맞네. 아닌 줄 알았다."

그냥 '예쁘다'는 말 한마디면 될 텐데. 최도훈 검사는 조폭에 대해서는 잘 알아도 여자는 너무 몰랐다.

이수는 어색하게 웃으며 손을 흔들었다.

"은이수 맞습니다. 그러니 차에 타도 될까요?"

도훈이 조수석 문을 열어주었다. 차에 올라탄 이수는 안전벨트를 매며 도훈에게 물었다.

"오늘 어디 가는 거예요?"

"네가 정해."

그녀보고 결정하라는 말에 이수는 놀라서 눈을 크게 떴다. 도훈이 선배라 밥 먹는 것도 그에게 우선권이 있어 도훈과 밥 먹을 때는 무조건 검찰청 앞 해장국만 먹었었다.

"그럼 식사 메뉴도 제가 정해도 돼요?"

"그래, 골라봐."

"우와아, 진짜요?"

어린애처럼 좋아하는 그녀를 보고 도훈은 피식 웃었다. 태준이 두 사람이 만나게 된 게 그의 탓이라고 한 말 때문에 신경이 쓰여 오늘 만나자고 한 거였다. 순수하게 그녀의 마음을 받아들인 건 아니라도 이수가 평소처럼 밝은 모습을 보니 안심이 되었다.

그녀를 좋아하는지 묻는다면 확실히 대답할 수 없지만 그녀가 다치는 건 원하지 않았다. 그러니 그로 인해 그녀가 잘못 들어선 길을 되돌아오게 할 수 있다면 무엇이든 할 거였다.

집에 도착한 태준을 먼저 맞이한 건 마정옥이었다. 마치 안주인처럼 도도하게 계단 끝에 서서 그를 내려다보는 마정옥을 태준은 차가운 눈으로 마주했다.

"내 딸을 만나러 갔더니 이미 네가 데려간 뒤더구나. 왜? 내가 네 여자한테 무슨 해코지라도 할까 봐 무서웠던 거니?"

"전 분명 가까이 가지 말라고 경고했습니다."

"그래, 나도 내 딸 만나러 갔던 거야. 너야말로 어미가 딸도 못 만나게 하는 건 너무하는 거 아니니?"

마정옥이 온전히 그의 탓을 하자 태준은 더 화가 났다.

"마리는 당분간 호텔에서 지낼 겁니다. 그러니 마리를 만나고 싶으면 호텔로 오세요. 또 은 검사 집에 누구라도 보낸다면 저도 가만있지 않을 겁니다."

"네가 싸우는 법을 아니? 넌 평생 네 아버지한테서 도망만 치며 살았잖니."

태준은 이를 사리물었다. 마정옥의 말이 사실이라서 더 심장이 뜨거워졌다.

"그럼 잘 아시겠네요. 제가 누구 아들인지."

태준의 말에 마정옥은 처음으로 눈빛이 흔들렸다. 처음이었으니까. 태준이 본인 입으로 자신의 아버지를 인정한 게. 그 말은 이번에는 절대 도망치지 않는다는 뜻이었다.

"부탁입니다. 제가 고모님께 부덕한 행동을 하게 만들지 마세요."

태준은 한 자 한 자 힘을 주어 말했다. 그 말은 진심이었다. 그는 마정옥과 싸우고 싶지 않았다. 하지만 그녀가 끝까지 이수를 물고 늘어진다면 그럴 수밖에 없었다.

선전포고하는 태준을 보며 마정옥은 비릿한 미소를 지었다.

"그래서 그 여자는 널 위해 뭘 해준다던?"

태준이 아무 말도 못 하는 걸 보고 마정옥은 그럴 줄 알았다는 듯 비소가 더 커졌다.

"우리 조카 참 가련하구나. 떠날 여자를 위해 네 손에 피를 묻히려고 하다니. 이런 네 모습을 보고 하늘에 계신 네 엄마가 얼마나 우실지."

마정옥이 어머니를 들먹이자 태준의 눈이 단숨에 붉게 타올랐다.

"함부로 어머니, 입에 올리지 마십시오."

마정옥도 미소를 지우고 차갑게 받아쳤다.

"네 엄마보다 내 새언니였던 게 먼저였어. 건방진 놈."

적어도 그녀가 지금까지 살아 있었다면 마정옥과 태준의 사이는 지금 같지는 않았을 거다. 아니, 좀 더 가족 같았을지도 모르겠다.

❀

데이트한다고 하면 연인들은 분위기 잡는 장소를 선호할 테지만, 그
녀와 도훈의 일요일 데이트는 좀 달랐다. 열정, 승부욕, 환호성, 에너
지. 그건 당연히 스포츠였다. 도훈은 그녀가 운동선수 출신이라는 걸
알기에 축구 경기를 보러 가자는 말에 순순히 그러자고 했다.

"아악! 달려! 치고 나가란 말이야!"

설마 맨정신에 이렇게 소리치며 난리를 피울 줄은 몰랐지만 말이다.
이수는 그라운드로 뛰어 내려가 열두 번째 선수로 뛰고 싶은 사람처
럼 일어서서 선수들을 응원했다. 너무 소리치니 목이 마를 거 같아서
도훈은 물병을 이수에게 건넸다.

"류헌이랑 여기 자주 오냐?"

이수의 검찰청 베프는 류헌이었다. 그래서 차장 검사가 그녀를 대놓
고 싫어해 다른 검사들도 자연스럽게 이수를 멀리하게 되었지만, 그녀
는 꿋꿋하게 류헌과 붙어 다녔다. 도훈은 그 배짱이 좋게 보였었다.

"아뇨. 걔는 할리우드 히어로 영화만 봐요. 애처럼."

이수는 도훈이 준 물을 벌컥벌컥 마신 뒤 그를 보며 씨익 웃었다.

"최 검사님은 남자다우니까 이런 거 좋아하실 거 같았어요."

사실 그는 학창 시절부터 공부만 계속해서 스포츠를 싫어하는 것도
아니지만 그렇다고 해서 좋아하지도 않았다. 그런데 남자답다고 하니
솔직하게 말을 할 수가 없었다.

"설마 마태준이랑도 왔던 건 아니지?"

그가 의심하며 물으니 이수는 물 마시다 사레가 들렸다.

"콜록, 콜록."

그녀가 폐까지 토해낼 것처럼 기침을 해대니 도훈은 더 캐묻지도 못하고 그녀의 등만 손으로 두드려주었다. 그래, 이미 지나간 건 캐물어봤자 바꿀 수 없었다. 앞으로가 더 중요했다.

풀밭에서 하는 축구 시합을 봤더니 어째 데이트라기보다는 친목회라도 하고 돌아가는 기분이었다. 그래도 이수는 오늘 도훈과의 시간이 만족스러웠다. 그녀가 하고 싶은 것만 실컷 했으니까.

"오늘 재미있었어요."

"그래, 들어가."

도훈은 작별 인사도 담백했다. 썸 타는 관계라기보다는 선후배 사이에 나누는 작별 인사였다. 그래도 명색이 첫 데이트인데 이렇게 끝내기는 아쉬워서 이수는 차에서 내리기 전에 도훈에게 물었다.

"최 검사님, 초콜릿 좋아하세요?"

"아니, 나 단것 싫어하는데."

그녀는 도훈에게 고백하려고 집착적으로 초콜릿을 만들었다. 밸런타인데이에 시작된 고백이라서 그랬다. 어쩌면 처음부터 잘못 끼워진 단추여서 잘 안 된 건지도 모르겠다는 생각이 들었다.

"그렇구나. 다행이네요."

"뭐가 다행이야?"

이수는 웃으며 아무것도 아니라고 고개를 저었다.

"저 그럼 그만 들어갈게요. 내일 검찰청에서 봐요."

이수는 깍듯이 고개 숙여 인사하고 차에서 내렸다. 그리고 바로 집에 들어가지 않고 도훈의 차가 떠날 때까지 그 자리에서 배웅했다.

도훈의 차가 사라지는 걸 보며 이수는 짧게 한숨을 내쉬었다. 뭔가 아쉽기도 하고 아니기도 하고 그랬다. 데이트는 했지만 도훈이 그녀를 진심으로 좋아한다는 느낌을 못 받아서 그런 것 같았다. 내가 좋아하는 사람이 나를 좋아해준다는 건 참 기적 같은 일인가 보다.

"해장국만 먹는 사람이 파스타도 먹어줬는데, 뭘 더 바라니."

이수는 몸을 돌려 집으로 걸어갔다. 그녀가 좋아하는 남자와 첫 데이트를 한 날, 그녀의 마음에 행복함보다 쓸쓸함이 좀 더 크게 남은 것 같아 씁쓸했다. 쓸쓸한 분위기에 취해 걸어가던 이수는 빌라 입구에서 있는 장신의 남자를 보고 몸이 들썩일 정도로 기겁했다.

"엄마야!"

절로 비명이 나왔다. 차라리 도둑이라면 이 정도로 안 놀랐을 것 같았다. 문에 기대서 있던 태준이 똑바로 몸을 세웠다. 이수는 여전히 너무 놀라서 목소리가 심하게 떨렸다.

"거, 거, 거, 거기 왜, 왜, 왜 왜……."

거기 왜 있느냐고 물어보려했는데 버퍼링 걸린 그녀의 입은 같은 말만 무한 반복했다.

"말을 왜 그렇게 합니까?"

너 때문이다, 이 자식아! 귀신처럼 튀어나오니까 놀랐잖아! 분명 도훈이 차로 그녀를 데려다주는 걸 봤을 텐데 그가 바로 도훈에 대해 안 물으니 더 불안했다.

"서, 서, 서, 설마 나 잡으러 온 거예요?"

"전 사람 잡는 일 안 합니다. 그건 검사님 일이죠."

분명 맞는 말인데 왜 이리 듣기 거북한지 모르겠다. 이수는 당장 이 자리를 벗어나고 싶었다. 그런데 하필이면 태준이 그녀의 집으로 갈 수 있는 유일한 길목을 큰 몸으로 막고 서 있었다. 그래서 이수는 화장실 가고 싶은 사람처럼 안절부절못하게 되었다.

"제가 집에 들어가고 싶은데 대표님이 막고 계신 건 아세요?"

두 손을 바지 주머니에 찔러 넣고 서 있는 태준은 마치 심술궂은 골목대장처럼 그녀를 쳐다보기만 했다. 비켜줄 생각이 전혀 없는 것 같았다. 평소였다면 못되게 굴지 말라고 한소리 했을 텐데 지금은 왜 이리 자꾸 쭈그러드는 것인가. 역시 봤겠지. 아무래도 본 거 같다.

"알아서 호텔로 안 올 거 같아서 데리러 왔습니다."

정말 그녀는 오늘 집에서 자려고 했었다. 그녀에게 편한 곳은 호텔이 아니라 그녀의 집이었으니까.

"마리는 혼자서도 잘 자요."

"제가 혼자서 못 자니 오늘만 호텔에서 자요."

이 남자가 큰일 날 소리를 너무 아무렇지 않게 한다. 이수는 태준을 피해 뒤로 물러나며 그를 경계했다.

"나한테 작업 걸지 마세요. 난 검사, 그쪽은……!"

다 알면서도 시원하게 말하지 못하고 머뭇거리는 그녀를 태준은 건조한 눈으로 바라보았다. 그녀에게 호텔에서 자라고 하는 건 마정옥이 그녀 혼자 있는 집에 찾아올까 봐서였다.

그녀에게 유혹 어쩌고 말을 했지만 그는 그게 어떻게 하는 건지도 몰랐다. 그냥 그녀가 도훈의 차에서 내리는 걸 보고 화가 났다. 자신은 왜 그 모습을 보고 숨어야 하는지. 왜 그녀가 좋아하는 남자는 결국 검사인 건지. 태준은 그녀에게서 시선을 돌리며 무뚝뚝하게 말했다.

"오늘까지만입니다. 내일부터는 안 붙잡을 테니까 같이 가요."

그가 그렇게까지 말하니 이수는 죽어도 가기 싫다고 할 수가 없었다. 그냥 위험하기만 하면 무조건 피하면 그만인데, 그는 그게 전부가 아니었다. 그가 진짜 어떤 남자인지 정말 모르겠다. 그래서 대책이 없었다.

太준과 함께 퀸 호텔에 도착했을 때는 이미 깊은 밤이었다. 두 사람은 엘리베이터를 타고 올라갈 때까지 한마디도 하지 않았다. 호텔 방 앞에 도착했을 때에야 태준이 먼저 말했다.

"잘 자요."

자기가 억지로 데리고 왔으면서 고작 그 한마디를 눈도 안 마주치고 하니 울컥했다. 그래서 그녀는 시비 걸듯이 자기 방으로 들어가려는 그에게 물었다.

"룸서비스 시켜 먹을 건데 돈 내야 해요? 내가 오고 싶어서 온 것도 아닌데."

"밤에 먹으면 소화 안 됩니다."

이씨, 지금 그걸 말이라고.

"그래도 시켜 먹을 건데요."

지금 그녀는 열여덟 살짜리 마리보다 나은 게 하나도 없었다. 태준도 그리 생각한 듯 짧게 한숨을 내쉬더니 입을 열었다.

"방에 들어가 있어요. 내가 가져다줄 테니까."

"네? 직접 가져온다고요?"

이 호텔에는 시킬 직원이 없단 말인가. 태준이 진짜 음식이 든 접시를 들고 방문을 두드린 건 그로부터 30분 뒤였다.

문을 연 이수는 호텔 직원처럼 접시를 들고 서 있는 태준을 보고 웃음이 나왔다. 진짜 사서 고생하는 것처럼 보였으니까.

"설마 봉사 정신으로 나한테 점수 따려는 거예요?"

"제가 만든 요리라 제가 가져온 것뿐입니다."

태준이 직접 요리했다는 말에 이수의 눈이 커졌다.

"대표님이 만든 요리라고요?"

그가 요리라는 걸 할 줄 안다는 것이 놀라웠다.

"네."

"설마 거기 독 탔어요?"

태준은 정말 화난 눈빛으로 그녀를 흘겨보고는 그녀가 조금 연 문을 그의 손으로 활짝 열고는 방 안으로 들어왔다. 그러고는 테이블 위에 쟁반을 내려놓고 음식을 덮고 있던 뚜껑을 열었다.

접시 안에 고운 자태를 뽐내며 놓여 있는 음식은 오믈렛이었다. 이수는 믿을 수 없다는 눈으로 오믈렛을 보며 태준에게 다시 물었다.

"이걸 진짜 대표님이 만들었다고요?"

이 모양, 이 빛깔, 이 데코레이션…… 이건 프로의 솜씨였다. 절대 아마추어가 할 수 없었다.

"뻥이죠?"

"그냥 드십시오. 독은 안 들었으니까."

태준이 만들었다고 주장하는 오믈렛은 접시에 담겨 있는 모양도 예뻤지만 달걀의 노란 빛깔이 정말 고왔다. 그래서 이수는 바로 먹지 못하고 감상하듯 쳐다보았다.

"어떻게 하면 달걀에서 이렇게 예쁜 색이 나와요?"

"달걀은 원래 이런 색입니다."

그걸 몰라서 물은 게 아니었다. 이수가 그를 흘겨보자 태준은 그녀에게 요리를 권했다.

"따뜻할 때 먹어야 더 맛있습니다."

이수는 그제야 수저로 오믈렛을 갈랐다. 부드럽게 갈라지는 느낌이 먹기도 전부터 맛있어 보였다. 소시지와 치즈가 섞인 고소한 오믈렛의 냄새가 식욕을 자극했다. 이수는 오믈렛을 수저에 가득 떠서 입 안에 넣었다. 푸딩처럼 부드럽게 씹히는 맛과 치즈의 풍미에 미소가 절로 지어졌다.

"우와, 진짜 맛있네."

이수는 배고파서가 아니라 정말 맛있어서 오믈렛을 계속 먹었다. 식당에서 돈 내고 사 먹는 음식보다 더 훌륭했다. 맛있는 음식으로 배를 채우니 기분이 좋아져서 칭찬이 절로 나왔다.

"여자들이 요리 잘하는 남자 엄청 좋아해요. 그러니까 대표님은 마음에 드는 여자 만나면 꼭 요리를……."

혼자 조잘대던 이수는 태준과 눈이 마주치자 말이 딱 멈추었다. 미쳤나 보다. 상대를 봐가면서 해야 할 말이었다.

그녀가 끝까지 말을 안 하자 태준이 물었다.

"요리를, 뭐요?"

"그만큼 오믈렛이 엄청 맛있었다는 소리였어요. 딴 뜻이 아니라."

이수는 애써 변명하며 오믈렛을 먹다가 혀를 씹고 말았다. 그녀가 인상을 쓰자 태준은 더 의아해했다.

"설마 달걀 껍데기 들어갔습니까?"

절대 그럴 리가 없는데 말이다. 이수는 찌푸린 얼굴로 아니라고 고개를 저었다. 그저 헛소리했다가 벌 받았다. 당황했더니 허기도 사라져버렸다.

"제 인생에 제일 맛있는 오믈렛이었어요. 고마워요."

내일 호텔을 나가면 더는 태준을 만날 수 없을 거다. 이젠 마리도 그녀의 집을 떠났으니까. 그래서 마지막 인사 겸 그리 말한 것이다.

말 많은 그녀가 웃기만 하자 태준의 눈빛이 가늘어졌다. 예민한 그에게는 그녀와의 사이에 보이지 않는 막이 느껴졌다. 그게 싫어서 그는 손을 뻗었다. 닿을 듯 다가온 그의 손을 보고 이수가 움찔하며 어깨를 뒤로 젖혔다. 허공에서 멈춘 그의 손을 보고 그녀가 당황해서 물었다.

"왜, 왜요?"

"얼굴에 묻었습니다."

거짓말이었다. 그런데 그녀는 진짜인 줄 알고 서둘러 자신의 손으로 입술 주위를 닦았다.

"이제 됐죠?"

"아뇨. 전혀."

태준이 몸을 숙이며 팔을 뻗자 그의 손이 단번에 그녀의 뺨에 닿았다. 그의 손가락이 피부를 건들자 열꽃이 피어난 듯 열이 올랐다.

두근두근―.

이게 도대체 무슨 소리란 말인가. 이수는 자신의 몸에서 나는 소리가 아니라고 강력하게 주장하고 싶었다. 그러나 그녀를 쳐다보는 그의 시선이 그윽해지며 그의 긴 손가락이 입술 끝을 건들자 그녀의 심장 소리는 더욱 커졌다.

쿵쿵쿵쿵―.

그녀의 심장이 아예 망치로 두드리듯이 울려댔다. 이수는 어떻게든 참아보려고 무릎에 놓인 손을 꽉 쥐며 눈에 힘을 주었다. 뛰지 마, 멍청한 심장아. 그녀는 자신의 장기에게 화를 내는 바보가 되어 버렸다.

이수는 본래의 자신을 되찾기 위해 그의 손을 거칠게 쳐냈다. 그의 손이 떨어져나가는 걸 보고 그녀가 더욱 당황해서 서둘러 일어났다.

"다 먹었으니까 그만 잘래요. 잘 자요."

그가 또 무슨 말로 마음을 흔들어놓기 전에 이수는 도망치듯 방으로 들어가 문을 닫아버렸다. 닫힌 문에 기대선 이수는 손으로 가슴을 꾹 눌렀다. 심장은 여전히 불규칙적으로 뛰고 있었다. 아마도 보통의 남자와 있었을 때 이랬다면 '내가 혹시 이 남자를 좋아하나?'라고 한 번은 생각했을 것이다. 하지만 그 상대가 태준이라 이수는 더더욱 그를 만나면 안 된다는 강박에 사로잡혔다.

지금이라면 괜찮았다. 정말 신기한 만남이었다고 생각하며 아무런 상처 없이 헤어질 수 있었다. 그런데 여기서 끝내지 못하고 그와 더 만나면 끝이 안 좋을 것이 분명했다. 그녀는 상처받는 게 무서웠고, 그를 상처 주는 건 더 싫었다. 서로에게 위험이 될 수 있는 관계라면 정리하는 게 맞는 것 같았다.

……그게 맞는 거겠지?

거실에 혼자 남겨진 태준은 그녀가 들어간 방문을 말없이 쳐다보다 고개를 내려 빈 접시를 보았다. 이 비어버린 접시처럼 그녀를 향한 그의 집착도 언젠가는 끝이 날까? 그런데 이 마음이 그저 집착일 뿐인지, 그는 그것조차 정확히 알 수가 없었다. 그의 마음이 무엇인지 제대로 알기도 전에 그녀가 그의 앞에서 영원히 사라질 것만 같았다.

스산한 바람이 그의 마음에 흔적을 남기며 지나갔다.

Episode 10

함부로 다치지 마

이수는 새벽에 호텔 방을 나오느라 마리에게 간다는 인사도 못 했다. 그녀는 호텔을 완전히 빠져나와서야 고개를 돌려 퀸 호텔 건물을 올려다보았다. 문득 이곳에서 태준과 처음 만났던 그 바보 같던 맞선이 떠오르기도 했지만 이수는 애써 기억을 지우며 몸을 돌려 걸어갔다.

이제 일상으로 돌아가야 할 시간이었다. 그녀의 일상은 검찰청에 있었다. 그곳은 태준이 죽었다 깨도 올 수 없는 곳이었다. 그가 그의 아버지처럼 죄를 짓지 않는 이상은.

그러니 이제 진짜 작별이다. 그나마 그녀가 그에게 해줄 수 있는 건 마광호의 아들이 아니라 마태준 대표에게 작별 인사를 하는 거였다.

앞으로는 여자 함부로 차고 다니지 말라고요, 대표님.

그거 때문에 벌 받은 거예요.

항상 이수보다 일찍 출근했던 최 계장은 사무실 문을 열고 들어왔다가 그녀가 책상 의자에 앉아 졸고 있는 걸 보고 놀라 멈추어 섰다.

"왜 이렇게 일찍 출근하셨어요?"

"오늘은 노승우 먼저 시작하죠."

이수가 다짜고짜 일 이야기를 하자 최 계장은 알았다며 고개를 끄덕였다. 노승우 사건은 범인이 바뀔 가능성이 거의 없는 사건이었다. 노승우 본인이 자신이 한 짓이라고 이미 자백을 했으니까.

별다른 증거 없이 노승우의 자수로 범인 검거를 했기에 검찰은 그녀에게 빨리 사건을 종결지으라고 압박을 넣고 있었다. 그러나 이미 박진웅이라는 의혹이 생겨버린 이수는 빨리 끝낼 수가 없었다.

"진짜 네가 석재 죽였어?"

그녀가 이미 물은 적 있는 질문을 또 하자, 노승우는 처음 그 질문을 들었을 때처럼 몸을 부르르 떨며 그녀의 시선을 피했다. 경찰에 자수할 용기는 있었으면서 그 뒤 노승우의 태도는 대단히 소극적이었다. 저렇게 겁이 많으면서 과연 우발적으로 같은 반 친구를 옥상에서 밀어버리는 광기가 그 안에 있었을까 의심이 들 정도였다.

이수는 노승우의 앞에 박진웅의 사진을 내밀었다.

"네 친구 맞지?"

사진 속 박진웅을 본 노승우의 눈이 커지더니 몸의 떨림이 더욱 커졌다. 공포에 질린 표정이었다. 박진웅의 사진을 본 노승우의 반응을 보고 이수는 얼굴을 찌푸렸다.

"확실히 친구는 아닌가 보네."

하얗게 질린 노승우의 얼굴을 보니 분명 박진웅과의 사이에 뭔가 있는 것 같았다. 그래서 이수는 참고인 출석 요구서를 끝까지 무시한 박진웅을 만나러 직접 학교로 찾아가 보기로 했다.

이미 범인도 확정된 사건에 참고인 한 명 가지고 유별나게 군다는 소리도 들었지만 뭔가 거슬렸다. 마리와 같은 나이의 학생이 살인자로 낙인찍히는 사건이었다. 끝까지 신중하게 하나하나 확인하는 게 좋을 것 같아서 이수는 고등학교로 향했다.

수업 중인 학교는 조용하면서도 학생들의 기운으로 꽉 차 있었다. 그리고 세상과는 동떨어진 학교만의 분위기가 있었다. 순수와 열정만 가득 차도 모자랄 학교에서 사람이 죽었다는 건 정말 끔찍한 일이었다.

"네가 박진웅이구나."

수업을 끝내고 나온 남학생을 보며 이수는 싱긋 웃었다. 사람들은 박진웅에 대해 공부 잘하는 모범생이라고 말했지만 박진웅의 눈빛은 다른 걸 말하고 있었다. 이수가 내민 검사 신분증을 보고도 박진웅은 동요 없이 그녀를 보았다.

"공부하느라 바빠서 못 간 겁니다."

"얼마 전에 동급생이 죽었는데 집중이 되니?"

그녀의 질문이 거슬렸는지 박진웅의 눈썹이 조금 찌푸려졌다. 하지만 그는 곧 평정심을 찾았다.

"대학은 가야 하니까요."

뻔한 핑계였다. 이수는 신분증을 가방에 집어넣으며 지나가는 투로 물었다.

"넌 노승우가 석재를 죽였다고 생각해?"

"네. 승우가 자백했잖아요."

1초의 망설임도 없는 대답에 그녀는 서늘한 시선으로 박진웅을 보았다. 검찰청에 참고인 조사를 온 학생들에게 이 질문을 했을 때 제대로 대답한 사람은 아무도 없었다. 모두 겁에 질려 있었다. 어린 학생들이 감당하기에는 너무 큰 사건이었으니까. 그래서 어떻게든 정확한 대답을 회피하려고 했다. 그런데 박진웅은 정확히 노승우를 범인으로 찍었다. 마치 꼭 그래야만 한다는 듯이.

"노승우랑 너, 친구라고 들었는데."

"더 이상 아니에요."

"냉정하구나."

"그만 가봐도 되죠?"

그녀가 더 붙잡고 있을 권리가 없다는 걸 잘 안다는 듯 박진웅은 물어보기도 전에 먼저 돌아섰다.

"그래, 또 보자."

그냥 가려던 박진웅은 그녀의 마지막 인사에 멈추어 서서 다시 그녀를 돌아보았다.

"제가 왜 검사님을 또 봐야 하는데요?"

"그냥 평범한 인사야."

그렇게 말하며 그녀는 싱긋 웃었다. 박진웅은 불쾌한 눈으로 그녀를 쳐다보다 휙 몸을 돌려 성큼성큼 걸어가버렸다. 멀어지는 박진웅의 교복 입은 뒷모습을 보며 이수는 결정했다. 노승우의 공소장을 가능한 한 늦게 써야겠다고.

검찰청에 돌아왔더니 그녀의 검사실 앞에 도훈이 있었다. 도훈이 그녀의 사무실까지 온 건 처음이라 이수는 반가운 마음에 그를 크게 불렀다.

"최 검사님!"

돌아보는 도훈에게 한달음에 다가간 이수는 웃으며 물었다.

"저 만나러 오셨어요?"

짝사랑도 오래 하면 변화가 있긴 한가 보다. 항상 그녀가 도움을 청하거나 야식을 사서 도훈의 사무실로 찾아갔었는데 이번엔 도훈이 그녀를 찾아와주었으니까.

"너 스포츠는 다 좋아하냐?"

도훈의 질문에 이수는 의아한 표정을 지으며 대답했다.

"네, 다 좋아해요."

도훈이 주머니에서 무언가를 꺼내 그녀에게 내밀었다.

"배구 시합 티켓이야. 너 가져라."

이수는 놀란 표정을 지으며 도훈에게 물었다.

"우와, 이거 어떻게 구하셨어요?"

"누가 줬어."

도훈의 주위에 배구를 좋아하는 사람이 있었다는 게 신기했지만 그녀로서는 공짜로 얻은 표라 기분이 좋아졌다.

"이거 진짜 제가 받아도 돼요?"

"그래, 난 어차피 바빠서 못 가."

그러니 데이트 신청은 아니었다. 어쩐지 너무 그다워서 실망감도 안 들었다.

"아, 그럼 류 검사랑 가야 하나? 그런데 류 검사는 안 갈 거 같은데. 누구랑 가지?"

그녀가 티켓을 받고 행복한 고민을 하자, 도훈이 눈에 힘을 주며 경고했다.

"마태준이랑 가면 죽는다."

이수는 큰 눈을 더욱 크게 뜨며 고개를 세차게 저었다.

"이제 절대 안 만나요. 걱정하지 마세요."

"진짜야?"

"네, 완전히 끊었습니다."

이수는 금연 선고하듯이 다부지게 말했다. 그녀는 호텔을 나올 때 확실히 마음을 정했다. 앞으로 태준을 만날 일은 없을 거라고.

❀

[고객님이 전화를 받지 않아 음성 사서함으로 연결됩니다.]

연결되지 않는 전화는 만나고 싶지 않다는 그녀의 강력한 거부처럼 느껴져서 태준은 힘없이 휴대폰을 내려놓았다.

사실 그가 마광호의 아들이라는 걸 밝혔을 때 끝났어야 할 인연이었다. 그런데 틈 사이로 흘러들어오는 희미한 빛줄기만으로도 사람은 헛된 희망을 품고 미련을 가지게 된다. 어차피 이렇게 못 만나게 될 사이였다면 그가 누구인지 밝혔을 때 더 모질게 대하지 않은 그녀에게 원망하는 마음도 생겼다.

태준은 전화도 받지 않는 매정한 이수 대신 '춘향'을 찾아갔다. 그곳의 생선구이는 돈을 내면 누구나 맛있게 먹을 수 있었으니까. 그녀가 아무리 동네 단골이라도 그에게 뭐라고 할 자격은 없었다.

밤 손님들이 몰리기 전 시간에 가서인지 가게는 한산했다.

"옥탑 총각네 대표 맞지?"

한 번 보면 쉽게 잊을 수 없는 인상이라 '춘향' 아주머니는 그를 정확히 기억하고 있었다.

"네, 생선구이 정식 주세요."

"밤인데 술은 안 마셔?"

태준은 짧게 고개를 젓는 걸로 대답을 대신했다. 그가 주문하자마자 주방에서는 생선 굽는 냄새가 풍겼다. 태준은 아저씨가 생선 굽는 모습을 집중해서 보다 아주머니의 목소리에 고개를 돌렸다.

"어? 비 오네."

아주머니의 말처럼 창밖에는 주룩주룩 비가 내리고 있었다. 예고도 없이 내리는 비였다. 우연처럼.

"오늘 손님 없겠네."

같은 비를 보고도 사람들은 각자의 사정에 맞게 생각을 한다. 누구는 우산이 없다고 낭패스러워하고, 누구는 비 때문에 뼈가 쑤신다며 투덜거리고, '춘향' 아주머니는 밤 손님이 적을 것 같다고 걱정했다. 그리고 그는…… 이수가 보고 싶어졌다.

버스가 끊긴 비 내리는 밤, 정류장에 나란히 앉아 재이가 오길 기다렸던 그 순간이 이젠 그에게 추억이 되었다. 그에게도 추억이라는 게 생겼다. 하지만 한쪽은 버리고 싶어 하는 기억을 과연 추억이라 말해도 괜찮은 걸까?

"술 필요한 얼굴인데."

생선구이를 가져다주는 아주머니가 넌지시 하는 말에 태준은 다시 고개를 저었다. 오늘 술 마시면 재수가 없어서 죽을 수도 있었다.

"이런, 비 오네. 우산도 없는데."

검찰청을 나서던 이수는 쏟아지는 비를 보고 낭패스러운 표정을 지었다. 야외 주차장까지 뛰어가면 흠뻑 젖어버릴 거다. 금방 그칠 비로 보이진 않았기에 이수는 우산 대신 가방을 머리 위로 올렸다. 그래도 명색이 국가 대표 출신이었다. 내리는 비보다 빠르게 뛰어보는 거다.

기합을 잔뜩 넣고 빗속을 뛰어가기 시작했는데 아무래도 나이는 속일 수가 없나 보다. 날아다니는 거 같던 십 대 시절의 몸이 아니었다. 나이에 질 수 없다며 더 빨리 뛰었는데 시간도 이겨보겠다는 욕심이 탈이었다. 달리는 속도를 몸이 버티지 못하고 철퍼덕 바닥에 쓰러지고 말았다.

"악!"

비는 비대로 맞고, 넘어져서 옷은 더러워지고, 심지어 넘어지면서 놓친 가방에서 물건들이 와르르 쏟아져 나왔다. 그리고 그중 마리한테서 집세 대신 빼앗은 오렌지색 립글로스가 멍청한 주인보다 더 멍청하게도 하수구를 향해 데구르르 굴러갔다.

"안 돼!"

그녀가 황급히 손을 뻗었지만 립글로스는 마치 자유를 찾아 바다로 뛰어든 빠삐용처럼 하수구 구멍으로 쏙 들어가버렸다. 이수는 서둘러 하수구로 달려가 아래를 보았지만 어두워서 아무것도 안 보였다.

그쯤에서 포기하고 차로 달려갔어야 했는데 그녀는 물욕을 버리지 못하고 휴대폰을 꺼내 플래시를 켰다. 그러고는 시커먼 밤에 쏟아지는 비를 쫄딱 맞은 생쥐 꼴로 하수구 앞에 쭈그려 앉아 휴대폰 불빛에 의지해서 립글로스를 열심히 찾았다. 지금 그녀의 모습은 검사라기보다는 막 범죄를 저지르고 은폐하는 범죄자의 모습에 가까웠다.

그녀의 립글로스 찾기는 퇴근하던 다른 검사가 비 내리는 어둠 속에서 플래시를 비추고 있는 그녀를 보고 귀신인 줄 알고 기겁하면서 끝이 났다.

다른 퇴근길과는 달리 이수는 험한 꼴이 되어 집에 귀가했다. 결국 립글로스는 못 찾았기에 집에 돌아와서도 그녀의 기분은 엉망이었다. 그녀의 몸에서 뚝뚝 떨어지는 물이 거실 바닥을 적셨다. 이수는 몸에 거머리처럼 달라붙는 젖은 옷부터 하나하나 벗기 시작했다.

"망할 비."

젖은 옷을 빨래통에 집어 던지며 그녀는 애꿎은 비를 욕했다.

"멍청한 립글로스."

빗속을 전력 질주한 그녀가 더 멍청했다. 어차피 비싸지도 않은 립글로스였고, 직접 돈을 주고 산 것도 아니었다. 잊어버리면 그만이었지만 그날 밤 이수는 잠자리에 누워서도 쉽게 잠들지 못하고 뒤척였다.

"마리한테 똑같은 게 하나 더 있는데."

원래 고등학생은 화장하면 안 되었다. 그래도 그녀가 달라고 하면 분명 마리는 콧방귀만 뀔 것이다.

"똑같은 거 사서 바꿔치기하면 모를 텐데."

살인도 계획 살인이 더 형량이 높았다. 그녀는 자신이 무슨 생각을 하고 있는지 깨닫고는 이불을 머리끝까지 뒤집어썼다.

그깟 싸구려 립글로스 하나에 왜 이리 집착하는 건가. 바보같이. 태준을 안 만나기로 했으면 태준이 사준 것도 그녀가 먼저 버렸어야 했다. 잃어버렸다고 애타 할 게 아니라.

다음 날 아침 검찰청에 출근한 류헌은 차에서 내리다 이수가 이상한 행동을 하는 걸 발견하고 다가가 물었다.

"너 뭐 하냐?"

이수가 긴 나무 막대로 하수구 안을 쿡쿡 쑤시고 있었다.

"신경 쓸 거 없어. 가."

이수가 그를 쫓아버리려고 했지만 류헌은 도리어 하수구 쪽으로 고개를 빼서 안을 보려고 했다.

"이 안에 휴대폰이라도 빠트렸어?"

"내 휴대폰은 그렇게 멍청한 애가 아냐."

"물건이 아니라 주인이 멍청하니까 잃어버리는 거지."

"그래서 내가 멍청하다는 거야?"

그녀가 살벌하게 노려보자 류헌은 뒤로 물러났다.

"너 오늘 엄청 까칠하다. 설마 금붙이 같은 거 빠진 거야?"

"꺼져."

이수는 그에게 꺼지라고 해놓고는 나무 막대를 던져버리고 걸어가버렸다. 그녀의 뒷모습을 보며 류헌은 혀를 찼다. 저건 검사가 아니라 불량배의 뒷모습이었다. 도대체 무슨 귀중한 물건을 잃어버렸기에 저러는 건가 싶어서 류헌은 다시 하수구 안을 들여다보았다. 녹슨 철창 사이로 보이는 거라고는 쓰레기뿐이었다.

쓸데없는 생각을 하기 싫어서 이수는 평소보다 더 일에 몰두했다. 자정 가까운 시간까지 일하다가 집으로 돌아오자 같이 운동했던 친구의 청첩장이 와 있었다. 고향이 제주도였던 친구라 결혼식도 제주도에서 올린다고 한다.

"제주도라."

평소였다면 바쁘다고 전화로 축하 인사 하는 정도로 끝냈을 텐데 지금의 그녀에게는 기분 전환이 필요했다.

"가볼까?"

몸과 마음의 정화가 시급했다. 아름다운 섬 제주도라면 좋은 치유소가 될 것도 같았다. 그런데 자신이 지금 하는 생각과 행동이 꼭 실연당한 여자가 마음 정리하는 것처럼 느껴져서 이수는 흠칫 놀랐다. 그녀는 절대 그런 거 아니라고 고개를 절레절레 저으며 황급히 집으로 올라갔다.

덜컹—.

집에 들어온 이수는 청첩장을 식탁 위에 올려놓고 냉장고 문을 열었다. 맥주를 마시고 싶었는데 다 떨어지고 없었다. 요즘 정신없이 지냈더니 냉장고 안 상태가 빈곤이었다.

이 시간에 문을 연 곳은 편의점뿐이었다. 간단하게 맥주만 사 오기 위해서 이수는 다시 집을 나섰다. 편의점에 들어선 이수는 진열된 맥주를 바구니 안에 쓸어 담았다.

탕탕탕—.

맥주가 떨어지는 소리에 알바생이 놀라서 쳐다보았지만 이수는 개의치 않고 안주 할 만한 것이 있나 대충 훑어보았다.

"아, 생리대도 떨어졌나."

위생용품 코너에서 생리대를 집어 무심하게 맥주 위에 던지던 이수는 편의점 문을 열고 들어오는 재이를 보고 놀라서 서둘러 몸을 숙였다. 태준은 마음먹고 피할 수 있어도 동네 주민인 재이는 이렇게 부지불식간에 마주치면 대책이 없었다. 이수는 낭패감에 얼굴을 찌푸리다 그녀의 앞에 멈추어 서는 발을 보고 천천히 고개를 들었다. 재이가 그녀를 내려다보고 있었다. 이수는 전혀 숨은 적 없다는 듯이 몸을 펴며 활짝 웃었다.

"야식 사러 왔나 봐요? 난 맥주."

그렇게 말하며 바구니를 내밀었는데 먼저 보이는 건 맥주보다 생리대였다. 재이가 당황스러운 표정을 숨기지 못했고, 그녀는 속으로 욕을 하며 바구니를 손으로 가려보았지만 역부족이었다.

"저, 저는 물만 사면 돼서……."

재이가 먼저 그녀를 피하듯이 몸을 돌려 가려고 하자, 이수가 재이의 등에 대고 말했다.

"물은 그쪽 아니라 이쪽."

재이의 몸이 고장 난 기계처럼 멈추더니 그가 소심하게 고개를 돌렸다. 참 한결같이 그녀를 무서워했다. 그녀가 조폭을 무서워해야 정상인데.

"그렇게 겁이 많으면서 어쩌다 마 대표 운전기사를 하게 된 거예요?"

피의자 신문하던 버릇이라도 나온 건지 질문이 불쑥 튀어나왔다. 편의점에 맥주 사러 왔다가 무슨 쓸데없는 질문이냐고 입술을 깨무는데 재이가 작은 목소리로 대답했다.

"사채꾼한테 맞아 죽을 뻔한 걸 대표님이 구해주셨어요."

영화에서나 나올 만한 비극이 언제든지 일어나는 곳에서 태준이 살고 있다는 소리였다.

"그럼 재이한테는 마 대표가 은인이네요."

재이는 고개를 격하게 끄덕였다.

"나한테는 또 만나면 안 되는 사람인데."

그녀가 중얼거리는 소리를 듣고 재이의 표정이 굳었다. 그녀가 그대로 돌아서서 가려고 하자, 재이는 몸 안에 남아 있는 용기를 다 끌어모아 말했다.

"우리 대표님 착해요."

이수는 고개를 돌려 다시 재이를 보았다. 순진한 표정을 짓고 있는 재이에게 그냥 쓰게 한 번 웃어주고 편의점을 먼저 나온 이수는 터벅터벅 집으로 향했다. 걷다 보니 '춘향'에서 나오는 환한 빛이 그녀를 붙잡았다. 편의점에서 맥주를 사서 돌아가는 길이었지만 이수는 '춘향' 문을 자연스럽게 열고 안으로 들어갔다. 아주머니가 언제나처럼 웃으며 그녀를 반겼다.

"오랜만에 오네."

이수도 마주 웃으며 항상 주문하던 걸 시켰다. 물 잔과 밑반찬을 들고 그녀의 자리로 온 아주머니는 조잘조잘 묻지도 않은 이야기를 했다.

"요즘에 우리 가게에 새로운 단골이 생겼어."

"그래요?"

별로 관심 없었지만 이수는 습관처럼 리액션을 했다.

"엄청 잘생기고, 엄청 몸짱에, 엄청 돈 많은 남자."

그런 사람이 왜 고급 바에 안 가고 동네 생선구이 집에 오는 건가 싶어 이수는 한쪽 눈썹을 살짝 밀어 올렸다.

"내가 검사 아가씨 소개해줄까?"

이수는 질색하며 고개를 저었다.

"전 맞선 질렸어요."

"에이, 그래도 결혼 전까지는 많이 만나봐야지."

"전 결혼 못할 거 같아요."

그녀가 체념하듯이 하는 말에 아주머니가 깜짝 놀랐다.

"아니 왜? 이렇게 예쁘고 직업도 검사인데."

"성격이 나빠요."

재이의 말대로 대준이 착한 게 맞다면 그녀가 성격이 나쁜 거였다. 그러니 그가 아무런 잘못도 하지 않았는데 그녀가 일방적으로 그를 끊어내버리려고 하지.

"무슨 소리야? 얼마나 사근사근한데."

"아뇨. 진짜진짜 나빠요."

그녀가 농담하는 게 아니라는 걸 느낀 아주머니는 의아한 눈으로 그녀를 보다가 창문을 때리는 소리를 듣고 고개를 들었다.

"이번 가을에는 비가 많이 오네."

그녀도 고개를 돌려 창밖을 보았다. 어둠을 뚫고 내리는 비는 외롭고 쓸쓸했다. 그녀는 내리는 비를 보며 낮게 중얼거렸다.

"망할 비. 또 우산 없는데."

세상에도 비가 내리고, 그녀의 마음속에도 비가 내렸다.

"안녕하세요, 대표님."

아침마다 호텔 순회를 하며 각 업무 부서의 상황을 눈으로 직접 확인하는 그를 가장 반기는 건 1층 커피숍 여직원들이었다. 그가 맞선 볼 때부터 있었던 여직원들이라 그녀들이 인사할 때면 태준은 좀 난감한 기분이 되었다. 마치 그의 흑역사를 아는 부하 직원을 둔 느낌이었다. 그래도 호텔에 '맞선 킬러'라는 말이 돌지 않는 걸 보니 그녀들이 그의 과거에 대해 떠들고 다니지는 않는 것 같아 다행이었다.

"요즘 레스토랑이 인기라서 여기서 맞선 보는 사람들도 부쩍 늘고 있어요. 1층에서 차 마시고 마음 맞으면 올라가서 식사하는 코스로요."

태준의 시선이 창가 자리로 향했다. 그가 맞선 볼 때마다 앉았던 자리였다. 이수와 처음 만난 곳도 저기였다. 아마 그가 이수의 진짜 맞선남이 마시던 찻잔을 일부러 엎지만 않았어도 그들은 같은 공간에서 스쳐 지나가서 영원히 서로 모른 채 살 수도 있었을 거다.

그렇게 그가 시작한 인연을 이제 그녀가 끝내려고 하고 있었다.

그녀를 만나지 못하는 시간 동안 내내 생각해보았다. 그런데 몇 번이고 다시 생각해보아도 그가 그녀를 꼭 만나야 하는 이유보다 그녀가 그를 절대 만나면 안 되는 이유가 더 명확하게 현실에 맞닿아 있었다. 그녀가 그를 만나면 검사를 못 하게 될 수도 있으니까. 그녀가 그를 만나면 신변이 위험할 수도 있으니까. 결국 이 정도가 한계인가 보다. 아무리 해도 평범한 남자와 여자의 만남은 될 수 없었다.

"그러니 끝내는 게 맞는 건가."

그가 중얼거리는 소리를 듣고 총지배인이 그를 쳐다보았다.

"뭘 끝내시라는 건지?"

업무에 관한 이야기인 줄 알고 총지배인이 묻는 말에 태준은 표정 없이 짧게 고개를 저은 뒤 커피숍을 나왔다.

이수의 지시를 받고 박진웅을 조사해온 최 계장이 그녀에게 보고를 했다.

"특별히 이상한 점은 발견 못 했습니다. 공부 잘하고, 집안에 돈 좀 있고, 그런 애들 뻔하잖아요."

그 뻔한 틀 때문에 봐야 할 것을 못 보고 있는 걸 수도 있었다.

"사소한 거라도 이상한 거 없나요?"

최 계장은 수첩을 보며 대수롭지 않게 말했다.

"취미로 오토바이를 타기는 하는데 그거야 그 나이 남자애들이 다 환장하게 좋아하는 거라."

'오토바이'라는 말에 이수는 펜으로 책상을 툭툭 두드리다 물었다.

"어디로 가면 오토바이 타는 박진웅을 만날 수 있나요?"

"오토바이가 얼마나 빠른데요. 차로 쫓아도 못 잡을 겁니다."

"그럼 박진웅 오토바이는 집에 보관하고 있는 거예요?"

"아뇨. 부모님 몰래 타는 거 같았습니다."

"오토바이 보관 장소는 못 찾아내셨어요?"

최 계장은 수첩을 넘기며 대답했다.

"오토바이 보관소는 아니고 주로 경기도 공사장 쪽에서 어울리는 무리들과 오토바이를 타고 논다고 합니다."

"그럼 거기로 언제 가야 만날 수 있을까요?"

그녀의 질문에 최 계장은 난처한 표정을 지으며 물었다.

"설마 직접 찾아가시려는 건 아니죠?"

"가볼 생각인데요."

그녀의 겁 없는 말에 최 계장은 한숨을 내쉬며 말렸다.

"오토바이 안 타보셔서 모르시나 본데 굉장히 위험합니다."

"지금 상황으로는 박진웅을 검찰청까지 오게 하지도 못하잖아요. 사건 해결과 관련 없어 보여도 박진웅을 검찰청에 올 수 있게 만들 거리가 있을지도 모르니까."

그게 너무 위험한 발상 같았기에 그녀를 말렸다. 그래도 그녀가 뜻을 꺾지 않자 최 계장이 말했다.

"그럼 저도 같이 가겠습니다."

"고딩 만나러 가는데 어른들이 몰려가면 놀려요. 그냥 저 혼자 갔다 올게요."

최 계장은 불안한 눈으로 그녀를 보았다. 그녀의 열정이 어쩐지 이번에는 안 좋은 결과로 돌아올 거 같아서.

"만약 노승우가 아니라 박진웅이 진범이라면 너무 위험합니다."

"그럼 죄 없는 아이가 잡혀 있다는 거잖아요. 그런 일이 아무렇지 않게 일어나는 세상이 더 무섭지 않으세요?"

최 계장은 부정하지 못하고 한숨만 내쉬었다. 박진웅이 범인이라는 증거는 담당 검사의 의심 말고는 아무것도 없으니 경찰의 도움을 받을 수도 없었다. 지금 도움을 요청하면 검찰이 경찰 수사를 의심하는 거냐며 항의만 들어올 게 뻔했다.

마광호의 항암 치료가 다시 시작되었다. 아버지가 병원에 있을 때는 태준을 찾는 전화가 몇 배는 늘어났다. 아버지를 컨트롤할 수 있는 사람이 그뿐이었으니까. 사람들은 그가 아들이라서 괜찮을 거라 생각하는가 본데 그냥 그는 다른 사람들보다 더 잘 참는 욕받이일 뿐이었다.

와장창—!

병실 문을 열자마자 무언가 깨지더니 욕설이 들려왔다. 당황한 간호사가 허둥대고 의사가 사과하고 있었다. 그 모습을 보고 태준은 짧게 미간을 찌푸리고는 병실 안으로 들어가 아버지 때문에 곤욕을 치르고 있는 의료진에게 말했다.

"조금 뒤에 와주십시오."

그들은 살길을 찾는 사람처럼 바로 나가버렸다. 태준은 여전히 언짢은 기분을 거침없이 쏟아내는 아버지에게 다가가 그를 자제시켰다.

"제발 의료진한테까지 그러지 마세요. 그 사람들, 아버지 부하가 아닙니다."

"그래서 일을 거지같이 해도 참으라는 거야! 그것들이 일을 똑바로 했으면 내가 아직까지 이 거지 같은 곳에 있을 리가 있겠어!"

"일을 똑바로 했으니까 아직도 저한테 화내실 수 있는 겁니다."

살아 있는 걸 감사히 여기라는 그의 말에 마광호는 성난 눈으로 그를 노려보았다.

"너야말로 내가 빨리 뒈져버렸으면 좋겠지?"

"그래서 제가 죽으라고 하면 죽으실 거예요?"

"닥쳐! 이 썩을 놈아!"

한참이나 화난 아버지를 상대하다 병원 밖으로 나온 태준은 무너지듯 벤치에 앉았다. 피곤함이 몸을 짓눌렀다. 두 손에 얼굴을 묻고 꼼짝도 안 하고 있었는데 재이가 작은 목소리로 그를 불렀다. 태준은 얼굴에서 손을 뗐다. 재이가 물병을 그에게 내밀고 있었다. 태준은 고맙다고 말하고는 재이가 내민 물병을 받아 들었다.

"그만 퇴근해. 난 아마 오늘 병원에서 잘 거 같으니까."

입원 첫날이 제일 예민하니까 계속 옆에 있어야 할 것 같았다. 아버지를 걱정해서라기보다는 아버지가 다른 사람을 괴롭힐 게 신경 쓰여서였다.

"저도 있을게요."

"됐어. 집에 가. 안 아픈 사람이 병원에 오래 있어서 좋을 거 없어."

"저 빈혈 있어요."

재이의 동문서답에 태준은 병원 와서 처음으로 피식 실소를 지었다. 하지만 입가의 미소는 금세 신기루처럼 사라졌다. 태준의 표정이 다시 어둠 속으로 끌려가듯이 무거워지자 재이는 분위기를 바꾸기 위해 이수를 만났던 이야기를 꺼냈다.

"밤에 편의점 갔다가 은 검사님 만났어요."

태준이 고개를 들어 관심을 보이자 재이는 다행이라고 생각했다.

"같은 동네라서 우연히 마주치기도 하네."

그는 요즘 '춘향'에 자주 가지만 한 번도 이수를 만난 적이 없었다. 마치 그녀가 그와는 우연조차 거부하는 듯이.

"은 검사는 편의점에 뭐 사러 왔던 건데?"

사소한 일이지만 궁금했다. 그녀가 어떻게 살고 있는지. 그런데 재이는 대답하지 못하고 얼굴만 빨개졌다. 편의점에서 살 수 있는 것 중 말하기 곤란한 게 뭔지 태준은 짐작조차 할 수 없었다.

"은 검사님이 대표님이랑 저 어떻게 만났는지 물었어요."

그래도 그가 아직 이 세상에 사는 건 잊지 않고 있는 것에 감사해야 하는 건가. 태준은 재이가 준 물을 한 번에 다 마셔버렸다. 태준이 물을 많이 마시는 걸 보고 재이가 물었다.

"또 사다 드릴까요?"

목말라서 마신 게 아니었지만 태준은 고개를 끄덕였다. 재이가 다시 물을 사러 뛰어가서 혼자 남은 태준은 주머니에서 휴대폰을 꺼냈다. 이수의 전화번호를 막힘없이 눌렀지만 통화 버튼은 누르지 못했다. 그녀는 이번에도 분명 안 받을 테니까.

그의 전화는 냉정하게 무시하면서 그가 준 휴대폰을 아직도 가지고 있는 건 의아하긴 했다. 그가 무슨 목적으로 그 휴대폰을 주었는지 알게 되면 아마 그의 손에 직접 수갑을 채울지도 몰랐다. 그래도 그는 그녀에게 그 휴대폰을 주었어야만 했다. 그게 없으면 그녀가 위험에 처했을 때 그가 찾아갈 방법이 없었으니까.

태준은 그녀에게 연락하는 대신 그녀에게 준 휴대폰이 지금 어디쯤 있나 확인했다. 그녀가 가지고 있는 휴대폰이 서울을 벗어나고 있는 걸 보고 그의 눈매가 급격히 가늘어졌다. 검찰청과 집을 오가는 거리를 거의 벗어난 적이 없던 그녀가 완전히 낯선 장소로 향하고 있었다. 어쩌면 저번처럼 도훈과 함께 어딘가 가는 걸지도 몰랐기에 그의 표정이 어두워졌다.

그냥 휴대폰을 집어넣으려다 아무래도 감이 안 좋아서 이번엔 도훈의 전화번호를 눌렀다. 정말 필요할 때 외에는 절대 연락하지 않는 번호였다. 잠시 망설이던 태준은 통화 버튼을 눌렀다.

Rrrrrrrrrr— Rrrrrrrrrr—.

달칵—.

[네, 최도훈 검사입니다.]

"지금 어디 계십니까?"

[검찰청에서 일하는 중인데, 무슨 일 있습니까?]

도훈이 검찰청에 있다는 말에 태준의 표정이 날카로워졌다.

그럼 이수는 도대체 어딜 가고 있는 건가?

최 계장이 알려준 경기도의 공사장 앞에 도착한 이수는 차에서 내렸다. 공사가 중단된 지 한참되었는지 쇠 기둥과 콘크리트가 다 드러난 건물은 뼈만 남은 공룡처럼 괴기스러운 분위기를 풍기고 있었다.

버려진 공사장이라 불빛이 없었기에 이수는 휴대폰의 플래시를 켜서 빛을 만들어 앞으로 걸어나갔다. 최 계장의 말로는 주로 금요일에 이곳에서 오토바이를 탄다고 했는데 공사장은 적막하기만 했다.

"오늘은 안 왔나."

허탕 친 건가 생각하던 그때, 이수의 눈에 불빛 하나가 들어왔다. 그건 피우다 버린 담배꽁초에서 나온 아주 티끌만 한 불빛이었다. 이수는 곧장 그쪽으로 걸어가 버려진 담배꽁초들을 내려다보았다.

"하나, 둘, 셋, 넷, 다섯."

꽁초가 다섯 개였다. 그럼 다섯 명이 여기 있었다는 뜻인가? 허리를 숙여 막 담배꽁초를 손수건으로 감싸 집으려고 할 때 어둠 속 공사장 여기저기서 오토바이 소리가 들려왔다.

부릉— 부르르릉—.

오토바이도 사람 수대로 있는 것인지 한 대가 아니었다. 이수는 바로 허리를 펴서 소리가 들리는 쪽으로 휴대폰 플래시를 비추었다.

"박진웅 맞지?"

그녀가 어둠에 대고 묻자 그에 응답하듯이 오토바이 다섯 대가 어둠 속에서 튀어나와 그녀의 주위를 빙빙 돌았다. 그녀를 포위하는 것 같기도 했고, 위협하는 것 같기도 했다.

이수는 누가 박진웅인지 확인하기 위해서 빠르게 고개를 돌려 다섯 명을 살펴보았다. 다섯 명 모두 헬멧을 쓰고 있어서 얼굴을 확인할 수가 없었다.

"누가 박진웅이야?"

이수는 큰 소리로 외쳤다. 하지만 그들은 그녀를 비웃듯이 오토바이 앞바퀴를 세우며 더 요란하게 굴었다. 이수는 인상을 쓰며 주머니에서 검사 신분증을 꺼냈다.

"나 서울북부지검 은이수 검사다! 누가 박진웅이냐고!"

그녀의 말이 끝나기가 무섭게 오토바이 중 한 대가 그녀를 향해 돌진해왔다. 그대로 그녀를 칠 것처럼. 이수는 서둘러 몸을 옆으로 날려 가까스로 오토바이를 피했다.

하지만 오토바이는 바로 방향을 바꾸어 바닥에 쓰러져 있는 그녀를 위협하듯 야생동물처럼 엔진 소리를 냈다. 단지 그녀를 위협하려는 게 아니라 진짜 잡아먹기 직전에 짐승이 입맛을 다시는 느낌이었다. 이 자식이 박진웅이라는 확신이 들어서 이수는 주위에 있는 돌을 손으로 움켜잡았다.

부아아아앙—.

박진웅의 오토바이가 다시 그녀를 향해 거침없이 전진하던 그때 공사장 안으로 차 한 대가 돌진해 들어왔다. 그녀를 칠 것처럼 달려가는 박진웅의 오토바이를 향해 차가 더 무서운 속도로 달려오자 오토바이는 마지막에 방향을 바꾸어 어둠 속으로 달려갔다.

"야! 거기 서! 박진웅!"

이수는 벌떡 일어나 박진웅을 쫓아가려고 했지만 다른 오토바이가 그녀의 앞을 막아섰다.

끼이익—.

급하게 멈춰 선 차에서 달려 나온 태준이 그녀의 가장 가까이 있는 오토바이 운전자의 뒷목을 잡아 단번에 오토바이에서 끌어내렸다.

쾅―!

바닥에 메다꽂힌 사람의 몸에서 엄청난 소리가 났다. 같은 편이 당하는 걸 보고 다른 오토바이가 태준을 향해 달려들자, 그는 뒤돌려 차기로 오토바이 운전자를 일격에 날려버렸다.

우당탕―.

이번에도 운전자가 바닥에 곤두박질치면서 오토바이는 혼자 달려가 건물에 요란하게 박혀버렸다. 이수는 1분도 안 되는 시간에 벌어진 대참사를 놀란 눈으로 쳐다보았다.

부아앙―.

맨몸으로 오토바이를 상대하는 태준에게 겁을 먹고 남은 오토바이 두 대가 박진웅처럼 도망을 쳤다. 태준은 도망가는 놈들한테는 관심 없다는 듯 이수에게 다가가 물었다.

"안 다쳤습니까?"

이수는 할 말을 잃은 눈으로 그를 쳐다보았다. 박진웅을 잡으러 왔다가 마태준의 액션 쇼만 실컷 본 꼴이었다. 그는 마광호의 아들이 확실했다. 방금 그건 보통의 호텔 대표가 할 수 있는 일이 절대 아니었다.

❀

어찌 되었든 이수는 태준 덕에 폭주족 두 명을 관할 경찰서에 넘길 수 있었다. 이제 관건은 그 두 명과 박진웅이 함께 있었다는 걸 밝히는 거였다. 이수는 경찰에게 공사장에서 가져온 담배꽁초를 내밀었다.

"공사장에서 이놈들이 피웠던 담배예요. 도망간 세 놈 것도 있으니 꼭 다 잡아주세요."

경찰은 그녀가 내민 담배꽁초를 받으며 결의에 찬 표정으로 답했다.

"네, 감히 겁도 없이 검사님을 해치려고 한 놈들이니 저희가 반드시 잡겠습니다."

시간이 얼마 없었기에 이수는 경찰의 손을 잡으며 간곡히 부탁했다.

"가능한 한 빨리 잡아주세요. 한 아이의 인생이 걸린 일입니다."

경찰은 얼굴을 붉히며 꼭 잡겠다고 그녀에게 약속했다.

할 일을 마치고 터벅터벅 경찰서를 나온 이수는 아직 가지 않고 있는 태준을 발견하고 멈추어 섰다. 왜 하필 거기서 그가 또 튀어나온 거란 말인가. 그 덕분에 크게 다치지 않았으니 당연히 그에게 고맙다고 말해야 할 상황이었다. 하지만 그녀는 그럴 수가 없었다. 그녀는 두 눈에 힘을 잔뜩 주고 걸어가 그를 매서운 눈빛으로 보며 취조하듯이 물었다.

"혹시 나한테 준 휴대폰이 위치 추적되는 거예요?"

그렇지 않다면 그가 그녀가 있는 곳을 정확히 알고 올 수가 없었다. 누군지도 모르는데 최 계장이 태준에게 그녀가 있는 곳을 알려주었을 리는 없으니까. 태준이 대답을 못 하자, 이수는 주머니에서 검사 신분증을 꺼내 그의 얼굴 앞에 들이밀었다.

"그게 사실이라면 나 지금 대표님 바로 체포할 수도 있어요. 대표님은 지금 불법 위치 추적으로 법을 위반한 거라고요. 위치 정보의 보호 및 이용 등에 관한 법률 위치정보법 제40조에 따라 3년 이하의 징역 또는 3천만 원 이하의 벌금에 처해집니다."

검사가 사람 겁주는 방법은 간단했다. 일반인에게는 낯선 법문을 달

달 읊는 거다. 그래서 다신 이런 행동을 못 하게 공포감을 조성하는 것이다. 그러나 마태준은 일반인이 아니었다. 그녀가 감옥에 넣을 거라고 해도 그의 검은 눈동자는 조금도 안 흔들렸다. 오히려 그는 검사 신분증을 내민 그녀의 손목을 잡아내려서는 끌어당겼다.

"이 손 놔요!"

검사 신분증으로는 부족했나 보다. 수갑을 가져와서 채웠어야 했는데. 태준이 그녀의 손목을 잡고 걸어가자, 이수는 그의 손에서 벗어나려 안간힘을 썼다. 하지만 소용없었다.

"당장 서요! 내가 진짜 체포할 거예요!"

그에게 손목이 잡혀 끌려가던 이수는 골목에 깔린 모텔 간판들을 보고 화들짝 놀랐다. 뭐야, 설마 저기 가는 거야? 미쳤어! 안 돼!

"긁힌 상처에 바르는 약 좀 주십시오."

태준이 그녀를 끌고 간 곳은 약국이었다. 음란마귀가 씌었던 건지 눈에 모텔 간판만 보였던 이수는 태준의 옆에서 입을 꾹 다물고 서 있었다. 그녀가 방금 무슨 착각을 했는지 그에게는 절대 들키기 싫었다.

약국에서 약을 사온 태준은 그녀를 편의점 앞 파라솔 의자에 앉히고 그녀의 손을 뒤집었다. 공사장에서 넘어지면서 쓸렸는지 손바닥이 까져 붉은 상처가 덕지덕지 생겨 있었다.

아픈 줄도 몰랐다. 워낙 정신이 없어서. 그가 식염수를 상처에 쏟자 그제야 엄청나게 아파서 얼굴이 찌푸려졌다. 쓰린 상처 때문에 말투도 더 까칠하게 나왔다.

"오늘 날 구해준 것도 절대 고맙다고 안 할 거예요. 애초에 내 동의도 없이 나한테 그런 위치 추적기를 달아놓은 거부터 불법이에요."

"그래서 지금 검사님이 멀쩡히 걸어 다닐 수 있는 겁니다."

태준의 목소리가 평소와 달리 화가 난 듯해서 이수는 움찔했다.

"설마 지금 저한테 화내시는 거예요?"

"검사님이야말로 무슨 생각으로 거길 혼자 간 겁니까?"

"내 일이니까요."

이수는 당당하게 말했지만 날카로운 태준의 눈빛에 기가 죽었다. 화가 나니 눈빛이 장난이 아니었다. 평소에는 이빨을 숨기고 있는 호랑이였을 뿐이다.

"그래서 일이니까 다치고 죽어도 상관없다는 겁니까?"

"안 죽었잖아요."

순간 변하는 태준의 눈빛에 이수는 오싹했다. 태준이 그녀의 손목을 잡고 힘을 주어 당기자 그녀의 몸이 그에게 훅 끌려갔다. 이수는 당황해서 서둘러 한 손으로 그의 어깨를 밀었지만 그의 손에서 벗어날 수가 없었다.

"놔, 놔줘요."

그녀의 목소리가 두려움에 떨렸다.

"죽음도 무서워하지 않는 검사님이 뭘 두려워하는 겁니까?"

태준의 말이 꼭 그녀를 비웃는 거 같아서 이수의 표정이 딱딱하게 굳었다. 그녀가 말을 경솔하게 했다. 하지만 그가 이렇게 나오니 인정할 수 없었다. 겁먹은 걸 들킬 것 같았으니까.

그녀가 눈에 힘을 주고 노려보자 태준은 미간을 좁혔다. 그는 그녀를 위험에서 구해주려고 온 건데 그녀는 그를 악당 취급하고 있었다. 결국 그녀에게도 그는 마광호의 아들일 뿐이었다. 그녀는 다른 사람과 다를 거라는 생각은 단지 그의 착각이었는지도 몰랐다. 그럼 실망하고 그만 체념해야 하는데……

"나를 진짜 안 보고 싶으면……."

태준은 말과 반대로 손에 힘을 주어 그녀를 끌어당겼다. 바로 코앞까지 다가온 그녀의 얼굴은 두려움을 숨기느라 잔뜩 굳어 있었다. 그녀를 무섭게 하려던 게 아닌데 그녀는 지금 그를 무서워하고 있었다. 그게 슬프면서도 화가 나서 그의 눈빛에 더욱 냉기가 흘렀다.

"함부로 다치지도 마십시오."

그는 여전히 그녀를 원했다. 그런 자신이 너무 바보 같았다. 지독하고 잔인한 운명을 타고 태어난 것도 모자라 바보까지 되면 도대체 어떻게 살겠다는 건가.

이수로서도 너무 당황스러웠다. 그녀를 걱정하는 말을 이리 무섭게 하면 그녀보고 어찌하라는 건가 싶었다. 그녀는 그의 손을 힘껏 뿌리치고 벌떡 일어났다.

"내 몸은 내가 알아서 해요. 그러니까!"

그러니까 그녀의 앞에 함부로 나타나지 말라고 단호히 말해야만 했다. 그래야 끝낼 수 있었다. 그런데 그의 검은 눈빛을 똑바로 보며 그 말을 하는 게 쉽지 않았다. 자꾸 말이 목구멍 안으로 숨었다.

"그러니까."

그녀가 두 눈에 힘만 잔뜩 주고 말을 잇지 못하는 걸 보고 그의 눈매가 가늘어졌다. 이수는 약해지는 마음을 들키기 싫어 서둘러 몸을 돌렸다.

"함부로 위치 추적한 건 이번만 봐줄 거예요. 다시는 하지 마요. 또 하면 그땐 진짜 나랑 검찰청에서 보게 될 테니까."

그녀는 그에게 경고하고 앞으로 걸어갔다. 또 그가 붙잡으면 어쩌나 불안한 마음에 그녀의 걸음은 빨라졌다. 다행히도 그는 그녀를 붙잡

지 않았다. 징역 몇 년, 벌금 얼마 하는 법문을 줄줄이 읊은 것보다 검
찰청에서 검사와 피의자로 보자는 말이 그에게는 더 위협이었나 보다.

우여곡절 끝에 집으로 돌아온 이수는 그대로 소파 위에 쓰러졌다.
꼭 사하라 사막을 맨몸으로 건너서 집에 돌아온 기분이었다. 이수는
쿠션에 얼굴을 박은 채 중얼거렸다.

"박진웅, 넌 내 손에 죽었어."

그녀는 이 모든 걸 박진웅 탓으로 돌리며 욕을 했다.

―나를 진짜 안 보고 싶으면 함부로 다치지도 마십시오.

태준의 말이 다시 생각나자 손의 상처가 더 쓰리고 아픈 듯했다. 이
수는 벌떡 일어나서 가방을 뒤집어 안에 있는 내용물을 바닥에 다 쏟
았다.

그녀의 물건들 속에 섞여 있는 태준이 준 휴대폰을 집어 든 이수는
그걸 상자에 넣었다. 그리고 휴대폰을 넣은 상자를 완전히 밀봉한 뒤
손으로 두 눈을 꾹 눌렀다.

그녀가 다칠까 봐 달려와준 그에게 불법이라고 몰아붙인 자신이 너
무 싫어졌다.

꼭 그렇게 끝냈어야 했나? 그렇게 치졸하게?

Episode 11

어쩌다 제주도

비서가 태준의 책상에 작은 상자를 내려놓았다. 그 상자를 태준이 묵직한 시선으로 쳐다보기만 하자 비서가 조심스럽게 물었다.

"따로 시키실 일은……?"

"없습니다. 괜찮으니까 나가봐요."

비서는 꾸벅 인사를 하고 집무실을 나갔다. 혼자 남은 태준은 천천히 손을 뻗어 상자를 만졌다. 그의 손가락 끝이 가리킨 곳에 '은이수'라는 이름이 적혀 있었다. 열어보지 않아도 무엇이 들어 있는지 알 수 있었기에 태준은 상자를 열지 않고 그대로 책상 안에 넣었다.

창밖의 쨍한 햇빛을 보던 그의 목울대가 한 번 크게 요동쳤다. 하지만 그는 그녀와 달리 오래 감정에 흔들리지 않았다. 그의 인생은 언제나 고난이었으니까. 그 고난을 지나오며 그가 잘하게 된 게 바로 '인내'였다. 참으면 결국 무뎌졌다. 이번에도 그럴 거다.

호텔에서 나온 태준은 항암 치료를 받는 아버지를 만나러 병원으로 향했다.

드르륵ㅡ.

태준이 병실 문을 열고 들어갔을 때 마광호는 잠을 자는 듯 두 눈을 감고 있었다. 아픈 뒤에야 아버지의 자는 모습을 처음 보게 되었다. 그도 평범한 사람들처럼 힘들면 자는구나. 그게 처음 봤을 땐 너무 기

이했었다.

"아버지."

그의 부름에도 마광호는 아무런 응답이 없었다. 그래도 태준은 계속 말했다.

"M 엔터테인먼트 사장 임명 조금만 미루어주십시오. 제가 더 적당한 사람을 데려오겠습니다."

박만수로 거의 확정되는 분위기였다. 예전이었다면 마광호가 막았을 테지만 요즘은 자기 몸 지켜내는 것도 힘들어서인지 큰 반대를 하지 않고 있었다. 그래서 태준이 움직일 수밖에 없었다.

"일본에서 강한 아저씨 모셔오겠습니다."

그제야 마광호가 천천히 눈을 떠서 그를 돌아보았다. 몸은 약해져도 사람을 칼로 찌르는 듯한 안광만은 여전히 살아 있었다.

"그리 핑계 대고 또 도망칠 생각이겠지."

아버지의 빈정거림에 태준은 눈살을 찌푸렸다. 그가 몇 번이나 비행기를 타고 떠나버리긴 했지만 그렇다고 다 큰 아들의 여권을 빼앗아 금고에 보관하고 있는 아버지 역시 만만찮기는 마찬가지였다.

"강한 아저씨와 함께 돌아올 겁니다."

그건 정말 진심이었다.

"저한테는 책임져야 할 호텔도 있으니까."

"다 망해가는 호텔."

아버지의 조롱에 태준은 언짢은 표정으로 반박했다.

"이젠 아닙니다. 곧 제주도 리조트도 되찾아올 겁니다."

"나한테 돈 달라고나 하지 마."

"나쁜 짓 해서 번 돈, 저도 필요 없습니다."

태준의 거절에 마광호는 더 날 선 눈빛으로 그를 노려보았다.

"그래서 그 호텔 산 돈은 엄청 깨끗한 돈이었나 보지?"

태준은 주먹을 꽉 쥐며 화를 참았다. 아버지와 싸우려고 온 게 아니었다. 태준은 인내심을 가지고 말했다.

"제가 호텔 대표로 있는 한 절대 도망가지 않습니다. 그러니 여권 주세요."

마광호는 서늘한 눈으로 손을 내밀고 있는 아들을 바라보았다. 얍삽한 거짓말을 할 놈이 아니라는 건 그도 잘 알고 있었다.

"그래야 할 거야. 네가 그리 말하고도 도망치면 호텔에 있는 인간들이 그 대가를 대신 치르게 될 테니까."

그래도 습관처럼 협박했다. 태준이 도망갈 작은 구멍조차 차단하기 위해. 그가 아들과 소통하는 방법은 이게 유일했다.

이수는 출석 요구서를 직접 들고 박진웅의 고등학교로 찾아갔다. 그는 학교 수업을 받고 있었기에 공사장에서처럼 그녀를 피해 갈 수 없었다. 다른 학생들처럼 교복을 입고 있어서인지 영락없는 고등학생의 모습이었지만 이수는 그런 겉모습에 더는 속지 않았다.

"우리 또 보네."

"검사라는 직업은 엄청 한가한가 보죠?"

무려 그녀를 오토바이로 쳐서 해치려고 했으면서 눈썹 하나 깜빡이지 않고 말하는 박진웅의 뻔뻔한 태도를 이수는 싱긋 웃음으로 받았다. 여기서 흥분해봤자 그녀만 철없는 어른이 되는 거였다. 이수는 가방에서 출석 요구서를 꺼내 박진웅에게 내밀었다.

"네가 이걸 자주 무시해서 말이야, 이번에는 내가 직접 가져왔어."

박진웅은 주머니에 손을 넣은 채 어깨만 으쓱했다.

"전 아무것도 모릅니다. 그래서 안 간 거뿐이에요."

"아! 이건 노승우 사건 참고인 자격이 아니라 내가 오토바이로 나한테 상해를 입히려고 한 것에 대한 용의자로 검찰청 오라는 거야."

처음으로 박진웅의 눈썹이 짧게 꿈틀거렸다.

"무슨 말씀이신지 전혀 모르겠네요."

그래도 목소리에 흔들림이 없는 건 칭찬해주고 싶을 정도였다. 이놈은 커서 아주 좋은 법조인이 되거나 아주 악질적인 범죄자가 될 거다.

"그날 공사장에 있던 담배꽁초에서 네 DNA가 나왔거든."

박진웅의 DNA를 확보하는 건 최 계장의 도움을 받았다. 그녀 혼자였다면 이 미꾸라지 같은 놈을 절대 못 잡았을 거다.

"감히 검사를 오토바이로 치려고 했던 놈이 누구인지 난 꼭 밝혀야 해서 말이야."

그 일로 박진웅을 기소할 가능성은 희박했지만 덕분에 박진웅을 검찰청으로 끌고 올 건수를 만들 수 있었다. 관할 구역이 확실히 정해진 경찰과 달리 검찰은 1인이 사법 체제였기에 수사상 필요할 때는 관할 구역 외의 사건도 수사할 수 있었다. 그래서 이수는 박진웅의 가슴에 출석 요구서를 힘껏 밀어 넣었다.

"이번엔 출석 거부하면 바로 체포 영장 나온다."

그녀의 강한 경고에 박진웅은 매서운 눈으로 그녀를 노려보았다. 아마도 지금껏 미꾸라지처럼 잘 빠져나가며 살았던 박진웅을 처음으로 들이박은 게 그녀이리라.

"그러니 꼭 와라. 수갑 차서 끌려오고 싶지 않으면."

그녀도 지지 않고 받아쳐준 뒤 휙 몸을 돌려 학교 복도를 걸어갔다. 어쩐지 이 어린놈과의 싸움이 아주 길어질 것 같다는 불길한 예감이 들었지만 그녀는 씩씩하게 걸어갔다. 그래도 검사인데 저런 핏덩이에게 질 수는 없었다.

❀

일본에 가기 위해 집을 나서던 태준은 밖에서 그를 기다리고 있던 김상철과 경호원을 발견하고는 걸음을 멈추었다. 탐탁지 않은 표정을 짓고 있는 그에게 김상철이 다가와 설명했다.

"회장님이 너 혼자 보내면 안 된다고 해서."

그도 이렇게 불편한 동행들을 달고 비행기를 탈 생각은 없었다. 이건 경호가 아니라 감시였으니까.

"일본에서 일 끝나자마자 돌아올 거야. 그러니까 혼자 가게 해줘."

태준이 부탁했지만 김상철은 고개를 저었다.

"서로 힘 빼지 말고 가자."

이미 태준은 힘이 다 빠져버렸다. 그래서 공항에 가는 내내 입을 꾹 다물고 망부석처럼 앉아 있었다.

김상철은 룸미러로 뒷좌석에 앉아 있는 태준을 살펴보다 휴대폰 벨소리가 울리자 고개를 돌려 전화를 받았다. 김상철은 상대방이 하는 말만 전해 듣다 전화를 끊기 전에야 한마디 했다.

"알아봐."

전화를 끊은 김상철은 잠시 창밖으로 스쳐 지나가는 서울의 풍경을 보다 태준에게 물었다.

"요즘도 여검사 만나?"

태준은 단번에 눈빛이 차가워져서 김상철에게 경고했다.

"안 만나. 그러니까 은 검사 주위에 사람 붙여놨으면 당장 빼."

그가 김상철에게 부탁한 건 마정옥에 대한 감시였다. 그러니 아무리 김상철이라도 이수의 주위에 있는 건 용납할 수 없었다.

김상철은 별 대꾸 없이 앞만 보고 앉아 있었다. 태준은 김상철이 갑자기 이수에 관해 묻는 게 불길해서 김상철의 뒤통수를 노려보다가 제 풀에 지쳐 두 눈을 감았다. 다른 사람에게 뭐라고 할 게 아니라 그만 그녀의 앞에서 사라져주면 되었다. 그게 그녀에게 제일 좋은 일이라는 게 그를 한없이 쓸쓸하게 만들었다.

공항에 도착하니 더더욱 사람들의 눈에 띄었다. 안 그래도 혼자 다녀도 눈에 띄는 태준이었는데 뒤에 검은 덩치들까지 세트로 있으니 10M 앞부터 마치 홍해가 갈라지듯이 사람들이 알아서 피해주었다.

평소 조용히 다니는 걸 좋아하는 태준은 정말 참을 수가 없었다. 이런 상태로 일본까지 다녀와야 한다는 게 제일 큰 재앙이었다. 도망칠 수 있다면 좋겠지만 김상철이 같이 있으니 거의 불가능했다. 그는 태준을 잡는 데 세계 1등인 인물이었다.

공항 의자에 세상에서 제일 불행한 사람처럼 앉아 있는데 김상철이 다가와 그의 옆자리에 앉았다.

"혼자 있고 싶어."

아까도 그리 말했고, 그건 지금도 변함이 없었다. 그런데 김상철이 미동도 없이 앉아 있으니 태준은 고개를 돌려 그를 노려보았다. 그래도 김상철은 개의치 않고 앞만 보며 말했다.

"일본에 혼자 갈 방법이 아예 없는 건 아니야."

이건 또 무슨 수작인가 싶었다. 아버지의 명령을 받고 쫓아왔으면서 그에게 도망갈 구멍을 친히 알려주겠다는 건 여러 모로 수상했다.

"제주도에도 일본 가는 비행기가 있어. 네가 국내선에서 제주도행 비행기를 타도 일본 가는 건 똑같으니 굳이 회장님께 보고할 필요는 없겠지."

"무슨 속셈이야?"

태준이 날 선 시선으로 보며 의심을 풀지 않자 김상철은 고개를 돌려 그를 보며 사나운 인상을 그나마 순화시키는 짧은 미소를 지었다.

"여검사, 지금 김포공항에 있다."

태준의 눈살이 찌푸려졌다. 설령 그게 사실이라고 해도 그걸 그에게 알려주는 김상철의 의도가 전혀 달갑지 않았다.

"난 분명 말했어. 이제 안 만난다고."

"나도 네가 일본에 혼자 갈 방법 알려준 거지 딴 뜻은 없어."

태준은 주먹을 꽉 움켜쥐었다. 김상철이 좋은 의도로 말하는 게 아닐 테니 넘어가면 안 되었다. 거기에 넘어가면 또 그녀를 위험에 노출시키는 것밖에 안 되었다. 이수에게는 마정옥이나 김상철이나 똑같이 독 같은 존재일 뿐이었다.

태준이 미동 없이 앉아만 있자 김상철은 '쯧' 짧게 혀를 찼다. 그에게도 검사가 달가운 존재일 리가 없었다. 태준이 검사를 만나는 걸 알아냈을 때 단번에 잘라냈어야 했다. 하지만 태준을 처음으로 먼저 움직이게 한 여자였다. 그래서 등을 떠밀어 보는 거다.

지금 그녀를 놓치면 태준은 정말 평생을 혼자 살 수도 있었다. 마광호의 핏줄이 끊어지는 건 김상철에게도 재앙이었다. 개죽음당하기 딱 좋은 길거리 깡패였을 뿐인 그는 마광호의 인정을 받아 이 자리까지 왔다. 그랬기에 태준이 마광호의 핏줄을 단절시키는 걸 김상철은 결코 바라지 않았다. 태준에게 당근이 통하지 않자 김상철은 머뭇거림 없이 채찍을 꺼냈다.

"네가 정말 관심이 없어졌다면 이젠 처리해도 되겠네."

김상철의 말에 태준의 눈빛이 사나워졌다.

"무슨 소리야?"

김상철은 감정 없는 메마른 목소리로 말했다.

"어쨌든 최경호도 흑룡파 식구였으니까. 식구를 건드린 검사를 그냥 둘 수는 없잖아. 겁이라도 줘야 다음에 조심하지."

최경호가 횡령죄로 감방에 들어갔으면 이런 말을 할 수 없었다. 흑룡파와는 전혀 상관없는 성폭행이었기에 김상철은 여전히 최경호를 식구라고 말하며 편을 들었다.

태준은 단번에 김상철의 멱살을 움켜잡아 숨통을 틀어막았다. 숨쉬기가 버거울 텐데도 김상철의 표정은 거의 변화가 없었다. 주위에 있던 경호원들만 사색이 되어 어찌해야 하나 난감해하고 있었다. 그들에게 지시를 내리는 건 김상철이지만 공격을 하는 태준은 마광호의 아들이었다. 그들이 섣불리 나설 수 있는 상황이 아니었다.

"이미 늦었어, 태준아."

태준이 멈추고 싶었다면 여검사와 함께 최경호의 파티에 가면 안 되었다. 그리고 여검사에게 최경호에 대한 자료를 넘기면 안 되었다. 여검사를 지키겠다고 그리 노력해서도 안 되는 것이었다. 이미 태준은 너무 많은 실수를 해버렸다.

"이래서 이 세계에서는 약점 같은 거 절대 만드는 게 아니야."

김상철이 뱉어내는 말은 그대로 태준의 가슴에 비수로 꽂혔다. 그가 누군가를 사랑하면 그건 그의 약점이라고 말하고 있는 것이었으니까.

❀

날씨 좋은 주말이라서인지 제주도에 가는 사람들이 엄청 많았다. 이수는 그 사람들 틈에 끼어 중얼거렸다.

"나만 빼고 다들 여행 많이 가나 보네."

사법 고시 공부를 시작한 뒤 처음 타보는 비행기였다. 사법 고시만 붙으면 그땐 자유로울 줄 알았는데 날고 기는 인간들한테 지지 않기 위해서 그녀는 더 열심히 해야 했다. 그래서 쉬는 날 여유로운 여행은 그녀에게 남의 나라말과 같았다. 이번에도 결혼식 아니었으면 제주도까지 갈 엄두도 못 냈을 거다.

제주도에 다녀와서 박진웅을 상대할 생각에 머리가 복잡해진 이수는 걸어가다가 반대편에서 오는 사람과 부딪혔다.

"죄송합니다."

그녀는 반사적으로 사과했는데 그녀와 부딪힌 여자는 그녀를 짧게 흘겨보며 그냥 지나쳐 갔다. 분명 여자도 휴대폰을 보며 한눈팔다 부딪힌 거였는데 말이다. 그런데 여자의 까칠한 태도보다 여자의 입술에 발라진 오렌지색 립글로스가 더 거슬렸다. 그녀가 잃어버린 것과 같은 색이었다. 겨우 잊고 있었는데 하필 여기서 마주치다니.

이수는 모르는 여자의 뒷모습을 애증의 눈으로 쳐다보다가 가던 길을 가려고 고개를 돌렸다. 그때 어깨에 묻은 오렌지색 립글로스가 눈에 들어왔다. 아까 여자가 부딪힐 때 그녀의 옷에 묻힌 거였다. 하필

하얀색 옷이라 더 눈에 튀었다.

"이런 망할 오렌지."

이수가 씩씩거리며 화장실로 방향을 틀었을 때 태준이 공항 입구에 들어서며 그녀를 찾아 주위를 두리번거렸다. 사람을 찾기에 공항은 굉장히 넓고 사람은 너무 많았다. 태준은 우선 비행기 표를 끊어주는 항공사가 있는 쪽으로 성큼성큼 걸어갔다. 그의 거침없는 전진에 사람들이 먼저 알아서 길을 터주었다.

태준은 이수의 얼굴이 보일 때까지 계속 걸어갔다. 마지막 항공사까지 걸어가도 이수를 찾을 수 없자 그는 손으로 거칠게 머리를 쓸어 올리며 제자리에서 사방을 둘러보았다. 설마, 벌써 출국장으로 들어갔나? 출국장 쪽으로 가보려고 몸을 돌리는데 무언가 그의 다리에 찰싹 달라붙는 느낌이 났다. 고개를 내려 아래를 보았다가 그는 자신을 빤히 올려다보는 작은 여자아이와 눈이 마주치자 당황했다. 그가 아는 사람 중 이렇게 작은 인간은 없었다.

"아빠?"

아이의 말은 더 당황스러웠다. 그는 총각이었으니까.

이수는 여자 화장실에서 아예 윗옷을 갈아입고 립글로스가 묻은 옷을 물에 적셔 자국이 지워질 때까지 박박 비볐다. 그녀는 분명 싫어하는 색이 없었는데 이젠 이 오렌지색만 보면 부아가 치밀었다. 앞으로 오렌지색 립글로스는 물론, 오렌지색 구두, 오렌지색 옷, 오렌지색 가방…… 전부 피하게 될 것 같았다.

대충 립글로스 자국을 지운 옷을 캐리어에 집어넣고 화장실을 나오던 이수는 태준의 뒷모습을 본 것 같아서 흠칫 놀라며 멈추어 섰다. 하지만 남자는 아이를 안고 있었다. 태준한테 아이가 있을 리가 없었다.

"이젠 헛게 다 보이네."

이수는 한숨을 푹 내쉬고는 서둘러 항공사로 향했다. 그녀가 휴대폰으로 시간을 보며 탑승 시간까지 얼마나 남았나 확인하는데 애타게 아이 이름을 부르는 부모의 목소리가 들려왔다.

"다림아!"

"네 살 여자아이 못 보셨어요? 갈래머리에 오렌지색 옷 입은."

이수는 그냥 지나치려고 했는데 오렌지색 옷이라는 말에 발길이 멈추었다. 아까 태준인 줄 착각한 남자가 안고 있던 여자아이의 옷이 분명히 오렌지색이었다. 영원히 고통받는 오렌지의 저주에 빠진 기분이었다. 어찌해야 하나 잠시 갈등하던 이수는 몸을 돌려 왔던 길을 다시 뛰어갔다. 젠장. 오늘 제대로 비행기나 탈 수 있을지 모르겠다.

태준은 부모를 잃은 아이를 공항 미아보호소에 맡기려고 했다. 쉽게 찾을 수가 없자 그는 눈에 보이는 공항 직원을 붙잡고 물었다.

"부모 잃은 아이인데 어디에 맡기면 됩니까?"

공항 직원은 태준과 아이를 빤히 쳐다보았다. 아이가 미아라고 하기에는 태준의 목을 너무 꽉 끌어안고 있었다. 마치 절대 헤어질 수 없다는 듯이.

"진짜 모르는 아이예요?"

"네, 모르는……."

"아빠."

아이가 생각 없이 뱉은 말의 파장은 꽤 셌다. 공항 직원은 이제 대놓고 그를 유아 유기범 쳐다보듯이 했으니까. 여기서 그의 아이가 아니라고 열심히 해명하는 것도 이상했다. 태준은 고개를 돌려 아이를 보았다. 아이가 그를 보고 히죽 웃었다. 아이 때문에 그가 굉장히 곤란해졌는데도 여자아이의 웃는 얼굴을 보니 기분이 이상해졌다.

"넌 아저씨가 안 무섭니?"

아이에게 물었는데 대답은 뒤에서 그의 옷을 세게 잡아당기는 손길이 대신했다.

"남의 아이 데리고 여기서 뭐 하는 거예요!"

아이를 맡기고 이수를 찾으려고 했는데 오히려 그녀가 그를 찾아냈다. 그는 신기했고, 그녀는 화가 나 있었다.

"정말 감사합니다."

아이의 부모와 만났을 때에야 태준은 아이가 왜 그를 아빠라고 했는지 알 수 있었다. 아이의 아빠도 그만큼이나 키가 컸다. 한국에서 그 정도로 키 큰 사람이 흔치 않아서 그를 아빠라고 착각한 것 같았다. 그런데 얼굴은 전혀 안 닮았는데 왜 난감하게 아이가 계속 그를 아빠라고 했는지는 좀 의아하긴 했다.

아이는 진짜 아빠의 품에 안긴 뒤에도 태준을 향해 손을 뻗었다. 태준은 또 안아주는 대신 잘 가라고 손을 흔들어주었다. 이수는 그런 태준을 떨떠름한 눈으로 쳐다보았다.

"고작 몇 분 같이 있었으면서 엄청 애틋한 작별이네요."

"그러네요."

"비꼰 거거든요."

그녀의 까칠한 말에 태준은 그제야 고개를 돌려 이수를 보았다. 그녀는 캐리어를 끌고 혼자 항공사 쪽으로 걸어가고 있었다. 태준이 뒤따라가자 이수가 경고했다.

"나 쫓아오지 말고 갈 길 가세요. 난 지금 대표님 때문에 비행기 시간 빠듯하거든요."

"어디 갑니까?"

"말하면 쫓아오기라도 할 거예요?"

"전 제주도에 가야 합니다."

이수는 멈추어 서서 냉정한 눈으로 그를 돌아보았다.

"설마 이번에도 내가 제주도 가는 거 미리 알고 있었어요?"

태준은 아니라고 고개를 저었다. 하지만 지금 이 순간 그가 신용을 받기에는 그와 그녀 사이에 수상한 일이 너무 많았다. 이수는 의심스러운 눈으로 그를 쳐다보다 다시 움직였다. 지금 그런 걸 따질 시간은 없었으니까.

"그런데 돈이 없습니다."

그녀의 걸음이 삐거덕거리며 다시 멈추었다. 그녀가 돌아보자 태준이 태연하게 말했다.

"돈 좀 빌려주십시오."

이수는 기가 찬 표정으로 태준을 올려다보았다.

"지금 검사 삥 뜯으세요?"

검사 유혹도 했는데 돈쯤이야.

"사정이 있어서 카드를 쓸 수 없습니다."

의심 많은 아버지가 김상철만 믿고 그에게 여권을 내주었을 것 같지는 않았다. 그러니 가능한 그의 카드는 안 쓰는 게 안전했다.

"도대체 그 사정이라는 게 뭔데요?"

"그건 말할 수 없습니다."

이젠 대놓고 말하지 않겠단다. 별로 놀랍지도 않았다.

"그럼 내가 대표님한테 돈을 꼭 빌려줘야 할 이유 하나만 대봐요."

그가 무슨 말을 하건 절대 안 빌려줄 생각이었다. 어차피 그녀가 시원찮은 이유라고 까면 그만이니까.

"검사님이 돈 안 빌려주면 최경호보다 더 나쁜 놈이 M 엔터테인먼트 사장이 될 겁니다."

이런 젠장. 그가 거짓말한다는 걸 밝혀낼 방법이 없었던 이수는 그를 노려보며 카드를 꺼냈다.

"얼마면 돼요?"

거의 '얼마 먹고 떨어질래.'라는 말투였지만 태준은 짧게 웃었다. 그래도 빌려준다는 거니까.

"비행기 표만 끊어주면 됩니다."

이수는 할 수 없이 태준과 함께 항공사까지 갔다. 이수는 자신의 표를 끊으면서 직원에게 물어보았다.

"남는 좌석 있나요?"

모든 운명은 항공사 직원의 대답에 맡기기로 하고 그녀는 직원의 입만 뚫어지게 보고 있었다.

"네, 비상문 쪽에 하나 남았습니다. 그래도 예매하시겠습니까?"

하필 남아도 비상문 쪽인가. 설마 위험하니 대피하라는 뜻인가? 그녀가 힐긋 태준을 올려다보자 그는 괜찮다는 듯 고개를 끄덕였다. 그녀는 별로 안 괜찮았지만 그녀의 카드로 태준의 비행기 표도 샀다.

원래 계획했던 여행보다 더 많은 사건을 겪고 탑승 게이트까지 온 이수는 벌써 지쳐서 의자에 털썩 주저앉았다. 그녀가 두 눈을 감고 온 몸으로 말 걸지 말라는 분위기를 풍기고 있었기에 태준은 조용히 창밖을 보았다. 통유리 밖으로 비행기가 하늘을 날아오르는 게 보였다.

아버지가 돌아가셨다는 소식을 듣고 한국에 들어온 지 벌써 1년이 훨씬 넘었다. 지금 마음만 먹으면 또다시 저 비행기를 타고 아주 멀리 떠날 수도 있었다. 그가 마광호의 아들인 게 상관없는 곳으로. 모든 걸 처음부터 시작할 수도 있는 낯선 땅으로.

태준은 고개를 돌려 두 눈을 감고 있는 이수를 보았다. 그녀의 얼굴을 보니 그러고 싶은 마음이 더욱 강렬해졌다. 태준은 충동을 참으려고 다시 앞을 보았다. 그러나 마음은 제멋대로 하늘을 날아올랐다.

"내가……."

이수는 그의 목소리를 들었지만 눈을 뜨지 않았다. 그의 도움 없이는 최경호를 잡을 수 없었기에 어쩔 수 없이 비행기 표를 끊어준 거였다. 하지만 여기까지였다. 더 이상은 안 되었다.

"같이 멀리 떠나자고 하면 미쳤다고 할 겁니까?"

그녀의 미간이 짧게 찌푸려지더니 눈꺼풀이 위로 올라갔다. 이수는 고개를 돌려 옆자리의 태준을 보았다. 쏟아지는 햇빛 속에 꼿꼿하게 앉아 있는 태준은 그녀가 아니라 창밖의 비행기를 바라보고 있었다. 아니, 하늘을 나는 비행기보다 더 먼 곳을 보는 눈빛 같기도 했다.

이수는 엄청난 말을 너무 쉽게 하는 태준의 얼굴을 한참이나 말없이 쳐다보다 입을 열었다.

"내가 그러자고 하면 진짜 그럴 수 있어요?"

당연히 바로 미쳤느냐고 화를 낼 줄 알았던 그녀가 오히려 반문해오자 태준은 놀란 눈으로 그녀를 돌아보았다.

"아버지가 항암 치료 중 아니에요? 호텔은 어쩔 건데요? 자기 엄마보다 대표님을 더 잘 따르는 마리는요?"

그녀의 말이 이어질수록 태준의 표정은 굳어졌다. 그녀가 미워질 지경이었다. 그래서 태준은 시선을 돌리며 차갑게 말했다.

"싫으면 그냥 싫다고 한마디만 하면 됩니다."

"대표님이야말로 이기적인 질문으로 나만 나쁜 사람 만들고 있어. 치사하게."

투덜거리며 눈을 감는 그녀를 태준은 너무하다는 눈으로 쳐다보았다. 그러나 그녀의 말도 틀린 게 아니었다. 그는 자신이 너무 경솔했다는 생각이 들었다. 그는 쉽게 떠날 수 있을지 몰라도 그녀한테는 그리 쉽게 물어서는 안 되는 말이었다. 그녀는 그보다 더 이 나라에 있어야 할 이유가 많을 테니까.

그래도 빈말이라도 같이 떠나줄 수 있다는 대답을 해준다면……. 태준은 버리고 싶어도 버려지지 않는 이 마음에서 조금은 벗어날 수 있을 것 같았다. 이젠 비행기를 타고 아무리 멀리 떠나도 그의 마음속에 남아 있는 그녀에게서 벗어나는 건 불가능했다.

언제부터 시작된 걸까. 도대체 그는 그녀와 무엇을 하고 싶은 걸까.

바로 옆에 그녀가 있는데도 태준은 알 수가 없었다.

하늘을 날고 바다를 건너 금방 제주도에 도착했다. 이렇게 빨리 올 수 있는 곳을 그녀는 참으로 어렵게 왔다. 드디어 태준과 헤어지고 진짜 여행이 시작될 시간이라 이수는 기분이 다시 좋아졌다.

"그럼 잘 가세요."

비행기 탈 때와는 눈에 띄게 달라진 그녀의 밝은 표정을 보고 태준은 무뚝뚝하게 물었다.

"나랑 헤어져서 기분이 좋은 겁니까?"

"아뇨. 제주도라서 좋은 거죠."

태준은 전혀 믿음이 안 간다는 눈빛으로 그녀를 보며 말했다.

"일본행 비행기 표까지만 사주십시오."

"네? 일본이요?"

아직도 남았단 말이야?

"네, 이게 마지막입니다."

그가 말하는 '마지막'이란 말은 전혀 신용이 안 갔다.

"일본 가는 거면 김포에서 바로 갈 수 있었잖아요. 그런데 왜 굳이 제주도를 거쳐 가는 건데요?"

"그럴 수밖에 없었습니다."

그는 대답했지만 안 한 거나 마찬가지였다. 만약 여기가 검찰청이었다면 그런 식으로 성의 없이 대답한 그는 그녀의 손에 죽었을 거다.

그러나 이미 그에게 돈을 빌려주기로 했기에 이수는 그냥 찜찜한 마음을 품은 채 태준과 함께 일본행 비행기 표를 끊으러 갔다. 그런데 한 번 꼬인 건 절대 한 번에 풀리지 않나 보다.

"오늘 비행기는 만석이고 내일 비행기가 있습니다."

일본에 가고 싶으면 하루를 기다리라는 말에 이수는 태준을 돌아보며 물었다.

"다른 항공사로 가볼까요?"

"그러죠."

태준이 순순히 그러자고 해서 이수는 바로 다른 항공사로 향했다. 태준을 빨리 일본으로 보내야 그녀도 제주도에서 편하게 쉬다 갈 수 있을 거 같으니까.

다행히 다른 항공사에는 오늘 출발하는 표가 있었다.

"비즈니스석인데 괜찮으세요?"

좀 비싼 좌석만 남았을 뿐이었다. 그녀가 탈 비행기도 아니었지만 돈이 좀 아깝다는 생각이 들었다. 하지만 돈 많은 그에게는 그저 껌값 정도일 것이기에 이수는 아무 문제 없다는 듯이 웃으며 카드를 내밀었다. 그녀의 카드를 받은 항공사 직원이 시원하게 카드를 긁다가 난감한 표정을 지었다.

"죄송한데, 한도 초과네요. 다른 카드 있으신가요?"

이번엔 그녀의 카드가 그녀를 배신했다. 도대체 왜! 오래간만에 제주도에 온다고 이것저것 긁기는 했지만, 그렇다고 이리 가난하지는 않았다고.

"검사 월급이 생각보다 적나 보네요."

태준이 건넨 한마디에 이수는 화난 눈으로 그를 돌아보았다. 이게 누구 때문인데! 그녀 혼자 제주도를 여행하기에는 충분한 금액이었다. 그런데 태준 때문에 거지가 되어 여행하게 생겼다. 이제 그녀는 선택해야 했다. 있는 돈 탈탈 털어서 지금 당장 태준을 일본으로 보내든가, 좀 싼 비행기 표를 구입해서 그녀가 제주도에서 쓸 돈을 남기든가.

이수는 힐긋 태준의 눈치를 보며 물었다.

"내일 일본 가게 되면 오늘은 어쩔 건데요?"

"그냥 공항에 있을 겁니다."

돌아버리겠네. 그녀도 더 이상 빌려줄 수 없는 상황이었다. 지금 유일한 희망은 대기표를 끊어서 좌석이 나오길 기다리는 거였다. 그런데 오늘 딱 하나 남은 일본행 비행기와 패키지 여행객이 많은 항공에서 취소 좌석이 나올지 의문이었다.

어쨌든 태준이 마지막으로 그녀에게 부탁한 건 일본행 비행기 표였다. 이수는 태준을 일본에 갈 수 있게 해준다는 것에 만족하기로 했다. 태준도 그녀의 돈으로 일본에 가는 거니 불만이 없을 거다. 아니, 없어야 한다.

"그럼 전 이만 가볼게요."

태준도 혼자 간다는 그녀를 더 이상 붙잡지 않았다. 그래서 이수는 아무 걸림돌 없이 앞으로 걸어갈 수 있었지만 뒤통수가 따가워서인지 걸음이 눈치 보듯이 느렸다.

공항 문밖으로 아름다운 제주도의 풍경이 보였다. 금방 비행기에서 내렸기에 마치 다른 나라에 온 것 같았다. 하필 날씨까지 화창했다. 차를 타고 해안 도로로 나가면 제주도 바다가 태양 빛을 받아 천연의 보석처럼 빛나고 있을 거다. 이런 아름다운 곳까지 와서 공항에만 박혀 있다가 비행기를 타는 건 정말 아까운 일이었다.

이수는 공항 입구에서 걸음을 멈추고 뒤를 돌아보았다. 태준은 마지막으로 인사를 나눈 그 자리에 여전히 서 있었다. 뒷모습이 아니라 눈이 마주치니 마음이 약해졌다. 이수는 머뭇거리다 결국 물어보았다.

"혹시 제주도 결혼식 가본 적 있어요?"

결혼식 밥은 공짜니까. 그거까지만 나누어 주고 끝내자. 미식가 대표님에게 딱 밥까지만. 전에 그녀에게 만들어준 맛있는 오믈렛에 대한 보답으로.

그녀가 이번 제주도 여행에서 돈을 아끼지 않은 건 렌터카 비용이었다. 이때 아니면 좋은 차를 운전해볼 수 없다는 생각에 그녀는 지붕이 열리는 섹시한 차로 골랐다. 공항 앞에서 그녀는 빌린 차에 기대서서 어찌하다 동행하게 된 태준에게 자기 차처럼 생색을 냈다.

"차 어때요? 멋있죠?"

태준이 그녀를 빤히 쳐다보고만 있자 이수는 칭찬을 강요했다.

"내 차 얻어 타고 싶으면 박수라도 쳐요."

태준은 그렇게까지 해야 하나 잠시 망설이다 그녀의 눈빛이 진심인 거 같아서 마지못해 손을 들어 박수를 두 번 쳤다. 그녀가 그의 성의 없는 박수에 만족하지 못하고 더 하라고 손짓하자 태준은 정색하며 고개를 저었다. 사람들이 쳐다보자 그도 창피함이라는 걸 느꼈다.

"타요."

이수는 그쯤에서 아량을 베풀어 태준이 차에 타는 걸 허락해주었다. 성은이 망극하다고 말해야 할 판이었다. 이수는 태준에게 운전대를 맡겼다. 그녀는 결혼식에 도착할 때까지 해야 할 일이 있다고 했다.

"나 옷 갈아입어야 하니까 돌아보지 마요."

차 뒤에서 결혼식 하객용 옷을 갈아입겠다는 말에 태준은 눈살을 찌푸렸다.

"나 없었으면 어쩌려고 했습니까?"

"그땐 나 혼자 차 안에서 편하게 갈아입으려고 했죠."

대수롭지 않게 받아치는 이수가 마땅찮아 태준은 한마디 했다.

"검사님은 너무 조심성이 없습니다."

"그러니까 대표님이랑 아직도 만나고 있겠죠."

태준은 마음이 상해 룸미러로 시선을 주었다가 그녀의 하얀 어깨가 드러난 것을 보고 바로 앞으로 시선을 고정했다. 제주도의 푸른 바다가 눈앞에 시원하게 펼쳐져 있었지만 그의 마음은 복잡하기만 했다.

"설마 다른 남자 앞에서도 이런 행동을 쉽게 합니까?"

태준의 쓸데없는 걱정에 이수는 '하하하' 지문 읽듯이 웃었다. 그와 함께 일본행 비행기 표를 끊으러 다니느라 결혼식 시간이 촉박해졌다. 그게 아니었다면 달리는 차 안에서 옷 갈아입을 일은 없었다.

그러나 그녀는 이런 사소한 일에 대해서는 그의 탓을 하지 않았다. 아주 큰일에 대해서 모두 그의 탓을 하고 있었으니까.

"어차피 각자 가는 인생 서로 알아서 살자고요."

"그렇다고 걱정이 안 되는 건 아닙니다."

앞으로 서로 보지 못하고 산다고 해도 그녀를 걱정할 거라는 그의 말에 치마 아래로 바지를 벗던 그녀의 움직임이 멈칫했다. 하지만 그녀는 바로 쿨한 척 바지를 발아래로 빼버리며 가볍게 말했다.

"난 대표님 걱정 절대 안 해요. 왜냐하면 내가 걱정 안 해도 잘 살 테니까."

태준은 말없이 운전만 했다. 어떻게 그가 잘 살 거라고 확신하느냐고 그녀에게 묻지 않았다. 그가 힘든 운명을 살아가야 하는 건 그녀의 탓이 아니었으니까.

옷을 다 갈아입은 이수는 창문을 열고 창턱에 팔을 기댄 채 끝없이 이어진 제주의 푸른 바다를 보았다.

"우와, 바다 예쁘다."

그녀의 목소리가 꼭 그에게 말을 거는 듯 들려서 태준은 룸미러로 뒷자리의 그녀를 보았다. 열린 창문으로 불어온 바람이 그녀의 긴 머리카락을 날리고 꽃 같은 드레스 자락을 나풀거리게 했다. 그녀를 훑고 지나간 바람이 그의 마음 길도 스치고 지나간 듯 그의 마음이 울렁거렸다.

차에서 내린 이수는 운전석에서 내리는 태준의 앞을 막아서며 싱긋 웃었다.

"이 옷, 낯익지 않아요?"

태준은 여자들의 옷에 대해 전혀 몰랐지만 이수가 입고 있는 옷은 기억하고 있었다. 그녀가 퀸 호텔에서 있었던 결혼식에 입고 왔던 바로 그 옷이었다.

"내 드레스, 제주도에서 보니 더 예쁘죠?"

"옷이 그것뿐입니까?"

예쁘냐고 물었는데 그가 엉뚱한 걸 묻자 이수는 기분이 상해 눈꼬리가 올라갔다.

"네, 이것뿐이에요. 왜요? 지금 가난하다고 얕보는 거예요?"

그녀가 드레스를 입고 전투 모드로 변하자 태준은 한 발 뒤로 물러났다. 정말 여자들은 생각도 못 한 부분에서 화를 냈다. 이수는 진짜 화가 난 듯이 그를 지나쳐 혼자 큰 걸음으로 걸어가버렸다.

태준은 한숨을 내쉬며 그녀의 뒤를 따라갔다. 이제라도 예쁘다고 말할까 싶기도 했지만 그녀가 걸을 때마다 나풀대는 드레스 자락과 동그란 어깨를 보니 기분이 또 울렁거려서 그는 그냥 입을 다물었다.

제주에 바람이 많이 분다는 말은 사실이었다. 그 바람 때문에 그의 마음까지 덩달아 출렁였다. 그의 마음이 제멋대로 흔들리는 걸 그는 모두 제주의 바람 탓으로 돌렸다.

제주의 푸른 바다가 펼쳐진 곳에서 열리는 야외 결혼식은 정말 아름다웠지만 이수는 같이 온 사람이 신경 쓰여 제주의 풍경을 여유롭게 감상할 수가 없었다. 그냥 그녀를 따라온 불청객일 뿐인데 그는 결혼식에 온 사람들의 시선을 혼자 다 잡아먹고 있었다.

괜히 같이 왔나 후회가 되었지만 그녀가 공항에서 데리고 나온 거니 이제 와서 매정하게 가라고 할 수도 없었다. 그녀는 작은 목소리로 태준에게 주의를 주었다.

"나랑 무슨 사이냐고 물으면 서로 알아가는 사이라고 하세요."

"서로 알아가는 사이가 뭡니까?"

"그냥 안 친한 사이요."

태준이 욕이라도 들은 사람처럼 흘겨보았지만 이수는 못 본 척했다.

"어머! 이수야!"

그때 그녀를 알아본 친구가 그녀의 이름을 반갑게 부르며 먼저 다가왔다. 이수는 태준을 보며 실수하면 안 된다고 눈짓으로 신호를 보냈다. 그러나 무미건조한 태준의 태도는 영 못 미더웠다.

"진짜 오랜만이다."

"그래, 반갑다. 선희야."

선희의 시선이 그녀보다 그녀의 옆에 있는 태준에게 가서 꽂혔다. 누구인지 궁금해 죽겠다는 눈빛이었다. 아무래도 오늘은 오랜만에 만나는 친구들과의 반가운 상봉은 포기해야 할 것 같았다.

"혹시 너랑 같이 온 분이셔?"

"아! 이쪽은……."

아까 정한 대로 말을 하려고 했는데 갑자기 거세진 바닷바람에 앞에 서 있던 선희의 치마가 날렸다. 선희가 서둘러 두 손으로 치마를 눌렀다. 그런데 이수는 바람이 전혀 느껴지지 않았다. 이상하게 생각되어 돌아보니 뒤에 태준이 서 있었다. 바람을 막고 있는 그가 신처럼 높게 느껴졌다. 제주의 바람이 그의 검은 머리카락을 헝클어뜨리고 그녀의 마음에 파동을 일으키며 지나갔다.

"이수야, 그래서 이쪽 분 누군데?"

선희의 목소리에 퍼뜩 정신을 차린 이수는 서둘러 앞으로 고개를 돌리며 대답했다.

"어. 만나면 안 되는 남자."

이런, 염병할 혀. 너무 순식간에 나온 말이라 주워 담을 수도 없었다. 선희는 그게 무슨 뜻이냐는 눈으로 이수와 태준을 번갈아 보았다. 태준이 당황한 이수를 내려다보더니 그녀 대신 무덤덤하게 대답했다.

"빚쟁이입니다."

이수는 기가 찬 눈으로 그를 올려다보았다. 돈은 그녀가 다 썼는데 왜 그녀가 돈 빌린 사람이 되어야 하는가. 태준은 전혀 거짓말할 상이 아니었기에 그녀를 보는 선희의 시선이 동정 어린 눈빛으로 바뀌었다.

"어머, 이수 너 요즘 힘드니?"

이수는 어색하게 웃으며 얼마 안 된다고 얼버무렸다. 친구가 자리를 떠나자 이수는 태준을 타박했다.

"아무리 그래도 빚쟁이라니요. 너무 심하잖아요."

"검사님이 더 심합니다."

그녀가 한 말에 그의 기분이 상한 건가 싶어서 도리어 그녀가 그의 눈치를 보게 되었다. 태준은 묵직한 시선으로 바다만 보고 있었다. 제주의 바람이 계속 그의 머리카락을 훑고 지나갔다. 흐트러진 그의 머리카락을 손을 뻗어 정돈해주고 싶은 충동을 참느라 이수는 왼손으로 오른손을 꾹 눌렀다.

결혼식 시작 전에 신부 대기실에 인사를 하러 갔더니 어느새 그녀가 빚쟁이랑 같이 결혼식에 왔다는 소문이 거기까지 나 있었다.

"너 멋진 빚쟁이랑 같이 왔다며."

이수는 될 대로 되라는 심정으로 받아쳤다.

"그래, 겁나 멋있지. 너도 내 빚쟁이한테 반하지나 마라."

"그럼 오늘 부케는 네가 받아야겠네."

'부케'라는 말에 이수는 흠칫 놀랐다.

"됐어. 안 받아."

"무슨 소리야. 부적으로 부케라도 받아야 그 멋진 남자랑 잘되지."

신부인 영미는 진짜 빚쟁이랑 결혼식에 함께 올 리 없다고 생각한 듯했다. 그렇다고 해도 그녀가 부케 받을 입장은 절대 아니었다.

"잘되지 않아도 되니까 주지 마. 나한테 주면 죽여버린다."

이수는 신부가 또 부케 받으란 소리를 할까 봐 신부 대기실에서도 도망치듯 나와버렸다. 사람들의 눈에 잘 안 띄게 태준과 결혼식장 가장 뒷자리에 앉았는데 별로 소용없는 것 같았다. 이젠 사람들 시선 신경 쓰는 것도 지쳐서 이수는 다 내려놓고 태준에게 물었다.

"제주도 결혼식 멋있죠?"

"그러네요."

"대표님도 나중에 결혼할 때 이렇게 하세요."

"전 결혼 안 합니다."

생각 없이 입에서 나오는 대로 말했던 이수는 돌아온 대답의 단호함에 놀라 그를 돌아보았다.

"그럼 평생 혼자 산다고요?"

"네."

그는 아무런 설명도 없이 짧게 대답했다. 그럼에도 그녀는 그가 왜 그런 대답을 했는지 이유를 알 것만 같아서 입술을 깨물었다. 그녀는 사람들과 마주칠 때마다 그에 대해 구구절절 설명해댄 자신이 괜히 부끄러워졌다.

"하객 여러분, 이제 결혼식을 시작하겠습니다."

사회자의 인사말과 함께 아름다운 제주도의 풍경을 품은 결혼식이 시작되었다. 이 결혼식에 오려고 멀리서 시간 들여 왔는데 결혼식은 30분 만에 끝이 났다. 식이 끝난 뒤에는 신부 친구 자격으로 신랑 신부와 함께 사진을 찍었다.

"부케 받을 친구 앞으로 나오세요."

이수가 안 받는다고 해서 원래 받기로 한 친구 선희가 앞으로 나왔다. 이수는 부케를 보다가 식장 뒤에 서 있는 태준에게로 시선을 옮겼다. 그는 제주도 풍경과 함께 그림처럼 서서 이쪽을 보고 있었다. 겉모습은 저리 완벽한 사람이 속은 텅 비었다는 게 마음이 아팠다. 그녀는 그와 잘해볼 용기는 없어도, 그가 행복하게 살기를 원했다. 진심으로.

"신부, 부케 던지세요."

신부가 던진 부케가 포물선을 그리며 허공을 날아갔다. 높이 날아오른 부케를 받기 위해 선희가 두 팔을 높이 들었다. 다음에 결혼할 사람은 나라는 의지가 두 눈에 가득했다. 그런데 갑자기 튀어나온 이수가 몸을 날려 인터셉트하듯이 떨어지는 부케를 잡았다. 모두 웃고 있어야 하는데 전부 놀라는 표정이 사진에 담겼다.

"야! 은이수! 뭐 하는 거야! 안 받는다며!"

결혼식 마무리를 인터셉트한 이수에게 신부가 버럭 화를 냈다. 그래도 이수는 가로챈 부케를 뺏길세라 두 손으로 꽉 쥐었다.

미안하다, 친구. 갑자기 부케가 필요해졌어.

이수는 결혼식에 온 사람들에게 온갖 소리 다 들어가며 받아온 부케를 태준에게 내밀었다.

"자, 받아요."

태준은 욕먹으며 받아온 부케를 왜 자길 주느냐는 듯 그녀를 보았다. 이수는 츤데레처럼 꽃을 주며 퉁명스럽게 말했다.

"이거 가지고 있으면 대표님도 결혼할 수 있어요."

그녀 마음대로의 해석에 태준은 피식 웃었다. 이 부케가 있어도 그는 결혼하지 않을 것이다. 그의 자식에게 그와 같은 운명을 주는 잔인한 짓은 절대 하지 않을 거다.

그래도 태준은 손을 내밀어 이수가 주는 부케를 잡았다. 지금은 불투명한 미래보다 그녀와 함께 있는 현실이 훨씬 소중했으니까. 태준은 부케를 얼굴 가까이 가져와 꽃향기를 맡아보았다. 코끝을 간질이는 향기가 달콤했다. 아마도 행복에 향기가 있다면 이런 향기일 것 같았다. 태준은 꽃에서 고개를 들어 그녀를 보며 입가에 옅게 미소 지었다.

"여자한테 꽃 받는 거 처음이네요."

그녀도 남자한테 꽃 주는 건 처음이었다. 부케를 들고 있는 태준의 모습이 퍽 낭만적이라 이수는 심장이 간질거렸다. 아름답다는 말은 여자에게만 어울리는 줄 알았는데 지금 이 순간, 태준에게도 그 말이 참 잘 어울렸다.

Episode 12
날카로운 첫 키스

  부케 가로채기를 한 뒤 도저히 결혼식장에서 아무렇지 않게 밥 먹을 배짱이 없어서 결국 밥도 그녀의 돈으로 태준에게 사주고 말았다. 아무래도 서울 돌아갈 때쯤에는 알거지가 되어 있을 것 같았다.

  "원래 제주도 흑돼지가 유명하잖아요."

  결혼식 하객용 드레스를 입고 앉아 돼지고기를 구우면서 이수는 이게 호텔 밥보다 더 맛있다고 최면을 걸었다. 반면 태준은 이수가 고기 굽는 걸 불안한 눈으로 쳐다보았다. 마음 같아서는 그가 한다고 하고 싶은데 그녀가 고기를 못 구워서 그런다고 여길까 봐 입 꾹 다물고 쳐다보고만 있었다.

  "공항에서 전화 안 왔어요?"

  대기표 생기면 전화가 올 거다.

  "아, 휴대폰을 꺼놨는데."

  고기를 뒤집던 이수는 기가 찬 눈으로 태준을 보았다. 그게 일본에 안 가겠다는 거지. 일본에 간다는 사람이 왜 전화를 꺼놓나!

  "빨리 공항에 전화해봐요."

  그사이 대기표가 나갔다면 고기 뒤집던 이 집게로 태준을 때릴 수도 있었다.

  "전화 좀 빌려주십시오."

"오늘 진짜 왜 그러세요? 정말 무슨 사고 치고 도망 중인 거예요?"

"쫓아와도 경찰은 아니니 안심하십시오."

"그럼 더 문제죠! 나한테는 이게 얼마만의 여행인데."

이수는 투덜거리며 그녀의 휴대폰을 태준에게 주었다. 태준은 그녀의 눈치를 보며 공항으로 전화를 걸었다.

"일본행 비행기 대기표 나왔나요? 네, 알겠습니다."

대기표가 없는 건 그의 탓이 아닌데도 태준은 전화를 끊고 그녀의 눈치를 보았다. 그가 말하기도 전에 이수는 이미 감으로 알아채고 눈썹을 눈에 붙이며 고기를 가위로 거칠게 잘랐다.

"너무 크게 자르는데."

"제 돈으로 사는 거예요."

내가 이 고기에 뭔 짓을 하건 간섭하지 말라는 포스로 이수는 더 과감하게 고기를 잘랐다. 미식가인 태준이 보기에는 좋은 고기에 참 예의가 없는 가위질이었다. 역시 처음부터 그가 구운다고 할 걸 그랬다. 이미 돌이킬 수 없는 상태가 되어버린 고기를 태준은 안타까운 눈으로 쳐다보았다. 반면 이수는 고기를 자르며 다음 일정을 생각하고 있었다. 태준을 보내버려야 제주도 여행을 편하게 즐길 수 있으리라.

"우리 밥만 같이 먹고 무조건 각자의 길로 가는 거예요. 대표님은 공항 가고, 난 올레길 가고."

태준은 이수가 준 부케를 바라보았다. 아까는 꽃을 주고, 지금은 쫓아버리려고 하고. 여자들은 원래 그런 건지, 그녀만 그런 건지 알 수가 없었다.

이수는 태준이 고기를 먹자 미식가의 입에서 무슨 말이 나오나 궁금한 눈으로 쳐다보았다.

"맛있어요?"

"좀 탔습니다."

기껏 돈을 탈탈 털어서 고기를 사주었는데 감사하는 마음이 전혀 느껴지지 않는 그의 솔직함에 이수는 발끈했다.

"그냥 맛있다고 해줄 수 있잖아요. 내가 돈 내는 건데."

태준은 미식가로서의 소신이 있어서 맛없는 걸 맛있다고 할 수는 없었다. 대신 집게와 가위를 잡고 남은 고기를 굽기 시작했다.

같은 고기라도 굽는 사람에 따라 고기의 맛이 확 달라졌다. 그가 고기를 제대로 구워주자 이수도 말없이 고기만 먹기 시작했다. 고기 질이 좋고, 굽는 실력이 훌륭하니 돼지고기 맛이 아주 일품이었다.

"역시 내가 번 돈으로 사 먹는 고기가 제일 맛있네요."

그가 구워서 더 맛있어진 거지만 그녀의 자화자찬을 묵묵히 들으며 태준은 마지막 고기를 구웠다. 그녀가 잘 먹으니 그는 고기 굽는 것에 더 혼신의 힘을 기울이게 되었다. 두 사람이 밥을 다 먹어갈 때쯤 식당 텔레비전에서 올레길 관련 뉴스가 나왔다.

[올레길에서 관광객 50살 김 모 씨가 실종되었다가 변사체로 발견되었습니다.]

태준과 이수는 동시에 텔레비전 쪽으로 시선을 돌렸다. 뉴스는 올레길 살인 사건뿐만 아니라 제주도에서 증가하고 있는 강력 범죄의 심각성을 보도하고 있었다. 태준이 뉴스에서 눈을 떼지 못하며 물었다.

"아까 올레길 간다고 하지 않았습니까?"

이수는 당황하지 않고 가슴을 내밀며 강하게 말했다.

"나 올림픽 출신 검사예요. 내 몸 정도는 내가 지킨다고요."

"굳이 여행을 목숨 걸고 할 필요는 없습니다."

"그렇게 따지면 아무도 제주도 여행 오지 말아야죠. 저건 진짜 재수 없는 사람들만 당하는 거예요."

"그 재수 없어서 당한 피해자를 매일 보는 게 검사님 아닙니까?"

올레길 가지 말라는 소리를 꼭 이렇게 양심에 찔리게 해야 하나.

"나 진짜 오랜만의 여행이라고요. 올레길 꼭 갈 거예요."

그녀는 억울한 표정을 지으며 강한 의지를 보였다. 그녀의 여행에 포기란 있을 수 없었다.

"그럼 저도 같이 갈 겁니다."

태준의 말에 이수는 놀라 말했다.

"일본 간다면서요."

"내일 가면 됩니다."

그거야 태준의 자유지만 그녀의 여행에 함부로 낄 수는 없었다.

"이건 제 여행이에요. 대표님이 맘대로 같이할 수 없어요."

"그럼 올레길 포기할 겁니까?"

"저건 그냥 뉴스잖아요!"

태준의 고집에 이수는 참지 못하고 버럭 성을 냈다. 하지만 태준은 동요 없이 말했다.

"혼자는 절대 못 보냅니다."

이제 보니 집착하는 남자였다. 유혹한다는 말은 '너에게 집착하겠어.'라는 무시무시한 뜻이었나 보다.

올레길은 살인 사건 뉴스에도 불구하고 유명 관광지답게 사람들이 많았다. 이수는 보란 듯이 태준을 흘겨보았다.

"이거 봐요. 사람들도 다 개의치 않고 다니잖아요."

"저러다 당하는 겁니다."

예쁜 곳에서 재수 없는 소리 한다.

"난 혼자 온 것처럼 걸을 거니까 방해하지 마요."

이수는 태준에게 단단히 경고한 뒤 큰 걸음으로 앞서 걷기 시작했다. 처음엔 태준 때문에 집중이 안 되었지만 한참 걷다 보니 마음이 평온해졌다. 바다는 끝이 없고, 하늘 색도 예쁘고, 섬은 평화로워 보였다. 서울에서 시간에 쫓겨 걷는 것과는 참 많이 달랐다. 벌써 제주도에서의 하루가 저물고 있는 것인지 하늘이 붉게 물들었다. 바다와 맞닿아 있는 하늘은 서울의 하늘보다 더 가까워 보였다.

"노을 진 바다 예쁘죠?"

이수는 올레길에 온 뒤 처음으로 뒤를 돌아 태준에게 말을 걸었다. 태준도 그녀처럼 노을로 물든 바다를 보며 고개를 끄덕였다.

"이런 건 사진으로 남겨야 돼."

이수는 휴대폰을 꺼내 바다 사진을 몇 장 '찰칵찰칵' 찍었다. 그리고 슬그머니 팔을 돌려 카메라에 태준을 담았다. 옆얼굴이 섹시한 남자는 제주의 풍경과 어우러져 고혹적이기까지 했다. 태준이 이상한 걸 느끼고 고개를 돌릴 때 그녀는 빠르게 셔터를 눌렀다.

찰칵―.

사진이 찍히자마자 태준은 눈살을 찌푸렸다.

"지금 뭐 하는 겁니까?"

"올레길 찍었어요."

이수는 천연덕스럽게 올레길도 여기저기 찍기 시작했다. 태준은 미심쩍은 눈으로 그녀를 보다가 다시 바다로 시선을 돌렸다. 열심히 사진을 찍던 이수는 태준이 바다를 보고 있는 걸 확인하고는 슬금슬금 뒤로 물러났다. 막 혼자 도망치려고 할 때 태준의 목소리가 들려왔다.

"내가 만만해 보입니까?"

이수는 얌전히 다시 태준의 옆으로 돌아갔다. 태준한테 은근히 뚝기가 있어서 반항하다가는 사람들 앞에서 무슨 망신을 당할지 몰랐다. 태준의 옆에 선 이수는 팔짱을 끼며 투덜댔다.

"고작 1박 2일이라고요. 최고의 여행을 만들려는 내 계획을 자꾸 방해하지 마세요."

"내가 있으면 방해됩니까?"

갑자기 순진한 표정을 지으며 약한 척하는 건 반칙이다.

"자꾸 이래라저래라 잔소리에 참견하잖아요. 나랑 같이 있고 싶으면 그냥 멋진 그림인 듯 서 있기만 하라고요."

"난 사람이지 그림이 아닙니다."

잔소리하지 말라는 뜻이지, 누가 진짜 병풍이 되랬나? 이럴 줄 알았으면 그냥 비싼 비즈니스석 태워서 보내버릴 걸 그랬다. 돈 좀 아끼려다 그녀의 여행이 망했다.

"오늘 밤엔 어디서 잘 건데요?"

"공항으로 갈 겁니다."

공항 노숙자가 되겠다는 말에 이수는 기가 찬 표정을 지었다.

"무슨 호텔 대표가 제주도에 잠잘 곳 하나 없어요?"

그는 제주도에 있었던 자취를 가능한 남기지 말고 일본으로 떠나야 했다. 원래 김포공항에서 바로 일본으로 갔어야 했으니까.

"하여튼 난 더 이상 빌려줄 돈 없어요. 나한테 숙박비까지 빌려달라고 하지 마요."

태준의 잠자리 문제로 제주도에서의 귀한 시간을 허비하고 싶지 않았던 이수는 바닷가로 향했다. 해가 지고 밤하늘에 둘러싸인 바다는 낮과는 또 다른 아름다움으로 시선을 사로잡았다.

철썩철썩─.

밤이라 그런지 파도 소리가 더 찰졌다.

"우, 춥다."

안 추울 줄 알고 얇은 옷만 챙겨 왔는데 바다는 꽤 쌀쌀했다. 낮은 아직 여름의 흔적이 남아 있었는데 밤은 완전한 가을이었다. 얇은 옷을 파고드는 바닷바람은 결코 다정한 친구가 아니었다.

그래도 참으며 걷던 이수는 어느 순간 멈추어 서서 휙 뒤로 몸을 돌렸다. 태준이 거의 동시에 걸음을 멈추었다. 그들은 일행인 듯 아닌 듯 미묘한 거리를 두고 서로 마주 보게 되었다.

"나 추우니까 그 재킷 좀 벗어줘요."

이수는 춥다는 말을 동네 양아치처럼 했다. 그녀의 말을 받은 태준은 착하게 재킷을 벗어주는 대신 한쪽을 들어 올렸다.

"그럼 이 안으로 들어오십시오."

이수는 흠칫 놀라서 두 팔로 몸을 안으며 그를 나무랐다.

"거길 들어갈 바에는 차라리 바다에 들어가겠어요."

춥다고 했으면서 사람의 온기로 따뜻한 그의 옷 안보다 추운 바다를 선택하겠다는 그녀의 말에 태준은 못마땅한 표정을 지었다.

"바다에 빠져 죽는 걸 선택할 정도로 제가 싫다는 겁니까?"

누가 바다에 빠져 죽겠다고 했나. 그녀는 수영할 수 있었다. 지금 바다에 들어가면 감기 정도 걸릴 거다.

"대표님이야말로 돈 빌려준 고마운 사람한테 수작 부리지 마세요."

"수작이란 말 듣기 불쾌합니다. 검사님 눈에는 제가 양아치로 보입니까?"

"거기 들어오란 말도 듣기 거북합니다. 대표님 눈에는 제가 아기로 보이세요?"

본전도 못 찾은 태준은 재킷을 잡고 있던 손을 놓으며 고개를 돌렸다. 어떻게 한 번을 안 져주나. 지금 죽어라 이겨서 그녀가 얻은 건 추운 제주 바람뿐인데 말이다.

"우와, 바다다."

이수는 추위를 잊기 위해 모래사장을 뛰기 시작했다. 태준에게는 그녀의 얕은 꼼수가 다 보였다. 그녀는 전혀 제주도 바다에 놀러 온 관광객으로 보이지 않았다. 정말 추운 거 같아 그냥 옷을 벗어줄까도 싶었다. 하지만 그의 순수한 의도를 매도한 그녀의 태도가 괘씸해서 그는 그냥 묵묵히 그녀의 뒤를 따라 걸었다. 뛰어가는 그녀와 걸어가는 그의 거리는 별로 차이가 나지 않았다.

열심히 뛰어가던 이수가 돌아보며 그를 타박했다.

"제주도잖아요. 즐거운 척이라도 좀 해봐요. 그래야 비행기 값 대신 내준 게 안 아깝지."

대신 내준 게 아니라 빌려준 거였다. 빌려준 돈 갚는 핑계로 한 번 더 만날 수 있다고 생각하니 태준도 살짝 즐거워졌다.

"충분히 즐거워하고 있습니다."

"거짓말하지 마요. 얼굴이 바닷바람보다 더 냉기가 흐르는데."

"제 얼굴은 원래 이렇습니다."

"그럼 고쳐요. '웃으면 복이 와요.'라는 말도 몰라요?"

"모릅니다."

"대표님이랑은 대화가 안 돼."

이수는 실컷 그를 타박하다 마지막에는 다시 모래사장을 뒤뚱뒤뚱 뛰어갔다. 추위를 잊으려고 별짓 다 하는구나 싶었다. 태준은 다시 재킷을 내려다보았다. 아무래도 그냥 벗어주어야 그녀가 더 이상 안 추울 것 같았다. 그가 막 재킷을 벗으려고 라펠 부분을 손으로 잡았을 때 바다에서 무슨 소리가 들려왔다.

풍덩―.

무언가 바다에 빠지는 소리였다. 앞서 달려가던 이수도 그 소리를 들은 듯이 멈추어 섰다. 그리고 그를 돌아보며 확인차 물었다.

"방금 무슨 소리 들었어요?"

그때 바위들이 있는 절벽 쪽에서 여자의 비명이 들려왔다.

"꺄악! 사람 살려! 자기야!"

이수가 흠칫 놀라 비명이 들리는 쪽으로 고개를 돌리는 순간 갑자기 시야가 암전되었다.

"악! 뭐야!"

기겁해서 손을 허우적대며 그녀의 눈을 가린 걸 떼어내니 재킷이었다. 분명 조금 전까지 태준이 입고 있던 옷이었다. 이수는 그의 재킷을 손으로 잡고 앞을 보았다. 그녀의 뒤에 서 있었던 태준이 어느새 저 앞을 달려가고 있었다. 그들이 여자 비명이 들리는 곳으로 달려가 보니 대학생쯤으로 보이는 여자가 바위 위에서 발을 동동 구르며 바다를 향해 부르짖고 있었다. 같이 놀러 온 남자가 바다에 빠진 것 같았다.

"어떻게 된 거예요?"

이수는 사건 조사하던 직업병이 나와 여자에게 자초지종부터 묻는데 태준은 남자가 허우적거리는 손을 확인하자마자 바로 바다로 뛰어들었다.

풍덩.

그녀는 소스라치게 놀랐다.

"대책 없이 들어가면 어떡해요! 밤바다가 얼마나 차가운데!"

그녀가 잔소리할 때 태준은 이미 바닷속이었다. 어쩌다 보니 바위 위에 여자 두 명만 덩그러니 남겨졌다.

"으어어엉! 우리 자기 죽으면 어떡해."

여자는 이수의 품에 안겨 울기 시작했다. 그녀도 바닷속으로 사라져버린 태준 때문에 무서워졌다. 수영은 선수처럼 잘하니까 괜찮을 거다. 하지만 여긴 바다였다. 그것도 아무것도 안 보이는 밤바다.

꼭 바다가 남자와 태준을 삼켜버린 것처럼 아무것도 보이지가 않아서 1초가 1시간처럼 길게 느껴지며 불안감이 커졌다. 그렇다고 그녀까지 바다에 들어가는 건 너무 무모했다. 그래도 뭐라도 해야 한다는 생각에 이수는 여자에게 물었다.

"119에 전화했어요?"

여자는 펑펑 울면서 그제야 휴대폰을 꺼내는데 손이 덜덜 떨려 휴대폰마저 떨어뜨렸다. 이수는 자신의 휴대폰으로 119에 전화했다.

"여기 바다에 사람이 빠졌어요."

이수는 위치를 묻는 119 대원에게 어디인지 말해주며 얼마나 걸릴지 물어보았다.

[5분 정도 걸립니다.]

물속에서 사람이 버티기에는 너무 긴 시간이었다. 가능한 한 빨리 와달라고 부탁하고 전화를 끊은 이수는 검은 바다를 내려다보며 시간을 확인했다. 태준이 바다로 들어간 지 1분도 훨씬 넘은 것 같았다. 이젠 불안감이 더 컸다. 혹시라도 잘못되면 어쩌나 하는 생각에 숨이 탁막혔다. 그동안 태준에게 못되게 했던 것들만 떠오르며 그녀가 세상에서 제일 나쁜 사람처럼 느껴졌다.

'하느님, 제가 진짜 착하게 살겠습니다. 한 번만 도와주세요.'

믿지도 않았던 신에게 기도까지 하며 제발 무사히 나오기만 하면 이번엔 진짜 잘해줄 거라고 다짐하는 그 순간, 검은 수면에서 사람의 머리가 솟구쳐 올랐다. 태준이었다. 그리고 태준의 팔에는 혼절한 남자의 얼굴이 걸려 있었다.

"자기야!"

남자를 본 여자의 목소리는 더 찢어졌다. 그녀도 안도감에 주저앉을 뻔했다. 태준은 남자를 끌고 물 밖으로 나와 평평한 바위 위에 눕혔다. 남자는 창백한 낯빛에 미동도 없었다. 태준이 손을 남자의 코에 가져다 대며 숨을 쉬는지 확인했다. 그녀는 자꾸 남자에게 가려는 여자를 붙잡고 태준에게 물었다.

"괜찮은 거예요?"

태준은 대답 대신 남자의 가슴에 손을 올리고 힘껏 누르기 시작했다. 열 번 넘게 흉부 압박을 하고 난 뒤 남자의 입에 직접 공기를 불어넣었다. 그 동작을 몇 번이나 반복하자, 시체처럼 누워 있던 남자가 갑자기 기침하며 물을 토해냈다.

그제야 멀리서 119 사이렌 소리가 들려왔다. 119 대원들이 도착했을 때는 물에 빠진 남자가 의식을 차린 후였다. 대원들이 물에 빠진 남자의 상태를 살필 때 이수는 태준에게 다가가 그의 상태를 살폈다.

"괜찮아요?"

태준은 머리끝부터 발끝까지 물을 뚝뚝 흘리며 고개를 끄덕였다. 그의 시선은 그녀가 손에 들고 있는 재킷으로 향했다. 기껏 입으라고 벗어주고 갔더니 그녀는 그걸 그냥 손에 들고 있었다.

"내가 수건 좀 얻어 올게요."

이수는 태준이 감기에 걸릴까 봐 서둘러 젖은 몸을 닦을 수 있는 수건을 얻으러 119 구급차가 있는 곳으로 가려 했다. 그런데 태준이 그녀의 팔을 붙잡았다. 그녀가 놀란 눈으로 올려다보자 태준은 그녀의 손에 들려 있는 재킷을 잡아 펼치고는 그녀의 어깨 위에 덮어주었다. 그의 행동에 그녀의 몸이 잠시 굳었다.

"지금 뭐 하는 거예요?"

물에 빠진 건 그였다. 그녀가 아니었다.

"아까 춥다고 했잖습니까."

지금 그녀가 춥다고 징징댄 게 문제란 말인가! 그녀가 막 그에게 화를 내려는데 119 대원이 다가와 태준에게 병원에 같이 갈 것을 권했다. 태준은 괜찮다고 고개를 저었다. 119 대원들이 물에 빠졌던 남자와 일행인 여자만 태우고 바다를 빠져나가고 이수는 119 구급차에서 얻은 커다란 수건으로 태준의 젖은 머리를 닦아주며 그의 안색을 살폈다.

"안 추워요? 젖은 옷 빨리 벗어야 해요. 안 그럼 감기 걸려요."

하지만 그에게 갈아입을 옷이라고는 그녀에게 주고 간 재킷뿐이었다. 맨몸에 그것만 입고 있는 것도 웃길 것 같았다.

"우선 내가 잡은 숙소로 가요. 거긴 남자 손님들도 많을 테니까 사정 이야기하면 옷을 구할 수 있을 거예요."

이수는 손으로는 그의 젖은 머리를 닦아주랴, 머리로는 신속하게 해결법을 찾느라 바쁜데 태준은 그냥 이 순간이 좋았다. 그녀가 그를 구박하지 않고 너무 잘해주니까. 사람 목숨을 구해줘야 그녀한테 이런 대접을 받을 수 있는 거라면 참 귀하디귀한 시간이었다. 그래서 그는 오히려 지금 이 순간이 가능한 오래 지속됐으면 좋겠다고 생각했다.

이수는 그날 밤 묵기로 예약을 해둔 게스트 하우스 주인에게 사정을 이야기하고 태준이 그녀와 같이 묵을 수 있는지 물었다. 여주인은 바다에 빠진 사람을 구했다는 태준을 감탄하며 바라보았다. 아마 사람을 안 구했다고 해도 감탄하며 보았을 것이다.

"어머, 정말 대단한 일 하셨네요. 그런 훌륭한 분을 저희가 어떻게 매정하게 내치겠어요."

공짜로 묵게 해달라는 게 아니라 남는 방이 있느냐고 물은 건데.

"하지만 방이 다 차서."

남편 쪽이 더 현실적이었다. 아무래도 그리스 신화에 나올 것 같은 태준의 외모가 안 통해서 그런가 보다.

"제가 1인실 예약했는데 거기는 써도 괜찮나요?"

게스트 하우스였지만 1인실을 예약했다. 놀 때는 사람이 많을수록 재미있겠지만 잠잘 때는 혼자가 편했으니까.

1인실을 두 명이 써도 괜찮다는 게스트 하우스 주인의 허락과 함께 옷까지 빌린 이수는 태준의 손에 빌린 옷을 안겨주고는 그녀가 예약한 방에 밀어 넣었다.

"갈아입고 나와요."

"작을 거 같은데."

태준이 워낙 커서 일반 옷은 무조건 작았다.

"오늘은 옷에 몸을 맞춰요."

그게 어떻게 가능하냐는 눈으로 태준이 그녀를 보았지만 이수는 단호히 문을 닫고는 밖으로 나가 꺼져가는 모닥불을 다시 피웠다. 태준에게 여벌의 옷이 없어서 젖은 옷도 빨리 말려야 했고, 차가운 물에 들어갔다가 나왔으니 따뜻한 불을 쬐는 게 좋을 것 같았다.

발소리를 듣고 고개를 돌린 이수는 태준이 갈아입은 옷 위에 이불을 두르고 있는 걸 보고 물었다.

"많이 추워요?"

"아뇨. 옷이 작아서 가린 겁니다."

"그럼 재킷 입어요."

그나마 물에 들어가기 전에 그녀에게 주고 가서 멀쩡한 유일한 옷이었다.

"아뇨. 지금은 이 이불이 낫습니다."

이수는 이불 패션을 고수하는 그의 고집에 피식 웃고는 모닥불 바로 옆자리를 손으로 툭툭 치며 와서 앉으라고 했다.

"옷은 아침까지 마를 거예요."

태준은 그의 옷을 말리든 구워 먹든 별 상관없다는 듯이 무심한 눈빛으로 타오르는 모닥불만 보았다. 이수는 장작을 하나 더 불에 집어넣고는 잘 타는 걸 확인하고 태준에게 물었다.

"물에 뛰어들 때 안 무서웠어요? 캄캄해서 아무것도 안 보였는데."

물과 어둠이 만났을 때 공포는 무한대로 늘어났다. 그녀도 수영할 수 있었지만 그 바위 위에서는 꼼짝도 할 수 없었다.

"전 원래 겁이 없습니다."

어릴 때부터 죽을 뻔한 경험을 몇 번 한 탓인지 겁을 느끼는 신경이 돌처럼 단단해진 것 같았다. 덩달아 감정도 돌처럼 무뎌졌다. 그런데 그녀를 만난 뒤 그는 평생 느낀 것보다 더 많은 감정을 느낄 수 있었다. 오늘 하루만 해도 그녀와 같이 있으면서 참 많은 일이 있었다.

부케를 받았을 때의 감정은 그 자신도 뭐라 설명이 안 되었다. 황당함과 기대감과 유쾌함이 뒤범벅되어 그는 그녀가 차를 운전해서 고깃집을 찾아갈 때까지 계속 부케를 바라봤다.

하지만 그 뒤는 자꾸 그녀와 부딪히게 되어 마음이 상했다가 괜찮아졌다가를 몇 번이나 반복했다. 도대체 바람 많은 제주도 바다보다 더 오락가락하는 이 마음의 정체가 무엇인지 그는 도통 알 수가 없었다.

"정말 아무것도 안 무섭다고요? 귀신도?"

그녀는 그를 겁주고 싶은 사람처럼 귀신까지 끌어왔다. 하지만 그는 존재하지도 않는 귀신에 겁먹지 않았다. 오히려 귀신보다 그녀가 더 무서웠다. 그를 어디까지 끌고 갈지 알 수가 없었으니까.

"귀신은 없습니다."

"진짜요? 내가 아직도 은이수로 보여요?"

이수는 두 손을 턱밑에 붙이고 흰자위가 많이 보이게 눈을 뜨며 귀신 유머를 했다. 하지만 태준이 무반응이자 이수는 더 무섭게 긴 머리를 앞으로 내려 얼굴을 가리며 귀신 목소리를 냈다.

"처녀 귀신은 총각의 신선한 간을 먹어요."

"간 먹는 건 구미호 아닙니까?"

"따지지 말고 간이나 내놔."

태준이 틀린 걸 지적하자 그녀의 목소리가 바로 까칠해졌다. 그한테 잘해주겠다고 신 앞에 맹세한 지 몇 시간도 지나지 않았다는 걸 깨닫고 이수는 머리카락을 뒤로 넘기며 헛기침을 했다.

"난 119 차 타고 병원 간 커플 보러 갈 거니까 대표님은 내가 예약한 방에서 푹 자요. 그래야 내일 멀쩡하게 일본에 갈 수 있을 테니까."

그녀가 혼자 병원에 가본다는 말에 태준은 말했다.

"저도 갈 겁니다."

"그렇게 이불 뒤집어쓰고요?"

그제야 자신의 상태를 깨달은 태준은 낭패스러운 표정을 지었다. '난 망했어.'라고 말하는 듯한 그의 표정이 웃겨서 이수는 키득 웃었다.

"왜 웃습니까?"

"이불 뒤집어쓰고 있는 게 웃겨서요."

어쩔 수 없는 선택이었기에 태준은 너무하다는 눈으로 그녀를 보며 이불을 더 꽁꽁 감쌌다.

"진짜 혼자 병원에 갈 겁니까?"

"네, 대표님이 살린 사람이 괜찮은지 궁금하지 않아요?"

궁금했지만 지금은 갈 수 없었다.

"그냥 내일 아침 나랑 같이 가면 안 됩니까?"

그의 옷이 다 마르면. 그가 이 이불을 벗을 수 있으면.

"그럼 퇴원했을 수도 있을 거 같은데."

"그럼 멀쩡하다는 거니 굳이 안 가봐도 됩니다."

그가 그녀 혼자 병원에 보내지 않으려는 거 같아서 이수는 팔짱을 끼고 태준을 보았다.

"설마 낯선 곳에 혼자 있기 무서워요?"

또다시 돌아온 '무서워' 타임에 태준의 표정이 굳었다. 여기서 그가 무섭다고 말해야 그녀 혼자 병원에 안 갈 것 같았다. 기어코 그의 입에서 무섭다는 말을 듣고야 말겠다는 그녀의 의지가 느껴졌다. 잠시 잊고 살았다. 그녀가 불굴의 의지 은이수라는 걸.

"난······."

그가 어렵게 입을 열자 이수는 간을 눈앞에 둔 처녀 귀신 같은 표정을 지으며 그를 쳐다보았다. 장난기 많은 어린아이 같은 그녀의 표정이 그의 마음을 또 이상하게 만들었다. 그도 같이 어려지는 것 같은 느낌이었다. 그에게 풋풋한 십 대는 존재하지 않았지만 그 시절 그녀를 만났더라면 그도 다른 아이들처럼 자랐을 수도 있었을 것 같았다.

그녀가 그의 옆에 있으면 그도 남들처럼 살 수 있을 것 같은 이 설렘이 정말 집착일 뿐일까? 단지 그뿐이라고 하기엔 그녀는 그를 너무 많이 변화시켰다. 그에게 이렇게나 큰 영향을 준 여자는 그녀가 처음이었기에 그녀는 그에게 '혼란'이기도 했다.

"정말 모르겠습니다."

그의 대답에 이수는 눈썹을 눈에 붙였다. 그녀가 그의 입을 통해 듣고 싶은 말은 '무섭다.'는 말이었으니까.

"겁쟁이 대신 바보를 택한 거예요?"

그녀가 그의 말을 오해했다는 걸 알았지만 태준은 계속 말했다.

"검사님이 나한테 가르쳐줄 수는 없습니까?"

"내가 가르쳐줬잖아요. 처녀 귀신이 제일 무섭다고요. 특히나 대표님같이 잘생기고 몸 좋은 총각은 처녀 귀신한테 한 번 잡히면 절대 못 빠져나와요."

태준은 피식 웃으며 모닥불을 보았다. 지금은 이 정도로도 괜찮았다. 그냥 같이 있는 것만으로도. 그런데 여기서 더 욕심이 생기면 그땐 어쩌나 싶었다. 그녀는 그가 가지고 싶다고 해서 가질 수 있는 물건이 아니었으니까. 혹시나 그 욕심이 그를 아버지처럼 만들어버릴까 봐 태준은 그게 가장 무서웠다.

"우와, 하늘에 별이 정말 많아요."

이수는 밤하늘을 올려다보며 감탄했다. 그녀에게 제주도는 보물 창고인가 보다. 보는 것마다 감탄스러웠다.

태준도 고개를 들어 밤하늘을 올려다보았다. 날씨가 맑아서인지 별이 더 선명하게 보였다. 제주도도 아름다운 곳이지만 지금 보는 밤하늘보다 더 신비로운 밤하늘을 본 경험이 태준에게는 있었다. 그때 그는 그 찬란한 밤하늘을 오롯이 혼자 봤었다.

"아이슬란드에 갔다가 오로라를 본 적이 있습니다."

"아이슬란드요? 거기 엄청 멀지 않아요?"

"네."

"오로라 보러 여행 간 거예요?"

"아뇨. 가다 보니 거기였습니다."

'불의 여우'로 불리는 오로라를 그녀는 사진으로만 봤다. 그걸 실제로 보면 어떤 느낌일지 이수는 상상조차 안 되었다. 아마도 오로라는 그를 닮았을 것 같았다. 절대 가질 수 없기에 더욱 매혹적인.

오로라를 상상하고 있는 그녀에게 태준이 나직이 말했다.

"그 오로라도 검사님이랑 꼭 같이 보고 싶습니다."

별을 보는 그녀의 검은 눈동자 속에서 파동이 일었다. 그 말은 그가 지금껏 서툴게 날린 그 어떤 유혹의 말보다 그녀를 흔들었다. 그게 이 아름다운 제주 밤하늘 때문인지, 낯선 이국의 땅에서만 볼 수 있는 신비한 오로라 때문인지, 아니면 온전히 그 때문인지 혼란스러웠다.

"아이슬란드까지 가는 비행기 표는 엄청 비쌀 거 같은데. 검사 월급으로는 못 가요."

그녀는 혼란스러운 마음을 물질적인 돈으로 뚫고 나오려고 했다. 태준도 지금은 꼭 같이 가자고 강요하지 않았다. 이미 공항에서 한 번 철없는 어른으로 찍혔으니까.

"오늘은 대표님도 내 여행에 포함해줄게요."

태준은 밤하늘을 보던 시선을 내려 그녀를 돌아보았다. 이수는 여전히 밤하늘에 박혀 있는 별을 헤아리고 있었다.

"이런 건 혼자 보는 것보다 둘이 보는 게 더 좋은 거니까."

아마도 여행이 끝나 서울로 돌아가면 후회하게 될 말일 수도 있지만 지금 이 순간만큼은 더할 나위 없는 진심이었다. 그녀의 진심이 전해져 태준의 눈매가 부드럽게 휘며 매혹적으로 변했다.

여전히 그녀 때문에 일렁이는 이 마음의 정체를 잘 모르겠지만 그도 그녀의 말에는 동의했다. 혼자 보는 것보다는 둘이 보는 게 훨씬 좋았다. 제주의 바다도, 제주의 결혼식도, 제주의 밤하늘도.

이수는 그녀가 예약한 1인실 방을 태준에게 기꺼이 양보해줄 생각이었다. 사람 구하러 밤바다에 들어가느라 고생했으니까. 그런데 모닥불 앞에서 안 자려고 꾸벅꾸벅 존 것까지는 기억하는데 깨어나 보니 그녀 혼자 1인실 방에 누워 있었다. 태준이 작은 옷 때문에 뒤집어쓰고 있던 이불도 그녀의 몸 위에 덮여 있었다.

태준이 없다는 걸 깨닫고 이수는 벌떡 일어나 앉았다. 도대체 자신이 언제 잠든 건지 기억해보려고 했지만 도통 기억이 나지 않았다. 이수는 태준을 찾으려고 서둘러 방을 나섰다. 게스트 하우스 직원과 주인들은 이른 아침부터 부지런히 움직이고 있었다. 이수는 아침 식사를 준비하고 있는 여주인에게 다가가 태준에 관해 물었다.

"혹시 어젯밤 저랑 같이 온 남자 보셨어요?"

여주인이 의아한 눈으로 그녀를 쳐다보았다.

"아뇨. 방 같이 쓰신 거 아니에요?"

그걸 그녀도 잘 알 수 없어서 눈살이 찌푸려졌다.

"이 감자 수프 정말 맛있어요. 굳이 이런 거까지 안 하셔도 되는데."

'감자 수프'라는 말에 이번엔 이수가 여주인을 의아한 눈으로 보았다. 그녀가 전혀 알아듣지 못한듯한 표정을 짓자 여주인은 놀란 표정을 지었다.

"설마 그 남자분이 만든 거예요? 전 너무 맛있어서 당연히……."

여주인은 착각한 게 실례라고 생각했는지 뒷말은 잇지 않고 어색한 미소만 지었다. 그녀도 그냥 한 번 씨익 웃어주고는 밖으로 나왔다. 어쩌면 태준이 그녀가 빌린 렌터카에서 불편하게 자고 있을지도 몰랐으니까. 하지만 차도 텅 비어 있었다. 그가 말도 없이 가버린 걸 알고 이수는 얼굴을 찌푸렸다.

"사람이 돈도 빌려주고, 꽃도 주고, 밥도 사주고, 잠잘 곳도 마련해줬는데 인사도 없이 가다니. 진짜 예의 없네."

투덜거리던 이수는 뭔가 떠올라 다시 방으로 향했다. 분명 어젯밤에는 방에 있었다. 말없이 그냥 간 태준이 두고 갔을 것 같았는데 방에서 부케는 찾을 수 없었다. 보기와 달리 꽃을 좋아했나 보다. 부케만 챙겨 간 것을 보니 말이다.

어차피 태준이 오늘 일본으로 가는 비행기를 탈 것을 알고 있었기에 이수는 굳이 사라진 태준에게 전화해서 어디인지 확인하지 않았다.

태준은 그가 해야 할 일을 위해 일본에 가고, 그녀는 제주도 여행을 즐겁게 한 뒤 저녁 비행기를 타고 서울로 다시 돌아가야 했다. 지난밤 그와 함께 밤하늘을 보던 여운이 아직 남아 좀 아쉽기는 했지만 어쩔 수 없었다. 이젠 각자 갈 길을 가야 할 시간인 거다.

이수는 남은 관광을 계속하기 위해 아침만 먹고 게스트 하우스를 나와 제주도에서 제일 유명한 관광 단지로 차를 직접 운전해 갔다. 어제는 주로 제주도의 아름다운 자연 경관을 봤으니 오늘은 제주도에만 있는 특이한 박물관들을 돌아볼 생각이었다.

안내 책자를 보며 박물관으로 향하던 이수는 제주도의 상징과도 같은 돌하르방 앞에서 멈추어 섰다. 제주도에 많다는 현무암으로 만든 돌하르방은 구멍이 숭숭 뚫려 있었다. 생긴 것도 굉장히 이상한 게, 어쩌면 몇백 년 전에 제주도 한라산에 불시착한 외계인을 목격한 누군가가 처음 만든 건지도 모르겠다는 망상이 들었다.

그녀가 돌하르방을 신기한 눈으로 구경하고 있었더니 옆에서 장사하던 아주머니가 친절하게 설명해주었다.

"그 코 만지고 가면 아들 나멘. 그러니까 꼭 만지고 갑써."

"네?"

이수는 깜짝 놀라 아줌마를 쳐다보았다. 그녀가 동정녀 마리아도 아니고 어떻게 남자도 없이 아들을 낳는단 말인가.

"진짜우당. 그러니까 이런 기념품도 만들어 팔지."

아줌마가 파는 관광 상품 중 돌하르방 열쇠고리도 있는 걸 보고 이수는 피식 웃고 말았다. 하나 사라는 소리였나 보다. 사실 아들 낳을 일도 없고 낳을 마음도 없어서 살 생각이 전혀 없었는데 문득 태준에게 준 부케가 생각났다. 부케를 주어서 평생 결혼 안 한다는 태준에게 결혼할 기회를 주었으니 아들 낳는 부적도 주어야 완성이 되는 게 아닌가 싶었다.

"그럼 이거 하나만 주세요."

결국 이수는 아들 낳는다는 돌하르방 열쇠고리를 하나 샀다.

혼자 공항에 온 태준은 이번엔 무리 없이 일본에 가는 비행기 표를 구할 수 있었다. 그녀가 깨기 전에 떠나느라 비행기 시간보다 너무 일찍 공항에 온 태준은 공항 벤치에 앉아 비행기 시간이 되기를 기다렸다. 그의 손에는 이수가 결혼식에서 준 부케가 들려 있었다.

결혼식에서 신부가 들고 있어야 할 부케를 들고 있는 그를 지나가는 사람들이 한 번씩은 꼭 쳐다봤지만 태준은 개의치 않았다. 그녀와의 추억이 있는 물건이 하나 정도 생겼다는 것이 좋으면서도 마음이 씁쓸했다. 결국 꽃은 시들어버릴 테니까.

그녀도 이 제주도를 떠나면 또 언제 볼 수 있을지 알 수 없었다. 어쩌면 두 번 다시 못 보게 될지도 몰랐다. 태준은 꽃에서 눈을 떼고 햇빛이 쏟아져 들어오는 창밖을 보았다. 창밖에는 이국적인 제주의 풍경이 펼쳐져 있었다.

이곳에 고작 하루 있었을 뿐인데 참 많은 일이 있었다. 이제 제주도를 떠올리면 자연스럽게 그녀가 생각날 것 같았다. 그렇게 그의 기억속에 그녀의 자리가 막을 새도 없이 커져만 가는데 그는 여전히 알 수 없었다. 그의 마음이 그녀와 함께 있으면 사춘기 소년처럼 제멋대로가 되는지. 이 마음이 무엇인지 알려고 애쓰기보다 차라리 그냥 모른 채 살아가는 게 나으려나? 그래야 덜 힘들까?

태준은 앉아 있던 자리에서 일어났다. 그만 이곳을 떠나 일본으로 가야 했다. 가서 이강한을 설득해 한국으로 같이 와야 했다. 해야 할 일이 있었기에 태준은 그녀에 대한 생각을 억지로 지워버렸다. 계속 생각한다고 해서 답이 나올 것 같지도 않았으니까.

태준은 반듯한 걸음으로 출국장을 향해 걸어갔다. 제주를 찾는 관광객의 수만큼 제주를 떠나는 사람도 많아서 출국장에는 사람들이 긴 줄을 서 있었다. 멀리 떠나는 사람 중 그가 가장 짐이 단출했다. 달랑 부케 하나 들고 있었으니까. 그래도 당당히 걸어가 출국하려는 사람들 틈에 섞이려고 했는데 익숙한 목소리가 공항에 퍼졌다.

"대표님!"

태준은 자신이 환청을 들은 거라 생각하고 손에 들고 있는 부케를 내려다보았다. 이수가 여기 있을 리가 없으니까. 그녀는 지금 그가 떠난 걸 알고 홀가분해하며 남은 제주도 여행을 신나게 하고 있을 거다.

"마태준!"

그런데 그의 이름이 정확히 불리자 태준은 그제야 걸음을 멈추고 뒤를 돌아보았다. 사람들 사이로 뛰어오는 이수를 본 그의 눈이 커졌다. 진짜 이수였다. 도대체 왜? 태준이 혼란스러워하는 사이 그의 앞까지 뛰어온 이수는 허리를 숙이며 가쁜 숨을 내쉬었다. 혹시라도 놓칠까 봐 차에서 내리자마자 전속력으로 쉬지 않고 뛰어왔다. 이렇게 열심히 뛴 건 운동선수 생활을 그만두고 처음인 것 같았다.

"여기서 뭐 하는 겁니까?"

태준의 목소리가 딱딱하게 흘러나왔다. 하지만 이수는 지금 숨 쉬는

것도 힘들어서 알아채지 못하고 손에 들고 있는 돌하르방 열쇠고리를
그에게 내밀었다.

"헉헉, 이거 주려고요. 아들 낳는대요. 그러니까 부케랑……. 헉헉."

태준의 건조한 시선이 그녀가 내민 돌하르방 열쇠고리로 향했다. 그
냥 관광지에서 파는 싸구려 관광 상품이었다.

"고작 이거 주려고 여기까지 온 겁니까?"

태준이 돌하르방 열쇠고리를 무시하자 이수는 발끈했다.

"아들 낳는다니까요. 믿음을 좀 가져요. 내가 이렇게 열심히 줬는데
부케랑 돌하르방 버리면 진짜 죽습니다."

태준의 시선이 돌하르방에서 그녀의 얼굴로 향했다. 그는 그녀 때문
에 혼란스러운 마음의 정체를 그냥 모른 채 살아가려고 했다. 그런데
그녀가 이렇게 나오면 그는 또 그답지 않은 행동을 하게 된다. 그의 탓
만이 아니었다. 분명 그녀의 탓도 있었다.

"저도 확인할 게 있습니다."

"네?"

툭―.

태준의 손에 들려 있던 부케가 바닥으로 떨어지는 걸 보고 이수의
눈이 놀라서 커졌다. 어느새 그녀의 코앞까지 다가온 태준의 두 손이
그녀의 뺨을 완전히 감싸고는 그대로 입술을 포갰다. 그 뜨거움에, 그
녀는 속수무책으로 당해버렸다. 태준의 입술은 오래 머물지 않고 멀어
졌지만 이수는 무서워서 눈을 뜰 수가 없었다. 태준에게 당장 화를 내
야 하는데 몸만 떨릴 뿐 목소리가 나오지 않았다.

"눈 떠요."

태준의 목소리가 아주 가까운 곳에서 들려왔다. 이수는 손으로 태

준을 밀어내며 고개를 숙였다.

"나한테 이러지 마요."

그는 그녀를 망치려는 게 아니었다. 그녀 때문에 흔들리는 그의 마음이 무엇인지 알고 싶었을 뿐이었다. 그리고 그녀에게 키스한 순간 알 것만 같았는데 이젠 그녀가 강하게 그를 밀어내고 있었다.

"난 검사님을 망가뜨리려는 게 아닙니다."

그녀도 그가 자신을 가지고 노는 게 아니라는 걸 느꼈다. 하지만 그걸 안다고 해결될 문제가 아니라는 걸 그도 분명 알고 있으리라.

"내가 좋아하는 남자는 최 검사님이라고요."

지금 그녀가 그를 막을 수 있는 유일한 방패였다. 그런데 그 말을 하는 그녀의 목소리가 힘없이 흔들렸다. 그는 그게 오히려 마음 쓰였다. 자신이 그녀를 힘들게 하고 있다는 걸 느낄 수 있어서. 그래서 태준은 그녀를 놓고 뒤로 물러났다. 그가 멀어지자 이수는 그제야 눈을 떠 그를 보았다.

"그럼 오늘 일은 잊어버리든 기억하든 검사님 마음대로 하십시오."

담담한 그의 말이 그녀의 마음속에서는 천둥이 되어 울렸다.

말을 끝낸 태준은 몸을 숙여 땅에 떨어진 부케를 집어 들고 그대로 출국장으로 걸어갔다.

뚜벅뚜벅—.

그가 멀어지는 발소리가 그녀의 심장을 잘근잘근 밟는 것 같았다. 그녀는 더 이상 떠나는 그를 붙잡을 수 없었다. 지금 그를 붙잡으면 그녀의 미래가 어찌 변할지 알 수가 없어서 무서웠다.

그렇게 두 사람의 제주도 여행이 끝이 났다. 한 사람은 자신의 마음을 확인하고, 한 사람은 자신의 미래를 두려워하며.

Episode 13

그대를 어쩌면 좋니

일본에는 비가 내리고 있었다. 비에 젖은 열도는 적당히 우울한 분위기로 그를 맞아주었다. 태준은 검은 우산을 쓰고 잘 다듬어진 돌길 위를 걸어갔다. 묘소 앞에서 중년의 남자가 시든 꽃을 치우고 싱싱한 꽃을 다시 놓고 있었다.

이강한은 아버지와 고아원 시절부터 함께한 가족 같은 친구였다. 그래서 서로 성격이 많이 달랐는데도 헤어지기 전까지 같은 길을 걸었다. 아버지가 걸었던 길을 포용력이 넓은 이강한이 옆에서 같이 걸어준 거였다. 하지만 그에게 사랑하는 여자가 생겨 결국 그의 길을 가게되었다. 아버지 광호는 그런 강한을 배신자 취급했다. 끝까지 자기만 생각한 아버지였다.

"아저씨."

그의 부름에 고개를 든 이강한은 우뚝 서 있는 태준을 보고 입가에 희미한 미소를 지었다. 20년이나 지나 아이는 이제 세상을 혼자 짊어지고 가는 어른이 되었지만 강한의 눈에는 그저 반가운 친구의 아들일 뿐이었다.

"아버지 병문안 못 가서 미안하다."

"부인께서 위독하다고 들었습니다. 이해합니다."

결국 그 부인도 얼마 전에 숨을 거두었다. 그래도 강한은 일본에 남아 있었다. 이젠 20년 동안 가족과 함께 살아온 이 땅이 그의 터전이었으니까.

"그냥 내 얼굴 보러 온 건 아니지?"

이강한이 먼저 태준에게 그를 만나러 온 이유를 물었다. 태준은 그가 어렵게 떠난 걸 알기에 말을 꺼내기가 조심스러웠다. 하지만 그 말고는 믿고 맡길 사람이 없었다.

"M 엔터테인먼트 사장 자리가 공석이 되었습니다. 국내에는 그 자리를 맡을 사람이 박만수밖에 없습니다."

결국 그에게 그 자리를 맡아달라 부탁하러 왔음을 알고 이강한은 굳은 얼굴로 태준을 바라보았다. 이강한으로서는 달갑지 않은 부탁이었다. 그는 아내의 묘소가 있는 일본에서 생을 마감할 생각이었으니까. 침묵으로서 거부의 반응을 보이는 이강한을 바라보다 태준이 다시 입을 열었다.

"부탁드립니다."

"M 엔터테인먼트를 왜 그리 신경 쓰는 거냐?"

그냥 돈이 되니까 유지되고 있는 회사일 뿐이었다. 흑룡파와 거리를 유지한 채 살아가는 태준이 유독 그 회사에만 집착하는 이유를 강한은 알 수가 없었다. 마광호가 시켜서 왔다고 하기에는 태준의 마음이 더 강하게 느껴졌다. 강한이 M 엔터테인먼트를 신경 쓰는 이유를 묻자 태준은 가장 먼저 이수가 떠올랐다. 그리고 공항에서 그녀와 헤어지던 순간의 감정이 다시 생생히 느껴지며 태준의 표정이 굳었다. 강한은 태준의 표정이 변하는 걸 유심히 쳐다보았다.

"그건……"

태준은 무겁게 입을 열었다. 그는 단 한 번도 그의 주위 사람에게 그녀에 관해 스스로 이야기한 적이 없었다. 그가 그녀를 숨길수록 그녀가 안전할 거라 믿었으니까. 하지만 이강한에게만은 솔직하게 다 말해야 했다. 그렇지 않으면 그를 설득할 수 없을 테니까.

강한은 사람 사이의 관계를 가장 중요하게 생각하는 사람이었다. 그도 그런 강한을 믿고 의지했기에 이렇게 직접 일본까지 만나러 온 거였다. 그는 강한에게는 말해도 괜찮을 거라고 믿고 싶었다.

"그 회사 사장을 감옥에 넣은 여검사가 저랑 잘 아는 사이입니다."

'회사가 아니라 '검사'라는 말에 강한은 잠시 할 말을 잃은 눈으로 태준을 보았다. '여검사'라는 그 한마디에 모든 것이 다 담겨 있었다.

아주 오래전에 마광호와의 대화에서도 비슷한 경험이 있었다. 여자를 한 명 봤다고 했다. 그리고 그 여자는 그리 오래지 않아 마광호의 아내가 되었고, 지금 눈앞에 있는 태준을 낳았다. 그러나 태준은 조직과 사랑, 그 어느 것도 놓치지 않고 움켜잡은 마광호와 달랐다.

그는 자신이 원하는 걸 손에 넣기 위해 수단과 방법을 가리는 사람이 결코 아니었다. 강한은 20년 만에 만난 태준에게 나쁜 것보다는 좋은 것만 주고 싶어서 웃으며 말했다.

"배고프지 않니? 우선 밥부터 먹자꾸나."

미식가인 태준은 고개를 끄덕였다.

1박 2일의 짧은 제주도 여행이었지만 이수는 알차게 부모님 선물도 사서 서울로 돌아왔다. 제주도에서 산 선물을 들고 부모님의 집에 가보니 엄마 혼자 가게에서 팔 채소를 다듬고 있었다.

"아버지는 어디 가셨어요?"

"그걸 왜 나한테 묻노. 네 아버지한테 물어라."

그녀의 아버지는 어릴 때부터 한량이었다. 집안을 책임지고 이끈 건 엄마였기에 그녀는 엄마의 영향을 많이 받았다.

"이거 제주도 다녀오면서 사온 선물이에요."

그녀가 선물을 내밀어도 엄마는 덤덤한 반응을 보였다. 아버지였다면 작은 선물에도 난리를 피우셨을 거다. 돈은 못 벌어도 칭찬은 넘치는 분이셨다. 이수는 엄마 옆에 앉아서 같이 채소를 다듬다가 눈치를 보며 조심스럽게 물었다.

"엄마는 내가 먼 외국 가서 살면 외로울 거 같아?"

"왜? 한국 남자 변변찮아서 국제 결혼하게?"

"아니, 그런 건 아니고."

뜬금없이 왜 이런 걸 물었나 싶다. 그녀가 얼버무리자 미숙은 힐긋 이수의 얼굴을 한 번 보고는 다시 채소를 다듬었다. 오랜 장사 생활로 그녀의 손은 거칠고 투박해져 있었다.

"외국 가면 검사는 어떻게 하는데?"

결혼할 남자보다 직장을 더 걱정하는 엄마의 말에 이수는 풀이 죽었다.

"엄마는 내가 계속 검사했으면 좋겠어요?"

"그럼, 그만한 직업이 어딨다고."

그녀도 그리 생각했다. 그래서 제주도에서 태준과 함께 있었던 것에 점점 죄책감이 들기 시작했다. 그럼 안 되는 거였는데. 여행지라고 너무 고삐가 풀려버렸었다.

"그래도 네가 정말 하고 싶은 거 있으면 그거 하고 살아."

이수는 고개를 들어 엄마를 보았다. 미숙은 다 다듬은 채소를 한꺼번에 들어 올리며 덤덤히 말했다.

"착한 딸 노릇은 이미 충분히 했다. 그니까 앞으로는 네가 하고 싶은 것만 하고 살아. 네가 흑인이랑 결혼한다고 해도 난 간섭 안 하련다."

그녀가 진짜 국제 결혼을 하고 싶어 한다고 생각했나 보다. 너무 나가버린 엄마의 말에 이수는 웃고 말았다. 그때 문이 열리며 아버지가 들어오다 그녀가 온 것을 보고 신발도 벗지 않고 달려왔다.

"어이구! 우리 검사 딸 왔네! 이건 뭐야? 선물 사온 거야?"

역시 아버지 눈에는 선물이 제일 먼저 들어왔다.

"아버지 건 감귤 초콜릿으로 샀어. 아버지 단 거 좋아하잖아."

"내가 초콜릿 엄청 좋아하지. 그리고 돈은 더 좋아한다."

"1절만 하소."

아버지의 말에 엄마는 인상을 쓰며 아버지를 야단쳤다. 이런 풍경은 그녀의 집에서 너무 흔한 일이라 별일 같지도 않았다. 그녀는 문득 궁금해졌다. 엄마가 태준을 보면 어떤 말씀을 할지. 그녀를 야단칠까, 아니면 태준의 있는 그대로의 모습을 봐줄까.

태준의 걸음이 케이크 가게 앞에서 멈추었다. 디저트의 나라 일본답게 아기자기한 케이크들은 거의 작품 수준이었다. 여자들은 디저트를 좋아하니 이수에게 선물로 사가고 싶어졌다.

태준이 케이크 가게 앞에서 움직이지 않자 강한이 먼저 물었다.

"들어가 볼래? 여기가 멀리서도 일부러 찾아오는 유명한 가게라더구나."

보기에도 남성스러움이 넘치는 남자 둘이 케이크 가게에서 케이크를 고르는 건 남의 나라일지라도 꽤 난감한 일이었지만 태준은 한입 크기의 여러 가지 케이크 중 예뻐 보이는 걸로만 세심히 골랐다. 케이크 고르는 것에 집중하는 태준을 보며 강한은 짧은 미소와 한숨을 같이 지었다.

케이크 가게에서 나오니 비가 그치고 구름 사이로 햇빛이 나오고 있었다. 케이크를 만족스러운 표정으로 보는 태준에게 강한이 물었다.

"혹시 그 여검사한테 주려는 선물이냐?"

태준은 숨기지 않고 고개를 끄덕였다. 강한은 손으로 턱을 쓸며 곤란한 표정을 지었다. 굳이 티 내며 말하지 않으려고 했는데 아무래도 걱정이 되어 그냥 넘길 수가 없었다.

"그 여검사, 계속 만날 생각이니? 난 네가 힘들어질 거 같아 걱정이구나."

강한의 염려에 태준은 담담하게 대답했다.

"힘든 건 익숙해서 괜찮습니다."

평범한 사람이라면 절대 하지 않을 말이었다. 힘들면 힘들다고 투정하는 게 보통인데 태준은 그걸 너무 당연하게 받아들이고 있었다.

누구나 행복해질 권리가 있었다. 그런데 태준은 그걸 포기하고 사는 것 같아 강한은 마음이 안 좋았다. 마광호는 결국 자기 아들까지 망쳐놓고 있었다. 마광호가 하지 못한다면 강한은 자신이라도 태준에게 제대로 살아갈 기회를 주고 싶었다.

"한국 가는 건 내일까지 생각해보고 대답하마."

강한의 말에 태준은 안심했다.

"네, 감사합니다."

강한은 태준의 어깨를 다정하게 두드려주었다.

❀

오늘은 박진웅이 검찰청에 출석하는 날이었다. 박진웅이 와야 할 시간이 되자 그녀뿐만 아니라 전부 시계만 쳐다보고 앉아 있었다.

그녀의 경고가 만만했던 건지 정해진 시간이 지나도 박진웅은 오지 않았다. 피해자인 그녀 대신 박진웅의 조사를 맡아준 류헌이 얼굴을 찌푸리며 말했다.

"안 오는 거 아냐?"

이수는 주먹을 문지르며 낮게 말했다.

"5분 지나도 안 오면 진짜 체포 영장 때린다."

그녀의 말에 너무 힘이 들어가 있는 거 같아서 최 계장이 타일렀다.

"검사님 살살하세요. 이제 겨우 열여덟이잖아요."

이런, 십팔이었다. 절대 나이 때문에 박진웅을 봐줄 생각은 없었다.

똑똑─.

노크 소리가 들리자 세 사람의 시선이 동시에 문으로 향했다.

"들어오세요."

검사실 문이 열리며 박진웅이 들어왔다. 그래도 아직 어른 말이 먹힌다고 보기에는 교복을 입고 나타난 게 영 거슬렸다. 마치 자기는 보호받아야 할 학생이라는 걸 어필하는 것 같았으니까.

"변호사는 같이 안 왔니?"

"네, 혼자 왔습니다."

사실 오늘 조사에서 박진웅한테 얻어낼 수 있는 건 거의 없을 거라고 생각하고 있었다. 분명 박진웅은 자신과 상관없는 일이라고 잡아뗄 테니까.

역시나 그녀의 예상대로 박진웅은 자신은 단지 공사장에서 담배를 피웠을 뿐인데 범인으로 모는 건 너무하다고 오히려 그녀를 나쁜 어른 보듯 하였다. 최 계장이 눈짓으로 노승우가 밖에 와 있다는 신호를 주자 류헌은 조사를 끝냈다.

"그래, 오늘은 이 정도로 하자. 그만 가봐."

박진웅은 말이 끝나기도 전에 일어났다.

"결국 제가 여기까지 왔는데도 별로 알아낸 것도 없으시네요. 그런데 왜 그렇게 기를 쓰고 검찰청에 나오라고 했는지 모르겠어요."

이수는 검사가 무능하다고 조롱하는 녀석의 태도에 발끈했지만 꾹 참았다. 지금은 그게 중요한 게 아니었으니까. 이수는 박진웅이 문으로 걸어가 문고리를 잡고 여는 걸 주시해서 보았다.

문이 열리자 문밖에 서 있던 노승우가 보였다. 문을 연 사람이 박진웅인 것을 안 노승우의 표정이 공포로 일그러지며 경찰관의 뒤로 피하는 걸 보고 이수는 눈을 좁혔다. 사진으로 보았을 때보다 더 격렬한 저 반응은 분명한 공포였다.

그때 박진웅이 고개를 돌려 그녀를 보았다. 마치 그녀의 의도를 파악했다는 듯 눈빛이 날카로웠다. 이번엔 그녀가 웃으며 말했다.

"어차피 검찰청 온 김에 참고인 조사도 같이 하라고. 고마워. 많이 참고됐어."

으득―.

박진웅이 이를 무는 소리가 그녀가 앉아 있는 자리까지 들리는 듯했다. 내내 모범생처럼 앉아 있던 학생의 갑자기 변한 표정에 다른 사람들도 흠칫 놀랐다.

박진웅이 자리를 박차고 떠나버리고 방금까지 박진웅이 앉았던 의자에 노승우가 앉았다. 박진웅과 마주친 노승우는 쉽게 안정을 찾지 못하고 극도로 불안해했다. 그런 노승우에게 이수는 단도직입적으로 물었다.

"너 목격자지?"

태준과 강한이 함께 인천공항에 입국했을 때 공항에는 김상철이 마중 나와 있었다. 강한을 기억하는 김상철이 그를 향해 90도로 몸을 숙여 꾸벅 인사를 했다. 요즘 김상철은 마광호 이외에 이리 깍듯하게 인사한 적이 없었다.

"와주셔서 감사드립니다."

강한은 말없이 김상철의 인사를 받았다. 20년 전에는 단지 태준의 보디가드였을 뿐인 김상철도 참 많이 달라진 모습이었다. 잘 차려입은 슈트나 몸에서 뿜어져 나오는 자신감에서 권력의 냄새가 났다.

"난 우선 광호를 만나고 싶은데."

"병원에 계십니다. 모시겠습니다. 태준이 넌?"

김상철이 태준에게로 시선을 주자, 강한이 태준의 어깨를 잡으며 가족처럼 말했다.

"너도 같이 가자꾸나. 그럴 거지?"

태준은 순순히 고개를 끄덕였다. 강한과 나란히 걸어가는 태준의 뒷모습을 보며 김상철은 '쯧' 짧게 혀를 찼다. 지금껏 태준에게 가족보다 더 가까운 존재는 그뿐이었기에 태준에게 아버지처럼 구는 강한이 좀 거슬렸다.

그러나 강한은 20년이나 한국을 떠났던 사람이고, 그는 쭉 태준과 함께 지냈다. 강한이 그의 자리를 넘볼 수는 없다고 김상철은 굳게 믿었다.

태준이 강한과 함께 돌아온다는 연락이 이미 조직에 전해져서 병원에는 평소보다 몇 배나 되는 사람들이 모여 있었다. 모두 20년 만에 나타난 이강한이 조직에서 어떤 힘을 가지게 될지 주시하고 있었다.

"내가 이래서 돌아오기 부담스럽다고 한 거야."

강한은 차에서 내리기 전에 밖에 모인 사람들을 보고 난감한 표정을 지었다.

"제가 먼저 내려서 정리하겠습니다."

태준이 차 문을 열고 내리자 사람들의 시선이 일제히 그에게 향했다. 그리고 곧 그의 뒤를 따라 내릴 이강한에게도 관심이 집중되었다. 하지만 그 관심을 차단하듯 태준이 차갑게 말했다.

"이강한은 제 아버지를 만나러 왔을 뿐입니다. 그러니 다들 돌아가 주세요."

술렁임이 생기자 태준은 강하게 일갈했다.

"지금 당장!"

그제야 하나둘 자리를 뜨기 시작하며 서로 속삭였다.

"회장 아들이 좀 달라진 거 같지 않아?"

"그러게. 방금은 꼭 회장님 젊을 때 같았어."

"설마 이강한 때문인가."

"이럼 박만수가 또 낙동강 오리알 되는 거 아냐?"

사람들이 술렁이는 소리를 들은 박만수의 얼굴이 똥 씹은 표정이 되었다. 그가 시간과 공을 들여 쌓아 올린 걸 태준과 이강한이 등장과 함께 흔들어놓고 있으니 기분이 좋을 리가 없었다. 그래도 강한이 차에서 내리자 오랜만에 만난 친구를 대하듯 박만수는 크게 웃으며 다가갔다.

"이야! 오랜만입니다, 강한 형님."

강한은 다가오는 박만수를 껄끄러운 눈으로 쳐다보았다. 그는 몸속에 욕망과 시기만 가득 찬 인물이었다. 그게 시간이 20년이나 흐르는 동안 사라지지 않고 더 강해졌다는 걸 박만수의 눈빛만 봐도 알 수 있었다.

"들어가시죠. 회장님이 보시면 반가워서 병석에서 바로 일어나시겠습니다."

강한은 고개를 들어 태준을 올려다보았다. 태준은 짧게 고개를 끄덕였다. 굳이 여기서 박만수와 기 싸움을 할 필요는 없었으니까.

결국 강한은 박만수의 안내를 받으며 마광호가 있는 병실로 향했다. 강한은 병실 문 앞에 멈추어 서며 말했다.

"광호는 나 혼자 만나고 싶은데. 괜찮지?"

박만수는 강한이 마광호와 둘이서 무슨 이야기를 할지 불안했지만 태준이 괜찮다고 말해서 할 수 없이 뒤로 물러났다. 병실에 혼자 들어간 강한은 침대에 누워 있는 사람을 보고 쉽게 발걸음이 떨어지지 않았다.

마광호가 먼저 천천히 고개를 돌려 강한에게 시선을 주었다. 강한은 그제야 마광호의 앞까지 걸어가 많이 약해진 그의 모습을 보고 힘없이 웃었다. 언제나 그의 앞에 서 있던 이였다. 강하고 거친 모습만 기억하고 있었기에 이런 모습은 너무 낯설었다.

"오랜만이다, 광호야."

마광호는 얼굴을 찌푸리며 평소와 똑같이 거칠게 말했다.

"네 낯짝은 왜 그 모양이냐."

더 많이 변한 건 그리 말하는 마광호였다. 20년 만에 들어보는 친구의 거친 말투가 반가워서 강한은 마광호의 마른 손을 두 손으로 꽉 쥐었다.

"네가 못한 태준이 아버지 노릇 내가 대신 할 거다. 그거 때문에 한국 돌아온 거야. 그게 네 친구로서 내가 할 수 있는 마지막 일이다."

"썩을. 그 자식은 이미 다 커서 내 말을 들어 처먹지도 않아. 넌 따로 할 일이 있어. 내가 이렇게 누워 있으니 더 믿을 놈이 없어졌어."

아파서 죽어가면서도 자기 할 말만 하는 마광호를 보며 강한은 씁쓸한 미소를 지었다. 이런 마광호 옆에서 태준이 그동안 어찌 살았을지 생각하니 마음이 답답했다.

늦은 시간에 퇴근해서 피곤했던 이수는 3층 복도에 들어섰을 때 우뚝 멈추어 섰다. 그녀의 집 앞에 상자가 있었다. 택배 상자라고 하기에는 너무 예뻤다. 저건 분명 누군가 손으로 정성스럽게 꾸민 선물 상자였다.

이수는 예쁜 걸 폭탄처럼 여기며 조심조심 문 앞까지 걸어갔다. 상자와 적당한 거리를 두고 멈추어 선 이수는 고개만 길게 빼서 누가 보낸 상자인지 확인했다.

상자에는 아무런 표시가 없었다. 그렇다는 건 보내는 사람이 직접 집 앞에 놓고 갔다는 뜻이었다. 이수는 조심스럽게 상자 뚜껑을 열어 보았다. 상자 안에 들어 있는 작고 예쁜 케이크들을 본 그녀의 입이 절로 벌어졌다.

"우와, 예쁘다."

이게 먹는 건지, 장식품인지 헷갈릴 정도였다. 이수는 쭈그려 앉아서 예쁜 케이크들을 더 가까이서 보았다. 보낸 사람이 누구인지 적혀 있지도 않고 카드도 없었지만 태준이 보낸 거라는 걸 알 수 있었다.

그녀의 주위에 이렇게 예쁜 음식을 고를 수 있는 미식가는 태준뿐이었다. 여자들만 잔뜩 있었을 일본의 케이크 가게에서 이걸 하나하나 직접 골랐을 태준을 상상하니 입술 틈으로 웃음이 비어져 나왔다. 현실은 조폭 황태자인데, 뒤통수는 아기자기한 케이크로 치다니. 이 남자를 정말 어쩌면 좋니.

태준은 강한을 퀸 호텔로 안내했다. 강한이 지낼 거처가 정해질 때까지는 호텔에서 모실 생각이었다. 그리고 지금은 20년 만에 귀국한 강한에게 모두의 이목이 쏠려 있었기에 그가 강한과 가까이 있어야 쓸데없는 인간들이 접근하는 걸 차단할 수 있었다.

"오빠!"

그가 일본에서 돌아온 걸 알고 마리가 뛰어나왔다. 그에게 달려오는 마리를 보고 강한의 눈이 커졌다.

"저 아이, 설마……."

"네, 고모님 딸입니다."

강한은 다 큰 마리를 신기한 눈으로 보았다. 그가 마리를 본 건 18년 전이었다. 마정옥의 품에서 잠만 자던 작은 아기가 이렇게나 컸다는 게 강한이 한국에 와서 느낀 놀라움 중 가장 컸다.

"그런데 네 고모는 왜 안 보이는 거지?"

마리가 당연히 마정옥과 같이 왔을 거라고 생각한 강한이 마정옥을 찾아 두리번거리자 태준은 짧게 설명했다.

"지금은 마리만 여기서 지내고 있습니다."

강한이 이해할 수 없다는 눈으로 태준을 보았다. 마리는 태준의 팔에 매달리며 낯선 강한을 경계하는 눈으로 살폈다.

"이 아저씨는 누구야?"

"인사해. 외삼촌 친구분이셔."

"외삼촌한테 그딴 게 있었어?"

"마리야, 예의 없이 굴지 말고."

강한은 태준의 꾸중에 뚱한 표정으로 억지로 인사하는 마리를 복잡한 시선으로 보았다. 태준은 준비한 방으로 강한을 직접 안내했다.

"필요한 게 있으시면 전화로 편하게 말씀하시면 됩니다."

강한은 호텔 방보다 창밖으로 보이는 서울 풍경을 더 유심히 보았다. 오랜만에 돌아왔더니 사람도 변하고, 도시도 변해 있었다.

"그럼 편히 쉬십시오."

강한을 쉬게 해주기 위해 태준이 방을 나가려고 했는데 강한의 목소리가 그의 발목을 잡았다.

"마리는 엄마한테 보내."

태준은 고개를 돌려 다시 강한을 보였다. 강한은 여전히 창밖의 서울을 보고 있었다.

"제가 붙잡고 있는 게 아니라 마리가 엄마한테 가기 싫어하는 겁니다. 고모님이 어떤 분인지는 아저씨도 아실 거라고 생각합니다."

"그래서 엄마와 딸 사이를 막고 있는 네가 잘하고 있다는 거냐?"

강한이 천천히 몸을 돌려 태준을 보았다. 그의 눈빛은 친절한 아버지 친구의 탈을 벗은 듯 단호했다.

"마리는 엄마한테 보내. 안 그럼 나도 네 부탁 들어줄 생각 없다."

예기치 못한 강한의 요구에 태준은 할 말을 잃어버렸다. 무조건 그의 아군일 줄 알았던 사람이 어쩌면 아닐 수도 있다는 걸 알아버린 순간이었다.

⁂

퇴근하던 이수는 자신을 손짓으로 부르는 도훈을 발견하고 서둘러 뛰어가 그의 앞에서 차렷 자세로 섰다.

"네, 최 검사님."

당연히 일 때문에 부른 줄 알았던 도훈은 전혀 생각도 못 한 질문을 했다.

"배구 경기 누구랑 가나?"

"아! 그거."

머릿속이 복잡해서 완벽하게 까먹고 있었다. 그러고 보니 경기 날짜가 내일이었다. 도훈이 이리 확인까지 하니 절대 까먹었다고 말할 수는 없었다.

"저 혼자라도 꼭 가겠습니다."

"쯧, 같이 갈 사람 없으면 나랑 가."

"네?"

"내가 준 표잖아."

그렇긴 한데 그렇다고 도훈이 그녀와 같이 가줘야 한다는 책임감을 느낄 필요까지는 없었다.

"진짜 저랑 같이 가주시겠다고요?"

"그럼 그 비싼 표를 버리냐."

단지 표가 아까워서인가? 자기도 공짜로 얻은 표라고 하지 않았나.

"최 검사님이 같이 가주시면 저한테는 영광이죠."

도훈 앞에서 말은 그렇게 했지만 좋은 마음보다 당황스러운 마음이 더 컸다. 이번엔 정말 의도치 않게 도훈과 배구 경기를 보러 가게 된 것이다.

한 번의 데이트로 끝날 줄 알았는데 그 뒤로도 이렇게 도훈과 검찰청 밖에서 만날 기회가 생기니 이러다 자연스럽게 연인도 될 수 있었다. 그녀가 독하게 마음만 먹으면 이때가 기회였다.

그런데 이상하게도 '잘해봐야지'라는 생각이 도통 들지 않았다. 제주도에 다녀온 뒤 그녀의 연애 세포가 전멸한 것 같았다. 뭔가 태준에게 죄를 짓는 것 같은 기분이 드는 게…… 영 별로였다.

그녀는 원래 도훈을 좋아했는데 굴러온 태준이 제대로 소금을 뿌렸다. 역시 로미오는 강력했다. 비극의 씨앗을 사방에 뿌리며 솔로 천국을 만들고 있었다.

도훈과 배구 경기를 보러 가게 된 날, 이수는 쉬는 날이었지만 부지런히 움직여야 했다. 검찰청에 출근할 때와 달리 옷과 화장에 공을 들여야 했으니까. 쉬는 날까지 일할 때처럼 하고 나가면 정말 평생 결혼 못 하고 혼자 살게 될지도 몰랐다.

배구 경기를 보러 가는 거지만 그래도 도훈과 함께 가니 바지를 입고 갈지 치마를 입고 갈지 고민하고 있는데 초인종 소리가 울렸다.

딩동―.

당연히 도훈일 줄 알고 서둘러 문을 열었던 이수는 문 앞에 웅크리고 앉아 있는 마리를 발견하고 흠칫 놀라서 물었다.

"야, 너 여기서 뭐 해?"

무릎 사이에 얼굴을 묻고 있던 마리가 고개를 들었는데 성난 고양이 같은 표정이었다. 심상치 않았다.

"나 가출했어."

이 아이는 가출이 취미인가 보다. 이수는 한숨을 내쉬며 마리의 옆에 쭈그려 앉았다.

"너 호텔에서 지내잖아. 거기서 나오는 건 그냥 체크아웃이야."

"오빠가 나보고 집에 가라고 했다고!"

너무 당연한 말을 이 아이는 어쩜 이리 억울하게 할까 싶었다. 자기 마음 아픈 것만 제일 중요한 소녀를 못마땅한 눈으로 쳐다보던 이수는 마리의 팔을 잡아끌었다.

"하여튼 일어나. 그땐 네 오빠 부탁 때문에 받아준 거야. 이번엔 못 받아줘."

"이씨! 치사하게!"

"어른들은 원래 원칙대로 사는 거야. 너처럼 막살지 않는다고."

마리가 안 가겠다고 버텨서 실랑이가 이어졌다.

"은이수."

뒤에서 들린 도훈의 목소리에 이수는 화들짝 놀라서 하마터면 마리 뒤에 숨을 뻔했다. 도훈이 그녀와 싸우는 거 같은 마리를 유심히 보자 이수는 서둘러 마리 앞을 막아서며 설명했다.

"친척 동생이에요. 가출했다고 하기에 야단 좀 치고 있었어요."

"하나도 안 닮았는데."

달라도 너무 다른 외모라는 걸 그녀도 잘 알기에 이수는 크게 웃으며 변명했다.

"하하. 얘네 엄마가 엄청 미인이라."

마리도 그녀의 뒤에서 도훈을 경계하는 눈으로 쳐다보았다.

"저 아저씨는 누구야?"

"우리 검찰청에서 제일 무서운 검사님이니 조심해라."

이수는 복화술로 마리에게 경고했다. 그런데 마리가 겁도 없이 도훈에게 직접 말했다.

"아저씨 집에 남는 방 있어?"

이수는 당돌한 마리의 말에 깜짝 놀라 그녀의 입을 손으로 틀어막았다. 열여덟이란 미친 나이란 말인가. 어떻게 이런 소리를 아무렇지 않게 할 수 있나. 이수는 허둥지둥 도훈에게 대신 사과했다.

"죄송해요. 최 검사님도 못 들은 걸로 하세요. 얘가 헛소리 좀 한 거예요."

도훈은 팔짱을 끼고 얼굴을 찌푸렸다. 쉬는 날 오래간만에 마음잡고 나온 건데 상황이 영 마음에 안 드는 쪽으로 흘러가고 있었다.

"그래서 배구 경기는 보러 갈 수 있는 거야?"

배구 경기란 말에 마리는 그녀를 노려보았다.

"난 버리고 가면서 자기들끼리 재미있게 배구 경기를 보겠다고."

내가 어떻게 널 버리는 거냐! 네가 멋대로 들러붙는 거지.

이수는 난감한 눈으로 도훈을 돌아보았다.

"상황이 이렇게 되어서 그런데 배구 경기는 이 동생이랑 같이 가도 될까요? 경기만 보고 집에 보내게."

표는 두 장인데 사람이 세 명이니 한 명은 빠져야 했다. 그게 자신이라는 것에 도훈은 고개를 저었다.

"현장 가면 표 또 살 수 있을 거야."

"네? 굳이 또 살 필요는……."

"나도 여기까지 일부러 왔는데 그냥은 못 돌아가겠다."

그럼 배구 시합은 도훈과 마리랑 같이 봐야 한다는 소리였다. 그녀가 무슨 죄를 그리 크게 지었다고 그 고문을 당해야 한단 말인가. 그렇다고 둘이서 보라고 하는 건 더 말도 안 되는 소리였다.

이수는 힐긋 마리를 보았다.

"너 배구 별로 안 좋아하지?"

"흥! 볼 거야."

그녀의 데이트를 훼방 놓기 위해서라면 어디든지 따라올 듯한 기세였다. 도대체 태준한테 뿔난 걸 왜 그녀한테 화풀이하는 거냐고 마리의 머리를 붙잡아 흔들고 싶은 걸 가까스로 참으며 이수는 마지막으로 물었다.

"진짜 이 멤버로 배구 경기 보러 가겠다고요? 다들 진지하게 생각하고 대답해주세요."

그녀만 이 세 조합이 이상하다고 생각하는 건지 두 사람은 고민 없이 고개를 끄덕였다.

오늘, 제대로 망했다.

사람이 많으면 많을수록 마리의 미모는 빛을 발했다. 다들 마리만 쳐다보았으니까. 태준과 함께 있을 때와 비슷한 경험이었다. 역시 가족은 가족인가 보다.

"진짜 가족이야?"

의심이 되었는지 도훈이 다시 그녀에게 물었다. 이수는 맞다고 고개를 끄덕였다. 태준의 사촌 동생이라고는 죽어도 말할 수 없었다.

이제 와서 사실대로 말하면 속인 죄까지 플러스되어 도저히 감당할 수 없을 것이다.

사고 치나 싶어 불안해서 옆을 보니 마리는 들어올 때 사온 버터 구이 오징어를 열심히 씹고 있었다. 먹는 동안에는 얌전할 것 같아서 우선 안심이었다. 역시 동물과 아이를 구슬리는 데는 먹는 게 최고인가 보다.

"자꾸 보니 누가 생각나는 것도 같고."

도훈이 중얼거리는 말을 듣고 이수는 서둘러 얼굴로 도훈의 시선을 막으며 활짝 웃었다.

"검사님도 드세요."

이수는 도훈의 입도 막기 위해서 마리가 먹고 있는 버터 구이 오징어 다리 하나를 집어서 그에게 내밀었다. 마리가 자기 먹는 거 빼앗아 간다고 바로 도끼눈을 떴다.

"됐어. 어린애나 많이 먹으라고 해."

"나 어린애 아니거든."

마리가 반박하자 도훈은 서늘한 눈으로 마리를 보며 말했다.

"네가 어린애 아니면 나한테 함부로 반말하는 거 못 참지. 너 부모한테 잘못했다고 맞아본 적 없지? 오늘 나한테 맞아볼래?"

마리의 얼굴이 붉으락푸르락해지는 걸 보고 이수는 조마조마했다. 이렇게 사람 많은 곳에서 터지면 정말 감당이 안 될 것이다. 그런데 도훈이 정말 무서웠던 건지 마리는 다시 오징어만 먹었다. 다행이라고 생각했는데 오징어 먹던 마리의 눈에서 갑자기 닭똥 같은 눈물이 뚝뚝 떨어지는 걸 보고 이수는 깜짝 놀랐다.

"왜 울어? 최 검사님이 무서워서 그래?"

이수의 말에 도훈이 힐긋 마리를 보았지만 미안하다는 소리는 하지 않았다. 먼저 버릇없이 군 건 마리였으니까.

"으흑, 우리 오빠한테 갈래."

마리는 울기라도 할 수 있지 그녀야말로 미쳐버릴 지경이었다.

"아아아앙. 오빠!"

마리의 울음소리가 커지자 이수는 서둘러 마리의 입을 틀어막았다. 울지 말라고 어르고 윽박질러도 소용이 없었다. 오늘 데이트가 마리 때문에 엉망이 되자 도훈은 미간을 찌푸리며 그녀에게 말했다.

"얘 오빠한테 전화해서 데리러 오라고 해."

그녀도 그럴 수 있으면 좋겠지만 그럴 수가 없었기에 환장할 노릇이었다. 결국 이수는 마리 때문에 배구 경기도 제대로 못 보고, 도훈한테 쉬는 날 망쳤다는 소리나 듣고, 울음을 그치지 않는 마리만 데리고 집으로 돌아와야 했다.

"으아아아아아아앙, 오빠."

방문을 뚫고 나오는 마리의 울음소리를 들으며 이수는 벽시계를 보았다.

"징글징글하다. 어떻게 3시간을 내리 우냐."

이수는 휴대폰을 꺼냈다. 이 정도면 태준에게 전화해야 할 것 같았다. 그녀가 어찌할 수 없는 상황이었다. 경찰서에 전화해서 가출한 아이 데려가라고 할 수는 없잖은가.

그녀는 태준에게 전화해야 하는 합당한 이유를 다 끌어모아 생각한 뒤 결연한 표정으로 그의 전화번호를 눌렀다. 막 끝자리 전화번호를 누르는데 '딩동' 하고 초인종이 울렸다.

올 사람이 없었기에 이수는 놀라서 현관문 쪽을 보았다. 설마 태준이 마리가 여기 있는 걸 알고 데리러 온 건가 싶었다.

딩동―.

초인종이 다시 울렸다. 이수는 아무래도 기분이 이상해 문을 열기 전에 인터폰을 먼저 보았다. 화면에 잡힌 마정옥의 하얀 얼굴을 확인한 그녀의 눈동자가 차갑게 굳었다.

마정옥을 처음 보았지만 마리의 엄마라는 건 단번에 알 수가 있었다. 마리가 자기 엄마를 쏙 빼닮았으니까. 마가네 유전자는 정말 엄청난 것 같았다.

이수는 고개를 내려 그녀의 손에 들린 휴대폰을 보았다. 액정에는 태준의 전화번호가 떠 있었다. 아마도 그녀가 전화하면 당장 달려올 거였다. 하지만 마정옥이 자기 딸만 데리러 온 거라면……. 이수는 통화 버튼 대신 인터폰 버튼을 꾹 누르고 말했다.

"우리 집에 무슨 일로 찾아오신 거죠?"

그녀의 목소리를 듣고 마정옥의 붉은 입술이 올라가며 미소를 지었다. 마리가 자기 엄마를 왜 마녀라고 하는지 알 것 같은 기분이었다. 이토록 차갑게 웃는 여자는 처음 보았다.

결국 강한의 말대로 마리를 집으로 보내고 태준은 내내 마음이 안 좋았다. 태준은 마정옥이 마리를 망치고 있다고 생각했었다. 그런데 강한은 엄마한테 딸을 떼어놓고 있는 그가 더 잘못했다고 하니 답답할 노릇이었다. 당장은 M 엔터테인먼트 문제부터 해결해야 하니 마정옥에 대해서는 강한이 사장으로 취임한 뒤에 제대로 이야기하기로 했다.

Rrrrrrrrr— Rrrrrrrr—.

전화벨 소리에 태준은 상념에서 깨어나 휴대폰을 집어 들었다. 전화한 사람은 김상철이었다.

"왜?"

[마정옥이 은 검사 집으로 갔다.]

태준의 눈빛이 바로 날카로워졌다.

[마리가 그 집에 있어서 간 거 같기는 한데. 어떡해? 애들 보내?]

"아냐. 내가 직접 갈게."

[그러게 이강한 말대로 순순히…….]

태준은 김상철이 말하는 중간에 전화를 끊어버리고 바로 이수에게 전화를 걸었다.

Rrrrrrrrr— Rrrrrrrrr—.

신호음이 울리는 동안 그는 마음속으로 간절히 빌었다.

'제발.'

달칵—.

[조카님, 오랜만이야.]

이수에게 건 전화에서 흘러나오는 마정옥의 목소리에 그의 얼굴이 창백하게 굳었다.

"전 분명 경고했습니다. 은 검사한테 손대면 가만 안 있겠다고."

태준의 눈빛이 단번에 맹수처럼 날이 서며 거칠어졌다.

[네가 자꾸 그러면 정말 그럴 수 있는지 궁금해서 더 건들고 싶잖니.]

마정옥의 웃음 띤 목소리가 그의 심장을 자근자근 밟아댔다.

"고모님!"

몸속에서 뜨거운 것이 치솟아 오르며 성벽 같던 인내심을 단번에 녹여버렸다.

[네가 결정하렴. 머리카락이니, 얼굴이니? 우리 조카님이 여자 어디를 보는지 난 잘 몰라서 말이야.]

마정옥의 지독한 화법이었다. 태준은 거칠게 전화를 끊어버리고 다시 김상철에게 전화했다. 지금 그가 이수의 집으로 전속력으로 달려간다고 해도 이미 늦어 있었다. 하지만 마정옥이 이수와 같이 있다는 걸 상상하는 것만으로도 끔찍했기에 태준은 지금 당장 뭐라도 해야 했다.

[생각이 바뀐…….]

김상철의 말을 끊으며 태준은 칼날 같은 목소리로 명령했다.

"누구든 보내서 당장 마정옥 그 집에서 끌어내."

[너 태준이 맞냐?]

김상철이 아는 태준은 아무리 험한 상황이 닥쳐도 자신만의 평정을 지켰다. 그게 이 세계에서 살아가면서 태준이 자신을 지키는 방법이었다. 쉽게 마음이 흔들리면 금방 깨져버려 결국 만신창이가 될 테니까.

그런데 다짜고짜 명령만 내리는 지금 태도는 태준답지 않고 오히려 마광호 같아서 김상철이 되묻자 태준은 더욱 거칠게 소리쳤다.

"당장!"

로미오의 질투

딸을 데리러 왔다고 해서 문을 열어줬더니 남의 전화를 빼앗아서 하는 말을 듣고 이수는 기가 찼다. 마리가 이수의 앞을 막아서자, 마정옥은 집 밖을 지키고 있는 수하들에게 지시했다.

"마리 데려가."

남자들이 다가오자 마리는 집 안에 있는 물건들을 잡히는 대로 모두 집어서 던졌다. 하지만 그런 걸로 막을 수는 없었다. 이수는 마리의 어깨를 손으로 잡았다.

"난 괜찮으니까 넌 집에나 가."

마리는 분한 눈으로 그녀를 보았다. 자기 때문에 그녀가 위험에 처했다는 걸 알기에 더 화가 난 것이다.

"그럼 엄마도 같이 가."

마리가 마정옥을 보며 말하자 마정옥은 웃으며 말했다.

"엄마도 검사님이랑 잠깐 이야기한 뒤 바로 갈 거야."

"엄마가 아줌마랑 무슨 이야기를 한다는 거야! 악!"

방심한 틈에 두 팔이 붙잡힌 마리가 몸부림을 쳤지만 남자들은 가뿐하게 마리를 집 밖으로 데리고 갔다. 이수는 불편한 눈으로 끌려가는 마리를 보았다. 그러지 못하게 막고 싶었지만 그녀가 아니라 마정옥이 마리의 엄마였다. 이 꼴을 보니 마리가 왜 가출이 취미가 되었는지 알 것 같았다.

마리가 없어지자 마정옥은 사나운 얼굴을 거침없이 드러내며 이수의 앞에 섰다.

"줄리엣 검사 얼굴이 참 궁금했었는데 말이야."

이 집안의 애장 도서는 '로미오와 줄리엣'인가 보다.

"제 이름은 줄리엣이 아닙니다."

그녀가 부정하자 마정옥은 짧고 히스테릭하게 웃었다.

"하, 이제 보니 겁이 없어서 태준이 옆에 잘 붙어 있었나 보네."

"안 붙어 있었는데요."

그녀가 자꾸 겁 없이 말대꾸하자 마정옥의 눈빛이 날카로워졌다.

"둘이 내 남편을 잡아넣으려고 용쓰는 거 다 알고 있어."

그녀는 움찔했다. 그건 그녀도 처음 듣는 말이었으니까. 하지만 마정옥의 말대로 태준이 정말 다른 검사와 그런 일을 하고 있는 거라면……? 마정옥이 그걸 눈치채게 할 수는 없었기에 이수는 일부러 그녀를 자극할 말을 했다.

"엄마면 엄마답게 마리나 잘 챙기세요."

찰싹—.

갑자기 뺨에 불이 일었다. 마정옥이 그녀의 뺨을 후려치자, 긴 손톱이 그녀의 피부를 긁고 지나가 붉은 상처를 남겼다.

"오늘 인사는 이 정도로 하지."

무슨 인사를 이따위로 하나 싶어 기가 찼다. 어이가 없어서 그녀가 가만히 있자 마정옥이 그녀의 귓가에 대고 서늘하게 경고했다.

"다음에 또 만나게 되면 그땐 이 정도로 안 끝날 거야."

그녀가 기죽지 않고 쏘아보자 마정옥은 가소롭다는 듯 비소를 날리고는 현관으로 걸어갔다.

또각또각—.

마정옥의 하이힐 소리가 멀어져갔다. 남의 집에 신발도 안 벗고 들어온 게 제일 용서가 안 되었다.

❀

1시간 걸릴 거리를 30분 만에 도착한 태준은 차에서 뛰어내려 빌라 건물로 뛰어 올라갔다. 이수의 집이 있는 3층까지 단숨에 올라간 태준은 현관문 앞에 도착하자 주먹으로 문을 쾅쾅 두드렸다.

"검사님! 은 검사!"

안에서 문이 열리자 태준은 문을 두드리던 손을 멈추었다. 문 뒤에서 이수가 얼굴을 반만 내밀고 그를 올려다보았다. 그녀의 얼굴을 보자 태준은 그제야 안심이 되어 물었다.

"괜찮습니까?"

"마리를 남자들이 막 끌고 데려가버렸어요."

"마리 말고 검사님!"

그렇게 화를 내며 조금 열렸던 문을 잡고 활짝 연 태준은 그녀의 얼굴을 보고 몸이 굳어버렸다. 그녀의 왼쪽 뺨에 선명한 손톱자국이 나 있었다. 이수는 손으로 상처를 가리며 말했다.

"괜찮아요."

태준의 눈에는 전혀 안 괜찮았다. 태준이 손으로 자신의 얼굴을 가리고 꿈쩍도 하지 않자 이수는 조심스럽게 물었다.

"설마 울어요?"

"안 웁니다."

부정하는 그의 목소리는 똑 부러졌다.

"다행이네요. 우는 남자 딱 질색이야."

그녀가 놀리는 말에 그의 정신도 좀 돌아왔다. 태준은 손을 내리며 그녀에게 말했다.

"병원 가죠."

"이까짓 상처에 무슨 병원을 가요. 전에 공사장에서 사준 약 아직 있어요. 그거 바르면 돼요."

그러고 보니 그때도 그녀가 손을 다쳤었다. 손의 상처가 없어지기도 전에 얼굴에 상처가 생겼다. 꼭 그를 만나 재수가 없어서 자꾸 다치는 것처럼 느껴져서 태준은 괴로운 표정을 지었다.

"죄인처럼 그렇게 서 있지 말고 들어와요."

이수는 태준이 자기 탓하는 게 보기 싫어서 집으로 들어오라고 했다. 그녀가 약을 가지러 방으로 들어간 사이, 집에 들어선 태준은 처음 와보는 그녀의 집을 천천히 둘러보았다. 태준의 눈에 거실 테이블 위에 놓여 있는 그녀의 과거 사진들이 보였다.

이수의 졸업사진, 배드민턴 국가 대표 시절 사진, 검사 임용될 때 사진…… 그녀의 역사가 모두 그곳에 있었다. 모두 부모님과 함께 찍은 사진이었다. 어머니는 무뚝뚝한 표정이었고, 아버지는 과하게 웃고 있었다. 아무래도 그녀는 아버지를 좀 더 닮은 것 같았다.

방에서 약 상자를 들고 나오던 이수는 태준이 그녀의 사진 앞에 서 있는 걸 보고 한마디 했다.

"우리 집은 엄마가 가장이에요. 아버지는 놀고, 엄마는 일하고. 난 그게 보통 가정인 줄 알았는데 학교 가서 보니까 아니더라고요."

이수는 전혀 상처가 아닌 것처럼 말했다. 그에게 아버지에 관한 이야기는 온통 상처뿐이었기에 그녀가 아버지를 대하는 태도가 궁금했다.

"그런 아버지가 창피했습니까?"

"나 학교 끝날 때마다 데리러 와준 건 아버지였어요. 창피했으면 오지 말라고 했겠죠."

그녀를 강하게 키운 건 어머니였고, 그녀에게 아낌없이 사랑을 준 건 아버지였다. 그런 부모님이 있었기에 지금의 그녀가 있는 것이기에 태준은 사진 속 세 사람의 모습을 부럽다는 눈으로 바라보았다.

"마리는 왜 갑자기 집으로 보낸 거예요?"

"누가 엄마한테서 딸을 떼어놓는 건 잘못이라고 해서."

"그런 엄마한테 딸을 보내는 게 더 잘못인 것 같은데."

이수는 투덜거리며 약 뚜껑을 열었다. 태준이 다가와 그녀의 손에서 약을 빼앗아 들었다. 그러고는 직접 그녀의 상처에 약을 발라주었다. 그녀가 다칠 때마다 그가 약을 발라주니 이젠 다치면 무조건 그가 생각날 것 같았다. 따끔한 통증이 송곳처럼 찔러왔다.

그가 상처에 약을 발라줄 동안 이수는 먼 곳만 보고 있었다. 마정옥의 말이 신경 쓰여 위험한 일 하는 거 아니냐고 캐묻고 싶은 마음도 있었지만 물어도 사실대로 말해줄 것 같지 않아서 꾹 참았다. 뒤에서 몰래 알아보는 게 차라리 나을 듯했다. 대신 이수는 태준에게 단단히 경고했다.

"오늘 일로 마정옥 찾아가지 마요."

돌아온 태준의 대답은 다시 성이 나 있었다.

"그럴 수는 없습니다."

"그래서 똑같이 갚아주겠다고요? 그러면 대표님도 결국 조폭인 거예요."

그녀는 가장 잔인하게 현실을 꼬집어주었다. 그렇지 않으면 태준이 그녀 때문에 함부로 손을 더럽힐 거 같았으니까. 그거야말로 가장 최악의 결과였다.

"내가 가만히 있으면 검사님을 지킬 수 없습니다."

"그래서 힘으로 날 지키겠다고요? 난 법으로 사회질서를 어지럽히는 사람을 잡는 검사예요. 그러다 내가 대표님 잡게 될 수도 있어요."

태준이 굳은 표정으로 아무 말도 못 하자 이수는 좀 더 부드러운 목소리로 그의 마음을 두드렸다.

"난 대표님이 마광호랑 다르다는 거 믿어요. 그러니까 내 믿음 깨지 마요."

그 말은 반대로 그에게서 아버지의 모습이 조금이라도 보이면 그를 혐오하게 될 거라는 말처럼 들렸다. 그래서 태준은 끝까지 굳은 표정을 풀지 않았다.

마리는 억지로 집에 끌려온 거나 마찬가지였기에 방에 틀어박힌 채 꼼짝도 하지 않았다. 그런 마리의 옆에서 마정옥은 그녀의 뜻이 아니라 태준이 벌인 일이라는 걸 몇 번이나 강조했다.

"어차피 태준이도 자기 아빠랑 똑같아. 그러니까 내가 너무 정을 주지 말라고 했잖니. 결국 이리 사람 뒤통수치는 인간들이야."

"시끄러우니까 나가!"

마정옥이 끝없이 태준에 대해 나쁘게 말하자, 마리는 참지 못하고 버럭 소리를 질렀다.

마정옥은 할 수 없이 혀를 차며 일어나 문으로 걸어갔다.

"밥 먹을 때 다시 올 테니까."

마리는 이불을 뒤집어쓴 채 그녀의 말은 들으려고 하지도 않았다. 다른 사람은 몰라도 마리한테는 한없이 약한 마정옥은 조용히 방문을 닫고 나왔다. 하지만 마리의 방을 나오자마자 표정이 살벌하게 변했다.

곧 태준이 올 것이다. 그것도 그녀에게 분노를 품은 상태로. 그래서 미리 만반의 준비를 하고 있었는데 그녀의 예상을 깨고 그녀를 찾아온 사람은 태준이 아니라 강한이었다. 일본에서 갓난아기를 안고 떠나던 젊은 마정옥을 본 게 마지막이었기에 그녀를 보는 강한의 눈에 회한이 가득했다.

"너도 늙었구나."

마정옥도 오랜만에 보는 강한 앞에서는 마녀의 기운을 지우고 편하게 말했다.

"오라버니만 하려고."

일부러 마정옥을 만나려고 집까지 찾아온 강한은 마정옥과 마주 앉아 차를 마셨다.

"네가 한국으로 돌아가자마자 결혼해서 많이 놀랐다."

그것도 상대가 하필이면 야욕으로 똘똘 뭉친 박만수였다. 마정옥은 자신이 박만수와 결혼한 이유에 대해 굳이 강한에게 변명하지 않고 차만 마셨다. 그런 마정옥에게 강한은 무거운 목소리로 물었다.

"아직도 광호에 대한 원망이 깊은 거니?"

찻잔 위로 마정옥의 눈빛이 날카롭게 허공을 찔렀다. 하지만 곧 그녀는 아무렇지 않은 듯이 웃었다.

"이젠 다 죽어가는 이빨 빠진 호랑이인데 내가 원망하고 말고 할 게 뭐 있어."

"태준이한테 왜 그리 정을 안 준 거야? 일부러 그런 건 아니지?"

마정옥의 눈동자에서 감정이 사라졌다. 강한은 그런 마정옥을 안타까운 눈으로 보며 말했다.

"제발 원망을 하려면 광호에게 해. 아무 죄 없는 태준이한테까지 떠넘기지 말고."

일본에서 죽을 때까지 살 줄 알았던 강한이 왜 한국에 돌아왔는지 짐작한 마정옥은 서늘하게 웃으며 강한을 보았다.

"그래서 오라버니는 태준이 편이야, 내 편이야?"

강한은 어느 쪽 편도 아니었다. 두 사람 모두를 걱정했기에 이리 한국에 다시 오게 된 거다.

검찰청에 출근한 이수가 뺨에 반창고를 붙이고 있는 걸 보고 류헌이 놀라 물었다.

"얼굴 다쳤어?"

"고양이한테 긁혔어."

"윽! 하필이면 얼굴을? 진짜 재수 없네."

이수도 그렇게 생각했다.

어제는 정말 재수 없는 일투성이였다. 오늘은 새로운 날이니 새로운 마음으로 다시 시작해야 했다. 안 그럼 끝없이 늪 속으로 빠질 거 같았으니까.

이수는 모니터에 노승우의 공소장을 띄워놓고 자판에 손을 올렸다.

불기소

마음을 정했지만 노승우가 무죄라는 걸 밝히기 위해서는 박진웅이 범인이라는 것을 동시에 밝혀야 했다. 그렇지 않으면 피해자 가족에게 또 다른 아픔을 주는 게 될 테니까.

"저기, 은 검사님."

최 계장이 부르는 소리에 이수는 고개를 들었다. 전화기를 손에 들고 있는 최 계장은 곤란한 표정을 지으며 말했다.

"부장님이 노승우 사건 오늘 내로 공소장 올리라는데요."

공소장 기한은 아직 남아 있었다. 그녀가 의심되는 부분이 있어서 미루는 건데 이리 압박이 오는 걸 보면 분명 윗선에 누군가의 청탁이 들어간 것이리라.

"박진웅 아버지가 회사 대표라고 했죠?"

최 계장은 맞다고 고개를 끄덕였다. 이수는 골치 아픈 표정을 짓다 자리에서 일어났다. 우선은 박진웅보다 부장 검사부터 해결해야 했다.

그녀가 사무실로 찾아가자 부장 검사는 아무 말 없이 손만 내밀었다. 공소장을 쓰라고 지시를 내렸으니 그 지시에 따르라는 손짓이었다.

"노승우 공소장, 아직 쓸 수 없습니다."

그녀의 말에 부장 검사의 얼굴이 바로 일그러졌다.

"무슨 소리야. 자기가 죽였다고 자백까지 했는데 그것도 못 써!"

"그 자백에 의심되는 부분이 있어서 지금 조사를……."

"의심은 얼어 죽을. 자기가 죽였으니까 죽였다고 한 거지. 공소장 당장 가져와. 언론에서 괜히 딴소리 나오면 네가 책임질 거야?"

"제가 지금 공소장 쓰면 불기소라고 쓸 겁니다."

"뭐! 너 미쳤어!"

부장 검사의 호통이 사무실 안을 쩌렁쩌렁 울렸다. 그래도 이수는 겁먹지 않고 자신의 생각을 말했다. 그녀가 여기서 겁먹으면 노승우는 바로 살인자로 낙인찍힐 테니까.

"담당 검사인 제 판단에 노승우는 무죄입니다."

"야! 은이수! 헛소리 말고 당장 공소장에 기소 써서 제출해. 당장!"

그녀가 그럴 수 없다고 버티자 차장 검사실 호출까지 왔다. 부르면 가야 하는 말단 검사라 차장 검사실로 향하고 있는데 류헌이 복도 끝에서부터 달려와 그녀를 붙잡았다.

"우리 아버지 성격 잘 알아서 하는 말인데 무조건 '네.'라고 해."

"여기 너희 집 아니라고. 검찰청이다."

"우리 아버지가 먼저 그런 거 구분 못 하고 너 부르는 거잖아! 이딴 일에 왜 차장 검사가 끼냐고! 그러니까!"

목소리가 높아지는 류헌의 어깨를 이수는 손으로 꽉 잡았다.

"난 네 아버지 하나도 안 무섭다. 왜인 줄 알아?"

류헌은 어떻게 그런 게 가능하느냐는 눈으로 그녀를 보았다.

"내가 옳다는 걸 믿거든."

그렇게 말하고 돌아서는 그녀의 등에 대고 류헌이 빽 소리쳤다.

"멋진 척만 하면 다냐! 너 그러다 진짜 큰일 난다고!"

류헌에게 큰소리치고 차장 검사실로 들어간 이수는 차장 검사에게서 느껴지는 위압감에 두 손을 공손하게 모으고 숨소리도 죽였다. 차장 검사는 부장 검사처럼 고래고래 소리치는 대신 침묵으로 그녀의 숨통을 죄어왔다.

"역시 올림픽 출신이라 패기가 넘치는 건가?"

칭찬이 아니라는 걸 알기에 이수는 눈에 힘을 주었다.

"검찰은 명예가 생명이야. 그 명예에 상처 주려고 행동하면 검찰 전체가 가만히 있지 않지. 자네 멋대로 행동하고 싶었으면 애초에 이곳에 들어오지 말았어야지."

이수는 차장 검사의 권위에 겁먹지 않고 대답했다.

"피의자의 유무죄 여부를 판단하는 게 검사의 일이라고 배웠습니다. 전 배운 대로 하려는 것뿐입니다."

"사회생활을 어찌해야 하는지 배울 시간은 없었나 보지? 역시 출신은 속일 수가 없군."

또 출신 타령에 이수는 울컥해서 말대답을 해버렸다.

"그래서 공소장을 상사 입맛에 맞게 쓰는 게 사회생활을 잘하는 거라는 겁니까?"

차장 검사의 눈썹이 위로 치솟았다. 잘못 건드린 거다.

"자넨 아무래도 검사가 안 어울리는 거 같군. 나가봐."

그녀가 검사 부적격이라고 낙인을 찍는 거나 마찬가지인 말이었다. 그래도 그녀는 공소장을 고칠 마음이 없었다. 그로 인해 나중에 불이익을 당하게 되더라도 어쩔 수 없었다. 그녀의 소신이 꺾이면 정말 검사 일이 그녀와 안 맞게 될 테니까.

✽

직장 상사한테 대차게 까인 날이니 기분이 좋을 리가 없었다. 차 운전석에 올라탄 이수는 바로 출발하지 않고 의자를 뒤로 완전히 젖히고 누웠다. 그냥 택시를 타고 가고 싶었지만 제주도에서 돈을 너무 많이 써서 적자였다. 아껴 써야 했다.

그러고 보니 태준은 함부로 키스나 하고 그녀에게 빌린 돈은 안 갚았다. 이수는 휴대폰을 들어 태준에게 불꽃 메시지를 날렸다.

> 당장 내 돈 갚아요.

메시지를 보내고 나니 마음이 좀 편안해져서 이수는 두 눈을 감았다. 잠시 눈 좀 붙이고 있다 운전해서 집에 가려고 했는데 누군가 창문을 똑똑 두드렸다. 눈을 뜬 이수는 차 밖에 있는 도훈을 보고 화들짝 놀라 일어났다.

"최 검사님, 퇴근 안 하셨어요?"

"너야말로 왜 차에서 자고 있어?"

"아, 그게 좀 피곤해서."

그녀의 말에 도훈은 '쯧' 혀를 차고는 차 문을 열었다.

"내 차 타. 집까지 데려다줄게."

"아뇨. 제가 그냥 운전하고 갈게요."

그녀가 좌석도 안 올리고 차 키를 꼽자 도훈은 손을 뻗어 그녀가 꽂은 차 키를 뽑아버렸다. 그리고 그녀의 팔을 잡고 밖으로 당겼다.

"내려. 억지로 운전하다 사고 내지 말고."

"저 무사고예요."

"운전 경력 10년 되기 전에는 무사고라는 말 붙이지도 마."

결국 그의 차 조수석에 올라탔지만 그녀의 마음은 좌불안석이었다.

"최 검사님 차를 타고 집에 가니 좋네요."

이수의 말과 표정이 전혀 달랐기에 도훈이 물었다.

"차장이 뭐래?"

그녀가 오늘 차장 검사실에 불려간 게 검찰청에서 제일 핫한 소식이었나 보다.

"그냥 내가 검사에 안 맞다고요."

"자기 아들한테 해야 할 소리를 너한테 했네."

도훈이 그녀의 편을 들어줬음에도 마음은 편해지지 않았다.

삑삑ㅡ.

메시지 알람 소리에 휴대폰을 꺼낸 이수는 메시지를 보낸 사람이 태준임을 알고 눈이 커졌다.

돈 갚으러 '춘향'에 왔습니다.

이런 젠장. 내가 내 무덤을 팠구나. 이수는 그냥 스팸 문자 받은 척 휴대폰을 내리며 운전하는 도훈에게 말했다.

"저는 가는 길에 마트 앞에서 세워주세요. 장 좀 보고 가야겠어요."

"이 밤에?"

"네, 내일 아침밥 먹어야 하니까."

그런데 문제는 마트 앞에서 멈추어 선 차에서 도훈까지 내렸다는 거다. 그녀는 당황해서 말이 급해졌다.

"왜, 왜 내리세요? 그냥 가세요."

"장 본 짐 무겁잖아."

"아니에요. 몇 개 안 살 거예요. 괜찮아요."

도훈은 눈을 가늘게 뜨고 그녀를 보았다.

"네가 자꾸 날 보내려고 하는 거처럼 느껴지는 건 나의 착각인가?"

"착각입니다. 제가 얼마나 최 검사님을 좋아하는데요."

그녀의 입으로 처음으로 제대로 말한 거나 마찬가지였다. 좋아한다고. 그런데 이런 식으로 거짓말할 때 쓰다니. 망한 고백은 회복이 불가능한가 보다.

그녀가 대놓고 말해서인지 도훈은 그답지 않게 헛기침을 하며 쑥스러워했다. 그녀가 빤히 쳐다보고 있자 도훈은 성을 냈다.

"빨리 장 보고 나와."

결국 그냥 안 간다는 말에 이수의 어깨가 아래로 축 내려갔다. 이수는 보지 않아도 될 장을 대충 보고 다시 도훈의 차에 올라탔다.

'춘향'이 가까워져 오자 그녀는 도훈이 제발 눈치채지 못하기를 속으로 빌고 또 빌었다. 다행히 그녀의 집 앞이 아니라서인지 도훈은 '춘향' 앞을 그냥 지나쳐갔다. 이수는 안도하며 앞만 보았다. 혹시라도 고개를 돌렸다가 '춘향'에 있는 태준과 눈이 마주칠까 무서웠으니까.

그녀의 집 앞에 차가 멈추어 서자 정말 멀고 먼 길을 돌아서 도착한 듯 피곤했다. 차라리 그녀가 직접 차를 운전해서 오는 게 백 배 나을 뻔했다.

"오늘 태워다주셔서 감사합니다."

그래도 인사는 깍듯하게 했다. 도훈은 하늘 같은 검사 선배니까.

"집에 들어가면 아무 생각 말고 그냥 자."

"네."

도훈의 차가 골목길을 빠져나갈 때까지 그 자리에 서서 보고 있던 이수는 도훈의 차가 사라지자마자 서둘러 '춘향'으로 달려갔다.

그녀가 '춘향' 문을 열고 들어갔을 때 태준은 혼자 테이블에 앉아 있었다. 아주머니가 먼저 그녀를 반겨주었다.

"오래간만에 오네."

지나다니면서 인사는 자주 했기에 이수는 웃으며 가볍게 인사하고 태준이 있는 테이블로 걸어갔다. 그러고는 인사도 없이 다짜고짜 태준에게 손을 내밀었다.

"돈 줘요."

태준은 채무자답지 않은 아주 불손한 눈빛으로 그녀를 쳐다보았다. 어쩌면 그녀가 도훈의 차를 타고 온 걸 봤을 수도 있겠다 싶었지만 그녀는 모른 척할 생각이었다. 그녀가 태준에게 일부러 여기 오라고 한 것도 아니었고, 일부러 도훈의 차를 탄 것도 아니었다. 모두 그녀의 뜻이 아니었는데 왜 그녀가 변명해야 하는가.

"빌린 돈 갚으러 온 거잖아요. 그러니까 빨리 돈 달라고요."

그녀는 가만히 앉아 있는 태준을 채근했다. 돈을 받아야 집에 갈 수 있었으니까.

"최도훈 검사랑 결혼할 겁니까?"

미쳐버리겠다. 돈 갚으랬더니 갑자기 무슨 결혼인가.

"대표님은 어차피 평생 혼자 살 거라면서요. 그런데 그게 무슨 상관이에요."

"검사님이 나한테 부케 줬잖습니까."

"그래서 나보고 책임이라도 지라는 거예요? 그럼 내가 책임져야 할 남자가 한 트럭이에요."

'춘향' 아주머니가 옆에서 흥미진진한 눈으로 두 사람이 다투는 소리를 듣고 있었다. 재미는 있는데 뭔가 묘한 건 남자와 여자의 입장이 바뀐 것 같다는 거다. 보통 TV 드라마에서는 여자가 남자보고 책임지라고 하다 남자가 천하에 나쁜 놈이 되는데 이쪽은 반대였다.

"검사 아가씨한테 남자가 그렇게 많은 줄은 몰랐네. 대단해."

'춘향' 아주머니가 끼어드는 말에 이수는 자신이 너무 함부로 말한 것 같아 부끄러워 말조심을 했다.

"유치한 말싸움은 더 이상 못 하겠네요. 빌린 돈은 내 계좌로 보내줘요. 이자는 필요 없어요."

쿨하게 정리하고 돌아서며 잘했다고 생각하고 있는데 태준의 말이 그녀의 발목을 붙잡았다.

"나한테 돈 받은 기록 남아도 괜찮습니까?"

이수는 코에 힘을 주며 돌아보았다. 전혀 안 괜찮았으니까. 그녀의 생각이 짧았다. 무려 흑룡파 보스 아들의 흔적을 그녀의 계좌에 남기려고 하다니.

"그럼 쓸데없는 말 하지 말고 돈만 줘요."

왜 돈은 그녀가 빌려주었는데 받을 때 이리 사정해야 하는 건지 너무 억울했다. 태준이 그제야 지갑을 꺼냈다. 이제야 끝낼 수 있다는 생각에 마음을 놓았는데 태준이 지갑에서 5만 원짜리 한 장만 꺼내는 걸 보고 이수는 참지 못하고 버럭 성을 냈다.

"내가 제주도 가는 비행기 표랑 일본 가는 비행기 표까지 다 끊어줬잖아요! 그런데 달랑 5만 원이 말이 돼요?"

아주머니가 혀를 차며 중얼거렸다. 돈 관계가 제일 더러운 거라고.

"돈은 만날 때마다 조금씩 갚겠습니다."

도훈 때문에 그녀한테 심술을 부리는 건지, 아니면 그냥 그녀를 만날 핑계를 만드는 건지 모르겠지만 어느 쪽이라 해도 그녀는 분노가 치밀고 있었다. 이수는 주먹을 쥐고 화를 꾹 누르며 차분하게 말했다.

"나 지금 엄청 참고 있어요. 멱살 잡히기 전에 다 줘요."

"싫습니다."

채무자의 방자한 말에 이수가 두 손을 뻗어 태준의 멱살을 움켜잡으려 하자 태준이 한마디 했다.

"나 건들면 키스할 겁니다."

이수는 기겁해서 문 쪽으로 황급히 피했고, 구경하던 아주머니는 눈앞에서 생생하게 펼쳐지는 막장 드라마에 감탄해서 박수를 쳤다. 그리고 아저씨는 오늘도 주방에서 묵묵히 칼을 갈고 있었다.

드르륵―.

막장 드라마의 하이라이트는 도훈이 '춘향'의 문을 열고 들어오며 완성되었다. 질투하던 태준도, 도망치던 이수도, 박수 치던 아주머니도, 칼을 갈던 아저씨까지 모두의 시선이 막 가게에 들어선 도훈에게로 향했다. 도훈은 날카로운 시선으로 이수와 태준을 번갈아 보며 말했다.

"현장 검거네."

도훈에게 태준을 안 만날 거라고 호언장담했던 이수는 숨조차 제대로 쉴 수 없었다. 죽었다. 태준이 일어나려고 하자 도훈은 일갈했다.

"움직이지 마요."

일어나던 태준이 그대로 정지했다.

"최 검사님, 그게……."

"넌 입 닥쳐."

이수의 입은 그대로 꽁꽁 얼어붙었다. 지금 도훈의 모습은 완벽하게 피의자를 대하는 검사의 모습이었다. 아무리 그녀가 뱉은 말을 안 지켰어도 같은 검사끼리 너무한 거 아닌가 싶었지만 도훈이 무서워서 그녀는 한마디도 할 수가 없었다. 그나마 도훈과 직업적으로, 신체적으로 거리가 있는 태준이 입을 열었다.

"제가 일방적으로 찾아온 겁니다."

도훈은 시니컬한 표정으로 태준을 보았다.

"마태준 씨 입에서 변명을 듣게 될 줄은 몰랐군요. 마음이 급한가 봐요."

정확했기에 태준의 눈빛이 찌푸려졌다. 그 때문에 이수가 도훈에게 크게 혼나게 되면 그녀는 그를 더 미워하게 될 거였다. 그게 싫은 것뿐이었다. 도훈이 고개를 돌려 이수를 보자 그녀는 눈에 띄게 움찔했다. 그 모습이 보기 싫어 태준의 눈빛이 또 일그러졌다.

"넌 무슨 약점이라도 잡혔어? 그래서 날 보내자마자 굳이 여기까지 달려온 거야?"

"아, 안 달려왔는데요."

"그럼 목소리는 왜 떨리는데?"

"검사님이 다시 돌아올 줄은 정말 몰라서. 저 의심하신 거예요?"

"너야말로 나한테 뭘 숨기고 싶었던 건데?"

"그런 거 없어요."

"은이수!"

"그만!"

도훈과 태준의 강한 목소리가 동시에 울리며 그녀의 심장을 쪼개놓았다. 이러다 진짜 심장마비로 죽을 것 같았다.

저벅저벅―.

태준이 테이블을 벗어나 도훈의 앞까지 걸어왔다. 마주 선 두 남자의 기운이 금방 터져버릴 듯 팽팽했다.

"전 범죄자가 아닙니다. 그러니 함부로 취조하지 마십시오."

"그래서 검찰청에 온 검사가 당신 만나는 게 알려지면 평범하게 검사 생활할 수 있을 거 같습니까?"

도훈의 공격은 정확히 태준의 가장 연한 살을 찢어놓았다. 턱에 힘을 주며 두 눈이 붉어지는 태준의 모습은 그녀까지 괴롭게 하였다. 이수는 더 보고 있을 수가 없어서 도훈의 옷깃을 붙잡아 당겼다.

"제가 잘못했어요. 제발 그만하세요."

도훈이 고개를 내려 그녀를 보았다. 그녀의 애원하는 눈빛을 보고 그의 표정이 일그러졌다. 그가 방심한 사이 이렇게 되었다는 게 그를 더 화나게 했다. 적어도 그녀의 집 앞에서 세 사람이 마주쳤을 때는 충분히 막을 수 있었다. 그의 한발 늦은 깨달음이 그들 모두의 운명을 바꾸어버린 거라면 그 무게를 도대체 어떻게 견디며 살아간단 말인가.

태준이 이강한을 데리고 귀국한 뒤부터 박만수는 애가 달아 있었다.

"이대로면 이강한이 M 엔터테인먼트를 차지하게 된다니까! 이게 말이 돼? 20년 전에 떠난 놈이 내 자리를 빼앗는 걸 그냥 눈 뜨고 보기만 해야 하냐고."

박만수가 분개할수록 마정옥은 귀를 닫고 와인만 마셨다. 그녀는 박만수가 자기 야욕을 채우는 것에 전혀 관심이 없었다. 그리고 강한은 그녀가 가장 힘들었던 시절 옆에 있어 주었던 사람이었다. 그런 사람의 뒤통수를 치고 싶은 마음 역시 없었다. 그러나 박만수는 도저히 이대로 포기할 수 없어서 마정옥이 앉은 의자를 붙잡고 사정했다.

"태준이가 검사랑 내통하는 거 같다며. 그 검사 이름만 알려줘. 그럼 이사회에서 이강한이랑 같이 날려버릴 수 있다고. 김상철 그놈이 자꾸 내 앞길을 막아서 내 쪽에서는 도저히 알아낼 수가 없어."

마정옥은 와인 잔을 굴리며 서늘하게 말했다.

"아직은 때가 아니야."

"도대체 그 때라는 게 언제인데!"

박만수가 소리치자 마정옥은 미간을 찌푸리며 히스테릭하게 말했다.

"시끄러워. 나가."

그를 함부로 대하는 마정옥의 태도에 박만수는 배알이 뒤틀렸지만 그대로 그 방을 나와야만 했다.

'이 망할 마가 인간들! 내가 흑룡파 차지하면 다 쓸어버릴 거야.'

박만수는 속으로 이를 바득바득 갈며 마정옥의 방에서 나오자마자 자신의 수족에게 전화를 걸었다.

"이강한한테 애들 붙여. 그리고 사람 하나 감쪽같이 묻어버릴 수 있는 장소도 찾아봐."

마정옥의 도움을 받을 수 없다면 그의 방식대로 밀어붙이는 수밖에 없었다. 뒷감당은 일을 벌인 뒤에 하는 게 그의 스타일이었다.

이수는 평소보다 더 일찍 눈을 떴다. 아니, 거의 못 잤다. 검찰청에 가서 도훈을 만날 생각을 하니 출근도 하기 싫었다. 하지만 가야 했다.

그녀가 가지 않으면 죄 없는 사람이 억울하게 감옥에 가게 될 테니까.

출근한 그녀에게 최 계장이 굉장히 곤란한 얼굴로 말해주었다.

"검사님, 노승우 담당 검사가 바뀌었답니다."

이수는 믿을 수 없다는 눈으로 최 계장을 보았다. 그건 그리 쉽게 바뀔 수 있는 게 아니었으니까.

"제가 부장님 만나고 올게요."

합당한 이유가 있는 게 아니라면 아무리 위에서 내려온 지시라고 해도 그녀는 따를 수 없었다. 이수는 따지러 부장 검사실로 갔다. 부장 검사는 그녀가 찾아올 걸 알았다는 듯 귀찮다는 표정을 지었다.

"도대체 담당 검사가 갑자기 바뀐 이유가 뭡니까? 설마 제가 불기소 쓴다고 한 것 때문에 그런 거라면!"

탁—.

그가 책상 위에 던진 종이에 시선이 간 이수의 눈이 크게 떨렸다.

"피해자 가족이 제출한 탄원서다. 너 못 믿겠으니 다른 검사로 바꾸어달란다. 넌 피해자 가족한테 가서도 따질 거냐? 언론사 찾아간다는 걸 내가 겨우 막았으니까 넌 조용히 찌그러져 있어."

이수는 입술을 꾹 깨물었다. 담당 검사를 바꾸려고 일부러 피해자 가족을 찾아가서 탄원서를 받아낸 거다. 그렇지 않으면 노승우가 아직 풀려난 것도 아닌데 피해자 가족이 탄원서를 썼을 리가 없다.

"그래서 저 하나 아웃시키라는 차장님 지시받고 아들 잃은 부모한테 가서 이걸 기어코 받아내신 거예요? 얼마 전 결혼한 부장님 딸은 아버지가 이리 비정한 거 아니요?"

"건방진! 너 감히 상사한테 그게 무슨 말버릇이야! 쫓겨나고 싶어!"

쾅—!

그녀가 두 손으로 책상을 거세게 치며 상체를 앞으로 숙이자 부장 검사는 움찔하며 소리치던 입을 다물었다.

"제가 반드시 진범 잡아서 다시 찾아오겠습니다. 그때 부장님이 무슨 소리 하실지 벌써 기대가 되네요."

그녀가 말을 마치고 휙 몸을 돌려 문으로 걸어가자 그제야 부장 검사는 정신을 차리고 고래고래 소리를 질렀다.

"진범을 잡기는 뭘 잡아! 범인 잡으러 뛰어다니고 싶었으면 경찰이 돼야지! 왜 검찰에 와서 물을 흐리고 있어!"

부장 검사실에 다녀온 그녀의 표정이 더 안 좋은 걸 보고 상황을 파악한 최 계장은 걱정스러운 눈으로 그녀를 보며 물었다.

"어쩌실 겁니까? 새로운 담당 검사가 이미 다 가져가버렸는데."

"어차피 그쪽은 박진웅 신경도 안 쓸 거예요. 노승우는 갑자기 검사 바뀐 것에 겁을 먹고 다시 입을 다물어버릴 거고."

새로운 담당 검사는 위에서 시키는 대로 바로 기소해버릴 테니 결국 노승우는 재판까지 가게 될 것이다. 급변한 상황에 놀랐을 노승우를 만나기 위해 검사실을 나서던 이수는 도훈을 보고 삐거덕거리며 멈추어 섰다. 도훈이 움직이지 않는 그녀의 앞까지 걸어와 멈추어 섰다.

"사건도 뺏겼다면서 어디 가?"

"그래도 진범 잡아야 하니까요."

똑바로 눈을 맞추지 못하는 그녀를 내려다보던 도훈이 말했다.

"내가 도와줄 거 있으면 말해. 도와줄 테니까."

이수는 놀란 눈으로 고개를 들었다.

"저한테 화나신 거 아니에요?"

"그런 적 없어."

그런 적 없기는. 태준의 앞에서 그녀를 잡아 죽일 듯했으면서.

순간 도훈의 손이 올라와 그녀의 머리를 툭툭 두드렸다.

"단지 걱정한 것뿐이야."

익숙하지 않은 도훈의 손길에, 그에게 처음 들어보는 다정한 말에 마음이 울컥했다. 그만큼 그녀가 잘못한 거 같아서 도훈한테 또 잘못했다고 하고 싶은데, 그럼 그녀가 태준을 정말 나쁜 사람 만드는 것 같아서 그 말도 안 나왔다.

그녀가 죽을 때까지 절대 불편해질 일 없는 남자가 딱 한 명 있긴 했다. 그건 바로 류헌이었다. 이수는 류헌을 일부러 불러내어 술을 사주었다. 류헌은 그녀의 눈치를 보며 물었다.

"사건 뺏긴 거 억울해서 술 땡기는 거야?"

"아니. 너한테 중요한 일 맡기려고 뇌물 먹이는 거야."

'뇌물'이라는 말에 류헌은 눈꼬리를 올렸다.

"뇌물이면 내가 좋아하는 걸 줘야지. 술은 네가 좋아하는 거잖아."

"하여튼 너 마셨으니까 내 부탁 들어주는 거야."

"뭔데?"

뇌물 같은 거 안 줬어도 이수의 부탁이라면 류헌은 뭐든 들어줬을 것이다. 검찰청에서 유일한 친구였으니까.

"최 검사님 감시 좀 해줘."

'감시'라는 말에 류헌의 눈이 커졌다.

"뭐? 최 선배를 감시하라고? 왜? 다른 여자 만나는지 확인하게?"

이수는 류헌에게 화내지 않고 사진 한 장을 보여주었다.

"최 검사님이 이 남자 만나면 바로 나한테 알려줘."

여자가 아니라 남자라는 말에 류헌은 의외라는 눈으로 사진 속 남자를 보았다. 영화배우처럼 잘생긴 얼굴은 진짜 TV에서 보기라도 한 듯 낯이 익었다.

"어? 이 남자, 그 남자잖아. 너랑 맞선 봤다던. 그런데 이 남자가 네가 아니라 최 선배를 만난다고? 왜?"

"그걸 확인하고 싶어서 너한테 부탁하는 거야."

그녀가 머리를 굴려 생각해보았을 때 태준이 흑룡파 박만수를 잡아넣고 싶어 검사를 찾아간다면 최도훈만큼 적합한 검사가 없었다.

그런데 두 사람은 그런 공조는 절대 불가능한 사이처럼 그녀 앞에서는 험악한 분위기를 풍겼기에 확신할 수는 없었다. 그래서 류헌을 통해 확인해보려는 거였다.

어쩌면 다른 사람에게 들키지 않기 위해 그녀의 앞에서 사이 안 좋은 것처럼 연극을 한 것일 수도 있었다. 지금 같아서는 차라리 그런 거라면 좋겠다.

류헌이 이수에게 조심스럽게 물었다.

"내가 아는 최 선배는 다시 태어나지 않는 이상 그럴 거 같지 않지만 이 남자 정도 되는 외모면 말이 되는 것도 같고. 혹시 이 남자가 네 연적이니?"

이수는 헛소리하는 류헌을 혼내는 대신 류헌의 잔에 술을 가득 따라주었다. 도훈은 류헌에게 맡겼고, 그녀도 태준에게 꼭 해야 할 일이 있었다. 사과하기. 그녀는 도훈의 후배였으니 혼나도 괜찮았지만 태준은 아니었다. 도훈이 태준을 죄인처럼 몰아붙인 것에 대해 그녀가 사과해야 했다. 그런데 어떻게 사과해야 할지 방법을 알 수가 없었다. 너무 미안하니 오히려 미안하다는 말을 꺼내기가 더 힘들었다.

❀

운동하는 시간만큼은 아무 생각도 안 할 수 있어서 오늘은 운동 시간이 길어졌다. 가만히 있으면 도훈에게 잘못했다고 빌던 이수가 자꾸 생각나 그를 괴롭혔다. 수영장을 몇 바퀴나 돌고 물 밖으로 나오자 강한이 그를 내려다보고 있었다.

"운동을 좋아하면 운동선수를 하지 왜 호텔 경영을 하니?"

강한의 순수한 질문에 태준은 쓴웃음을 짓고는 물에서 완전히 나와 커다란 타월로 물기를 닦았다.

"수영하러 내려오신 겁니까?"

"아니, 네가 여기 있다고 해서."

그가 생각보다 너무 오래 수영을 했나 보다. 강한이 직접 찾아서 내려올 정도였다면.

"박만수가 날 자기 영업장으로 초대했다. 내가 귀국한 기념으로 한잔하자더구나."

박만수가 강한의 귀국을 축하할 리 없다는 걸 잘 아는 태준은 미간을 찌푸렸다.

"가실 필요 없어요."

"그럼 내가 자길 무시한다 생각하고 날 대하는 게 더 심해질 거야."

"받아준다고 의리를 지킬 인간도 아닙니다."

태준이 박만수를 대하는 태도는 명확했다. 호적상의 가족 대우조차

하지 않았다. 그의 손으로 감옥에 넣으려고 하고 있으니 남보다 더 최악일지 몰랐다. 박만수를 제대로 재판장에 세우기 위해서는 도훈에게 강한이 한국에 온 것에 대해 알려주고 다음 계획을 짜야 했다. 하지만 같은 목적 하나만을 위해 손을 잡았던 태준과 도훈의 사이에 완벽하게 금이 생겼다.

그는 이제 도훈의 얼굴을 보고 이수를 떠올리지 않을 자신이 없었다. 아마 도훈도 마찬가지일 거다. 그러니 도훈도 그가 일본에서 강한을 데리고 온 걸 알 텐데도 아무 연락이 없는 거다. 그런데도 이 동맹을 계속 이어가는 게 괜찮을까? 검사의 정의감을 끝까지 믿고 같이 갈 것인지, 아니면 질투심에 다 엎어버릴 것인지.

그가 쉽사리 결정을 내리지 못하는 사이 도훈이 먼저 연락해왔다.

부르르르르르르―.

태준은 진동하는 전화를 바로 받지 못하고 몇 초간 바라만 보았다. 그가 먼저 연락하지도 못했지만 도훈이 먼저 연락해 온 것도 썩 마음 편하지 않았다. 태준은 전화가 거의 끊길 때쯤에야 통화 버튼을 누르고 전화를 귀에 가져갔다.

[최도훈 검사입니다.]

평소처럼 단정한 목소리였다. '춘향'에서 이수에게 잘못했다는 말을 끌어내게 한, 날 서고 맹렬했던 목소리가 아니었다.

"마태준입니다."

도훈이 아무렇지 않은 척하니 그도 아무렇지 않은 척 말할 수 있었다. 과연 이 평정심이 언제까지 갈지는 자신할 수 없었지만.

[제대로 이야기해야 할 거 같으니 만나죠.]

"은 검사 때문이라면 만나고 싶지 않습니다."

[피하는 겁니까?]

"아니, 최 검사님이 할 말이 뭔지 알기 때문입니다."

[그래서 내 말에 따를 생각이 없다는 뜻입니까?]

"네."

[우리가 함께하는 일이 깨진다고 해도?]

도훈은 결국 검사의 사명보다 사람을 선택했다. 의외였다. 그라면 몰라도 도훈이라면 당연히 일을 우선시하리라 생각했으니까. 이렇게 쉽게 이수를 선택할 줄은 몰랐다. 설마 도훈도⋯⋯?

"최 검사님이 안 도와주면 내가 혼자서는 못 한다고 생각하는 겁니까? 날 너무 쉽게 봤군요."

[마태준 씨야말로 평생 조직을 멀리하며 살아왔으면서 흑룡파에 대해 나보다 잘 안다고 생각하는 겁니까? 박만수는 단순 무식해 보여도 그리 호락호락한 인간이 아닙니다. 그러니까 아직도 세를 유지하며 버티고 있는 겁니다.]

싸워야 하는 상대는 따로 있는데 서로 도와야 하는 두 사람이 싸우고 있었다.

"이제부터는 제가 알아서 합니다. 그럼."

뚝―.

태준은 먼저 전화를 끊어버렸다. 힘을 주어 숨을 쉬느라 그의 목 근육이 팽팽하게 땅겨졌다. 조건을 단 도훈도 치사하긴 했지만 그 역시 잘한 게 하나도 없다는 걸 알았다.

하지만 또다시 도훈과 전화하게 되어도 그는 똑같이 했을 것 같다. 어떻게 도훈에게 도와달라고 말할 수 있단 말인가. 귓가에 자꾸 잘못했다고 하는 이수의 목소리가 맴도는데.

Episode 15
그녀가 위험해

이수는 살면서 자신이 직접 돈을 내고 꽃을 살 일이 생길 줄은 몰랐다. 그것도 남자한테 사과할 때 주려고.

"부케도 좋아했으니 이거면 통할 거야."

사실 술을 좀 마셔서 자신이 이성적인 생각을 하는 건지, 술김인지 살짝 판단이 안 되는 상황이기는 했다. 그래도 태준에게 사과하러 가는 건 부담되는 일이라 호텔까지 와서도 그녀는 엘리베이터 앞에서 꽃만 만지작거리며 쉽게 못 타고 있었다.

커플들이 다정하게 엘리베이터를 타러 왔다가 엘리베이터 옆에서 꽃을 들고 혼잣말을 하고 있는 그녀를 보고 흠칫 놀라며 서둘러 엘리베이터를 타고 도망치듯 떠나버렸다.

"안 타나?"

그녀에게 처음으로 말을 걸어준 목소리에 이수는 고개를 들어 앞을 보았다. 말끔하게 슈트를 차려입은 중년의 신사가 그녀를 쳐다보고 있었다. 그녀의 아버지가 생각나는 나이의 남자라 이수는 히죽 웃으며 고개를 저었다.

"아직 마음의 준비가 안 되어서."

남자의 시선이 그녀가 들고 있는 꽃다발로 향했다.

"보라색 히아신스의 꽃말은 '미안해요.'인데 누구한테 사과하러 가는

가 보지?"

사실 꽃말도 모르고 꽃집 주인이 골라주는 꽃을 사온 이수는 놀란 눈으로 남자를 보았다.

"우와, 맞아요."

그녀가 감탄하자 남자는 소리 없이 미소 지었다.

"꽃 받고 싫어할 사람 없으니 그만 고민하고 타게. 지금 이 순간에도 그 꽃은 시들고 있으니까. 가장 싱싱할 때 전해주는 게 낫지 않겠나?"

듣고 보니 그 말이 맞는 거 같아서 이수는 그제야 엘리베이터 안으로 걸어 들어갔다. 그녀가 누르는 층수를 보고 남자의 눈이 가늘어졌지만 이수는 눈치채지 못했다.

"사과할 사람이 여자인가?"

"아뇨, 남자요."

"애인?"

"절대 아뇨."

태준이 그녀의 애인이라니. 상상만 해도 이상해서 그녀는 눈매를 찌푸리며 웃게 되었다. 그런 그녀를 유심히 보며 남자는 또 물었다.

"그래도 꽃까지 사와서 사과하는 거 보니 많이 신경 쓰이나 보지?"

이수는 고개를 돌려 낯선 남자를 바라보았다. 원래 이 나이가 되면 말이 많아진다지만 그렇게 안 생긴 사람이 자꾸 물으니 의아했다.

"아저씨는 여행 오신 거예요?"

그녀가 질문으로 받아치자 남자는 짧게 웃었다.

"아니."

그때 그녀가 내려야 할 층에서 엘리베이터 문이 열렸다. 이수는 우연히 마주친 낯선 남자에게 고개를 꾸벅 숙여 인사한 뒤 엘리베이터에서 내렸다. 등 뒤에서 남자의 목소리가 들려왔다.

"상처 주지 말게."

이수는 뒤돌아보았다. 닫히는 엘리베이터 문 사이로 중년 남자의 얼굴이 잠깐 보이다가 사라져버렸다. 모르는 사람이 한 말일 뿐인데 기분이 이상했다.

이수는 앞으로 고개를 돌려 복도를 걸어갔다. 태준이 묵는 방이 가까워져 올수록 그녀의 심장 박동이 빨라졌다. 태준이 기분 상했다고 그녀에게 꽃을 던지며 '꺼져!'라고 화를 낼 사람이 절대 아닌데도 좀 무서웠다. 문 앞에 선 이수는 심호흡을 아주 길게 했다. 마음을 단단히 먹고 초인종을 누르려고 했는데 문이 먼저 열려서 이수는 화들짝 놀라 뒤로 물러났다.

"엄마야."

도훈과의 통화 후 마음이 답답해서 다시 운동을 가려고 나왔던 태준도 이수를 보고 놀라 눈이 커졌다.

"검사님이 여기서 뭐 하는 겁니까?"

이수는 허둥지둥 꽃다발부터 내밀었다.

"이거 주러 왔어요."

그녀의 손에 들린 꽃을 태준은 황당한 눈으로 쳐다보았다.

"설마 또 결혼식에서 부케 받아 온 겁니까?"

"이게 어딜 봐서 부케예요. 보라색 히아신스 꽃말 몰라요?"

"모릅니다."

엉뚱한 사람만 알고 정작 알아야 하는 사람은 전혀 몰랐다. 태준이 멀뚱히 서 있기만 하자 이수는 꽃다발을 더 앞으로 내밀며 재촉했다.

"받아요. 꽃 좋아하잖아요."

"저 꽃 안 좋아합니다."

태준의 딱 부러지는 대답에 이수는 움찔했다. 꽃다발 사과가 이렇게 실패로 끝나는 건가 싶었다.

"그래도 받아주면 안 돼요? 내가 진짜 큰마음 먹고 사온 건데."

사정하는 그녀를 태준이 담담한 눈으로 쳐다보았다. 그가 무표정하니 정말 많이 화난 것처럼 느껴졌다.

"나한테 많이 화났어요?"

"제가 왜 검사님한테 화를 냅니까?"

"나 때문에 최 검사님한테 험한 말 들었잖아요."

태준의 눈매가 찌푸려졌다. 굳이 그녀가 상기시켜주지 않아도 충분히 괴로웠으니까.

"사과하고 싶어서 사온 꽃이에요. 그러니까 받아주면 안 돼요?"

그녀가 할 수 있는 한 가장 불쌍한 태도로 말했는데도 태준은 그녀가 내민 꽃다발을 받지 않았다. 이번만은 그가 쉽게 마음을 풀지 않을 거 같아서 이수가 낙담해 고개를 숙이는데 태준이 말했다.

"꽃 대신 다른 걸 주면 안 됩니까?"

꽃을 거절한 태준은 그녀에게 지푸라기를 던졌다. 이수는 그 지푸라기를 따라 고개를 들었다.

"다른 거 뭐요?"

이수는 그가 사과만 받아주면 뭐든 들어주겠다는 눈빛으로 그를 쳐다보았다. 그녀의 얼굴을 빤히 쳐다보던 태준이 천천히 입을 열었다.

"검사님 마음."

그의 말이 그녀의 마음에 풍덩 빠지며 파도가 높아졌다. 그를 만난 후 그녀의 마음에 바람 잘 날이 없었다.

"그건……"

그녀가 말을 잇지 못하자 태준은 쓰게 웃었다. 그가 말하고도 힘들다는 걸 알았으니까.

"검사님이 최도훈 검사 대신 사과하지 않아도 됩니다. 그게 더 기분 나쁘니까."

태준은 스스로 열고 나왔던 문 안으로 다시 들어가 문을 닫아버렸다. 이수는 호텔 복도에 혼자 남아 멍하니 태준이 들어간 방문을 쳐다보았다. 보라색 히아신스는 아직도 그녀의 손에 들려 있었다. 이수는 힘없는 눈으로 꽃을 보며 중얼거렸다.

"사과하는 것조차 뭐가 이렇게 어렵니."

들고 왔던 꽃을 그냥 들고 어깨가 축 처져 걸어가는 그녀를 보고 로비 의자에 앉아 신문을 보고 있던 강한이 먼저 그녀에게 말을 걸었다.

"사과하는 게 잘 안 되었나 보지?"

이수는 놀란 눈으로 그를 쳐다보았다. 그와 또 마주칠 줄은 몰랐다.

"아까 방으로 올라가신 거 아니에요?"

"걱정되어서 다시 내려왔어."

"절 걱정하셨다고요?"

서로 이름도 모르는 사이인데.

"원래 나이가 들면 오지랖이 넓어져."

"그럼 이 꽃 대신 가지시겠어요?"

이수가 태준에게 주지 못한 히아신스 꽃다발을 내밀자 강한은 선선히 손을 내밀어 꽃다발을 받아 들었다.

"기운 내게."

엉뚱한 사람에게 위로받은 이수는 그제야 웃었다.

똑똑―.

노크 소리에 김상철은 차갑게 말했다.

"들어와."

곧 문이 열리며 덩치가 일반 남자 두 배는 될 것 같은 부하가 들어와서 김상철 앞에서 안 접히는 몸을 억지로 반으로 접어 인사했다. 김상철은 부하가 인사하는 걸 제대로 보지도 않고 보고만 들었다.

"박만수 쪽이 이강한을 노리는 거 같습니다."

알았다는 뜻으로 손짓하자 부하는 또 힘겹게 인사를 한 뒤 바로 방을 나갔다.

김상철은 휴대폰을 꺼내 들었다. 태준에게 알려주어야 할 중요한 내용이었다. 그가 알려주지 않으면 태준은 위험을 알아챌 수 없었다. 그런데 김상철은 평소처럼 바로 태준에게 전화하지 못하고 날카로운 눈으로 휴대폰 액정에 뜬 태준의 이름을 바라만 보았다.

그도 계산이라는 걸 하게 되었다. 과연 이강한이 한국에 있는 게 그에게 이득인지 아닌지. 이강한이 한국에 온 뒤 태준은 그보다 이강한을 더 가까이하며 평소 그에게 했을 말들도 이강한에게만 하는 듯했다. 이런 관계가 계속 이어지다 보면 분명 자연스럽게 그는 이강한 뒤로 밀려나버릴 거다.

톡, 톡―.

손톱으로 몇 번 책상을 두드리던 김상철은 액정이 꺼진 휴대폰을 그냥 주머니에 집어넣어 버렸다. 그에게 필요한 건 태준뿐이었다. 이강한은 버려도 상관없는 카드였다.

이수는 피해자의 집으로 찾아갔다. 탄원서까지 쓸 정도면 그녀를 안 반길 테지만 그래도 그녀가 왜 노승우를 불기소하려고 했는지 피해자 부모에게 제대로 설명을 해야 했다.

집에는 피해자의 어머니만 있었다. 만날 때마다 항상 울기만 해서 수사에 거의 도움이 안 되었는데 오늘은 그래도 강단 있는 얼굴로 그녀를 만나주었다. 어쩌면 그녀에게 화가 나서 안 울게 된 것도 같았다.

"제 아들은 그 아이가 죽인 거예요. 다른 범인은 없어요."

그녀가 박진웅에 대해 말하기도 전에 단호하게 나오는 어머니의 얼굴을 이수는 조용히 바라보았다. 무서워서 그런 거라고 생각했다. 만약 이대로 그 누구도 유죄를 받지 않고 이 사건이 끝나버린다면 그 억울함을 평생 떠안고 사는 게 무서워서.

"혹시 검찰청에서 온 사람이 박진웅에 대해 말했나요?"

눈동자가 가늘게 떨렸지만 어머니는 고개를 저어 부정했다. 거짓말이었다. 어째서? 뭔가 꺼림칙한 느낌이 들었지만 이수는 더 캐묻지 않았다. 그녀는 취조를 하러 온 게 아니었으니까.

"전 끝까지 아드님을 죽인 진범을 잡을 생각입니다."

그녀의 말에 어머니가 놀란 표정으로 그녀를 보았다.

"왜? 이제 담당 검사도 바뀌었다고……."

"억울하게 죽는 일도 있어서는 안 되는 일이지만 억울하게 감옥 가는 것도 일어나선 안 되는 일이니까요."

"하지만 그 아이가 우리 아들을 왕따시킨 건 사실이에요!"

어머니의 목소리가 히스테릭하게 올라갔다. 갑자기 사나워진 기세에 그녀도 놀라고 화낸 장본인도 깜짝 놀랐다.

"미, 미안합니다. 갑자기 소리쳐서."

이수는 아니라고 고개를 젓고는 사죄했다.

"저야말로 수사 과정에서 또다시 심려 끼친 점 정말 죄송합니다."

할 말을 다 끝낸 그녀가 돌아간다고 하자 어머니는 그제야 안심한 표정을 지었다. 그 표정은 꼭 용의자가 조사에서 범죄의 증거를 안 들킨 것에 안도하는 표정과 흡사했다. 그래서 궁금해지기 시작했다. 도대체 탄원서를 받아내기 위해 검찰청에서 온 사람이 피해자 어머니에게 무슨 말을 한 건지.

"탄원서 받으러 간 사람이 박지원 검사라는데요."

최 계장이 알아온 소식을 듣고 이수는 난감한 표정을 지었다. 그녀 대신 노승우를 맡게 된 새로운 담당 검사였다.

"진짜 작정하고 사건 빼앗아간 거 같은데요. 왜 그렇게까지 했지? 이게 그럴 사건은 정말 아닌데."

지금 그녀가 알고 싶은 건 탄원서를 받으러 간 박지원 검사가 피해자 어머니에게 무슨 소리를 했느냐는 거였다. 그런데 박지원 검사는 그녀보다 한참 선배였다. 그녀가 따져 물을 수 있는 상대가 아니었다. 묻는다고 친절하게 대답해줄 사람도 아니었고.

하지만 박지원에게 쉽게 대답을 받아낼 수 있는 사람이 있긴 했다. 본인 입으로 직접 도와주겠다고도 말했고. 단지 문제가 있다면 그녀의 마음이 편치 않다는 것이었다.

보는 것만으로도 눈이 부셨던 짝사랑 상대인데 도대체 왜 이리 버거워져버린 건가 싶었다. 사람의 마음이란 거 너무 어렵다. 그게 그녀 자신의 마음일지라도. 이수는 무거운 마음을 억지로 잘라내고 도훈의 검사실로 찾아갔다.

이수가 노크하고 들어가자 도훈은 보고 있던 자료들을 정리하며 그녀를 보았다.

"무슨 일이야?"

"그게…… 최 검사님한테 도움받을 일이 생겨서."

이수의 시선이 도훈이 막 집어 든 사진 속 인물에게 꽂혔다. 그녀가 호텔에서 태준 대신 히아신스 꽃다발을 주었던 그 남자였다. 이수는 놀랐지만 도훈이 눈치챌까 봐 놀란 마음을 숨기며 지나가는 투로 물었다.

"못 보던 얼굴이네요. 그 사람도 흑룡파 쪽 사람이에요?"

"네가 알 거 없어."

"제가 알아야 마주치면 잽싸게 피하죠."

그녀의 대답에 도훈이 답답한 표정을 지었다.

"그냥 마태준을 만나지 마. 그럼 돼."

그녀는 입을 꾹 다물 수밖에 없었다. 괜히 물어봤나 후회하고 있는데 도훈이 말했다.

"마광호 친구야."

그녀의 눈동자가 커졌다.

"그래서 내가 도와줘야 할 일이 뭔데?"

도훈이 물었지만 그의 목소리가 귀에 들어오지 않았다.

우당탕탕—.

박만수가 걷어찬 탁자가 요란한 소리를 내며 넘어졌다. 이강한이 그의 초대를 거절한 것에 박만수는 거침없이 분노했다.

"내가 우습다는 거야? 이 박만수가 그렇게 만만해 보이냐고!"

부하들은 박만수의 성격을 잘 알기에 멀리 떨어져서 그의 눈치만 보고 있었다.

"어떻게 할까요?"

박만수는 비겁한 것에도 거리낌이 없었기에 험악하게 명령했다.

"이강한이 회장 병원 갈 때는 마태준이랑 떨어지니 그때 데려와."

어차피 처리하려고 한 인물이었다. 그 시기가 좀 당겨졌을 뿐이다.

"그런데 함부로 없앴다가는 회장 아들이 가만있지 않을 거 같은데."

"그놈이 뭘 할 수 있다는 거야! 평생 손에 피 한 번 안 묻히고 곱게만 큰 놈이 나랑 상대가 되겠어!"

태준이 조직 내에서 두각을 드러낸 적은 단 한 번도 없었기에 박만수는 태준을 쉽게 보고 있었다. 아무리 마광호의 피가 흐르는 아들이라고 해도 그가 세게 나가면 이길 수 있다고 믿고 있었다. 이 바닥에서 구른 짬밥이라는 게 있었으니까.

"회장 아들 뒤에는 김상철이 있는데."

'김상철'이라는 이름에는 박만수도 불편한 표정을 지었다. 그가 마정옥을 등에 업고 이 자리에 오른 것처럼 김상철은 회장 아들 대신 조직 내에서 세를 키웠다. 박만수는 간을 보기 위해 휴대폰을 꺼내 김상철에게 먼저 전화를 걸었다.

[저한테 웬일로 전화를 하신 겁니까?]

"너도 이강한한테 붙은 거냐?"

박만수가 앞뒤 없이 다짜고짜 묻자 전화기 반대편에서 김상철은 마른 웃음을 지었다.

[제가 충성하는 건 회장님뿐입니다.]

뼈가 있는 말이었기에 박만수의 눈빛이 번들거렸다.

"그래서 내가 이강한이랑 좀 붙어도 넌 안 끼어들겠다는 거야?"

[제가 어떻게 감히 끼어들겠습니까. 두 분 다 저보다는 어르신이잖습
니까.]

"나중에 말 바꾸면 너 재미없다."

박만수는 못을 박듯이 경고했다.

[형님이야말로 선은 지키면서 하십시오. 여기가 아무리 무법 지대라
도 불문율이라는 건 있잖습니까.]

태준은 건들지 말라는 뜻이라는 걸 눈치챈 박만수는 콧방귀를 뀌었
지만 말로는 알아들은 척했다.

"그래, 나도 내 목숨 귀한 줄은 안다."

전화를 끊은 박만수는 바로 부하들에게 명령했다.

"이강한 끌고 와. 한 번에 처리한다."

이 바닥에서는 결국 살아남는 자가 이기는 거였다.

강한은 주기적으로 마광호의 병실을 찾아갔다. 태준이 아들로서의
의무감으로 간다면 그는 정말 마광호가 걱정되어 찾아가는 거였다. 강
한이 마광호의 병실로 가기 위해 경호원과 병원 엘리베이터에 오르는
데 젊은 여자가 뒤따라서 타려고 했다. 그러자 경호원이 손으로 그녀
가 타는 걸 막았다.

"괜찮으니까 타요."

강한이 허락하자 경호원은 할 수 없다는 듯 손을 거두었다. 여자까지 엘리베이터에 올라탔을 때 강한이 경호원에게 말했다.

"차에 휴대폰을 두고 온 거 같은데 좀 가져다줄 수 있나?"

경호원은 엘리베이터에 같이 탄 여자를 힐긋 보았다. 하지만 그는 그녀가 여자이기 때문에 그리 크게 경계하지 않고 알았다며 고개를 끄덕이고는 엘리베이터 문이 닫히기 전에 내렸다. 경호원이 내린 뒤 강한과 여자 둘만 태운 엘리베이터는 위로 올라갔다. 강한은 여자에게 먼저 말을 걸었다.

"설마 호텔에서부터 내 뒤를 쫓아온 건가?"

"네. 제가 꽃다발을 잘못 준 거 같아서요."

이수는 날 선 눈으로 강한을 노려보았다.

"그날 제가 누군지 알고 먼저 말 거신 거죠?"

강한은 순순히 고개를 끄덕였다. 강한이 인정하자 이수는 더 그를 경계하게 되었다.

"마광호가 시켰나요? 자기 아들 주위에 얼쩡거리는 여검사 처리하라고?"

"내가 광호에게 말할 거라고 염려해서 쫓아온 거면 그럴 필요 없어. 내 입으로 말할 일 없으니까."

"왜요?"

"태준이는 내 아들 같은 아이니까."

그의 입에서 태준의 이름이 나오자 그녀의 눈동자가 흔들렸다.

"내가 자네에게 바라는 게 하나 있다면 태준이에게 상처 주지 않았으면 하는 거야."

이수는 뒷걸음질을 치다 엘리베이터 벽에 막혀 멈추어 섰다. 나쁜 흑룡과 인간에게 더 나쁜 여자로 찍힌 기분은 정말 말로 표현할 수가 없었다. 그때 병동에 도착한 엘리베이터 문이 열렸다. 강한은 엘리베이터에서 내리기 전에 그녀에게 말했다.

"어떤 사람들한테는 자기 목숨보다 더 소중한 게 생기기도 하지. 자네한테도 꼭 그런 게 생기길 바라네."

충고인지 저주인지 구분이 안 되는 말이었다. 강한이 내리면서 1층을 눌러서 문이 닫히자마자 엘리베이터는 다시 밑으로 내려갔다. 자신의 정체를 숨기고 그녀에게 접근한 강한을 추궁하러 왔다가 도리어 훈계만 잔뜩 듣고 돌아가고 있었다. 그런 자신이 너무 한심했지만 그녀는 다시 돌아가 강한을 붙잡을 용기도 없었다.

엘리베이터에서 내린 이수는 힘없는 걸음으로 차로 걸어갔다. 혹 떼러 왔다가 혹 붙이고 가는 것만 같았다. 그녀의 차로 걸어가던 이수는 창문이 검게 선팅된 차가 주차장으로 들어오는 걸 보고 걸음이 느려졌다. 수상한 느낌이 나는 차라 주시하게 되었는데 차가 주차장에 정차한 뒤에도 사람이 안 내리는 게 더 이상했다. 저 정도 크기의 차에 사람이 타고 있다면 족히 아홉 명은 될 것 같았다.

이수는 우선 그녀의 차에 올라타서 검은 차를 지켜보았다. 누군가 저 차에서 내리면 그녀도 그냥 갈 생각이었는데 검은 차는 마치 아무도 안 타고 있는 것처럼 미동도 없었다.

톡톡톡—.

시간이 지날수록 그녀의 손가락이 핸들을 두드리는 속도가 **빨라졌**다. 바로 검찰청으로 돌아가봐야 한다는 생각과 저 차가 수상하다는 생각이 계속 부딪혔다.

Rrrrrrrrr— Rrrrrrrrrr—.

휴대폰 벨 소리가 울리자 이수는 서둘러 전화를 받았다. 전화 건 사람은 최 계장이었다.

[검사님 언제쯤 들어오십니까?]

"지금 갈게요."

그녀가 세상의 모든 수상함을 해결할 수는 없었기에 그만 가야 할 거 같아서 차의 시동을 켰다. 차를 출발해 주차장을 빠져나가는데 엘리베이터에서 이강한과 경호원이 나오는 게 보였다. 그녀가 생각보다 오래 주차장에 있었나 보다.

이수는 마지막으로 룸미러로 수상했던 차를 쳐다봤지만 그 차는 여전히 그 자리를 지키는 장승처럼 서 있었다. 그냥 예민한 거겠지.

병원을 빠져나와 도로로 들어선 이수의 차는 신호에 걸려 잠시 정차해야 했다. 빨간불이 파란불로 바뀌길 기다리고 있는데 룸미러로 이강한이 탄 차가 반대편 도로로 빠지는 게 보였다. 호텔로 돌아가는 것 같았다.

그의 말대로 그가 마광호의 지시를 받고 그녀에게 접근한 게 아니라면 앞으로 이강한과 마주칠 일은 더 이상 없었다. 제발 그의 말이 거짓말이 아니길 바랄 뿐이었다. 사람을 의심하는 건 기분 좋은 게 아니었으니까.

빨간불이 주황색 불로 바뀌자 그녀는 차를 출발시킬 준비를 했다. 이번엔 룸미러로 그 차가 보였다. 병원 주차장에 수상하게 정차되어 있던 검은 차. 분명 차 번호도 똑같았기에 이수는 놀라 고개를 휙 돌려 직접 눈으로 확인했다. 그 검은 차는 이강한이 탄 차를 쫓고 있었다. 이수는 서둘러 차의 핸들을 꺾어서 반대편 차선으로 차의 방향을 틀었다. 뇌보다 몸이 먼저 움직여버렸다.

끼이익—.

급하게 180도 회전하는 차의 바퀴에서 귀신 우는 소리가 났다.

❀

밥 먹는 것에만 집중하던 도훈이 갑자기 말을 했다.

"왜 자꾸 힐끔거려?"

도훈의 앞에 앉아서 밥을 먹고 있던 류헌은 화들짝 놀랐다. 보지도 않고 어떻게 알았나 싶었다.

"서, 선배 밥이 더 맛있어 보여서."

이 식당은 단일 메뉴라 다 똑같았다. 도훈은 날카로운 눈으로 류헌을 쳐다보았다.

"또 걸리면 그땐 가만 안 둔다. 알아들었어?"

밥 먹다 쳐다보는 것에도 이리 겁을 주는데 진짜 미행하다 잡히면 그땐 어떤 꼴을 당하는 건가 싶어서 류헌은 꿀꺽 침을 삼켰다.

"그런데 선배 혹시 남자 좋아해…… 헉."

도훈이 갑자기 멱살을 움켜잡아서 류헌의 안색이 창백해졌다.

"내가 너 못 때릴 거 같아서 까부는 거냐?"

류헌은 절대 아니라고 고개를 세차게 저었다. 그때 도훈의 휴대폰이 소리를 내며 울려대자 류헌은 급하게 말했다.

"선배, 전화, 전화 왔어요. 전화 받아요."

도훈은 못마땅한 눈으로 류헌을 보다 손을 놓으며 휴대폰을 잡았다. 전화 건 사람이 이수인 것을 알고 도훈은 바로 통화 버튼을 눌렀다. 그의 손에서 풀려나자마자 류헌은 서둘러 그 자리에서 도망쳤다.

저 자식, 뭔가 수상하다고 생각하며 노려보는데 전화기 안에서 다급한 이수의 목소리가 들려왔다.

[이강한이 납치를 당했어요.]

"뭐? 무슨 헛소리야?"

[제가 병원까지 이강한 뒤를 쫓아갔었거든요. 거기서 나오는데 검은 차가 이강한 차를 쫓기에 제가 따라붙었어요.]

도훈은 손으로 이마를 짚었다. 마태준을 만나지 말라고 했더니 이강한을 만나러 간 정신머리를 도저히 이해할 수가 없었다.

"그래서 너 지금 어디야?"

[이강한을 납치한 차를 쫓고 있어요. 납치한 놈들이 누군지 아세요?]

"누구든 네가 신경 쓸 거 아니니까 당장 돌아와."

[눈앞에서 사람이 납치당했는데 어떻게 모른 척해요. 경호원도 당해서 이강한 혼자라고요. 보니까 싸움도 못 할 것처럼 생겼던데.]

"야! 내 말 안 들려! 지금 당장 돌아오라고."

소리치는 목소리에 식당에 있던 사람들이 전부 도훈을 쳐다보았다.

[강원도 방향 고속도로로 빠졌어요. 목적지에 도착하면 다시 전화드릴게요.]

"야! 은이수! 은……!"

뚜뚜뚜뚜뚜뚜—.

전화가 끊겨버리자 도훈은 거칠게 일어나 이수에게 다시 전화했다. 하지만 이수가 받지를 않자 도훈은 바로 태준의 번호를 눌렀다.

Rrrrrrrrrrr— Rrrrrrrrrrr—.

태준에게 전화하며 식당을 나왔는데 그는 전화를 받지 않았다.

[고객님이 전화를 받지 않아 음성 사서함으로 연결됩니다.]

끝이라고 하더니 이젠 그의 전화까지 안 받자 도훈은 절로 욕이 나왔다. 이수 때문에 태준과 싸웠는데 두 고래 싸움에 새우 등이 아니라 이수가 위험하게 생겼다.

✿

Rrrrrrrrrrr― Rrrrrrrrrrr―.

도훈의 전화를 불편한 눈으로 보던 태준은 결국 받지 못했다. 아직은 그와 이성적으로 대화할 자신이 없어서였다. 태준은 도훈 대신 믿고 손을 잡을 수 있는 검사를 새로 찾아야만 했다. 하지만 찾으면 찾을수록 느끼게 되는 건 도훈이 박만수를 제대로 잡아넣을 수 있는 가장 믿을 수 있는 검사라는 것이었다. 그렇다고 도훈에게 먼저 연락하는 일은 죽어도 할 수가 없었다. 그럼 그 자신이 너무 비참해질 거 같아서…….

손으로 관자놀이를 누르던 태준은 시간을 보고 손을 내렸다. 병원에서 출발했다는 강한이 호텔에 도착했어야 할 시간이 많이 지나 있었다. 태준은 바로 강한에게 전화를 걸었다.

[전원이 꺼져 있어서…….]

태준의 눈매가 급격히 좁아졌다. 만약 박만수 쪽에서 움직였다면 김상철이 바로 그에게 연락을 했어야 했다. 그런데 김상철한테서는 아무 연락이 없었다. 김상철을 믿고 아무 일 없는 걸로 생각하느냐, 확인해 보느냐. 태준은 오래 고민하지 않고 김상철에게 전화를 걸었다. 그는 그의 감에 따라 움직이며 살았으니까.

[그래, 태준아.]

김상철의 목소리는 평소와 똑같았다.

"박만수 쪽 움직임 어때?"

[아직은 특별한 거 없는데.]

"정말이야?"

[너 나 못 믿냐?]

김상철과 전화하는데 메시지가 도착했다. 도훈이 보낸 것이었다.

> 이강한 납치. 은이수가 쫓고 있음. 바로 연락 바람.

그 메시지를 읽자마자 뇌는 차갑게 얼어붙고 피는 용암처럼 끓어올랐다.

"형."

그가 나직하게 부르는 목소리에 김상철은 바로 대답하지 못했고 잠시 정적이 생겼다.

[왜?]

"박만수 어디 있는지 당장 말해. 내 손에 죽고 싶지 않으면."

만약 이번에도 마정옥 때처럼 늦는다면 그는 죽어도 김상철을 용서할 수 없을 것이다.

차는 바닷가 근처에서 멈추었다. 바다에 생매장이라도 시키려는 건가 싶어 이수의 얼굴이 찌푸려졌다. 짧은 검사 생활 동안 청소년 범죄와 성폭력만 주로 담당했던 그녀에게 이건 처음 겪어보는 '라이브' 범죄 현장이었다. 도훈이 늦지 않게 와줄 거라 믿고 기다리는 것밖엔 이곳에서 그녀가 할 수 있는 게 없었다.

"미치겠네. 언제까지 기다리고만 있어야 하는 거야."

도훈이 경찰과 함께 올 때까지 차에서 기다리고 있으려니 그게 더 죽을 것 같았다. 이러고 아무것도 안 하는 동안 이강한이 그놈들 손에 죽기라도 한다면 평생 죄책감이 남을 거다.

결국 이수는 차에서 내려 남자들이 강한을 끌고 들어간 창고 근처로 조심스럽게 움직였다. 그리고 창고 안의 상황을 파악하기 위해서 창문이 있는 쪽으로 이동했다.

창문에 붙어 안을 보니 어두운 창고에 불이 피워져 있고 조직원들이 열 명 정도 있었다. 밖에서 보초 서는 사람까지 합하면 더 많았다. 강한이 의자에 묶여 있는 걸 보고 이수는 눈살을 찌푸렸다. 지금 이 상황에서는 검사 신분증이 저 인간들에게 전혀 위협이 안 된다는 게 분했다.

다시 도훈에게 전화해서 이곳에 몇 명이나 있는지 알려주려고 휴대폰을 꺼냈는데 둔탁한 통증이 뒤통수에 느껴지며 시야가 까맣게 변했다. 털썩, 그녀의 몸은 힘없이 바닥으로 쓰러져 내렸다.

강한은 홀로 잡혀 와서 의자에 묶이는 신세가 되었지만 별 동요 없이 앞에 있는 박만수를 보았다. 박만수는 이긴 자의 표정을 지으며 그를 보고 있었다.

"그러게 제가 좋은 말로 초대할 때 와서 술 한잔했으면 좋았잖습니까. 이제는 저 함부로 무시하면 큰일 납니다, 형님."

"이런 순간에 형님이란 말은 거북하군."

전혀 겁먹지 않은 강한의 태도에 박만수는 큰 소리로 웃었다.

"설마 제가 회장님 때문에 겁만 줄 거라고 생각하는 겁니까? 여기서 형님이 쥐도 새도 모르게 사라져도 회장님이 저 어쩌지 못합니다. 저까지 사라지면 조직이 흔들리는 건 순식간일 테니까."

이미 마광호가 병환으로 병원 생활이 길어지면서 흑룡파 위기설이 돌고 있었다. 마광호는 이 이상 조직이 흔들리는 걸 원하지 않을 게 분명했다.

"그래서 나만 없어지면 네가 원하는 걸 얻을 거 같나?"

"당연한 거 아닙니까."

"너란 놈은 예나 지금이나 참 없어 보이는 짓만 골라서 하는구나."

박만수의 표정이 단번에 사나워지며 강한을 향해 주먹을 날리려는데, 그 순간 창고 문이 열리며 조직원이 기절한 여자를 끌고 들어왔다. 여자를 보고 가장 놀란 건 계속 의연한 표정을 짓고 있던 강한이었다.

"뭐야?"

조직원은 박만수에게 이수의 몸을 뒤져서 꺼낸 검사 신분증을 내밀었다.

"밖에서 염탐하고 있었습니다. 아무래도 곧 경찰이 들이닥칠 거 같습니다."

박만수는 성난 눈으로 기절한 이수를 보았다.

"도대체 이런 조무래기 검사가 왜 여기서 설치고 있어!"

강한은 낭패스러운 눈으로 이수를 바라보았다. 그는 어찌 되어도 상관없었지만 그녀가 잘못되면 큰일이었다. 강한은 박만수의 관심을 그에게 집중시키려고 일부러 목소리를 높였다.

"M 엔터테인먼트는 절대 너 같은 놈한테 못 넘긴다."

박만수가 바로 성난 기세로 그에게 다가왔다.

퍽—!

박만수가 휘두른 주먹에 얻어맞은 강한은 의자와 함께 바닥에 쓰러졌다. 그 뒤에도 박만수의 폭력은 계속되었다.

"내가 다음 회장이라고! 조직 일은 쥐뿔도 모르는 태준이 그놈도 아니고! 20년 만에 굴러들어온 네놈도 아니라! 바로 나 박만수란 말이야!"

박만수에게 무차별 폭행을 당하면서도 강한의 눈은 기절한 이수를 살피고 있었다.

　✿

부우우우우우우웅—.

태준이 탄 차가 거침없이 고속도로를 달렸다. 강원도로 향하는 이 시간이 지옥처럼 길었다. 처음으로 그가 힘을 키우지 않은 게, 박만수를 법으로만 해결하려고 한 게 후회가 되었다.

아버지처럼 살지 않으려고 발버둥을 쳤는데 오늘만큼은 그게 오히려 그를 패배자로 만들었다. 그에게 소중한 사람이 위험할 때 그가 아무것도 할 수 없다는 무력감은 두 번 다시 느끼고 싶지 않았다.

Rrrrrrrrrrr— Rrrrrrrrrrr—.

태준은 도훈에게 걸려온 전화를 바로 받았다.

[박만수 일당은 이미 튀고 없습니다. 은이수 차만 있고 사라진 걸 보니 곧 경찰이 올 걸 알고 장소를 옮긴 거 같아요.]

태준의 눈빛이 날카롭게 변했다.

"이동한 장소는 제가 알아내서 다시 연락하겠습니다."

[알아낼 수 있겠습니까?]

"네."

힘들어도 무조건 알아내야 했기에 그리 대답하고 도훈과의 전화를 끊은 태준은 김상철에게 연락했다.

"박만수 지금 이동 중이야. 어디 있는지 찾아내."

[오해하지 마. 내가 일부러…….]

"당장 알아내기나 해."

태준의 목소리는 평소와 달리 단호하고 명령적이었다. 미친 듯이 화를 낼 수도 있는 상황에서 흥분하지 않은 목소리는 더 위협적이었다. 김상철은 순순히 대답했다.

[애들 다 풀게.]

전화를 끊은 태준은 바로 마정옥에게 전화를 걸었다. 전혀 부부 같지 않지만 그래도 호적상으로 박만수는 마정옥의 남편이었다. 마정옥이 무언가 알지도 몰랐다.

[조카님이 웬일로 나한테 먼저 전화를 다 했을까?]

마정옥의 나긋한 목소리가 그의 청각을 긁어댔다.

"박만수가 일을 저질렀습니다. 미리 알고 계셨습니까?"

[그 인간이야 항상 그러는데 새삼스럽게 뭘.]

"강한 아저씨는 고모님을 걱정해서 마리를 보내라고 했습니다. 그런데 고모님은 아저씨가 잘못되어도 상관없다는 겁니까?"

마정옥의 목소리가 끊겼다. 태준은 차갑게 말했다.

"박만수 지금 어디 있는지 알고 계시면 말씀해주세요."

[너 화가 많이 난 거 같구나.]

"박만수 지금 어디 있습니까?"

[내가 말 안 해주면 어찌할 거니?]

"부탁드리는 겁니다. 말씀해주십시오."

[부탁이라고? 네가 나한테?]

마정옥은 한 편의 코미디라도 본 사람처럼 하이톤의 웃음을 뱉어냈다. 태준은 핸들을 쥔 손에 힘을 꽉 주며 말했다.

"은이수 검사도 지금 같이 잡혀 있습니다."

마정옥의 웃음이 뚝 끊겼다.

[이런, 내 먹잇감을 가로채 갔네.]

"고모님!"

태준의 목소리가 참지 못하고 높아지는데 마정옥이 툭 던지듯이 말했다.

[강원도에 그 인간 동생 이름으로 된 은신처가 있어. 쫓기고 있으면 그쪽으로 갔겠네.]

마정옥이 순순히 말해준 것에 태준의 눈빛이 흔들렸다.

"정말입니까?"

[못 믿을 거면 왜 나한테 물은 거니.]

뚝―.

마정옥이 먼저 전화를 끊어버렸다. 태준은 잠시 거친 숨만 내쉬다 다시 도훈에게 전화를 걸었다. 지금은 마정옥을 믿는 것밖에 달리 방법이 없었다.

눈을 뜬 이수는 자신이 달리는 차 안에 있다는 걸 알고 얼굴을 찌푸렸다. 거기다 손과 발도 마음대로 움직일 수 없었다.

"괜찮나?"

옆에서 들려온 목소리에 이수는 빠르게 고개를 돌렸다. 강한의 얼굴에 난 상처를 보니 그녀가 오히려 그에게 물어야 할 말 같았다.

"원한 관계예요?"

"아니, 그냥 또라이야."

또라이라니. 참 신박한 단어 선택이었다.

"지금 어디로 가는 거죠?"

"글쎄, 집은 아니겠지."

이수는 입술을 꾹 깨물며 강한을 돌아보았다. 이런 상황만 아니었다면 참 재치 있다고 칭찬을 해주었을 텐데. 태준에 이어서 또 잘못된 만남인가 보다.

"태준이를 원망하고 있나?"

"네?"

"태준이 때문에 이런 위험한 상황에 빠졌다고."

"제 발로 쫓아온 건데 남 탓하면 제 성격이 나쁜 거죠."

그녀의 대답에 강한은 아직 피가 마르지 않은 입술에 미소를 품었다.

"그 말을 들으니 죽어도 여한이 없군."

"제발, 죽는다는 말 좀 하지 마세요. 저도 겁은 먹는다고요."

차가 험한 길을 가는 듯이 크게 덜컹거리다 멈추어 섰다. 차 문이 열리고 건장한 남자 두 명이 그녀와 강한을 차에서 거칠게 끌어내렸다. 이수는 빠르게 주위를 둘러보았다. 주위가 숲으로 둘러싸인 별장이었다. 차를 타고 달려온 시간을 고려해보았을 때 아직 강원도인 것 같았다.

강한과 그녀가 끌려 들어간 집 안에서는 박만수가 거만한 자세로 소파에 앉아 욕을 하고 있었다. 경찰을 피해 장소를 옮긴 것에 잔뜩 화가 난 상태였다. 그녀가 정신을 차린 걸 보고 박만수는 그녀를 향해 분노를 터트렸다.

"너! 누구 명령받고 왔어?"

"지금 그런 거 신경 쓸 시간 없을 텐데."

강한이 끼어들어 신경을 긁는 말을 하자 박만수는 바로 반응해서 부하들을 시켜 그녀를 구석에 격리시키고 강한을 괴롭히기 시작했다.

"나도 옛정을 생각해서 형님 죽이기는 싫소. 그러게 부인 묻은 일본에 뼈를 묻지 왜 태준이 말에 혹해서 다시 돌아온 거요."

강한이 일본에서 왔다는 말에 이수의 눈이 커졌다. 그럼 그때 태준이 일본에 간 게 그를 만나기 위해서였던 건가?

"진짜 마지막으로 말하는데 내가 비행기 표 제일 비싼 걸로 끊어줄 테니까 그거 타고 그냥 조용히 돌아가는 게 형님한테도 좋을 거요."

강한은 박만수가 자기 말 안 들으면 죽이겠다고 협박하고 있는데도 그녀와 이야기할 때와 같은 눈빛으로 박만수를 보았다. 사람인데 어떻게 이 상황에 안 무서워할 수 있나 싶었다. 마광호의 친구라는 말이 맞나 보다. 보통 사람이었다면 절대 저럴 수 없을 것이다.

"너야말로 그만해라. 그동안 해먹은 걸로도 부족했냐? 그러다 배 터져 죽어."

강한이 도리어 훈계를 하자 박만수는 야구 방망이를 높이 쳐들었다.

그대로 강한을 향해 방망이를 휘두르자 이수는 기겁해서 외쳤다.

"멈춰!"

퍽―.

박만수가 휘두른 야구 방망이가 강한의 배를 후려치자 강한이 의자와 함께 바닥에 쓰러졌다.

"콜록."

괴롭게 숨을 쉬는 강한의 모습이 그녀의 눈에 아프게 파고들었다. 박만수가 쓰러진 강한을 향해 또다시 야구 방망이를 잔인하게 내려치려고 하자 이수는 버럭 외쳤다.

"내가 마태준이랑 손잡고 너 잡으려고 한 검사다."

박만수의 손이 중간에 멈추고 강한이 놀라 외쳤다.

"거짓말하지 마."

하지만 박만수는 이미 몸을 돌려 그녀를 향해 걸어가고 있었다.

"마태준이 고작 너 같은 신출내기랑 손잡고 날 잡으려고 했다고?"

이미 마정옥에게 경고를 듣고 조폭 담당 검사 중에서 열심히 찾고 있었던 박만수는 전혀 상상도 못한 인물이 그를 잡으려고 했다고 밝히자 신경질적인 웃음을 지었다. 태준이 제대로 그를 우습게 본 것 같았으니까.

"박만수! 그 여자는 상관없으니까 놔둬!"

강한이 자신이 협박당할 때보다 더 흥분하자, 박만수는 잔인한 미소를 지으며 강한을 돌아보았다.

"형님이 그리 흥분하는 걸 보니 뭔가 있긴 있나 보네. 그게 뭔지 족쳐보면 금방 나오겠지."

박만수가 그녀의 코앞에 와서 서자 멀리서 볼 때보다 더 거대해 보였다.

이 순간 거짓말을 한 것이 후회되기도 했지만 그녀가 아니라고 하면 강한이 정말 큰일 날 것 같아서 이수는 거짓말이라고 할 수 없었다. 적어도 그녀에게는 들어야 할 말이 있으니 쉽게 죽일 수 없을 것이다. 하지만 강한은 진짜 죽이려고 잡아온 거였다. 그러니 그녀가 시간을 끌어야만 했다. 그래야 도훈이 구하러 올 때까지 버틸 수…….

"윽."

박만수의 우악스러운 손이 그녀의 멱살을 잡고 끌어 올렸다. 숨이 막히고 박만수한테서 나는 담배 냄새가 역해서 참을 수가 없었다.

"네 말이 사실인지 확인하려면 마태준한테 전화해보면 알겠네."

그녀는 이를 악물었다. 마지막으로 보았던 태준의 얼굴이, 눈빛이 생각나 마음이 쓰렸다.

"허튼소리하면 너는 물론 저 인간도 끝이야."

박만수가 부하한테서 넘겨받은 그녀의 휴대폰을 그녀의 얼굴 앞에 대며 경고했다.

Rrrrrrrrrrrr― Rrrrrrrrrrrr―.

태준에게 걸리는 전화를 보는 그녀의 눈동자가 정처 없이 흔들렸다. 바닥에 쓰러져 있는 강한도 불안한 눈으로 쳐다보았다. 제발 태준이 전화를 받지 않기를 바랄 뿐이었다.

제발 받지 마라. 받지 마라. 받으면 안 돼.

달칵―.

태준이 전화를 받는 소리에 그녀의 표정이 굳었다.

[여보세요.]

전화기 안에서 들려오는 태준의 목소리에 마음 한쪽이 와르르 무너져 내렸다.

[검사님.]

그의 부름에도 그녀가 아무 말도 못 하자, 박만수가 그녀의 목을 더 틀어쥐며 어서 말하라고 눈으로 겁박했다. 하지만 이수는 이를 꽉 물고 숨소리조차 내지 않았다. 박만수가 원하는 대로 할 수는 없었다. 그녀가 아무 말도 안 했지만 전화기 안에서 태준이 말했다.

[걱정 마요. 이번엔 늦지 않을 테니까.]

마치 그녀가 지금 어떤 위험에 처해 있는지 다 안다는 듯이. 태준의 말에 박만수의 눈동자가 날카로워졌고, 그녀는 그제야 휴대폰에 대고 외쳤다.

"오지 마요!"

그 순간이었다.

팟—!

갑자기 전등이 꺼지며 사방이 깜깜해졌다.

"이게 뭐야!"

어둠 속에서 박만수의 목소리가 사납게 울렸다.

"당장 나가봐!"

박만수의 지시에 부하 몇 명이 서둘러 집 밖으로 나갔다. 박만수는 남아 있는 부하들에게도 신경질적으로 명령했다.

"휴대폰이라도 켜봐, 이 멍청이들아."

그제야 부하들이 허둥지둥 휴대폰을 꺼내 플래시를 작동시키려는데 집 밖에서 비명이 들려왔다.

"악!"

"윽!"

동시에 들리는 여러 명의 비명에 박만수는 잔뜩 곤두서서 문가에 서 있는 부하에게 지시했다.

"밖에 확인해봐."

부하가 조심스럽게 문으로 다가가는데 갑자기 문이 대포 쏘듯이 열리며 부하의 머리를 강타했다. 휴대폰의 플래시 불빛들은 일제히 문 쪽으로 향했다. 거대한 산이 들어오듯이 걸어 들어오는 태준을 보고 박만수의 부하들은 모두 숨을 들이켰다.

진짜 마광호 같았다. 그것도 아파서 병원에 누워 있는 마광호가 아니라 마광호의 전설이 시작되었던 젊은 시절의 마광호. 마광호가 전설이 된 건 언제나 강자와 싸워서 이겼기 때문이다. 강자들만 상대하다 결국 그 자신이 최고의 강자가 되었다. 그런 마광호의 전설을 아는 이들은 섣불리 태준을 공격할 엄두를 못 내고 있었다.

불빛에 드러난 태준의 얼굴을 발견한 박만수는 소리쳤다.

"네가 여길 어떻게 알고!"

박만수가 미처 다 묻기도 전에 태준은 휴대폰 불빛이 있는 곳으로 돌진해서 팔꿈치로 박만수 수하의 턱을 후려쳤다.

빡—!

뼈가 부러지는 소리가 어둠 속에서 더 무시무시하게 들렸다. 태준의 빠른 공격에 어두운 실내는 바로 아수라장이 되었다.

"저놈 잡아!"

박만수가 거칠게 명령했지만 어지러운 플래시 불빛 속에서 부하들의 비명만 들릴 뿐이었다. 태준이 바닥에 떨어진 휴대폰을 발로 차서 박만수가 있는 쪽으로 보내자, 박만수와 그가 붙잡고 있는 이수의 모습이 플래시 불빛에 드러났다.

휴대폰이 바닥에 떨어지는 찰나의 순간, 태준이 무섭게 달려오는 걸 본 박만수는 겁을 먹고 서둘러 주머니에서 칼을 꺼내 이수의 목을 겨누며 외쳤다.

"더 다가오면 이 여자 죽는다!"

우뚝, 태준은 바로 앞에서 멈추어 섰다. 짙은 어둠을 뚫고 느껴지는 태준의 살벌한 눈빛에 밀려 박만수는 이수를 인질로 삼고 뒷걸음질을 쳤다. 박만수는 아직 남아 있는 부하들에게 외쳤다.

"당장 이놈 처리해!"

태준이 순식간에 반 이상을 처리해서 이제 고작 네 명이 남아 있었다. 거기다 상대는 마광호의 아들이었다. 싸움이라도 못하면 겁이 덜 날 텐데. 그들이 '도련님'이라고 부르며 쉽게 봤던 인물과 같은 사람이 맞는지 두 눈이 의심될 정도였다.

그 충격이 그들을 움직이지 못하게 하였다. 그들은 지금 이 순간 병원에 누워 있는 마광호가 벌떡 일어나 그들을 벌하러 나타난 것 같은 공포를 느껴야만 했다. 부하들이 머뭇거리자 박만수의 목소리가 찢어졌다.

"뭘 멍청히 섰어! 당장 밟아버려."

"너야말로 그 여자 당장 놔."

"너라니! 고모부한테 버릇없이!"

이 상황에 족보 따지는 박만수는 정말 없어 보였다. 뚜벅, 태준이 한 발 다가서자 박만수는 칼을 이수의 목에 더 가까이 대며 고래고래 소리쳤다.

"한 발만 더 다가오면 이 여자 진짜 죽는다!"

태준의 시선이 박만수에게 잡혀 있는 이수에게로 향했다. 그 때문에 그녀가 이런 일을 겪는다는 사실 하나만으로도 태준은 이미 한계를 넘어서고 있었다. 그가 그녀를 하루라도 빨리 포기했다면 이런 일은 생기지 않았을 거다. 그가 처음부터 그녀를 욕심부리지 않았다면 그녀는 평범하게 잘 살아갔을 거다.

"미안합니다."

태준의 사과에 그녀의 눈동자가 흔들렸다. 그가 미안해하지 않게 의연한 척하고 싶었는데 목에 닿은 차가운 칼의 감촉에 자꾸 눈꺼풀이 파들파들 떨렸다.

박만수는 태준과 그녀의 사이가 심상치 않은 걸 느끼고 눈빛을 번들거렸다.

"너랑 이 여검사, 진짜 뭔가……."

픽ㅡ.

태준이 집 안으로 들어올 때부터 내내 손에 잡고 있던 돌을 빠르게 던져 박만수의 손등을 때리자, 박만수는 외마디 비명을 지르며 손에 잡고 있던 칼을 떨어뜨렸다.

그녀가 휘청이며 고개를 숙인 순간 태준은 몸을 회전하며 날카로운 돌려차기로 박만수의 머리를 인정사정없이 걷어차버렸다.

픽ㅡ.

박만수의 커다란 몸은 그대로 벽에 처박혀 꼼짝도 하지 않았다. 제대로 싸우지도 못하고 기절한 자신들의 보스를 보고 남은 부하들은 바로 태준 앞에 무릎을 꿇었다. 하지만 태준은 처참한 시선으로 이수와 강한을 바라볼 뿐이었다.

그때 밖에서 차들이 소란스럽게 멈추어 서는 소리가 들리고, 곧 김상철이 자기 부하들을 끌고 집 안으로 뛰어들어왔다. 누군가에게 심하

게 공격당한 듯이 쓰러져 있는 사람들을 본 김상철은 놀라서 거실 중
앙에 혼자 우뚝 서 있는 태준에게 물었다.

"설마 너 혼자 다 처리한 거야?"

태준은 김상철의 얼굴은 보지 않고 말했다.

"곧 경찰들 들이닥칠 거야. 그냥 가."

"하지만."

"공범으로 같이 잡혀갈래?"

태준이 아직도 자신에게 화가 안 풀린 걸 느낀 김상철은 혀를 차며
부하들에게 철수를 명령했다. 김상철이 부하들과 떠나자마자 사이렌
소리가 들리며 순식간에 별장을 에워쌌다.

경찰을 끌고 온 도훈은 집 안으로 뛰어들며 외쳤다.

"은이수!"

그녀보다 더 심하게 다친 강한을 부축하고 있는 이수를 보고 도훈
이 달려와 그녀의 팔을 붙잡았다.

"너, 괜찮아?"

"저보다 이쪽이. 119 좀 불러주세요."

"너는 괜찮냐고!"

도훈이 그녀의 상태를 살피는 동안 이수의 시선은 여전히 미동 없이
서 있는 태준에게로 향했다. 그가 그들을 구해준 건데 그는 꼭 자신이
범인인 것처럼 그렇게 서 있었다. 당신 탓이 아니라고 말을 해주고 싶
은데 도훈이 그녀를 너무 꽉 잡고 있어서 태준에게 다가갈 수가 없었
다. 도훈의 손에 끌려 사건 현장을 나오면서도 이수는 고개를 돌려 태
준을 보았다. 얼어붙어 있는 태준의 곧은 등이 너무 위태로워 보였다.

Episode 16

꼭 실연당한 것처럼

이수는 강한과 함께 곧장 119 구급차를 타고 병원으로 옮겨져 온갖 검사를 다 받아야 했다. 머리를 맞아 기절하고 칼로 위협당한 흔적이 목에 남아 있었지만 워낙 튼튼한 몸이라 큰 치료가 필요한 상처는 없었다. 그녀보다 강한이 더 심하게 얻어맞아서 뼈가 여기저기 부러져 있었다.

소식을 듣고 달려온 류헌은 초상이라도 난 것처럼 굴었다.

"네가 왜 거기 있어! 조폭들이 얼마나 위험한데! 진짜 죽었으면 어쩔 뻔했어."

"안 죽었잖아."

"이 나쁜 계집애!"

류헌이 울컥해서 하는 욕을 듣고 이수는 깜짝 놀랐다.

"너 지금 나보고 계집애랬냐?"

"내가 얼마나 속상하면 그러겠어. 너 때문에 내가 늙는다."

그때 드르륵 병실 문이 열리며 도훈이 들어서자 류헌은 잔소리를 멈추었다.

"나 은 검사랑 둘이 할 이야기 있으니까 넌 좀 나가 있어."

"저도 은 검사 걱정돼서 온 건데."

류헌이 말을 안 듣자 도훈이 매서운 눈빛으로 쳐다봤다. 류헌은 바로 기가 죽어 병실을 나갔다. 둘만 남게 되자 도훈은 침대 옆 의자에 앉으며 그녀에게 물었다.

"괜찮아?"

"네, 바로 퇴원해도 돼요."

"의사가 퇴원하라고 할 때까지 있어. 외상 후 스트레스 장애가 얼마나 위험한 건데."

그녀는 자신의 상태가 그리 심각하다고 생각하지 않아서 도훈의 말을 흘려들었으나, 도훈이 일 이야기로 넘어가자 바로 집중했다.

"박 검사한테 물어봤는데."

"벌써요? 박 검사님이 뭐래요?"

자기 몸 이야기를 할 때는 심드렁하더니 일 이야기에 눈을 빛내는 그녀를 도훈을 탐탁잖은 눈으로 보며 대답했다.

"보육원 이야기를 했다고 했어."

"네?"

무슨 소리인지 이수는 단번에 알아들을 수가 없었다.

"그럼 석재가 친자식이 아니었다고요?"

"그게 아니라 이혼하면서 아버지가 아들을 데려갔는데 아버지가 사고로 금방 죽어버렸나 봐. 아이를 맡을 친척이 없어서 다시 어머니한테 가야 했는데 그때 마침 재혼을 하려고 해서."

이수는 이야기가 어찌 흐를지 짐작이 되어서 표정이 굳어졌다.

"설마 재혼하려고 아들을 보육원에 보냈다고요?"

도훈은 고개를 끄덕였다.

"뭐, 1년 뒤 남편 설득해서 다시 데려가 키우긴 했지만. 그래도 결혼하려고 보육원에 보낸 건 맞으니까."

어머니로서 떳떳한 건 아니었지만 처벌을 받을 일은 결코 아니었다.

"그런데 그게 탄원서랑 무슨 상관이에요?"

"네가 쫓는 진범이 조사받게 되면 그쪽은 부자라 비싼 변호사 구해 언론전을 펼칠 거라고 말했대. 그렇게 되면 엄마가 재혼하려고 아들을 보육원에 버린 이야기를 사람들이 다 알게 될 거라고."

정말 최악이었다. 이수는 손으로 얼굴을 가렸다. 이런 상황을 만든 게 같은 검사 쪽이라는 게 그녀를 더 힘들게 하였다.

"사람들한테 욕먹기 싫어서 아들 죽인 진범 대신 다른 아이를 잡아도 상관없다는 거예요?"

"지금은 박진웅에 대한 네 의심보다 노승우의 자백이 더 확실한 증거니까. 피해자 부모의 마음을 바꾸고 싶으면 네가 박진웅이 진범이라는 증거를 가져와야지."

이수는 얼굴을 가리고 있던 손을 내렸다.

"여전히 이해가 안 되는 게 있어요."

"뭐?"

"왜 그렇게까지 해서 나한테서 이 사건을 빼앗아가려는 거죠? 박진웅 아버지가 그렇게 거물이에요?"

도훈은 짧게 혀를 찼다.

"류 차장님 곧 검사장 임명될 거야."

이번엔 차장 검사 얘기가 나오자 이수는 피곤해졌다. 그냥 사건에만 집중할 수는 없단 말인가.

"그게 이 사건이랑 무슨 상관인데요?"

"네가 어려운 사건들 연달아 해결해서 유명해지면 멀리 보낼 때 말 나올 테니까. 아들 때문에 사적 감정 들어간 인사이동이라고. 검사장

되자마자 그런 소리 듣기 싫었겠지."

이수는 할 말을 잃은 눈으로 도훈을 쳐다보았다.

"네가 그 진범도 잡고 류 차장님도 만족할 만한 방법이 하나 있는데 들어볼래?"

이수는 힘없이 고개를 끄덕였다.

"네가 먼저 근무지 이동 신청해. 그리고 뺏긴 사건 다시 가져와."

웃으라고 하는 말인가 싶었다. 전혀 웃기지도 않고 화만 났다. 권력에 무릎 꿇고 빌라는 소리나 마찬가지였으니까.

"제가 왜 그래야 하는데요? 류 차장님이 밟으면 밟힐 힘없는 말단 검사니까요?"

"아니, 마태준."

그녀의 눈빛이 쨍 소리를 내며 깨졌다. 그런 그녀를 똑바로 보며 도훈은 자비 없이 말했다.

"너 여기 있으면 마태준 못 끊어낼 거잖아. 그러니까 가. 가능한 한 멀리."

이젠 그녀가 도훈을 진짜 좋아하는 게 맞는지도 모르겠다. 이 순간만큼은 잔인하게 현실만 꼬집어 말하는 도훈이 너무 끔찍했다. 이수는 떨리는 손에 힘을 주어 주먹을 꽉 쥐었다.

"제가 그러기 싫다면요?"

도훈은 의자에서 일어나며 건조하게 말했다.

"그럼 어영부영 진범 쫓다 류 차장님이 검사장 되자마자 쫓겨나게 되겠지. 어느 쪽이든 결과는 똑같을 거야. 네가 이곳을 떠나는 거."

"최 검사님!"

그녀가 억울해서 목소리가 높아져도 도훈은 꿋꿋하게 자기 할 말을 다 하고 병실을 나가버렸다.

혼자 남은 이수는 한참이나 꼼짝할 수가 없었다.

◆

부모님에게 걱정 끼치기 싫어서 병원에 왔다는 사실을 알리지 않았기에 류헌이 대신 병간호를 해주겠다면서 병원에 남았다. 류헌은 밤이 깊어지자 잠들지 못하는 그녀의 옆에서 꾸벅꾸벅 졸다 완전히 잠들어버렸다. 류헌이 자면서 흘리는 작은 숨소리를 들으며 이수는 어두운 창밖을 보았다.

면회 오기에는 너무 늦은 시간이었지만 그녀는 누군가를 기다리고 있었다. 쉽게 올 수 없는 상황이라고 해도 걱정되면 와볼 만도 한데 말이다. 평소엔 그가 자꾸 그녀의 앞에 나타나 힘들어했으면서 정작 힘든 상황이 되니 그를 기다리게 되는 이 마음이 참 아이러니했다.

이수는 침대에 누워만 있는 게 너무 갑갑해서 일어나 느릿느릿 창가로 걸어갔다. 열없는 시선으로 창밖을 본 이수는 병원 건물 앞 벤치에 고개 숙이고 앉아 있는 남자를 발견하고 눈빛이 가늘게 떨렸다.

언제부터 저기 있었던 건가 싶었다. 그런 줄도 모르고 그녀는 바보같이 침대에 누워 그를 기다렸다. 병원까지 와서도 그녀를 만나러 들어오지 못하고 벤치에 묶인 듯 앉아 있는 태준을 보니 도훈의 말이 다시 생생히 떠올랐다.

―너 여기 있으면 마태준 못 끊어낼 거잖아. 그러니까 가. 가능한 한 멀리.

불행히도 도훈의 말은 정확했다. 그녀는 벤치에 앉아 방황하는 저 남자에게 차마 두 번 다시 그녀의 눈앞에 나타나지 말라고 말할 자신이 없었다.

❀

그녀가 병원 슬리퍼를 끌고 벤치 바로 앞까지 다가갔을 때도 태준은 전혀 눈치채지 못했다. 아무래도 정신적 충격에 대해 병원 진료를 받아봐야 하는 건 그녀가 아니라 태준인 것 같았다.

"여기서 멍 때리지 마요."

그녀의 목소리에 놀란 건지 그의 넓은 어깨가 한 번 크게 떨렸다. 그래도 그가 고개를 들어 그녀를 보지 않자 이수는 터벅터벅 그의 앞으로 걸어가서 그의 얼굴 앞에 손을 불쑥 내밀었다.

"내 돈이나 갚아요. 나 병원비 내게."

그제야 태준이 고개를 들어 그녀를 보는데 창백한 낯빛이 며칠 굶은 사람 같아 보였다. 이수는 '쯧' 혀를 차고는 말했다.

"불쌍한 척해도 안 깎아줘요."

태준의 눈빛이 괴롭게 일그러졌다. 그의 기분이 전혀 나아지는 거 같지 않자 이수는 손을 거두며 얼굴을 찌푸렸다.

"재미없게 무게 좀 그만 잡아요. 누가 죽은 것도 아닌데."

"나 때문에 검사님 죽을 수도 있었습니다."

만약 그랬다고 해도 그건 그의 탓이 아니라 박만수의 탓이었다.

"그렇게 부정적으로만 생각하면 빨리 늙어요. 그러고 보니 대표님 몇 살이에요? 사실은 나랑 몇 살 차이 안 나죠?"

태준이 굳은 얼굴로 대답을 안 하자 이수는 흠칫 놀라는 표정을 지었다.

"설마, 나보다 연하 아니에요? 우와, 그럼 대박 소름."

그녀가 무슨 말을 해도 태준의 표정이 풀리지 않자 안 되겠다 싶어서 이수는 태준의 팔을 잡고 끌어당겼다.

"따라와요."

이수는 자신보다 한참 큰 태준을 끌고 병원 안에 있는 편의점으로 향했다. 늦은 시간이라 편의점 안에는 알바생만 덩그러니 자리를 지키고 있었다. 알바생은 손님이 들어와도 휴대폰에서 눈을 떼지 않았다.

"내가 여기서 가지고 싶은 거 고를 테니까, 그거 사주고 빚 갚는 걸로. 오케이?"

태준이 아무 대답 없이 그녀의 얼굴만 쳐다보자 이수는 화내는 척을 했다.

"대답 좀 해요. 답답해 죽겠네."

그제야 태준은 마지못해 대답했다.

"……네, 알겠습니다."

이수는 진열대로 걸어가 물건들을 대충 훑어보았다. 편의점이라 사소한 것까지 필요한 건 다 있었다. 굳이 지금 살 필요가 없다는 게 문제라면 문제였지. 이수는 전화기 줄처럼 생긴 머리끈을 빼 들었다.

"우선 이거."

그녀가 머리끈을 넘겨주자 그가 물었다.

"팔찌입니까?"

"풉."

그녀는 참지 못하고 웃음을 터트렸다가 그와 시선이 마주치자 진지하게 말했다.

"아뇨. 발찌예요."

태준이 여자 물건을 잘 몰라도 그 정도로 눈치가 없는 건 아니었다.

"거짓말이죠?"

"네, 사실은 팔찌예요."

그럴 줄 알았다고 고개를 끄덕이는 태준을 보고 이수는 웃음을 참으며 다른 물건을 골랐다. 하지만 편의점에서 아무리 사치를 하려고 해도 3만 원을 넘기긴 힘들었다. 아무래도 돈도 써 본 사람이 잘 쓰는 것 같았다.

"남은 돈은 다음에 갚아야겠네."

"남은 돈은 재이를 통해 전해주겠습니다."

그의 말은 그녀와의 사이에 다음은 없다는 소리로 들렸기에 이수는 태준의 얼굴을 빤히 보았다.

"싫어요. 그냥 다음에 따로 만나서 한꺼번에 갚아요."

그는 이제 그녀의 앞에서 사라지려고 하는데 이번엔 그녀가 그를 붙잡았다. 그런 그녀를 태준은 괴로운 눈으로 바라보았다.

"그러지 않는 게 좋습니다."

"빌린 돈 갚으라는 건데 채무자가 왜 자꾸 토를 달아요. 무조건 채권자 말대로 하는 거예요."

결국 그는 류재구 검사의 손에 멀리 쫓겨날 거고, 태준도 그녀의 인생에서 사라지려고 한다. 아무리 생각해도 그들은 그렇게 큰 잘못을 하지 않았는데도 그리되어야만 하는 게 너무 억울해서 그녀는 억지를 부렸다.

검사, 부모님, 미래. 그런 거 상관없이 지금 이 순간만큼은 그만 바라보았다. 평생 모범 답안지처럼 살아온 그녀는 그게 불가능할 거라 생각했는데 지금 그렇게 하고 있었다. 그녀는 처음으로 반항해본다. 있는 힘을 다해 그를 붙잡고, 그가 마음대로 도망가지 못하게.

그녀가 꼭 붙잡은 옷깃을 태준은 말없이 바라보았다.

머리로는 그녀의 인생에서 사라져야 한다고 말하고 있는데 마음은 반대로 뜨거웠다. 그가 지금 지옥에 있는 건가, 천국에 있는 건가. 도저히 알 수가 없었다.

병원에서 퇴원한 이수는 검찰청보다 먼저 가볼 곳이 있었다. 그래서 차를 타고 가면서 최 계장에게 전화해 자신의 행선지를 알렸다.

[보육원이요?]

"네, 피해자가 어릴 때 1년간 보육원에 맡겨졌었대요. 거기에 가보려고요."

[이런, 그런 아픈 과거가 있는 줄은 미처 몰랐네요. 그런데 그게 노승우 사건이랑 관련이 있을까요?]

사건 해결을 위해 가는 거라기보다는 그녀가 피해자에 대해 제대로 알지 못한 것에 대한 미안한 마음이 더 컸기 때문이었다. 피의자로 잡혀 온 노승우의 거짓 자백을 푸는 데 집중하느라 다른 사건보다 피해자에 집중하지 못했다.

"그것보다는 마음에 걸려서 한번 가보려고요. 피해자를 위해 해준 게 아무것도 없는 거 같아서."

[네, 그럼 다녀오십시오.]

"네, 점심때까지는 돌아가겠습니다."

피해자가 과거에 지냈었다는 보육원에 도착한 이수는 놀이터에서 뛰어노는 아이들을 보고 멈추어 섰다. 모두 보살핌이 필요한 나이의 아이들이었기에 귀여운 아이들의 모습에 오히려 마음이 씁쓸해졌다.

이수는 보육원 원장실로 찾아가 검사 신분증을 내밀었다.

"석재요? 아! 기억나요. 친엄마가 와서 데려갔었죠. 이곳에서 그런 아이는 정말 축복받은 경우죠."

나이 지긋한 보육원 원장은 석재가 이곳을 떠나던 날만 선명하게 기억하고 있었다.

"석재가 이곳에서 어떻게 지냈는지 기록이나 사진 같은 게 남아 있을까요?"

원장은 무거운 몸을 일으켜 책장으로 걸어갔다. 유리문을 열고 빼곡히 꽂혀 있는 사진첩 중 석재가 보육원에 있던 시기에 해당하는 사진첩을 꺼내 다시 돌아왔다.

"가능한 아이들 사진을 많이 찍으려고 노력하고 있는데 아무래도 보통 가정집과 같을 수는 없어서요. 거의 단체 사진이에요."

"제가 석재 어릴 때 모습은 잘 몰라서 그러는데 좀 찾아주실 수 있으세요?"

이수의 부탁에 원장은 돋보기안경을 끼고 사진첩을 펼쳤다. 느릿하게 사진첩을 넘기던 원장의 손이 어린이날 행사 때 찍은 단체 사진에서 멈추었다.

"여기 있네요."

원장이 손가락으로 가리킨 아이를 보고 이수는 고개를 끄덕였다.

"네, 저도 알아보겠네요."

아직은 살아 있던 시절, 그때의 석재는 어머니가 곧 데리러 올 거란 것도, 자신이 스무 살도 되기 전에 죽게 될 거란 것도 몰랐을 거다. 그러니 차라리 그 시절이 행복했던 걸까?

쓸쓸한 표정을 짓던 이수의 눈이 다른 아이의 얼굴에서 멈추었다. 이수는 본능적으로 두 손을 뻗어 사진첩을 부여잡고 자신 쪽으로 힘껏 끌어당겼다. 그녀의 돌발 행동에 원장이 놀라서 그녀를 보았다.

"왜 그래요? 사진이 뭐가 이상한가요?"

그게 아니라 사진 속에 그녀가 아는 얼굴이 한 명 더 있었다. 이수는 가장 뒷줄에 있는 아이를 손가락으로 가리키며 원장에게 물었다.

"혹시 이 아이도 기억하세요?"

원장은 안경을 끌어올려 그녀가 손가락으로 가리킨 아이의 얼굴을 유심히 보더니 고개를 끄덕였다.

"그 아이도 친부모가 데려갔어요. 그해 유일하게 두 명이었죠."

"이름은?"

"석재는 부모랑 살다가 여기 온 경우지만 이 아이는 갓난아기 때 버려져서 저희가 이름을 지어줬었어요. 아마 친부모한테 간 뒤에는 다른 이름을 썼겠죠."

그 이름을 그녀가 알고 있었다. 박진웅. 그놈도 이곳에 있었다. 피해자 석재와 함께. 결국 죽은 피해자가 직접 가르쳐준 것이었다. 박진웅이 왜 자신을 죽이려고 했는지.

이수는 노승우를 만나러 구치소로 갔다. 재판이 진행 중이라 스트

레스가 심한지 그는 많이 핼쑥해져 있었다.

"재판은 할 만하니?"

그녀의 질문에 노승우는 책상만 내려다보고 있었다. 지쳐서 다 포기한 듯한 모습이었다.

"그래서 넌 석재를 왜 죽인 거야?"

그녀는 처음부터 끝까지 노승우에게 석재를 죽인 게 맞는지만 물었었다. 그 이유를 물은 적이 없었기에 노승우는 창백한 눈으로 그녀를 쳐다보았다.

"검사님도 이제 제가 죽였다고 믿는 거예요?"

"사람이 사람을 죽일 때는 이유가 있어. 사람 죽이는 걸 즐기는 살인광이 아니라면. 네가 죽인 거라면 너에게도 이유가 있어야 해."

노승우의 손이 덜덜 떨렸다. 그런 노승우를 가만히 쳐다보던 이수는 가방에서 사진 한 장을 꺼냈다.

"이 사진이 박진웅이 석재를 죽인 이유야."

처음 보는 사진에 노승우의 눈이 커졌다. 무슨 소리를 하는 건지 전혀 모르겠다는 눈으로 그녀를 쳐다보는 노승우에게 이수는 손가락으로 두 사람의 얼굴을 천천히 가리키며 설명해주었다.

"박진웅은 자신이 보육원에 버려졌다는 사실을 알고 있는 석재를 학교에서 쫓아버리고 싶어서 너와 반 아이들을 이용해서 왕따를 조장했던 거야. 그런데 석재는 끝까지 버텼지. 그래서 박진웅은 시간이 지날수록 더 겁이 났을 거야."

"거, 겁을 냈다고요? 그 악마가?"

노승우는 박진웅을 같은 열여덟 소년으로 보지 않고 무슨 짓이든 저지를 수 있는 악마로 보고 있었다. 그래서 더 박진웅의 이름을 말하기 두려워했던 거다.

"박진웅이 석재를 죽인 이유는 두려움이야. 무서웠던 거라고."

박진웅은 어쩔 수 없이 보육원으로 갔던 석재와 달리 혼외(婚外) 자식으로 태어나 비정하게 버려진 경우였다. 박진웅이 아버지에게 아들로 겨우 인정받을 수 있었던 건 본처가 낳은 아들이 사고로 죽은 뒤였다. 그래서 석재와는 비교도 할 수 없을 만큼 마음의 응어리가 컸을 거다.

돈으로 보육원에서 자라난 기록을 없앨 수 있을지 몰라도 사람의 기억까지 조작할 수는 없었다. 지우고 싶은 자신의 과거가 석재로 인해 현실로 돌아오는 게 무서웠던 박진웅은 어떻게든 눈앞에서 석재를 치워버리고 싶어서 많은 시도를 했을 거다. 그리고 마지막 수단이 결국 해선 안 되는 살인이었을 것이고.

"그러니 승우야, 말을 해. 그날 왜 셋이 같이 옥상에 있었던 건지."

노승우의 혼란스러운 시선이 보육원 사진을 뚫어지게 보았다. 열여덟의 세상 속에서 박진웅은 괴물 같은 존재였다. 그는 부잣집 아들에, 공부는 항상 톱이었고, 아이들을 조종하는 지배력까지 있었으며, 눈앞에서 서슴없이 사람까지 죽여버렸다. 그런 괴물을 어떻게 이긴단 말인가. 거역하면 그도 석재처럼 죽을 거다. 그렇게 생각했었다.

"석재 괴롭힌다고 교과서를 다 태워버려서."

승우가 더듬더듬 말을 하기 시작하자 이수는 몸을 낮추어 그의 말에 귀를 기울였다.

"석재가 수업 시간에 녹음기로 녹음하면서 노트에 선생님이 하는 말을 다 받아 적었어요. 그걸 보고 있자니 짜증 나서 제 교과서를 던져줬거든요. 전 어차피 잠자니까."

어쩌다 보니 노승우가 석재에게 선의를 베푼 것이었다.

"그런데 수업 끝나고 박진웅이 날 옥상으로 불렀어요."

피해자인 석재를 괴롭히려고 옥상으로 불러낸 줄 알았는데 그게 아니었다. 박진웅이 노승우를 괴롭히는 현장으로 석재가 따라 올라간 거였다. 자신한테 교과서를 빌려주어서 그리된 것이니까.

"석재가 널 감싸준 거니?"

대답보다 먼저 노승우의 눈에서 커다란 눈물방울이 주르륵 떨어져 내렸다.

"전 무서워서 보고만 있었어요. 아무것도 할 수가 없었어요."

노승우는 정말 보고만 있었던 것 같았다. 두 사람의 대화를 듣지 못했으니 박진웅이 보육원 출신이라는 걸 전혀 몰랐겠지. 박진웅이 석재를 죽이고 싶을 정도로 화가 났던 상황이라면 분명 석재가 먼저 보육원에 관한 이야기를 꺼냈을 거다. 그런데 석재는 왜 굳이 그 상황에서 박진웅을 자극할 말을 했을까?

골똘히 생각하던 이수는 무언가 떠올라서 노승우를 보며 물었다.

"그런데 석재가 녹음기로 녹음했다고? 휴대폰이 아니라?"

요즘은 휴대폰에 녹음기 기능이 있기에 굳이 녹음기가 필요 없었다.

"수업 시간에 휴대폰 사용이 금지라."

그래서 녹음기를 사용했다면 석재의 소지품 중에서 녹음기가 당연히 나와야 하는데 그런 건 나오지 않았다. 그럼 노승우가 봤다는 석재의 녹음기는 어디로 가버린 거지?

구치소를 나온 이수는 바로 최 계장에게 전화를 걸어 녹음기에 관해 물어보았다.

[녹음기요? 그런 거 없었는데.]

"그렇죠? 그럼 두 가지 경우네요. 그 녹음기를 박진웅이 가지고 갔거나. 아니면 사건 현장 어딘가에 아직도 남아 있거나."

[사건 현장에 있다면 거기 뭔가 녹음되었을 수도 있겠네요.]

노승우의 거짓 자백 말고는 아무것도 나오지 않았던 답답한 사건 기록에서 처음으로 나온 증거물 얘기에 항상 차분한 최 계장의 목소리도 절로 높아졌다.

"네, 석재가 그럴 목적으로 옥상에 가지고 갔다면 분명 뭔가 녹음되어 있을 거예요."

[그럼 어떻게든 찾아야죠.]

"저 지금 학교로 가는 길이에요. 김 실무관한테는 석재 집으로 가서 찾아보라고 해주시고요. 최 계장님은……."

[저도 바로 학교로 가겠습니다.]

이수는 전화를 끊고 차의 속도를 더 높였다. 이번엔 반드시 찾아야 했다. 그렇지 못하면 그녀가 검사라는 게 정말 부끄러워질 거다. 이수는 가방에서 태준이 사준 머리끈을 꺼내 머리를 하나로 질끈 묶어 올렸다. 찾는 거다. 꼭 찾자.

박만수가 강한을 납치했다가 현장에서 체포된 건 너무 큰일이라 바로 병원에 있는 마광호한테까지 알려졌다.

"지금 최도훈 검사가 전담하고 있어서 아무래도 쉽게 풀려날 거 같지 않습니다."

태준은 이 일에 대해 아버지가 어찌 반응할지 조용히 살폈다. 박만수를 완벽하게 잘라낼 수 있는 기회였다. 그래서 그는 도훈에게 모아 놓은 자료를 모두 넘길 생각이었다. 도훈도 그와 다시 손을 잡을 수밖에 없었다. 지금은 이수 때문에 서로 싸울 때가 아니었다. 마광호는 골치 아픈 일에 몸이 더 아픈지 관자놀이를 손으로 꾹 누르며 한참을 조용히 있다가 입을 열었다.

"이강한 오라고 그래."

"아저씨는 아직 회복이 안 되어서 거동이 불편합니다. 제가 말을 전하겠습니다."

마광호는 탐탁지 않은 눈으로 태준을 보았다. 강한을 구하기 위해서였다지만 태준이 발 벗고 나서자마자 바로 박만수가 검찰에 잡혔다는 게 석연치가 않았다.

집안싸움은 집안에서 해결하고 끝냈어야 했다. 누군가 먼저 검찰을 끌어들인 거라면 박만수가 이강한을 해치려고 한 것보다 더 용서할 수 없는 행동이었다. 그러나 지금은 태준을 다그칠 때가 아니었다. 당장 벌어진 일을 해결해야 했다.

"사적인 말다툼이었을 뿐이었다고 검찰에 가서 말하라고 해."

강한에 대한 납치와 살인미수가 박만수를 잡아넣을 수 있는 가장 확실한 범죄 혐의였다. 그런데 그걸 부인하라는 말에 태준은 울컥했다.

"그게 아니라는 건 아버지가 제일 잘 아시잖습니까."

"지금 박만수가 잡히면 조직이 시끄러워져!"

안 그래도 그가 항암 치료를 위해 병원에 입원한 기간이 길어지며 생긴 일이었기에 그의 절대 권력에 대한 불신이 터져 나올 거였다. 한 번 무너지기 시작하면 걷잡을 수 없었다.

"내가 퇴원할 때까지는 아무 일도 없어야 해."

"아버지!"

"닥치고 가서 말이나 똑바로 전해."

자기 친구를 죽이려고 했던 인간까지 눈감아줄 정도로 마광호가 권력에 집착하는 게 태준은 견딜 수가 없었다. 그러나 지금은 어떻게든 박만수를 제대로 심판받게 해야 했다. 태준은 주먹을 꽉 쥐며 입을 열었다.

"그럼 아버지가 퇴원할 때까지 제가 조직을 맡겠습니다."

태준의 말에 마광호뿐만 아니라 병실에 있던 모두가 놀랐다.

"진심이냐?"

"대신 박만수를 어찌 처리할지는 저한테 맡겨주세요."

마광호에게 아들이 태준밖에 없었음에도 그를 조직으로 끌고 돌아오지 못한 이유는 두 가지였다. 태준에게 권력에 대한 욕심이 전혀 없었고, 태준이 마광호를 전혀 두려워하지도 않기 때문이었다.

그런 태준에게 억지로 조직 일을 맡겨봤자 조직을 더 붕괴시킬 거라는 걸 마광호는 알고 있었기에 차라리 박만수처럼 욕망으로 똘똘 뭉친 인간을 옆에 두고 일을 시킨 것이었다. 박만수를 버리고 태준을 그의 마음대로 쓸 수 있는 건 마광호에게는 가장 완벽한 그림이었다.

"대신 똑바로 해야 할 거야. 허튼수작 부리면…… 내가 아들이라고 봐줄 거라고 생각하지 마라."

가장 위험한 수를 던지고 병실을 나서는 태준을 따라 나온 마정옥이 물었다.

"여검사는 포기하고 말하는 거니? 둘 다 손에 넣으려고 하는 건 아니겠지?"

태준은 걸음을 멈추고 차가운 눈으로 마정옥을 돌아보았다. 그녀가 그를 염려해서 묻는 게 아니라는 걸 알았으니까.

"고모님은 남편 걱정부터 하셔야 하는 거 아닙니까?"

태준의 비난에 마정옥은 마른 미소를 지었다. 평소처럼 정 없는 미소였지만 그래도 조금은 태준에 대한 동정이 담겨 있었다.

"어디 있는지 괜히 가르쳐줬구나. 큰 그림을 그리고 있었는데 쓸모없어졌어."

더 이상 마정옥이 하는 말은 그의 귀에 닿지 않았다. 태준은 가던 길을 계속 걸어갔다.

❀

이수는 학교에서 찾은 녹음기의 내용을 복원한 뒤 담당 검사인 박지원에게 넘겼다.

"진범의 목소리가 이 안에 있어요. 그러니까 꼭 잡아줘요."

박지원은 찌푸린 눈으로 그녀를 쳐다보았다. 그렇게 결정적인 증거라면 그녀가 빼앗긴 사건을 다시 찾는 데 이용할 수도 있었다. 그런데 순순히 자신에게 넘기는 게 이해가 되지 않았다.

"설마 나 물먹이려는 거면……"

"죽은 석재가 노승우를 도와주려다 생긴 사건이에요."

"뭐? 하지만 노승우는 피해자 왕따 주동자였잖아."

그래서 노승우가 피해자를 죽였다는 말에 그 누구도 의심하지 않았다. 사실 그녀도 처음엔 그랬기에 쓴 표정을 지으며 말했다.

"피해자가 어떤 아이인지 우리가 전혀 몰랐던 거죠."

그냥 왕따 피해자가 아니었다. 누군가의 집요한 괴롭힘을 끝까지 버틸 수 있었던 강한 아이였고, 남을 위해 희생할 줄 알았던 용감한 아이였다.

"노승우가 유죄 받으면 피해자를 두 번 죽이는 거예요. 그러니까 진범 꼭 잡아주세요."

박지원은 그제야 그녀가 내민 녹음기를 받아 들었다. 그리고 영 석연찮았는지 한마디를 보탰다.

"너한테 악감정 있어서 이 사건 맡은 거 아냐. 나도 윗선 지시에 따른 것뿐이야."

"알아요."

이수는 쿨하게 말하고는 검사실로 돌아왔다. 그녀와 함께 고생하며 녹음기를 찾았던 최 계장과 김 실무관이 아쉬운 표정을 지었지만 그녀는 진짜 괜찮았다.

보육원에 대해 먼저 알아낸 건 박지원이었다. 그녀한테 사건을 빼앗기 위해서였지만 그로 인해 결정적인 증거를 늦지 않게 찾을 수 있었다. 그래서 이수는 박지원이 사건을 빼앗아간 게 아니라 같이 해결한 거라고 생각하기로 했다.

박지원은 그녀보다 더 노련한 검사였으니 박진웅이 진범이라는 걸 알게 되면 확실하게 잡을 거다. 내선 전화를 받은 김 실무관이 놀란 표정으로 그녀에게 말했다.

"류재구 차장님 오늘 검사장으로 임명되었대요. 다들 축하 인사 간다는데요."

생각보다 빠른 인사에 이수의 표정이 굳었다.

―어느 쪽이든 결과는 똑같을 거야. 네가 이곳을 떠나는 거.

이수의 손이 머리카락을 하나로 묶어 올렸던 머리끈을 풀어냈다. 촤라락, 긴 머리가 폭포수처럼 아래로 떨어졌다. 그녀의 손에는 태준이 편의점에서 사준 팔찌, 아니 머리끈이 들려 있었다. 이수는 손을 주먹 쥐며 머리끈을 꽉 쥐었다.

불굴의 의지 은이수, 이 정도에 기죽지 않습니다.

이수는 축하 인사를 하기 위해 다른 검사들과 함께 검사장실로 올라갔다. 오늘 막 검사장이 되었지만 마치 아주 오래전부터 그 방의 주인이었던 것처럼 앉아 있는 류재구 검사장을 보니 방에 들어서는 순간부터 위화감이 들었다.

류 검사장은 검사들 한 명 한 명과 악수하며 수도 없이 축하한다는 인사를 들었다. 드디어 그녀의 앞에 류 검사장이 섰을 때도 이수는 먼저 고개를 숙이며 남들처럼 인사했다.

"축하드립니다."

그녀를 내려다보는 검사장의 시선이 느껴졌다. 이쯤에서 검사장이 악수를 청해야 하는데 그녀에게는 손도 안 내밀었다. 이수는 힐긋 눈동자를 들어 검사장을 올려다보았다. 철벽같은 검사장의 눈과 마주쳤다. 검사장이 아니라 검찰청장이 된다고 해도 그녀에 대한 편견은 절대 바뀌지 않을 것 같은 고집이 그 눈 속에 담겨 있었다.

여기서 그녀가 류헌을 망치는 게 아니라 처음부터 그에겐 검사가 적성에 안 맞았다고 말하면 진짜 검찰청에서 쫓겨날지도 몰랐다. 검사장은 뒤늦게야 손을 내밀었다. 이수는 조용히 그 손을 잡았다. 그녀의 손을 꼭 쥐는 힘에 살짝 미간이 좁아졌다.

숨도 편하게 쉬지 못한 축하 인사를 끝내고 검사장실을 나와서야 다른 검사들도 편하게 입을 열었다.

"그런데 정작 류헌이 안 보이네? 자기 아버지가 검사장 됐는데 이 녀석은 어디 간 거야? 꽃다발이라도 사러 갔나?"

이수는 아직도 얼얼한 손을 털며 한숨만 내쉬었다. 꽃다발 같은 소리 하고 있다. 그녀가 옥상에 올라갔을 때 류헌은 옥상 벤치에 앉아 빵 조각을 허공에 던지고 있었다. 새도 없는데.

"먹을 거 가지고 장난치지 마."

그녀의 경고에 류헌은 찌푸린 얼굴로 고개를 돌렸다.

"검사장실 다녀오는 길이다. 넌 안 가?"

류헌이 고개를 저으며 다시 빵 조각을 던지려고 하기에 그의 손에서 빵 봉지를 빼앗아버렸다.

"우리 아버지 말이야, 아무래도 비리가 있는 거 같아. 안 그럼 이렇게 빨리 검사장이 될 리가 없어. 안 그래?"

"내가 들은 소문으로는 기수 때문에 오히려 기다린 거라고 하던데."

"아냐. 비리가 있어."

이수는 빵을 뜯어 먹으며 키득 웃었다.

"남들은 검사장 됐다고 축하해주는데 넌 아버지가 비리로 검찰 짤렸으면 좋겠냐?"

"그래야 나도 그만두지."

"그냥 아버지 얼굴에 사표를 날려."

"그럼 내가 맞아 죽어!"

"설마 아들인데 죽이기야 하겠냐."

"우리 아버지는 진짜 죽일 거야."

류헌은 두려움에 몸을 부르르 떨었다. 이수는 먹던 빵을 다시 류헌에게 줘버렸다. 진짜 맛이 없었다. 몸을 뒤로 젖혀 하늘을 보니 깨질 듯이 파란 가을 하늘이 세상을 뒤덮고 있었다.

"하늘은 예쁘네."

이수는 옅게 웃었다. 짜증 내고 화내고 우울해하는 것보다는 웃는 게 훨씬 나았으니까.

이번에 도훈에게 먼저 연락한 건 태준이었다. 그에게 박만수에 대한 남은 자료를 넘겨주어야 했으니까. 처음엔 도훈을 완벽하게 신용할 수 없어서 가장 중요한 걸 남겨두었다. 두 사람은 사람들 눈에 띄지 않는 인적이 드문 곳에서 간첩 접선하듯이 만났다.

"마광호는 아무 말 안 합니까? 자신이 병원에 있는 동안 조직이 시끄러워지는 걸 바라지 않을 텐데."

아무래도 마광호에 대해 아들인 그보다 도훈이 더 잘 간파하고 있는 것 같았다. 그는 아버지가 강한이 당한 걸 그냥 묻어버릴 줄은 상상조차 못했기에 충격이 컸다.

"아버지는 제가 막을 테니까. 최 검사님은 박만수에 대한 것만 신경 써주십시오. 제가 미처 못 찾아낸 증거들도 있을 겁니다."

태준이 마광호에 대한 이야기를 피하자 도훈의 눈이 가늘어졌다. 그가 아는 마광호는 박만수를 그냥 법의 심판에 맡길 리가 없었다. 그게 조직에게 해가 되는 쪽이라면 더더욱.

"마광호를 어떻게 막는다는 겁니까?"

"제가 알아서 합니다."

"그러니까 어떻게?"

도훈이 집요하게 물어오자 태준의 표정이 굳어졌다.

"이젠 절 의심하는 겁니까?"

사실 의심이 아니라 걱정이었다. 태준이 마광호를 막으려면 조직에 더 가까이 다가가야만 했으니까. 그게 오히려 그를 망칠 수도 있었다.

"위험한 행동은 하지 말라는 겁니다."

걱정하듯 말하는 도훈을 태준은 건조한 눈으로 쳐다보았다.

"어차피 내가 아무것도 안 했을 때도 최 검사님은 날 위험한 놈 취급해서 은 검사 만나지 못하게 하지 않았습니까?"

"그건……."

태준의 말에 도훈은 좀 당황했다. 사실 그를 몰아붙일 때 이수만 걱정했었다. 그래서 자신이 죄 없는 사람을 죄인 취급하고 있다는 것에 대한 의식조차 없었다.

"은 검사와 마태준 씨가 서로 만나서 좋을 게 없다는 말이었습니다. 마태준 씨가 나쁜 놈이라는 게 아니라."

이제 와서 도훈의 말은 변명밖에 안 되었다. 말하는 도훈도 그리 느껴서 길게 말할 수가 없었다. 태준은 이수 때문에 더 이상 도훈과 싸우지 않았다. 이젠 도훈이 그리 경고하지 않아도 태준이 먼저 그녀에게 작별을 고했으니까.

"박만수가 재판에서 확실한 죗값을 받게 해주십시오. 제가 최 검사님한테 바라는 건 그것뿐입니다."

먼저 떠나는 태준의 뒷모습을 보며 도훈은 혀를 찼다. 이수만 아니었어도 그와 좋은 친구가 되었을 수도 있었다. 그런데 이젠 그럴 수 없다는 게 한없이 씁쓸했다.

❁

검찰청에 출근한 이수는 급하게 걸어가는 류헌을 발견하고 불렀다. 그런데 류헌은 뭐에 정신이 팔린 건지 그녀가 부르는 소리를 듣지도 못하고 엘리베이터를 타고 가버렸다.

게시판 앞에 사람들이 몰려 있는 걸 보니 무슨 일이 생긴 것 같았다. 방향을 틀어 그녀도 게시판 앞으로 걸어가려는데 누군가 뒤에서 손목을 붙잡았다. 이수는 흠칫 놀라 돌아보았다. 그녀를 붙잡은 건 도훈이었다.

"최 검사님."

"나랑 잠깐 커피 한잔하자."

다른 사람이었으면 평범하게 들렸을 말인데 도훈이 그 말을 하니 너무 불안했다. 그는 한가하게 쉬면서 커피 마실 사람이 절대 아니었으니까.

이수는 도훈과 함께 검찰청 앞 카페로 갔다. 커피는 도훈이 샀다. 하지만 이수는 편하게 공짜 커피를 마시지 못하고 도훈의 눈치를 보며 물었다.

"아까 류헌이 급하게 가던데, 류헌이랑 상관있는 일이에요?"

도훈의 왼쪽 눈썹이 짧게 찌푸려졌다. 주로 재판이 마음에 안 들게 흘러갈 때 나오는 표정이었다. 이수는 빨대에 입을 대고 아이스커피를 한 모금 들이켰다.

"너 인사 발령 났어."

도훈의 말에 그녀의 눈이 커지기는 했지만 마시던 커피를 뿜어낼 정도로 놀라지는 않았다.

"벌써요? 빠르네."

그 정도로 검사장은 그녀가 싫었던 건가 싶었다. 그녀의 반응이 미적지근하자 도훈은 그녀에게 물었다.

"화 안 나?"

이수는 고개를 저었다.

"원래 초임 때는 지방 근무가 일반적인 거잖아요. 아무 빽도 없는 제가 너무 빨리 서울북부지검으로 발령 난 거부터 신기했어요."

"류헌 그 자식."

류헌이 검사 하는 대신 자기 아버지와 거래를 한 거라면 검사장이 처음부터 그녀를 눈엣가시처럼 여긴 게 이해가 되었다.

"저보다 류헌이 문제네요. 이 일로 괜히 철없이 굴까 봐. 최 검사님이 단단히 혼내주세요."

"네가 지금 남 걱정할 처지야? 발령지가 어딘지는 안 물어봐?"

분명 서울은 아닐 거였다. 어쩐지 경기도도 아닐 것 같았다. 요즘은 지하철로도 갈 수 있는 곳이니까. 아마도 검사장이라면 산으로 겹겹이 둘러싸인 곳으로 그녀를 쫓아 보낼 것 같았다. 그녀가 쉽게 서울로 오지 못하게.

"어딘데요?"

그녀가 살짝 불안해하며 묻자 도훈은 길게 한숨을 내쉬며 말했다.

"제주지검."

'제주'라는 말을 듣자마자 태준과 함께 제주에 있었던 기억이 떠올라 이수의 눈동자가 흔들렸다.

"괜찮아?"

그녀가 놀라서 눈동자가 흔들린 거라 생각한 도훈이 걱정하며 물었다. 이수는 그녀가 무슨 생각을 하는지 들킬까 봐 손으로 두 눈을 가렸다.

그는 두 번 다시 그녀를 안 볼 사람처럼 등 돌려 가버렸는데 왜 하필 제주일까. 그녀에게 이제 제주는 태준과 함께 있던 곳이 되어버렸는데. 정말 얄궂다.

태준은 아직 몸이 다 낫지 않은 강한을 찾아갔다. 강한이 병원은 싫다고 해서 급하게 강한이 지낼 수 있는 집을 구했다.

"지내시기에 불편하지 않으세요?"

"나 혼자 쓰기에는 너무 커."

갈비뼈 골절 때문에 침대에 꼼짝없이 누워 있어야만 하는 강한이었기에 지금은 집이 크게 느껴질 수밖에 없었다.

"검사한테 박만수에 대한 자료 다 넘겼어요. 그게 다 유죄를 받으면 아마 박만수 살아 있는 동안 밖으로 나오지 못할 겁니다."

태준이 하는 말을 가만히 듣던 강한이 조용히 물었다.

"그런데 넌 왜 유독 박만수에게 그리 집착한 거니?"

박만수가 악질이기는 했지만 흑룡파 안에는 박만수 말고도 나쁜 놈들이 넘쳐났다. 태준은 그중 박만수를 선택한 거였다.

"박만수가 없어져야 우리 가족이 좀 더 가족다워질 거 같아서."

결국 태준에게 중요한 건 법과 정의보다는 가족이었다.

"정옥이가 참 나쁜 선택을 해서 너와 마리를 힘들게 하는구나."

"그래도 이번에 그 별장 있는 곳을 알려준 게 고모님이었습니다."

태준의 말에 강한은 눈을 좁혔다. 그건 강한도 예상 못한 점이었다.

"그래?"

"네, 아저씨가 진심으로 걱정되긴 하셨나 봐요."

과연 그것만이 이유였을까? 강한은 생각이 많아졌다.

"은 검사는 괜찮니? 그날 이후 보지를 못했구나."

강한이 먼저 이수에 관해 말을 꺼내자 태준의 표정이 굳었다. 태준이 쉽게 대답하지 못하자 강한은 태준과 그녀 사이에 무슨 일이 있음을 느끼고 물었다.

"설마 나랑 같이 큰일 날 뻔한 일 때문에 은 검사가 널 피하니?"

태준은 쓰게 웃었다. 차라리 그랬더라면 그는 아무것도 하지 않았어도 되었을 거다.

"제가 먼저 끝냈습니다."

"왜?"

"저 때문에 자꾸 위험해지니까."

"그럼 이번이 처음이 아니었어?"

마정옥이 먼저 그녀를 찾아가 상처를 남겼다. 그때는 그녀와 끝내기 싫어 앞으로 그가 충분히 지켜줄 수 있다고 자만하며 넘겼는데 결국 또 그녀는 그와 얽혀 위험해졌다. 이젠 확실히 깨달았다. 그가 그녀에게 독과 같은 존재일 뿐이라는 걸.

"절 안 만나면 은 검사도 예전처럼 살 수 있겠죠."

이미 인연이 생긴 사람 사이가 그리 단순하게 정리될 리 없다는 걸

강한은 알았지만 태준에게 쉽게 말하지 못했다. 지금 가장 힘든 사람은 태준이었으니까. 차라리 더 크게 상처받기 전에 끝내는 게 두 사람에게는 나을 수도 있다고 강한은 긍정적으로 생각하고 싶었다.

제주도로 근무지를 옮기는 건 생활 터전을 옮겨야 하는 일이라 부모님에게 제일 먼저 말해야 했다.

"제주도? 그렇게 멀리?"

그녀가 갑자기 제주도로 가게 되었다는 말에 엄마는 깜짝 놀라셨고.

"그럼 낚시 마음대로 할 수 있겠네."

"지금 당신 낚시 타령할 때요."

아버지는 좋아하다 엄마한테 혼났다.

"검사는 원래 근무 특성상 몇 년마다 근무지를 옮겨요."

그녀의 설명에 엄마는 반신반의하며 물었다.

"진짜 그런 거야? 무슨 일 있는 게 아니라?"

이수는 아니라고 웃으며 고개를 저었다. 그녀를 제주도로 쫓아버리는 검사장의 심보는 고약했지만 그녀는 굳이 그런 말까지 부모님께 전해 마음 아프게 하고 싶지 않았다.

"그럼 발령 나기 전에 집부터 구해야 하는 거 아냐?"

제주지검 관사 아파트로 들어가면 되지만 갑자기 난 발령이라 지금은 빈자리가 없었다.

"곧 관사 아파트 자리 생길 테니까, 그때까지만 지낼 집 구하면 돼요. 그래서 쉬는 날 제주도 내려가보려고요."

요즘은 '제주에서 한 달 살기'가 유행이니 짧게 살 집을 구하는 건 어렵지 않을 거다.

"나도 같이 가자."

아버지가 따라가겠다고 하자 엄마는 바로 아이 혼내듯이 야단쳤다.

"놀러 가나! 따라가긴 어딜 따라가. 안 그래도 돈 써야 하는 애 돈만 더 쓰게."

"요즘 제주도 비행기 표가 얼마나 싼데."

"그 돈이라도 좀 벌고 말을 하던가."

돈 이야기는 예민했기에 이수는 두 사람의 눈치를 보다가 적절한 타이밍에 끼어들었다.

"내가 제주도에 있으니까 숙박은 공짜잖아요. 엄마도 아버지랑 같이 제주도 관광 올 수도 있고, 진짜 좋네."

돈 아낄 수 있다고 하면 엄마는 좋아했다. 그리고 실컷 놀 수 있는 관광은 아버지가 좋아했다.

"그렇다니까. 내 말이 그 말이여. 제주도가 얼마나 좋은데."

부녀가 말을 맞추자 미숙은 절레절레 고개를 저었다. 누구보다 성실해서 올림픽도 나가고, 사시 패스까지 한 딸이 사실은 평생 시장 장사 하며 쉬어본 적이 없는 그녀보다 백수 아버지를 더 닮았다는 건 참 알다가도 모를 일이었다.

흑룡파 임원회에 마광호 대신 태준이 나가는 건 흑룡파에서는 굉장히 상징적인 일이었다. 흑룡파의 척추나 마찬가지였던 마광호가 언제 죽을지 모를 위태로운 상황에서 그건 새로운 태양이 떠오르는 거나 마찬가지였으니까.

"너 진짜 임원회에 회장님 대신 나갈 거냐? 그게 어떤 의미인지 알고나 있는 거야?"

임원회에 출석하는 임원 중 한 명이기도 한 김상철이 태준을 찾아와 염려하듯이 묻는 말에 태준은 차갑게 말했다.

"김상철."

태준이 그를 '형'이 아니라 이름으로 부르자 김상철의 눈빛이 굳었다.

"함부로 내 판단에 개입하지 마. 앞으로 내 지시에 따르기만 하면 돼."

완전히 달라진 태준의 권위적인 말투에 김상철의 목이 타들어갔다. 설마 태준이 그 한 번의 일로 이렇게 달라질 줄은 몰랐다. 태준에 대해 그 누구보다 잘 안다고 자신했는데 오히려 그래서 태준을 쉽게 여긴 게 그의 실수였다.

태준의 몸속에는 확실히 마광호의 피가 흐르고 있었다. 마광호는 배신에 대해 용서가 없었다. 그리고 그건 태준도 마찬가지였다.

"대답 안 해?"

김상철은 구부러지지 않는 머리를 억지로 숙여야 했다.

"네, 알겠습니다."

그의 앞에서 처음으로 고개 숙인 김상철을 태준은 냉정한 눈으로 쳐다보았다. 피도 안 섞인 그를 '형'이라 부른 건 믿고 있다는 뜻이었다. 그런데 그의 믿음을 김상철이 이용했다. 김상철이 그를 기만하지만 않았어도 그가 아버지처럼 힘을 원하게 될 일은 없었을지도 모른다고 생각하니 김상철을 더 용서할 수 없었다.

그는 이제 힘이 필요했다. 그게 있어야 그가 지키고 싶은 사람을 지킬 수 있다는 걸 알아버렸으니까.

※

엄마가 비행기 값 아깝다고 말려서 결국 아버지는 집 구하고 이사할 때나 같이 가기로 하고, 이수 혼자 집을 구하러 제주도로 향했다.

"헉. 섬인데 그렇게 비싸요?"

당연히 서울보다 집 빌리는 가격이 쌀 거라고 생각하고 내려갔던 이수는 부동산에서 가격을 듣고 기겁했다.

"중국 때문에 요즘 제주도 부동산 가격이 엄청 올랐어요."

부동산 아저씨는 그녀가 시세를 몰라도 너무 모른다고 '쯧쯧' 혀를 찼다. 이왕 제주도에 내려오는 김에 바닷가의 낭만적인 전원주택에 살며 아침마다 해안 도로를 차로 달리며 출근하는 걸 꿈꾸었던 이수는 그게 불가능하다는 걸 깨닫고 두 손으로 머리를 감싸 쥐었다. 왜 현실은 언제나 이렇게 비루한 건가.

이수는 불쌍한 목소리로 부동산 아저씨에게 물었다.

"그럼 가격이 맞는 아파트는 있나요? 바다 보이는 곳으로."

돈이 그리 많지 않은 그녀는 뒤에 소심하게 '바다'를 덧붙였다. 그래도 제주도인데. 서울과 뭔가 달라야 했다.

서울과 달리 제주도는 아파트도 많지 않았다. 결국 집 몇 군데를 둘러보았지만 썩 마음에 드는 게 없어 다음에 또 와보기로 했다.

집만 알아보고 다시 서울로 돌아가야 해서 택시를 타고 공항으로 향하던 이수는 멀리 보이는 제주 바다가 자꾸 눈에 밟혀 택시 기사에게 말했다.

"죄송한데, 목적지 좀 바꿀게요."

이수는 갑자기 방향을 바꾸어 바다로 향했다. 태준과 함께 티격태격하며 걸었던 바다는 그때보다 더 추워져 있었다. 벌써 가을을 지나겨울로 가는 계절이기는 했지만 제주의 바다는 항상 계절을 앞서가는것 같았다. 이수는 홀로 바닷가에 서서 바다를 향해 소리쳤다.

"더럽게 춥네!"

제주 바다의 칼바람이 화답하듯이 그녀의 얼굴을 할퀴고 지나갔다.이수는 추위와 맞서듯이 꼿꼿하게 선 채로 일렁이는 눈빛으로 고요히파도를 몰고 밀려오는 바다를 바라보았다.

공항에서도, 해안 도로를 달릴 때도, 그리고 이 바다에서도 그녀는내내 혼자였는데 꼭 옆에 누군가 있는 것만 같았다.

태준은 이제 그녀를 만나러 오지 않을 텐데, 그녀가 먼저 만나러 가지도 못할 거면서 그녀는 일부러 이 바다까지 찾아와서 태준을 생각하고 있었다. 꼭 실연당한 여자 같았다. 고백도 제대로 못 한 짝사랑보다 더 심했다.

이수는 바다를 향해 또 힘차게 외쳤다.

"이 바보 멍청이!"

그녀의 목소리가 망망대해를 흐르고 흘러 결국 소멸되었다.

이 바보 같은 마음도 그리될 수 있을까.

시간이 흐르면 흩어지고 사라져서 흔적도 찾을 수 없게 될까.

그리될 거라 믿을 수밖에 없었다. 안 그럼 내일이 오는 게 너무 무서울 테니까.

검찰청 앞 로미오와 줄리엣

또각또각—.

구치소보다는 파리 패션쇼에 가야 할 듯 화려하게 차려입은 마정옥은 모두의 시선을 끌었다. 분명 젊었을 때는 아름다웠을 외모는 나이가 들어서 짙은 화장 속으로 숨었다. 박만수는 그녀를 보자마자 유리창에 붙어서 자신의 억울함을 토해냈다.

"태준이 그 자식이 작정하고 경찰을 끌고 온 거야. 내가 당한 거라고! 이강한이랑 태준이가 손잡고 판 함정에 내가 빠진 거야. 그러니까 회장님한테 당신이 말 좀 잘해줘. 내가 그 두 사람한테 속은 거라고."

박만수의 말이 헛된 망상이라는 걸 아는 마정옥은 붉은 입술을 비틀어 웃었다.

"내가 당신이랑 왜 결혼했는지 기억해?"

"그래, 나 당신 남편이잖아. 그러니까 나 좀 여기서 빼줘. 당신이 회장님 좀 설득해주라고."

박만수는 궁지에 몰려서 생각이라는 걸 전혀 못하는 상태였다. 마정옥은 그런 박만수를 한심하다는 눈으로 쳐다보며 중얼거렸다.

"좀 더 똑똑한 놈으로 골랐어야 했어."

마광호가 가장 중요하게 여기는 흑룡파를 망쳐놓고 싶었다. 그래서 사랑하지도 않는, 욕망만 가득한 박만수와 결혼했다. 그런데 결과는 마광호한테만 좋게 흘러가고 있었다. 마광호의 뜻대로 태준이 마광호의 자리를 대신하면 흑룡파는 지금보다 더 굳건해질 것이다. 그리고 태준조차 마광호를 닮아갈 것을 생각하니 끔찍하기 그지없었다. 세상에 마광호가 둘이나 되는 거였으니까.

마정옥은 박만수에게 매섭게 경고했다.

"잘 들어. 마광호는 이미 자기 아들을 선택하고 당신을 버렸어. 그러니 내 말대로 해. 그게 당신이 살 수 있는 마지막 기회니까."

박만수는 마광호가 그를 버렸다는 말에 두 눈을 부릅떴다.

최경호 사건의 피해자였던 오연희가 검찰청으로 이수를 찾아왔다. 며칠만 늦었어도 그녀는 이곳에 없었을 것이기에 이수는 반갑게 오연희를 맞았다.

"잘 지냈어요?"

"네, 검사님 덕분에요."

이수는 한 일도 없이 공치사 듣는 거 같아서 쑥스럽게 웃었다.

최경호한테 성폭행에 대한 자백을 받아낼 수 있었던 건 태준 덕이었다. 태준은 자신의 정체를 밝힐 각오를 하고 그녀에게 최경호의 자료를 넘겨주었었다. 그 남자는 항상 그런 식이다. 자신에 대한 생각은 전혀 못 하고 남 생각만 하다가…….

"사실은 M 엔터테인먼트에서 다시 연락이 왔었어요."

문제의 그 회사 이름이 나오자 이수의 얼굴에서 웃음이 사그라졌다.

"네? 왜요?"

최경호는 감옥에 갔고, 오연희는 계약 해지가 되어서 그 회사와 고리가 끊어진 걸로 알고 있었다. 오연희에게는 부당한 일이었지만 괴로운 기억이 남아 있는 곳을 떠나 새로운 곳에서 다시 시작하는 게 그녀에게는 오히려 좋은 일일 수도 있었다.

"거기 새로 사장이 된 분이 저랑 계약을 다시 하고 싶다고."

이건 또 무슨 수작인가 싶었다. 최경호가 떠나고 새로 사장이 왔어도 분명 흑룡파와 연관이 있는 사람일 것이다. 좋은 인물일 거라는 믿음이 안 생겼다.

"그래서 만났어요?"

"아뇨. 아직."

오연희는 창백한 얼굴로 고개를 저었다. 그제야 이수는 오연희가 왜 그녀를 찾아왔는지 알 수 있었다.

"혼자 가기 무서우니까 내가 같이 가주길 바라는 거죠?"

연희는 조심스럽게 고개를 끄덕였다.

"그래주실 수 있으세요?"

그거야 어려운 일이 아니었다. 이수는 걱정스러운 눈으로 그녀를 보며 물었다.

"그 회사에서 다시 일해도 괜찮겠어요?"

그녀의 질문에 오연희의 커다란 눈에 금세 눈물이 고였다.

"이런 일까지 생겼는데도 미련을 못 버리겠어요. 딱 한 번만이라도 좋으니 저도 사람들한테 사랑받는 그런 배우가 되고 싶어요."

사랑받고 싶다는 오연희의 말이 그녀의 가슴에도 와 닿았다. 사람이라면 누구나 원하는 걸 거다. 어쩌면 사람은 그걸 위해 살아가는 건지도 몰랐다. 사랑받기 위해. 이수는 오연희의 작은 어깨를 손으로 툭툭 두드리며 위로해주었다.

"알았어요. 내가 꼭 같이 가서 확인해줄게요. 기회인지 또 다른 덫인지."

오연희는 그제야 안심하며 그녀의 손을 꼭 붙잡았다. 마치 지푸라기라도 잡는 사람처럼.

　　　　　　　✿

짧은 기간이었지만 그래도 같이 일한 정이 있었기에 최 계장과 김 실무관이 그녀의 송별회를 해주었다.

"류 검사님한테도 오시라고 말했는데 대답을 안 하시더라고요. 아직도 기분 안 좋으신가 봐요."

김 실무관의 말을 듣고 이수는 얼굴을 찌푸렸다. 바다 건너 섬나라로 가게 된 건 그녀인데 티는 류헌이 다 내고 있었다. 이왕 아버지에게 화가 났으면 멋지게 사표라도 던지던가. 무서워서 그건 또 못 했다.

"놔두세요. 알아서 풀리겠죠."

"류 검사님 화나는 마음 저도 이해돼요. 아무리 검사장이라지만 너무한 거 아니에요? 차라리 류 검사님이랑 결혼해서 복수하는 게 어때세요?"

복수를 결혼으로 하라는 말에 이수는 밥맛 떨어진다는 표정을 지었다.

"그래서 저보고 평생 검사장을 시아버지로 모시고 살라고요?"

복수인데 어째 이수가 더 불행해지는 거 같아서 불씨를 던진 김 실무관은 두 팔로 크게 엑스자를 그렸다.

"아까 한 말 취소! 결혼 반대!"

"누가 결혼해?"

갑자기 들어선 도훈을 보고 세 사람이 동시에 일어났다. 이수가 놀라서 도훈에게 물었다.

"어떻게 오신 거예요?"

"계장님이 말하던데, 오늘 너 송별회라고."

그녀가 최 계장을 돌아보자 최 계장이 칭찬받고 싶은 표정을 지었다. 그녀가 그동안 얼마나 깽판을 쳐놓았는지 미처 모르고 도훈을 부른 거니 어쩔 수 없었다. 이수는 억지로 씨익 웃으며 국어책 읽듯이 말했다.

"이야, 오늘 송별회 정말 감동이다."

도훈이 문 쪽을 돌아보며 말했다.

"너도 빨리 들어와."

세 사람의 시선이 도훈이 말한 쪽으로 향했다. 한동안 미동 없던 문이 살짝 열리더니 류헌의 얼굴이 보였다.

"류 검사님!"

류헌에게 송별회를 한다고 말했던 김 실무관이 문으로 달려가 그의 팔을 잡아당겼다.

"어서 오세요. 다들 기다리고 있었어요."

도훈에게 맞으며 끌려오고 마지막에는 김 실무관의 손에 잡혀 끌려온 류헌은 이수를 똑바로 보지 못했다. 그녀가 제주도로 가게 된 게 그의 탓이라고 생각했기 때문이다. 하지만 이수는 한 번도 류헌에게 너 때문이라고 말한 적 없었다. 원인이 되었다고 해도 류헌을 절대 탓하지도 않았다. 류헌은 그녀에게 친구였으니까. 그래서 이수는 류헌의 무릎을 발로 걷어차버렸다.

"악."

"넌 사내놈이 언제까지 꽁해 있을 거야."

"내가 언제!"

발끈하는 류헌의 눈이 촉촉했다. 이수는 질색하며 물었다.

"너, 설마 우는 거 아니지?"

"어머, 류 검사님. 우세요?"

"이런, 우리 류 검사님은 너무 여리서."

"안 울어요! 내가 왜 울어요."

류헌까지 합세하며 진짜 송별회가 시작되었다. 마지막이라서인지 술이 무한정 들어갔다. 도훈이 그녀의 술잔을 빼앗으며 경고했다.

"적당히 마셔. 오늘만 살고 끝낼 거냐."

이수는 술에 취해 겁을 상실했기에 도훈을 흘겨보았다.

"어차피 제주도에 가면 최 검사님이랑도 끝이에요. 그러니 명령하지 마세요."

그녀의 말에 도훈은 코웃음을 쳤다.

"그럴 일 없어."

돌고 도는 게 검사 인생이었다. 결국 여기가 아니더라도 어딘가의 지검에서 또 만나게 될 거다. 그리고 그가 제주도 비행기만 타면 바로 만날 수도 있었다.

"아뇨. 마태준이랑 끝내야 한다면 최 검사님도 같이 끝낼 거예요."

술김에 하는 말이라고 하기에는 너무 진심처럼 들렸기에 도훈은 미간을 찌푸렸다.

"반항이냐?"

"그게 아니라……."

"그게 아니면?"

이수는 뒷말을 잇지 못하고 도훈이 방심한 틈에 그의 손에서 술잔을 빼앗아서 원샷해버렸다. 도훈은 그의 말을 듣지 않는 그녀를 혼내려다가 포기하고 짧게 한숨을 내쉬었다.

그녀에게 떠나라고 할 때는 냉정하게 말했지만 그라고 마음이 좋을리가 없었다. 자꾸 그녀가 신경 쓰이는 이 마음이 책임감인지, 미안함인지, 아니면 다른 마음인지 노련한 검사인 그도 정확히 판단할 수가 없었다.

아침에 힘겹게 일어난 이수는 숙취로 속이 미친 듯이 쓰렸다. 혼자살기에 해장국도 직접 끓여 먹어야 했다. 어슬렁어슬렁 부엌으로 걸어간 이수는 냉동해둔 북어를 꺼내기 위해 냉동실 문을 열었다가 줄 맞추어 놓여 있는 예쁜 케이크를 보고 멈칫했다. 방심한 틈에 누가 뒤통수를 세게 때린 기분이었다. 덕분에 잠시 지독한 숙취도 잊어버렸다.

이수는 한참이나 멍하니 케이크들을 바라보았다. 태준이 일본에 다녀오면서 그녀 주려고 사온 케이크였다. 차마 먹을 수가 없어 냉동실에 보관해두었던 거다.

"이젠 케이크까지 날 심란하게 만드네."

이수는 북어를 꺼내는 것도 포기하고 냉동실 문을 닫아버렸다.

오늘은 노승우의 재판이 있는 날이었다. 그녀가 박지원 검사에게 넘긴 녹음기가 증거로 제출되는 재판이니 보러 갈 생각이었다. 박진웅이 재판장에 서는 걸 보지 못하고 제주도로 내려가는 게 참 안타까울 뿐이었다. 나갈 준비를 하는데 그녀의 핸드폰이 울렸다. 전화한 사람은 도훈이었다. 이렇게 이른 시간에 전화한 적이 없었기에 이수는 놀라서 전화를 받았다.

[해장할 거지? 같이 먹자.]

어차피 도훈이 말하는 해장국 집은 검찰청 앞 그 집이었다. 일하다가 점심 먹으러 자주 갔던 곳. 도훈이 일 년에 삼백 그릇 이상 먹는 곳. 도훈의 전화를 받고 나와 아침부터 해장국 집에 앉은 이수는 도훈에게 물었다.

"최 검사님은 여기 해장국 안 질리세요?"

"사람 먹는 게 다 거기서 거기지."

태준이 들었다면 엄청 충격받았을 거라 생각되니 이수의 입가에 쓴 미소가 지어졌다.

"류 검사도 같이 부르지. 어제 엄청 취했잖아요."

"됐어. 그놈은 정신 좀 차려야 해."

"그렇게 세게 말씀하시지만 마시고 잘 좀 챙겨주세요. 점심에 자주 밥도 같이 먹어주고."

그녀가 엄마처럼 류헌을 챙기자 도훈은 '쯧' 혀를 찼다. 류헌 이야기를 하자고 아침부터 불러낸 게 아니었다.

"너 제주도 내려가면 같은 직장 동료 아니게 되니까 하는 말인데."

벌써 남 취급인가 싶어서 이수는 서운한 표정을 지었다.

"나랑 정식으로 만나볼래?"

"푸읍."

해장국을 먹던 이수는 우거지에 목이 막혀 숨이 안 쉬어졌다. 도대체 자신이 방금 무슨 말을 들은 건가 싶었다. 설마 엄청 술 퍼마신 다음 날 해장하러 온 해장국 집에서 사귀자는 말을 들은 거라고?

태준이 멋대로 그녀 대신 도훈에게 고백했을 때처럼 이수는 이게 현실이라고 믿고 싶지 않았다.

"최 검사님, 아직 술 안 깼어요?"

그녀가 그를 술 취한 사람 취급하자 도훈은 눈에 힘을 주었다.

"난 취해도 헛소리는 안 해."

그런데 갑자기 왜 그런 말을 하는가.

"그럼 왜 그런 말을 저한테 하세요?"

이수는 도훈에게 직접 물어보았다. 도훈이 제대로 설명해주지 않으면 도저히 납득할 수가 없어서. 그녀를 너무 좋아해서 그런 말을 했다고는 도저히 생각되지 않았다. 만약 그녀가 그를 좋아한다는 말을 들어서 그런 말을 한 거라면 타이밍이 늦어도 너무 늦었다.

도훈은 술기운 없이 청명한 눈으로 그녀를 보며 말했다.

"너랑 이대로 끝내기 싫어서."

이수는 말없이 도훈을 쳐다보았다. 그녀가 진짜 도훈을 좋아하는 거라면 정말 기뻐해야 할 순간인데 그녀는 혼란스럽기만 했다.

태준은 퀸 호텔을 넘기고 시골로 내려간 전 사장을 찾아갔다. 정말 시골 농부처럼 농사일을 하고 있던 전 사장은 차에서 내리는 그를 보고 허리를 펴 손을 흔들었다. 생각보다 잘 지내고 있는 전 사장의 모습에 태준도 오랜만에 기분이 좋아졌다.

"호텔은 잘되고 있다는 거 뉴스를 통해 들었어."

"호텔 직원들과는 연락하지 않으십니까?"

"이미 떠난 사람이 자주 연락해봤자 그쪽 마음만 불편하지. 새해 인사만으로 충분해."

전 사장은 직접 재배한 옥수수와 고구마를 그에게 대접해주었다. 소박하지만 진심이 느껴지는 접대였다.

"그런데 이런 시골까지는 어쩐 일로 내려온 거야? 그냥 내 얼굴 보러 왔을 거 같지는 않고."

호텔에 안 좋은 일이 생긴 건가 싶어서 전 사장이 그의 표정을 살폈다. 태준은 나쁜 일이 아니라는 뜻으로 입가에 미소를 지으며 말했다.

"사장님이 다시 호텔로 돌아와주셨으면 좋겠습니다."

그의 말에 전 사장의 표정이 어두워졌다.

"이제 내 삶의 터전은 이곳이야. 자네가 호텔을 잘 책임지고 있는데 내가 왜."

"제가 앞으로 힘들 거 같아서 부탁드리는 겁니다."

"힘들다고? 왜?"

그가 아버지 대신 흑룡파 일을 하게 되면 호텔에 오히려 민폐가 될 것이었다. 그전에 호텔을 믿을 수 있는 사람에게 맡기고 싶었다.

"호텔 주식을 사장님께 다시 팔겠다는 게 아닙니다. 전 그냥 뒤에서 최대 주주로만 남겠습니다. 사장님이 다시 호텔의 얼굴이 되어주시기만 하면 됩니다."

월급 사장을 제안하는 거니 태준의 요구는 무리한 게 아니었지만 전 사장은 아무래도 마음에 걸렸다. 태준이 대표를 맡고 살아나기 시작한 호텔이었다. 잘하고 있는데 갑자기 물러난다는 건 분명 그만한 이유가 있을 것이었다.

"혹시 무슨 일이 있나?"

전 사장도 강한도 그에게 무슨 일이 있느냐고, 괜찮은지 물었지만 그는 그냥 오늘을 살아가는 것뿐이었다. 오히려 그는 행복하면 이상할 것 같았다. 행복은 그에게 익숙한 게 아니었으니까.

M 엔터테인먼트는 생각보다 더 큰 회사였다. 그런 몰상식한 인간이 사장 자리에 오래 앉아 있었는데도 이리 멀쩡히 굴러가고 있다는 게 신기할 따름이었다.

미리 약속하고 온 것이기에 이수와 오연희는 바로 사장실로 안내되었다. 사장실 앞에서 이수는 주먹을 들어 보이며 오연희에게 용기를 주었다.

"내가 옆에 있으니까 기죽지 마요. 알았죠?"

오연희는 알았다고 고개를 끄덕였지만 이미 회사 앞에서부터 잔뜩 긴장한 게 눈에 다 보였다.

달칵—.

비서가 열어준 문으로 이수가 오연희보다 먼저 들어갔다. 기선 제압을 해야 했으니까. 단단히 마음먹고 새로 왔다는 M 엔터테인먼트 사장을 처음 본 그녀의 눈이 커지며 목소리까지 높아졌다.

"이강한 씨!"

믿을 수 없게도 얼마 전 같이 개고생했던 그 사람이 M 엔터테인먼트 사장실에 앉아 있었다. 그제야 조각들이 퍼즐처럼 맞추어졌다. 태준은 최경호보다 더 나쁜 놈이 M 엔터테인먼트를 차지하면 안 된다고 그녀에게 돈을 빌려 일본으로 갔고, 일본에서 태준이 데려온 사람이 이강한이었다. 그 이강한이 지금 M 엔터테인먼트의 새로운 사장이었다. 이수는 강한에게 달려가 그의 몸을 위아래로 살피며 물었다.

"괜찮아요? 괜찮을 리가 없는데."

질문이 이상했기에 강한은 짧게 웃었다. 사실 오늘도 오연희와의 계약 때문에 무리해서 회사에 나온 것이기는 했다. 강한의 시선이 아직도 문가에서 긴장한 눈빛을 하고 서 있는 오연희에게로 향했다.

"오연희 씨?"

그제야 이수는 자신이 오연희의 부탁을 받고 여기까지 온 걸 깨닫고 서둘러 다시 오연희에게 돌아가 그녀를 안심시켰다.

"괜찮아요. 좋은 사람이에요."

위험을 같이 겪었다고 잘 알지도 못하는 사람을 좋은 사람이라고 말하는 건 섣부른 일일 수도 있었다. 하지만 이강한은 자신의 목숨이 위험한 상황에서도 박만수한테서 끝까지 그녀를 지켜주려고 했었다. 그리고 이동하는 차 안에서는 그녀가 겁먹지 않게 일부러 농담 같은 말까지 했었다. 그런 사람을 악당이라고 생각하는 게 이수는 오히려 더 말이 안 되는 것 같았다.

"진짜요?"

오연희가 불안한 눈으로 그녀를 보자 이수는 고개를 끄덕였다. 그제야 오연희는 사장실 안으로 걸어 들어와 강한이 손으로 가리킨 소파에 조심스럽게 앉았다.

"그런데 두 사람은 어떻게 아는 사이인지?"

오연희는 자신이 의지할 사람을 제대로 고른 게 맞나 싶은 눈으로 그녀를 보았다.

"기차 여행에서 우연히 만났는데 말을 엄청 재밌게 하시더라고요."

'우리가 언제?'라는 눈빛으로 이강한이 그녀를 보자 이수는 눈빛으로 신호를 보냈다. 여기서 흑룡파 이야기가 나오면 오연희는 또 겁을 먹고 말 거다. 겨우 용기를 내서 여기까지 왔는데 그냥 돌아가게 되면 오연희는 평생 용기를 낼 기회를 얻지 못할지도 몰랐다.

"내가 보기에는 좀 늙었지만 은근히 젊은 사람들이랑 잘 통하는 편이라."

다행히 이강한은 눈치가 빨라서 그녀의 말을 바로 받아주었다. 그제야 오연희는 좀 안심을 했는지 굳었던 입매가 풀어졌다.

"그럼 계약서 내용 보겠습니까? 오연희 씨."

이강한의 말에 오연희는 짧게 고개를 끄덕였다. 그 뒤로 오연희의 계약은 일사천리로 진행되었다. 계약서에 다시 사인한 오연희는 만감이 교차하는 눈으로 계약서를 바라보았다. 그런 오연희에게 이강한은 담백하게 말했다.

"앞으로 좋은 연기로 인정받기를 바랍니다."

오연희는 꼭 그러겠다는 의지가 담긴 눈빛으로 고개를 끄덕였다.

"생각도 못했는데 다시 만나서 반가웠어요."

만남은 짧았다. 서로 사담을 길게 나눌 사이도 아니긴 했다. 그래도 그녀 역시 건강해진 모습으로 다시 보게 되어 반가웠기에 강한이 내민 손을 마주 잡았다. 악수했던 손을 놓으며 이수는 어렵게 물었다.

"마태준 대표는 잘 지내고 있나요?"

이름 한 번 말했을 뿐인데 마음이 울컥했다. 이젠 그의 이름도 금지 어가 되어야 하나 보다.

"글쎄요. 그건 본인에게 직접 물어봐야 알 거 같네요. 도통 속내를 안 보여주어서."

그냥 빈말이라도 잘 지낸다고 해주지. 괜히 물었다 싶었다.

"전 제주지검으로 발령 나서 제주도로 내려가요."

그녀가 바다 건너 섬으로 떠난다는 말에 강한은 씁쓸한 눈빛을 지었다. 그의 눈에는 청춘들의 방황이 한없이 안쓰러워 보였다.

"잘 가요."

이수는 짧지만 아주 깊은 마음이 담긴 강한의 인사를 받고 사장실을 나왔다. 오연희와 함께 긴 복도를 걸어 엘리베이터로 향하는데 '땡' 소리 와 함께 엘리베이터 문이 열렸다. 순간 그녀의 걸음이 우뚝 멈추었다. 엘리베이터 문 뒤에서 나타난 사람은 태준이었다.

방금 강한에게 태준에 관해 물었기에 눈앞에 나타난 태준이 꼭 거 짓말 같았다. 고개를 들던 태준의 눈에도 그녀가 닿자 그의 움직임이 멈추었다. 앞으로 다시 보지 못할 줄 알았는데 다시 마주한 그의 검은 눈빛에 그녀의 심장이 반응했다.

쿵쿵.

마치 심장이 온몸을 채우듯이, 그녀의 입이 아무 말도 못 하니 심장 이 대신 말하듯이 힘차게 뛰어댔다.

"검사님?"

그녀가 움직이지 않자 오연희가 이상하게 여기며 그녀를 불렀다. 하 지만 이수는 태준에게서 눈을 떼지 못했다. 그녀처럼 정지해 있던 태준이 먼저 움직였다. 엘리베이터를 나온 태준이 그녀가 있는 곳을 향해 걸어왔다.

뚜벅뚜벅―.

그가 신은 구두가 대리석 바닥을 때릴 때마다 꼭 그녀의 심장을 때리는 것 같았다. 미쳤나 보다. 그렇게 이 사람은 잘못된 인연이라고 부르짖었으면서 그녀의 심장이 그를 향해 뛰고 있었다. 아무리 애를 써봐도 막을 수가 없었다. 그가 가까워져 올수록 그녀의 심장은 가슴을 뚫고 나갈 것처럼 세차게 뛰어댔다.

아무래도 그를…….

그녀가 자신의 마음을 제대로 깨달은 순간, 태준은 그녀에게 눈길한 번 제대로 안 주고 그대로 그녀를 지나쳐 걸어가버렸다. 마치 그녀를 모르는 사람처럼, 낯선 타인같이.

태준이 그녀를 외면하고 스쳐 지나갈 때 그녀의 눈동자는 떨림까지 얼어붙었다. 미칠 듯이 뛰어대던 심장 박동 소리도 뚝 멈추었다. 끝도 없이 위로 치솟던 마음은 단번에 땅을 뚫고 아래로 곤두박질쳤다. 당장 그를 붙잡고 왜 사람을 모른 척하느냐고 따져야 하는데 몸이 움직이지 않았다. 목소리를 잃어버린 듯 말도 나오지 않았다.

뚜벅뚜벅―.

그녀를 뒤로한 채 태준의 발걸음은 태연하게 멀어져갔다.

"검사님, 괜찮으세요?"

그녀의 표정이 급격히 창백해지는 걸 보고 오연희는 그녀가 혹시 어디 아픈 건가 싶어서 그녀의 팔을 붙잡고 흔들었다. 이수는 두 눈을 질끈 감았다. 그렇게 이 충격을 외면하는 것 말고는 지금 그녀가 할 수 있는 게 아무것도 없었다.

태준이 왔다는 말에 강한은 서둘러 사무실에서 나왔다. 방금 이수가 나가서 중간에 분명 마주쳤을 것 같아 걱정했는데 태준은 비서실 문 앞에 우뚝 서 있었다. 비서들이 오히려 안절부절못하며 미동도 없는 태준의 눈치를 보고 있었다.

강한은 태준에게 다가가 그의 팔을 붙잡았다. 그제야 무표정하던 태준의 눈썹이 살짝 찌푸려지더니 천천히 고개를 돌려 그를 보았다. 태준은 강한이 누구인지 기억해내듯이 몇 번 눈을 깜빡였다.

"괜찮니?"

태준의 얼굴에 균열이 생기며 탁한 목소리가 흘러나왔다.

"왜 은 검사가 여기 있는 겁니까?"

"오연희 씨 재계약하는데 같이 왔어."

"오연희?"

더 자세히 말하면 험한 말까지 나와야 하기에 강한은 태준을 데리고 집무실로 들어갔다. 아직 몸이 성치 않은 강한이 회사로 갔다기에 걱정이 되어 온 것이었는데 오히려 강한이 태준을 신경 써야 할 상황이 되어버렸다.

사무실로 들어와서 오연희가 누구인지 간략하게 설명한 강한은 태준이 너무 조용해서 그의 얼굴을 살폈다. 아무래도 그의 이야기를 안 듣고 있는 것 같았다. 강한은 태준의 관심을 끌 수 있는 이야기를 꺼냈다.

"은 검사 제주지검으로 발령 나서 제주도로 내려간다더구나."

태준의 눈동자가 커지며 그제야 강한을 똑바로 보았다.

"제주도요?"

태준 역시 이수처럼 제주도를 생각하면 자연스럽게 그녀와 함께 갔던 결혼식, 올레길, 그리고 바다가 떠올랐다.

그 제주도로 그녀가 간다. 바다 건너 멀리.

이번에 제주도는 그들의 추억이 아니라, 그들의 이별이었다.

짐을 싸느라 집 안은 어수선했다. 엄마의 명령으로 그녀의 집에 짐 싸는 걸 도와주러 온 아버지 길상은 마치 자신이 제주도에 내려가는 것처럼 꿈에 부풀어 있었다.

"요즘은 제주도 전원주택이 그렇게 유행이래. 서울은 집값이 비싸서 정원은 꿈도 못 꾸잖아. 네가 구한 집에 정원 있는 거지? 제주도니까 당연히 창밖으로 바다도 보이고. 사람이 가끔은 그런 곳에서 살아줘야 건강한 건데 말이야. 서울은 그냥 숨만 쉬는 것도 건강에 해로워."

한창 떠들던 아버지는 그녀가 아무런 대꾸도 없자 짐 싸는 걸 멈추고 그녀가 있는 곳으로 왔다. 이수는 일렬로 세워놓은 케이크 앞에 쭈그려 앉아 있었다. 길상은 그녀의 옆에 같이 쭈그려 앉아 그녀가 보고 있는 케이크를 보며 물었다.

"이건 장식품이냐? 먹는 거냐?"

이걸 제주도에 가져가느냐, 버리느냐를 고민 중이었던 이수는 음울한 목소리로 대답했다.

"내 미련."

태준이 그녀를 무시하고 지나간 걸 떠올리면 당장 집어 던져버리고 싶은데 미련 때문에 쉽게 그러지도 못하고 있었다. 길상은 케이크를 잡았다가 너무 딱딱한 걸 깨닫고 바로 손을 뗐다.

"에이, 못 먹는 거네. 버려."

길상은 못 먹는 케이크에 관심을 끄고 다시 짐을 싸러 돌아갔다.

"내가 짐 열심히 싸주니까 제주도 가면 나 낚싯대 제일 좋은 걸로 꼭 사줘야 해."

목표가 있는 아버지는 열심히 짐을 싸고, 그녀는 케이크에서 벗어나지 못하고 헤매고 있었다.

시간이 지날수록 태준이 그녀를 모른 척하고 그냥 지나가버린 것에 대해 점점 화가 나기 시작했다. 그녀가 그에게 그렇게 무시당할 정도로 잘못한 건 아니잖은가. 아는 척하면 그녀가 달라붙기라도 할 줄 알고 그런 거라면 웃기지 말라고 하고 싶다. 그녀가 얼마나 도도한데!

"너 자냐?"

그녀가 무릎 사이에 얼굴을 묻고 있는 걸 보고 길상이 물었다. 이수는 그 자세에서 고개만 가로저었다. 지금 고개를 들면 얼굴이 정말 못생겨져 있을 것 같았다.

쏴아아아아─ 쏴아아아아─.

어둠이 내린 바다에서는 파도 소리가 더 크게 들렸다. 태준은 바람이 거센 제주 바다를 꿋꿋하게 걸어갔다. 다시 찾은 바다는 더 쓸쓸해져 있었다. 무언가를 바라고 갑자기 온 건 아니었다. 그냥 이 차가운 바람을 다시 맞고 싶었다. 그럼 정신이 번쩍 날 것도 같아서. 그래서 태준은 일부러 바람을 피하지 않고 오히려 바람을 거스르며 앞으로 걸어갔다.

Rrrrrrrr─ Rrrrrrrr─.

전화벨 소리가 그의 고독을 방해했다. 핸드폰 전원을 끄기 위해 전화를 꺼냈던 태준은 전화 건 사람이 도훈인 것을 알고 걸음을 멈추고 통화 버튼을 눌렀다.

"네, 마태준입니다."

[박만수가 이강한 납치와 살인미수를 다 인정했습니다.]

도훈의 말에 태준의 눈이 빠르게 좁아졌다. 스스로 죄를 인정하는 건 전혀 박만수답지 않은 행동이었으니까.

"검찰과 거래라도 한 겁니까?"

[아뇨. 그런 건 전혀 없었습니다. 단지 마정옥이 면회를 왔었다는군요. 박만수의 태도는 그 뒤에 갑자기 바뀌었습니다.]

마정옥이 여전히 포기하지 않고 무언가를 꾸미고 있다는 것에 태준은 피곤한 표정을 지었다. 이젠 마정옥과 싸우고 싶은 마음도 없었다.

[박만수가 자백해서 얻는 게 있습니까?]

도훈 역시 그걸 알아낼 수가 없어서 태준에게 전화한 것이었다. 태준은 바로 대답하지 못하고 검은 바다를 굳은 시선으로 응시하였다. 박만수가 자백을 했다면 그가 굳이 아버지와 거래를 할 필요가 없었다. 마정옥이 그를 도와주기 위해 박만수를 설득했다고 볼 수도 없었다. 그는 평생 마정옥의 서늘한 시선만 받았으니까. 그런데 만약 그게 그가 아니라 아버지 때문이었다면?

"어쩌면 고모님과 아버지 사이에 제가 모르는 원한이 있을지도 모르겠네요."

[마정옥과 마광호 사이에 말입니까?]

"네, 알아봐주실 수 있습니까?"

[알겠습니다. 그럼 박만수가 꼼수 부리는 걸로 생각할 필요는 없는 건가요?]

"네. 그런 거 같습니다."

도훈과 할 말은 다 한 거 같아서 태준은 그만 전화를 끊으려고 했는데 도훈이 말을 이었다.

[그리고 은이수, 제주도 내려갑니다.]

쏴아아아아아아―.

태준은 찌푸린 눈으로 제주 바다를 바라보았다.

[앞으로 만나기 힘들 겁니다.]

도훈이 그리 말하지 않아도 그가 먼저 그녀를 끊어냈다. 그래서 회사에서 우연히 마주쳤을 때도 일부러 모른 척했다. 그러니 이제 제발 도훈의 입에서 그녀의 이름을 듣고 싶지 않았다.

[그리고 은이수한테 정식으로 만나자고 말했습니다.]

꾹, 태준의 손이 주먹을 세게 쥐었다. 순식간에 심장으로 피가 몰리며 가슴이 고통스러울 정도로 답답해졌다. 태준은 치밀어 오르는 감정을 억지로 내리누르며 차분하게 물었다.

"그걸 왜 저한테 말하는 겁니까?"

[말해야 할 거 같았습니다. 앞으로도 계속 마태준 씨한테 연락하려면.]

태준은 괴롭게 두 눈을 감았다. 도훈과도 이수처럼 끝내버릴 수 있다면 편할 텐데 그럴 수 없다는 게 그를 너무 힘들게 했다. 어쩌면 진짜 악연은 이수보다 도훈인지도 모르겠다. 전화를 끊은 태준의 몸에 더 거세진 바람이 와서 부딪혔다. 바람은 칼날이 되어 무방비하게 드러난 그의 여린 마음을 할퀴고 지나갔다. 항상 무표정으로 무장했던 그의 표정이 일그러지며 무너졌다.

그녀를 만나고, 느꼈던 그 낯설고 따뜻했던 심장의 설렘만큼 지금 그의 마음은 타는 듯 고통스러웠다. 차라리 만나지 말았으면 좋았을 걸. 그럼 적어도 그가 이렇게 아무도 없는 섬에서 고작 바닷바람에 나약하게 휘청거릴 일은 없었을 거다.

왜 그는 자신의 입으로 로미오라고 말했으면서도 그녀를 피하지 못했을까. 미련하게 자신도 행복해질 수 있다고 착각한 건가. 도대체 얼마나 운명에 희롱당해야 이 잔인한 장난이 끝이 날까.

그가 졌다. 무조건 인정할 테니 제발 그만하길⋯⋯. 여기서 끝낼 수 있기를⋯⋯.

그의 기도는 고요 속에서 들끓었다. 하지만 들어주는 이는 없고, 바닷바람만 자꾸 그를 무자비하게 할퀴고 지나갔다.

섬에서 그는 정말 섬이 되어버렸다.

이수가 제주도에 내려올 때는 아버지와 함께였다. 집을 보고 실망하는 아버지의 표정을 보고 이수는 씨익 웃으며 설명했다.

"제주도가 생각보다 집값이 비싸더라고요. 그래도 아파트예요."

정원이 있고 바다가 보이는 전원주택을 꿈꾸며 비행기를 타고 온 길상은 우울한 목소리로 말했다.

"아파트는 서울에 더 많아."

"그래도 집에서 창문 열면 바다 보여요."

바다가 보인다는 말에 길상의 표정이 살짝 펴졌다. 이수는 이어서 길상이 기분 좋을 말을 했다.

"짐만 놓고 낚싯대 사러 가요."

그 말에 길상은 기분이 완전히 좋아져서 그녀보다 앞서 아파트 안으로 들어갔다. 필요한 짐만 택배로 보내서 이사는 간단했다. 이전에 살던 사람이 침대와 냉장고를 놔두고 가서 요긴하게 쓸 수 있을 것 같았다. 아는 사람 하나 없는 낯선 섬이었지만 그래도 검사로서 검찰청에서 하는 일은 똑같을 것이기에 겁낼 필요는 없다고 생각했다.

"올림픽 출신이라면서?"

새로운 상사와 처음 대면한 순간 그녀를 보고 한 말에 이수는 간담이 서늘했다. 왜냐하면 서울에서는 그 말로 그녀의 왕따 생활이 시작된 거나 마찬가지였으니까.

"그렇습니다만."

이수는 잔뜩 긴장해서 대답했다. 윗머리가 거의 벗겨진 부장 검사는 갑자기 크게 웃었다.

"이야! 대단하네. 남자도 힘들 일을 어떻게 했어? 따로 챙겨 먹는 건강식 있는 거지? 뭐 먹었어?"

부장 검사는 건강식 중독자였다. 무난하게 신고식을 마치고 검사실로 간 이수는 앞으로 같이 일할 계장과도 인사를 나누었다. 나이 지긋한 최 계장과 달리 30대의 젊은 계장이 깐깐한 얼굴로 그녀에게 인사했다.

"제주도라고 한가할 거라고 생각하지는 마십시오."

그렇게 생각한 적 없기에 이수는 진지한 표정으로 고개를 끄덕였다.

실무관에게도 인사했다. 아직 대학생처럼 앳된 외모의 실무관은 수줍게 웃으며 그녀와 악수했다.

"저는 제주도 토박이니까 모르는 거 있으면 물으셔도 돼요."

"어, 그래요? 그런데 사투리 안 쓰네요?"

"집에서는 엄청 써요."

이수는 계장을 돌아보았다.

"그럼 이 계장님도 제주도 출신?"

"아닙니다."

이 계장은 냉정하게 잘라내고는 자신의 자리로 돌아가버렸다. 어째 이번에는 계장이 까다로운 것 같았다. 역시 완벽한 곳은 이 세상에 없나 보다. 그래도 이 정도면 나쁘지 않다고 이수는 긍정적으로 생각하며 대신 미안한 표정을 짓는 실무관에게 씨익 웃어 보였다.

"그럼 일 시작해볼까요."

새로운 곳에 왔으니 새로운 마음으로 새롭게 시작하는 거다.

병실 문이 열리며 일본 사무라이를 닮은 인상의 남자가 들어섰다. 마광호의 수행 비서인 홍 실장이었다. 홍 실장은 병실에 들어서자마자 마광호가 보지도 않는데 몸을 깊게 숙여 인사하고는 마광호가 누워 있는 병실 침대로 걸어갔다. 마광호는 발소리만 듣고도 누구인지 알아채고 눈을 감은 채 입을 열었다.

"태준이는 제대로 준비하고 있어?"

오늘은 드디어 임원회에 태준이 그 대신 나가는 날이었다.

"네, 곧 호텔에서 나올 거라는 보고를 들었습니다."

"다른 놈한테 맡기지 말고 네가 직접 가서 임원회 끝날 때까지 태준이 옆에 딱 붙어 있어. 언제 마음 바뀔지 모르니까."

박만수가 이강한 납치 살인미수에 대해 자백한 것을 보고받았다. 박만수를 미끼로 태준과 거래를 한 것이기에 마광호는 마음을 놓을 수가 없었다.

"임원회 반응은 어때?"

"네, 다들 긍정적입니다."

그 정도면 충분했다. 마광호가 지금 태준에게 원하는 건 얼굴마담 정도였다. 그가 여전히 굳건하다는 걸 사람들에게 확인시켜줄 수 있는.

"중요한 일에 대한 보고는 계속 나한테 해. 태준이한테는 굳이 할 필요 없어."

태준은 그의 피를 유일하게 이어받은 아들이지만 마광호는 태준을 믿지 않았다. 그가 세상에서 믿는 사람은 그 자신 빼고 아무도 없었다. 홍 실장은 마광호의 그런 점을 잘 알기에 순순히 마광호의 지시를 받아들였다.

태준은 마지막 수의를 입듯이 아주 느릿하게 드레스 셔츠의 단추를 채웠다. 제주도 바다에 모든 걸 버리고 온 듯 그는 다시 고요해져 있었다. 몸은 이곳에 있지만 정신은 지구 어딘가를 부유하고 있는 것만 같았다.

하지만 부유하던 그의 정신은 벽에 걸려 있는 부케를 보고 다시 몸으로 돌아와 그의 눈빛을 흔들리게 했다.

그도 결혼할 수 있다면서 부케를 주었던 그녀는 오히려 그에게 남아 있던 일상의 평정마저 빼앗고 멀리 떠나버렸다.

태준은 부케 앞으로 걸어갔다. 버릴 생각으로 부케에 손을 뻗었던 태준의 움직임은 꽃잎에 닿지 못하고 멈추었다. 제주도 바다에 다 버리고 왔다고 생각했는데 아직도 무언가 남아 있었나 보다. 그는 고작 말라비틀어진 꽃 앞에서 나약하게 머뭇거리는 자신이 너무 싫었다.

똑똑—.

노크 소리가 들리고, 이어서 김상철의 목소리가 그를 재촉했다.

"시간 다 되어갑니다."

태준은 몸을 돌려 넥타이를 집어 들었다. 박만수가 자백했다는 걸 알고 난 뒤에도 이 일을 계속하겠다고 한 건 이렇게라도 해서 그녀를 완벽하게 포기하고 싶어서였다.

태준은 빈틈없이 넥타이를 맨 뒤 거울 속 자신의 모습을 확인했다. 그가 마지막으로 기억하게 될 마태준의 모습이었다. 오늘 이후 그가 기억하는, 지키고 싶었던 마태준은 더 이상 없을 테니까. 그 마태준과 함께 그녀에게 주었던 마음도 같이 사라져 버릴 거다. 흔적도 없이 깨끗하게. 태준은 몸을 돌려 문으로 걸어갔다.

뚜벅뚜벅—.

그의 걸음은 그녀에게 걸어갈 때처럼 흔들림 없이 앞으로 향했다.

달칵—.

문을 열자 김상철이 불안한 눈으로 그를 바라보았다.

"진짜 갈 거야?"

형으로서 물은 건데 태준은 대답 없이 방에서 나와 복도를 걸어갔다. 태준이 마음을 바꾸지 않은 걸 알고 김상철은 짧게 혀를 차고는 태준의 뒤를 따라갔다.

차 앞에 서 있는 홍 실장을 보고 태준의 걸음이 잠시 멈추었다. 홍 실장은 아버지의 명령에만 움직이는 사람이었다. 그런 사람이 그의 앞에 고개를 숙여 인사해도 전혀 믿음이 안 갔다. 분명 그를 감시하기 위해 아버지가 보낸 거다. 그걸 다 알면서도 태준은 토를 달지 않고 차에 올라탔다.

김상철은 홍 실장의 등장이 달갑지 않았지만 마광호가 보낸 사람을 함부로 대할 수는 없어서 홍 실장에게 조수석을 양보하고 경호원들과 함께 차에 탔다.

차는 서울을 뒤로하고 흑룡파 임원회가 열리는 인천으로 향했다.

인천은 마광호의 고향이었다. 마광호는 흑룡파를 장악하자마자 모든 걸 자신 위주로 바꾸어버렸다. 안 그래도 지독히 이기적인 독재자였는데 더 신격화되어 버렸다. 이제 흑룡파는 마광호라는 교주를 둔 종교 단체가 되어버렸고, 태준은 제물인 셈이었다. 그래서 멈추어선 차의 문이 열렸을 때 꼭 불타오르는 지옥문이 열린 것 같은 착각이 들어서 몸이 굳어버린 태준은 바로 내리지 못했다.

"내리십시오."

홍 실장이 명령하듯이 그에게 말했다. 태준이 날카로운 시선으로 쳐다보자 홍 실장이 고개를 숙였다. 여기서 홍 실장과 힘겨루기를 해보았자 득 될 게 없었기에 태준은 순순히 차에서 내려섰다.

입구까지 빈틈없이 빼곡하게 서 있던 조직원들이 새로운 군주를 맞이하듯이 그를 향해 일제히 고개를 숙였다. 그에 대한 환대에 태준의 눈빛은 오히려 일그러졌다. 정말 자신이 돌이킬 수 없는 길로 들어섰다는 걸 몸으로 처음 체감하는 순간이었다. 그래서 쉽게 발걸음이 떨어지지 않았다. 그는 아직 자유로워지고 싶다는 꿈을 간직하고 있는 마태준이었으니까. 하지만 꿈은 더 큰 고통으로 돌아올 수 있다는 걸 알아버렸기에 이제는 그의 현실보다 이루어질 수 없는 꿈이 더 두려웠다.

그의 오른쪽에는 홍 실장이 버티고 섰다. 그리고 그의 왼쪽에는 서둘러 다가온 김상철이 섰다. 홍 실장은 감시의 눈으로, 그리고 김상철은 걱정스러운 눈으로 그를 쳐다보았다. 누구도 섣불리 그를 재촉하지 못했다. 그는 이곳에서 마광호 대신이나 마찬가지였으니까. 아무도 그에게 명령할 수 없었다.

뚜벅―.

태준은 무겁게 한 발을 떼었다. 그의 숨이 비명을 지르듯이 날카롭게 목을 베이는 것 같았다. 그래도 태준은 계속 걸어갔다.

뚜벅, 뚜벅―.

더 이상 미련이 남은 것도 없었다. 이루고 싶은 꿈도 없었다. 그러니 차라리 괴물이 되더라도 힘을 가지리라. 그래서 그 누구도 감히 그를 상처 입히지 못하게 하겠다. 그들이 그를 공격하면 그도 똑같이 해줄 거다. 아니, 몇 배로 더 잔인하게 복수해주어서 두 번 다시 그럴 엄두도 못 내게 해주겠다.

걸어갈수록 그의 다짐은 점점 아버지를 닮아갔다. 역시 피는 속일 수가 없나 보다. 평생을 씻어내버리려고 했는데 결국 실패였다.

―난 대표님이 마광호랑 다르다는 거 믿어요.

우뚝, 태준의 걸음이 무언가에 걸린 듯 멈추어 서자 뒤따르던 홍 실장과 김상철도 멈추어 서며 그를 살폈다.

"늦었습니다."

더 이상 시간을 지체할 수 없었던 홍 실장은 태준이 다른 마음을 먹었을까 봐 결국 재촉했다. 김상철은 그런 홍 실장을 짧게 노려보고는 태준에게 조용히 속삭였다.

"잘 생각해. 저 문 들어서면 진짜 끝이야."

─그러니까 내 믿음 깨지 마요.

태준의 목울대가 크게 출렁였다. 이제 그녀는 없었다. 우연하게라도 마주칠 수 없는 바다 건너 섬으로 떠나버렸다. 마치 그에게서 완벽하게 도망치듯이.

─은이수한테 정식으로 만나자고 말했습니다.

그리고 이제 그녀는 최도훈 검사와 행복하게 살 것이다. 그녀가 그렇게 원하던 대로. 태준은 다시 앞으로 한 발 내디뎠다. 그러나 그의 걸음은 천근만근 무거웠다. 심장이 그의 발을 짓밟듯이 뛰어댔다. 정말 이대로 널 버릴 거냐고 그를 비난하고 야단쳤다.

그녀에게 하고 싶었던 말은 정작 제대로 하지도 못하고 끝냈다. 겁쟁이처럼 그녀가 거절할 게 두려워서 그녀의 앞에서는 아무렇지 않은 척만 했다. 정말 하고 싶은 말이 있었는데. 아마도 그녀가 아니면 평생 해보지 못할 말일 거 같은데. 꾹, 태준은 두 눈을 깊게 감았다. 그의 마음이 다시 치열해졌다. 그만하라는 분노와 그 말만은 하고 싶다는 미련이 서로 부딪히며 피를 토해냈다. 홍 실장이 움직이지 않는 태준을 또 재촉하려고 하자 김상철이 막았다.

"조직원들이 보고 있습니다."

그 누구도 홍 실장에게 지시받는 태준을 마광호 대신이라고 여기지 않을 것이다. 홍 실장은 못마땅한 표정을 지었지만 입을 다물 수밖에 없었다. 그때 산처럼 버티고 서 있던 태준이 갑자기 몸을 돌렸다. 그리고 어렵게 왔던 길을 다시 돌아가려고 하자 홍 실장은 서둘러 태준의 팔을 붙잡았다.

"이대로 가면 회장님이 노하실 겁니다."

태준은 거칠게 홍 실장의 팔을 뿌리치고는 성큼성큼 차가 있는 곳으로 걸어갔다. 홍 실장이 조직원들을 시켜 태준을 붙잡으려고 하자 이번엔 김상철이 홍 실장을 붙잡았다.

"힘으로 태준이를 붙잡을 생각이라면 여기서 유혈 사태가 일어날 겁니다."

홍 실장은 매섭게 김상철을 노려보았다.

"이렇게 임원회를 망칠 수는 없어."

"회장님이 제게 내린 첫 번째 임무는 마태준을 지키는 일입니다. 회장님이 공격하는 거라고 해도 막으라고 지시를 내리셨습니다."

김상철의 말이 허언이 아님을 깨달은 홍 실장은 떠나는 태준을 바라볼 수밖에 없었다. 임원들이 모두 모여 있는 자리를 이 이상 망칠 수는 없었다. 조직원들은 마광호 대신 임원회에 왔던 태준이 그냥 돌아가는 걸 보고 웅성거렸지만 아무도 섣불리 나서서 떠나는 그를 붙잡지 못했다. 지시하는 장군이 없는 군대는 그저 군중일 뿐이었다.

그렇게 혼돈에 빠진 군중 사이를 뚫고 태준은 거침없이 앞으로 걸어갔다. 그녀에게 마지막으로 꼭 하고 싶은 말이 있었다. 그가 마태준으로서 마지막으로 하고 싶은 말이었다.

문을 뚫고 들려오는 아버지의 코골이 소리에 알람보다 일찍 눈을 뜬 이수는 창문으로 걸어가 커튼을 열어젖혔다. 햇빛이 쏟아져 들어오며 저 멀리 제주 바다가 보였다.

제주도에 와서 가장 좋은 건 아침에 깨어났을 때 창문만 열면 제주 바다를 보며 상쾌한 공기를 마실 수 있다는 것이었다. 굳이 풍경 좋은 카페에 가서 돈 쓰며 커피를 마실 필요가 없었다.

"오늘은 파도가 높네."

어부라면 배 띄울 걱정을 하겠지만 그녀는 검찰청으로 출근하니까 높은 파도도 그저 예뻐 보이기만 했다. 이렇게 아름다운 섬에서도 서울과 똑같이 범죄가 일어나고, 그 범죄자를 잡을 그녀 같은 검사가 필요하다는 건 슬프다면 슬픈 일이었다.

늦잠 자는 아버지가 먹을 아침을 차려놓고 그녀는 바로 출근했다. 검찰청 근처에 집을 구했어야 했는데 바다가 보이는 아파트로 구하다 보니 검찰청까지 차 타고 가는 거리는 서울에서 출근할 때와 비슷했다. 제주도가 생각보다 굉장히 넓다는 걸 살아보니 느낄 수 있었다.

"좋은 아침입니다."

졸린 눈으로 차에서 내리던 대머리 부장 검사가 그녀의 우렁찬 인사에 화들짝 놀라 돌아보았다.

"아침부터 무슨 좋은 걸 먹었기에 그렇게 기운이 넘쳐?"

부장 검사는 무조건 그녀와 건강식을 연관시켰다. 안 먹어도 뭔가 먹는다고 뼁이라도 쳐야 하는 거 아닌가 싶었다.

사무실에는 이 계장이 먼저 출근해 있었다. 그는 깐깐한 성격만큼 엄청 부지런했다.

"일찍 왔네요."

그녀의 인사에 이 계장은 시선만 그녀에게 잠깐 주었다가 다시 자기 일을 했다. 도대체 아직 근무 시간도 아닌데 무슨 일을 그리 열심히 하나 싶어 슬금슬금 옆으로 다가갔더니 이 계장이 알아채고 휙 고개를 돌려 그녀를 보았다.

"뭐 하는 겁니까?"

"뭐 하나 궁금해서."

"그럼 그냥 물어보십시오. 훔쳐보지 말고."

"말을 원래 그리 정 없게 하세요?"

"네, 원래 이렇게 말합니다."

이 인간도 친구가 없겠다고 생각하며 이수는 자신의 자리로 돌아갔다. 그녀가 막 자리에 앉았을 때 사무실 문이 열리며 제주도 토박이라는 고 실무관이 반갑게 인사하며 들어섰다.

"좋은 아침입니다."

그녀도 웃으며 인사했다.

"좋은 아침. 아직 시간 있는데 커피 한잔할래요?"

"네! 너무 좋아요."

고 실무관이 커피 마시자는 그녀의 말에 마냥 좋아했다. 참 귀여운 나이였다.

"이 계장님도 커피 드실래요?"

예의상 물어봤더니 역시나 이 계장은 딱 잘라 말했다.

"전 커피 안 마십니다."

네, 놀랍지도 않네요.

"그럼 차로 사다드릴게요. 무슨 차 드세요?"

이 계장은 참 끈질기다는 눈으로 그녀를 쳐다보았다. 그녀도 대답을 듣고야 말겠다는 오기로 이 계장을 쳐다보았다.

"그럼 홍차로 마시겠습니다."

이 계장이 대답하자 고 실무관은 놀랍다는 눈으로 쳐다보았다. 다들 이 계장의 무뚝뚝한 성격에 먼저 포기하기 일쑤였으니까. 그녀도 그랬다. 이 계장과 오래 일했지만 여전히 어려웠다.

"은 검사님은 사교성이 정말 좋으신 거 같아요."

"내가?"

검찰청 왕따가 바다를 건너자 사교성 좋은 여자로 거듭났다.

"네, 이 계장님이랑도 금방 친해지셨잖아요."

언제 친해졌지? 하지만 고 실무관이 실망하지 않게 그냥 무뚝뚝한 이 계장과 친한 척하기로 했다. 그게 뭐 어렵나.

"전 섬에서만 살아서 그런지 부끄럼이 너무 많거든요."

고 실무관은 서울에 대한 환상이 있는 것 같았다. 자신이 섬을 벗어나 서울만 가면 멋쟁이 아가씨로 변할 것 같은가 보다. 그런 환상을 아직도 품고 있다는 게 귀여웠다.

"난 제주도가 더 좋은데."

"정말요? 서울보다?"

이곳에 오고 난 뒤 서울에서 느꼈던 혼란이 조금은 잦아든 거 같았다. 아직도 태준을 생각하면 마음이 어지러웠지만 이곳에서는 만날 수 없다는 걸 알기 때문인지 마음의 파도는 곧 잠잠해졌다.

도훈에게는 서울에 가면 말할 생각이었다. 미안하지만 안 되겠다고. 도훈을 좋아했던 마음은 과거가 되었다는 걸 그녀는 이제 담담히 받아들일 수 있게 되었다.

그녀는 분명 태준에게 흔들려버렸다. 그래서 마음이 길을 잃고 헤매느라 그렇게 혼란스러웠던 거다. 하지만 그 마음을 알았다고 해서 태준을 만나러 가지도 않을 기고, 태준에게 이 마음에 대해 말하지도 않을 거다. 태준 때문에 흔들렸던 마음도 결국 시간이 흐르면 과거가 될 거다. 그게 이 섬에서 그녀가 할 일이었다. 태준에게 가버린 마음을 과거로 만드는 거.

"그래도 서울 남자가 더 멋있지 않아요?"

멋진 남자와 연애하고 싶다는 마음을 고스란히 드러내는 고 실무관을 보며 이수는 씨익 웃었다.

"내가 한 명 소개해줄까?"

"진짜요? 저 정말 서울 남자랑 연애해보고 싶어요. 소원이에요."

그렇게 간절하다고 하니 꼭 멋진 서울 남자를 한 명 섭외해야겠다. 그런데 누가 있지? 류헌은 무시무시한 부모님 때문에 아무래도 소개해주고도 욕먹을 거 같고, 그리고 또……. 그녀는 자신이 서울에서 알고 지냈던 남자들을 한 명 한 명 떠올리다 깊은 한숨을 내쉬었다. 그녀 코가 석 자였다. 남의 연애를 책임질 처지가 아니었다.

힘든 이사를 도와준다는 명목으로 그녀를 따라 제주도에 내려왔던 아버지가 서울로 다시 돌아오지 않자 어머니가 날마다 그녀에게 전화를 했다.

[그 나이에 어부 될 것도 아니면서 무슨 낚시를 매일 해.]

엄마는 낚시하느라 서울 못 간다는 아버지의 말에 단단히 화가 난 상태였다. 그녀가 너무 좋은 낚싯대를 사드린 게 화근이 되었나 보다.

"재미있으신가 보지. 물고기도 제법 잘 잡으셔요."

사소한 문제가 있다면 아버지가 생선 요리를 별로 안 좋아한다는 거다. 잡기만 하고 드시지 않아서 냉장고에는 자꾸 얼린 생선만 늘어났다. 아버지 식성을 제일 잘 아는 엄마는 안 봐도 알겠다는 듯 역정을 냈다.

[쓸데없는 짓 그만하고 당장 오라 그래.]

어차피 아버지가 서울에 있어도 가게 일은 잘 안 도와줄 텐데 엄마는 그래도 아버지가 가까이 있는 게 좋은 것 같았다. 이런 게 바로 부부 금실인가 보다.

"내가 말하면 안 들으실 텐데 엄마가 직접 말하지."

[그 양반이 내 전화를 안 받잖니.]

엄마가 무슨 말 할지 알고 일부러 전화를 피하나 보다. 하여튼 수가 얕다. 그러다 나중에 더 혼날 걸 뻔히 아실 텐데.

"나도 주말에는 서울 가야 하니까 그때 같이 올라갈게요."

[꼭 데려와.]

"걱정하지 마세요. 꼭 같이 갈게요."

[제주도에서 일하는 건 괜찮아?]

엄마는 아버지 이야기를 한참 한 뒤에야 그녀의 제주도 생활 안부를 물었다.

"네. 좋아요."

[그럼 다행이고.]

엄마는 아직도 그녀가 검찰청에서 무슨 큰일이 생겨서 제주도로 옮긴 거라고 걱정하는 것 같았다. 사실은 그것보다 더 큰 문제는 그녀가 아주 위험한 남자를 좋아하게 돼버린 일이었지만 그건 아마도 엄마한테 끝까지 말하지 못할 것 같았다. 세상 그 누구에게도 말하지 못하고 그녀 혼자 앓다가 끝이 날 거다. 그리 생각하니 참 가여운 마음이었다. 그저 좋아한 것뿐인데 감옥에 갇힌 듯 꽁꽁 묶여서 마음 깊숙한 곳에서 나오지 못하니. 아마도 이 마음이 죽은 뒤에는 아주 오래도록 누군가를 좋아하는 일을 못 할 것 같았다.

지금은 혼자가 편하다. 이 고요한 평화를 당분간은 누릴 생각이었다. 누구 때문에 마음 아픈 건 이제 그만하고 싶었다.

🌸

제주도라고 검사 일이 한가한 건 절대 아니었다. 인구수보다 검사 수가 적어서 오히려 그녀가 맡게 되는 사건이 서울에서보다 더 다양해지고 인종까지 넘나들었다.

"중국인 범죄가 잦긴 잦네요."

"입국할 때 신원 조사를 제대로 안 해서 중국에서 범죄 저지르고 여기로 도망 오는 중국인들도 많아요."

한국인들에게는 쉬고 싶어 찾아오는 아름다운 섬이 다른 나라 범죄자들에게는 도피처라는 게 참 찝찝했다. 어렵게 시간 내서 여행 온 여행객들이 즐겁게 지내다 돌아갈 수 있게 진짜 열심히 일해야 할 것 같았다.

검사의 사명감을 가지고 일하다 보면 하루는 금방 갔다. 시간이 모자라 야근까지 하게 되는 검사의 일상은 제주도에서도 쭉 이어졌다.

"오늘 집안에 제사라 먼저 퇴근해보겠습니다."

고 실무관이 집안일 때문에 일찍 퇴근하고 이 계장과 둘만 남게 되자 이수는 이 계장에게 말했다.

"이 계장님도 그만 들어가보세요."

"전 검사님보다 먼저 퇴근한 적 없습니다."

"그런 걸로 내기하세요?"

이 계장은 무슨 헛소리를 하느냐는 듯 그녀를 쳐다보았다.

"제 일을 게을리하지 않는다는 겁니다."

"저보다 먼저 퇴근한다고 이 계장님 게으르다고 생각하지 않아요."

그래도 이 계장은 그녀가 퇴근할 때까지 남아 있었다. 하지만 퇴근할 때가 되자 그녀보다 먼저 일어나서는 혼자 쌩하니 가버렸다. 이수는 가방을 챙기며 고개를 절레절레 저었다. 그래도 나쁜 사람은 아닌 것 같았다. 밖으로 나오니 밤공기가 쌀쌀했다. 벌써 겨울인 듯했다. 이 추운 겨울이 지나면 따뜻한 봄이 온다는 게 지금 이 순간은 참 믿기 힘든 사실이었다. 이수는 검찰청 계단 앞에서 잠시 멈추어 서서 고개를 들어 밤하늘을 올려다보았다. 제주도라도 도심이라서인지 게스트하우스에서 보았던 별보다 선명하지 않았다.

"으, 추워."

바람이 불어서 그 별조차 오래 볼 수가 없었다. 역시 제주는 바람이 많이 불었다. 서울처럼 베일 듯한 찬 공기가 아니라 몸으로 부딪혀오는 바람이 더 추웠다. 이수는 조금이라도 따뜻하려고 두 팔로 몸을 꽁꽁 감싸고 계단을 뛰어 내려가려다가 아래에서 올라오는 사람의 실루엣을 보고 우뚝 멈추어 섰다. 이 늦은 시간에 사람이 있다는 것도 신기한데 그 사람이 그녀가 아는 누군가를 생각나게 해서 그녀의 동공이 커졌다. 절대 그럴 리가 없는데 말이다.

이곳은 검찰청이었다. 전 세계에서 유일하게 그 남자를 볼 수 없는 장소였다. 그런데 지금 계단을 올라오는, 키가 한라산만큼 크고 어깨가 태평양처럼 벌어진 남자는 분명 그녀가 기억하는 태준의 얼굴을 하고 있었다.

"말도 안 돼."

이수는 그 자리에 못 박힌 듯 서서 믿을 수 없다는 듯 중얼거렸다. 아니다. 절대 그럴 수가 없었다. 계단을 올라오는 남자를 두 눈으로 똑똑히 보고 있으면서도 그녀는 분명 자신이 잘못 본 거라 생각했다. 여기는 제주도였다. 그리고 검찰청이다. 그런데 어떻게 태준이 이곳에 있을 수 있단 말인가. 그건 불가능한 일이었다. 있을 수 없는 일이었다.

뚜벅뚜벅―.

그와 그녀 사이에 남아 있는 계단이 좁혀질수록 남자는 점점 자신의 존재를 확실히 했고, 그녀의 심장도 그 존재에 반응하듯 쿵쿵 뛰어댔다.

이수는 자신이 꿈을 꾸고 있는 건가 싶었다. 일하다가 잠깐 잠이 들어서 지금 꿈속에 있는 거다. 그렇지 않고서야 이게 어떻게 가능한 일이란 말인가. 그런데 태준은 그녀가 불가능하다고 생각한 일을 거침없이 깨트리며 한 계단 한 계단 점점 그녀와의 거리를 좁히며 다가왔다. 신기루처럼 사라지지도 않고 멈추지도 않았다. 그녀가 있는 곳까지 다 올라온 태준은 계단 하나를 남겨두고 멈추어 섰다. 바로 눈앞에 있는 태준의 얼굴을 이수는 홀린 듯 보았다.

"진짜 마태준 맞아요?"

태준은 바로 대답하지 않고 말없이 그녀의 얼굴을 쳐다보았다. 그역시 이곳은 그가 오면 안 되는 곳이라고 생각했었다. 그가 검찰청 땅을 밟는 순간 세상이 무너지는 줄 알았다. 그런데 아니었다. 그가 검찰청 문을 통과해서 이 계단을 다 올라와 그녀의 앞에 섰는데도 세상은 멀쩡했으며 시간은 여전히 제대로 흘러가고 있었다.

그저 용기가 필요했을 뿐이었다. 세상을 구할 엄청난 용기도 아니었다. 저 문을 통과할 아주 작은 용기면 충분했다. 그럼 이곳까지 언제든지 올 수 있었는데 그녀가 있는 이곳에 오늘에서야 겨우 온 것이다.

태준은 오는 길에 사 온 장미 한 송이를 그녀에게 내밀었다. 이수의 시선이 그의 얼굴에서 그가 내민 빨간 장미꽃으로 향했다. 꽃은 그녀가 그에게 주기만 했지 그에게 받는 건 처음이었다. 도대체 무슨 의미로 여기까지 찾아와 그녀에게 꽃 한 송이를 내미는 것인지 알 수가 없어서 이수는 혼란스러운 눈으로 태준의 시선을 마주했다.

"왜 나한테 꽃을 줘요?"

태준은 장미꽃을 더 위로 들어 올리며 무거운 입술을 떼었다. 마지막으로 이 말까지는 하고 싶었다. 이루어질 수 없다고 하더라도, 결국 물거품이 될 말이라도, 한 번은 그녀에게 하고 싶었다.

태준은 제주의 바람을 뚫고 그녀에게 말했다.

"나랑 결혼해줄 수 있습니까?"

그의 청혼에 이수의 두 눈이 얼어붙었다. 설마 그녀가 그에게 부케를 주며 할 수 있다고 한 결혼이 장미꽃과 함께 그녀에게 돌아올 줄은 몰랐다. 결혼이라니. 그것도 이 남자와?

그가 검찰청까지 찾아온 것만큼이나 정말 비현실적인 일이었다. 그래서 그녀가 아무 말도 못 해도 태준은 그녀에게 대답을 강요하지 않았다. 그녀의 눈빛만 보아도 그녀의 대답이 이미 정해져 있음을 알 수 있었다. 그녀가 그의 마음을 받아줄 거라 기대를 하고 온 것은 아니었던 태준은 그녀의 손을 잡아 그 위에 장미꽃을 올려주었다. 이런 상황에서도 그의 입가에 짧게 미소가 그려졌다. 꽃은 받는 것보다 주는 게 더 좋아서.

그녀의 손에 장미꽃을 쥐어주자마자 태준은 몸을 돌렸다. 결국 그에게 금기시되었던 검찰청까지 와서 그가 하고 싶은 말을 했지만 마음이 후련하기만 한 건 아니었다. 그녀로 인한 고통이 더 생생해지며 그의 살갗을 뚫고 나오려고 했다. 그래도 이젠 미련은 없었다. 오늘 이후 그녀를 찾아오는 일은 두 번 다시 없을 거다.

태준이 그대로 가버리려고 하자 이수는 그제야 소리쳤다.

"가지 마요!"

계단을 내려가려던 걸음이 멈추며 태준은 천천히 고개를 돌려 그녀를 다시 보았다. 이수는 그가 손에 쥐여준 장미꽃을 손에 든 채 몸을 부들부들 떨고 있었다.

"무책임하게 결혼하자는 말만 던지고 그냥 가지 말라고요."

그를 질책하는 듯한 이수의 말에 태준의 표정이 굳었다.

"그럼 난 말도 하면 안 되는 겁니까?"

그녀를 납치해 강제로 결혼한 것도 아니었다. 그저 결혼해줄 수 있느냐고 물어봤을 뿐인데 그것조차 안 된다고 하면 그에게 너무 가혹한 거였다.

"네, 안 돼요! 내가 흔들리잖아요! 왜 자꾸 날 흔들어봐요! 결국 그렇게 책임도 안 지고 가버릴 거면서!"

이수는 화를 냈지만, 그는 그녀가 화내는 이유를 정확히 알 수가 없었다. 그녀가 흔들린다는 말이 무슨 뜻인지.

"설마 최도훈 검사 때문에 지금 화……."

"이 바보야!"

바보라니. 그게 그의 청혼에 대한 그녀의 대답이란 말인가. 이젠 그도 진심으로 그녀에게 화내고 싶어졌다. 하지만 그가 화내는 것보다 먼저 그녀의 발이 계단을 차며 그가 있는 곳으로 뛰어 내려왔다.

그의 시야에 밤하늘에 휘날리는 탐스러운 그녀의 긴 머리카락이 가득 채워졌을 때, 뻗어온 그녀의 두 팔이 그의 목을 있는 힘껏 끌어안았다. 그녀의 무게가 그에게 실리며 그의 큰 몸까지 잠시 휘청했다.

태준은 그녀와 함께 계단을 구르지 않기 위해 두 발에 단단히 힘을 주었다. 그의 목에 휘감긴 그녀의 팔과 그의 뺨에 닿은 그녀의 머리카락과 겹쳐오는 그녀의 몸이 그를 뜨겁게 어지럽혔다. 이게 도대체 어떻게 된 상황인가 싶었다. 검찰청에 나타난 그를 보고 그녀가 혼란스러웠던 만큼 지금은 그가 혼란스러웠다.

그녀의 목소리가 그를 휘감았다.

"당신보다 내가 더 바보네. 로미오라고 말한 남자를 좋아하게 되다니."

결국 말해버렸다. 제주도에 이 마음을 묻어버리고 아무도 모르게 하려고 했는데. 검찰청 계단을 올라오는 그를 보는 순간, 그녀는 더 이상 이 마음을 부정할 수가 없었다. 그녀의 고백에 그의 검은 눈동자에 파동이 일며 차갑게 굳어 있던 표정이 깨졌다.

"진심입니까?"

갑자기 제주도에 나타나 다짜고짜 결혼하자고 말한 남자가 할 말은 아니었다. 그래서 이수는 대답 대신 그의 목을 더 꽉 끌어안았다. 그녀의 두 팔로 처음 힘껏 안아보는 그의 몸이 너무 차가워서 이수는 울컥했다. 도대체 밖에서 얼마나 오랜 시간 그녀를 기다린 것인가 싶었다.

"정말 날 좋아합니까?"

그는 꿈을 꾸는 것만 같았다. 그녀는 절대 그에게 마음을 열어주지 않을 거라 생각했었다. 그녀의 옆에는 이미 그녀가 좋아할 수 있는 모든 조건을 갖춘 최도훈이란 남자가 있었으니까. 그에 비해 태준은 모든 게 그녀와 어울리지 않았으니까. 그래서 자신만 마음을 접으면 모든 게 괜찮아질 거라고 생각했었다.

"그래서 너무너무 힘드니까 책임져요."

하지만 그녀도 그와 똑같았다. 그가 흔들릴 때 그녀도 흔들렸고, 그가 혼자 괴로워할 때 그녀도 혼자만의 공간에서 자신의 마음과 싸워야 했다.

그걸 알게 되자 태준은 아버지도, 세상의 편견도 더 이상 두렵지 않았다. 그를 공격하기만 하는 세상에 무릎 꿇고 그녀의 앞에서도 완전히 사라지려고 했는데 지금 그는 무엇이든 할 수 있을 것만 같았다.

태준의 손이 천천히 올라와 그녀의 허리에 닿았다. 그리고 나머지 손도 따라 올라와 두 손이 억세게 그녀의 작은 몸을 끌어안았다. 하나로 엉킨 두 몸을 제주의 칼바람이 할퀴고 지나갔지만 혼자서 그 바람을 맞을 때처럼 차갑고 아프진 않았다.

그들의 앞에는 여전히 냉정한 현실이 버티고 있었지만 지금 이 순간만큼은 두 팔로 끌어안은 서로의 뜨거운 체온만이 전부였다.

단지 사랑하는 사이

휘몰아쳐간 감정 뒤에 먼저 이성을 찾은 건 태준이었다. 그곳이 검찰청이라는 걸 깨닫고 태준은 서둘러 이수를 떼어냈다. 그녀가 깜짝 놀라서 쳐다보자 태준은 그녀의 손을 잡고 계단을 내려갔다. 이수는 그의 손에 끌려가다 장미꽃잎이 흔들리는 걸 보고 가슴 높이까지 들어올렸다. 한 송이뿐이라 더 위태로워 보였다.

그녀가 장미꽃에만 신경 쓰고 있을 때 태준이 그녀에게 손을 내밀며 말했다.

"차 키 주십시오."

어서 차를 타고 검찰청을 벗어나야 했다. 그녀만 만나고 바로 떠날 생각이었는데 그러지 못했으니까.

"제 차는 왜요? 아직 할부 많이 남았어요."

그녀가 오히려 그를 불신하며 차 키가 들어 있는 가방을 등 뒤로 빼려고 하자 그의 손이 더 빠르게 그녀의 가방을 잡아 열었다. 이수는 기겁하며 뒤로 몸을 빼려고 했지만 가방이 그의 손에 잡혀서 움직일 수가 없었다. 차 키를 찾으려고 했던 태준은 그녀의 가방 안에 들어 있는 낯익은 물건을 보고 멈칫했다. 태준은 차 키 대신 그 물건을 꺼냈다.

"이 팔찌 제가 사준 거 아닙니까?"

머리끈을 아직도 팔찌라고 착각하는 태준을 보고 이수는 입술을 꾹 깨물며 웃음을 참았다. 그를 붙잡은 것을 후회하지는 않았다. 그 순간에는 그것 말고는 아무것도 할 수 없었으니까.

앞으로 무슨 일이 생길지 미리 걱정하고 싶지 않았다. 지금은 그를 좋아하는 이 마음을 감당하는 것만으로도 벅찼다. 그리고 할부가 많이 남은 그녀의 차도 엄청 소중했기에 운전대는 그녀가 잡았다.

"그런데 어디로 가요?"

"집이 어딥니까?"

태준의 물음에 이수는 움찔했다.

"우리 집에 아버지 있어요."

그녀의 집에 묵겠다는 게 아니라 어디인지 궁금한 거였다.

"저도 지금은 돈 있습니다."

제주에서 그녀에게 또 신세 질 일 없으니 걱정하지 말라는 뜻이었다.

"그래요? 얼마나 있는데요?"

"많이 있습니다."

제주도 비행기 표를 끊기 전에 현금을 많이 뽑았다. '제주도 갈 때는 현금이 필수!'라는 걸 한 번의 경험으로 뼈저리게 느꼈으니까.

"많으면 호텔 아무 곳이나 잘 수 있어요?"

"네."

태준이 그렇다고 하자 이수는 '이것 봐라.' 하는 표정을 지었다. 전에 제주도에 왔을 때는 거지였는데 부자가 되어 귀환한 것이다.

"그렇게 돈이 많으면서 장미꽃은 왜 달랑 한 송이만 사 온 거예요?"

생각도 못 한 그녀의 지적에 태준은 움찔했다.

"나한테 쓰는 돈이 아까워요?"

그건 모함이었다.

"검사님이 꽃을 좋아할 줄 몰랐습니다."

"엄청 좋아해요. 돈만 많았어도 매일 샀어."

태준은 차창 쪽으로 시선을 돌렸다. 혹시라도 문 연 꽃집이 있나 찾아보았지만 모든 가게가 닫혀 있었다. 유일하게 불이 켜진 곳이 편의점이었는데 편의점에서 꽃을 팔 것 같지는 않았다.

"그리고 앞으로 나한테 '검사님'이라고 부르지 마요."

태준은 다시 고개를 돌려 운전하는 이수를 보았다. 그녀는 한껏 낮아진 톤으로 중얼거렸다.

"자꾸 그렇게 부르면 언젠가 검사 대 피의자로 만날 거 같으니까."

처음엔 거리감이 있어서 그리 부른 거였고 부르다 보니 그게 익숙해져버렸다. 사실 '검사님'이라는 호칭이야말로 그와 그녀의 사이를 가로막는 벽과 같은 것이기도 했다.

"그럼 뭐라고 부릅니까?"

"그냥 내 이름 불러요. 부르라고 있는 게 이름이잖아요."

알고 있었지만 한 번도 안 불러봐서인지 입에 붙지 않았다.

"나도 똑같이 이름 부를게요. '태준아' 하고."

그녀의 부름이 너무 서슴없어서 태준의 표정이 굳었다. 그를 그렇게 불렀던 사람은 김상철뿐이었다. 그녀한테서 김상철을 느끼고 싶은 마음은 한 톨도 없었다.

"제 나이가 더 많습니다."

태준은 나이를 커밍아웃하며 '태준아'를 차단했다.

"이참에 우리 서로 말 까면 되겠네요."

자신이 손해 볼 건 없었기에 그녀는 적극적으로 권했다.

"아니요. 서로 예의는 지켜야죠."

"그럼 왜 장미는 한 송이만 사왔어요?"

차라리 꽃은 사지 않는 게 나을 뻔했다. 부케가 떠올라 장미 한 송이를 샀는데 왠지 영원히 고통받는 장미 한 송이가 될 것 같았다.

그녀가 사는 아파트에 도착하자 차는 멈추었다. 태준은 차에서 내려서 아파트 건물을 올려다보았다.

"몇 층입니까?"

"제일 높은 층이요. 바다가 보고 싶어서."

집에 아버지가 있기에 태준에게 들어왔다 가라고 할 수는 없었다. 아니, 아버지가 없었어도 그녀의 집에 쉽게 초대할 수는 없었을 것이다.

"전 내일 아침 첫 비행기로 서울 갑니다."

그런데 태준이 먼저 서울로 돌아간다고 그녀에게 말했다. 이수는 놀란 눈으로 그를 올려다보았다. 첫 비행기라면 이제 몇 시간 남지 않았다. 정말 힘겹게 만났는데 이게 현실인지 제대로 느껴보기도 전에 그는 가려고 했다.

"왜 그렇게 빨리 가요? 호텔 때문에요?"

그가 중요한 자리를 망치고 내려온 거라 지금 서울은 난리가 났을 거다. 그의 아버지가 그냥 넘어갈 리가 없었다. 그래서 가능한 한 빨리 올라가 상황 정리를 해야 했다. 안 그럼 괜한 곳으로 불똥이 튈 거였다.

"다음에 또 내려오겠습니다."

사실 제주도로 오는 비행기를 탈 때만 해도 이 말을 하게 될 줄은 몰랐다. 다음을 생각하지 않았기에 그렇게 무모할 수 있었던 것이기도 했다. 그런데 또 그녀를 볼 수 있다고 생각하니 다시 조심스러워졌다. 그래서 그녀의 이름은 입 밖으로 나오지 못하고 목에서만 맴돌았다.

그가 만나자마자 간다고 하니 이수는 섭섭함이 목까지 차올랐다. 그렇지만 가지 말라고 붙잡을 수도 없었기에 이수는 그의 눈치를 보며 물었다.

"언제 오는데요?"

태준은 대답 대신 손을 뻗어 그녀의 손을 잡았다. 긴 손가락이 첫눈을 밟듯이 조심조심 하얀 피부를 쓸어내렸다. 그 조심스러운 접촉에 이수는 부끄러워져서 눈을 내리깔았다.

태준은 선뜻 손을 떼지 못했다. 그녀한테서 손을 떼면 꼭 꿈에서 깨어날 듯 불안해서. 꿈같은 현실이었다. 어떻게 그녀가 그의 앞에 있을까. 어떻게 이리 그가 그녀를 만져볼 수 있을까. 모든 게 너무 비현실적인데 손끝에 닿은 그녀가 진짜라는 게 그의 마음을 벅차게 하였다.

"오기 전에 꼭 전화하겠습니다."

그녀의 긴 속눈썹이 짧게 떨리다 위로 올라오며 젖은 눈동자가 그를 향했다. 그녀의 시선이 그의 심장을 꽉 움켜잡았다. 그의 아버지는 그를 무릎 꿇리기 위해 세상의 모든 여자를 그의 앞에 끌고 왔었다. 그 중에는 그녀보다 더 아름다운 여자도 있었고, 그녀보다 더 관능적인 여자도 있었으며, 그녀보다 더 우아한 여자도 있었다. 하지만 그의 심장을 뛰게 하고 그가 살아 있음을 느끼게 해준 여자는 아버지가 데려온 여자가 아닌, 스스로 그의 앞에 나타난 그녀뿐이었다.

"그땐 꼭 장미 꽃다발로 사오겠습니다."

그의 약속에 그녀는 그제야 하얀 치아를 드러내며 웃었다. 그녀의 순수한 미소를 보자, 그는 더더욱 잡아버린 그녀의 손을 놓고 싶지 않았다.

❀

아침에 눈을 뜬 이수는 한참을 멍하니 앉아만 있었다. 어젯밤 태준을 만난 게 꼭 꿈만 같았다. 검찰청에 나타난 태준도, 그를 그녀의 두 팔로 안았던 일도, 다시 온다는 태준의 약속도 모두 꿈에서 일어난 일처럼 느껴질 정도로 너무 놀라웠다. 그게 모두 현실이라는 걸 증명해 주는 건 책상에 놓여 있는 붉은 장미 한 송이뿐이었다.

이수는 천천히 일어나 장미꽃을 향해 걸어갔다. 하지만 가까이 가서도 만지지는 못하고 바라만 보았다. 지난밤의 일을 후회하느냐고 묻는다면 아니라고 확실히 대답할 자신은 없었지만 태준이 또 그렇게 나타나면 그녀는 똑같이 그를 붙잡을 것 같았다.

때론 그녀의 의지보다 그녀의 마음이 더 강하다는 걸 느껴버렸다. 그녀가 아무리 불굴의 의지라고 자신했어도 누군가에게 끌리는 마음조차 그녀의 의지로 막을 수는 없었다.

태준을 향한 이 마음이 어디까지 흘러갈지 그녀도 알 수가 없었다. 지금은 그저 이 흐름에 몸을 맡길 수밖에 없었다. 그 끝이 낭떠러지든 바다든 그녀 혼자는 아닐 것이기에 두려움은 크지 않았다.

알람이 울리며 그녀에게 일하러 갈 시간이라는 걸 알려주었다. 이수는 팔을 위로 쭉 뻗어 기지개를 켜며 기운차게 말했다.

"출근하자."

그날은 뜻밖에도 박지원 검사한테서 먼저 전화가 걸려왔다. 안 그래도 박진웅의 구속이 어찌 되는지 알고 싶어서 전화하려고 했던 이수는 반갑게 전화를 받았다.

"먼저 전화 주셔서 고마워요."

[고마워하지 마. 안 좋은 일로 전화한 거니까.]

'안 좋은 일'이라는 말에 그녀의 얼굴이 굳었다.

"설마 박진웅 잡는 게 힘든 거예요?"

그 정도 증거물로도 못 잡으면 도대체 뭘 더 어찌해야 하는 건가 싶었다.

[그게 아니라, 체포 영장 들고 경찰이 잡으러 갔는데…….]

그 말은 진범의 방향이 박진웅으로 완전히 바뀌었다는 뜻이었다. 그건 좋은 소식이었는데 왜 안 좋은 일이라고 말한 건가 싶었다.

[박진웅, 도주했어.]

"네?"

[고등학생이라 경찰들이 방심했나 봐. 경찰까지 다치게 하고 튀었어. 그놈 정말 보통내기가 아냐.]

그녀도 박진웅이 도주까지 할 줄은 몰랐기에 벌어진 입을 다물지 못했다.

"그럼 지금 박진웅 어디 있는지 모르는 거예요?"

[그래. 여기서 찾고는 있는데 너도 알고는 있어야 할 거 같아서.]

이수는 손으로 이마를 짚었다. 노승우가 왜 박진웅을 그렇게 두려워했는지 그녀도 처음으로 느낄 수 있었다.

[박진웅이 너한테 보복하러 갈 수도 있어. 경찰한테 신변 보호 요청해둘래?]

"아뇨. 그렇게까지 할 필요는 없어요."

순간 태준의 얼굴이 떠올라 그녀의 입에서 거부의 말이 먼저 튀어나왔다. 그녀의 주위에 경찰이 있으면 박진웅뿐 아니라 태준도 못 오게 막는 거였다.

"제주도 오려면 신분증 검사 해야 하잖아요. 박진웅이 그걸 뚫고 여기까지 오기는 힘들 거예요."

서울이라면 그녀를 쉽게 찾아올 수 있겠지만 그녀는 지금 바다를 건너야 하는 제주도에 있었다. 그게 그녀의 방패가 되어주었다.

[그래, 그렇긴 하지. 그래도 혹시 모르니까 몸조심해.]

"네, 박진웅 잡게 되면 꼭 연락해주세요."

[그래, 제일 먼저 알려줄게.]

전화를 끊은 그녀가 심각한 표정으로 앉아 있자, 고 실무관이 조심스럽게 물었다.

"무슨 일 생겼어요, 검사님?"

이수는 퍼뜩 정신을 차리며 아니라고 고개를 저었다.

"아뇨. 그냥 일 이야기였어요."

별일 아니라는 투로 말하는데 이 계장과 눈이 마주쳤다. 드물게 뭔가 할 말이 있는 듯한 표정이었는데 그녀와 눈이 마주치자마자 바로 시선을 돌려서 컴퓨터 모니터를 봤다. 아무래도 이 계장은 태준보다 더 친해지기 힘든 스타일 같았다.

와장창―.

마광호가 던진 물컵이 날아와 태준의 바로 옆에 있는 벽에 맞아 산산조각이 났다. 파편 한 조각이 튀어 태준의 뺨에 가늘고 붉은 상처를 내었지만 태준은 표정 변화 하나 없이 서 있었다.

"네가 감히 내 얼굴에 먹칠을 해!"

태준은 아버지에게 먹칠 당할 명예가 있다고 생각하진 않았지만 입을 다물고 있었다. 여기서 뭐라고 말해보았자 마광호의 분노만 더 키울 뿐이었으니까.

사실 뒷일은 생각하지 않고 제주도로 향한 것이었다. 제주도로 내려갈 때만 해도 아버지가 그를 어떻게 괴롭히든 상관없다고 생각했었다. 그랬는데 다시 그녀를 만나러 가겠다고 이수와 약속해버렸다. 그는 그 약속을 지켜야만 했다. 그래서 서울로 돌아오자마자 아버지 병실에 제 발로 찾아온 거였다. 다른 사람은 모두 마광호를 두려워했지만 그는 아버지가 두렵지 않았다. 아버지도 그걸 잘 알고 있었기에 더 치밀한 방법으로 그를 괴롭혔다.

"그 호텔이 다시 망하게 되면 그건 다 너 때문인 줄 알아."

마광호의 협박에 태준의 눈매가 찌푸려졌다. 그가 돌아가신 어머니 때문에 호텔을 사들였다는 걸 다 알면서 어떻게 그런 말을 그리 아무렇지 않게 할 수 있나 싶었다.

결국 마광호에게 중요한 건 그 자신뿐이었다. 그는 자신의 권력과 힘을 지키기 위해서는 가족도 서슴없이 짓밟을 수 있었다.

"아버지야말로 마음을 곱게 쓰세요. 안 그럼 결국 신도 아버지를 버릴 겁니다."

그의 경고에 마광호는 가소롭다는 표정을 짓다 버럭 소리쳤다.

"여기선 내가 신이야! 그런데 네가 감히 내 명령을 거역해!"

아마도 아버지는 죽는 그 순간까지도 삶을 돌아보며 반성하지 못할 듯했다. 악으로 가득 차서 병이 든 것인지, 그 악 때문에 아직도 죽지 않고 버티고 있는 것인지 알 수가 없었다.

아버지를 바꿀 수 없다면 그가 버티는 수밖에 없었다. 호적상 고모 부인 박만수는 그의 손으로 검찰에 넘겼지만 병든 아버지는 차마 그럴 수 없었으니까.

✿

주말에는 서울에 가야 했는데 정작 진짜 서울에 가야 하는 아버지가 안 가겠다고 버텼다.

"나 혼자 이 집에 있을 테니까 너만 갔다 와."

"어머니가 빨리 오라고 했다니까. 오늘 안 가면 아버지 진짜 쫓겨날지도 몰라요."

"아니야. 우리 미숙 씨는 그렇게 독하지 않아."

아버지는 자기가 불리해지면 꼭 엄마를 이름으로 불렀다.

"그러지 말고, 가요. 그리고 다음에 엄마랑 같이 오면 되잖아요."

"네 엄마가 가게 문 닫고 여기 올 리가 있겠어."

"그러니까 아버지가 설득해서 모시고 와요."

비행기 타고 서울 가는 시간보다 안 가겠다는 아버지를 설득하는 시간이 더 걸렸다. 서울에서 태어나 계속 자라서인지 비행기에서 내려 서울 땅을 밟으니 고향에 돌아온 기분이었다.

"그래도 집에 가니까 기분 좋지 않아요?"

"아니, 난 제주도가 더 좋다."

아버지의 말에 이수는 피식 웃어버렸다. 아버지가 그녀의 직장이 있는 곳을 더 좋아해주니 그리 나쁜 건 아닌 것 같았다. 어머니는 그녀와 같이 집에 온 아버지를 보자마자 타박했다.

"나랏일 하는 애 방해는 하지 말아야지. 뭐 하겠다고 그리 오래 있어요!"

"오래 있기는. 당신이 기다릴까 봐 일부러 일찍 온 건데."

"기다리긴 내가 뭘 기다려요!"

"당신 좋아하는 생선 많이 잡아왔어. 이거 내가 다 잡은 거야."

"내가 언제 생선 좋아했다고."

"당신 비싸서 잘 안 먹었잖아. 이건 내가 잡은 거니까 마음껏 먹어도 돼."

얼핏 보면 잔소리하며 휘어잡는 사람은 엄마인 것 같지만 두 사람이 싸우는 걸 보면 오히려 엄마를 잘 다루는 사람은 아버지였다. 역시 전혀 다른 두 사람이 부부가 되어 백년해로하는 데는 그만한 이유가 있는 듯했다.

이수는 집에 잠시 들렀다가 바로 나와 서울북부지검으로 향했다. 류헌에게 미리 확인해 보니 도훈은 박만수의 재판을 준비하느라 계속 검찰청에 있다고 했다. 검찰청 안에 들어갔다가 아는 사람과 마주치는 건 거북했기에 검찰청 앞에서 도훈에게 전화를 걸었다.

[뭐? 지금 검찰청 앞이라고?]

그녀가 서울에 있다는 말에 놀란 도훈의 목소리가 높아졌다.

"네, 밥 드셨어요?"

[넌 지금 밥 타령할 때야. 잠깐 기다려. 금방 나갈 테니까.]

뚝ㅡ.

도훈이 먼저 전화를 끊어버렸다. 이수는 짧게 한숨을 내쉬고는 그의 명령대로 그 자리에 꼼짝 않고 서서 도훈이 나오길 기다렸다. 도훈에게 해야 할 말을 생각하니 마음이 편하지는 않았다. 그래도 피할 수는 없는 사람이니 확실히 말하는 게 좋을 것 같았다.

"은이수."

자신을 부르는 도훈의 목소리에 이수의 어깨가 가늘게 떨렸다. 하지만 고개를 들어 앞을 보았을 때는 웃고 있었다. 도훈은 그녀가 좋아했던 그 모습 그대로 그녀에게 걸어오고 있었다.

그는 변한 게 아무것도 없었다. 지금도 여전히 존경하고 닮고 싶은 정의로운 검사였다. 변한 건 그녀의 마음이었다.

"잘 지내셨어요?"

"너 간 지 얼마 지나지도 않았어."

안부 묻는 그녀를 도훈이 오히려 타박했다. 이수는 두 손을 맞잡았다. 그에게 해야 할 말의 무게가 그녀의 입술을 묵직하게 눌렀다. 하지만 말해야만 했다. 말하기 힘들다고 피하면 그게 오히려 그에 대한 예의가 아닌 듯했다.

"저 아무래도 힘들 거 같아요."

도훈이 말없이 쳐다만 보자 이수는 더 힘들어져서 고개가 아래로 내려갔다.

"죄송해요. 제가 먼저 좋다고 해놓고 지금은 힘들다고 해서."

"그래서 평생 내 얼굴 보기 싫다고?"

이수는 놀라서 고개를 들어 손을 내저었다.

"아뇨, 그런 게 아니라……."

"그럼 됐어."

됐다고? 이렇게 쉽게?

혹시 그는 심각하게 한 말이 아니었는데 그녀만 혼자 심각하게 받아

들어 오버한 건가 싶었다.

"저는 최 검사님이 정식으로 만나자고 말씀하셔서 저한테 사귀자고 하신 줄 알고."

"맞아. 그런데 네가 부담되면 내가 기다릴게."

"네? 기다린다고요?"

됐다는 게 그 뜻이었어?

"그래, 서두른다고 될 일이 아닌 거 같으니까."

"하지만 최 검사님이 기다려도 전 못 갈 거예요."

그는 사랑에 목매는 성격이 아니었다. 그래서 이수의 거절에 죽을 만큼 아픈 건 아니었다. 그래도 그녀를 이대로 놓을 수 없는 건 그가 포기하면 그녀가 정말 잘못된 길로 가버릴 것 같았으니까.

"넌 날 좋아하던 마음도 바뀌었어. 그러니 지금 마음도 너무 확신하지 마."

어쩌면 도훈의 말이 전부 맞을지도 몰랐다. 도훈은 이 순간에도 지극히 이성적이었고, 그녀는 감정에 취해 있었으니까.

하지만 나중에 변할 마음이라고 해도 지금은 이 마음이 전부였다. 그러니 이 마음이 활활 불타서 재가 될 때까지 그녀는 자신의 마음이 이끄는 대로 가볼 수밖에 없었다.

❋

호텔을 향한 마광호의 협박은 그냥 말로 끝나지 않았다. 갑자기 아무 이유도 없이 호텔과 거래하던 식재료 공급처 쪽에서 거래 취소가 이어졌다.

"호텔이 매각될 때에도 거래를 계속해왔던 거래처들인데 갑자기 왜 어렵다고 하는 건지 이유를 알 수가 없습니다."

태준만이 그 이유를 알 수 있었기에 그는 굳은 표정으로 보고를 듣기만 했다.

"제일 시급한 게 뭡니까?"

그날은 아버지가 던져준 문제를 해결하느라 온종일 정신이 없었다. 그래서 휴대폰이 울렸을 때 그냥 무시하려고 했는데, 그의 시선이 무언가에 이끌리듯 휴대폰 액정을 보았다.

휴대폰 화면에 뜬 번호를 본 그의 눈이 커졌다. 이수였다. 왠지 그녀가 그를 좋아한다고 했던 걸 실수였다고 말하려 전화했을까 봐 태준은 바로 전화를 받을 수 없었다. 태준은 한참 만에야 전화를 받았다.

"여보세요."

[지금 얼마나 바빠요?]

긴장하고 전화를 받았는데 뒤통수를 맞은 것 같은 난데없는 질문이었다.

"네?"

[안 바빠요?]

"바쁩니다."

그는 거짓말은 못 했다.

[알았어요.]

뚝―.

전화는 그대로 끊겨버렸다. 이수의 목소리는 더는 들려오지 않았다.

설마 장난 전화였어? 우리가 그런 걸 해도 되는 사이였나?

황당함에 잠시 휴대폰을 바라보며 가만히 서 있던 태준은 갑자기 의자에서 벌떡 일어나 사무실 문으로 향했다. 그가 집무실 문을 열고 나오자 비서들이 서둘러 일어났다.

"어디 가십니까, 대표님?"

수행 비서가 황급히 그의 뒤를 쫓았지만 태준이 너무 빨라서 중간에 놓치고 말았다. 엘리베이터 앞에서 대표를 놓친 비서는 황망한 눈으로 아래로 내려가는 엘리베이터 숫자를 바라보아야만 했다. 비서로서 정말 수치스러운 순간이었다.

호텔 밖까지 나온 태준은 계속 앞으로 걸어가며 거리를 지나가는 군중들을 둘러보았다. 그녀가 아무 이유 없이 그에게 그런 전화를 걸었을 것 같지는 않았다. 제주도에서 그가 궁금해서 전화를 걸었다면 그런 식으로 끊었을 리 없었다.

우뚝, 그의 걸음이 멈추었다. 횡단보도를 건너는 사람 중 그의 눈에 박혀 오는 여자의 뒷모습이 있었다.

흔들리는 긴 머리카락, 반듯한 걸음걸이, 동그란 어깨.

얼굴을 보지 않았지만 그는 이수라는 걸 느낄 수 있었다.

"검……."

평소처럼 '검사님'이라 부르려던 그의 목소리가 멈추었다.

―그냥 내 이름 불러요.

하지만 한 번도 제대로 불러보지 못한 그녀의 이름이 입에서 쉽게 나오지 않아 그가 잠시 망설이는 사이, 그녀는 벌써 횡단보도를 다 건넜다. 신호등도 경고하듯이 빨간불로 바뀌었다. 태준은 그녀를 이대로 놓칠 수 없었기에 앞으로 한 발 내디디며 그녀를 불렀다.

"이수."

그가 그녀의 이름을 부른 순간 그녀를 향한 마음은 더 자유롭게 날아올랐다.

"이수!"

더 커진 그의 부름에 그녀가 걸음을 멈추고 고개를 돌렸다. 그를 본 그녀의 얼굴에 웃음이 번졌다. 이수는 팔을 번쩍 들어 그를 향해 손을 흔들었다. 쏟아지는 햇살 아래서 손을 흔드는 그녀가, 꽃이 핀 듯한 그녀의 미소가 너무 예뻐서 태준은 그녀에게서 눈을 뗄 수 없었다.

사실 서울에 왔을 때 태준을 만날 생각은 없었다. 다른 일 때문에 온 서울이었고 아직 그를 찾아갈 용기가 없었는데 도훈이 그녀의 마음이 변할 거라 말한 순간 참을 수 없이 태준이 보고 싶어졌다. 그래서 무작정 호텔 앞까지 찾아온 것이었다.

호텔까지 왔지만 당장 그를 만날 수 있는 건 아니었다. 태준도 호텔에서는 만나기 힘든 대표님이었으니까. 이수는 높은 호텔 건물을 올려다보며 휴대폰을 꺼냈다. 전화해서 바쁘다고 하면 그냥 돌아가고, 아니라고 하면 만나자고 하는 거다. 그래서 가벼운 마음으로 전화를 걸었는데 전화벨이 울리는 시간이 길어질수록 지금이라도 그냥 끊고 제주도 내려가는 게 좋을 것 같다는 약한 마음이 들었다.

태준이 제주도로 내려온다고 했으니 그때 만나도 충분했다. 굳이 서울에 잠깐 왔을 때까지 만날 필요는…….

[여보세요.]

전화기 안에서 태준의 목소리가 들려오자 말이 먼저 나왔다.

"지금 얼마나 바빠요?"

[네?]

그건 대답이 아니었다. 그럼 그녀도 결정을 내릴 수 없었다.

"안 바빠요?"

[바쁩니다.]

태준이 바쁘면 그냥 돌아가겠다고 전화 걸기 전에 정했었다.

"알았어요."

이수는 질척거리기 싫어서 그대로 전화를 끊었다. 아마 태준은 그녀가 갑자기 전화해 바쁘냐고만 묻고 끊어서 엄청 황당했을지 모르지만 제주도에서 여기까지 와서 그냥 돌아가야 하는 그녀만큼 감정 소비가 크진 않을 것이다.

이수는 짧게 한숨을 쉬고는 돌아섰다. 당장 못 보면 죽을 것 같은 사이도 아닌데 갑자기 여기까지 찾아온 건 너무 오버인 것 같기도 했다. 그러니 여기 온 적도 없는 것처럼 그냥 돌아가는 게 더 나은 것인지도 몰랐다. 그리 긍정적으로 생각하며 버스정류장을 향해 걸어갔다.

"이수!"

파란불로 바뀐 횡단보도를 느릿한 걸음으로 건너던 이수는 자신의 이름을 부르는 소리를 듣고 멈추어 섰다. 처음엔 착각인가 싶었다. 여기서 그녀의 이름을 부를 사람은 없었으니까. 그래도 혹시나 하는 마음에 이수는 고개를 돌려 다시 호텔 쪽을 보았다.

횡단보도 반대편에 태준이 서 있었다. 마치 그녀가 보고 싶다고 생각했더니 마법처럼 나타난 것처럼 그를 본 그녀의 얼굴에 꽃이 피듯이 미소가 번졌다. 어쩌면 그날 하룻밤만 가능했던 일탈일 수도 있다고 불안해했는데 태준을 보니 그런 불안은 한순간에 사라져버렸다.

이수는 팔을 높게 들어 그를 향해 크게 흔들었다. 신호등이 빨간불만 아니었어도 당장 달려갔을 것이다. 그동안은 서로 만날 이유가 없으면 만날 수도 없었던 사이인데 지금은 달리는 차들이 가로막고 있는 잠깐의 시간도 참을 수 없을 정도로 길게 느껴졌다. 이수는 파란불이 켜지자마자 횡단보도 위로 다시 뛰어들었다. 태준도 반대편에서 성큼성큼 걸어와서 두 사람은 그렇게 중앙의 인도에서 마주쳤다.

"바쁘다면서요."

그래서 태준이 당연히 호텔 안에 있을 줄 알았다. 설마 그녀의 전화를 받고 이렇게 빨리 내려왔을 줄은 상상도 못했다. 태준은 자신이 비서도 못 쫓아올 정도로 서둘러 나온 걸 티 내지 않고 담담히 물었다.

"서울에는 언제 온 겁니까?"

태준은 그녀가 지금 서울에 있는 게 더 신기했다.

"아버지 모시고 같이 왔어요."

그리고 도훈을 만나러 온 거였지만 그것까지는 말하지 않았다. 태준이 도훈 이야기에 기분 좋을 리 없었으니까.

"내일 출근이라 바로 가야 하긴 해요."

그래서 그를 만나도 곧 헤어져야 했다.

"저도 호텔에 문제가 생겨 바로 들어가봐야 합니다."

"아! 진짜 바빴네. 나 정말 그냥 와본 거니까 가도 돼요."

예전의 그녀였다면 그냥 그를 보러 이곳까지 오지는 않을 거다. 그는 그녀의 이름을 부르고, 그녀는 그냥 그를 만나러 오고. 그 작은 변화만으로도 두 사람의 사이를 가로막고 있던 높디높은 장벽이 빠르게 무너져 내렸다.

"이번 주말에 제주도로 만나러 가겠습니다."

"바쁘면 무리해서 안 와도 돼요."

"꼭 갈 겁니다."

오지 말라고 해도 꼭 가겠다는 의지를 담은 그의 눈빛이 소년 같아서 이수의 입술 사이로 웃음이 비집고 나왔다. 빨간불이었던 신호등이 다시 파란불로 바뀌자 이수는 태준의 팔을 잡고 돌려세웠다.

"빨간불 되기 전에 빨리 가요."

태준도 가야 한다는 걸 깨달았다. 왜냐하면 돌아서자마자 곤란한 표정을 하고 서 있는 비서와 눈이 딱 마주쳤으니까. 문제는 그가 만들었는데 괜히 직원들을 더 고생시키면 안 될 것 같아서 태준은 걸음을 떼어 횡단보도를 건넜다. 마지막으로 고개를 돌려 그녀의 얼굴을 한 번 더 보고 싶었지만, 그럼 정말 오늘은 일하기 힘들 것 같아서 한 번도 돌아보지 않고 걸어갔다. 그 대신 비서가 그녀를 향해 꾸벅 고개를 숙여 인사하고는 서둘러 태준의 뒤를 쫓아갔다.

떠날 때는 언제나 직진인 태준의 뒷모습을 보며 이수는 짧게 한숨을 내쉬었다. 그녀도 이제 새로운 터가 된 제주도로 돌아가야 했다.

이제 두 사람의 사이를 가로막고 있는 건 바다였다.

앞으로 그녀는 제주의 바다를 볼 때마다 저 바다를 건너 그녀를 만나러 올 그를 생각하게 될 터였다. 그러나 그 기다림은 지금까지의 엇갈림에 비교하면 차라리 달콤한 고통이었다.

아무래도 제주도의 시간은 서울보다 더 느리게 가는 것 같았다. 이수는 금요일 저녁에 시계를 보며 그리 확신했다. 이럴 때 차라리 박진웅이 나타나면 좋겠다. 박진웅을 잡는 것에 보람이라도 느끼게. 벽시계를 보던 이수는 이 계장과 눈이 마주치자 바로 수사 기록으로 시선을 돌렸다. 이 계장의 감시 속에 일하는 듯한 느낌이 들었지만 그건 그녀의 착각일 거다. 그렇겠지?

사무실 전화를 받은 고 실무관이 놀라서 그녀를 보았다.

"검사님, 서울에서 젊은 남자가 검사님을 찾아왔대요."

이수의 어깨가 경직되었다. 설마 검찰청 한 번 다녀간 것에 용기를 얻은 태준이 사람들 다 있는 검찰청 안까지 들어와 자기 왔다고 광고라도 한 건가 싶어서 순간 심장이 철렁 내려앉았다. 그건 그녀가 흑룡파까지 직접 찾아가서 태준을 찾는 것과 다를 바 없는 일이었다.

"누, 누구요?"

그녀의 목소리가 떨리자 이 계장의 눈빛이 예리해졌지만 지금 그녀에게는 그런 걸 신경 쓸 정신까지는 없었다.

"글쎄요. 잘생겼냐고 물어볼까요?"

엄청 잘생겼다고 하면 분명 태준일 거라 이수는 세차게 고개를 저으며 서둘러 책상에서 일어났다.

"제가 내려갈 테니까 입구에서 기다리라고 전해줘요."

"이미 검사실 가르쳐줬다는데요. 여기로 오고 있대요."

오, 마이, 갓.

그녀는 빠르게 책상에서 벗어나 문으로 황급히 걸어갔다. 그녀가 급하게 문을 열고 나가는 걸 본 고 실무관은 놀라서 이 계장에게 물었다.

"누군데 저리 당황하시죠?"

"빚쟁이인가 보지."

"어머, 어떡해."

이 계장의 말을 철석같이 믿은 고 실무관은 자신이 실수한 것 같아서 어찌할 바를 몰랐다. 허둥지둥 검찰청 복도를 걸어가던 이수는 반대편에서 너무도 낯익은 얼굴이 나타나자 다리에 힘이 풀리며 몸이 휘청했다. 그쪽이 먼저 그녀를 향해 반가움의 표시로 두 팔을 쫙 벌렸다.

"은 검!"

서울에서 온 젊은 남자는 류헌이었다. 당황해서 뛰쳐나온 게 억울해서 이수는 다가오는 류헌의 다리를 발로 뻥 차버렸다.

"네가 왜 여기 있어!"

"악! 넌 비행기까지 타고 만나러 온 친구한테 이게 무슨 짓이야!"

"그럼 쉬는 날 와야지. 왜 금요일부터 오고 난리야. 일 안 해!"

빚쟁이일까 봐 걱정해서 사무실 문을 열고 살피던 고 실무관은 이수가 오히려 찾아온 남자를 막 대하는 걸 보고 도대체 무슨 사이인지 모르겠어서 혼란스러운 눈으로 쳐다보았다. 그저 서울 남자라서 피부가 엄청 좋은 건가 하는 생각만 들었다.

그래도 그녀를 만나러 먼 길 와준 친구라 쫓아내지는 못하고 류헌에게 제주도 흑돼지를 사주었다. 이수는 직접 고기를 구워주면서도 류헌을 타박했다.

"나 핑계 대고 일 게으리하지 말고 좀 열심히 하란 말이야. 네가 그러니까 네 아버지가 다른 사람만 더 갈구는 거잖아. 그거 민폐야, 민폐."

류헌은 젓가락을 잡고 불만 어린 눈으로 그녀를 쳐다보았다.

"넌 오랜만에 봤는데 잔소리만 계속하냐."

당연히 서울 올 때 그를 만나러 올 줄 알았는데 이수가 도훈만 만나고 그냥 제주도로 내려가버려서 일부러 그가 제주도까지 온 거였다.

"내가 고기도 사주잖아. 여기가 제주도에서 제일 유명한 흑돼지 집이야. 너 나 아니었으면 이거 먹어보기라도 했겠어?"

"고기는 내가 사도 되니까 말을 곱게 하란 말이야."

"됐고. 먹어. 언제 갈 거야?"

막 고기를 입에 넣으려던 류헌은 그녀의 질문에 서러운 눈으로 그녀를 쳐다보았다.

"나 지금 막 왔어."

이수는 자신이 너무한 건가 싶어서 조용히 많이 먹으라는 손짓만 했다. 아무래도 밥 먹고 그냥 갈 것 같지는 않아 숙소 문제를 확실히 해결해야겠다는 생각을 했다.

아무리 친구라 해도 그녀의 집은 안 되었다. 태준도 온다고 하긴 했지만 태준은 호텔 일도 있으니까 오늘 올 것 같지는 않았다. 그러니 오늘은 류헌과 놀아주면 되겠지, 생각하고 있는데 그녀의 전화가 울렸다.

액정에 떡하니 뜬 태준의 이름을 보는 순간, 이수의 심장이 철렁 내려앉았다. 제주도로 내려올 때 그의 전화번호를 그의 이름으로 저장해 두었는데 그걸 보는 게 이리 살 떨리는 일일 줄은 몰랐다. 참 마약 같은 남자였다.

"나 전화 좀 받고 올게."

"그냥 여기서 받아."

휴대폰을 들고 일어나는 그녀를 류헌이 저지하자, 이수는 억지로 웃으며 잇새로 말했다.

"맛있는 고기야. 많이 먹어."

"너도 알잖아. 나 소식하는 거."

검사 도련님의 투정을 뒤로하고 이수는 서둘러 가게를 나와 울리는 전화를 받았다.

"여보세요."

[아직 일하는 중입니까?]

류헌이 내려와서 만나는 중이라고 말을 해야 하나 말아야 하나 망설이고 있는데 태준이 말했다.

[저 마지막 비행기 타고 갈 겁니다.]

왜 태준도 금요일 밤인가. 금요일만 비행기 할인해주는 것도 아닌데.

"그렇게 힘들게 올 필요 없어요. 내일 와요."

[아침 첫 비행기 타는 게 더 힘듭니다.]

"그럼 천천히 와요."

어떻게든 그가 빨리 가려는 걸 그녀가 막는 것 같자 태준은 말이 없어졌다.

"여보세요? 끊었어요?"

[……제가 가는 게 부담입니까?]

그게 아니라 류헌과 그가 마주치는 게 싫었지만 이미 그의 기분이 상한 것 같아서 이수는 할 수 없이 사실을 실토했다.

"사실 검찰청 친구가 절 만나러 서울에서 내려와서 같이 있어요."

'검찰청 친구'라는 말에 태준은 더욱 말이 없어졌다. 역시 아직은 가까이하기에 너무 부담되는 검찰청인 거다.

하지만 태준이 검찰청까지 찾아온 줄 알고 놀라서 사무실에서 뛰어나간 그녀의 행동이 제일 바보 같았다. 태준을 만나려면 간이 튼튼해지는 음식을 많이 먹어야 할 듯했다. 간이 작아서는 절대 감당할 수 없는 남자였다.

[그래도 전 오늘 마지막 비행기 탈 겁니다. 만날 수 있게 되면 전화 줘요.]

태준이 굳이 금요일에 오겠다고 하자 그녀의 마음이 급해졌다. 이수는 전화를 끊고 식당으로 들어가 자리에 앉자마자 손을 번쩍 들며 주문했다.

"여기 참이슬 두 병이요."

류헌이 잘 익은 고기 한 점을 집어 먹으며 순진하게 물었다.

"술 땡겨?"

아니, 너 먹이고 재울 거야.

술이 약한 류헌은 술이 들어가자 그동안 쌓인 게 많았는지 넋두리를 하기 시작했다.

"내가 너 떠나고 얼마나 외로웠는지 아냐. 나 진짜 너무 힘들어."

"그럼 마블 피규어를 좀 더 사."

이수는 류헌의 잔에 또 술을 따르며 대충 받아쳤다.

"야! 그런 걸로는 채울 수 없는 외로움도 있다고."

"그런 건 만들지 마. 너 단순하잖아. 그게 네 최고의 장점이야."

그러니 갑갑한 검사장 아버지도 참으며 살 수 있는 거다.

"넌 나 때문에 이 촌구석까지 쫓겨나서 나한테 화났지?"

그녀는 이제 제주도 생활에 적응했는데, 류헌은 아직도 그 일에 얽매여 있는 거 같아서 이수는 '쯧' 혀를 찼다.

"검사는 어디서 일해도 검사야. 너야말로 쓸데없는 거 신경 쓰지 말고 네 일이나 똑바로 해."

"난 아무리 애써도 이 일이 안 맞는 것 같아. 나 어떡하냐."

술을 대충 마시니 자기혐오만 깊어지는 것 같았다. 이수는 더 열심히 류헌에게 술을 먹였다. 푹 재우는 게 그를 위해서도 좋을 듯했다. 류헌이 취해서 했던 말을 계속 반복할 때쯤 이수는 고 실무관에게 전화를 걸었다. 그녀의 전화번호부에 있는 유일한 제주 현지인이었다.

"혹시 괜찮은 숙소 좀 추천해줄 수 있어요? 내 친구가 잘 곳이 필요한데."

[숙소요? 우리 집 펜션 하는데.]

"진짜요? 잘됐네."

숙소 추천 좀 받으려고 전화했다가 고 실무관 집이 펜션 한다는 걸 알자마자 바로 거기로 숙소를 잡았다. 류헌이 취해서 혼자 움직이기 힘들다고 했더니 오빠와 같이 차로 데리러 와주겠다고까지 했다. 역시 사람은 돕고 살아야 했다.

이렇게 고 실무관과는 술 취한 류헌 때문에 급격히 가까워졌는데 깐깐한 이 계장과는 도대체 언제쯤 친해질 수 있을까 싶었다. 제주도를 떠나기 전에 친해질 수 있으면 그나마 다행이었다.

류헌은 완전히 곯아떨어져서 고 실무관의 오빠가 침대에 눕혀주자마자 축 늘어졌다. 이수는 고 실무관에게 감사의 인사를 했다.

"정말 고마워요."

"아니에요. 펜션 손님으로 오신 건데요, 당연히 저희가 할 일이에요."

"그럼 내 친구 좀 잘 부탁해요. 내일 데리러 올게요."

"네, 걱정하지 마세요."

류헌을 믿고 맡길 수 있는 곳에 남겨두고 나온 이수는 밤하늘을 올려다보며 길게 한숨을 내쉬었다. 시계를 보자 벌써 자정이 가까워져 있었다. 그동안 마음속에 쌓인 서러움이 얼마나 많았던 건지 술도 약한 주제에 술 마시면서 두 시간이나 떠들어댄 거다. 평소의 주량보다 두 배는 더 마신 것 같았다.

류헌한테 좀 더 잘해주어야겠다는 생각이 들기도 했지만, 지금은 태준이 더 급했기에 이수는 휴대폰으로 태준에게 전화했다. 태준이 진짜 마지막 비행기를 탔으면 지금쯤 제주도에 있을 터였다.

Rrrrrrrrrrr— Rrrrrrrrrrr—.

전화벨이 가는 동안 이수는 몸을 작게 웅크렸다. 진짜 겨울인지 거리는 너무 추웠다. 술을 마셔서 운전할 수 없었기에 이수는 택시를 잡기 위해 걸어갔다. 도심이기는 했지만 서울보다는 택시 잡기가 힘들었다.

달칵—.

전화가 연결되자 그녀의 걸음이 잠시 멈추었다.

[네.]

태준에게는 고양이 같은 점이 있었다. 그건 필요한 말 외에는 절대

한 마디도 덧붙이지 않는다는 것이었다. 그래서 그녀의 전화가 반가운 건지 아닌지 가늠할 수가 없었다.

"내가 너무 늦게 전화했어요?"

[아뇨. 괜찮습니다.]

본인 입으로 괜찮다니까 진짜 괜찮은 거겠지.

"이제야 친구랑 헤어졌어요."

[네.]

"잤어요?"

[아뇨. 밖입니다.]

"이 시간에 밖이라고요? 어디인데요?"

[같이 왔었던 바다.]

처음엔 그냥 그곳에 바나가 있어서 갔던 건데 이제 그곳은 그와 그녀의 추억이 담긴 곳이 되었다. 아직도 그 바다에서 들었던 파도 소리가 생생했다.

"나 혼자 거기 간 적 있는데."

그때는 그 바다에서 혼자 굉장히 우울했었다. 그래서 두 번 다시 가고 싶지 않은 곳이 되었는데 그곳에 태준이 있다고 하니 기분이 이상했다.

[저도 그래서 다시 왔습니다.]

그 말은 그도 이전에 혼자 그곳에 간 적이 있다는 말처럼 들렸다. 언제인지 궁금했지만 묻지 않았다. 그녀와 같은 이유로 혼자 찾아갔던 거라면 분명 안 좋은 기억일 테니까.

"내가 지금 거기로 갈까요?"

지금이라도 안 좋은 기억은 좋은 기억으로 덮으면 되었다. 그들이 처음으로 주위의 시선에서 벗어나 가까워질 수 있었던 제주도였다.

여기라면 가능했다. 누군가는 유배의 목적으로 그녀를 이곳에 보낸 것인지 몰라도 그녀에게 제주도는 그녀의 마음을 자유롭게 꽃피울 수 있는 신비의 섬이었다.

[네, 기다리겠습니다.]

그때 저 멀리서 택시 불빛이 그녀가 있는 곳으로 다가왔다. 이수는 망설임 없이 손을 번쩍 들었다.

태준은 차에서 흘러나오는 불빛을 조명 삼아 꼭 영화배우처럼 혼자 우뚝 서 있었다. 세찬 겨울바람이 그의 머리카락을 헝클어뜨렸지만 그는 전혀 개의치 않았다. 이수는 멋있지만 외로운 그림을 만들고 있는 태준에게 다가갔다.

자박자박—.

그녀의 발소리를 듣고 태준이 고개를 돌렸다. 눈이 마주치자 아무 표정 없던 그의 얼굴에 천천히 미소가 번졌다. 그가 웃는 모습을 마지막으로 봤던 것도 제주도 같았다. 그는 그녀가 부케를 주었을 때 웃었다. 꽃보다 더 아름답게. 그래서 그가 분명 꽃을 좋아한다고 생각했었다.

"여기 그때보다 더 추워요."

그녀가 추운 바람에 몸을 떨며 말하자, 태준이 그때보다 더 두툼해진 캐시미어 코트의 한 자락을 들어 올리며 그때와 똑같은 말을 했다.

"그럼 이 안으로 들어오겠습니까?"

그에게 부케를 주었던 그날은 그에게 코트를 내놓으라고 양아치처럼 굴었었다. 그에게 다가가는 게 겁이 나 오히려 더 못되게 굴었다. 그래서 바닷바람도 더 춥고, 그녀의 마음은 더 힘들었다. 하지만 오늘은 그녀의 발이 서슴없이 그를 향해 달려갔다.

그녀가 그의 코트 안으로 뛰어들자, 태준이 코트로 그녀의 몸을 감싸며 바람 한 점 들어오지 못하게 단단히 안아주었다. 이렇게 따뜻한 걸 그땐 바보같이 몰랐다. 이렇게 행복한 걸 그땐 겁쟁이처럼 뒷걸음질 쳤다. 이수는 더 이상 그를 거부하지 않고 그의 가슴에 기대어 두 눈을 깊게 감았다.

쏴아쏴아―.

쿵쿵―.

파도가 밀려오는 소리와 그의 심장이 뛰는 소리가 다정하게 그녀를 감싸 안았다. 그녀가 고개를 들어 코트 사이로 그를 올려다보자 태준이 물었다.

"아직도 춥습니까?"

"난 괜찮은데, 태준 씨가 춥잖아요."

그녀가 그의 이름을 자연스럽게 부르자 태준의 눈매가 아름다운 초승달 모양으로 부드럽게 휘었다. 아무래도 그는 자주 웃으면 안 될 것 같았다. 웃으니 더 섹시해져서 그녀의 심장에 무리가 왔다.

"이수."

그가 가까이서 그녀의 이름을 부르자 심장이 더 세차게 뛰었다. 이수는 붉어진 얼굴을 그의 품에 묻으며 숨겼다.

"친구는 돌아갔습니까?"

"아니, 술 먹고 뻗었어요."

그러고 보니 내일도 류헌 때문에 그를 편하게 만날 수 없었다. 주말이 끝나기 전에 제주도를 떠나야 하는 건 류헌과 태준 둘 다 똑같았다. 이수는 곤란한 얼굴로 태준을 보았다.

"내일도 친구 때문에 마음대로 못 볼 거 같은데."

그건 태준도 달갑지 않은 상황이라 그의 입이 일자로 다물어졌다.

"그런데 검찰청에서 왕따라고 하지 않았습니까?"

왕따에게 친구는 있을 수 없다는 눈으로 태준이 그녀를 보자 이수는 얼굴을 찌푸리며 대답했다.

"정확히는 그놈 때문에 왕따가 된 거예요. 사법연수원에서 옆자리에 앉지만 않았어도."

'그놈'이란 말에 태준의 눈매가 날카로워졌다. 친구라고 해서 당연히 여자라고 생각했던 것이다.

"남자였습니까?"

"태준 씨도 한 번 봤잖아요. 야구 배트장에서."

그때 술에 취해 해롱대던 도련님 스타일의 남자를 떠올린 태준은 눈을 좁혔다.

"아, 그놈."

저기, 내가 그놈이라고 하는 건 괜찮지만 마태준 씨까지 그러는 건 좀. 하지만 지금은 그녀가 그에게 부탁해야 하는 처지라 굳이 말로 지적하지 않았다.

"내가 내일 그 친구랑 같이 있어도 괜찮아요?"

"아뇨, 안 괜찮습니다."

참 솔직했다. 절대 빈말은 못 할 사람이다.

덕분에 그녀만 복잡해졌다. 그럼 이미 제주도에 온 류헌은 어쩐단 말인가. 류헌도 태준처럼 어렵게 시간 내서 온 건데.

"그럼 어떡해요? 셋이 같이 볼 수도 없고."

태준은 곤란해하는 그녀를 말없이 바라보았다. 마음 같아서는 그와 친구라는 그 남자 중 한 명만 선택하라고 하고 싶은데 그럼 이수가 그 검사 친구를 선택할 것 같아 불안했다. 아직은 그녀에 대해 자신이 없었다. 잠시 생각하던 태준이 그녀에게 물었다.

"그 친구 체력 좋습니까?"

"아뇨. 전혀."

자신 있게 말할 수 있었다. 싸우면 그녀가 이겼다.

"그럼 내일 한라산 정상에서 만나죠."

태준의 악마 같은 제안에 이수는 웃고 말았다. 그럼 결과는 뻔했다. 저질 체력의 류헌은 중간에 낙오되고 올림픽 출신의 그녀와 스포츠 만능인 태준만 정상에서 만나게 될 거다.

미안하다, 친구. 어쩔 수 없는 선택이야.

이수는 해가 뜨기도 전인 새벽에 류헌이 있는 펜션으로 찾아갔다. 술을 많이 마신 류헌은 쉽게 일어나지도 못했다. 이수는 류헌의 등을 손으로 세게 때리면서 깨웠다.

"일어나. 기껏 제주도 와서 숙취로 뻗어만 있을래."

"으윽, 나 속이 너무 안 좋아."

"그러게. 왜 술을 그렇게 많이 마셨어."

"네가 먹였잖아."

"운동하면 괜찮아져. 우리 한라산 가자."

"뭐? 한라산? 날 죽일 셈이냐."

류헌의 곡소리가 이어지고 있는데 누군가 밖에서 문을 똑똑 노크했다. 류헌 대신 그녀가 문을 열자 문밖에 서 있던 고 실무관이 깜짝 놀랐다.

"거, 검사님, 여기서 주무셨어요?"

"아니. 아침에 깨우러 왔어요."

"아, 그렇구나."

고 실무관이 아주 크게 안도하는 표정을 지었다. 이수의 시선은 고 실무관의 손에 들린 보온병으로 향했다.

"그게 뭐예요?"

"서울 손님이 술을 많이 마신 거 같아서, 북엇국 좀 끓여 왔어요."

"우와, 이 펜션 서비스 죽이네요. 고마워요."

그녀가 감사의 인사를 하며 보온병을 손으로 잡았는데 고 실무관이 보온병을 놓지 않고 더 꽉 잡는 게 느껴졌다. 그녀가 왜 안 주느냐는 눈으로 쳐다보자 고 실무관이 어색하게 웃으며 그제야 보온병을 잡고 있던 손을 놓았다.

"제가 일부러 끓여 온 거지만 검사님 손님이니 검사님 드리세요."

뭔가 그녀가 못된 짓을 한 것 같았지만 그게 뭔지 알 수 없었다. 그때 안에서 다 죽어가는 류헌의 목소리가 들려왔다.

"은 검, 나 한라산 싫어. 우리 그냥 영화 보자."

고 실무관의 눈이 커지며 그녀에게 물었다.

"한라산 가세요?"

"네? 네. 저 인간 체력 운동 좀 시키려고."

살짝 양심에 찔리긴 했지만 등산은 건강에 좋은 거니 류헌에게도 나

뽑 거 없었다.

"한라산 올라가보셨어요?"

"아뇨. 나도 처음이긴 한데."

그러나 체력에서 누구에게 져본 적이 없기에 정상까지는 무리 없이 갈 수 있을 거라 생각했다.

"그럼 안내인 필요해요. 제가 안내해드릴까요?"

말 안 통하는 남의 나라 가는 것도 아닌데 굳이 안내인이 필요할까도 싶었지만 고 실무관이 너무 적극적으로 말하니 그게 정말인지 확인하기도 그랬다.

"그래요? 그래주면 우리야 고맙죠."

그녀가 허락하자 고 실무관은 활짝 웃으며 등산 준비하고 오겠다며 몸을 돌렸다. 이수는 고 실무관에게 부탁했다.

"아! 남자 등산복 있으면 좀 빌려줄 수 있어요? 내 친구가 아무것도 없어서."

고 실무관이 알았다고 손을 크게 흔들며 서둘러 집으로 뛰어갔다. 제주도 사람이 한라산 가는 건 별로 특별할 것도 없는 것 같은데 정말 즐거워 보였다. 참 밝은 아가씨였다. 그에 비해 류헌은 북엇국을 먹으면서도 한라산 가기 싫다고 투덜거렸다.

"나 산 너무 싫어."

"제주도 왔으면 한라산은 한 번쯤 가봐야지."

"아니야. 난 그냥 너 보러 온 거야."

"그럼 봤으니까 그만 서울 가."

류헌이 정말 서럽다는 눈으로 그녀를 보았다. 이수는 너무 쓴소리만 한 건가 싶어서 넌지시 조건을 달았다.

"네가 한라산 정상까지 올라가면 소원 하나 들어줄게."

그녀가 소원을 들어준다고 하자 류헌은 살짝 동하는 눈빛을 지었다. 하지만 한라산 정상까지 갈 수 있을지 전혀 자신이 없었다. 그는 안 되는 일에 포기가 빨랐으니까.

"나 정상까지 못 갈 거 같은데."

그녀도 류헌이 못 갈 거 같아서 한라산 가자고 한 거였다.

다시 한 번 미안하다, 친구야. 나도 내가 이런 여자인지 미처 몰랐어.

검찰청에서도 잠시 마주쳤고, 술 취한 그를 데리러 와준 것도 고 실무관이었지만 류헌은 고 실무관과 처음 본 사람처럼 인사했다.

"은 검사와 서울에서 같이 근무한 류헌 검사입니다. 우리 은 검사 잘 좀 부탁합니다."

고 실무관은 손가락으로 머리카락을 귀 뒤로 넘기며 수줍게 류헌의 인사를 받았다.

"네, 아무 걱정 마세요. 제가 은 검사님 가족처럼 잘 챙겨드릴게요."

뭔가 상견례에서 나올 법한 인사 같았다.

"그리고 제 이름은 고은지예요."

"아, 고 씨 성인 걸 보니 제주도 출신인가 보네요."

"네, 맞아요!"

별거 아닌 상식 같은데 고 실무관은 크게 감동했다. 이수는 손으로 콧등을 긁으며 빨리 출발했으면 좋겠다고 생각했다. 정상까지 올라가려면 시간이 꽤 걸릴 테니까.

겨울 등산은 생각보다 준비해야 할 게 많아서 한라산 초입에 도착하는 데만도 시간이 걸렸다. 류헌은 눈이 하얗게 쌓인 한라산을 올려다보는 것만으로도 피곤한 표정을 지었다.

"진짜 저길 다 올라가겠다고?"

"응."

이수는 대충 대답하며 주위를 둘러보았다. 태준은 이미 도착해 있을 것 같은데 어디 있는지 보이지 않았다. 전화를 해볼 수 있으면 좋겠지만 옆에 류헌이 있어서 그것도 마음대로 할 수 없었다. 어차피 태준과 만나기로 한 곳은 한라산 정상이었으니 우선은 가보기로 했다.

"빨리 가자."

동절기라 1시 30분까지 정상에 도착하지 못하면 정상으로 가지 못한다는 안내문을 보니 마음이 급해졌다. 류헌이 정상까지 못 가는 건 상관없지만 그녀가 못 가면 안 되었다. 그녀의 걸음이 혼자 빨라지자 류헌이 소리쳤다.

"은 검! 천천히 가!"

"난 올림픽 출신이라 이게 정상 속도야."

말도 안 되는 소리를 하며 속도를 더 높였다. 서둘러야 한다는 생각에 눈이 소복하게 쌓인 한라산을 제대로 구경하지도 못하고 앞만 보며 위로 올라갔다.

"은 검!"

뒤에서 류헌이 그녀를 소리쳐 부를 때마다 한 번씩 멈추어서 뒤돌아보았다. 고 실무관과 같이 온 게 천만다행이었다. 고 실무관이 류헌 옆에 딱 붙어 있는 걸 보니 산에서 류헌 걱정은 안 해도 될 것 같았다.

체력이라면 정말 자신 있었는데 겨울 산을 오르는 건 생각보다 굉장히 힘든 일이었다. 어느새 그녀의 숨이 거칠어져 있었다. 이렇게 몸이 지칠 때까지 움직여 본 건 정말 오랜만인 듯했다.

더 이상 그녀의 이름을 부르는 류헌의 목소리도 들리지 않았다. 그녀가 이 정도로 지쳤으니 류헌은 분명 지금쯤 올라오는 걸 포기하고 고 실무관을 붙잡고 자신을 버리고 간 그녀 욕을 하고 있을 것 같았다. 정상에 가기 전에 마지막으로 등산객들이 머무는 '진달래밭' 대피소에 도착한 그녀는 청천벽력 같은 말을 들었다. 이렇게 열심히 올라왔는데 시간이 늦어서 정상으로 갈 수 없다는 말이었다.

"저 올림픽 국가 대표 출신이에요. 남들보다 더 빨리 정상까지 올라갈 수 있어요."

그녀가 올림픽까지 들먹이며 정상에 가겠다고 고집을 피우자 산악 안전 요원은 황당한 표정을 지었다.

"위험하다고요. 절대 올라갈 수 없습니다."

"아직 1시도 안 됐어요."

"겨울 산은 입산 시간이 더 짧습니다. 정상까지 꼭 올라가고 싶으시면 다음엔 더 일찍 출발하십시오."

조금만 더 가면 정상인데 갈 수 없다고 막으니 답답해 미칠 것 같았다. 태준과 정상에서 만나기로 했는데. 그 약속 꼭 지키고 싶었는데.

그녀가 어깨가 축 처진 채로 갈 수 없는 정상을 슬픈 눈으로 바라보고 있는데 누군가 뒤에서 그녀의 손을 잡고 힘껏 끌어당겼다. 끌어당기는 힘에 단번에 몸이 돌아간 이수는 선글라스를 쓴 전문 산악인 포스의 남자를 보고 눈이 커졌다.

"태준 씨?"

태준이 대답 대신 선글라스를 벗었다. 태양과 가까워져서인지 더 눈

부신 태준의 얼굴을 확인한 이수의 입가에 그제야 미소가 번졌다.

"우와, 나처럼 정상 못 간 거예요?"

그럼 똑같이 약속 못 지킨 거니까 미안해할 필요도 없을 줄 알았는데 태준이 대답했다.

"하산 시간이 빨라서 그냥 내려왔습니다."

하산 시간 때문에 그녀가 정상에 도착하자마자 바로 내려가야 할 것 같았기에 정상에서 기다리는 것보다 차라리 중간 지점에서 만나는 게 나을 것 같아서 내려온 거였다. 오늘 목표는 한라산이 아니라 그녀를 만나는 거였으니까.

남들은 시간 맞추어 정상에 가기도 힘든 겨울 산인데 그는 정상을 찍고 내려왔다는 말에 이수는 놀라 눈이 커졌다.

"정상을 보고 왔다고요? 진짜?"

"네, 백록담 보고 싶었습니까?"

그의 괴물 같은 체력에 놀란 것뿐이었다. 도대체 이 몸의 한계는 어디인가 싶었다.

"내가 아니라 태준 씨가 올림픽에 나갔어야 했네요."

무슨 종목이든 분명 금메달을 땄을 것 같았다. 그녀의 말을 다른 뜻으로 이해한 태준이 그녀에게 물었다.

"올라오는 거 힘들었습니까?"

그래도 전직 국가 대표였던 그녀는 어깨를 쫙 펴며 센 척을 했다.

"아뇨. 전혀. 내가 늦은 건 친구 때문이에요. 그놈이 늦장 부리는 바람에."

"그놈은 안 보이는군요."

또 그놈이란다. 아무래도 일부러 그렇게 말하는 것 같았다. 성격은 엄청 차분한데 은근히 질투가 심한 듯했다.

"내려갈 때 만날 거예요."

그때까지는 그와 둘이서만 같이 있을 수 있었다. 그러기 위해 한라산까지 올라왔다는 게 지금 생각해 보니 웃겼다. 세상에 어떤 남녀가 얼굴을 보고 싶어서 산을 오를까 싶었다. 이 정도면 로미오와 줄리엣 코미디 판이다.

산 오르면서 땀을 흘려 화장도 다 지워졌다. 예쁜 건 포기해야 했다.

"그래도 눈 내린 한라산 진짜 예쁘네요."

그를 만난 뒤에야 그녀의 눈에 눈 덮인 한라산이 제대로 들어왔다. 제주도에는 아직 첫눈이 내리지 않았는데 한라산은 산, 나무 할 것 없이 눈으로 하얗게 뒤덮여 겨울의 절경을 만들어내고 있었다. 어디서나 흔하게 볼 수 없는 풍경이 지금 그와 그녀의 앞에 펼쳐져 있었다.

힘들게 산에 올라온 보람이 있었다. 마치 그와 같았다. 힘들게 어려움을 헤치고 그를 만났을 때 느끼는 행복이 한라산을 등산해서 느끼는 지금 이 감정과 비슷한 것 같았다.

"안 춥습니까?"

이제 그가 그리 말하면 걱정하는 게 아니라 작업 멘트 같았다. 그들의 큐피드는 제주도 바람이었다.

"지금은 코트도 없잖아요."

그녀의 핀잔에 태준이 잠바 지퍼를 내리려고 하자 이수가 말렸다.

"됐어요. 하나도 안 추워요."

"어떻게 겨울 산에 올라왔는데 안 추울 수 있습니까?"

도대체 무슨 대답을 원하는 건가 싶어 그의 얼굴을 빤히 보니 태준의 시선이 좀 더 아래로 내려가 그녀의 입술을 보는 듯하더니 이내 고개를 돌리며 말했다.

"따뜻한 커피를 마시면 몸이 좀 녹을 겁니다."

춥다고 안 했는데. 하지만 태준은 커피를 사러 매점으로 걸어가 버렸다. 이수는 걸어가는 태준의 뒷모습을 보다가 다시 한라산에 소복하게 내린 눈꽃으로 시선을 돌렸다.

정상으로 올라갈 욕심을 버리니 마음이 평온해졌다. 아름다운 풍경을 보니 감성도 풍부해졌다. 저 아래 땅의 세상과는 달리 하얀 눈이 소복하게 쌓인 산에 올라와 있으니 마치 동화 속 세상에 들어온 듯한 신비한 느낌마저 들었다.

로미오와 줄리엣도 희곡이 아니라 동화였다면 해피엔딩이었을까?

그런 쓸데없는 생각을 하고 있는데 태준이 커피를 들고 돌아왔다.

"마셔요."

태준이 건네준 종이 잔이 따뜻해서 커피를 마시기도 전에 기분이 좋아졌다. 흔한 커피 믹스였지만 눈 쌓인 한라산 중턱에서 마셔서 그런지 마치 자연의 맛같이 느껴졌다.

"서울에서는 돈 주고도 못 마실 커피네요."

그렇게 말하며 그녀가 하얀 이를 드러내며 씨익 웃자 태준의 눈매도 부드럽게 가늘어졌다.

"하지만 다음에는 높은 곳 말고 땅 위에서 마시는 게 좋을 거 같습니다."

그녀를 만나러 제주도까지 온 것도 모자라 한라산까지 올라온 건 그로서도 좀 힘들었다는 말 같아서 이수는 키득키득 웃었다.

"난 이런 거 좋아요."

태준이 진심이냐는 눈으로 그녀를 돌아보았다.

"다음에는 같이 마라톤 대회 출전할래요?"

제주도에서는 행사가 많이 열리니 찾아보면 다양한 체육 행사가 있을 것이다. 그래서 서울처럼 데이트할 수 있는 문화 시설이 미흡해도 그녀에게는 전혀 문제 될 게 없었다. 하지만 태준의 대답은 단호했다.

"사양하겠습니다."

어렵게 그녀를 만나 그런 거나 하며 시간 보내고 싶지 않았던 태준은 질색하는 표정을 지었다. 그 어느 때보다 생생한 그의 표정이 재미있어서 이수는 아까보다 더 신나게 키득키득 웃었다. 하지만 그녀를 보고 있는 그의 시선과 마주치자 그녀의 웃음은 작아졌다. 그의 눈빛은 너무 깊고 짙어서 그 속에 빠지면 절대 빠져나오지 못할 것 같았다. 내공이 약한 그녀가 먼저 시선을 피했다.

"그만 내려가요."

내려가다 류헌과 고 실무관을 만나면 그와 헤어져야 했기에 그와의 만남은 언제나 아쉬움을 남기고 끝나는 것 같았다. 그래도 올라올 때는 따로였는데 내려갈 때는 같이 내려갈 수 있어서 좋았다. 흐렸던 날씨도 지금은 맑아져서 둘이 걷기 딱 좋은 날씨가 되었다.

내려가다 보니 사람들이 더 이상 안 보이고 눈 덮인 산길을 둘만 걷게 되었다. 한라산에 오직 둘만 있는 것 같은 느낌이 낭만적이었다. 그 낭만에 화룡점정을 찍듯이 맑은 하늘에서 나풀나풀 떨어진 눈꽃 한 송이가 그녀의 콧잔등에 떨어졌다. 눈꽃의 차가움에 그녀는 깜짝 놀랐다. 분명 하늘은 시릴 정도로 푸른데 어디서 떨어진 것인지 모를 눈송이가 신기해 그녀는 고개를 높이 들었다.

"태준 씨."

"네."

"눈 내릴 거 같아요."

"네?"

그녀의 부름에 성실히 대답했던 태준은 그녀의 말에 잠시 얼이 빠진 표정을 지었다. 그가 보기에도 전혀 눈이 내릴 하늘이 아니었으니까. 그때 이수는 나무에 쌓인 눈을 두 손 가득 쓸어 담고는 그의 머리 위로 휙 뿌렸다. 그러고는 그의 머리 위로 하얗게 쌓인 눈꽃을 보고 크게 웃었다.

"봐요. 눈 내리죠."

태준은 손으로 머리에 묻은 눈을 조용히 털어내다가 옆에 있는 나무를 발로 툭 쳤다. 그러자 진짜 하늘에서 눈이 내리는 것처럼 눈이 우수수 떨어졌다. 눈이 쏟아져 내리자 이수는 웃는 것인지 비명인지 모를 소리를 내며 그가 서 있는 곳으로 피했다.

그의 허리를 붙잡고 아이처럼 웃는데 이번엔 차가운 눈송이가 아닌 그의 뜨거운 입술이 다가와 그녀의 입술 위에 내려앉았다. 두 번째로 닿은 그의 입술의 감촉에 그녀의 눈이 커졌다.

그의 검은 머리 뒤로 차가운 하얀 눈이 그녀의 시야를 가득 채우고 그녀의 입술을 삼키는 남자의 온도는 모든 걸 태워버릴 듯 너무 뜨거웠다. 파르르 떨리던 눈꺼풀은 아래로 내려가 감겼다. 까만 어둠 속에서 점점 더 깊게 파고드는 그의 감촉은 더욱 생생하게 느껴졌다. 처음에는 그 뜨거움에 화들짝 놀라며 그를 밀어냈지만 지금은 그의 옷깃을 움켜잡아 매달렸다.

그의 옷에도 눈꽃이 묻어 있었던 건지 손 안에서 차가운 것이 빠르게 녹아내렸다. 그의 큰 몸이 그녀에게 기대오며 그녀의 허리가 뒤로 휘었다. 그녀가 무너지지 않게 태준의 손이 그녀의 허리를 단단히 붙잡았다. 그녀의 턱이 위로 들리며 입술이 더 깊게 포개졌다. 그녀의 안으로 파고들어 오는 그의 더운 숨결이 아찔했다. 두 번째 키스는 주위를 뒤덮은 하얀 눈을 다 녹일 듯 그 열기가 높아져만 갔다.

"하아."

입술 사이로 그녀의 숨결이 힘겹게 흘러나왔다. 산소가 부족한 고산지대에서 키스까지 했더니 현기증이 휘몰아쳤다. 그녀가 힘든 걸 느낀 듯 그제야 그의 입술이 살짝 떨어졌다. 하지만 여전히 닿을 듯 아슬아슬한 거리에서 태준은 짙은 눈빛으로 그녀를 바라보았다. 이수는 여전히 두 눈을 감은 채 힘겹게 숨을 내쉬었다. 이제 폭풍이 지나간 건가 싶어 긴장했던 마음을 내려놓는데 태준의 두 손이 그녀의 뺨을 감싸고는 또다시 그녀의 입술을 삼켰다. 심장이 터져버릴 것 같았다.

처음 알았다. 등산보다 키스가 더 힘들다는 걸. 그녀는 숨을 쉬기 힘들어 얼굴이 붉게 타들어 가는데 태준은 다가오는 사람들 소리를 듣고 중간에 아쉽게 입술을 떼었다. 그리고 손으로 그녀의 머리에 묻은 눈을 툭툭 털어주고는 그녀의 손을 잡았다.

"내려가죠."

뭔가 또 당한 느낌이었다.

처음 키스할 때는 바로 일본행 비행기를 타고 떠나버리더니, 두 번째는 더 심했다. 꼭 그녀를 홀리는 악마 같았다.

"나쁜 남자."

그녀가 중얼거리는 말을 듣고 태준의 눈썹이 찌푸려졌다.

"화났습니까?"

그가 너무 그의 감정만 앞세워 일방적으로 키스한 건가 싶어 불안했는데 이수는 붉어진 얼굴을 목도리 아래로 숨기며 퉁명스럽게 말했다.

"아뇨. 겁나 좋았어요."

그녀는 츤데레였다. 좋다는 말을 화내듯 하니 말이다. 그게 그를 더
자극해서 또 키스하고 싶었지만, 사람들이 바로 뒤에 있어서 그럴 수
없다는 게 안타까울 뿐이었다. 앞으로는 가능한 사람들이 적은 곳에
서 만나야 할 것 같았다. 그래야 키스하고 싶을 때 키스할 수 있으니
까. 사랑이 처음인 남자는 한 번에 한 가지씩 충실히 깨우치고 있었다.

류헌은 등산 코스의 1/3 지점도 못 올라가서 포기하고 혼자 올라가
버린 이수를 원망했다.

"내가 그렇게 못 올라갈 거 같다고 말했는데 기어코 끌고 와서는 자
기 혼자 가버리다니. 배신자."

고 실무관은 싸온 따뜻한 어묵 국물을 컵에 따라서 류헌에게 주었
다. 류헌은 고맙다고 말하고 받았다가 어묵 국물인 걸 알고는 눈이 커
졌다.

"어? 이런 것도 직접 만들어요? 요리 잘하나 봐요."

"네, 우리 집이 큰집이라 제사가 많거든요."

"아. 우리 집도 그런데. 제사 너무 싫어요."

류헌은 고개를 절레절레 흔들며 어묵 국물을 마셨다. 고 실무관은
그런 류헌을 흐뭇한 눈으로 쳐다보았다.

류헌은 그녀가 꿈꿨던 서울 남자에 딱 맞는 이상형이었다. 예의 바
르게 서울말 쓰고, 피부도 하얗고, 외모도 곱상하고, 몸도 야리야리하
고, 성격도 거칠지 않고 부드럽고, 직업도 어디 빠지지 않는 검사고.

"저기, 류 검사님은 여자 친구 있으세요?"

"하아. 그런 게 있었으면 맞선을 안 보겠죠."

"어머. 맞선 많이 보세요?"

"네, 이번 주도 있었는데 펑크 내고 여기 온 거예요. 그런데 은 검은 자기 혼자 올라가버리고. 진짜 배신자."

류헌은 끝까지 이수를 욕하며 어묵 국물을 마셨다. 아무 생각 없는 류헌 옆에서 고 실무관은 머리를 굴리느라 혼자 심각한 표정을 지었다. 맞선을 본다는 건 결혼이 급하다는 소리였다. 하지만 그녀는 그 정도까지는 아니었다. 아직은 알콩달콩 연애만 하고 싶은 나이였다.

"맞선보다 연애하고 싶지 않으세요?"

"둘 다 별로."

류헌이 시큰둥하게 받아치자, 고 실무관은 이해가 안 된다는 눈빛으로 그를 보았다. 아직 팔팔한 나이인데 어떻게 여자에게 관심이 없을 수 있단 말인가. 너무 밝히기만 하는 남자에 질리기도 했지만 너무 관심이 없어 하니 그것도 난감했다.

"그럼 류 검사님이 관심 있는 건 뭐예요?"

"마블을 좋아하죠."

마블? 먹는 건가?

영화와는 담쌓고 사는 고 실무관은 새로운 문화 앞에서 버퍼링이 걸렸다. 서울 남자 꼬시는 건 생각보다 어려운 일 같았다.

류헌이 술 마시고 더 저질 체력이 되어서 태준과는 생각보다 오래 같이 있을 수 있었다. 멀리 류헌과 고 실무관이 앉아 있는 게 보이자 이수는 걸음을 멈추었다. 그녀가 서자 태준도 멈추었다.

"저기, 친구 있어요."

태준은 이수가 가리킨 쪽에 있는 남자와 여자를 한 번 보고는 그녀를 돌아보았다.

"그럼 내가 먼저 내려가겠습니다."

괜찮을 줄 알았는데 지금 헤어지면 다시 만날 때까지 한참 걸릴 것 같아 마음이 울적해졌다. 제주도여서 가능한 것도 있지만 제주도여서 안 좋은 점이 있기도 했다. 헤어질 때마다 꼭 이별하는 거 같다는 거.

"잘 가요."

이수는 그의 얼굴을 똑바로 보지 못하고 그의 가슴을 보며 작별 인사했다. 그래서 태준은 그녀의 정수리만 볼 수 있었다. 태준은 그녀의 눈을 찾아 몸을 숙였다. 그와 눈이 마주치자 그녀의 눈동자가 다른 쪽으로 도망쳤다.

"전화하겠습니다."

"아뇨, 마태준 씨는 비주얼이에요. 전화가 아니라 직접 만나야 하는 사람."

여자의 말은 섬세한 해석이 필요했다. 그러나 내공이 부족한 태준은 그게 어려웠다.

"좋은 뜻입니까?"

"무슨 뜻일 거 같아요?"

태준이 심각한 표정으로 아무 말도 못 하자 이수의 입에서 웃음이 터졌다.

"전화할 때 영상 통화 걸라고요."

"아!"

그녀의 말에 태준이 깊이 깨달은 표정을 지었다. 그와 진짜 안 어울리는 말이지만 귀여울 때가 있다.

"은 검!"

류헌이 체력은 안 좋아도 시력은 좋아서 그녀를 알아보고 소리쳐 불렀다.

"저 먼저 가야 할 거 같아요."

태준도 더 이상 그녀를 붙잡을 수 없었다.

이수는 앞서 걸어가다 마지막으로 태준을 돌아보았다. 시선이 마주치자 태준의 얼굴에 하얀 눈꽃을 닮은 미소가 걸렸다. 마지막까지 이리 그녀의 심장을 두근두근하게 하면 다시 만날 때까지 너무 힘들 텐데. 이수는 그에게 더 중독되기 전에 서둘러 밑으로 뛰어 내려갔다.

그녀가 내려오자 류헌이 물었다.

"인사하던 남자 누구야?"

"등산객."

"완전 산악인 포스던데, 저런 사람은 여기가 아니라 에베레스트로 가야 하는 거 아냐?"

태준에게 관심을 보이는 류헌을 끌고 이수는 산에서 내려갔다. 제주도 어딜 가든 보이는 게 한라산인데 이제 한라산을 보면 태준을 생각할 것이다.

이 아름다운 섬에서 그와의 추억이 하나씩 쌓여갔다. 그 추억이 너무 소중해서 그 누구에게도 보여주기 싫었다. 그녀의 마음에 꼭꼭 담아두었다가 그가 보고 싶을 때마다 혼자 조심스럽게 꺼내볼 것이다.

Episode 19

은밀하게 달콤하게

고 실무관이 그녀에게 마블에 관해 물었을 때 이수는 아차 싶었다. 고 실무관이 이전에 서울 남자랑 연애해보고 싶다고 말한 적이 있긴 했지만 설마 서울 남자라면 무조건 오케이일 줄은 몰랐다.

"설마 류헌한테 관심 있어요?"

고 실무관이 크게 고개를 끄덕였다.

"산을 그 정도밖에 못 올라갔는데도?"

그녀라면 그 저질 체력을 보고 바로 마음을 접었을 거다. 하지만 고 실무관은 달랐다.

"네. 너무 미소년 같아요."

류헌이 소년이라 불릴 나이는 이미 한참 지났는데, 마블 영화를 너무 많이 봐서 회춘이라도 한 건가 싶었다.

"류헌은 괜찮은 놈인데, 거기 부모님이 엄청난 극성이라……."

그녀가 학을 뗄 정도였다. 그런데 이번에도 고 실무관의 대답은 그녀의 허를 찔렀다.

"괜찮아요. 결혼할 것도 아닌데."

고 실무관의 심플함에 이수는 존경 어린 눈으로 그녀를 쳐다보게 되었다. 이건 세대 차이인가, 성격 차이인가. 하여튼 닮고 싶었다. 그럼 그녀도 태준과 훨씬 행복하게 만날 수 있을 것 같았다.

"그럼 마블 영화를 찾아서 봐요. 그게 재미있으면 류헌이랑 잘될 수도 있어요."

그녀의 조언에 고 실무관은 활짝 웃으며 고맙다고 인사했다. 과연 이게 인사받을 일인지 알 수가 없어서 이수는 어색한 표정으로 웃었다. 류헌과 고 실무관이라니. 어쩐지 그녀와 태준보다 더 어려운 사이 같았다. 왜냐하면 앞으로 류헌이 언제 제주도에 올지 알 수가 없으니까. 그녀가 구박을 좀 해서 당분간은 안 올 것 같았다.

Rrrrrrrr— Rrrrrrrr—.

박지원 검사의 전화였다. 도주한 박진웅에 관해 이야기하려고 전화한 것 같아서 이수는 무거운 마음으로 전화를 받았다.

[박진웅이 배를 타고 제주도로 갔어. 아무래도 너 찾아간 거 같다.]

이 정도면 그녀와 제대로 원수지간이라고 인정해줘야겠다. 이수는 관자놀이를 손으로 꾹 눌렀다.

"항구에서 못 잡았나요?"

[생각보다 더 영리한 놈이야. 경찰들이 곧 너 찾아갈 거야.]

경찰들이 24시간 그녀의 주위를 지키는 건 박진웅에게 달가운 일이 아니겠지만 그녀에게도 좋은 소식은 아니었다. 경찰들은 박진웅을 잡으려고 그녀의 주위에 잠복하겠지만 경찰들이 지켜보고 있다고 생각하면 태준을 만나기가 너무 부담되었다.

[조심해.]

박지원 검사는 박진웅을 조심하라는 건데 그녀는 왜 자꾸 태준이 생각나는 건가. 그래서 대답이 몇 초 늦게 흘러나왔다.

"네."

전화를 끊은 이수는 소리 없이 한숨을 내쉬었다.

그래도 제주도에서는 자유로울 줄 알았는데 완벽한 낙원이란 건 없나 보다.

마광호의 보복으로 한 번의 폭풍을 겪은 태준은 호텔을 위한 새로운 대안을 마련했다. 호텔이 팔았던 제주도 리조트를 사들이려던 계획을 변경해서 호텔에서 쓰는 식재료를 직접 생산할 수 있는 농장을 사들일 계획을 세운 것이다. 그럼 외부의 압력에 의해 호텔이 흔들릴 위험을 줄일 수도 있고, 고객이 먹는 음식의 재료를 건강하게 생산하고 있다는 홍보를 통해 호텔의 이미지 역시 좋아질 것이었다.

"이번에 도움을 주신 전 사장님이 이 일을 맡으시면 잘하실 거라 생각하는데, 어떻게 생각하십니까?"

돈이 크게 들어가는 사업이 될 거라 호텔의 주요 결정권자들을 모두 모아놓고 의견을 물었다. 대표의 권한으로 마음대로 결정할 수는 없었기에 다수결의 의견을 따르기로 했다.

"전 사장님이라면 믿을 수 있는 분이시죠. 그런데 안정적으로 농장을 키우는 데까진 시간이 굉장히 걸릴 거 같은데. 그때까지 호텔이 그 적자를 감당할 수 있을지 모르겠습니다."

"그걸 이겨내지 못하면 이 호텔은 머지않아 또 방향을 잃게 될 겁니다. 외부로의 확장보다는 내부의 힘을 계속 키워야 합니다. 밖에서 어떤 바람이 불어와도 절대 흔들리지 않게."

그는 이 호텔이 돈을 많이 벌길 바라고 사들인 게 아니었다. 이곳에서 일하는 사람들, 그리고 이곳을 찾는 손님들과 함께 아주 오래 이

자리를 지키길 원해서 산 거였다. 그래서 가장 트렌디한 사업 방향이 아니라 가장 기초적인 방향으로 정했다. 공기와 물처럼 반드시 있어야 하는 것. 그는 아버지 앞에서 좌절할 수 없었다. 호텔과 그 둘 다 반드시 지켜내야만 했다.

"우선은 전 사장님이 지금 하고 계신 농장을 중심으로 시작해보고 효과가 보이면 농장 부지를 더 사들이는 방향으로 가도록 하죠."

차근차근 시작하자는 그의 제안에 모두 긍정적인 반응을 보였다. 농장에서 나오는 것들은 모두 호텔에서 매일 필요한 것들이었으니까.

호텔 일을 끝내고 방에 돌아와 보니 밤 10시가 훨씬 넘은 시각이었다. 아침에 일어날 때부터 일 끝나고 이수에게 전화하겠다고 생각했던 태준은 마음이 급해졌다. 씻고 나온 뒤에 전화하려 했는데 전화부터 하고 씻어야 할 것 같았다. 그래서 목을 조이고 있던 답답한 넥타이만 손으로 풀어내고 셔츠 단추를 두 개 정도 푼 뒤 휴대폰을 손에 잡았다.

"영상 통화로 하라고 했는데."

그는 태어나서 한 번도 영상 통화를 해본 적이 없었다. 사실 용건 없이 전화 거는 일도 없었기에 그녀에게 전화해서 무슨 말을 해야 할지 잘 모르겠다. 그녀에게 할 말이 있을 거라는 믿음을 무작정 가지고 영상 통화 버튼을 찾았다.

시간이 좀 더 흘렀다. 겨우 이수에게 전화를 걸었을 때는 밤 11시였다. 화면에 그녀의 얼굴이 보이자 딱딱하던 심장이 몽글몽글 부드러워졌다. 앞으로 그도 영상 통화를 좋아하게 될 거 같았다. 그녀의 얼굴을 볼 수 있으니 그냥 목소리만 듣는 것보다 더 좋았다.

[이제야 일 끝났어요? 난 막 씻고 나왔는데.]

그녀의 말대로 긴 머리카락이 젖어 있었다. 만지면 촉촉할 거 같아서 손끝이 간지러웠다.

"시간이 늦어서 씻기 전에 전화 먼저 했습니다."

[그럼 전화하면서 씻어요.]

잠시 귀를 의심했다.

"농담입니까?"

[진심이에요. 난 손해 볼 거 없으니까.]

태준은 풀었던 셔츠 단추 두 개도 다시 꼼꼼하게 채워버리며 그의 뜻을 분명히 밝혔다. 그의 방어에 이수는 혼자 킥킥 웃었다. 그녀는 은근히도 아니고 대놓고 그를 놀리는 걸 너무 좋아했다. 그러니 그녀와 대화할 때 바보가 안 되려면 정신 바짝 차려야 했다.

[나 배고픈데. 뭐 먹으면서 전화해도 돼요?]

"이 시간에 먹는 건 안 좋습니다."

[내가 살찌면 싫어할 거예요?]

"그런 뜻이 아니라 건강에 안 좋다는 겁니다."

[그럼 먹어야지.]

그녀가 청개구리처럼 말하더니 이내 화면에서 사라져버렸다. 태준은 순간적으로 화면을 반대편으로 돌리며 그녀를 찾았지만 그게 보일 리가 없었다.

"이수."

그가 부르자 그녀의 목소리만 들려왔다.

[제주도 초콜릿 먹어봤어요?]

그것보다 영상 통화를 걸었는데 화면에서 사라지면 어쩌란 말인가.

"안 보입니다."

보고 싶다고, 얼굴이. 영상 통화의 장점과 함께 단점도 발견했다. 쓸데없이 더 보고 싶어져서 태준은 손으로 애꿎은 눈만 꾹 눌렀다.

[졸려요?]

어느새 돌아온 이수가 손으로 눈을 가리고 있는 그에게 물었다. 태준은 손을 내리고 살짝 원망의 눈빛으로 그녀를 보았다.

[아! 태준 씨도 배고프구나.]

틀렸다. 그는 그녀가 고팠다.

"뒤에 보이는 게 제주도 집입니까?"

집착하는 것처럼 보이기 싫어서 태준은 대화의 주제를 집으로 돌렸다. 이수는 맞다고 고개를 끄덕이며 전화로 집 안을 쭉 훑어서 보여주었다.

[아파트라서 서울에 살던 집보다 좀 더 커요. 창밖으로 바다도 보이는데 지금은 밤이라서 고기잡이배 불빛만 보여.]

창밖에 고기잡이배들도 보여주었다. 사각의 창문틀 사이로 보이는 바다에 둥둥 떠 있는 배들이 꼭 그림 같았다. 마음이 편안해지는 풍경이었다.

"아름답네요."

[뭐가요?]

"밤바다 위 배들이."

화면 안으로 화장기 없는 이수의 얼굴이 불쑥 들어왔다.

[그럼 나는요?]

생각도 못한 타이밍에 생각도 못한 질문을 하며 튀어나오는 그녀가 꼭 예뻐해달라고 매달리는 애완견 같아서 태준은 화면으로 손을 뻗었다. 하지만 손가락에 닿는 건 차가운 화면뿐이었다. 그녀를 만지고 싶고, 안고 싶고, 또 그 따뜻한 입술을 느끼고 싶었다.

그녀를 알고 지냈던 시간보다 모르고 살았던 시간이 몇십 년이나 더 길데도 그녀가 옆에 없는 이 시간이 왜 이리 힘든 걸까 싶었다.

"제주도에 농장을 사야겠어."

그가 중얼거리는 말을 들은 이수의 눈이 동그랗게 커졌다.

[농장이요? 농부 할 거예요? 그럼 농사지을 때 멋쟁이 미국 농부들처럼 멜빵바지 꼭 입어요.]

굴러가는 단풍잎에도 웃는 여고생처럼 그녀의 웃음소리가 맑게 울렸다. 도대체 어느 부분에서 웃음이 터진 건지 전혀 모르겠다. 멜빵바지인가? 그는 자신이 그 옷을 입은 모습을 별로 상상하고 싶지 않았다.

❀

이수는 태준과 전화하면서 '하하하' 잘 웃었지만 사실 그와 통화하는 내내 불안이 밑에 깔려 있었다. 그녀의 시선에는 아파트 아래 주차장에서 잠복하고 있는 경찰의 차가 보였으니까.

그에게 먼저 말할까 생각도 했었지만 그럴 수 없었다. 더 이상 그녀가 먼저 그에게 상처 주는 말은 하고 싶지 않았다. 경찰이 있으니까 못 만난다는 말은 꼭 그를 범죄자 취급하는 거 같아서 차마 말이 안 떨어졌다. 박진웅이 나타날 수도 없고 경찰이 들어올 수도 없는 곳이 있다면 그를 만날 수 있을 것 같았지만 제주도에 그런 곳이 과연 있을까 싶었다. 지금은 그녀의 집조차 경찰의 감시를 받고 있었다.

[원래는 팔았던 제주도 리조트를 되찾아오려고 했는데 농장이 더 급해져서 리조트를 되찾아오는 데 시간이 오래 걸리게 되었습니다.]

'리조트'라는 말에 그녀의 눈이 커졌다.

"리조트요? 거기도 호텔처럼 손님 보안이 잘돼요?"

태준은 리조트와 보안은 참 안 어울리는 단어라고 생각했다.

[그렇죠.]

"우와, 그 리조트 정말 꼭 한번 가보고 싶어지네요."

그렇게 말하는 그녀의 머릿속이 빠르게 돌아가고 있었다. 리조트 룸에서 만나면 박진웅이나 경찰 둘 다 피할 수 있었다. 그리고 태준에게도 굳이 경찰에 대해 말하지 않고 잘 넘어갈 수 있을 것 같았다.

[그럼 다음에는 거기서 만나겠습니까?]

이수는 내숭도 집어치우고 크게 고개를 끄덕였다. 태준의 눈에는 이수가 너무 기대하는 것처럼 보여서 아무래도 제일 좋은 방으로 예약해야 할 것 같은 부담감이 생겼다. 이번엔 현금을 정말 많이 찾아야겠다. 한라산 게릴라 데이트 다음이 바로 리조트 룸에서의 은밀한 데이트라니. 이제 겨우 키스까지 진도 나간 커플은 주위의 상황에 떠밀려 본의 아니게 대담해졌다.

태준이 제주도로 오는 주말까지 박진웅이 잡혔으면 좋았겠지만 아무래도 경찰이 잠복하고 있는 걸 눈치챈 건지 그는 나타나지 않았다. 그녀는 차라리 빨리 자신의 앞에 나타났으면 좋겠다고 생각했다. 이 답답한 숨바꼭질에 시간을 허비하기에는 지금은 시간이 너무 아까웠다.

"리조트에서 친구를 만나는데, 그 안까지는 박진웅이 못 들어올 테니까. 그동안은 형사님들도 좀 쉬세요."

그녀는 태준을 만나러 리조트로 가기 전에 잠복하고 있던 경찰들에게 전화해서 행선지를 말하며 그들의 경계심을 풀었다.

[아! 리조트요? 육지 친구 만나시나 봐요?]

"하하하하하."

제주도 사람들은 밖에서 온 사람을 '육지 사람'이라고 불렀다. 그녀도 그들에게는 육지 사람이었다. 그녀는 그냥 웃고 말았다. 아마 경찰도 그녀가 남자를 만나러 간다고 짐작했을 것이다. 쫄지 말자. 이 나이에 남자 만나는 건 전혀 수상한 게 아니니까.

[그럼 리조트 나오기 전에 전화 꼭 주십시오.]

경찰들이 생각하기에도 미성년자인 박진웅이 보안이 철저한 리조트에 침입해서 그녀에게 해를 끼치는 건 무리일 것 같았는지 그들은 경계 태세를 좀 늦추었다.

"네, 주말이니까 형사님들도 좀 쉬세요."

[아이고, 그놈 잡기 전에는 쉬는 게 쉬는 게 아닙니다.]

저도 마찬가지랍니다. 이수는 한숨을 푹 내쉬고는 결혼식에 갈 때만 신었던 하이힐을 꺼내 신었다. 오늘은 한라산이 아니라 멋쟁이들이 놀러 오는 리조트에서 만나는 것이니 잘 꾸미고 가야 했다. 리조트에서 만나자고 했을 땐 미처 생각하지 못했었다. 그녀에게 멋진 옷과 구두가 부족하다는 걸. 제주도에 와서 그런 걱정을 하게 될 줄은 미처 몰랐다.

여행객들을 위한 리조트는 주위의 자연경관과 어우러져서 서울에 있는 퀸 호텔보다 더 아름답게 꾸며져 있었다. 제주도에 여행 오는 사람이 묵으면 정말 멋진 여행을 하는 느낌이 날 것 같았다. 경찰을 피해서 온 곳치고는 너무 좋아서 리조트를 올려다보며 그녀는 입을 다물지 못했다. 이수는 로비에서 태준에게 전화를 걸었다.

"저 리조트에 도착했는데 몇 호예요?"

문득 최경호를 잡아넣을 증거 자료를 받으러 퀸 호텔로 그를 만나러 갔던 순간이 기억났다. 상황은 비슷했지만 지금 그와 그녀의 관계는 그때와는 완전히 달라져 있었다. 그래서 태준이 있는 방으로 향하는 내내 그녀의 심장은 기분 좋게 뛰어댔다.

태준이 말한 방 앞에 도착한 이수는 잠시 멈추어 서서 깊게 숨을 들이쉬었다. 아직도 그를 만나기 전에는 긴장감이 있었다. 예전에는 이 긴장감이 나쁜 거라 여기고 참았지만 더 이상 그러지 않았다.

막 손을 들어 초인종을 누르려고 했는데 그녀가 초인종을 누르기 전에 방문이 먼저 열렸다. 문 뒤로 태준의 얼굴이 보이자 그녀의 얼굴에 미소가 걸렸다. 자연스럽게 마음을 따라가면 되는 것이다. 그럼 행복해진다는 걸 이젠 알았다.

태준은 그녀를 위해 문을 좀 더 활짝 열어주었다. 그를 향해 웃던 그녀의 미소는 열린 문으로 보이는 리조트 룸을 보고 그대로 정지했다. 보통 침대가 보여야 할 곳에 큰 거실이 있고, 그 너머로 넓은 야외 테라스가 보였다. 룸의 일부만 본 건데 그 정도였다. 침대가 있는 침실은 아직 보이지도 않았다.

"일반 룸이 이렇게 잘 꾸며져 있어요?"

퀸 호텔 갔을 때도 이 정도는 아니었다. 거기서 대표인 태준이 쓰는 방도 이만큼 좋지는 않았다.

"스위트룸입니다."

"네?"

경찰을 피하기 위해 만나자고 한 건데 스위트룸이라니. 정신이 안드로메다로 날아가고 있었다. 내가 무슨 짓을 저지른 거란 말인가. 먼저 이곳에 오고 싶다고 말했으면서 그녀의 표정이 좋아하는 것처럼 보이지 않아서 태준의 목소리가 낮아졌다.

"여기 별로입니까?"

너무 엄청나서 이 방 하루 숙박비가 얼마인지 묻기도 겁이 났다.

"혹시 지금이라도 방을 바꿀 수는 없어요?"

그녀가 약한 모습을 보이며 묻자 태준은 조용히 말했다.

"여기서 이 방보다 더 좋은 방은 없습니다."

그녀는 더 안 좋고 싼 방을 원했다.

"내 말은 그게 아니라, 난 이렇게 좋은 방일 줄 몰라서 쉽게 말한 거란 말이에요. 그런데 내가 한마디 할 때마다 이렇게 나한테 분에 넘치는 걸 보여주면 내가 어떻게 감당해요."

태준은 그의 걱정과 달리 그녀가 전혀 다른 방향으로 말하자 어찌 말해야 할지 난감해졌다. 그는 단지 그녀가 이 리조트에 오고 싶다고 말해서 가장 좋은 풍경과 경험을 하게 해주고 싶었던 것뿐이었다. 사실 돈에 대한 걱정은 안 했기에 그녀가 그런 부분으로 불편해할 줄은 전혀 몰랐다.

"내가 당신을 위해 돈 쓰는 게 싫습니까?"

"받기만 하는 건 좋은 관계가 아니잖아요. 태준 씨가 준 만큼 나도 줘야 하는데 난 이 정도 능력 안 된단 말이에요."

검사라고 어깨에 힘주고 살았는데 돈 앞에서는 한없이 작아졌다.

"돈 아니라 다른 걸로 줘도 됩니다."

이수는 그한테서 한발 뒤로 물러나며 그를 흘겨보았다.

"설마 몸으로 갚아라 그런 건 아니죠?"

"그건 서로 나누는 거 아닙니까?"

그러고 보니 스킨십은 혼자 못 하니 그의 말대로 나누는 게 맞는 것도 같았다. 그런데 돈 주고 여자 몸을 사는 나쁜 남자와 그를 동급 취급한 건 그녀의 큰 잘못이었다. 이수는 소심해져서 물었다.

"그럼 뭘 달라고요?"

태준은 언젠가 들었던 적이 있는 말을 또 다시 했다.

"당신 마음을 줘요."

그녀한테 상처받아도 한결같은 그의 태도에 이수는 좀 울컥했다. 하지만 감동했다고 그냥 넘어갈 수는 없었기에 이수는 확실히 말했다.

"마음은 마음, 몸은 몸, 돈은 돈. 그렇게 해야 공평하죠."

결국 돌고 돌아 돈 낭비하지 말라는 소리로 마무리되었다. 그녀가 불편하다면 앞으로 조심하면 되는 것이다. 해외를 돌아다닐 때는 거의 돈 없이 지냈으니 그에게는 어려운 일도 아니었다.

"지금 방을 바꿀 수는 없으니 오늘까지만 이 방 쓰죠."

그제야 이수는 스위트룸 안으로 들어섰다.

돈 생각했을 때는 폭탄 맞은 거 같았는데 막상 들어와 보니 정말 좋긴 했다. 한 달 동안 있어도 질리지 않을 것 같은 넓은 실내, 유럽 장인이 한 땀 한 땀 정성스럽게 만든 가구들, 야외 정원에 두 사람만 편하게 쓸 수 있는 자쿠지까지. 비싼 이유가 있었다. 이수는 태준을 돌아보며 히죽 웃었다.

"그럼 마지막 파티라고 생각하고 즐겨볼까요?"

"마지막이란 말은 안 하면 안 됩니까?"

이제 시작하는 연인에게 '마지막'이란 말은 금기였다. 특히 그와 그녀의 사이에서는 절대 쓰면 안 되는 말이었다.

"그럼 최후의 만찬?"

그의 표정이 더 안 좋아지자 이수는 슬금슬금 그의 옆으로 다가가 팔을 뻗어 그의 허리를 안았다. 그제야 태준의 눈빛이 부드러워졌다. 역시 스킨십은 나누는 거라는 그의 말이 맞나 보다. 그를 안으니까 그녀의 심장도 기분 좋게 쿵쿵 뛰기 시작했다.

"우리 지금부터 뭐 할까요?"

영상 통화하면서는 할 수 없었지만 지금은 뭐든 할 수 있었다.

"배 안 고픕니까?"

그러고 보니 그를 만나러 온다고 아침부터 아무것도 안 먹었다.

"제일 비싼 스위트룸에서 라면 먹으면 재미있겠다."

재미로 음식을 먹어본 적 없는 그에게는 컬처 쇼크 같은 말이었다.

"진심입니까?"

"농담일 거 같아요? 진심일 거 같아요?"

그런 질문은 그를 정말 골치 아프게 만들었다. 태준이 심각한 표정으로 쉽게 대답을 못 하자 이수는 혼자 재미있어서 키득키득 웃었다. 그녀가 웃는 걸 보고 태준은 눈을 가늘게 떴다.

"먹는 걸로는 장난치지 마십시오."

"그럼 다른 건 다 돼요?"

"검사가 왜 장난치는 걸 좋아합니까?"

"아버지 피를 이어받아서 그런가 봐요. 아버지가 장난치다 엄마한테 많이 맞거든요. 태준 씨도 내가 장난 계속 치면 때릴 거예요?"

그가 어떻게 그녀를 때리나.

"전 다른 식으로 갚아줄 겁니다."

"어떻게요?"

태준이 그녀를 향해 고개를 숙이더니 이로 그녀의 귓불을 살짝 물었다. 그에게 물린 이수는 기겁하며 그를 피해 소파 뒤로 도망쳤다.

"개처럼 왜 사람을 물어요!"

그녀와 키스하고 난 뒤 깨달은 게 있는데 그도 성욕이 있는 남자였다. 지금은 아끼는 중이었다. 당장 그녀의 전부를 가지고 싶은 욕구가 있었지만 그럼 그녀가 무섭다고 도망칠 거 같았으니까.

"저한테 장난 안 치면 저도 안 물 겁니다."

타협은 안전선을 만들었다. 그도 그가 제어심을 잃는 걸 경계해야 했다. 이수는 팔짱을 끼고 불만스러운 눈으로 그를 쳐다보았다.

"재미없는 남자."

그도 살면서 자신이 재미있는 성격이라고 생각한 적이 단 한 번도 없었다.

"밥이나 먹죠."

그한테 안 맞는 주제는 피해가려고 슬쩍 화제를 돌렸는데 그래도 그녀는 그를 구박했다.

"요리만 잘하지 말고 코미디 프로라도 보면서 유머 감각을 키워봐요. 태준 씨가 재미있어지면 나도 장난 안 쳐요."

재미있는 마태준은 너무 무리한 요구였다. 그건 그냥 다시 태어나라는 말과 같았다.

이수가 비싼 방에서 나갈 수 없다고 해서 식사는 룸서비스로 주문했다. 바다가 보이는 큰 창가 앞에 놓인 테이블에 고급 레스토랑에 가야만 먹을 수 있는 스테이크와 와인이 준비되었다. 고기는 나이프를

대는 순간 부드럽게 썰릴 정도로 연했다. 이수는 포크로 찍은 고기를 그에게 내밀었다.

"먹어요. 내 마음이에요."

그가 원했던 그녀의 마음이 설마 고기로 돌아올 줄은 몰랐다. 태준은 지그시 그녀를 쳐다보며 그녀가 내민 고기를 입에 물었다. 입 안에서 육즙이 터지며 고기 본연의 맛이 가득 퍼졌다.

"맛있어요?"

"네."

그의 대답에 이수는 싱긋 웃고는 자신이 먹을 고기를 썰었다.

"데이트를 리조트에서 하자고 한 대담한 여자는 제가 처음이죠?"

그녀는 이유가 있었는데 태준이 어찌 생각했을까 싶어 살짝 물어보았다.

"전 데이트가 처음입니다."

전혀 엉뚱한 곳으로 튀어버린 그의 대답에 그녀의 웃음이 단번에 멈추었다. 그녀의 눈이 빠르게 깜빡였다.

"설마 연애가 처음이라고요?"

"네."

그의 화려한 외모를 보면 전혀 믿음이 안 갔지만 그의 위험한 환경이나 철벽 치는 성격을 보았을 때는 그럴 수도 있을 거 같긴 했다.

"설마 키스도 처음은 아니죠?"

"당한 적은 있습니다."

"그런 건 키스가 아니죠!"

이수는 발끈했다가 깜짝 놀랐다. 그럼 키스도 그녀가 첫 키스였다는 소리였다. 그녀는 도둑놈이라고 엄청 욕했는데.

"어떡해요?"

그녀가 두 손으로 뺨을 가리며 곤란해하자 태준은 괜히 말했나 싶었다. 하지만 거짓말을 할 수는 없었다.

"난 경험 엄청 많은데."

아무리 장난치는 걸 좋아해도 왜 그딴 걸로 장난을 치는 건가 싶었다. 그가 경험 없다고 설마 그런 것도 모를 줄 아는 건가.

"그런 걸로 장난치면 정말 화낼 겁니다."

태준은 눈에 힘을 주며 엄하게 말했다. 그가 처음이라고 까불다가는 진짜 큰코다칠 수 있었다.

식사를 끝낸 뒤 딱히 방에서 할 게 없어서 태준은 그녀에게 물었다.

"리조트의 다른 곳도 둘러보겠습니까?"

그건 방을 나가자는 소리로 들렸기에 이수는 세차게 고개를 저었다. 적어도 오늘은 이 방에서 절대 나갈 수 없었다. 리조트에서 제일 안전한 곳이 방이었으니까.

"전 스위트룸이 제일 좋아요."

그렇게 말하며 소파에 두 팔을 걸치는 그녀를 태준은 말없이 쳐다보았다. 처음에 왜 이리 비싼 방 골랐느냐고 구박하던 사람과 같은 사람이 맞나 싶었다.

"태준 씨도 제 옆에 와서 앉아요. 이 소파 엄청 편해요."

일부러 조심하고 있는데 가까이 오라는 건 허락의 뜻인가 싶어서 태준은 지그시 그녀를 쳐다보며 물었다.

"그래도 괜찮습니까?"

"네. 나 올려다보면서 말하니까 목 아파요."

태준은 그녀가 앉아 있는 소파로 걸어가 그녀의 옆자리에 천천히 앉았다. 닿을 정도의 거리에 앉으니 마음이 바로 복잡해졌다. 그러나 이수는 철없이 나란히 앉은 그의 다리를 내려다보며 감탄했다.

"우와, 다리 신기할 정도로 길다."

그녀의 작은 발과 그의 긴 다리 중 뭐가 더 신기한 건가 싶었다.

"당신 발보다 내 손이 더 큰 거 같습니다."

"그렇다고 발이랑 손이랑 대보자고 하지 마요."

발 냄새날 수 있는 그녀의 손해였다.

"그럼 손이랑 손은?"

태준이 손바닥을 펼치자 이수는 그의 손바닥 위에 자신의 손을 대어보았다. 꼭 어른과 아이 손처럼 차이가 났다. 태준은 조금 더 욕심내어 그녀의 손가락 사이로 손가락을 집어넣어 단단히 깍지 꼈다. 이수는 간지러워 웃다가 그에게 물었다.

"그런데 호텔은 크리스마스가 제일 바쁘지 않아요?"

"네."

"그럼 우리 크리스마스에 못 봐요?"

크리스마스가 이제 얼마 남지 않았다. 연인들이 무슨 일이 있어도 꼭 만나야 하는 날이 크리스마스인데 그날 그를 못 보면 굉장히 서운할 거 같았다.

"크리스마스 되기 전에 미리 만나는 건 안 됩니까?"

"내가 일하니까 잠깐밖에 못 보잖아요."

"그래도 크리스마스 선물 뭐 가지고 싶습니까?"

결국 크리스마스에는 못 본다는 말 같았다. 일 때문이니 그를 탓할 수는 없었다. 크리스마스에 쉬는 그녀가 서울로 가면 볼 수 있을 테지만 아직은 제주도 밖에서 그를 만나는 건 좀 불안했다. 꼭 그날이 아니어도 괜찮다고 이수는 애써 합리화를 했다.

"나 태준 씨가 만든 크리스마스 케이크 먹고 싶어요."

"그거면 됩니까?"

그한테 요리해달라는 건 그냥 평소에 부탁해도 될 일이었다. 굳이 선물로 말하지 않아도 되었다.

"네, 대신 내 앞에서 직접 만들어야 해요. 그러니까 케이크 예쁘게 못 만들면 망신당할 수도 있어요."

"그럴 일은 없습니다."

역시 요리 천재답게 베이커리도 할 줄 아나 보다. 그가 일본에서 사온 케이크는 그녀의 냉장고에서 얼음 조각이 되어버려 못 먹은 게 아쉬웠는데 이번에 그 한을 풀 수 있겠다. 이렇게 과거의 상처를 하나하나 치유하다 보면 그와의 추억은 모두 예쁜 것만 남게 될 거다. 이수는 깍지 낀 손을 흔들며 얼굴을 찌푸렸다.

"손 좀 풀어줘요. 나 화장실 가게."

태준은 할 수 없이 그녀의 손을 놔주었다. 그가 손을 풀자마자 이수는 벌떡 일어나 화장실을 찾아 황급히 걸어갔다. 그녀가 눈앞에서 사라지자마자 휴대폰 진동이 울리는 소리가 났다. 그의 휴대폰이 아니라 그녀가 놓고 간 작은 핸드백 속에서 전화가 울리고 있었다.

태준은 화장실로 간 이수에게 직접 전화를 가져다주려고 핸드백을 열었다. 그리고 휴대폰을 꺼냈다가 액정에 뜬 발신자를 보고 잠시 눈빛이 굳었다.

이수는 검사니까 당연히 형사와 함께 일했다. 이상할 거 없다고 생각하려고 했는데 전화가 끊기고 대신 카톡 메시지가 왔다.

> 사건이 생겨 그쪽으로 가야 해서요.
> 리조트에 가능한 한 오래 계실 수 있나요?
> 힘들면 전화하십시오. 바로 가겠습니다.

이건 같이 일하는 검사에게 보내는 메시지가 아니었다. 경찰이 보호해야 할 증인이나 피해자에게 보낼 만한 내용이었다. 그는 이 방에서 절대 나가지 않으려 했던 그녀의 행동을 떠올리고는 눈빛이 굳었다.

화장실에 다녀오던 이수는 테라스에 설치된 자쿠지 앞에서 잠시 멈추었다. 제주 바다의 풍경을 즐기며 스파를 할 수 있나 보다. 비싸게 돈 내고 들어온 방이니 한 번 사용해보고 싶었지만 차마 태준에게 말을 할 수 없었다. 아직 속살을 보이기에는 부끄러운 사이였다. 이런 곳은 많이 가까워진 뒤에 왔어야 했는데 말이다.

사정상 와서 좋은 시설을 쓰지도 못하니 돈이 너무 아까웠다. 아쉬움을 뒤로하고 돌아서던 이수는 벽에 기대서 있는 태준을 보고 깜짝 놀랐다.

"엄마야."

그녀가 놀라도 개의치 않고 태준은 진중하게 그녀에게 말했다.

"나한테 할 말 없습니까?"

"혹시 내가 자쿠지에 엄청 들어가고 싶은 거 들켰어요?"

그녀가 전혀 엉뚱한 대답을 하자 태준의 눈이 급격히 좁아졌다. 태준은 고개를 돌려 테라스에 설치된 자쿠지를 보았다. 그게 저기 있다는 걸 그는 오늘 처음 알았다.

"한 번도 써본 적 없어서 신기해서 본 거예요. 하지만 겨울이잖아요. 추우니까 괜찮아요."

"따뜻한 물 나옵니다."

온천처럼 겨울엔 따뜻함을 더 제대로 느낄 수 있었다.

"하지만 옷 입고는 못 들어가잖아요. 아직은 부끄럽다고요."

태준은 경찰 전화에 관해 물어보려고 한 건데 말이다. 그런데 그녀가 부끄럽다고 하며 몸을 비트니 그의 신경도 자꾸 자쿠지 쪽으로 갔다.

"수영복 입고 들어가면 됩니다."

"여기서 수영복도 빌릴 수 있어요?"

"네."

자쿠지에 들어갈 수 있는 조건이 갖추어졌지만 이수는 고민되는 눈으로 그를 올려다보았다.

"문제가 또 남았습니까?"

"네."

"뭡니까?"

"자쿠지는 너무 야하지 않아요?"

태준은 진심으로 웃음이 터질 뻔했다. 아까 자기 입으로 경험 많다고 말했으면서 도대체 무슨 걱정을 하는 건가 싶었다. 어차피 수영복 입고 들어가면 자쿠지나 수영장이나 똑같았다.

"그럼 혼자 들어가요."

"진짜요? 그래도 돼요?"

정말 해보고 싶었나 보다. 혼자 하라는 말에 이수는 너무 좋아하는 표정을 지었다. 그래서 섭섭한 마음을 가질 틈도 없었다.

"네."

둘이 함께 들어가야 하는 부담감 때문에 망설였던 이수는 태준이 혼자 써도 괜찮다고 하자 그제야 마음을 놓았다. 리조트에서 빌린 수영복으로 갈아입고 들어간 자쿠지는 따뜻했다. 추운 겨울에 몸속까지 녹이는 따뜻함을 느낄 수 있어서 더 좋았다.

거기다 앞에는 아름다운 제주의 바다가 있고, 손 닿는 곳에는 와인이 있으니까 여기가 바로 낙원이었다. 쌓였던 피로가 제대로 풀리는 기분에 드디어 이 방에 쓴 돈이 안 아까워졌다. 그런데 그녀가 부끄럽다고 해서 자쿠지에 혼자 있게 해주는 건지 태준의 모습이 보이지 않았다. 이수는 큰 목소리로 태준을 불렀다.

"태준 씨, 옆에는 있어도 돼요."

그녀가 불렀지만 태준에게선 대답이 없었다. 태준은 침실 창가에 서서 그녀와 있을 때는 사뭇 다른 심각한 표정으로 전화를 걸고 있었다.

[여보세요.]

전화를 받은 사람은 김상철이었다. 박만수 사건 이후 그가 먼저 김상철에게 전화하는 건 처음이었다. 태준은 김상철을 시험하듯이 물었다.

"또 내 믿음을 배신할 거야?"

[아니, 절대 그럴 일 없어. 믿어줘, 태준아.]

김상철도 그가 마지막으로 믿어주는 거라는 걸 알 거다. 또 그의 믿음을 배신하면 그는 죽을 때까지 김상철을 안 볼 생각이었다.

"은이수 검사 주위에 협박하거나 쫓아다니는 놈이 있는지 알아봐줘."

[너 제주도 간 거 설마 은이수 검사 만나러 간 거였어?]

"부탁한 거나 알아봐줘."

[찾으면 연락해?]

태준의 눈빛이 일그러졌다. 이수를 괴롭히는 게 누구인지 그의 눈으로 직접 보고 싶기도 했지만 그러지 않는 게 좋을 것 같았다. 그가 얼마나 잔인해질 수 있는지 그 자신도 가늠할 수가 없었으니까.

"바로 경찰서에 넘겨."

담배도 피우지 않는데 그의 목소리가 탁하게 흘러나왔다.

1시간 동안 자쿠지를 하고 나왔더니 몸이 노곤해져서 졸렸다. 딱 낮잠 자기 좋은 시간이기도 했다.

"나 조금만 자도 돼요?"

"졸리면 자요."

침실에 있는 킹사이즈 침대에 그녀 혼자 누웠다. 방에 들어올 때 비싸다고 태준에게 뭐라고 했는데 결국 알차게 쓴 건 그녀였다.

"태준 씨도 낮잠 자요."

그녀가 손을 뻗어 권하자 태준은 눈을 좁히며 물었다.

"침대에 같이 눕는 건 안 야합니까?"

그는 자쿠지와 침대의 차이를 알 수가 없었다. 옷 벗는 게 기준인가?

"침대에서 낮잠 자는 건 엄마랑 아기도 하는 거잖아요."

그 말은 또 그 말대로 맞는 것 같았다. 결국 그녀가 안 괜찮다고 하면 야한 거고, 괜찮다고 하면 안 야한 거였다. 이번엔 그녀가 괜찮다고 했기에 태준은 그녀의 옆에 누웠다. 나란히 누워 있으니 기분이 묘했다. 다시 어려진 것 같기도 하고, 옆에 누워 있는 그녀 때문에 설레기도 했다.

"태준 씨."

그녀가 부르는 소리에 태준은 고개를 돌려 옆에 누워 있는 이수를 보았다. 그녀가 부드럽게 웃으며 말했다.

"좋은 꿈 꿔요."

그런 말을 태어나 처음 들어보는 태준은 잠시 할 말을 잃어버렸다. 그녀는 바로 두 눈을 감고 잠을 청했다. 아까까지만 해도 키스도 하고 싶고, 할 수만 있다면 더 진한 스킨십도 원했는데 잠을 자는 그녀를 그냥 바라보게 되었다. 엄마가 아기를 지켜주듯이 그도 지금은 그녀가 편하게 잘 수 있게 이 시간과 공간을 지켜주고 싶었다.

잘 자요, 내 사랑.

그의 목소리는 영혼에 실려 그녀의 꿈속으로 흘러들어갔다.

사실 워낙 부지런한 성격이라 낮잠은 잘 안 자는 편인데 오랜만에 잔 낮잠은 너무 꿀잠이었다. 꿈까지 꿨다. 그녀가 다시 올림픽에 나가게 되어 태준에게 엄청 자랑하는 꿈이었다. 옆에서 개 한 마리가 짖기도 했다. 완벽하게 개꿈이었지만 올림픽 나가야 하니까 검찰청에 연차 내라는 말 들었을 때 엄청 기뻤다. 아무래도 그녀 인생의 빛나는 영광은 검사가 된 것보다 국가 대표로 올림픽에 출전한 것이나 보다.

늘어지게 낮잠을 자고 눈을 뜬 이수는 몸을 반대편으로 틀다가 침대에 팔을 괴고 누워 그녀를 보고 있는 태준과 눈이 마주치자 민망함에 배시시 웃었다.

"나 많이 잤어요?"

"네, 지루해 죽는 줄 알았습니다."

"그럼 깨우지."

"깨우면 화낼 거 같아서."

"내가 화내면 무서워요?"

"엄청."

그의 목소리는 초콜릿처럼 달았다. 상체를 깊게 숙인 태준이 그녀의 이마에 짧게 입술을 가져다 댔다. 간지러운 감촉에 이수는 두 눈을 질끈 감았다.

"싫습니까?"

이수는 눈을 감은 채 고개를 저었다. 여름 바람처럼 더운 기운을 가득 품은 그의 숨결이 그녀의 얼굴을 타고 내려오는 게 느껴졌다. 닿을락 말락 한 그 느낌이 더 자극적이라 소름이 전신을 휘감았다.

하늘 높이 날던 비행기가 땅에 닿기 직전보다 그의 입술이 닿기 직전이 더 긴장되었다. 그녀의 입술까지 내려온 그가 말캉한 살결을 지그시 누르자 이수는 호흡을 혹 들이마신 채 멈추었다.

키스는 이전과 달리 부드럽게 이어졌다. 그 감미로운 부드러움에 몸이 미칠 듯이 간지러워서 발끝까지 배배 꼬였다. 태준의 길고 단단한 손가락이 그녀의 머리카락 사이로 파고들어 와 그녀의 머리를 단단히 붙잡았다. 호흡이 뜨겁게 엉켜 들었다. 분명 키스는 여전히 부드러운데 심장에 불덩이가 떨어진 듯 활활 타올랐다.

"하아."

입술 사이로 새어 나오는 그녀의 여린 호흡이 그를 더욱 자극했다. 몸 안의 피가 일순간에 뜨거워졌다. 태준은 배운 적 없지만 본능적으로 벌어진 그녀의 입술 사이로 거침없이 혀를 밀어 넣어 그녀의 입 안까지 전부 맛보았다. 희고 고른 치아를 더듬고, 더운 기운을 품고 있는 젖은 살결을 핥고, 마지막에는 머뭇거리는 그녀의 혀를 휘감아 맹렬히 빨아당겼다. 터질 것 같은 열기를 품은 키스만큼이나 맞닿은 가슴에서 격렬해지는 서로의 심장 고동이 느껴졌다.

삐걱—.

두 사람의 무게에 밀려 나는 침대의 소리가 너무 야하게 들려 이수는 참을 수가 없었다. 더 하면 위험하다고 생각하면서도 그에게 멈추라고 말할 수 없었다. 그가 입술을 댄 채 말했다.

"나 좀 안아줘."

반칙이다. 평소에는 예의 바른 신사처럼 존댓말하다 이런 때만 여심을 긁어대는 반말이라니. 그래도 이수는 거부하지 못하고 두 팔을 들어 그의 목을 꽉 끌어안았다.

"이수."

그가 부르는 그녀의 이름이 너무 뜨거웠다.

아마도 그녀는 마태준이란 남자에게 제대로 홀린 것 같았다.

더 이상 아무런 생각도 할 수가 없었다.

〈2권에 계속〉

아낌없이 프러포즈 1

초판 1쇄 인쇄 2018년 6월 25일
초판 2쇄 발행 2021년 9월 23일

지은이 이여운 ㅣ 펴낸이 강성욱 ㅣ 책임 기획 전주예 ㅣ 기획 편집 송진아 고은결 강가비 정종건
디자인 탁영건 ㅣ 일러스트 홍예림 ㅣ 로고 김미현 ㅣ 교정 서진영 류혜선
펴낸곳 테라스북 ㅣ 등록 제2021-000006호
주소 (05020) 서울특별시 광진구 동일로 116 제일빌딩 4층 403호 (화양동)
전화 070-4794-5826 ㅣ 팩스 0505-911-5826
블로그 http://terracebook.blog.me ㅣ 전자우편 terracebook@naver.com
ISBN 978-89-94300-84-9 (04810)
ISBN 978-89-94300-83-2 (SET)

ⓒ 이여운 2018 Printed in Korea

테라스북은 주식회사 스토리펀치의 임프린트 브랜드입니다.